BOOKSPOT

Eva-Ruth Landys

Pflicht *und* Verlangen

Roman

BOOKSPOT VERLAG

1. Auflage
Lektorat: Eva Weigl
Satz/Layout: Peter Hänssler
Covergestaltung: Nele Schütz Design, München,
unter Verwendung eines Motivs von Shutterstock
Druck: CPI – Clausen & Bosse, Leck
Made in Germany
ISBN 978-3-937357-46-1
www.bookspot.de

Für Bärbel, die beste aller Tanten,

die mich unbeirrt ermutigt hat

Erstes Buch

Kapitel 1

Sie wird sich hoffentlich gut einfügen. Ihr Vater war ja doch ein sehr eigensinniger Mensch ohne jede Moral und bar jeden Anstands. Wenn man bedenkt, dass er Ihre liebe Schwester Elisa, die immer so gütig und nachgiebig war, zu einer solch skandalösen Verbindung …«

»Aber liebste Lady Millford, natürlich wird sie das. Da habe ich keine Zweifel. Die Erziehung, die das Kind in den sechs Jahren im Institut von Mrs Longbottom bekommen hat, wird ohne Zweifel die möglichen Mängel ihres Charakters geglättet haben. Auch hat sich Mrs Longbottom in ihrem Brief doch eher wohlwollend über das Mädchen geäußert, wenn auch nicht ohne eine feine Andeutung auf gewisse Neigungen, die ich mir noch nicht ganz erklären kann, welche aber sicher unbedeutend sind. Sonst hätte Mrs Longbottom sich gewiss ausführlicher darüber gegeben. Seien Sie ohne Sorge. Es wird schon gut werden.«

Sir Alistair[1] nickte seiner Gattin begütigend zu, die sorgsam die Falten ihres Kleides glatt strich. Etwas, das ihr mit den steilen Falten auf ihrer Stirn ganz und gar nicht gelingen wollte. Lady Millford war von Anfang an gegen diese Idee ihres Gatten gewesen. Sicher, das Glück der Mutterschaft war ihr in ihrer nunmehr dreiunddreißig Jahre währenden Ehe mit Sir Alistair nicht vergönnt gewesen. Aber sich deshalb die Frucht dieser unmöglichen Verbindung ins Haus zu holen? Es war damals wirklich ein Skandal gewesen, der Millford Hall in seinen Grundfesten zu erschüttern drohte. Keiner hatte zunächst etwas Böses vermutet, als der junge Mr Brandon in Millford Hall eingeführt wurde. Ein Student war er gewesen,

1 Zu Titeln und Anreden siehe das Kapitel »Nachwort und Erläuterungen« am Ende des Romans.

der seinen Onkel, den Pfarrer der zu Millford gehörenden Pfarrei, besucht hatte. Er sei auf der Durchreise nach Italien und Griechenland, wurde berichtet, wo er Studien des Altertums (wer hatte je von noch nutzloserer Tätigkeit gehört!) unternehmen wollte. Nun ja, man war höflich und interessiert gewesen. Wenn auch Lady Millford partout nicht in den Kopf wollte, warum man auf den jungen Mann so intensiv einging und ihn mehrfach mit seinem Onkel zum Dinner nach Millford Hall einlud. Aber ihre Schwiegermutter war ja schon immer etwas schwach und nachgiebig gewesen. Eine Eigenschaft, die sie unglücklicherweise auch ihrem Sohn, Sir Alistair Millford, dem jetzigen Herrn von Millford Hall, vererbt hatte.

Nun, es kam, wie es kommen musste, oder wie sie es natürlich hatte kommen sehen. Sie erinnerte sich mit einer gewissen Genugtuung daran. Die junge Miss Millford, die jüngere Schwester von Alistair Millford, verliebte sich in diesen nichtsnutzigen Menschen, der weder einen einträglichen Beruf noch ein wirkliches Einkommen vorweisen konnte. Natürlich waren sowohl Lady Millford, die Mutter Sir Alistairs, als auch deren damals schon schwer kranker Gatte, der alte Sir Thomas Millford, Herr über Millford und Lower Woodland, strikt gegen die Verbindung gewesen und hatten dem jungen Mann umgehend den Umgang mit Elisa und jeden weiteren Besuch auf Millford Hall untersagt. Aber kurze Zeit später – sie erschauerte jetzt noch, als sie sich den unglaublichen Skandal erneut in Erinnerung rief – war Elisa tatsächlich mit diesem unsäglichen Menschen durchgebrannt. Natürlich war sein Onkel, Pfarrer Brandon, untröstlich über die unglückliche Entwicklung – und noch untröstlicher darüber, dass er infolgedessen auf eine andere Pfarrstelle versetzt wurde, die weit weniger einträglich war als die große Gemeinde von Millford. Aber es war ja nicht zu vermeiden gewesen, das hatte man ihm aufs Deutlichste erklärt. Schließlich hatte er den jungen Brandon ins Haus gebracht und hätte doch um dessen zügellosen Charakter wissen müssen.

Ach, es war eine schwere Zeit gewesen, dieser Sommer vor zweiundzwanzig Jahren. Bald darauf segnete dann auch der alte Baronet das Zeitliche. Wohl auch infolge des Schocks über das nicht zu verteidigende Vergehen seiner Tochter, für die er doch eine glänzende Partie geplant hatte. Diese Folge hatte für sie selbst immerhin eine positive Wendung gebracht, da sie dadurch zur Herrin auf Millford Hall wurde. Eine Stellung, die sie nunmehr seit einundzwanzig Jahren mit aller Schicklichkeit, notwendigen Strenge und großer Umsicht ausfüllte.

Nur eines hatte sie nicht erreichen können: einen Erben für ihren Gatten, den jetzigen Sir Alistair Millford, Herr über Millford und Lower Woodland, in die Welt zu setzen. All ihre Hoffnungen waren nun schon seit Langem zunichte. Mit fünfundfünfzig Jahren waren die Aussichten, noch ein Kind zu empfangen, dahin und da sich auch ihr Gatte nun seinem dreiundsechzigsten Jahr näherte und anfing zu kränkeln, hatte sie ihm dazu geraten, einen Erben durch Adoption in Erwägung zu ziehen. Eine Idee, die er nach einigem Zögern dankbar aufgegriffen hatte, allerdings nicht so, wie sie es sich erhofft hatte. So hatte ihr ihr Gatte drei Wochen zuvor Folgendes verkündet: Er würde keinesfalls einen ihm gänzlich unbekannten und nicht oder nur entferntest verwandten männlichen Erben in Erwägung ziehen, sondern lieber eine nahe Verwandte. Er wolle deshalb seine Nichte Charlotte zu sich ins Haus holen und als seine Tochter adoptieren. Es müsse doch auf diese Weise gelingen, durch eine Heirat einen fähigen und dazu vielleicht auch begüterten jungen Gentleman zu gewinnen und an Millford Hall zu binden.

Lady Millford war sprachlos vor Empörung gewesen. Charlotte Brandon, die gottlose Frucht der Verbindung Miss Elisas mit Mr Brandon, war nunmehr fast einundzwanzig Jahre alt und dem Institut von Mrs Longbottom längst entwachsen. Zuletzt hatte sie dort als Lehrerin gearbeitet, denn natürlich besaß das Mädchen keinen Penny. Sie hatte dieses Institut und die dort erhaltene ausgezeichnete Erziehung nur der unverständlichen und wie immer viel zu weichherzigen Großzügigkeit ihres Onkels Sir Alistair zu verdanken, der sie nach dem frühen Tod ihrer Eltern dort unterbrachte. Allerdings hatte Lady Millford selbst sich seither jeden Kontakt und jeden Besuch von Charlotte auf Millford Hall verbeten. In den sechs Jahren, die Charlotte im Institut verbrachte, hatten sie – oder vielmehr ihr Gatte – nur einmal einen Brief von dem Mädchen erhalten, den sie aber mit der kurzen Anweisung, jede weitere Korrespondenz mit Sir Alistair und seinem Haushalt zu unterlassen, umgehend zurückschicken ließ. Und nun dies!

Aber letztlich hatte sie zugeben müssen, dass der Plan ihres Gatten auch seine positiven Seiten hatte. Wenn es gelänge, Charlotte in die Gesellschaft einzuführen (schließlich war der Skandal nun doch schon einige Jahre her), könnte sie eine gute Partie machen und mit einer lukrativen Heirat dem Hause Millford wieder zu mehr Glanz verhelfen. Die Gutmütigkeit ihres Gatten gegenüber seinen Pächtern und seine nicht eben glückliche Hand bei den Geschäften in den überseeischen Besitzungen hatten das Vermögen Sir Alistairs doch empfindlich geschmälert. Wenn sie sich auch noch nicht einschränken mussten, was nur ihrer Umsicht in der Haushaltsführung zuzurechnen war, so war doch die Aussicht auf eine Verbindung mit einem ansehnlichen Vermögen von zwanzig- oder dreißigtausend Pfund oder gar einem erklecklichen jährlichen Einkommen verlockend. Summen, die bei entsprechender Verheiratung ihrer Nichte mit einem der infrage kommenden Gentlemen in der Umgebung doch durchaus zu erzielen sein müssten. Und so hatte sie schlussendlich und trotz ihrer moralischen Bedenken im Hinblick auf Charlotte Brandon nachgegeben.

»Nun, mein lieber Mr Millford, mögen Sie recht behalten. Ich jedenfalls erwarte nichts und hoffe das Beste. Ich nehme an, die Kutsche wird zum Tee eintreffen. Ich gedenke, den Tee im Blauen Salon einzunehmen und Charlotte dort zu empfangen. Möchten Sie sich mir anschließen oder wünschen Sie das Kind später zu sehen?«

»Meine Liebe, das Empfangen überlasse ich doch lieber der Herrin von Millford. Sie werden das Kind schon recht in Augenschein nehmen. Ich fühle mich heute doch etwas schwach und mein Rücken plagt mich. Ich würde gerne hier noch etwas im Sessel sitzen bleiben.« Sir Alistair wusste durch lange Ehejahre, wann es besser war, sich nicht einzumischen. Er hatte sich in dieser Sache endlich durchgesetzt, aber er durfte seine Fortune nicht überreizen. Sollte sich Lady Millford das Mädchen zunächst einmal allein ansehen und sich ein Bild machen. Die Vorbereitungen für die Einführung einer jungen Frau in die Gesellschaft waren schließlich schon immer die Sache der Frauen gewesen und unterlagen Gesetzmäßigkeiten, zu denen er sich außerstande sah, auch nur das Geringste beizutragen. Er hoffte jedoch inständig, dass sein Wunsch, Charlotte in sein Haus aufzunehmen, doch von Erfolg und Wohlwollen begleitet wurde und dass das Kind den strengen Anforderungen seiner Frau genügen würde. Elisas Verschwinden und die strikte Weigerung seiner Eltern – und auch seiner Gattin –, ihr jemals zu verzeihen, hatte ihn weit mehr bekümmert als er sich anmerken lassen konnte und wollte. Er hatte Elisa sehr geliebt, besonders ihr freundliches und nachgiebiges Wesen, die sanfte Art, in der sie zu sprechen pflegte und ihre schöne Stimme, wenn sie sang und Piano spielte. Eigenschaften, die seiner Gattin leider eher abgingen, obwohl ihm Lady Millford eine gute Frau war und seinen Haushalt umsichtig führte. Umso mehr hatte es ihn betrübt, als er vor nunmehr sechseinhalb Jahren erfahren hatte, dass seine geliebte Schwester und ihr Mann William Brandon in

Griechenland einer Typhusepidemie erlegen waren, ohne dass er noch einmal mit ihr gesprochen hatte. Die damals vierzehnjährige Charlotte blieb – zwar mit vielen Büchern und antiken Kunstgegenständen, aber ohne ein gutes Auskommen und weitere Pläne – im elterlichen Haus in Kastri[2] zurück. Er hatte sich umgehend darum gekümmert, dass das Mädchen nach England zurückkehrte, überführte die wenigen Besitztümer der Eltern nach London in die Obhut eines Verwalters und brachte Charlotte im ehrenwerten Institut der Mrs Longbottom in Surrey unter. Leider hatte das Kind unverständlicherweise nie Kontakt aufgenommen, aber er hatte angenommen, dass es sich seiner Herkunft vielleicht schämte. Wie auch immer: solche Dinge überließ er eher seiner Frau. Die traurigen Ereignisse, verbunden mit den unangenehmen und aufreibenden Formalitäten, waren eine große Anstrengung gewesen. Zudem begannen damals auch seine Geschäfte in Übersee schwierig zu werden und erforderten seine ganze Aufmerksamkeit. Nun aber war die Zeit gekommen, dass er sich Charlottes entsann.

Kapitel 2

Charlotte war überrascht gewesen, als der Brief von Mr Norton, dem Anwalt ihres Onkels, im Longbottom Institut eintraf. Sie hatte sich darauf eingestellt, noch eine Zeit lang im Institut zu unterrichten und dann dem einzigen Beruf nachzugehen, der einer Frau in ihrer Lage offenstand, nämlich eine Stellung als Gouvernante in einem herrschaftlichen Haus anzunehmen. Nicht eben eine beglückende Aussicht, aber ihren Neigungen nachzugeben und Musikerin oder Forsche-

2 Über dem antiken Delphi entstand im Mittelalter das Dorf Kastri. Im Laufe der Ausgrabungen wurden die Bewohner in das moderne Delphi weiter westlich umgesiedelt.

rin zu werden, stand außer Frage. Zwar gab es solche Frauen, die sie auch glühend bewunderte, wie Caroline Herschel[3], die deutsche Sängerin, Astronomin und Kometenentdeckerin, die in Slough lebte, oder Sibylla Merian[4], die berühmte Naturforscherin und ausgezeichnete Künstlerin, deren Ruhm sogar bis zum Zar nach Sankt Petersburg gedrungen war. Aber diese Frauen waren echte Solitäre und sie zahlten einen hohen Preis für ihren unerwünschten Forscherdrang. Caroline Herschel zum Beispiel war nahezu gesellschaftlich geächtet und hätte sie nicht einen Bruder gehabt, der das Amt des königlichen Astronomen innehatte, hätte sie diesen Weg nie gehen können.

Charlotte hatte ihre Eltern gehabt, vor allem ihren Vater William Brandon, den sie über alles geliebt hatte. Er hatte sie mit auf seine Forschungsreisen genommen und teilhaben lassen an seinen Entdeckungen über die versunkene Welt der Griechen und Römer. Er hatte sie Griechisch und Latein gelehrt und ihre natürliche Neugier befeuert, ihrem hungrigen jungen Geist jede Nahrung angeboten, nach der es ihn verlangte. Auch ihre Mutter hatte Charlotte auf ihre Art alles gegeben, was sie besaß. Ihre überbordende Freude an Musik und Literatur war zweifellos das Erbe ihrer Mutter. Und wenn sie auch nicht deren großen Liebreiz und Sanftmut besaß, so war Charlotte dennoch mit einer außerordentlichen Musikalität und der Fähigkeit, ihren Gedanken in Worten und Musik Flügel zu verleihen, gesegnet. Diese von ihren Eltern geförderten Fähigkeiten hatten ihr die Anerkennung, aber auch das Miss-

---

3 Caroline Herschel (1750 – 1848), dt. Astronomin, Kometenentdeckerin und Mitglied der Royal Astronomical Society. War zunächst als Mitarbeiterin ihres berühmten Bruders Wilhelm Herschel (1738 – 1822) tätig, arbeitete aber nach dessen Tod als selbstständige Wissenschaftlerin weiter und erwarb internationales Ansehen. Von besonderer Bedeutung für die gesamte Astronomie ist ihre herausragende Arbeit an den Sternenkatalogen.

4 Maria Sibylla Merian (1647 – 1717), dt. Malerin, Kupferstecherin und Insektenforscherin mit internationaler Berühmtheit. Sie war tätig in Nürnberg, den Niederlanden und in Surinam. Zu ihren bekanntesten Werken zählen »Florum fasciculi tres« und »Der Raupen wunderbare Verwandlung«.

trauen von Mrs Longbottom und ihren Kolleginnen beschert. Allzu viel Wissensdurst und musikalisches Talent standen einer jungen Dame nicht an, so wurde ihr bedeutet und Mrs Longbottom sah sich mehr als einmal genötigt, sie zu ermahnen, weder ihre Schülerinnen noch sich selbst mit allzu viel unnützem Bücherstaub und Notenklang zu beschweren. Mrs Longbottom, die auf ihre Art durchaus wohlmeinend war, führte ihr eindrucksvoll eine drohende »Karriere« als nicht zu vermittelnder Blaustrumpf vor Augen, der weder Aussicht auf eine Anstellung in einem angesehenen Hause noch gar auf eine – wenn auch noch so unwahrscheinliche – Heirat hatte. So hatte sie sich denn widerstrebend gebeugt und ihre Studien auf ein paar heimliche Stunden bei Kerzenschein verlegt. Allerdings fühlte sie sich mehr und mehr wie ein Vogel im Käfig, und sie meinte bisweilen, nahezu ersticken zu müssen.

Als nun der Brief von Sir Millford sie erreichte, nach sechs Jahren völligen Schweigens, war sie über das Ansinnen ihres Onkels, sie zu adoptieren, zwar mehr als erstaunt, aber auch beglückt, den trüben Aussichten ihres weiteren Fortkommens entfliehen zu können. Doch plagte sie trotz allem die Sorge, ob sie nicht noch in einen weitaus engeren Käfig geriete.

Eingezwängt zwischen ihren wenigen Habseligkeiten, saß sie nun in der schlecht gefederten Kutsche, die sie von der Poststation in Wareham zum etliche Meilen entfernten Herrenhaus bringen sollte und schon geraume Zeit über die ausgefahrenen Wege in Dorset dahinrumpelte. Doch weit sei es nun nicht mehr, hatte ihr vor einiger Zeit der Kutscher vom Bock heruntergerufen, und so erwartete sie jeden Moment, die Auffahrt von Millford Hall vor sich zu erblicken. Diese Auffahrt war ihr bekannt durch ein von ihrer Mutter angefertigtes Aquarell, das, so lange sie denken konnte, im Haus in

Kastri gehangen hatte. Nun lagerte es wohl, wie all die anderen Besitztümer ihrer Eltern, in den Räumen eines Verwalters in London.

Richtig, da zwischen den Erlen und Pappeln in der Nähe des kleinen Weihers blitzten die weißgetünchten Mauern des Pförtnerhäuschens auf. Die Kutsche hielt und Charlotte entwand sich stöhnend und mit eingerosteten Gliedern dem mäßig gepolsterten Interieur des Gefährts. Der zweite Kutschbegleiter hob ihr Gepäck heraus und bugsierte es vor die Tür des Pförtnerhauses. Ein kurzer Gruß und Charlotte stand allein in der sich schnell abkühlenden Dämmerung des Herbsttages.

Kurz zögerte sie, aber dann straffte sie entschlossen die Schultern und griff nach der Kordel der kleinen Glocke neben der Pförtnertür. Diese öffnete sich jedoch, noch bevor sie den Klingelzug betätigen konnte und offenbarte einen gedrungenen Alten mit spärlichem Haarwuchs und munteren Dachsaugen. »Miss Brandon! Endlich! Wir erwarten Sie schon seit zwei Stunden. Lady Millford hoffte, Sie zum Tee begrüßen zu können. Wir sollten uns beeilen, Lady Millford schätzt es nicht zu warten. Ich habe die Kutsche zum Haus schon bereitgestellt. Zum Gehen ist es zu weit.«

»Wie weit ist es denn zum Haupthaus?«, fragte Charlotte, die ein wenig Erleichterung verspürte über die unerwartet freundliche Ansprache.

»Etwa eine halbe Meile, Miss.«

»Nun, ein kurzer Spaziergang würde mir guttun, nach der langen Fahrt, ähm …«

»Thomas, Miss, mein Name ist Thomas. Ich kannte Ihre Mutter schon als kleines Mädchen, müssen Sie wissen. Ich war früher einer der Gärtner, aber jetzt plagt mich ein steifes Bein und deshalb hat mir der Herr die Stelle als Pförtner hier gegeben.«

»Danke, Thomas. Dann würde ich gerne zum Haus gehen. Wenn du das Gepäck versorgen könntest …«, Charlotte lächelte dem Alten zu und machte sich auf den Weg die kiesbestreute Auffahrt hinab. Das Haus lag in einer kleinen Senke, eingerahmt von gefällig angeordneten Gruppen von Büschen und Hecken, die eine gute Organisation des Hauswesens verrieten. Charlotte war einigermaßen beeindruckt. Sie schritt kräftig aus und erreichte in kurzer Zeit die Eingangstür des Haupthauses, das im Stil des Empire renoviert worden war, aber wohl schon aus elisabethanischer Zeit stammte. Die Tür öffnete sich und warmer Kerzenschein flutete in die anbrechende Dämmerung hinaus. Ein tadellos livrierter Bediensteter nahm sie mit ausgesuchter Höflichkeit in Empfang und führte sie durch die große Eingangshalle in einen kleineren Nebenraum, den er als Blauen Salon bezeichnete.

»Wie ich sehe, bist du nun endlich eingetroffen, Charlotte. Ich hatte dich früher erwartet und habe nun mit dem Tee nicht auf dich gewartet. Der Baronet wird dich leider heute Abend nicht mehr begrüßen können. Er ist unpässlich. Ich hoffe, du hattest eine angenehme Fahrt.« Lady Millfords Stimme war spröde und kühl und bildete einen misstönenden Gegensatz zur gemütlichen Ausstattung des Salons. Charlotte, der bisher nicht angeboten worden war sich zu setzen, stand etwas befangen im Raum. »Es tut mir leid, Tante, die Kutsche hatte bereits in Southampton Verspätung. Ein Pferd hatte ein Eisen verloren und musste ausgetauscht werden.«

»Das ist nicht von Interesse. Schließlich bist du ja nun angekommen. Dein Gepäck wird in deinen Raum gebracht werden. Du wirst dich morgen nach dem Frühstück bereithalten, den Herrn über Millford und Lower Woodland zu begrüßen. Ich hoffe, man hat dir im Longbottom Institut wenigstens beigebracht, wie man sich bei einem solchen Anlass zu benehmen hat.«

»Selbstverständlich, Tante!«, Charlotte ignorierte die schlecht verborgene Ablehnung in den Worten Lady Millfords. Es war ihr ja bewusst gewesen, dass die Weigerung des Hauses Millford, mit ihr in den letzten sechs Jahren Kontakt aufzunehmen, eine Wurzel haben musste und hier wurde eine Quelle der Ablehnung offenbar. Die Frage war, ob nur Lady Millford ihr mit Ablehnung begegnete oder auch Sir Alistair. Immerhin hatte er ihr eine nicht eben billige Ausbildung bezahlt und plante nun, sie als Tochter in sein Haus aufzunehmen.

»Ich würde mich unter diesen Umständen gerne zurückziehen, Tante. Ich bin sehr müde von der Reise und denke, dass es von Vorteil ist, morgen ausgeruht der Begegnung mit meinem Onkel entgegenzusehen.«

»Das mag sein, Charlotte. Ich werde läuten, damit man dich auf dein Zimmer führt. Solltest du noch Hunger verspüren, kannst du dir etwas auf dein Zimmer bringen lassen. Das wäre alles.«

Lady Millford drehte sich um und zog energisch an der Klingel für die Bediensteten. Charlotte betrachtete sie dabei eingehend. Immerhin würde diese spröde Frau in Kürze ihre Adoptivmutter sein. In ihrem blaugrauen, strengen Kleid und der sorgsam gebundenen Haube stand Lady Millford in der strammen Haltung, die Charlotte eher an einen Militär als an eine Frau erinnerte. Kein Zweifel, diese Frau hatte einen starken Willen und einen unbeugsamen Charakter. Es würde über Charlottes Wohlergehen in diesem Hause entscheiden, ob sie deren Anerkennung und Wohlwollen gewinnen konnte.

Doch warum hatte man sie dann hergeholt? Sie hätte sich mit dem, was sie im Institut gelernt hatte, selbst ein zumindest bescheidenes Auskommen schaffen können. Charlotte war nun mehr als gespannt zu erfahren, wie der Baronet zu ihr stand.

Kapitel 3

Nachdem Charlotte sich am nächsten Morgen angekleidet und im Frühstückszimmer allein gegessen hatte, saß sie nun im Kartenzimmer und wartete auf ihren Termin zur Vorstellung.

Sie wartete schon seit geraumer Zeit und schwankte zwischen Unsicherheit und Verärgerung über die offenkundige Feindseligkeit, die in diesem Wartenlassen lag. Sie vermutete stark, dass dies auf Geheiß von Lady Millford so gehandhabt wurde und es war ihr nur zu bewusst, dass ihre Tante sie damit auf den Platz einer rechtlosen Bittstellerin zu befördern versuchte.

Aber, so nahm sich Charlotte vor, vielleicht kann ich wenigstens mit Sir Alistair auskommen. Mutter hat immer gut von ihrem älteren Bruder gesprochen und es sehr bedauert, dass auch er mit ihr gebrochen hatte nach ihrer heimlichen Heirat mit Papa. Er kann kein schlechter Mensch sein.

Ihr Blick schweifte nach draußen über die abfallenden Hügel von Dorset, die bis zum fernen Meer hinunterreichten. Millford war ein fruchtbarer Landstrich. Jetzt im Herbst waren die abgeernteten Getreidefelder graugelb, während Kohl und Rüben noch auf die Ernte warteten. Links vom Haus stand wie eine Mauer der dichte Laubwald von Millford, dem sowohl das Anwesen als auch das Adelsgeschlecht zweifellos ihre Namen verdankten. Der Wald hatte sich bereits mit bunten Herbstfarben geschmückt und Charlotte nahm sich vor, dort einen Spaziergang zu unternehmen, sobald es ihre Pflichten zuließen. Charlotte liebte den Herbst mit seiner klaren Luft und den intensiven Farben. In Surrey hatte sie auch, so oft sie konnte, Spaziergänge auf den zahllosen Wanderpfaden unternommen. Leider hatte sie eher selten ausreiten können, da sie nicht, wie die meisten anderen Mädchen in Longbottom, die Mittel besessen hatte, ein eigenes Pferd in den institutseigenen Stallungen zu unterhalten. Dennoch hatte sie aber dank einer Freundin, die ihr öfter ihr Pferd ausgeliehen hatte, wenigstens die für eine Dame erforderliche Grundgeschicklichkeit im Reiten erlangen können, auch wenn sie inzwischen längst zu der Einsicht gekommen war, dass diese Kunst nicht zu den notwendigen Fähigkeiten einer Gouvernante gehörte. In der neuen Lage, in der sie sich jetzt befand, dachte sie nun aber doch dankbar an ihre liebe Schulfreundin zurück. Der Anblick der reizvollen Landschaft beruhigte sie und ließ sie zufriedener mit ihrer momentanen Situation werden. Da hörte sie hinter sich die Tür aufgehen, gefolgt von Kleiderrascheln und einem verschämten Hüsteln.

»Wenn die Miss jetzt bereit wäre, Lord und Lady Millford lassen bitten, äh … Miss.« Ein junges, recht hübsches Mädchen in sorgfältig gestärkter Schürze knickste unbeholfen.

»Ja, danke! Selbstverständlich bin ich bereit. Wie heißt du?«

»Emmy, Miss! Ich bin erst seit Kurzem im Hause. Ich bin die Nichte der Köchin, Mrs Sooner.«

»Nun, Emmy, du bist länger im Hause als ich und kennst dich daher schon viel besser aus, nehme ich an.«

Charlotte lächelte. Die kleine Dienstmagd hatte noch sichtlich Mühe mit den Gepflogenheiten in einem herrschaftlichen Hause, aber sie schien willig und darauf bedacht, nichts falsch zu machen. Sie war ein hübsches, junges Ding von etwa fünfzehn Jahren und wirkte fleißig und ehrlich. Sie würden sich sicher gut verstehen, dachte Charlotte. Sichtlich erfreut über die freundlichen Worte der jungen Frau sagte das Mädchen beflissen: »Die Herrschaften warten auf Sie im Arbeitszimmer des Lords, Miss. Ich führe Sie gerne dorthin.«

»Das wäre nett von dir, Emmy. Ich hatte noch nicht das Vergnügen, im Haus herumgeführt zu werden und bin daher darauf angewiesen, dass mir eine freundliche Seele den Weg zeigt.«

»Sehr wohl, Miss.« Emmy knickste erneut und ging voraus.

Das Haus war groß und die Ausstattung gediegen, wenn auch etwas veraltet, wie Charlotte feststellte. Man konnte den Eindruck gewinnen, dass die Besitzer seit einiger Zeit nicht mehr allzu viel Wert auf modische Neuerungen im Interieur legten. Dennoch wirkte alles sehr gepflegt und … steif. Charlotte seufzte. Das Haus passte exakt zu seiner Herrin, Lady Millford. Es gab keinerlei Grund zu irgendeiner Beanstandung, aber dem Haus fehlte es an Lebendigkeit und Wärme. Eine unerbittliche Strenge und Nüchternheit, fern jedes spielerischen oder gar luxuriösen Gedankens, prägte jeden Winkel. Dann jedoch erblickte Charlotte im Vorbeigehen zu ihrer Überraschung doch etwas, das ihr Herz höherschlagen ließ. Als sie eine imposante Tür passierten, die wohl zu den größeren Aufenthaltsräumen führte, erhaschte sie durch den halb geöffneten Türflügel einen Blick auf ein wunderschönes Pianoforte, ein mächtiger Flügel, der zweifellos aus der berühmten Broadwood'schen Fertigung stammte[5]. Alt, aber gepflegt! Sie hoffte, dass er noch gestimmt war. Es musste sich um den Flügel ihrer Mutter handeln, dem diese oft nachgetrauert hatte, obwohl sie auch in Kastri ein recht passables Klavier ihr Eigen nennen durften. Charlotte nahm sich fest vor, auch diesem Flügel demnächst ihre Aufwartung zu machen. Ihre Stimmung hob sich merklich und sie rüstete sich für die bevorstehende Audienz.

Lady Millford stand neben ihrem Gatten, der hinter einem sehr großen Schreibtisch aus dunklem Holz Platz genommen hatte. Das Zimmer war groß und mit schweren Teppichen aus-

---

5 Hammerklaviere, erfunden von Bartolomeo Christoforo, verbreiteten sich aufgrund ihrer hervorragenden klangdynamischen Eigenschaften (deshalb alternativ auch Pianoforte genannt) ab Anfang des 18. Jahrhunderts in ganz Europa. Tafelklaviere (mit den Saiten quer zur Tastatur liegend) wurden in England ab 1763 gebaut. John Broadwood baute ab 1782 diese Technik auch in Flügel (Anordnung der Saiten längs zur Tastatur) ein und verbesserte damit entscheidend das Klangvolumen der Instrumente. Um 1800 produzierte seine Fertigung circa 400 Tafelklaviere und Flügel allein für den englischen Markt.

gelegt, die Charlotte wie ein Meer vorkamen, das es zu durchpflügen galt, um sich dem Herrn über Millford und Lower Woodland zu nähern. Lady Millford hatte für den heutigen, offenbar für sie recht offiziellen Anlass ein Kleid aus dunkelbraunem Atlas mit Brüsseler Spitze gewählt, in tadellosem Sitz, wenn auch ihre einstmals wohl schlanke Figur nicht mehr ganz die jugendliche Silhouette besaß, die sich die Trägerin des Kleides zu erhoffen schien. Sir Alistair schien älter, als sie ihn sich für einen dreiundsechzigjährigen Mann vorgestellt hatte. Eher von zierlichem Wuchs, ähnelte er in gewisser Weise tatsächlich ihrer verstorbenen Mutter. Einige Züge in seinem ihr bislang fremden Gesicht erinnerten Charlotte stark an sie, wenn sie auch nicht genau sagen konnte, ob es sich dabei eher um die Augen oder den Mund handelte. Überhaupt schien dieser Mund eine unbestimmte Weichheit zu offenbaren.

Es war schließlich aber der durchaus freundliche und neugierige Blick, der Charlotte endlich den Mut gab, sich ohne Scheu in das Teppichmeer zu wagen und die Reise zum fernen Schreibtisch anzutreten. Dort endlich angekommen knickste sie, wie sie es in der gestrengen Schule von Mrs Longbottom gelernt hatte.

»Verehrter Onkel, verehrte Tante, ich schätze mich glücklich, in Ihrem Hause so freundlich empfangen worden zu sein.«

»Mein liebes Kind, auch wir freuen uns, dich endlich kennenlernen zu können«, antwortete Sir Alistair. »Meine Gattin und ich haben uns entschieden, dich nach Millford Hall kommen zu lassen, damit du fortan in diesem Hause als unsere Tochter leben kannst. Wie du weißt, lag uns deine Erziehung am Herzen und so ließ ich dich, auf Anraten meiner lieben Frau, in einem Institut für die Erziehung junger Mädchen unterbringen. Ein Bekannter hat mir das Longbottom Institut empfohlen und ich hoffe, du hast dort eine gute Erziehung genossen. Obwohl ich doch auch verwundert war, nie von dir auch nur eine Zeile erhalten zu haben. Aber vielleicht haben ja junge Mädchen andere Dinge im Kopf. Wie dem auch sei, wir freuen uns jedenfalls, dass du nun hier bei uns bist.«

So ist das also, dachte Charlotte, sie hat ihn nicht informiert, dass mir befohlen wurde, den Kontakt zu unterlassen und ließ ihn in dem Glauben, ich sei leichtfertig und undankbar. Sie scheint einen unbestimmten Hass gegen mich zu hegen, obwohl ich mir das nicht erklären kann. Sie kennt mich doch gar nicht! Ich muss auf der Hut sein und sie nicht weiter gegen mich aufbringen.

»Lieber Onkel, es tut mir leid, Ihnen nicht geschrieben zu haben, aber seien Sie versichert, dass ich Ihnen unendlich dankbar bin für die finanzielle Unterstützung und die gute Erziehung, die Sie mir zukommen ließen nach dem Tod meiner Eltern. Ich hatte jedoch die wohl falsche Vermutung, dass Sie nicht die Zeit hätten, sich neben Ihren zahlreichen Verpflichtungen mit einer unbedeutenden und mittellosen Waise zu befassen. Ich kann Sie nur um Verzeihung bitten für diesen Irrtum, bei dem die Schuld ganz bei mir liegt.«

Charlotte hatte während ihrer Worte die Reaktion von Lady Millford beobachtet und registrierte mit heimlicher Genugtuung, wie diese erleichtert und verblüfft zugleich ihren angehaltenen Atem vorsichtig entweichen ließ und nach einem Wimpernschlag der Verunsicherung Charlotte mit etwas mehr Respekt, aber auch Vorsicht betrachtete. Was führt diese Frau im Schilde?, fragte sie sich. Warum hatte sie zugestimmt, dass ich zur Tochter des Hauses gemacht werde?

»Liebes Kind, sei unbesorgt, wir werden das alles aufholen und uns gut kennenlernen.« Sir Alistair erhob sich mühsam aus seinem Sessel und wanderte langsam um das Ungetüm von einem Schreibmöbel herum, das mehr der Repräsentation als der Arbeit zu dienen schien. Er war nur etwa so groß wie

Charlotte selbst und wirkte neben seiner eindrucksvollen Gattin eher unscheinbar. »Du siehst deiner Mutter ähnlich, aber hast auch viel von deinem Vater. Ja, mein Kind, wir kannten ihn! Es war eine unglückliche Geschichte damals und ich bedaure es mehr als du ahnst, dass meine liebe Schwester so ohne ein Wort mit einem mittellosen Mann ihr Zuhause verließ. Aber vielleicht waren meine Eltern auch zu hart in dieser Angelegenheit, wer weiß?«

An dieser Stelle hörte Charlotte, wie Lady Millford scharf die Luft einsog und mit einer gehörigen Portion Empörung wieder von sich gab. Sir Alistair ließ sich davon nicht beirren. Sie ist unversöhnlich, dachte Charlotte, aber da war noch etwas anderes. Doch dem würde sie schon noch auf die Spur kommen.

»Wie du sicher weißt, hat uns die Vorsehung leider keine eigenen Kinder zugedacht«, hub Sir Alistair wieder an, »Nun, da wir alt werden und jede Hoffnung auf eigenes familiäres Glück zunichte gemacht ist, haben wir uns entschlossen, dich an Kindesstatt anzunehmen, da du meine nächste Verwandte bist. Und natürlich habe ich die Hoffnung, vielleicht noch auf meine alten Tage Großvater zu werden. Denn ich sehe, du bist nicht unansehnlich. Ja, sogar ein recht hübsches, junges Ding und, wie mir Mrs Longbottom schriftlich versicherte, intelligent und anstellig. Du wirst uns rechte Freude machen, hoffe ich.«

»Das hoffe ich auch, lieber Onkel, und ich werde mich sehr bemühen, mich Ihrer Freundlichkeit würdig zu erweisen. Ich darf doch auch weiterhin Onkel und Tante sagen, denn Mutter und Vater werden in meinem Herzen immer meine verstorbenen Eltern bleiben«, beeilte sich Charlotte hinterherzuschieben.

Sir Alistair schien wirklich ein offener und weichherziger Mann zu sein und sie begann es jetzt schon zu bedauern, dass es ihr während ihres bisherigen Aufenthalts in England nicht vergönnt gewesen war, ihn kennengelernt zu haben. Dies hatte jedoch der unbeugsame Wille seiner Gattin verhindert, die jetzt aber plötzlich doch nachgegeben hatte, und dafür musste es einen bestimmten Grund geben. Aber Charlotte beschloss, jetzt nicht weiter darüber nachzugrübeln, sondern sich die Dinge entwickeln zu lassen. Und sie entwickelten sich auch augenblicklich!

»Charlotte, ich hoffe, du bist durch deinen Aufenthalt im Institut auch darauf vorbereitet, in die Gesellschaft eingeführt zu werden«, sagte Lady Millford kühl und keineswegs freundlich. »Du bist bereits fast einundzwanzig und es wird höchste Zeit für dich, dass du debütierst.«

»Wie Sie wünschen, Tante. Allerdings bin ich mir nicht ganz sicher, welche Art von Vorbereitung Sie meinen. Sicher habe ich die erforderlichen Formen der Höflichkeit erlernt und bin auch mit den Gesellschaftstänzen vertraut, aber darüber hinaus habe ich mich um die Vorbereitung der Gesellschaftseinführung nicht allzu sehr bemüht, da ein Leben als Gouvernante der mir vorgezeichnete Weg zu sein schien.«

Lady Millford schaffte es erneut, in ein weiteres Atemholen eine ganze Palette von Empfindungen von hilfloser Resignation bis hin zu heroischem Martyrium zu legen, wie Charlotte erstaunt registrierte.

»Dann werde ich die Sache selbst in die Hand nehmen müssen und mit Ihrer Zustimmung, Sir Alistair, einen Ball in ungefähr vier Wochen in unserem Hause veranstalten. Diese vier Wochen werden, so hoffe ich, genügen, um Charlotte so weit vorzubereiten, dass wir es wagen können, sie zumindest einem kleineren Kreise der hiesigen Gesellschaft vorzustellen.«

»Ja, machen Sie nur, meine Liebe. Ich lege das alles in Ihre Hände und bin mir sicher, dass alles zu meiner größten Zufriedenheit geschehen wird. Doch jetzt würde ich mich gerne wieder zurückziehen. Mir ist etwas schwindelig. Arthur soll mir noch meinen Stärkungstrank bringen. Wir sehen uns dann zum Tee, mein Kind, nicht wahr? Ich bin neugierig darauf zu erfahren, wie dein bisheriges Leben verlaufen ist. Besonders die Zeit mit deinen Eltern in Griechenland, wenn es dich nicht zu sehr schmerzt.« Sir Alistair wandte sich zum Gehen und verließ den repräsentativen Arbeitsraum durch eine Tür, die in seine Privatgemächer zu führen schien.

Charlotte hielt sich für entlassen und schickte sich ebenfalls an, den Raum zu verlassen, als die scharfe Stimme Lady Millfords sie zurückhielt.

»Ich hoffe, du wirst meinen Mann nicht mit nutzlosem Geschwätz ermüden. Wie du sicher gemerkt hast, ist Sir Alistair nicht bei bester Gesundheit. Jede Aufregung – und besonders die Erinnerung an die skandalöse Verbindung deiner Eltern – würde ihm mit Sicherheit schaden, was du hoffentlich nicht verantworten möchtest. Ich möchte dich daran erinnern, dass es deine vornehmste Pflicht ist, dich dem Hause Millford dankbar zu erweisen und dich nun mit aller Kraft der Aufgabe zu widmen, eine echte Millford zu werden. Haben wir uns verstanden?«

Charlotte blickte Lady Millford einen kurzen Augenblick unverwandt in die Augen.

»Voll und ganz, liebe Tante. Ich werde tun, was von mir erwartet wird.«

Über Lady Millfords Gesicht zog abermals ein Schatten der Verunsicherung. Sie war Widerstand nicht gewohnt, und der Blick dieser jungen Frau verhieß nichts Gutes.

Kapitel 4

Charlotte ging allein zurück. Zum Glück fand sie sich auch an Orten, die sie erst einmal besucht hatte, immer wieder gut zurecht. Eine Fähigkeit, die sie bei den früheren Expeditionen mit ihrem Vater trainiert hatte, und die auch in den steinigen Höhen und Tälern des griechischen Festlands von gutem Nutzen gewesen war. Ihr Vater hatte sie oft seinen kleinen Scout genannt, und Charlotte war stolz auf ihren guten Orientierungssinn. Nun, da sie sich im Hause ihres Onkels allein zurechtfinden musste, weil Lady Millford offenbar nicht gewillt war, ihr eine Führung durch ihr neues Zuhause zu gönnen, versuchte sie sich zu erinnern, an welchen Zimmern sie auf dem Weg ins Arbeitszimmer ihres Onkels vorbeigekommen war. Ein Diener, den sie hätte fragen können, war nicht zu sehen. Sie schienen alle in den anderen Bereichen des Hauses beschäftigt. Vielleicht waren sie aber auch von Lady Millford angewiesen worden, ihr möglichst aus dem Weg zu gehen, was Charlotte ihr ohne Weiteres zutraute.

Millford Hall schien von innen noch größer zu sein, als es gestern in der Dämmerung von außen ausgesehen hatte. Das Haus spiegelte nur zu deutlich das honorige Adelsgeschlecht der Millfords wider, das eine lange Geschichte aufzuweisen hatte. Charlotte hatte sich darüber im Adelskalender in der Bibliothek des Longbottom'schen Instituts ausführlich informiert, sobald ihr der Brief von Mr Norton zugestellt worden war. Die Adoption selbst stand noch aus, und Charlotte fragte sich, wann dieser formelle Akt vorgenommen werden sollte. Vielleicht war der geplante Ball ja auch so etwas wie eine Probe, ein Eignungstest für sie. Sollte sie versagen, konnte man sie immer noch abschieben und ihr auf diskretem Wege eine Stelle als Gouvernante weit weg von Millford besorgen, vielleicht beim weniger angesehenen irischen Adel. Nun, möglicherweise sah so der Plan ihrer Tante aus. Vielleicht rechnete sie damit, dass Charlotte sich blamieren und in der hiesigen Gesellschaft durchfallen würde, um sie auf diese Weise ein für alle Mal loszuwerden. Offenbar hatte sie ihrem Gatten in diesem Punkt nichts entgegensetzen können, obwohl Charlotte den Eindruck gewonnen hatte, dass Sir Alistair zwar ein liebenswerter, aber kein willensstarker Mensch war. Umso bemerkenswerter, dass er sich nach all den Jahren doch gegen seine Frau hatte durchsetzen können, mit seinem Wunsch, Charlotte in sein Haus aufzunehmen. Sie hatte das Gefühl, dass er die Verbannung seiner Schwester bedauerte und er bereit war, den »Skandal«, wie es Lady Millford immer wieder betonte, der Vergangenheit angehören zu lassen. Er schien ehrliche Reue über das Schicksal seiner Schwester zu empfinden.

Charlotte beschloss, sich nicht so leicht den geheimen Plänen Lady Millfords unterzuordnen und ihr Bestes zu geben, was diesen Ball anbetraf. Obwohl sie solchen Festivitäten, wie sie auch gelegentlich in Surrey stattgefunden hatten und zu denen sie als Lehrerin von manchen ihrer Schülerinnen hin und wieder eingeladen worden war, wenig Unterhaltendes hatte abgewinnen können. Erschien es ihr doch im Innersten mehr ein Pferdemarkt zu sein, bei dem die erwachsenen Töchter der Gentry und der Peers sozusagen zur Begutachtung und Wertsteigerung des familiären Vermögens feilgeboten wurden. Charlotte musste sich bei diesem Gedanken das Lachen verbeißen. Mrs Longbottom hätte bestimmt einen ihrer berühmten nervösen Anfälle bekommen, wenn er ihr zu Ohren gekommen wäre. Charlotte verstand ihre Mutter inzwischen gut, die damals aus diesem gesellschaftlichen Korsett ausgebrochen war und – wenn auch um den hohen Preis der Ächtung durch Familie und Gesellschaft – den Mann geheiratet hatte, der ihr Herz erobert hatte. Sie fragte sich allerdings, ob ihre Mutter diesen Schritt wohl jemals bereut hatte. Ihr Bruder jedenfalls bedauerte den Verlust seiner Schwester zutiefst, dessen war sie sich sicher.

Sie war unversehens bei der hohen Tür, die vorhin einen Spalt offen gestanden hatte, angelangt und erinnerte sich an den herrlichen Flügel, der hinter dieser Tür darauf wartete, von einem willigen Musikanten beehrt zu werden. Vorsichtig näherte sie sich und öffnete leise die Tür. Ja, da stand er! Walnussfarben und mit herrlichen bunten Einlegearbeiten verziert, prangte er in einem lichtdurchfluteten Raum, der vermutlich als Aufenthaltsraum bei gesellschaftlichen Anlässen genutzt wurde. Gefällig angeordnete Sitzgruppen lockerten den hohen, mittelgroßen Saal auf und in der Ecke befand sich ein prächtiger, gekachelter Ofen, der auch in der kälteren Jahreszeit Besucher zum Verweilen einladen konnte. Nahe dem Flügel stand ein hoher Vitrinenschrank, der angefüllt war mit Notenblättern und einigen weiteren Instrumenten, wie Flöten und sogar einer Laute. Ja, dies war der geliebte Flügel ihrer Mutter, kein Zweifel. Er war ihr oft beschrieben worden.

Charlotte setzte sich andächtig auf die Klavierbank. Fast vermeinte sie die Anwesenheit ihrer Mutter zu spüren und schluckte, um die aufsteigenden Tränen zu verdrängen. Dann – vorsichtig und in der Furcht, die Stille des Raumes allzu grob zu durchbrechen – schlug sie ein paar Tasten an. Der Klang war wunderbar und dadurch ermutigt, spielte sie die ersten Töne einer kleinen Suite von Purcell[6], hörte jedoch sofort wieder auf, als das Instrument Unschönes von sich gab. Der Flügel war leider völlig verstimmt. Seit dem Fortgang ihrer Mutter aus Millford Hall hatte wohl kaum jemand mehr auf ihm gespielt und noch weniger sich um das edle Instrument gekümmert. Ein Jammer! Die liebevolle und kundige Hand eines guten Klavierstimmers, etwa Mr Hover aus Surrey, würden diesem königlichen Instrument wieder Leben einhauchen können. Wenn es sich ergab, wollte sie ihren Onkel darum bitten. Bei Lady Millford rechnete sie sich kaum Chancen aus, obwohl es ihr möglich schien, im Zuge der Vorbereitung auf den Ball auch ihr Glück bei ihrer Tante zu versuchen. Nur musste es geschickt vorgebracht werden.

6 Henry Purcell (1659 – 1695), bedeutender englischer Komponist und Zeitgenosse Händels. Von diesem wurde Purcell auch sehr geschätzt. Trotz seines frühen Todes schuf er zahlreiche Werke, als besonders bedeutend ist sein Werk aber im Bereich der Kirchen- und Vokalmusik zu sehen.

Entschlossen erhob sich Charlotte von der Klavierbank und machte sich auf den Weg zurück in ihr Zimmer. Ihre Tante würde zweifellos zu gegebener Zeit nach ihr rufen lassen. Sie konnte in der Zwischenzeit ihre wenigen Besitztümer auspacken und sich ihrem Koffer mit Büchern widmen. Auch etwas Korrespondenz an zwei liebe Freundinnen und Mrs Longbottom war eine gute Idee und Notwendigkeit.

Leider stellte sich in den folgenden Tagen und Wochen heraus, dass die Begrüßung, die Charlotte auf Millford Hall erfahren hatte, durchaus als richtungsweisend für ihren Aufenthalt dort gesehen werden konnte. Tatsächlich war Lady Millford die wahre Herrin des Hauses und ihrem Urteil hatte sich alles zu unterwerfen. Da sie die Dienstboten mit großer Strenge führte, brachten ihr diese ehrfurchtsvollen Respekt, aber keine Wärme entgegen. An Sir Alistair jedoch hing das ganze Haus und alle seine Bewohner, außer vielleicht Lady Millford selbst, mit nachsichtiger Zuneigung. Alle schienen beunruhigt zu sein über die Gebrechlichkeit des Hausherrn, die auch Charlotte immer mehr auffiel. Ihr Onkel wirkte auf eine bedenkliche Weise krank und fragil. Seine Haut wies einen ungesunden bläulichen Schimmer auf und des Öfteren überfielen ihn Anfälle von Kurzatmigkeit ohne einen direkten Anlass. Auch schien er dem Tagesgeschehen und seinen eigentlichen Pflichten als Gutsherr wenig Beachtung zu schenken. Diese Dinge überließ er sehr großzügig seiner Gattin, obwohl Charlotte an der Selbstverständlichkeit, mit der diese die Aufgaben übernahm, deutlich ablesen konnte, dass er es zumindest in gewisser Weise schon immer so gehalten hatte. Sir Alistair war ein herzlicher, nahezu leutseliger Mann, der ihr viel Zuneigung, ja sogar eine gewisse Anhänglichkeit entgegenbrachte. Doch Charlotte hatte den Eindruck, dass diese

Zuneigung nicht nur in ihrem eigenen Wesen begründet zu sein schien, sondern darüber hinaus zielte und die schmerzlich vermisste, geliebte Schwester, eben ihre Mutter meinte. Nicht nur einmal machte Sir Alistair seine Nichte darauf aufmerksam, wie sehr sie äußerlich ihrer Mutter glich und ließ dabei seinen Blick wohlwollend auf ihr verweilen.

Natürlich war er auch begierig, über ihr Leben in Griechenland mehr zu erfahren und forderte Charlotte immer wieder dazu auf, darüber zu berichten. Dies waren jedoch die Augenblicke des Tages, die Charlotte am meisten fürchtete. In der Regel war bei diesen nachmittäglichen Unterredungen im Wohnraum der Millfords nämlich Lady Millford zugegen, die ihren Gatten nahezu eifersüchtig zu bewachen schien. Sie hatte Charlotte in einem weiteren Gespräch deutlich mitgeteilt, dass sie auf keinen Fall eine Erwähnung der Umtriebe (sie nannte es »Umtriebe«, und hatte ihrer Stimme dabei ein Höchstmaß von Verachtung beigemischt) ihrer zweifelhaften Herkunftsfamilie in ihrem Hause wünsche. Sir Alistair sei aufgrund seiner schwachen Konstitution auch kaum in der Lage einzuschätzen, was ihm förderlich sei, und daher sehe sie sich gezwungen, in dieser Sache ein striktes Verbot auszusprechen.

Charlotte bezweifelte zwar entschieden, dass ihre Berichte Sir Alistair wirklich geschadet hätten. Ganz im Gegenteil! Sie hatte den Eindruck, dass ihre sanfte, wenn auch deutliche Verweigerung, ihm die gewünschten Auskünfte und Berichte zu geben, ihn betrübte und mehr schadete als half. Jedoch konnte und wollte sie zu diesem Zeitpunkt der klaren Anordnung ihrer Tante nicht zuwiderhandeln. Es war ihr sehr daran gelegen, das Wohlwollen Lady Millfords doch noch zu verdienen. Je mehr Zeit aber ins Land zog, umso mehr resignierte sie hinsichtlich dieses Wunsches. Sie konnte es ihrer Tante einfach nicht recht machen. Ob sie sprach oder schwieg, ob sie stand oder saß, ja selbst ihre bloße Anwesenheit war dieser ein Stein des Anstoßes und Auslöser permanenten Missfallens.

Die Unterweisungen ihrer Tante hinsichtlich ihrer Einführung in die Gesellschaft wurden mehr und mehr zur Tortur für beide Seiten. Lady Millford ging augenscheinlich davon aus, dass allein die Tatsache ihrer nicht standesgemäßen Geburt eine völlige charakterliche Missbildung bei ihrer Nichte hervorgerufen hatte, der auch sechs Jahre beste Erziehung in einer der führenden Schulen für höhere Töchter nichts hatte anhaben können und somit die finanziellen Aufwendungen, die Sir Alistair diesbezüglich erbracht hatte, vergeudetes Geld gewesen waren. So war selbstverständlich ein beträchtlicher Teil der Ausführungen Lady Millfords von missbilligenden Äußerungen über die Herkunft ihrer Nichte und vor allem über die Beschaffenheit – oder vielmehr: die Mangelhaftigkeit – des Charakters ihrer Eltern geprägt. Besonders gegen ihre Schwägerin, Elisa Brandon, hegte Lady Millford einen tief sitzenden Groll, der sich nicht allein mit der fatalen Entscheidung Elisas erklären ließ, dem Mann, den sie liebte, zu folgen, ohne Rücksicht auf die gesellschaftlichen Konsequenzen. Auch eine gewisse Nuance der Eifersucht spielte eine Rolle und ließ Lady Millford nichts Positives an ihrer Nichte erkennen. Sie hielt sie, wie sie ihr immer wieder auf die eine oder andere Art zu verstehen gab, für anmaßend, ungeschickt, aufsässig und obendrein nur unter Einsatz äußerster Mittel für einigermaßen akzeptabel, was ihr Aussehen und damit letztlich ihre Fähigkeit, einen angemessenen Ehemann zu finden, anbetraf.

Einige wenige Male hatte Charlotte es gewagt, ihr zu widersprechen, besonders, wenn der Charakter ihres Vaters in Zweifel gezogen wurde. Dies war etwas, was sie nur schwer ertragen konnte, da sie vor allem an ihrem Vater mit zärtlicher Liebe gehangen hatte und ihn auch Jahre nach seinem Tod noch immer schmerzlich vermisste. Ihre Einwände hatten jedoch bei Lady Millford nur ihre vorgefasste Einschätzung ihrer Nichte hinsichtlich deren Aufsässigkeit und Verderbtheit verstärkt. So hatte es Charlotte vorgezogen, keinen Widerstand mehr zu leisten und ließ geduldig die weitgehend eigentlich völlig überflüssigen Einweisungen hinsichtlich Benimm, Konversation und Auftritt über sich ergehen. Auf die Dauer spürte sie aber, wie die ständigen Kränkungen sie zu zermürben begannen.

Kapitel 5

Betty, die Zofe Lady Millfords, drehte unermüdlich die Papilloten in Charlottes dunkelbraunes, langes und leider, so hatte die Hausherrin befunden, viel zu glattes Haar und ermahnte die so Gefolterte von Zeit zu Zeit, stillzuhalten. Kunstvoll geringelte Hochsteckfrisuren mit Bändern und Federn waren zwar chic und wurden auf Festivitäten erwartet, wie Lady Millford Charlotte kategorisch erklärt hatte, Charlotte fand sie aber übertrieben und lästig. Sie hatte, dachte sie, nun einmal glattes, unspektakulär dunkelbraunes Haar und belächelte insgeheim das Bemühen der Oberschicht, sich der antiken Vorbilder zu bedienen und sie gleichzeitig durch lächerliche Federn und ähnliche Stilbrüche ad absurdum zu führen. Sie bevorzugte den französisch-bürgerlichen[7] Stil, was Lady Millford sicherlich für einen glatten Affront gehalten hätte, wenn Charlotte es gewagt hätte, ihre Vorstellungen mit in die Diskussion zu geben. Charlotte hatte allerdings genug von der Prozedur. Was für ein Aufstand! Sie hätte wirklich eine deutlich schlichtere Frisur bevorzugt, die ungleich besser zu ihren, so fand sie, durchschnittlich hübschen Gesichtszügen gepasst hätte. Doch Mylady hatte befohlen, und Myladys Anordnungen galten im Hause Millford als ehernes Gesetz. Nach endlosen zwei Stunden schien Betty zufrieden zu sein. Sie wies

---

7 Französische Mode wurde besonders in aufgeklärten, fortschrittlichen Kreisen des Adels europaweit gerne getragen, auch in England, trotz der erfolgreichen Abschottung gegenüber den französischen Aggressoren.

Charlotte an, sich zurückzulehnen und begann, deren Gesicht mit einer Mischung aus Kleie und feinem Sand zu besteichen.

»Muss das wirklich sein, Betty?«, stöhnte Charlotte.

»Sicher, Miss, wenn Sie hübsch sein wollen und das wollen Sie doch für den Ball, nicht wahr?«

»Ja, sicher«, seufzte Charlotte ergeben, »alles für den Ball und meine Einführung als Festochse!«

»Ich bitte dich, mit etwas mehr Respekt an diesen wichtigen Termin zu denken!« Die Worte ihrer Tante ließen die junge Frau zusammenzucken. Lady Millford war von Charlotte unbemerkt eingetreten und hatte die letzten Worte unglücklicherweise gehört. »Wenn du dich als Festochse siehst, wirst du dich auch wie ein solcher verhalten und uns eine große Blamage bereiten.«

»Verzeihen Sie, Tante, aber ist dieser Aufwand denn wirklich nötig? Ich fühle mich in dieser Aufmachung wirklich nicht wohl und bin es nicht gewohnt, so ein Aufheben von mir zu machen.«

»Das verwundert mich nicht, Charlotte, wenn man deine Herkunft bedenkt. Selbstverständlich hattest du bei deinen Eltern, die vermutlich wie bessere Bauern in dieser griechischen Einöde vegetierten, keine Zeit und auch keinen Anlass, dich um dein Äußeres zu kümmern.

Allerdings hatte ich gehofft, dass du wenigstens am Institut gelernt hast, dich um dein Aussehen zu bemühen.«

»Das habe ich allerdings, Tante. Mir scheint jedoch, wir verstehen Unterschiedliches unter ›Bemühung‹.«

Es war gut, dass die Paste auf ihrem Gesicht mittlerweile angetrocknet war, denn sonst hätte Lady Millford sofort bemerkt, dass Charlotte vor Zorn rot geworden war. Mühsam versuchte sie, ihre aufwallenden Empfindungen wieder unter Kontrolle zu bringen. Sie hatte es satt, diese ständige Stichelei über ihre Eltern und ihre angeblich so schlechte Herkunft ertragen zu müssen. Zwar war ihr Leben in Kastri einfach, aber ungleich interessanter als hier auf Millford Hall gewesen. Ihre Tage waren angefüllt gewesen mit interessanten Gesprächen und Forschungstätigkeit. Mutter hatte Vater geholfen, seine Funde sorgsam zu katalogisieren, eine Tätigkeit, die längst nicht bei allen Forschern so gehandhabt wurde, die sich nur zu oft eher wie die heimischen Grabräuber gebärdeten. Sie hatten Besuch bekommen von Archäologen und Altertumsforschern aus ganz Europa. Von einem Vegetieren konnte beileibe keine Rede sein! Es war zwar durchaus schwierig gewesen, immer wieder einen Geldgeber für die Forschungen ihres Vaters zu finden und sie hatten manches zu ihrem Lebensunterhalt aus eigenem Anbau beigesteuert, aber die anregenden Gespräche bei Tisch hatten sie um ein Vielfaches für die Schlichtheit der Lebensumstände entschädigt. Eher erschien Charlotte ihr Elternhaus von ungleich größerer Kultiviertheit und Humanität geprägt gewesen zu sein als der Millford'sche Haushalt.

Charlotte biss sich auf die Lippen, um ihrer Tante nicht zornige Worte ins Gesicht zu schleudern. Stattdessen griff sie nach dem Baumwolltuch neben der Wasserschüssel, tauchte es in das kühle Waschwasser und rieb sich hastig die Kleie aus dem Gesicht. So abgekühlt, hielt sie es für das Beste, für heute das Feld zu räumen.

»Betty, es tut mir leid, ich habe schreckliche Kopfschmerzen und würde unsere Bemühungen …«, Charlotte gelang es tatsächlich, das Wort ohne den Sarkasmus, der ihr auf der Zunge lag, auszusprechen, »… gerne auf morgen verschieben. Bitte, nimm mir diese Papierdinge aus den Haaren, so schnell es geht! Ich denke, etwas frische Luft wird mir jetzt gut tun.«

»Aber Miss!«, Betty blickte unschlüssig zwischen ihr und Lady Millford hin und her.

»Ich muss schon sagen, ich finde dein Verhalten nicht eben kooperativ«, sagte Lady Millford. »Du scheinst das verantwortungslose und impulsive Wesen deines Vaters leider geerbt zu haben. Ich hatte den Baronet ja gewarnt! Aber er ist nun einmal der Herr des Hauses und ich beuge mich seinem Wunsch und werde mich nicht von dir provozieren lassen.« Sie schwieg einen Augenblick und schaute Charlotte feindselig an, als erwarte sie ein augenblickliches Einknicken ihrer Kontrahentin. Doch Charlotte tat ihr diesmal den Gefallen nicht. Sie war zu aufgebracht und starrte ebenso feindselig zurück.

»Nun, wie du willst! Wir werden morgen unsere Vorbereitungen wieder aufnehmen. Ich erwarte von dir, dass du dich dann mit mehr Hingabe deinen Verpflichtungen widmest, Charlotte. Für heute bist du entschuldigt.«

»Ich bin Ihnen zu großem Dank verpflichtet für Ihr Verständnis, Tante«, stieß Charlotte hervor, während sie ungeduldig begann, sich selbst diese elenden französischen Foltermittel aus den Haaren zu entfernen. Der Schmerz, den das Reißen auf ihrer Kopfhaut verursachte, half ihr, sich zu bezähmen.

Lady Millford bedachte Charlotte noch mit einem letzten vernichtenden Blick und verließ dann mit dem Schwung der Entrüstung wie eine Fregatte unter vollen Segeln den Raum.

»Nun beeile dich schon Betty, ich muss hier raus!«, Charlotte war sich nicht sicher, ob sie noch länger ihre Haltung bewahren konnte. Es war einfach zu viel. Die endlosen Vorhaltungen und das rücksichtslose Ignorieren ihres eigenen Wesens und ihrer Vorstellungen seitens Lady Millford hatte sie inzwischen völlig zermürbt. Zum ersten Mal fragte sie sich wirklich, ob sie dem enormen Druck der Prüfungen, denen sie durch diese unnachgiebige Frau unterworfen wurde, standhalten konnte. Wäre es nicht besser, die Segel zu streichen, die Niederlage einzugestehen und zurückzukehren in ihr altes Leben?

Charlotte griff nach ihrem Schultertuch und stürzte auf die Zimmertür zu. Bettys Ruf ignorierend, stürmte sie die hintere

Treppe hinunter und beeilte sich, in den Garten hinauszukommen. Sie musste fort von diesem Haus, von dieser Familie, von dieser Frau, die sie so offensichtlich hasste. Der Wald musste ihr Schutz und Zuflucht sein. Sie rannte über die sorgsam geharkten Wege durch die Parkanlage und verließ durch das kleine südliche Tor den Garten des ungeliebten Hauses, dem herbstlichen Wald zu, der sie mit den Armen der knorrigen englischen Eichen zu locken schien. Hastig überquerte sie Wiesen und Weiden und überwand einige Holzgatter, bis sie keuchend den Saum des Waldes erreicht hatte. Dort angekommen lehnte Charlotte sich an einen der Stämme und versuchte, zu Atem und auch wieder zu Verstand zu kommen.

Sicher, es war kopflos von ihr, einfach davonzurennen und ganz bestimmt bestätigte sie damit nur den Vorwurf Lady Millfords, zu impulsiv und verantwortungslos zu sein. Eine Genugtuung für ihre Widersacherin, die sie ihr nicht zugestehen wollte. Charlotte schüttelte unwillig den Kopf. Ihre Lage war beklemmend aussichtslos. Sie konnte nicht einfach gehen. Ihr altes Leben stand ihr in Wirklichkeit nicht mehr offen. Denn würde Mrs Longbottom nach der gescheiterten Adoption und einer entsprechenden Auskunft seitens Lady Millfords noch bereit sein, sie wieder als Lehrerin einzustellen? Sicher nicht! Mrs Longbottom war die Reputation ihres Instituts sicher weitaus wichtiger als Charlottes Probleme, und eine verstoßene Tochter aus gutem Hause war als Lehrerin undenkbar[8]. So würde ihr nur eine Bewerbung als Gouvernante bleiben. Aber selbst das war schwierig, da ihr der Makel des gesellschaftlichen Versagens auf Millford Hall ohne Zweifel anhaften würde wie ein Schandmal. Wollte sie nicht völlig mittellos und ohne Verbindungen dastehen, musste sie sich mit Lady Millford zumindest so weit arrangieren, dass ihr ein be-

8 Siehe Nachwort zum Thema Frauenbildung, Lehrpersonal an Boarding Schools.

rufliches Auskommen als Gouvernante möglich wurde. Mit Bitterkeit stellte sie fest, dass sich durch das Angebot ihres Onkels ihre Lage objektiv gesehen weiter verschlechtert hatte. Hätte sie doch als Lehrkraft des Longbottom'schen Instituts gute Aussichten auf eine Stellung in einer der herrschaftlichen Adelsfamilien gehabt, waren ihre jetzigen Möglichkeiten vom nicht vorhandenen Wohlwollen Lady Millfords abhängig.

Charlotte beschloss, einen größeren Spaziergang zu unternehmen und sich ihre Situation in Ruhe zu überlegen. Sie musste einen Weg finden, mit dieser Frau zurechtzukommen!

Die Stille des Waldes besänftigte sie. Es gelang ihr, ihre Gedanken zu beruhigen und sich auf die sie umgebende Natur zu konzentrieren. Sicher würde ihr etwas einfallen, wenn sie in Ruhe darüber nachdenken konnte. Zügig kam sie voran und erkundete Stunde um Stunde die verschlungenen Wanderwege, die sie tiefer und tiefer in das ausgedehnte Gehölz führten. Das Gelände stieg in ebenmäßigem Rhythmus auf und ab und eröffnete immer wieder überraschende Lichtungen und verborgene Waldwiesen. Die Wanderung heiterte sie wieder auf. Es war wirklich schön hier. Besonders der alte Eichenbestand war ein wahres Kleinod, konstatierte Charlotte mit in Surrey geschärftem Kennerblick, als sie nun tiefer im Wald Bäume passierte von gewaltigem Stammumfang, wenn auch eher von niedrigem Wuchs. Wie alle typischen englischen Eichen in Meeresnähe wirkten sie einladend und unnahbar zugleich. Einige von den alten Gesellen mochten wohl mehrere hundert Jahre auf dem Buckel haben und Charlotte begann darüber nachzudenken, was diese alten Bäume wohl erzählen würden, wenn sie könnten. Vielleicht hatte das eine oder andere seltene Exemplar, als Eichel an einem Baum hängend, den legendären König Alfred[9] oder wenigstens König Heinrich VIII. vorbeireiten sehen.

Angesichts der kontemplativen Atmosphäre kam sich Charlotte lächerlich vor mit ihren Sorgen. Im Grunde hatte sie doch Glück gehabt mit dem Angebot der Adoption. Immerhin bestand für sie dadurch die Chance, sich über ihre eigentlichen Möglichkeiten hinaus durch eine günstige Vermählung ein angemessenes Heim und Auskommen zu verschaffen. Eine Hoffnung, die sie als Lehrkraft kaum hegen konnte. Die Vorstellung, ihr Leben als oft genug verachtete Gouvernante von mehr oder weniger verzogenen Adelstöchtern zu verbringen, hatte sie niemals wirklich gelockt. Und ihren eigenen Neigungen nachzugeben stand für sie als Frau außer Frage. Einen Mäzen, der sie vielleicht als Musikerin gefördert hätte, hatte sie bedauerlicherweise auch nicht vorzuweisen. So war Millford Hall die beste aller schlechten Möglichkeiten. Sie seufzte unwillkürlich auf. Sicher, mit ihrer Tante war nicht gut auszukommen und es fiel ihr sehr schwer, sich in ihrer Gegenwart zusammenzunehmen, aber sie musste es versuchen. Um ihrer selbst, ihrer Mutter und ihres Onkels willen, der sie ins Herz geschlossen hatte, obwohl er sie erst seit Kurzem kannte. Er schien fast auf sie gewartet zu haben, um eine Last loszuwerden, die ihn wohl schon seit Jahren bedrückte. Und Charlotte ahnte, worin diese Last bestand.

Sie beschloss notgedrungen, sich so gut es irgend ging zu fügen und die Vorstellungen ihrer Tante zu erfüllen. Und wenn dies bedeutete, herausgeputzt wie ein Pfau auf diesem Ball zu erscheinen, dann würde sie dem eben Folge leisten.

Fröstelnd zog Charlotte die Schultern hoch. Es war spät geworden, das bemerkte sie am Lichteinfall zwischen den Bäu-

---

9 König Alfred (vermutl. 848 – 901 n.Chr.) auch *Alfred the Great* genannt, besiegte die Dänen (Wikinger), bewirkte einen anhaltenden Waffenstillstand mit ihnen und trieb die Christianisierung des gesamten Landes voran. Durch weise Gesetzgebung und Verwaltung gelang es ihm, Recht und Ordnung in dem von Kriegen erschütterten Land einzuführen. Er war der wahre Schöpfer Britanniens, des Reiches »Anglaia«, das von Egbert begründet wurde.

men, und sie befand sich noch tief im Wald. Sie wollte nicht von der hereinbrechenden Dunkelheit überrascht werden, denn die Abende wurden nun doch schon empfindlich kalt und das Gelände war ihr noch nicht vertraut. Es war höchste Zeit umzukehren.

Sie orientierte sich kurz und begann dann den Rückweg zum Hauptpfad anzutreten. Es war ihr so in Fleisch und Blut übergegangen, sich immer und überall Landmarken einzuprägen, dass sie keinerlei Bedenken hatte, ihren Weg nach Millford Hall zurückzufinden. Doch plötzlich war von einigen Yards hinter ihr auf dem schmalen Fußpfad Hufschlag zu hören. Sie erschrak. Dass ihr hier mitten im Wald ein fremder Reiter begegnen musste, und das zu dieser doch schon recht späten Tageszeit, war ihr einigermaßen unangenehm.

Charlotte erwog, sich ins Gebüsch zurückzuziehen, um eine Begegnung zu vermeiden, stellte aber im Umsehen fest, dass der Reiter sie ebenfalls bereits entdeckt haben musste. Es machte also keinen Sinn mehr sich zu verbergen, um dem unbekannten Reiter aus dem Weg zu gehen. Tatsächlich zügelte der Fremde sein Pferd und schloss zu ihr auf.

»Guten Abend, Miss, haben Sie sich verlaufen?«

Der Reiter war ein Mann mittleren Wuchses von etwa zweiunddreißig oder dreiunddreißig Jahren. Offenbar ein Gentleman, wie Charlotte erleichtert an seiner Kleidung und dem edlen Reittier samt Sattelzeug feststellte. Sie sah zu ihm auf und bemerkte seine ehrliche Besorgnis.

»Nein, Sir! Ich weiß gut, wo ich mich aufhalte. Ich bin auf dem Weg nach Millford Hall. Ich denke, es sind noch etwa eineinhalb Meilen in nordwestlicher Richtung von hier und ich müsste in etwa achthundert Yards auf den Hauptpfad stoßen, der auf direktem Wege nach Millford Hall führt. Ich schätze, in einer guten Stunde werde ich den Herrensitz erreicht haben.«

»Da schätzen Sie richtig, Miss …?«

»Brandon, Charlotte Brandon, Sir!«

»Meine liebe Miss Brandon, ich bin erfreut, Ihre Bekanntschaft zu machen. Darf ich mich Ihnen ebenfalls vorstellen? Mein Name ist Captain John Battingfield. Ich bin der Nachbar der Millfords.«

Der Reiter war unterdessen abgestiegen und verbeugte sich korrekt vor Charlotte. »Sind Sie zu Besuch in Millford Hall?«

»Nein, eigentlich wohne ich seit Kurzem dort. Ich bin die Nichte von Sir Alistair. Die Tochter seiner Schwester, um genau zu sein.«

»Miss Elisas Tochter? Na, da soll mich doch …! Verzeihen Sie, Miss Brandon, aber bis zum jetzigen Zeitpunkt wusste keiner, und ich am allerwenigsten, dass Miss Elisa eine Tochter hatte.« Der Captain wirkte ehrlich erstaunt.

Das wundert mich allerdings nicht. Lady Millford hat gründliche Arbeit geleistet, dachte Charlotte nicht ohne Sarkasmus und musterte ihre neue Bekanntschaft nun genauer. Er war ein recht gut aussehender Mann, in dessen dunkles, volles Haar sich bereits vereinzelt die ersten grauen Strähnen mischten. In seinem ebenmäßigen Gesicht blitzten schmale, helle Augen, die Intelligenz und Interesse verrieten. Sie musste sich mit einem leisen Anflug von ungewohnter mädchenhafter Scham auch eingestehen, dass sie durchaus auch seine schön geschwungenen Lippen bemerkt hatte, die von Sensibilität und Zartgefühl zeugten. Von schlankem Wuchs, waren seine Bewegungen von Kraft und Geschick geprägt. Kein schlechter Abschluss für den heutigen, wenig erfreulichen Tag, seine Bekanntschaft zu machen, dachte sich Charlotte mit einer gewissen Koketterie und einem Interesse, das sie selbst am allermeisten erstaunte.

Doch sicher erwartete ihre so unverhofft gemachte neue Bekanntschaft nun, etwas mehr über sie zu erfahren, das erforderte schon die Höflichkeit. So begann sie ihm zu erklären: »Sir, sicher ist Ihnen bekannt, dass meine Mutter und ihr

Gatte, Mr William Brandon, vor Jahren in Griechenland verstarben. Als ihr einziges Kind und nunmehr Waise kam ich daraufhin nach England und wurde dank der Güte meines Onkels in einem Institut in Surrey erzogen. Vor Kurzem schickten nun Sir Alistair und seine Frau nach mir und boten mir an, bei ihnen in Millford Hall zu leben.«

»Ja, tatsächlich hat man vom Tod Ihrer Mutter im Ausland gehört, aber eben nicht viel. Schon gar nicht, dass eine Tochter existiert. Ich wundere mich, Sie nicht schon früher kennengelernt zu haben.«

Charlotte zögerte. Jetzt war Vorsicht geboten. Wenn sie sich zu freimütig äußerte, aber eben der Wahrheit entsprechend, konnte das neuen Ärger mit ihrer Tante hervorrufen. Es würde besser sein, wenn sie nicht allzu viel preisgab. »Das ist mit gewissen Umständen verbunden, auf die ich nicht näher eingehen möchte. Ich denke jedoch, dass Lady Millford Sie gerne in Kenntnis setzen wird, wenn es für Sie von Interesse sein sollte«, sagte sie deshalb unbestimmt und in dem Wunsch, das Thema zu beenden.

Er hatte wohl bemerkt, dass sie sich darüber nicht unterhalten wollte und versicherte nun schnell: »Verzeihen Sie, Miss Brandon, ich wollte nicht neugierig sein. Es wird sicher gute Gründe dafür geben.« Dann wechselte er tatsächlich das Gesprächsthema. »Ich bin übrigens ebenfalls auf dem Weg nach Millford Hall. Ich habe in einer geschäftlichen Angelegenheit mit Ihrem Onkel, Sir Alistair, zu sprechen und würde mich glücklich schätzen, Sie die eineinhalb Meilen – wie Sie übrigens sehr präzise vermuteten – zu begleiten. Bedauerlicherweise ist mein Pferd für eine Dame unpassend aufgesattelt. Ich war einfach nicht darauf gefasst, in Millford Forrest um diese Tageszeit auf so eine reizende Spaziergängerin zu treffen, sonst hätte ich entsprechende Vorsorge getroffen.« Er lächelte freundlich. »Ich hoffe, Sie verzeihen mir meine mangelnde Voraussicht.«

Charlotte verspürte Erleichterung darüber, dass der Captain sofort begriffen hatte, dass sie das Thema ihrer späten Einführung auf Millford Hall zu vermeiden suchte. Sie lächelte ebenfalls. Er schien ein erfreulich aufmerksamer Zuhörer zu sein und überdies einen feinen Humor zu besitzen, der ihr durchaus gefiel. Trotzdem war sie sich nicht sicher, ob es schicklich war, mit diesem ihr bisher völlig unbekannten Mann allein durch die Gegend zu wandern.

»Ich danke Ihnen für das Angebot, mich zu begleiten, will Sie aber bei Ihrer sicher unaufschiebbaren Besprechung mit meinem Onkel nicht aufhalten. Und es ist sicher kein Schaden, dass es an einem passenden Sattel für mich fehlt. Es wäre fast eine Beleidigung für das edle Tier, wenn ich es zu reiten versuchte, fürchte ich, denn ich bin keine allzu geübte Reiterin. Und Ihr temperamentvolles Tier verdient gewiss eine solche.«

Belustigt über ihre Bemühungen, die Regelungen der Etikette hier mitten im Wald aufrecht zu erhalten, musterte er sie einen kleinen Moment interessiert. »Ich wäre kein Gentleman und würde mir sicher die Missbilligung Ihres Onkels zuziehen, würde ich eine Dame bei anbrechender Dämmerung allein im Wald herumirren lassen. Ich schlage deshalb vor, wir gehen zu Fuß.«

Das Wort »herumirren« hatte eine empfindliche Saite bei Charlotte angeschlagen. Es ärgerte sie, dass der Captain wie fast alle männlichen Wesen offensichtlich davon ausging, dass Frauen per se unfähig seien, sich zu orientieren und immer und in jeder Lage des männlichen Schutzes bedurften.

»Wie Sie ja vorher schon bemerkten, war ich keineswegs in der Situation ›herumzuirren‹, Sir. Ich pflege mich nicht zu verlaufen. Mein Vater hat mir allerdings schon früh beigebracht, meinen Weg allein und sicher auch in unwegsamem Gelände zu finden. Eine Fähigkeit, die für einen Archäologen unerlässlich ist, da sich das Ziel seines Interesses nun einmal naturgemäß häufig außerhalb heutiger menschlicher Zivilisation befindet, sonst müsste er ja nicht danach forschen, nicht wahr?«

Er hob eine Augenbraue in sichtlichem Erstaunen über ihre etwas zu engagiert vorgetragene Rede und meinte, sich ein vergnügtes Lachen nur mit Mühe verbeißend: »Ich höre mit Interesse, dass Sie der Profession der Altertumsforschung nachgehen. Es war mir nicht bewusst, dass Millford Forrest von archäologischer Bedeutung ist.«

Charlotte, die nun selbst merkte, dass die Situation eine ungewollte Komik entwickelte, lenkte ein. »Touché!«, sagte sie keck und schenkte ihm ein offenes Lächeln, das ihn zu freuen schien. Zusammen begannen sie weiterzugehen, während Charlotte versöhnlich erklärte: »Selbstverständlich diente mein Spaziergang nur meinem eigenen Vergnügen und selbstverständlich bin ich nicht als Forscherin unterwegs.« Sie seufzte leicht. »Obwohl ich manchmal wirklich wünschte, ich könnte es. Mein Vater forschte bis zu seinem Tod in Griechenland mit besonderem Schwerpunkt im antiken Delphi. Sie kennen sicher das Delphische Orakel aus den mythischen Erzählungen. Aber er studierte auch die hellenischen Schlachten und die Geschichte der Sibyllen, genauer die Sibyllinischen Weissagungen, die eine große Bedeutung in der römischen Geschichte haben. Von erheblichem Ruf war jedoch seine Delphische Forschung.«

»Und Ihr Vater hat Sie auf diese Reisen mitgenommen?«, fragte Battingfield interessiert.

»Ja, oft! Auch meine Mutter, da die Ausgrabungen häufig einige Wochen in Anspruch nahmen. Er hasste es, so lange von seiner Familie getrennt zu sein und so wurde ich in alles einbezogen und hatte sogar das Glück, Griechisch und Latein sozusagen vor Ort und im Wortsinne ›am vorliegenden Objekt‹ erlernen zu können. Ich vermisse das wirklich sehr. Die Bildung, die einer jungen Dame der Gesellschaft zugestanden wird, ist leider nicht eben tiefgehend. Zeigt man mehr Interesse als es für schicklich angesehen wird, zieht man den Unwillen der Lehrpersonen auf sich.« Charlotte seufzte unwillkürlich tiefer auf. Da hatte sie ungewollt einen ihrer wunden Punkte preisgegeben. Seltsam, sie kannte diesen Mann erst seit zehn Minuten und begann bereits, ihr Innenleben vor ihm auszubreiten. Es war sicher mehr Zurückhaltung angebracht.

»Aus Ihnen spricht ja ein gewaltiger Wissensdurst«, erwiderte der Captain. »Das ist sehr erfreulich für eine junge Frau. Ich habe zu meinem Bedauern oft den Eindruck gewonnen, dass die Vertreterinnen des weiblichen Geschlechts sich eher für die neueste Garderobe, Haus und Garten und den gesellschaftlichen Klatsch interessieren. Nun, eventuell und in seltenen Fällen noch für Literatur.«

»Oh, glauben Sie das nicht, Sir! Ich darf Ihnen versichern, dass meine Schülerinnen im Institut – zumindest die begabteren unter ihnen – sich ebenso wie ich für Wissenschaften aller Art interessierten, von Astronomie über Geschichte bis hin zur Biologie. Auch für Kunst, Literatur und Musik, ja diese sogar zu ersinnen und nicht nur wiederzugeben, zeigen weibliche Wesen ebensolches Geschick wie ein Mann.«

In ihrem Eifer hatte sie sich ihm zugewendet und ergänzte nun in einem Tonfall, aus dem Leidenschaft und die ärgerliche Enttäuschung über ihre Erfahrungen in Longbottom sprachen: »Wenn man sie denn nur ließe! Aber es ist nicht erwünscht und man hat mir mehr als einmal deutlich gemacht, dass dies der guten Erziehung mehr schade als nütze. Und womöglich haben meine Kolleginnen und die Institutsleiterin recht damit, da das geweckte Interesse ja nicht befriedigt wird und damit nur Unzufriedenheit hervorruft, was den erhofften Frieden eines zu gründenden Hausstandes der jungen Damen stören mag. Obwohl ich persönlich das zu bezweifeln wage.«

Plötzlich bemerkte sie, was sie gerade in ihrem leidenschaftlichen Engagement von sich gegeben hatte. Es war einfach mit ihr durchgegangen. Am liebsten hätte sie sich jetzt auf die Zunge gebissen. Sie redete sich hier um Kopf und Kragen. Was sollte Captain Battingfield jetzt von ihr denken?

»Verzeihen Sie, Sir! Sie müssen einen schönen Eindruck von mir bekommen.«

»Allerdings, Miss Brandon, ich habe den allerschönsten Eindruck von Ihnen gewonnen«, erwiderte ihr Gegenüber und sah sie mit unverhohlener Neugier an.

Charlotte hielt entsetzt die Luft an und wandte das Gesicht ab. Sie hatte sich in kürzester Zeit unmöglich gemacht. Wenn das ihrer Tante zu Ohren kommen sollte, könnte sie gleich morgen ihre Sachen packen.

»Ich spüre Ihr Unbehagen.« Der Captain war stehen geblieben und hatte sich ihr ganz zugewandt. »Seien Sie versichert, ich bin wirklich außerordentlich erfreut, die Bekanntschaft einer so ungewöhnlich gebildeten jungen Dame und begabten Lehrerin gemacht zu haben. Gehe ich recht in der Annahme, dass dies auch der Grund Ihrer Auseinandersetzung mit Ihrer Tante gewesen ist, die Sie dazu veranlasste, zu dieser späten Stunde einen einsamen Spaziergang im Wald und in zu dünner Bekleidung zu unternehmen?«

»Woher wissen Sie …?«

Battingfield lächelte verschmitzt und zog eine übrig gebliebene Papillote aus ihrem ungeordneten Haar. Zum Glück dämmerte es nun schon, sodass Charlottes heftiges Erröten weniger offensichtlich ausfiel.

»Miss Brandon, ich kenne Ihre Tante seit vielen Jahren, und da ich nun Sie und Ihre Haltung in diesem Punkt kennengelernt habe und dies mit den Indizien«, hier hielt er mit einem süffisanten Lächeln die zerfledderte Papillote hoch, »zusammenzufügen vermag, ist es mir sonnenklar, dass Sie bereits den einen oder anderen Disput mit Lady Millford ausgefochten haben. Sie dürfen meiner ungeteilten Hochachtung versichert sein. Lady Millford besitzt neben anderen edlen

Vorzügen einen sehr starken Willen und noch stärkere Vorstellungen von Schicklichkeit.«

Charlotte, eben noch mit Röte und Peinlichkeit übergossen, musste nun doch lachen. »Sie haben mich durchschaut, Captain. Sie sind ein nicht zu täuschender Beobachter, einem Forscher nicht unähnlich. «

»In der Tat wäre das ein interessantes Betätigungsfeld, ich habe früher manche Stunde mit Lupe und Fernrohr verbracht.« Der Captain grinste jungenhaft. »Aber leider bin ich nur ein gewöhnlicher Captain der Marine geworden. Ich habe letztes Jahr meinen Abschied genommen und bin nach Dullham Manor zurückgekehrt. Mein Vater, der Baron of Dullham, verstarb letztes Jahr und ich übernahm seinen Titel und die damit verbundenen Pflichten.«

»Oh, das tut mir leid!«

»Dass ich Ihr Nachbar bin, tut Ihnen leid ...?«

»Nein, ich meine, dass Ihr Vater starb letztes Jahr«, gab Charlotte halb belustigt, halb verärgert zurück und begann, weiterzugehen.

»Sicher, ein Todesfall ist immer traurig, doch er war hochbetagt und von schlimmen Schmerzen geplagt. Der Tod war ihm letztlich eine willkommene Erlösung von seinen Leiden.« Charlottes Gesprächspartner hielt einen Augenblick nachdenklich inne, als plagten ihn unschöne Erinnerungen, fuhr dann aber fort: »Ich habe auch während meines Dienstes bei der Marine wenig Zeit in Dullham Manor, beziehungsweise in England, verbracht. Ich war die meiste Zeit auf See.«

Erstaunt stellte Charlotte fest, dass der jetzige Baron of Dullham keinen allzu großen Wert auf seinen Titel zu legen schien. Hätte er sich ihr sonst als einfacher »Captain« Battingfield vorgestellt? Diese Haltung machte ihn in ihren Augen noch sympathischer, als er ihr ohnehin zu sein schien. Charlotte hatte den Dünkel des Hochadels in Longbottom nur allzu oft unangenehm zu spüren bekommen. Nicht wenige der

Mädchen hatten sie wegen ihrer zweifelhaften Herkunft gemieden und auch die ablehnende Haltung Lady Millfords war zumindest nicht ganz unverständlich.

Der Captain begann nun, Charlotte von seinen Reisen zu berichten, was bei seiner Zuhörerin auf großes Interesse stieß und so in ein angeregtes Gespräch vertieft verging die Zeit der Wanderung bis Millford Hall wie im Fluge. Fast bedauerte Charlotte es, als die inzwischen erleuchteten Fenster des Herrenhauses zwischen den Bäumen auftauchten. Auch ihr Begleiter war immer langsamer gegangen und schien nicht begierig, das Ziel seiner Reise zu erreichen.

Als sie schließlich eintrafen, öffnete Arthur, der Butler, mit einem Ausruf der Erleichterung: »Miss Brandon! Wir hatten uns schon Sorgen um Sie gemacht und eben habe ich die Stallknechte angewiesen, einen Suchtrupp zusammenzustellen.«

»Um Himmels willen, Arthur! Das war doch nicht nötig. Sei versichert, dass ich nicht so töricht bin, mich mutwillig in Gefahr zu bringen«, antwortete Charlotte betroffen. »Ich fürchte, Lady Millford ist recht zornig auf mich?«

»Das weiß ich nicht, Miss. Sie hat sich zu Ihrem Ausbleiben bislang nicht geäußert.«

Charlotte bemerkte beiläufig, wie Captain Battingfield neben ihr erstaunt und leicht verärgert die Augenbrauen zusammenzog. Doch da ertönte schon Lady Millfords Stimme aus dem südlichen Zugang zur Eingangshalle: »Charlotte, ich bin erleichtert, dass du es vorgezogen hast, von deinen törichten Wanderungen heimzukehren, bevor du das ganze Haus in Aufregung versetzt hast. Ich habe bisher vermieden, Sir Alistair von deinem Ausbleiben in Kenntnis zu setzen, um seine ohnehin angegriffene Gesundheit zu schonen. Aber ich sehe, dass Lord Battingfield dich aufgefunden und sicher nach Hause gebracht hat. Dafür sind wir Ihnen, Lord Battingfield, natürlich zu größtem Dank verpflichtet und ich möchte mich sehr für die Unannehmlichkeiten entschuldigen, die das unbedachte Verhalten meiner Nichte Ihnen verursachte.«

Der Captain verbeugte sich mit vollendeter Höflichkeit, bevor er freundlich, aber nicht ohne Nachdruck bemerkte: »Verehrte Lady Millford, seien Sie versichert, dass mir Miss Brandon keinerlei Unannehmlichkeiten bereitet hat. Sie war mir auf dem Weg eine äußerst amüsante Gesprächspartnerin. Ich muss sagen, dass ich seit Langem keinen Spaziergang mehr als so anregend empfand. Abgesehen davon musste sie keineswegs ›aufgefunden‹ werden. Ihre Nichte hatte sich mitnichten verlaufen und war jederzeit bestens über ihren Standort informiert, hat sich jedoch im Entzücken über die reizenden Ansichten des Waldes wohl etwas vergessen.«

Charlotte lächelte dem Captain über die Schulter ihrer Tante hinweg dankbar zu. Nun, in der hell erleuchteten Halle, gefiel er ihr eigentlich noch besser als bei ihrer Begegnung auf dem Fußpfad. Doch da hub Lady Millford erneut an: »Ich nehme an, Sie wollen Ihr angekündigtes Gespräch mit meinem Gatten wahrnehmen. Er hat Sie schon erwartet und ich werde Sie gleich zu ihm führen lassen. Doch beantworten Sie mir noch vorher die Frage, wie es Ihrer reizenden Gattin, Lady Battingfield, und deren Mutter, Lady Wellesley, geht.«

Charlotte gefror das Lächeln auf den Lippen. Der Captain war verheiratet und das natürlich mit einer reizenden Frau aus bester Familie. Wie hätte es auch anders sein können? Sie schämte sich unsäglich, denn nun wurde ihr mehr denn je bewusst, wie sehr sie es an damenhafter Zurückhaltung hatte fehlen lassen. Mit einem Knicks vor Lady Millford und dem Captain murmelte sie eine Entschuldigung und beeilte sich, die Treppen hoch und in ihr Zimmer zu kommen.

Kapitel 6

Lady Millford saß bereits seit zwanzig Minuten im großen Frühstückszimmer und wartete auf ihre Nichte. Das törichte Ding hatte sich womöglich bei ihrer gestrigen Eskapade verkühlt. Ein sehr unpassender Zeitpunkt für eine Erkältung, da der Ball schon in neun Tagen stattfinden sollte. Eine Debütantin mit roter Triefnase hatte ihr gerade noch gefehlt, da sie nun auch schon berechnet hatte, dass das Unternehmen eine Summe kosten würde, die sie in der jetzigen finanziellen Situation nicht mit Freude erfüllte, zumal sie Charlotte auch noch eine entsprechende Garderobe für den Ball und die darauf folgenden Tage mit den Gästen finanzieren mussten. Je eher sich für Charlotte ein betuchter Heiratskandidat finden ließ, umso besser.

Trotz ihres wenig kleidsamen und noch unschicklicheren Auftretens gestern hatte ihre Nichte es aber erstaunlicherweise geschafft, Lord Battingfield zu beeindrucken, was ihnen eine überraschende Einladung für den heutigen Abend nach Dullham Manor eingebracht hatte. Sicher wäre es sinnvoll, wenn Charlotte Kontakt zu der tadellosen Baronesse of Dullham bekäme. Lady Gwendolyn Battingfield, eine geborene Wellesley, stammte aus dem englischen Hochadel und war bestens erzogen. Wenn es durch diese Einladung gelänge, dass sich die beiden Frauen annäherten – und das hoffte Lady Millford inständig – könnten sie mit hoher Wahrscheinlichkeit Nutzen daraus ziehen. Eine Freundschaft mit Lady Battingfield und deren hochwohlgeborener Familie würde die Bekanntschaft mit aussichtsreichen und betuchten Gentlemen nahelegen und vielleicht würde sich Charlotte auch gegenüber einer Frau, die mehr ihrem Alter entsprach, weniger störrisch und eigensinnig aufführen.

Außerdem war da ja noch Lady Wellesley, die Gattin des Earl of Mornington, die, wie ihr Lord Battingfield mitgeteilt hatte, seit einigen Wochen zu Besuch im Hause ihrer Tochter weilte. Möglicherweise konnte ihr diese für den bevorstehenden Ball weitere Kontakte verschaffen, wenn es ihr gelang, es geschickt einzufädeln und ihr nicht unbeträchtliches Verhandlungsgeschick einzusetzen. Vielleicht würden dadurch sogar einige Vertreter der Peers und nicht nur der Gentry aus Dorset zu dem Ball auf Millford Hall eingeladen werden können. Das war allerdings eine erfreuliche Aussicht.

Endlich erschien nun auch Charlotte im Frühstückszimmer. Mit Erleichterung nahm Lady Millford zur Kenntnis, dass sie keinerlei Anzeichen einer Erkältung zeigte, ja im Gegenteil eigentlich recht gesund und frisch aussah. Sie nahm sich vor, die gestrige unverständliche Eskapade ihrer Nichte weitgehend unkommentiert zu lassen und bemühte sich um eine freundliche Begrüßung der jungen Frau: »Charlotte, ich hoffe du hast wohl geruht nach deinem anstrengenden Spaziergang gestern.«

Charlotte war einigermaßen erstaunt. Sie hatte mit einer gehörigen Strafpredigt gerechnet und sich bereits innerlich gewappnet, getreu ihrem gestrigen Entschluss, die weiteren Schwierigkeiten mit ihrer Tante mit stoisch-heldenhafter Gesinnung zu ertragen. Mit einem stummen Nicken begann sie sich vorsichtig Tee einzuschenken, da sie sah, dass Lady Millford bereits fertig war und wohl nur auf sie gewartet hatte, um mit ihr zu sprechen. Sie wagte kaum zu hoffen, ungeschoren davonzukommen. Sicher sammelte ihre gestrenge Tante nur einen Augenblick Kraft, um sie dann umso heftiger mit Vorwürfen über ihr gestriges, ungehörig langes Ausbleiben zu überschütten.

Doch diese fuhr ungewohnt milde gestimmt fort: »Ich möchte dir mitteilen, dass du für heute, bis auf die Anprobe deiner Garderobe für den Ball durch Mrs Taylor, keine weiteren Verpflichtungen haben wirst. Wir sind vom Baron of Dullham heute zum Dinner nach Dullham Manor eingeladen worden. Sein Anwesen liegt ungefähr fünfzehn Meilen südwestlich von hier und ich denke, dass wir heute gegen halb fünf aufbrechen werden. Den Tee werden wir vorher, eineinhalb Stunden früher als sonst, einnehmen. Damit du dich entsprechend herrichten kannst für das Dinner, werde ich dir Betty rechtzeitig heraufschicken. Ich erwarte von dir eine dem Anlass angemessene Garderobe. Ich hoffe, du hast etwas Entsprechendes. Bedenke, dass Dullham Manor ein sehr vornehmes Haus ist. Lady Battingfield kommt aus hochadeligem Hause und auch ihre Mutter, die Gattin des Earl of Mornington, wird zugegen sein. Also zeige dich bitte von deiner besten Seite.«

Eingeladen auf Dullham Manor? Das konnte nur auf eine Initiative Captain Battingfields zurückgehen, oder hatte er sich bereits mit dem Vorsatz einer Einladung auf den Weg nach Millford gemacht? Sie konnte kaum hoffen, dass die zufällige Bekanntschaft mit ihr diese Einladung begründete, oder doch? Immerhin hatte Captain Battingfield gegenüber Lady Millford betont, den Spaziergang im Millford Forrest sehr genossen zu haben. Gerade diese Äußerung barg aber auch eine gewisse Gefahr. Charlotte überlegte, ob sie nicht doch besser absagen sollte. Sie fühlte sich durch die unbedachte Offenheit, die sie ihm bei ihrer unverhofften und zugegebenermaßen auch für sie ungewöhnlich angenehmen Wanderung gezeigt hatte, mehr oder weniger kompromittiert. Dies und die Tatsache, dass er zudem ein verheirateter Mann war, dem gegenüber sie es an der notwendigen Zurückhaltung hatte fehlen lassen, trieben ihr wieder die Schamesröte ins Gesicht. Jedoch: eine Absage war angesichts der eben vorgebrachten Wünsche Lady Millfords undenkbar und hätte nur wieder neue Auseinandersetzungen hervorgerufen. So zeigte sie sich, obwohl sie das unbestimmte Gefühl hatte, einen Fehler zu machen, gehorsam.

»Seien Sie versichert, Tante, dass ich mein Bestes tun werde. Wenn Sie es wünschen, kann ich Ihnen meine Garderobenwahl zeigen, bevor ich mich umziehe, sodass Sie sie in Augenschein nehmen können.« Charlotte begann verunsichert, sich einen Toast mit Marmelade zu bestreichen.

»Das wird nicht nötig sein, da ich denke, dass man dir im Institut beigebracht hat, einen solchen Anlass richtig einzuschätzen. Ich danke dir jedoch für das Angebot. Sehe ich doch daraus, dass du dein bedauerliches Auftreten gestern überdacht hast.«

»Das habe ich allerdings, Tante. Seien Sie abermals versichert, dass ich mich bemühen werde, Ihren Wünschen und denen Sir Alistairs zu entsprechen.«

»Das freut mich zu hören, Kind!«, Lady Millford erhob sich energisch.

»Eine Frage noch, Tante«, brachte Charlotte zögernd hervor. Sie wollte diesen Sachverhalt unbedingt geklärt haben. »War die Einladung bereits geplant?«

»Nein, das war sie nicht. Wir pflegen hier auf Millford Hall ein eher stilles Leben in der letzten Zeit, da Sir Alistair oft unpässlich ist. Lord Battingfield ist ja erst im Herbst letzten Jahres mit seiner Frau wieder hierhergezogen und hat uns seitdem nur einige wenige Male aus eher geschäftlichem Anlass besucht, da unsere Ländereien aneinandergrenzen und einige der Liegenschaften an der Grenze traditionell der gemeinsam geplanten Bewirtschaftung unterliegen, wie zum Beispiel Millford Forrest. Wir waren selbstverständlich anlässlich seines Einzugs auf Dullham Manor eingeladen und dann noch einmal im Sommer zu einem Ball, den seine Frau gab. Übrigens eine überaus reizende Dame mit tadellosen Umgangsformen.« Lady Millford unterstrich diese letzte Feststellung mit einem bedeutsamen Blick, aus dem Charlotte nur zu leicht ablesen konnte, dass sie sich an dieser untadeligen Dame gefälligst ein Beispiel zu nehmen hatte.

»Ich danke Ihnen für die Unterrichtung und freue mich wirklich darauf, die Bekanntschaft von Lady Battingfield und ihrer hochwohlgeborenen Frau Mutter, Lady Wellesley, zu machen«, antwortete Charlotte gemäß ihrem gestrigen Entschluss folgsam.

Lady Millford nickte kurz mit einem sichtlich zufriedenen Gesichtsausdruck und verließ das Zimmer.

Nunmehr allein, kaute Charlotte gedankenvoll an ihrem Marmelade-Toast. Wie hatte es der Captain nur geschafft, ihre Tante derartig zu besänftigen? Die Einladung nach Dullham Manor war offenbar der Auslöser dieses willkommenen Gesinnungswandels. Sie hatte sich die morgendliche Begegnung mit Lady Millford wesentlich schlimmer vorgestellt und nur deshalb gut geschlafen, weil die gestrige nervliche Anspannung, die lange Wanderung und die frische Luft sie wirklich erschöpft hatten. Aber nun erschien alles in einem wesentlich positiveren Lichte. Der Captain, so bilanzierte Charlotte mit einem ironischen Lächeln, hatte sich als echter Retter in der Not erwiesen.

Die Erinnerung an ihre neue Bekanntschaft bereitete ihr allerdings weiterhin leichtes Unbehagen. Captain Battingfield war wirklich ein ausgesprochen galanter und leider auch gut aussehender Mann, dazu noch sehr unterhaltsam. Sie musste sich, als sie ihr Gespräch mit ihm noch einmal überdachte, eingestehen, dass sie sich seit Langem nicht mehr so angeregt unterhalten hatte, nicht einmal im Institut mit ihren Kolleginnen. Aber er war eben verheiratet und deshalb musste sie sich heute Abend in besonderem Maße in Zurückhaltung üben und auf die Bekanntschaft mit Lady Battingfield konzentrieren. Was sollte er sonst von ihr halten? Ein kleines bisschen Ärger und Verwunderung verspürte sie allerdings auch darüber, dass er sich über seinen Familienstand während ihres langen Gesprächs in Schweigen gehüllt hatte. Das war nicht eben höflich ihr gegenüber gewesen und brachte sie nun in eine gewissermaßen kompromittierende Situation. Warum hatte er diese Einladung nur ausgesprochen? Wollte er sie seiner Gattin vorstellen oder hatte er mit dem Ziel gehandelt, sie vor den Vorwürfen ihrer Tante zu bewahren? Zweifellos war er sich über das wenig freundliche Verhältnis zwischen ihr und Lady Millford bewusst. Das wäre allerdings ein einfühlsames, ja fast ritterliches Motiv! Wie auch immer, sie musste sich einer weiteren Begegnung mit ihm mit der allergrößten Bedachtsamkeit stellen.

Ein weiteres Problem stellte zudem ihre Garderobe dar. Sie hatte nicht viele Kleider und nichts wirklich Exquisites, da sie sich teure Garderobe von ihrem schmalen Lehrerinnengehalt nicht hatte leisten können. Aber, so erwog sie, das cremefarbene Musselinkleid mit den in hellenischem Muster gefertigten Bordüren, das aus dem Nachlass ihrer Mutter stammte, die in etwa ihre Figur gehabt hatte, kombiniert mit ihrem einzigen Seidenschal, würde dem Anlass Genüge tun. Sie nahm sich vor, ihr Haar nach echt griechischem Vorbild zu binden, übrigens weitaus weniger aufwendig als es der modischen Annahme entsprach. Sie würde Betty eine Zeichnung anfertigen und hoffte, dass diese das Geschick besaß, sie entsprechend zu frisieren.

Als Charlotte gegen Viertel nach drei in den großen Wohnsalon von Millford Hall hinunterging, hatte Betty bereits ihr Bestes gegeben. Die Zofe war begeistert von der Idee gewesen, die neue Frisur auszuprobieren und hatte sich eifrig an Charlottes Zeichnung orientiert. Sie hatte, das hatte Charlotte ihr dann auch mit überschwänglichem Lob gedankt, erhebliches Können bewiesen. Charlotte war wirklich zufrieden mit ihrem Aussehen. Das Musselinkleid[10] ihrer Mutter war von kühler Schlichtheit und bestach gerade dadurch mit Eleganz. Der schlichte Schmuck des Kleides bestand aus einer fein gewebten Borte mit typisch hellenischem Muster, die den eckigen Ausschnitt und die hohe Taille des Gewandes unaufdringlich, aber wirkungsvoll betonte. Ihre Mutter hatte diese einst eigenhändig aufgenäht. Der blausilberne Seidenschal – Charlottes einziger Luxusgegenstand – rundete das Ensemble gut ab. Das hatte auch Betty befunden. Das einzige Problem bestand nur in Charlottes Mantel, der wirklich abgetragen war. Aber inzwischen waren die Nächte so kühl geworden, dass es unverzeihlicher Leichtsinn gewesen wäre, ohne ein solches Kleidungsstück die Fahrt anzutreten. Charlotte beschloss allerdings, den Mantel in der Kutsche zu lassen, um ihre Tante nicht zu verärgern.

Mit einiger Anspannung auf die Reaktion ihrer kühlen Richterin harrend, betrat Charlotte mit tapfer gestrafften Schultern den Aufenthaltssalon. Lady Millford fasste sie scharf ins Auge und musterte sie von oben bis unten. Dann nickte sie kurz und wandte sich wieder dem Teegebäck zu, das sie ihrem Mann gerade mit Rahm bestrich.

Sir Alistair saß von Charlotte abgewandt in seinem Lieblingssessel mit Blick auf die sanft geschwungenen Hügel Millford Halls. An dem prüfenden Blick seiner Gattin hatte er bemerkt, dass Charlotte eingetreten war und winkte sie nun heran.

»Lass dich mal ansehen, mein Kind. Ja, so ist es recht, komm näher. Du siehst ja entzückend aus! Da können wir dich heute Abend mit Stolz präsentieren, nicht wahr, meine Liebe?«, fügte er herzlich zu Lady Millford gewandt hinzu.

---

10 Musselin war einer der bevorzugten Kleiderstoffe des Empire. Ein aus Baumwolle oder Wolle in Leinentechnik gewebter glatter Stoff, der oft hauchdünn war. Kleider wurden häufig aus weißem, leicht durchscheinendem Musselin entsprechend hellenischem Vorbild gefertigt, was der Mode den Spitznamen »Nacktmode« einbrachte. Auch sprach man bei den häufig auftretenden Erkältungen junger Frauen von »Musselinkrankheit«, da sich die Trägerinnen der zu dünnen Kleider in der kalten Jahreszeit oft heftig erkälteten.

»Nun, ich denke, es wird den Zweck erfüllen«, gab nun auch die so Angesprochene gnädig zu. »Ich bin zuversichtlich, unsere Bekanntschaft mit den Battingfields auf diese Weise vertiefen zu können. Ich würde es gerne sehen, wenn du dich mit der Baronesse anfreunden würdest, Charlotte. Sie kann dir sicher viel beibringen, was ich dir bisher nicht vermitteln konnte.«

Charlotte lag es zwar auf der Zunge zu antworten, dass sie bisher selbst mit der Aufgabe betraut gewesen sei, anderen etwas beizubringen und dabei auch erfolgreich gewesen war, aber sie schluckte diese Bemerkung ebenso erfolgreich hinunter.

»Gewiss, Tante. Ich sagte Ihnen ja bereits heute Morgen, dass ich mich außerordentlich auf die Bekanntschaft mit Lady Battingfield und auch deren Mutter Lady Wellesley freue. Sicher werden wir einiges zu plaudern finden.«

Sie goss sich etwas Tee ein und bereitete sich eines der köstlichen Scones zu, einer Spezialität von Mrs Sooner.

»Emmy wird uns noch etwas von der guten Wildberry-Marmelade bringen. Läutest du nach ihr, mein Kind?«, Sir Alistair lächelte Charlotte freundlich zu. »Sie ist aus Beeren vom Millford Forrest, den du ja ausgesprochen zu genießen scheinst. Lord Battingfield hat mir gestern davon berichtet. Er hat sich sehr lobend über dich ausgesprochen. Sehen Sie, meine liebe Mrs Millford, Ihre Sorgen wegen Charlotte waren doch ganz unnötig. Sie versteht es, die Menschen für sich einzunehmen und gleicht darin sehr meiner Schwester Elisa.«

Lady Millfords eben noch ungewöhnlich entspannter Gesichtsausdruck verhärtete sich bei dieser Einlassung ihres Gatten wieder zu der Charlotte nun schon vertrauten starren Maske, aber dann bezwang sie sich.

»Sie haben wie immer recht behalten, Sir Alistair.«

Inzwischen war Emmy eingetreten und hatte mit eifriger Miene den Wunsch nach mehr Wildberry-Marmelade von

Charlotte entgegengenommen. Charlotte hatte das Mädchen wirklich ins Herz geschlossen. Wenn sie sich weiterhin als so anstellig und fleißig erwies, würde sie in absehbarer Zeit in der Hierarchie der Hausangestellten aufsteigen können. Wenn sie einmal selbst einen Haushalt haben würde, so nahm sich Charlotte vor, würde sie versuchen Emmy mitzunehmen.

Sir Alistairs Blick ruhte weiter wohlwollend auf Charlotte. »Weißt du, mein Kind, auch wenn meine teure Gattin sicher berechtigterweise anderer Meinung ist, so habe ich es doch immer bedauert, dass ich meine Schwester nicht mehr wiedergesehen habe. Die Nachricht ihres Todes war für mich sehr schmerzlich. Aber wenn ich mir dich so ansehe, so hast du vor allem im Wesen auch viel von deinem Vater, Mr Brandon, und ich habe fast die Vermutung, dass wir den beiden ein schweres Unrecht zugefügt haben. Wir hätten nicht so unversöhnlich sein sollen. Lehrt uns nicht auch die Bibel zu vergeben und zu vergessen? Lasst die Sonne nicht über eurem Zorn untergehen, so heißt es dort. Wie oft ist die Sonne über dieser unseligen Geschichte nun schon untergegangen? Jetzt bin ich alt und leider schon allzu früh nicht mehr ganz im Vollbesitz meiner Kräfte. Aber du, obwohl du erst kurz hier im Hause weilst, bist ein wahrer Sonnenschein für meine Seele und schmilzt die Gefühle der Schuld hinweg, die auf mir gelastet haben. Mag sein, das klingt närrisch, aber das ist das Vorrecht des Alters, nicht wahr?«, Mr Millford lachte leicht und begann dann kräftig zu husten.

»Charlotte, ich fürchte, Sir Alistair ist überanstrengt.« Lady Millford war aufgesprungen und begann, ihrem Gatten auf den Rücken zu klopfen, um ihm Luft zu verschaffen. »Bitte suche sofort Arthur auf und schicke ihn umgehend hierher. Er soll den Stärkungstrank mitbringen. Ich denke, es wird besser sein, wenn wir uns noch für eine Weile zurückziehen, da der Baronet dem Dinner heute Abend auf jeden Fall beiwohnen möchte.«

»Selbstverständlich, Tante«, beeilte sich Charlotte zu erwidern und blickte betroffen auf ihren gebrechlichen Onkel. Eine Ahnung beschlich sie, dass ihm trotz seines eigentlich geringen Alters nicht mehr allzu viel Zeit bleib. Die Krankheit zehrte an ihm und beraubte ihn seiner Kraft, die ohnehin nie übermäßig gewesen sein mochte. Beunruhigt blickte sie Lady Millford an und erschrak über die ungeheure Härte und Verbitterung in deren Augen. Auch an Lady Millford nagte etwas seit vielen Jahren und Charlotte glaubte zu erkennen, um was es sich handelte. Lady Millford war eine Frau mit hervorragenden Gaben in Führung und Planung. Als Mann hätte sie vielleicht einen guten und erfolgreichen Militär abgegeben. Seit Charlotte ins Haus gekommen war, musste sie die ständige Klage ihres Gatten über den Verlust seiner so sanftmütigen und schönen Schwester hinnehmen. Eine Kränkung, die ihr gewiss nur zu deutlich machte, dass Sir Alistair sie zwar auf seine Art schätzte, aber nicht liebte. Wenn er es all die Jahre auch nicht ausgesprochen hatte, so hatte er es seine Frau wohl doch spüren lassen, dass er seine Schwester ihr vorzog. So wie sie alle die sanftmütige, schöne Elisa angehimmelt hatten. Die Gaben dieser willensstarken Frau waren dabei zwar bemerkt, aber sie war deshalb nicht geliebt worden und das hatte sie bitter und hart werden lassen. Die Unfähigkeit, ihrem Mann die erwünschten Kinder zu gebären, hatte ein Übriges getan und nun hatte ihr kranker Mann sich zu allem Überfluss noch die Tochter dieser Schwester ins Haus geholt, die den Platz besetzte, den Eleanor Millford im Herzen ihres Mannes eigentlich beanspruchte.

Charlotte holte noch einmal tief Luft. Sie fühlte ein neues Verständnis für ihre spröde, abweisende Tante.

»Ich werde mich beeilen, Tante. Bitte sorgen Sie sich nicht. Sie müssen sich wirklich nicht sorgen! Ich werde Sie nicht enttäuschen«, fügte sie bedeutsam an, in der Hoffnung, dass ihre

Tante sie verstand und die ausgestreckte Hand des Friedens ergreifen möge.

Vor der Tür begann sie, nach Arthur zu rufen, der auch sogleich mit der angeforderten Medizin herbeieilte.

»Geht es dem Herrn wieder schlecht? Ich mache mir Sorgen um ihn. Ich fürchte, wir werden uns in nicht allzu langer Zeit von ihm verabschieden müssen. Es ist ein Jammer! Er ist ein so guter Herr!« Arthur schüttelte betrübt sein ergrautes Haupt mit den sorgsam glattgelegten, dünn gewordenen Haaren. »Aber Sie, Miss Brandon, werden ihm seine alten Tage noch vergolden, das wissen Sie.«

»Arthur«, entgegnete Charlotte mit ungewohnter Strenge, »ich habe den Eindruck, dass meine Tante für ihren Mann die beste Hilfe und Hingabe zeigt, die man sich wünschen kann.«

»Gewiss doch, Miss Brandon«, beeilte sich Arthur zu erwidern und eilte mit erstauntem Blick weiter.

Nachdenklich machte sich Charlotte auf den Weg zurück in ihr Zimmer. Erst in ungefähr einer Stunde würde man aufbrechen. Sie hoffte, dass sich Sir Alistair bis dahin von seinem Anfall erholen konnte. Plötzlich und zu ihrem eigenen Erstaunen bemerkte sie, dass es sie mit einer gewissen Enttäuschung erfüllte, wenn sie der Einladung wegen der Unpässlichkeit ihres Onkels nicht würden Folge leisten können.

Pünktlich um halb fünf saßen der Baronet und seine Gattin bereits in der Kutsche, als Charlotte reisefertig vor das Haus trat und das Gefährt bestieg. Sir Alistair schien es tatsächlich wieder besser zu gehen, aber seine Lippen hatte eine ungesunde leicht bläuliche Farbe, wie Charlotte besorgt registrierte.

Die Fahrt nach Dullham Manor, die durch den Millford Forrest führte, verlief ruhig und ohne Zwischenfälle. Sir Alistair war friedlich schnarchend eingeschlafen und Charlotte genoss die herrliche Landschaft. Immer wieder entdeckte sie das Meer zwischen den Hügeln. Dorset war fruchtbar, lieblich und rau zugleich. Kein Wunder, dass gerade dieser Landstrich im Laufe der englischen Geschichte immer wieder Begehrlichkeiten ausgelöst hatte, wie ihr aus diversen Geschichtsbüchern bekannt war. Als sie die Liegenschaften Dullhams erreicht hatten, wurde Charlotte von Lady Millford darauf aufmerksam gemacht. Es konnte nun nicht mehr sehr weit sein und Charlotte versuchte neugierig, einen Blick auf das Battingfield'sche Anwesen zu erhaschen. Die Kutsche umrundete einen letzten niedrigen Hügel und dann öffnete sich ein weitausladendes, flaches Tal, in dem wie eine Perle eingebettet das Haus mit vielen Nebengebäuden lag. Umrahmt von einer großen und gepflegten Gartenanlage war Dullham Manor ein besonders schönes Beispiel der englischen Landarchitektur. Ohne zu prunkvoll sein zu wollen, strahlte das Gebäude Vornehmheit und exquisiten Geschmack bis hin zur Anordnung des kleinsten Details aus.

Kaum hatte die Kutsche vor dem Haupteingang angehalten, als auch schon die Tür aufging und der Hausherr auf die Schwelle trat. Sie waren schon erwartet worden.

Charlotte fühlte, wie sie bei seinem Anblick leicht errötete und ärgerte sich im gleichen Augenblick über sich selbst. Statt sich Captain Battingfield zuzuwenden, begann sie ihrem Onkel liebevoll die Hand zu tätscheln, der daraufhin erwachte.

»Schon da? Oh, ich fürchte, ich war wieder mal kein besonders interessanter Gesprächspartner. Mögen die Damen mir verzeihen!«, sagte er mit neckischem Lächeln und hatte umso mehr Charlottes Sympathien. Da wurde auch schon der Verschlag der Kutsche geöffnet. Charlotte ließ natürlich Lady

Millford den Vortritt, die in vollendeter Würde dem Gefährt entstieg. Eilfertige Hände halfen ihrem Onkel, und dann stieg Charlotte als Letzte aus. Captain Battingfield streckte ihr selbst die Hand entgegen.

»Ich freue mich wirklich, Sie auf Dullham Manor begrüßen zu können, Miss Brandon. Ich hatte allerdings keinen Zweifel, dass Sie den Weg hierher augenblicklich finden würden, bei Ihren beeindruckenden Fähigkeiten, auch in unbekannten Gefilden den richtigen Pfad zu finden.« Er zwinkerte ihr zu und beugte sich dann hinunter, um ihre Hand zu küssen. Eine zwar galante, aber doch ein wenig zu vertrauliche Begrüßung, wie Charlotte besorgt bemerkte. Sie war einigermaßen erleichtert, als er sie endlich wieder losließ. Konnte er nicht etwas mehr Abstand nehmen? Zwar empfand auch sie, jetzt, da er vor ihr stand, eine ungewöhnliche Vertrautheit mit ihm und sie musste zugeben, dass sie seine Nähe verunsicherte, aber verletzte er nicht erneut die Schicklichkeit, indem er sie so ansprach? Unwillkürlich hielt sie Ausschau nach ihrer Tante, die aber bereits Lady Battingfield begrüßte. Hoffentlich hatte diese von der fast zu privaten Begrüßung des Captains nichts mitbekommen.

Er hatte wohl gespürt, dass sie mit leichter Irritation auf seine vertrauliche Begrüßung reagiert hatte und trat augenblicklich und in vollendeter Höflichkeit einen Schritt zurück.

»Darf ich Ihnen meine Gattin, Lady Battingfield, vorstellen, Miss Brandon?«

»Ah, meine liebe Miss Brandon! Ich freue mich, ein neues Gesicht in unserer Einöde begrüßen zu dürfen.« Eine Blondine von etwa dreißig Jahren mit einem sehr hübschen, puppenhaften Gesicht, gekleidet in ein modisches Gewand aus Seide und Chiffon, trat ihr mit ausgestreckten Händen entgegen.

»Lady Battingfield, ich bin hocherfreut, Ihre Bekanntschaft zu machen. Dem möchte ich meinen herzlichen Dank für die

Einladung anfügen, es ist zu freundlich von Ihnen«, erwiderte Charlotte artig und vom überaus gefälligen Äußeren der Hausherrin beeindruckt.

Lady Battingfield hakte sie vertraulich unter und führte sie, gefolgt von Captain Battingfield, ins Haus. »Ich hoffe, die Reise war nicht zu anstrengend für Sie. Ich finde den Weg nach Millford Hall sehr beschwerlich. Der Waldweg müsste wieder einmal in Stand gesetzt werden, nicht wahr, mein Lieber?«, fügte sie an ihren Gatten gewandt hinzu. Noch ehe dieser antworten konnte, hatte sie aber bereits das Thema gewechselt.

»Wissen Sie, für meinen Geschmack haben wir viel zu wenig Besuch hier auf Dullham Manor. Wir sind ja erst letzten Herbst hierhergezogen. Vorher lebten wir in der Residenz meiner Familie in London, und die übrige Zeit verbrachte ich auf dem Stammsitz meines Vaters, Schloss Wellesley. Waren Sie auch schon in London? Eine wunderbare Stadt! Das Landleben ist einfach nichts für eine Frau, finden Sie nicht auch? Mein Mann war als Captain ja auch ständig auf Reisen. Ach, es ist nicht leicht, die Frau eines Seemanns zu sein! Zum Glück habe ich eine große Familie und Bekanntschaft, sodass es mir an Zerstreuung nicht mangelte. Stellen Sie sich vor, der Baron und ich sind nun schon fast zehn Jahre verheiratet und haben uns in dieser Zeit kaum gesehen. Erst seit wir hier auf Dullham Manor wohnen, haben wir mehr Gelegenheit dazu uns kennenzulernen, obwohl mein Gatte auch hier sträflich wenig Zeit mit mir verbringt. Immer ist er zu beschäftigt«, meinte Lady Battingfield mit einem Seitenblick auf ihren Gatten, der ihre tatsächliche Unzufriedenheit mit dem Landleben nur schlecht verbarg. Doch dann lachte sie schon wieder. »Deshalb bin ich froh, dass meine Mutter, Lady Wellesley, nun schon seit einiger Zeit bei uns zu Gast ist … ach, da ist sie ja schon.«

Um Himmels willen!, dachte Charlotte indigniert, diese Frau scheint ja ein großes Redebedürfnis zu besitzen. Die

Worte rauschen wie ein Wasserfall. Wenigstens werde ich heute Abend nicht allzu viel zur Konversation beitragen müssen und Lady Millford wird keinen Anlass zu Beanstandungen finden. So haben alle ihren Willen.

Sie hatten indessen einen großen Salon betreten mit hellem, freundlichem Interieur, dessen Luzidität noch durch die vielen Kerzen, die angezündet worden waren, unterstrichen wurde. Auf einer seidenbespannten französischen Récamiere thronte eine üppige Dame von etwa sechzig Jahren, die Charlotte mit dem dichten, bereits ergrauten Haar unter einer mächtigen Haube und dem hellen bauschigen Kleid entfernt an eine Teekanne erinnerte. Sie musterte die Eintretenden mit kaum verhohlener Neugier.

Die Millfords waren von Lady Wellesley – denn um diese handelte es sich bei der Dame zweifellos – schon begrüßt worden. Nun hielt sie Charlotte würdevoll die Hand hin.

Charlotte beeilte sich zu knicksen und vor der Gattin des Earl of Mornington in vollendeter Ehrerbietigkeit das Haupt zu beugen, wie es von ihr erwartet wurde. Die alte Dame nahm Charlottes Auftritt wohlwollend zur Kenntnis.

»Sehr hübsch, das Kind! Wirklich, Lady Millford, Sie hätten uns die junge Dame nicht so lange vorenthalten dürfen.«

»Selbstverständlich haben Sie recht, Lady Wellesley. Ich bin untröstlich, aber es gab gewichtige Gründe. Nicht wahr, Charlotte?« Lady Millfords Stimme verriet leichte Besorgnis.

»Oh, ja! Ich weilte lange mit meinen Eltern im Ausland und wurde dann nach dem überraschenden Tod der beiden, dank der umsichtigen Vermittlung meiner Verwandten, im Institut von Mrs Longbottom in Surrey erzogen. Die Ausbildung dort ist sehr intensiv und erfordert viel Zeit, sodass ich den langen Weg nach Millford Hall nicht antreten konnte.«

Lady Wellesley rümpfte ungehalten die Nase: »Tatsächlich? Ich habe schon immer gesagt, dass das viele Studieren für junge Mädchen völlig überflüssig ist – und dann auch noch in einer von diesen Schulen! Sie verpassen doch die schönste Zeit in ihrem jungen Leben, wenn sie über den Büchern sitzen. Für die Führung eines Hauswesens reichen doch ein paar Kenntnisse in Arithmetik, Lesen und Schreiben, ein wenig Allgemeinbildung und natürlich Französisch für eine gepflegte Konversation völlig aus. Das Studieren sollte man den Männern überlassen. Zu viel Lesen schadet doch dem Teint. Ich bin jedenfalls mit dieser Art von Bildung mein Leben lang bestens zurechtgekommen und habe auch meinen beiden Töchtern eine entsprechende Bildung zukommen lassen. Völlig ausreichend, meines Erachtens! Meine Tochter, die Baronesse, ist jedenfalls bestens auf ihre Aufgabe vorbereitet worden. Mehr Bildung steht einer jungen Frau doch nur an, wenn sie sich ihr Brot als Gouvernante verdienen muss. Diese armseligen Dinger! Ich finde, es ist ungehörig für eine Frau, einem Beruf nachzugehen.«

»Aber manchmal nicht zu vermeiden, liebe Schwiegermutter«, warf Captain Battingfield ein. »Nicht alle jungen Damen haben das Glück, in eine vornehme und begüterte Familie geboren zu werden. Es soll sogar manche geben, die freiwillig einer eigenen Berufstätigkeit nachgehen. Und warum auch nicht?«

»Ach, Lord Battingfield, das sagen Sie doch nur, um mich wieder einmal zu necken. Ich kenne Sie!«, spielerisch drohte Lady Wellesley ihrem Schwiegersohn mit dem Fächer. »Nun, lassen wir das und begeben uns zu Tisch, nicht wahr?«

Charlotte konnte nicht umhin, den Captain mit einem dankbaren Blick zu streifen. Auch er hatte wie zufällig zu ihr herübergeschaut, als man sich der Tafel zuwandte und lächelte ihr kurz beruhigend zu. Das Verständnis in seinen Augen tat ihr wohl. Jetzt erst nahm Charlotte auch wahr, dass noch ein weiterer Gast der Tafel beiwohnen würde.

»Sir Alistair und Lady Millford, Miss Brandon, ich hatte noch keine Gelegenheit, Ihnen meinen alten Freund, Dr. Walter Banning, vorzustellen. Er hat die Pfarrstelle von Dullham inne.«

Der hinzugetretene ältere Herr mit leicht nach vorne gebeugten Schultern und einer etwas zerzausten Perücke verbeugte sich und beeilte sich, Lady Millford und Charlotte ebenfalls angemessen zu begrüßen. In seinem von Falten durchzogenen Gesicht blitzten dunkle, freundlich blickende Augen, die einen scharfen Verstand verrieten. Er war Charlotte auf Anhieb sympathisch und sie freute sich, als sie feststellte, dass er zu ihrem Tischnachbar erkoren worden war.

Captain Battingfield hatte oben an der Tafel Platz genommen. Zu seiner Rechten saß selbstverständlich seine Gattin, zur Linken Dr. Banning. Lady Millford war zur Linken von Lady Wellesley gesetzt worden und Charlotte gegenüber saß zufrieden ihr Onkel in einem bequemen Lehnstuhl, den man extra für ihn hergeholt hatte.

Bald hatte sich Lady Millford Lady Wellesley zugewandt und plauderte angeregt über Angelegenheiten und neueste Nachrichten aus den Adelshäusern. Namen fielen, die Charlotte teilweise bereits in den Unterweisungen ihrer Tante gehört hatte, andere kannte sie aus ihrer Zeit in Surrey, manche waren ihr aber auch gänzlich unbekannt. Sie hielt sich im Gespräch gemäß ihrem Vorsatz zurück, konnte sie auch nicht wirklich etwas Neues dazu beitragen. Ihr Wort von sich aus an den Hausherrn zu richten, vermied sie geflissentlich.

Dann aber sprach Lady Battingfield sie unvermutet an: »Ich kann mir kaum vorstellen, was Sie in diesem Institut, wie Sie es genannt haben, die ganze Zeit angefangen haben, meine Liebe. Ich weiß noch, dass meine Schwester und ich uns beim Unterricht unserer Gouvernanten immer schrecklich gelangweilt haben. Und erst der Musikunterricht! Eine Plage! Ich danke Gott, dass von mir nun keiner mehr erwartet, stundenlang Etüden zu üben. Einen nutzloseren Zeitvertreib kann ich mir nicht vorstellen. Ist es Ihnen nicht auch so ergangen?«

Charlotte spürte, dass sie vorsichtig antworten musste. Die Haltung Lady Millfords ließ deutlich werden, dass sie, obwohl sie weiterhin den Ausführungen Lady Wellesleys lauschte, sehr wohl auf Charlottes Antwort achten würde.

»Sicher, Lady Battingfield, Etüden ermüden alle Eleven des Pianos. Aber ich will sie nicht als notwendiges Übel bezeichnet wissen, sind sie doch der Schlüssel zu fortgeschrittenen Fähigkeiten, die die Vorzüge des Pianofortes erst zutage treten lassen. Ist es nicht das einzige Instrument, das uns Gelegenheit gibt, auch im häuslichen Kreise zumindest einer Ahnung der wunderschönen Orchesterwerke eines Händels oder Purcell teilhaftig zu werden? Und ist uns nicht gerade seine beeindruckende Vielfalt des Klanges eine Anregung für so viele gute Stunden?«

Lady Battingfield kicherte. »Oh, Miss Brandon, Sie hören sich an wie ein Musikus. Ich darf annehmen, dass zumindest Sie fleißig geübt haben. Nun, vielleicht können Sie uns nachher im Salon etwas vorspielen. Wir haben ein recht gutes Instrument hier. Zumindest sagt das mein Gatte, der Baron. Ich selbst höre so etwas allerdings nicht. Mir ist es ein Rätsel, was Sie mit dieser Klangvielfalt meinen, aber vielleicht gelingt es Ihnen ja, mir nachher zu verdeutlichen, worin diese besteht. Sicher üben Sie recht oft.«

»Zu meinem Bedauern habe ich nicht mehr die Gelegenheit. Auf Millford Hall haben wir zwar einen Flügel stehen, der sogar höchsten konzertanten Ansprüchen gerecht werden könnte, aber leider ist er seit Jahren nicht mehr benutzt worden, und so etwas nimmt einem ein sensibles Instrument wie das Pianoforte recht übel. Leider ist der Flügel wirklich so verstimmt, dass er nicht mehr zu bespielen ist.«

»Ach, ja«, brachte sich nun zum ersten Mal der Baronet, der sich bisher zufrieden seiner Consommé gewidmet hatte, in das Gespräch mit ein, »es handelt sich dabei um das Instrument der Mutter von Miss Brandon. Sie war eine wahre Virtuosin auf dem Klavier. Von uns konnte keiner Klavier spielen und ich muss zugeben, dass ich es auch später nicht gerne hörte, wenn einer der Gäste darauf spielte, da mir dann immer meine Schwester in den Sinn kam, was mich betrübte. So haben wir das wertvolle Stück recht schmählich behandelt. Die Dienerschaft hat es zwar abgestaubt, mehr Gutes haben wir ihm jedoch nicht angedeihen lassen. Aber Kind, wenn du es möchtest, können wir es stimmen lassen. Das wäre doch sehr nett für den Ball, obwohl der ja in einem anderen Raum stattfinden wird. Aber die Gelegenheit wird sich schon ergeben, dass du etwas zum Besten geben kannst.«

Charlotte hatte bemerkt, dass Lady Millford sich nun ganz diesem Gespräch zugewandt hatte und auch Lady Wellesley interessiert lauschte. War hier doch vielleicht etwas über den lang zurückliegenden Skandal, der mit der Schwester von Lord Millford verbunden war, zu erfahren. Charlotte ahnte, dass ihre Tante verzweifelt nach einer Möglichkeit suchte, das Gespräch in eine andere Richtung zu lenken. Da sie selbst es gewesen war, die ungewollt diese gefährlichen Gewässer aufgesucht hatte, fühlte sie sich verpflichtet, auch sicher wieder hinauszusegeln.

»Liebster Onkel, ich fürchte, das wird nicht so einfach zu bewerkstelligen sein. Ein Flügel, der so lange nicht mehr gestimmt worden ist, bedarf einer kundigen und geduldigen Behandlung, sonst könnte das Instrument Schaden nehmen, sich möglicherweise der Rahmen verziehen. In Surrey hatten wir einen sehr fähigen Mann, einen Mr Hover. Er hat mir einiges über die hohe Kunst der Klavierstimmung verraten, da wir im Institut mehrere Klaviere hatten, die regelmäßig gestimmt werden mussten. Leider ist er aber jetzt wohl im Ruhestand und Surrey ist ja auch viel zu weit weg. Außerdem glaube ich nicht, dass die Zeit reichen würde, vor dem Ball noch Abhilfe zu schaffen. Später können wir ja noch einmal darüber nachdenken, nicht wahr? Ich denke, Lady Millford hat auch so schon alle Hände voll zu tun und ich möchte ihr nicht noch diese unwichtige Angelegenheit aufbürden, die zudem wohl auch einiges kosten würde.«

»Tatsächlich denke ich auch, dass meine Nichte in diesem Punkt recht hat«, bestätigte Lady Millford eilig. »Es ist schlechterdings keine Zeit mehr, vor dem Ball noch nach einem geeigneten Fachmann zu suchen.«

»Aber nach ihm müsste nicht wirklich gesucht werden, Lady Millford«, meinte Dr. Banning. »Ich schätze mich glücklich, Ihnen meinen alten Freund Mr Townsend aus Salisbury empfehlen zu können. Wenn ich ihm schreibe, würde er sich bestimmt bereit erklären, das Instrument wieder herzurichten. Wie Miss Brandon eben sehr richtig angeführt hat, bedarf ein solcher Patient einer kundigen und außerordentlich geduldigen Hand. Mr Townsend betreibt diese Kunst allerdings nur aus Liebhaberei, nun da ihm der wohlverdiente Ruhestand etwas mehr Zeit dafür lässt. Er muss sich ja nun nicht mehr seinen theologischen Studien und widerspenstigen Schülern widmen, wie ehedem als Professor. Er wird sich gewiss freuen, seiner Leidenschaft frönen zu können, zumal es sich um ein überaus edles Instrument handelt, wie uns Miss Brandon eben glaubhaft versichert hat.«

Lady Millford gelang es nur mit Mühe, ihren Unwillen zu verbergen. »Aber das ist wirklich nicht nötig, Dr. Banning! Ich fürchte auch, dass wir Ihrem Freund nicht die gebührende Aufmerksamkeit zukommen lassen könnten, da wir ja, wie Sie wissen, mitten in den Vorbereitungen für den Ball von Miss Brandon stecken.«

Dr. Banning lächelte verschmitzt. Charlotte hatte den deutlichen Eindruck, dass ihm die wahren Motive Lady Millfords, nämlich der Unwillen, ihrer ungeliebten Nichte mit der Instandsetzung des Instruments ihrer verhassten Schwägerin eine Freude zu machen, nicht verborgen geblieben waren. Es schien ihm eine gewisse neckische Genugtuung zu bereiten, sie mit seinem Hilfsangebot zu reizen. »Das liegt auf der Hand, meine verehrte Lady Millford«, führte er mit ausgesuchter Freundlichkeit aus, »aber sehen Sie, mir bietet diese Unternehmung die Möglichkeit, meinen alten Freund Mr Townsend einmal wiederzusehen, ohne dass meine Haushälterin Mrs Copperfield etwas einzuwenden vermag. Es wird nicht nötig sein, dass er auf Millford Hall wohnt. Er kann bei mir wohnen und wir werden uns die Abende bei einem gepflegten Glas Port und Altherrengesprächen versüßen. Ich denke, es reicht, wenn er alle zwei Tage bei Ihnen vorspricht und sich seines Patienten annimmt.«

»Eine hervorragende Idee, Walter!«, sekundierte Captain Battingfield und klatschte begeistert in die Hände, »Selbstverständlich werde ich für den Transport Sorge tragen. Am besten, du schreibst deinem Freund gleich morgen. Vielleicht haben wir dank der Bemühungen von Mr Townsend dann doch das Vergnügen, das edle Instrument auf dem Ball zu genießen.«

Und wieder erweist sich der Captain als mein hilfreicher Ritter, dachte Charlotte bei sich, nicht ohne sich seltsam berührt zu fühlen. Er schien ehrlich darauf bedacht zu sein, ihr Gutes zu tun, was ihm tatsächlich auch gelang. Auf irgendeine Weise wendeten sich alle Dinge für sie zum Besseren, seit sie ihn getroffen hatte. So war der Streit mit ihrer Tante gestern fast eine glückliche Fügung zu nennen.

Lady Millford machte gute Miene zum bösen Spiel. Gegen die entschlossene Zusammenarbeit der beiden Gentlemen konnte sie nichts mehr einwenden, ohne ihren Gastgeber zu kränken. Vielleicht brachte diese zusätzliche Möglichkeit, Charlotte zu präsentieren, ja auch weitere Vorteile für eine gute Partie.

»Wir stehen in Ihrer Schuld, Mylord, und selbstverständlich auch in Ihrer, Dr. Banning. Ich bin zwar versucht abzulehnen, da wir das großzügige Angebot kaum annehmen dürfen. Aber mir scheint, Sie haben die Sache bereits beschlossen, und wie sollte ich mich dagegen wehren?« Sie wandte sich daraufhin erneut Lady Wellesley zu und nahm ihr unterbrochenes Gespräch wieder auf.

Lady Battingfield sieht nicht allzu glücklich aus, bemerkte Charlotte indessen. Nachdem sie diese unerwartete Hilfe und Aufmerksamkeit der Gentlemen erhalten hatte, erschien es ihr unbedingt wichtig, die Hausherrin wieder ins Zentrum des Gesprächs zu rücken. Captain Battingfield vernachlässigte diese Notwendigkeit entschieden und brachte ihr selbst, so bemerkte Charlotte besorgt, viel zu viel Gefälligkeit entgegen. »Erzählen Sie mir doch bitte etwas über Ihre Familie, Lady Battingfield«, wandte sie sich deshalb mit warmer Stimme an die etwas verloren wirkende Hausherrin. »Sie hatten vorhin eine Schwester erwähnt …«

Die so Angesprochene griff dankbar das Thema auf. »Ja, meine Schwester ist verheiratet und lebt bei Norfolk. Wir können uns nicht so oft sehen, wie ich es mir wünschen würde. Sie ist auch viel beschäftigt, denn sie hat schon drei Kinder«, ihr Blick ruhte kurz vorwurfsvoll auf ihrem Gatten. »Sie ist mit dem ehrenwerten Lord John Backam, einem Großneffen des Duke of Norfolk, verheiratet. Wissen Sie, sie haben vor acht Jahren geheiratet. So eine schöne Hochzeit und erst ihr Kleid! Ich versichere Ihnen, es war ein Traum aus chinesischer Seide …«

Charlotte ließ die ausführliche Schilderung der Hochzeit dieser ihr völlig unbekannten Person für den Rest des Dinners über sich ergehen und war doch recht froh, als man sich erhob, um in den Salon zu wechseln. Tatsächlich stand in einer großzügigen Nische des Raumes ein Tafelklavier neuerer Bauart, das einladend auf sie wartete. Sie passte eine Lücke im Wortschwall ihrer Gastgeberin ab und beeilte sich, nachdem sie den Deckel angehoben hatte, vor dem Instrument Platz zu nehmen. Als sie die ersten Töne anschlug, bemerkte sie erst, wie sehr ihr die Musik gefehlt hatte in den letzten Wochen. Sie hungerte regelrecht danach. Musik war für sie immer Zufluchtsort und Kraftquelle zugleich gewesen und ein Weg, ihren innersten Gefühlen Ausdruck zu verleihen. Ohne die tägliche Möglichkeit, sich der Musik hinzugeben, wären für sie die letzten Jahre nach dem Tod ihrer Eltern schlicht unerträglich gewesen. Seit sie nun in Millford Hall lebte, hatte sie das Klavierspiel schmerzlich vermisst und gespürt, dass sich ihr ohnehin eher empfindsames Wesen und Gemüt ohne diesen täglichen Ausgleich mehr und mehr quälte, die Anwürfe Lady Millfords zu verkraften

Tatsächlich war es ein recht gutes Instrument, das sich willig und beglückend dem Andruck ihrer Finger fügte. Sie begann zu spielen und die Zeit zu vergessen. Das Geplauder der Gäste versank zu einem unbedeutenden Rauschen und sie befand sich an einem nur für sie existierenden, geheimen Ort, der ihr allein gehörte und an dem sie sich ganz ihren innersten Empfindungen hingeben konnte.

Charlotte hatte nicht bemerkt, dass Captain Battingfield hinter ihr in die Nische getreten war und intensiv lauschte. Das Glas in seiner Hand war noch fast voll und völlig vergessen, als Dr. Banning dazutrat.

»Sieh an, John, da hast du dir ja eine wahre Virtuosin eingeladen. Ich kann kaum glauben, dass ihr eine solche Ausbildung in einem Institut für die Erziehung junger Damen zuteil wurde. Das verrät die Handschrift eines guten Lehrers.«

Charlotte hatte trotz der Konzentration auf ihr Spiel die Worte Dr. Bannings gehört und wandte sich ihm nun zu. Sie bemerkte jetzt erst erschrocken, dass sie sich bereits ungebührlich lange dem Gespräch entzogen hatte.

»Sie haben recht!«, sagte sie im Bemühen, sich wieder in die Konversation einzubringen. »Tatsächlich war es meine Mutter, die mir von Jugend an Klavierstunden gab. Sie selbst war eine begnadete Pianistin und hervorragende Sängerin. Ich glaube, sie wäre gerne Konzertpianistin geworden, aber leider ist dies für Damen aus der Gesellschaft ja nicht möglich.«

»Ja, es ist nicht zu leugnen, dass auch unsere jungen Frauen über viele Talente verfügen. Ich meine fast sagen zu können, dass viele von ihnen es an Talent und Verstand mit unseren besten jungen Männern aufnehmen könnten. Ein Jammer, dass diese gottgegebenen Gaben so wenig Beachtung finden.«

Charlotte, erstaunt und auch etwas erschrocken über diese ungewöhnlich frei geäußerte Meinung Dr. Bannings, senkte den Kopf. Wie recht er hatte! Nutzlos waren solche Gaben für eine Frau der Gesellschaft, und so war sie selbst im Grunde nichts weiter als nutzlos. Wieder empfand sie Bitterkeit ob der Aussichtslosigkeit ihrer Anlagen und geheimen Wünsche. Dieser Besuch und das Gespräch mit Lady Battingfield führte ihr einmal mehr überdeutlich vor Augen, wie weit entfernt sie von den Anforderungen der adeligen Gesellschaft an eine Frau ihres Standes war. Die flatterhafte und einfach strukturierte Lady Battingfield, deren Horizont, wie sie nun seit Stunden beobachten konnte, kaum über Taft, Seide und die richtige Frisur hinausreichte, schien dagegen der Inbegriff dessen zu sein, was gesellschaftlich erwünscht und bewundert war. Selbst Captain Battingfield war ja deren nicht zu übersehenden körperlichen Vorzügen ungeachtet ihrer eher schlichten Interessen erlegen, obwohl er sich bei ihrer Wanderung gestern erstaunlicherweise durchaus lobend über ihre eigene undamenhafte Wissbegier geäußert hatte. Aber möglicherweise hatte er ein nur allgemeines Interesse an ihrer Obskurität an den Tag gelegt. Denn nicht anders als obskur mussten ihn ihre freimütigen Äußerungen angemutet haben. Eine Welle der Entmutigung und des Ärgers überkam sie und sie schlug etwas zu heftig die Holzabdeckung des Klaviers zu. Selbst erschrocken darüber, wandte sie sich verlegen und mit vor Scham heißen Wangen an die beiden Männer: »Verzeihung, aber der

Deckel ist mir aus der Hand geglitten. Ich denke, es ist jetzt wohl besser, wenn ich mich wieder dem Gespräch der Damen zugeselle.« Sie erhob sich.

»Aber seien Sie doch nicht gleich so ungehalten, meine liebe Miss Brandon«, hielt sie Dr. Banning in scherzhaftem Ton zurück. »Sie haben uns eine überaus angenehme Stunde bereitet. Captain Battingfield hier«, er benutzte schon den ganzen Abend völlig unbefangen diese eigentlich unstandesgemäße Bezeichnung für den Baron, was diesen aber nicht im Geringsten zu stören schien, »hat Ihnen völlig fasziniert zugehört, was Sie, wie mir scheint, nicht bemerkt haben. Er hat immer noch das erste Glas Gin in der Hand.«

Nun war es an Captain Battingfield, verlegen zu reagieren. Unsicher lächelte er Charlotte an. Sie vermeinte einen leichten Anflug von Schüchternheit zu erkennen, der über sein Gesicht huschte, als er sagte: »Ich muss zugeben, Miss Brandon, dass mich Ihr Spiel überaus beeindruckt hat. Ich freue mich sehr, dass die Instandsetzung des Flügels auf Millford Hall bald in Angriff genommen wird. Das Instrument kann sich kaum eine bessere Künstlerin wünschen, die es wieder ins Leben zurückruft.«

Charlotte neigte dankend den Kopf. »Ich bin ebenfalls sehr froh, dass ich Ihnen Ihre zuvorkommende Hilfe vorhin – und auch schon gestern – auf diese Weise wenigstens etwas zurückgeben konnte.«

»Das haben Sie in der Tat, Miss Brandon.«

Ein verlegenes Schweigen trat ein, das eine Spur zu lange dauerte. Sowohl Charlotte als auch der Captain ergriffen fast gleichzeitig wieder das Wort.

»Ich werde jetzt wohl besser …«

»Wussten Sie eigentlich, dass Dr. Banning ein ausgewiesener Kenner der griechischen Antike ist? Er hat seinen Doktor nämlich nicht nur in Theologie, sondern auch in Philosophie gemacht. Sein ganzes Haus ist vollgestopft mit Büchern zu diesem Thema. Vielleicht ist ja auch ein Werk Ihres Vaters dabei?«

»Dann sind Sie doch die Tochter von William Brandon!«, Dr. Banning zeigte lebhaftes Interesse. »Ich muss Ihnen sagen, mein Kind, dass ich mir während des Dinners bereits die ganze Zeit darüber den Kopf zerbrochen habe. Welch unerhörte Freude! Selbstverständlich habe ich ein Werk Ihres verehrten Vaters im Hause. Als anerkannter Fachmann über die Delphische Geschichte darf er in keinem Philosophenhaushalt fehlen. Das wäre ja geradezu sträflich! Außerdem ist mir auch Ihre Haartracht aufgefallen, abgesehen davon, dass sie Sie, meine liebe Miss Brandon, aufs Vorteilhafteste schmückt, wenn Sie das einem alten Ochsen, wie ich es bin, erlauben anzufügen …«

Hier beeilte sich Charlotte geflissentlich, dem »alten Ochsen« vehement zu widersprechen und das Kompliment zurückzuweisen.

»Jaja, lassen Sie es gut sein, Miss Brandon! Sie wissen ja sicher selbst, dass Sie eine ausgesprochen hübsche junge Frau sind.« Dr. Banning ließ sein nun schon vertrautes, schalkhaftes leises Lachen hören.

»Zurück zu Ihrer ungewöhnlichen Frisur. Ich meine mich nämlich deutlich erinnern zu können, eine solche Haartracht bei einer Frauenfigur gesehen zu haben, die ich kürzlich auf einer attischen Vase zu betrachten das Vergnügen hatte. Kann es sein, dass Sie hier ein detailgenaues Abbild eines antiken Vorbilds tragen? Was übrigens ausnehmend vorteilhaft zu Ihrem sehr passenden Kleid aussieht. Sie dürfen mir glauben«, hier hob Dr. Banning bereits abwehrend die Hände, da er eine erneute Gegenrede von Charlotte erwartete, »dass ich so etwas sonst nicht zu bemerken pflege, dafür sind meine alten Augen von zu viel Bücherstaub verklebt.«

Charlotte war angenehm überrascht. Dr. Banning war offenbar ein hervorragender Beobachter und ein kenntnisreicher

Mann. Sie hatte wirklich nicht zu hoffen gewagt, einen solch interessanten Gesprächspartner im Hause Battingfield vorzufinden. Ausgenommen vom Captain natürlich, bei dem sie sich aber fest vorgenommen hatte, Zurückhaltung walten zu lassen.

Dr. Banning schenkte ihr ein so vergnügtes Lächeln, dass sie sich stark an ein munteres Eichhörnchen erinnert fühlte. Er schien die Situation so zu genießen, als hätte dieses Eichhörnchen gerade die Nuss seines Lebens gefunden.

»Dr. Banning, ich muss zugeben, dass Sie genau richtig liegen. Tatsächlich bat ich heute Mittag Betty, die Zofe meiner Tante, nach eben diesem Vorbild mein Haar zu richten. Wie Sie wissen, gefällt man sich derzeit darin, in der Mode nach antikem Vorbild zu streben, aber Sie dürfen mir glauben, dass mich manchmal das seltsame Bemühen meiner Geschlechtsgenossinnen, dieses Vorbild mit Federn, Spitzen, Bändern und allerlei Tand zu ›verschönern‹, recht befremdet. Als mein Vater vor mehr als zwanzig Jahren mit seiner Forschung begann, interessierten sich nur wenige für dieses Sujet. Nun ist es geradezu *en vogue*, nach antiken Vorbildern zu streben und sich mit den Schätzen der Vergangenheit zu schmücken. Aber die Beschäftigung damit scheint mir bedauerlicherweise nicht von wirklichem Interesse für das Thema beseelt zu sein. Leider konnte mein Vater seine Forschungen wegen seines plötzlichen und allzu frühen Todes nicht mehr abschließen und vieles blieb unvollendet liegen.«

»Mit Bedauern hörte ich vorhin, dass Ihre Eltern verstorben sind. Kein Wunder, dass man nichts mehr von William Brandon gehört hat. Sicher, ich erfuhr vor Jahren gerüchtweise vom Tod Ihrer Mutter, aber dieses Thema wurde, nun, verzeihen Sie, dass ich es so formuliere, totgeschwiegen. Das muss ein schwerer Schlag für Sie gewesen sein, so plötzlich ganz allein im fernen Griechenland. Wie alt waren Sie da? Vierzehn oder fünfzehn? Armes Kind!«

»In der Tat war es schlimm für mich, da ich meine Eltern sehr vermisste und auch jetzt noch vermisse. Sie starben ganz unerwartet und kurz hintereinander bei einer Typhusepidemie. Ich konnte mich kaum von ihnen verabschieden. Es war eine sehr schwierige Situation damals, denn viele Menschen erlagen der Epidemie und allerorten herrschte völliges Chaos. Ich wusste nicht, was ich tun sollte. Und dann ging alles sehr schnell. Mein Onkel ließ mich nach England ins Institut bringen, wo ich einige Zeit brauchte, um mich einzuleben.« Sie lächelte entschuldigend. »Ich fürchte, Mrs Longbottom hatte einige Mühe mit mir. Ich muss wohl recht schwierig und – wie man mir immer sagte – wenig angepasst gewesen sein. Ich wäre damals eigentlich lieber in Griechenland geblieben, aber ich hatte keine Wahl. Doch ich war als Kind sehr glücklich dort.« Charlotte kämpfte kurz mit aufsteigenden Tränen, fing sich aber sofort wieder und nahm Haltung an. »Aber heute verstehe ich natürlich, dass ich unmöglich in Griechenland bleiben konnte, obwohl ich mich unseren einheimischen Freunden sehr verbunden fühlte und dort auch gewiss hätte bleiben dürfen. Lord und Lady Millford haben sich aber verpflichtet gefühlt, sich meiner anzunehmen.«

»Ja, und Sie in dieses Institut gesteckt und vergessen. Ich habe sehr genau zugehört. Als Seelsorger habe ich gelernt zu hören, was unausgesprochen bleibt. Ich kann mir vorstellen, dass Sie recht einsam waren in den letzten … es müssen etwas mehr als sechs Jahre gewesen sein, nicht wahr?«

»Sir, bitte, ich …«, Charlotte hatte nun wirklich Mühe, ihre Tränen zurückzuhalten. Soviel angestauter Kummer, den sie nie hatte aussprechen dürfen und der mühsam unterdrückte Schmerz über die Kränkungen, denen sie ausgesetzt war, seit sie auf Millford Hall lebte, traten plötzlich und völlig unpassend zutage.

Dr. Banning trat näher und nahm ihren Arm. »Schon gut, liebes Kind! Beruhigen Sie sich … lassen Sie uns ein anderes

Gesprächsthema wählen.« Dann schaute er Captain Battingfield an, der Zeuge des Gesprächs geworden war, das so unverhofft so eine persönliche Wendung genommen hatte und legte den Finger auf seine Lippen, um anzudeuten, dass über dieses Gespräch Stillschweigen bewahrt werden sollte. Dieser nickte zum Zeichen, dass er verstanden hatte, obwohl auch er ehrlich mit Charlotte zu fühlen schien.

Charlotte war dieser Gesprächsverlauf alles andere als angenehm. Sie hatte doch unbedingt vermeiden wollen, zu viel von sich preiszugeben und nun hatte sie ausgerechnet im Beisein des Captains derart die Fassung verloren. Sie wischte sich verschämt die unerwünschten Tränen ab, die ihr die Wange hinabgelaufen waren und fand zu ihrer Erleichterung ihre Beherrschung wieder, was mit einem anerkennenden Lächeln von Dr. Banning quittiert wurde.

»Mein Kind, erzählen Sie mir doch etwas mehr über die Forschungen Ihres Vaters. Sie scheinen ja recht gute Kenntnisse über seine Arbeit zu besitzen. Wir sollten uns allerdings zu Ihrem Onkel gesellen. Er sitzt da recht verloren in seinem Sessel, obwohl er ja auch sehr müde zu sein scheint.«

»Ja, Sir, wir machen uns alle große Sorgen um ihn.« Charlotte griff begierig das neue Thema, das von ihrer Person ablenkte, auf. »Ich fürchte, es ist das Herz. Heute Nachmittag ging es ihm nicht sehr gut. Wir sollten um seinetwillen nicht zu lange bleiben, aber ich denke, meine Tante wird entscheiden, wann wir gehen.«

Charlotte war, gefolgt von den beiden Gentlemen, zum Platz ihres Onkels hinübergegangen und beugte sich nun über ihn. »Lieber Onkel, ich hoffe, Sie befinden sich wohl. Ich werde mich nun zu Ihnen setzen.«

»Ach, mein Kind, es war ein Genuss, dich spielen zu hören. Was für ein guter Gedanke von mir, dich zu uns zu holen.«

»Ich hörte, Sir, dass Ihre Nichte die Tochter des bekannten Wissenschaftlers William Brandon ist«, begann nun Dr. Banning ein Gespräch. »Sie haben sie ja, wie ich vernahm, aus Griechenland zurückgeholt. Sagen Sie, was geschah denn mit den Schriften von Mr Brandon und den bestimmt zahlreichen Artefakten?«

»Nun, ich wusste nicht allzu viel damit anzufangen, muss ich gestehen«, erwiderte Sir Alistair. »Es war alles sehr verworren damals, durch die Nachwirkungen der Epidemie. Die griechischen Behörden waren völlig überfordert. Aber, ... Sie bezeichnen Mr Brandon als bekannten Wissenschaftler? Mir war nicht bewusst, dass er das war. Ist es denn so angesehen, wenn jemand in der alten Erde gräbt? Erstaunlich! Allerdings habe ich alles mit einigen Schwierigkeiten nach London transferieren lassen. Hat mich damals eine Stange Geld gekostet, aber ich wollte damit auch das Andenken meiner Schwester wahren. Lady Millford war nicht begeistert davon und wollte den Plunder, wie sie es nannte, nicht im Hause haben.«

»Aber Sir, Sie belieben zu scherzen! Das Lebenswerk von William Brandon ist beileibe kein Plunder. Für die Wissenschaft ist es von großem Wert. Mir scheint auch, dass viele antike Funde zum Nachlass gehörten?«

»Ja, sogar eine ganz Menge. Mein Vater hatte eine äußerst erfolgreiche Ausgrabung bei Delphi begonnen und war damals sehr im Rückstand mit der Katalogisierung, obwohl sowohl Mutter als auch ich ihm teilweise zur Hand gingen«, warf Charlotte ein.

Dr. Banning hob erstaunt die Augenbrauen. »So, Sie gingen ihm zur Hand? Aber dann müssten Sie doch mit seiner Katalogisierungsmethode vertraut sein?«

»Ich denke schon, Sir! Allerdings half ich ihm nur gelegentlich. Meine Mutter war ihm die weitaus größere Hilfe«, erwiderte Charlotte bescheiden.

Captain Battingfield brachte sich nun auch in das Gespräch ein. »Konnten Sie den Nachlass Ihres Vaters denn inzwischen in Augenschein nehmen?«, fragte er an Charlotte gewandt.

»Wie ich schon sagte, Captain, ich ließ das alles nach London überführen, wo es von einem Mittelsmann eingelagert wurde«, antwortete Sir Alistair stattdessen.

»Das ist ja die Nachricht des Tages, Sir Alistair«, rief da Dr. Banning aus, »Sie glauben nicht, welch unvergleichliches Vergnügen es mir bereiten würde, diesen Nachlass zu begutachten. Ich bin sicher, dass er auch von einem nicht zu unterschätzenden monetären Wert ist. Ich denke, das ist auch für Miss Brandon von großem Interesse.«

Charlotte schaute Dr. Banning mit großen Augen an, während Sir Alistair fassungslos den Kopf schüttelte, »Sie meinen wirklich, das Zeug ist von Wert? Nun, wenn Sie möchten und Charlotte damit einverstanden ist, kann es zu Ihnen gebracht werden.«

»Oh, ich fürchte, das muss ganz in der Entscheidung unserer jungen Dame hier liegen. Schließlich ist es ihr Erbe, nicht wahr? Außerdem befürchte ich, dass ich keinen Platz habe, den ganzen Nachlass bei mir zu Hause zu verstauen. Ich muss gestehen, dass mein bescheidenes Heim schon jetzt aus allen Nähten platzt, sehr zum Verdruss meiner Haushälterin – die unter uns gesagt ein wahrer Besen sein kann, wenn sie auch tadellos kocht.«

»Nun, ich wüsste niemand, zu dem ich mehr Vertrauen hätte als zu Ihnen in dieser Sache«, sagte Charlotte nun mit großem Ernst. »Ich kenne Sie erst ein paar Stunden, aber Sie sind mir bereits jetzt wie ein guter Freund.«

»Herzlichen Dank für Ihr Vertrauen, mein Kind. Allerdings ist weiterhin die Frage von geeigneten Räumlichkeiten ungeklärt. Die Funde im Freien zu lagern steht völlig außer Frage. Millford Hall ergibt wenig Sinn, da der Weg zu weit ist und ich ja auch die Pflichten meiner Pfarrstelle wahrnehmen muss. Die Sichtung wird sehr zeitaufwendig sein, schätze ich. Zudem bräuchte ich vermutlich Ihre Hilfe, da Sie sich mit der Arbeit und dem Katalogisierungssystem Ihres Vaters am besten auskennen. Wahrlich, dies Problem gilt es zu lösen.«

»Aber Walter, ich sehe nicht, wo das Problem liegt. Selbstverständlich kann der gesamte Nachlass samt der Schriften nach Dullham Manor gebracht werden. Ich würde mich glücklich schätzen, behilflich sein zu können, Miss Brandon«, sagte Captain Battingfield freundlich.

»Mylord, ich kann das nicht annehmen, Sie sind zu gütig!«, Charlotte fehlten die Worte. Dieser Abend war voller höchst erfreulicher Überraschungen. Die Aussicht, dass der Nachlass ihres Vaters durch kundige Hand gewürdigt wurde, ließ ihr Herz höherschlagen.

»Aber ich bitte Sie darum.« Der Captain schaute sie mit einem herzlichen, fast bittenden Lächeln an. »Lassen Sie mich doch etwas beitragen, es wäre mir eine wahre Freude.«

»Nun, Kind, wenn es dir Lord Battingfield anbietet, kannst du es wohl annehmen, meine ich«, beschied Sir Alistair und fügte dann an: »Ich möchte mich dann auch im Namen meiner Nichte bedanken für Ihr Angebot, Gentlemen.«

»Gibt es denn eine Packliste für den Nachlass, Sir?«, fuhr der Captain, nachdem diese Entscheidung nun glücklich getroffen war, fort. »Das würde die Überführung der Fracht nach Dullham doch erheblich erleichtern.«

»Ja, ich glaube Mr Smith, der Verwalter in London, hat so etwas anfertigen lassen. Er ist sehr gewissenhaft, müssen Sie wissen.«

Der Captain nickte befriedigt. »Vermutlich wird es etwa vier Wochen dauern, um die notwendigen Dinge zu veranlassen und den Nachlass hierher zu überführen. Ich werde gelegentlich bei Ihnen vorbeischauen auf Millford Hall, damit wir alles in die Wege leiten können, Sir. Es ist mir eine Ehre.«

Dr. Banning hatte nach dieser erfolgreichen Vereinbarung noch etwas auf dem Herzen: »Und wenn ich anfügen darf, denn letztlich muss ich wohl Sie um Erlaubnis bitten, Sir, ich wäre sehr froh, wenn mir Ihre Nichte wenigstens von Zeit zu Zeit zur Hand gehen könnte. Vermutlich wird sie viel dazu beitragen können, die Arbeit erfolgreich zu bewältigen. Es wird sicherlich ein äußerst schwieriges Unterfangen, die Privataufzeichnungen und besonders das Katalogisierungssystem richtig zu deuten. William Brandon hatte da, so wie jeder in diesem Bereich tätige Wissenschaftler, sein eigenes Verfahren, vermute ich. Leider ist diese Vorgehensweise nämlich noch nicht verbindlich vorgeschrieben. Es wäre zu wünschen, alle Forscher täten dies so gewissenhaft wie William Brandon es tat, wie ich seinen Büchern und Veröffentlichungen entnehmen konnte.«

»Wenn Sie es für notwendig halten, so habe ich nichts dagegen einzuwenden. Ich denke, meine Gattin wird sich auch einverstanden erklären, wenn sie hört, dass der Nachlass wohl von einigem Wert ist«, befand Sir Alistair.

»Ich darf Ihnen zur Hand gehen?«, Charlotte konnte es nicht fassen. Sie war überglücklich. »Sie meinen, ich darf mit Ihnen an der wissenschaftlichen Arbeit meines Vaters forschen? Sie glauben nicht, wie glücklich Sie …« Sie hielt plötzlich inne und besann sich auf das, was sich schickte. »Ich meine, haben Sie vielen Dank, Sir. Sie dürfen versichert sein, dass ich mein Bestes geben werde.«

Dr. Banning zeigte wieder sein Eichhörnchenlächeln: »Daran habe ich allerdings keinerlei Zweifel, Miss Brandon. Sie sind eine fähige junge Frau, das kann keiner übersehen.« Charlotte errötete ob dieses erneuten Lobes.

Sir Alistair stöhnte plötzlich auf. »Ach, Charlotte, es ist spät geworden. Kannst du Lady Millford fragen, ob wir aufbrechen können? Ich bin jetzt doch sehr ermattet.«

»Aber gewiss doch, Onkel!« Sofort sah Charlotte ihrem Onkel besorgt ins Gesicht. Er sah nun wirklich sehr müde aus, wie er da so zusammengesunken in seinem Sessel saß.

Sie stand unverzüglich auf und ging hinüber, um Lady Millford zum Aufbruch zu bewegen.

Auch Captain Battingfield und Dr. Banning erhoben sich und gingen etwas abseits.

»Nun, was hältst du von ihr, Walter?«, wandte sich Captain Battingfield neugierig an seinen Freund.

»Sie ist eine ganz außergewöhnliche junge Frau. Ihr Vater war ein brillanter Kopf, musst du wissen. Sie scheint viel von ihm geerbt zu haben, dazu kommt noch die Anmut und das musikalische Talent der Mutter. Es ist traurig, dass diese Gaben, gerade die des Geistes, bei den jungen Damen nicht genügend gefördert werden. Sie hat es schwer als Frau, sich mit ihrem Wesen durchzusetzen und wird viel Widerspruch aus ihrer Umgebung erfahren haben – und noch erfahren! Ein wenig davon klang ja bei ihrer vorigen Schilderung durch. Sie scheint es nicht leicht gehabt zu haben, obwohl sie sich augenscheinlich große Mühe gibt, den Anforderungen, die an sie gestellt werden, zu genügen. Ich frage mich, was aus ihr wird, wenn man sie verheiratet, denn das scheint ja das erklärte Ziel von Lady Millford zu sein. Ich denke, nur deshalb wurde sie ins Haus geholt. Millford Hall fehlt ein Erbe. Wirklich ein bedauernswertes Kind! Wenigstens kann sie jetzt ein wenig ihren Neigungen nachgehen. Hast du bemerkt, wie sie aufblühte, als ihr die wissenschaftliche Arbeit in Aussicht gestellt wurde?«

»Das habe ich allerdings. Das ist es wert, jede Anstrengung dafür in Kauf zu nehmen. Ich werde mich mit allem Nachdruck darum kümmern«, sagte Captain Battingfield und sah dabei zu Charlotte hinüber, die mit ihrer Tante sprach.

Dr. Banning verfolgte den Blick des Captains und bemerkte dessen Gesichtsausdruck, aus dem deutliche Zuneigung zu dieser ungewöhnlichen jungen Frau sprach. Besorgt legte er die Stirn in Falten und wandte sich dann ernst an seinen Freund. »Ich kenne dein leidenschaftliches Wesen, John, und weiß deshalb, dass du dich mit aller Kraft und der ganzen Lauterkeit deines Herzens dem Wohlergehen von Miss Brandon widmen wirst. Aber ich bitte dich, sei verantwortungsvoll und habe acht auf dich.« Die väterliche Ermahnung, von der er sich nicht sicher war, ob sie vom völlig in Anspruch genommenen Adressaten überhaupt wahrgenommen wurde, schien ihm mehr als notwendig, befürchtete er doch, dass zumindest von Seiten des Herrn von Dullham Manor im Hinblick auf eine gewisse junge Frau schon mehr Gefühle im Spiel waren als es statthaft war.

Der Aufbruch ging nun schnell vonstatten. Bald saßen die Millfords und Charlotte in der Kutsche auf dem Heimweg. Sir Alistair war kurz nach dem Aufbruch wieder eingeschlafen. Charlotte fröstelte sehr in ihrem Mantel und hoffte, dass ihre Zähne nicht allzu laut aufeinanderschlugen, um sich nicht die Missbilligung von Lady Millford einzuhandeln.

Diese jedoch wirkte sehr zufrieden. Ihr Gespräch mit Lady Wellesley war mehr als positiv verlaufen und sie würden nun Gäste von hoher Herkunft und noch vollerer Börse auf dem Ball begrüßen können.

Charlottes Blick wanderte hinaus in die kühle, klare Herbstnacht. Sie war so glücklich wie seit Jahren nicht mehr.

Kapitel 7

4. Dezember 1817

Lieber Freund,
ich hoffe, Sie befinden sich wohl und genießen den verdienten Ruhestand. Ich bin ja noch mit allerlei Verpflichtungen des Pfarrstandes betraut und sorge für meine Schäflein hier in Dorset. Schmerzlich vermisse ich unsere Dispute, die wir in alter Zeit bei einem guten Port zu halten pflegten. Erinnern Sie sich noch an unsere Auseinandersetzung über den

arianischen Streit?[11] *Die eifrig diskutierte Frage der Gottähnlichkeit oder Gottgleichheit unseres Herrn hat zwar nicht zu einer erneuten Kirchenspaltung, aber zur Spaltung einiger Töpfe und Teller geführt. Ich denke oft mit Vergnügen daran, obwohl der Wirt der Schenke, in der wir unsere sehr angeregte Unterhaltung führten – oder soll ich sagen: ausfochten –, die Sache wohl weniger positiv bescheiden würde, da er den Verlust seines Geschirrs zu beklagen hatte. Aber genug der alten Tage. Ich möchte Sie, werter Freund, zu mir einladen in mein bescheidenes Heim. Ich habe sogar meine grimmige Haushälterin besänftigen können in dieser Sache, was als rechtes Meisterstück zu bezeichnen ist und schon deshalb Ihrer positiven Erwiderung bedarf. Ich muss gestehen, dass diese Einladung nicht ganz uneigennützig ist, obwohl ich nicht für mich bitte als ein rechter Christenmensch, sondern für eine mir bekannte junge Dame. Sie ist eine von unserem Herrgott mit vielen Gaben gesegnete Vertreterin ihres Geschlechts, hat aber, vielleicht auch im Ausgleich dazu, in den letzten Jahren einen recht beschwerlichen Lebensweg nehmen müssen.*

Sie ist nun das Mündel ihres Onkels, Sir Alistair und seiner Frau, die – unter uns gesagt – eine Schwester meiner Haushälterin sein könnte. Im Hause dieses Onkels nun befindet sich ein wahres Kleinod von einem Pianoforte, das einer kundigen

11 Im arianischen Streit ging es bereits im 4. Jahrhundert n. Chr. um eine wesentliche dogmatische Frage der Christenheit. Es wurde intensiv diskutiert, ob Jesus nur gottähnlich (also aus dem Nichts geschaffen und damit Geschöpf Gottes, Position des Arian) oder aber gottgleich (also aus dem Wesen Gottes von Gott gezeugt, Position seines Gegenspielers Athanasius) war. Mit Letzterem verbindet sich die Lehre von der Dreieinigkeit, die wesentliche Grundlage des (katholischen) Glaubens ist. Dies führte nicht nur zu heftigsten theologischen Auseinandersetzungen, sondern auch zu Kontroversen in der Bevölkerung nahezu der gesamten christlichen Welt. Der Konflikt wurde nur scheinbar im Konzil zu Nicea beigelegt, schwelte aber noch lange weiter, besonders in Alexandria (Ägypten).

Hand bedarf. Leider wurde es über viele Jahre, aus Gründen, die ich hier nicht näher ausführen will, recht schmählich behandelt und steht kurz davor abzuscheiden. Die junge Dame verfügt aber, davon konnte ich mich selbst überzeugen, über beachtliche Fähigkeiten als Pianistin. Ein Umstand, der Sie doch locken müsste, dem Instrument wieder aufzuhelfen. Nebenher könnten wir uns durch die gute Tat einen besseren Platz im Himmel verdienen und, sollte uns dieser nicht gewährt werden, so mögen wir uns für die Zeit Ihres Aufenthaltes zum Ausgleich einen gemütlichen Platz bei mir zu Hause einrichten.
Für Ihre Reise wird Lord Battingfield, Baron of Dullham, sorgen. Das hat er fest versprochen, sodass für Sie keinerlei Kosten entstehen würden. Nur müssten Sie sich schnell entschließen, da ein großes Ereignis im Leben der jungen Dame bevorsteht, nämlich ein Debütantinnenball im Hause der Millfords zu ihren Ehren (obwohl ich berechtigte Zweifel habe, dass besagte junge Dame diesem Ereignis so entgegenfiebert wie es der Rest des Hauses tut.) Näheres dazu dann bald von Angesicht zu Angesicht.
Der Brief wird Ihnen von einem Angestellten Lord Battingfields überbracht, der Sie auch gleich zu mir mitnehmen würde. Also, lieber Freund, wie schon der Evangelist sagt: raffen Sie sich auf, schütteln Sie den Staub von den Füßen und verlassen Sie die Stadt!

Herzlichst, Ihr alter Freund
Dr. Walter Banning

Drei Tage nach dem denkwürdigen Dinner auf Dullham Manor hörte Charlotte einige Zeit nach dem Frühstück die Räder einer Kutsche über den Kies der Auffahrt rollen und schaute aus dem Fenster. Vor dem Hauptportal hielt ein moderner Zweispänner, dem ein alter, ihr unbekannter Herr und nachfolgend Captain Battingfield entstiegen. So hatten ihre beiden Wohltäter Dr. Banning und der Captain tatsächlich ohne Aufschub ihr Vorhaben in die Tat umgesetzt. Zweifellos handelte es sich bei dem Unbekannten um den Freund von Dr. Banning, Mr Townsend aus Salisbury.

Charlotte beeilte sich, nach einem kurzen, prüfenden Blick in den Spiegel in die Empfangshalle zu kommen, hielt aber dann auf der Galerie inne, um Lady Millford als Hausherrin die Gelegenheit zu geben, die Gäste als Erste zu begrüßen. Erst dann kam sie die Treppe herunter und begrüßte zunächst Mr Townsend und dann Captain Battingfield herzlich.

»Sie müssen diese bemerkenswerte junge Dame sein, von der mir mein Freund Banning fortwährend nur das Beste berichtet«, richtete Mr Townsend das Wort an sie.

»Oh, ich weiß nicht«, antwortete Charlotte verlegen, »bemerkenswert bin ich nun wirklich nicht. Bemerkenswert ist jedoch Ihr Freund, Dr. Banning. Er hat mich sehr überrascht mit seinen umfassenden Kenntnissen auf einigen Gebieten und ist mir darüber hinaus sehr wohlgesinnt, was ich mir selbst nicht erklären kann, da er mich ja erst seit Kurzem kennt. Ebenso wohlgesinnt wie Captain Battingfield hier.« Unversehens war Charlotte die eher vertrauliche Anrede wieder herausgerutscht. Doch da ihn das nicht zu stören schien, ja sein offenes Lächeln sie sogar dazu aufforderte, beschloss sie trotz des mahnenden Blickes ihrer Tante, ihn auch weiterhin so anzusprechen. Sie freute sich wirklich, ihn zu sehen. »Ich muss sagen, Captain, ich bin wirklich erstaunt und sehr dankbar dafür, wie schnell Sie Mr Townsend hierhergeholt haben.«

»Es war mir ein Vergnügen, Miss Brandon«, versicherte Captain Battingfield herzlich.

Mr Townsend lachte: »Ja, bei Gott, ich wurde so unverzüglich zum Aufbruch gedrängt, dass man meinen konnte, es ginge um Leben und Tod. Wo ist denn nun der bedauernswerte Patient?«

Lady Millford, der die ganze Angelegenheit eher lästig schien, zog sich mit dem Verweis auf unaufschiebbare Pflichten zurück. So oblag es Charlotte, die beiden Besucher in den großen Musik- und Aufenthaltsraum zu führen, in dem das kostbare Instrument wartete. Dort angekommen, schlug Mr Townsend vor Überraschung die Hände zusammen. »Tatsächlich, ein wahrhaft königliches Instrument, von Meisterhand gebaut. Diese Reise hat sich wirklich gelohnt.«

»Oh Sir, ich hoffe, Sie sind nicht enttäuscht, wenn Sie es hören. Der Flügel ist in einem furchtbaren Zustand, muss ich leider sagen. Ja, ich frage mich sogar, ob es nicht schon zu spät ist. Das eingestrichene ›e‹ und einige Töne in den höheren Lagen klingen kaum mehr. Ich fürchte, die Mechanik hat etwas Schaden genommen und auch im Bassbereich liegt einiges im Argen«, warf Charlotte zweifelnd ein.

»Wir werden sehen, wir werden sehen … Sie werden staunen, was möglich ist. Ach, Mylord, habe ich eigentlich meine Werkzeugtasche mit hereingebracht?«, Townsend, der bereits am Klavier Platz genommen hatte, blickte sich suchend um.

»Keine Sorge, ich habe sie hier. Alles bereit für den chirurgischen Eingriff.« Der Captain lächelte äußerst zufrieden und schien die Situation zu genießen.

Townsend hatte bereits prüfend eine rasche Tonfolge hinauf und hinab gespielt und schüttelte nun sein schlohweißes Haupt. »Ja, das klingt wirklich übel, aber nicht hoffnungslos. Ich darf Ihnen versichern, dass ich schon schlimmere Fälle wiederbelebt habe. Ich denke, in drei Sitzungen werde ich die Sache einigermaßen im Griff haben. Eine vierte wird das

Instrument wieder in seine ganze Klangfülle zurückversetzen. Die Mechanik beim ›e‹ scheint tatsächlich zu klemmen, Sie haben recht, junge Dame. Ich schaue mir das gleich mal an.«

Murmelnd beugte er sich über seinen Koffer, suchte darin herum und brachte verschiedene zierliche Werkzeuge zutage. Seine Begleitung hatte er bereits vollkommen vergessen. Captain Battingfield legte einen Finger auf die Lippen und bedeutete Charlotte belustigt, den Raum zu verlassen. Leise schlossen sie die Tür hinter sich.

»Sir, ich weiß wirklich nicht, wie ich Ihnen danken soll. Sie machen mir damit eine große Freude«, begann Charlotte.

Battingfield winkte ab: »Es ist wirklich nicht der Rede wert. Und eine Pianistin wie Sie hat ein solches Instrument nötig wie die Luft zum Atmen, habe ich nicht recht?«

Sie nickte. »Ich müsste jetzt eigentlich bescheiden widersprechen, Captain. Aber, ja, Sie haben recht! Die Musik hat mir in den letzten Wochen mehr gefehlt als alles andere. Sehen Sie, ich brauche die Musik, ich brauche die Möglichkeit, meiner Seele Flügel zu verleihen. Ohne Musik habe ich das Gefühl zu verhungern«, gestand Charlotte zögernd ein und sah unsicher zu ihm auf. »Das klingt jetzt sicher furchtbar pathetisch für Sie, aber ich weiß nicht, wie ich es anders ausdrücken sollte.«

»Ich denke, ich verstehe, was Sie meinen«, erwiderte Captain Battingfield mit warmer Stimme. »Als Sie kürzlich bei uns spielten bekam ich eine Ahnung davon. Sie spielten mit solcher Hingabe … ich weiß nicht, wie ich es beschreiben soll, aber es hat mich wirklich berührt, mehr als so manches Konzert, dem ich beiwohnte.«

Charlotte war einmal mehr verlegen: »Sie übertreiben, Captain.«

»Nein, das tue ich nicht. Und es war mir ein Herzenswunsch, Ihnen diese Möglichkeit zu geben. Ich weiß ja, dass

Sie gerade hier der Möglichkeit bedürfen, wie sagten Sie … Ihre Seele von Zeit zu Zeit etwas fliegen zu lassen. Nein, widersprechen Sie nicht! Sie brauchen sich mir gegenüber nicht zu verstellen.« Battingfield sah Charlotte offen an. In seinen Augen spiegelte sich etwas, das Charlotte nicht zu deuten wusste.

Verwirrt wich sie seinem Blick aus. Sie durfte dieses viel zu private Gespräch auf keinen Fall fortsetzen, sonst würde sie ihre beschlossene Zurückhaltung kaum aufrechterhalten können. So zog sie sich darauf zurück, ihn nach dem eigentlichen Grund seines Besuches zu fragen und damit die aufkommende gefährliche Vertrautheit im Keim zu ersticken. »Vermutlich sind Sie mitgekommen, um geschäftlich mit meinem Onkel zu sprechen?«

»In der Tat, Miss Brandon, das ist der Grund, warum ich heute hier bin. Meine Frau und ich haben ja auch eine Einladung für den Ball erhalten. Ich denke, unter diesen Umständen wird Lady Millford auch Dr. Banning und Mr Townsend einladen. Ich werde in den nächsten Tagen zu beschäftigt sein, um Mr Townsend zu begleiten«, ergänzte Captain Battingfield und gab seiner Stimme einen geschäftlichen Klang. Zweifellos hatte er verstanden, dass sie ihrer beider Gespräch nicht fortsetzen wollte. »Deshalb wäre ich Ihnen auch dankbar, wenn Sie mich unverzüglich bei Sir Alistair anmelden könnten. Ich habe mit Mr Townsend vereinbart, dass wir in etwa zwei Stunden wieder aufbrechen.«

»Natürlich, sehr gern! Warten Sie hier, ich werde nach Arthur klingeln«, entgegnete Charlotte, erleichtert, ihm entweichen zu können. Er machte sie zusehends nervös. Wie konnte sie es wagen, sich zu solch privaten Einlassungen hinreißen zu lassen? Doch war sie allein schuld an den sich häufenden ungebührlich vertrauten Momenten zwischen ihnen? Schließlich suchte der Captain durch seine zweifellos äußerst hilfreichen und freundlichen Bemühungen ebenfalls den Kontakt zu ihr.

Sie konnte sich kaum denken, was er – außer vielleicht einem oberflächlichen Interesse – an ihr finden mochte, war er doch mit einer schönen und reichen Frau verheiratet. Dennoch fühlte sie sich durch sein unbestreitbares Interesse auch geschmeichelt. Wäre er nicht verheiratet, würde sie durchaus Gefallen an ihm finden, sogar ein sehr großes Gefallen. Erschrocken hielt Charlotte inne. Solche Gedanken waren absolut inakzeptabel. Am besten, sie vergaß sie gleich wieder. Glücklicherweise eilte nun Arthur herbei, und sie wurde durch die Übermittlung ihres Auftrages von ihren gefährlichen Gedankenspielen abgelenkt.

Als Captain Battingfield das Arbeitszimmer Sir Alistairs betrat, stellte er fest, dass auch Lady Millford anwesend war. Er verspürte kurz einen leichten Unwillen darüber, besann sich dann aber eines Besseren. Unter Umständen war es vielleicht sogar sinnvoller, sie dabei zu haben. Es war ihm bewusst, dass Sir Alistair eine eher schwache Persönlichkeit war, nun, nachdem er durch die Krankheit zusätzlich gebrechlich wurde, umso mehr. Das wirkliche Sagen hatte zweifellos die unerbittliche Lady Millford, und mit ihr galt es sein Anliegen auszufechten. Er war sich nicht im Klaren darüber, ob Sir Alistair seine Gattin schon über den zweiten, weitaus umfangreicheren Plan, der beim Dinner auf Dullham Manor geschmiedet worden war, unterrichtet hatte.

Der Baronet begrüßte ihn herzlich: »Lord Battingfield, kommen Sie doch herein und setzen Sie sich. Wollen Sie auch etwas Tee? Ich freue mich, Sie zu sehen, noch dazu in Begleitung dieses werten Herrn … wie war der Name doch gleich? Wie? Ah ja, Townsend! Ich freue mich sehr, dass nun in diesem Hause wieder Musik erklingen wird, wie zu den Zeiten, als meine Schwester noch unter uns weilte.«

Battingfield hatte den starken Eindruck, dass Lady Millford keinesfalls diese Freude teilte.

Und tatsächlich begann sie, Zweifel zu äußern. »Wird Mr Townsend das Instrument denn entsprechend richten können? Ich meine, immerhin hat er dieses Handwerk nicht erlernt. Ich befürchte, dass das wertvolle Stück vielleicht noch zusätzlichen Schaden nimmt.«

»Ach, Lady Millford, ich glaube, da kann ich Sie ganz beruhigen.« Battingfield wählte absichtlich einen leichten, unbekümmerten Ton. »Mr Townsend ist außerordentlich gebildet und hat mir auf der Fahrt hierher berichtet, dass er sich bei verschiedenen Lehrmeistern auf diesem Gebiet Unterricht geben ließ und nun selbst in ihrer eingeschworenen Zunft als Ebenbürtiger anerkannt wird.«

»Nun, dann will ich auf Ihr Wort hin Vertrauen in seine Fähigkeiten setzen. Jedoch darf ich fragen, was Sie außerdem zu uns führt, Mylord? Mr Townsend hätte uns ja auch allein aufsuchen können, wiewohl ich natürlich jederzeit sehr erfreut bin, Sie auf Millford Hall begrüßen zu können«, erwiderte Lady Millford. Es war Battingfield augenblicklich klar, dass sie in Stellung ging und auf einen weiteren Angriff seinerseits wartete.

Den hatte er ja auch wirklich vor.

»Lady Millford, vielleicht hat Sir Alistair Ihnen schon von meinem, vielmehr Dr. Bannings Angebot berichtet: Es geht um den Nachlass von William Brandon …«

»Ja, Sir Alistair hat das beiläufig erwähnt …«, Lady Millford rührte betont konzentriert in ihrer Teetasse, während der Hausherr Captain Battingfield einen leicht verschämten Blick zuwarf.

»Nun, Dr. Banning ist der Ansicht, dass es von Nutzen sein könnte, den Nachlass zu ordnen. Er ist ein ausgewiesener Kenner des Sujets.« Battingfield nahm sich vor, nicht gleich zu Anfang seine ganze Munition zu verpulvern.

»Tatsächlich? Von Nutzen? Da bin ich mir nicht so sicher. Ich glaube nicht, dass Mr Brandon jemals etwas getan hat, was von *Nutzen* hätte sein können.« Lady Millfords Worte waren gesättigt mit Sarkasmus. »Oder sollte ich da etwas übersehen haben? Zugegebenermaßen ist die Antike ja seit einiger Zeit in Mode gekommen unter den jungen Leuten.«

Battingfield missfiel die zu Markte getragene Verachtung Lady Millfords für Miss Brandons Vater erheblich. Dennoch: hier galt es einzuhaken und zu versuchen, den Verteidigungswall einzureißen.

»Sie haben wie immer recht, Lady Millford. Die Antike erfreut sich eines sehr großen Interesses in den letzten Jahren, sowohl was die Mode anbetrifft wie auch in wissenschaftlicher Hinsicht. Selbst das British Museum hat eine beeindruckende und umfangreiche Sammlung angelegt und trachtet danach, diese auszubauen. Etwaige Interessenten zahlen nicht unerhebliche Summen für entsprechende Fundstücke, umso mehr, wenn deren Herkunft und Bedeutung zweifelsfrei belegt sind. Miss Brandon hat uns nun berichtet, dass ihr Vater zwar eine umfangreiche Arbeit diesbezüglich geleistet hat, diese aber aus bekannten Gründen nicht beenden konnte.«

Lady Millford war wie erwartet neugierig geworden. »Sie sind also der Ansicht, dass dieser Nachlass von Wert ist? Bisher hat er uns leider nur erhebliche Kosten verursacht.«

Jetzt hatte er sie, wo er sie haben wollte! »Sowohl Dr. Banning als auch ich sind der festen Überzeugung, dass es sich so verhält. Selbstverständlich könnten aus dem Erlös eines Verkaufs der Artefakte und Schriftstücke, zum Beispiel an das British Museum, mit Sicherheit auch Ihre Unkosten vollkommen gedeckt werden. Miss Brandon könnte dann auch ein gewisses Kapital ihr Eigen nennen. Natürlich lässt sich Genaueres erst sagen, wenn man den Nachlass gesichtet hat. Dr. Banning hat in diesem Zusammenhang – und immer vorausgesetzt, Sie sind damit einverstanden – um die Mitarbeit von Miss Brandon gebeten. Sie hat gute Kenntnisse der Arbeit ihres Vaters und könnte die Veräußerung damit erheblich beschleunigen. Dr. Banning schätzt, dass das Ganze innerhalb von zwei Monaten zum Abschluss gebracht werden könnte, sobald er mit der Arbeit beginnen kann.«

»Mylord, das klingt ja alles sehr interessant, aber ich muss Ihnen sagen, dass wir zum jetzigen Zeitpunkt nicht gewillt sind, noch mehr Geld in diesen Nachlass zu stecken. Der Transport hierher wäre doch recht aufwendig und sicher wird Dr. Banning seine Kenntnisse auch nicht kostenlos zur Verfügung stellen. Zudem ist Sir Alistair zurzeit zu angeschlagen, um so etwas einzuleiten. Es ist schlechterdings unmöglich, dass er nach London reist.«

Captain Battingfield gelang es tatsächlich, das ironische Lächeln, das sich auf seine Lippen stahl, glücklich zu verbergen. »Sehen Sie, Lady Millford, genau das ist der Grund meines Besuches heute. Ich wollte Ihnen den Vorschlag machen, dass ich diese Sache übernehme. Aus zweierlei Gründen: Ich habe demnächst ohnehin in London zu tun und könnte den Transport bei dieser Gelegenheit veranlassen. Außerdem hat mich Dr. Banning gebeten, den Nachlass auf Dullham Manor unterzubringen. Wie Sie vielleicht wissen, ist das Pfarrhaus nur eine Dreiviertelmeile von Dullham Manor entfernt und so muss er kaum etwas von der wenigen Zeit, die er neben seinen Pflichten als Geistlicher erübrigen kann, auf dem Weg nach Millford Hall vergeuden. Was die Kosten seiner Bemühungen anbetrifft – falls er überhaupt solche berechnen möchte – machen Sie sich bitte keine Gedanken, Lady Millford. Er wird dies direkt mit Miss Brandon klären, wenn Ihre bisherigen Unkosten aus dem Erlös des Verkaufs gedeckt sind. Dasselbe gilt natürlich für die Transportgebühren, die ich vorstrecken werde. Stattdessen könnte Miss Brandon vielleicht ein- bis zweimal die Woche nach Dullham Manor kommen. Meine Gattin hat mir extra aufgetragen

Ihnen zu sagen, wie sehr sie über die Bekanntschaft mit Miss Brandon erfreut ist und wie außerordentlich sie eine zukünftige Vertiefung dieser Freundschaft begrüßen würde.« Letzteres traf zwar keineswegs zu, aber nun hatte Battingfield alles Pulver, das er hatte, verschossen. Gespannt wartete er das Ergebnis ab.

Lady Millford widmete sich weiterhin ihrer Teetasse.

Schließlich streckte sie die Waffen. »Nun gut, Lord Battingfield. Wir werden es so handhaben. Ich gehe davon aus, dass Charlotte sich ebenfalls einverstanden erklären wird. Sicher hat auch sie ein Interesse daran, zu vermeiden, dass ihrem Onkel weitere Kosten entstehen.«

Battingfield fing einen Blick von Sir Alistair auf. Dieser wirkte sichtlich beeindruckt. Captain Battingfield lächelte ihm zu. »Dann bräuchte ich also nur noch die Anschrift Ihres Verwalters in London, Sir.«

Sir Alistair versicherte beflissen: »Aber gerne, verehrter Battingfield. Sie sind ja ein trefflicher Mann. Ich schätze mich glücklich, Sie als meinen nächsten Nachbarn zu haben.« Es schien, als würdigte er mit diesem ehrlichen Lob weniger die Anstrengungen des Captains, die dieser hinsichtlich des Nachlasses auf sich nehmen wollte, sondern vielmehr dessen Fähigkeit, Lady Battingfield dazu zu bringen, seinen Wünschen zu entsprechen.

»Ach, Mylord, bevor ich es noch vergesse«, fügte Lady Millford hinzu. »Da sich Dr. Banning und auch Mr Townsend ja nun sehr um die Belange meiner Nichte bemühen und wir selbstverständlich zu Dank verpflichtet sind, teilen Sie den Gentlemen doch mit, dass wir uns freuen würden, sie beim Ball am Samstag begrüßen zu können.«

Nachdem Lady Millford ihm noch die erforderliche Anschrift des Lageristen in London ausgehändigt hatte, stand Battingfield auf und verabschiedete sich. Er hatte umfassend erreicht, was er sich vorgenommen hatte und war zufrieden.

In Wirklichkeit, so gestand er sich beim Hinausgehen ehrlich ein, bin ich es, der sich die Vertiefung der Bekanntschaft zu Miss Millford ersehnt. Dieser Gedanke ließ unwillkürlich eine Welle wärmster Empfindungen in seiner Brust entstehen, was ihn einerseits freute, andererseits aber auch eine bestimmte Beunruhigung in ihm hervorrief. Aber er schob die Empfindung schnell beiseite und machte sich auf den Weg zu Mr Townsend.

Kapitel 8

Die verbleibenden Tage vor dem Ball auf Millford Hall waren angefüllt mit großer Geschäftigkeit. Es war zusätzliche Dienerschaft aus dem Dorf angefordert worden, da das Haus von oben bis unten gesäubert werden sollte. Eigentlich nicht notwendig, befand Charlotte, da Lady Millford ihren Haushalt ohnehin bestens verwaltete, dennoch wurde auch der kleinste und unbedeutendste Winkel gescheuert und geschrubbt und Unmengen an Nahrungsmitteln und Getränken herbeigeschafft.

Der Ball sollte laut der Entscheidung Lady Millfords im größten Saal im Parterre des Hauses stattfinden. Es wurden immerhin fast neunzig Gäste erwartet. Darunter, dank Lady Wellesleys Vermittlung, auch einige Vertreter des Hochadels. So war zum Beispiel ein entfernter Cousin von Lady Battingfield angekündigt. Ein gewisser Mr Terency, *the right honourable* Gaylord Terency, wie Lady Millford nicht müde wurde, gegenüber Charlotte zu betonen. Er war der dritte Sohn des Marquis of Hastings and Chesterford und offenbar gerade von einer längeren Reise zurückgekehrt. Es war nicht verwunderlich, dass Lady Millford geradezu vor Stolz zerbarst über die erhoffte und dennoch unerwartete Ehre, einen solch hohen Gast auf dem Ball begrüßen zu dürfen. Darüber hinaus wurden etliche Vertreter der Gentry von Dorset erwartet und auch einige aus Devonshire. Viele der Gäste würden über Nacht bleiben und erst am nächsten oder übernächsten Tag abreisen, und so galt es die Zimmer herzurichten und für die Verköstigung der Gäste zu sorgen.

Es gab außerordentlich viel zu tun, und Charlotte eilte genau wie die anderen von morgens bis abends die Treppen hinauf und hinunter. Zusätzlich fanden für sie auch noch die lästigen Anproben der Garderobe statt, die Lady Millford für sie ausgewählt hatte. Charlotte hatte seit dem denkwürdigen Streit keinerlei Einwände mehr vorgetragen, obwohl sie die Wahl nicht sehr glücklich machte. Der einzige Lichtblick war, dass es Mr Townsend tatsächlich gelungen war, die angekündigte wunderbare Heilung des Musikpatienten rechtzeitig zum Ball zu vollbringen, wofür ihm Charlotte überschwänglich gedankt hatte.

»Ach, Emmy«, Charlotte stöhnte, als diese ihr wie jeden Morgen das Frühstück herrichtete, »ich fürchte, ich bin heute Abend wegen dieser Lauferei in den letzten Tagen völlig unfähig, überhaupt noch einen Tanz durchzuhalten.«

Emmy schaute sie entsetzt an. »Aber Miss Brandon, das wäre ja furchtbar! Ich meine, der Ball findet doch nur Ihretwegen statt! Stellen Sie sich vor, dann wäre ja die ganze Arbeit umsonst gewesen.«

Charlotte lachte. »Beruhige dich Emmy, ich habe doch nur Spaß gemacht … obwohl mir die Füße wirklich wehtun. Ich finde auch die Tanzschuhe, die Lady Millford mir ausgesucht hat, sehr unbequem. Ich bin solches Schuhwerk genauso wenig gewohnt wie du. Selbstverständlich will ich aber, und sei es nur zu Ehren der emsenfleißigen Helfer hier, meine Pflicht erfüllen.« Lady Millford würde mir wohl sonst auch den Kopf abreißen, fügte sie in Gedanken hinzu.

Emmy konnte Charlottes Haltung nur missbilligen. »Ich verstehe Sie nicht, Miss Brandon. Kann eine Dame aus der guten Gesellschaft sich denn etwas Schöneres vorstellen, als der Mittelpunkt eines Balls zu sein? Für unsereins ist ja an so etwas nicht zu denken, aber ich freue mich schon auf heute Abend, wenn all die feinen Herrschaften in ihren wundervollen Gewändern kommen. Es wird sein wie im Märchen. Und dann die Musik und die Lichter …«, sie blickte träumerisch ins Leere und hätte beinahe den Tee verschüttet. »Oh, Verzeihung Miss, ich habe mich vergessen! Wissen Sie, Arthur hat mich für heute Abend zum Dienst eingeteilt. Ich darf die Gäste bewirten. Er hat gesagt, ich hätte mich gut gemacht und würde in meiner weißen Schürze ein recht ansehnliches Bild abgeben. Deshalb will er mir eine Chance geben. Ich freu mich so!«

Charlotte schenkte ihr ein warmes Lächeln. »Das freut mich wirklich für dich! Du wirst deine Sache sicher gut machen. Und ich hoffe, ich werde das auch. Schließlich haben wir dann beide unser Debüt.«

Da ging die Tür auf und Lady Millford trat ein. Augenblicklich wich die fröhliche Stimmung wieder strenger Ordnung. Emmy knickste beschämt über die nutzlose Geschwätzigkeit, derer sie sich schuldig gemacht zu haben glaubte, und verschwand eilig. Ihre Herrin würdigte sie keines Blickes. Stattdessen bedachte sie ihre Nichte mit einem strengen Blick.

»Charlotte, ich hoffe, du bist ausgeruht und frisch. Heute ist, wie du weißt, der große Tag. Du solltest dich für den Rest des Tages zurückziehen und um dein Aussehen kümmern. Ich brauche dich sicher nicht darüber zu belehren, dass der Tag deiner gesellschaftlichen Einführung mit erheblichen Ausgaben verbunden ist, die du keinesfalls durch mangelnde Sorgsamkeit hinsichtlich deines Aussehens und deines Benehmens leichtfertig verschwenden solltest. Betty wird dir, was deine Garderobe anbetrifft, zur Hand gehen. Wir erwarten die ersten Gäste gegen halb acht. Du wirst dich dann in der Eingangshalle zur Begrüßung der Ankommenden einfinden. Sir Alistair wird der Begrüßung nur zeitweise beiwohnen können. Das lange Stehen ist zu anstrengend für ihn. Ich hoffe, ich kann mich auf dein absolut tadelloses Benehmen verlassen.« Sie hielt kurz inne und betrachtete ihre Nichte mit wenig Begeisterung. Charlotte war es nach wie vor nicht gelungen, die vorgefasste schlechte Meinung, die ihre Tante von ihr hatte, auch nur im Geringsten zu verbessern. Inzwischen hatte sie diesbezüglich resigniert.

»Insbesondere erhoffe ich mir«, so setzte die Hausherrin fort, »dass du Bekanntschaften knüpfst, es werden auch etliche unverheiratete Gentlemen unter den Gästen sein. Ganz besonders freue ich mich auch, dass Mr Terency uns beehren wird.«

»Das sagten Sie bereits, Tante!«, bemerkte Charlotte trocken. Sie hatte allerdings mehr als deutlich verstanden, was von ihr erwartet wurde. Sie sollte möglichst versuchen, sich einen Mann zu angeln, am besten natürlich diesen hochadeligen und reichen Mr Terency. Ob ihr dies so ohne Weiteres gelingen würde, da hatte sie jedoch die allergrößten Zweifel. Es würde sich nicht erzwingen lassen. Sie gab sich aber einen Ruck und erwiderte, was von ihr erwartet wurde: »Ich werde mich bemühen, alle Ihre Wünsche zu Ihrer größten Zufriedenheit zu erfüllen, Tante.« Damit zog auch sie sich zurück, froh, weiterer Ermahnung und Kritik entgehen zu können.

Kurz nach halb acht trafen die ersten Kutschen ein. Garten, Vorplatz und die ganze Auffahrt waren von Thomas, dem Pförtner, mit Fackeln versehen worden, deren heller Schein nun den Gästen einen prächtigen Blick auf Millford Hall gewährte. Im Ballsaal eilte, wie Charlotte durch die weit geöffneten Türen erkennen konnte, die Dienerschaft unter Arthurs gestrengem Blick hin und her, um die letzten abschließenden

Arbeiten zu verrichten. In einem Teilbereich des Saales – man hatte nahezu den ganzen offiziellen Bereich Millford Halls durch das Öffnen der Türen zu einem einzigen Saal umgestaltet – legte man noch letzte Hand an die Dekoration der Tische für die üppigen Speisen, die zu späterer Stunde gereicht werden sollten. Auch Emmy war eine Aufgabe in diesem Bereich zugeteilt worden. Gekleidet in die Festlivree der Dienerschaft mit frisch gestärktem Häubchen, weißer Schürze und mit hochroten Wangen, versuchte sie einen Blick auf die ankommenden Gäste zu erhaschen und drohte über ihrem Staunen ob des Glanzes, ihre Pflichten zu vernachlässigen. Eine unwillige Ermahnung eines anderen Bediensteten holte die Säumige aber schnell in die Wirklichkeit zurück und sie beeilte sich, ihren Aufgaben mit doppeltem Fleiß nachzukommen. Charlotte konnte sich ein Lächeln über diese kleine Szene nicht verkneifen.

Auch sie hatte in steigender Aufregung, aber gehorsam, sämtliche Verschönerungsmaßnahmen über sich ergehen lassen, ihr neues Ballkleid angezogen, sich in die unbequemen Seidenschuhe gezwängt und sich gemäß der Anweisung von Lady Millford zur angegebenen Zeit in der Eingangshalle zur Begrüßung der Gäste eingefunden. Das Ballkleid war nun gänzlich nach Lady Millfords Anweisungen gefertigt worden. Es war ein mehrlagiges Gewand aus apricotfarbener Seide, mit viel Chiffon und Spitze versetzt. Wo nur irgendwo etwas Platz geblieben war, glänzten goldene Borten. Ebenfalls goldene Bänder und eine türkisfarbene, weiche Feder waren in Charlottes kunstvoll in Locken gedrehtes und aufgetürmtes Haar geflochten. Betty hatte sich in den letzten vier Stunden völlig verausgabt.

Ich bin aufgeputzt wie ein Pfau!, dachte Charlotte innerlich seufzend und hoffte in immer größer werdender Anspannung, dass sie sich nicht lächerlich machen würde. Sie fühlte sich in dieser übertriebenen Aufmachung extrem unwohl, da sie so gar nicht ihrem Wesen entsprach. Jedoch wurden diese Bedenken durch die eintreffenden Gäste zerstreut. Sie erntete manchen bewundernden Blick und ihre Nervosität löste sich zusehends. Lady Millford, ganz in ihrem Element, stellte ihr, nachdem sie ihrerseits die Gäste unter genauester Einhaltung der Etikette begrüßt hatte, sachkundig jeden Gast mit dem jeweiligen Rang oder Adelstitel vor, einschließlich dessen Zugehörigkeit oder Verwandtschaft zu anderen honorigen Familien Englands. Charlotte bemühte sich, jeden der eintreffenden Gäste mit vollendeter Höflichkeit und einem reizenden Lächeln zu begrüßen, war aber nach kurzer Zeit von den vielen fremden Gesichtern und Namen völlig verwirrt und befürchtete, bei den kommenden Festivitäten kaum jemand mit dem richtigen Namen, geschweige denn mit dem korrekten Adelspräfix ansprechen zu können.

Schließlich wurde ihr ein vergnügtes Geschwisterpaar, das etwa in ihrem Alter war, als Mary und Millicent Fortescue vorgestellt. Die beiden wurden begleitet von ihrem Bruder Edward Fortescue, einem blassen und unsicher wirkenden jungen Mann von etwa fünfundzwanzig Jahren, der bei Charlottes Anblick zunächst errötete, um gleich darauf zu erbleichen und dann stotternd seinen Willkommensgruß und die besten Wünsche seiner Eltern übermittelte. Wie sich schnell herausstellte, handelte es sich bei dem Trio um sehr entfernte Verwandte von Sir Alistair. Die Mutter der Geschwister war eine Cousine dritten Grades und mit einem Pfarrer verheiratet. Die Eltern ließen sich entschuldigen, denn Mr Fortescue plagte die Gicht und Mrs Fortescue konnte und wollte ihre übrige beachtliche Kinderschar von acht jüngeren Geschwistern nicht allein lassen. Die fröhlichen Schwestern waren Charlotte auf Anhieb sympathisch und sie nahm sich vor, sich später etwas um sie zu kümmern.

Dann traf Captain Battingfield nebst Gattin und Lady Wellesley ein, gefolgt von Dr. Banning und Mr Townsend.

Charlotte war erleichtert, dass es ihr gelang, ihren Wohltäter gelassen zu begrüßen ohne zu erröten. So hatten die vielen Ermahnungen, die sie sich in den vergangenen Tagen selbst hinsichtlich ihrer Gefühle für Captain Battingfield erteilt hatte, glücklicherweise Wirkung gezeigt. Die beiden Alten waren vergnügt wie zwei Schuljungen. Beide verneigten sich und Dr. Banning überhäufte die junge Hauptperson des feierlichen Anlasses gar mit einer Flut nicht enden wollender Komplimente, was ihm einen unwilligen Blick von Lady Millford einbrachte, die Adressatin jedoch mit ihrem warmherzigsten Lächeln beantwortete. Sie hätte ihr eigenes Aussehen gerne ähnlich ironisch kommentiert und war sich sicher, dass Dr. Banning mit seinen Übertreibungen darauf anspielte.

Lady Battingfield dagegen war wirklich eine strahlende Schönheit. Ihr blondes langes Haar war kunstvoll gelegt und glänzte wie Gold, während das vorteilhafte hellblaue Gewand die sanften Rundungen seiner Trägerin bestens zur Geltung brachte. Charlotte musste neidlos anerkennen, das Captain Battingfield und seine Frau ein wirklich prachtvolles Paar abgaben. »Lady Battingfield, Sie sehen wirklich wunderbar aus und werden heute Abend die wahre Königin des Balls sein«, sagte Charlotte mit ehrlicher Bewunderung.

»Aber nein, liebste Miss Brandon, Sie sehen heute so entzückend aus, dass für uns arme Damen niemand mehr zum Tanzen übrig bleiben wird«, widersprach Lady Battingfield, aber Charlotte spürte, dass sie das aufrichtige Kompliment zutiefst erfreute.

»Oh, da habe ich wirklich keine Bedenken, Lady Battingfield. Ich denke, der Baron wird froh sein, wenn er einen oder zwei Tänze von seiner schönen Frau ergattern kann«, gab Charlotte in scherzendem Ton zurück.

»Dann erbarmen vielleicht Sie sich meiner und schenken mir einen Tanz«, schlug dieser vor.

Charlotte war zu überrascht von seinem Ansinnen, um ihm den Wunsch abzuschlagen. »Aber gewiss doch gern, Mylord!«, antwortete sie stotternd, noch bevor ihr eine wirklich gute Ausrede einfiel. Es beunruhigte sie sehr, dass sein Wunsch, mit ihr zu tanzen, ärgerlicherweise eine unerwartete Aufregung bei ihr hervorrief. War sie denn völlig von Sinnen? Sie hoffte inständig, dass der Captain den versprochenen Tanz bald vergessen hätte. Inzwischen waren schon weitere Gäste nachgekommen und die Gruppe machte sich auf den Weg in den Ballsaal, während sich Charlotte und Lady Millford den letzten Neuankömmlingen zuwandten. Unter ihnen war nun auch endlich der angekündigte und von Lady Millford schon ungeduldig erwartete Mr Terency. Schwungvoll und übermütig betrat er die Halle.

»Lady Millford, Miss Brandon, ich entschuldige mich für mein spätes Erscheinen. Ich bin untröstlich, aber leider wurde ich aufgehalten, hoffe aber dennoch, nicht zu spät zu kommen. Ich wäre wirklich am Boden zerstört, wenn Sie bereits alle Tänze meinen Rivalen versprochen hätten, Miss Brandon.«

»Oh nein, keineswegs, Mylord«, antwortete Charlotte sofort. Ein strenger Seitenblick ihrer Tante ließ sie anfügen: »Es wäre mir eine große Freude, mit Ihnen zu tanzen.

»So hoffe ich doch, der Glückliche zu sein, dem nun der erste Tanz mit der Ballkönigin vergönnt ist«, gab dieser forsch zurück und lächelte siegesgewiss.

»Es wäre uns natürlich die allergrößte Ehre, wenn Sie mit meiner Nichte den Ball eröffnen würden, Mylord«, brachte sich Lady Millford erfreut und mit Bestimmtheit in die Unterhaltung ein.

Mr Terency verbeugte sich formvollendet. »Die Ehre liegt bei mir, Lady Millford. Obwohl es mich natürlich des Vergnügens Ihres Anblicks beraubt. Sie sind, was Ihre Schönheit angeht, von Ihrer Nichte wirklich kaum zu unterscheiden.«

Lady Millford senkte angesichts des unverhofften Kompliments damenhaft den Blick, war aber bereits vom fast zu aufdringlichen Charme des Neuankömmlings völlig überwältigt.

Er ist sich seiner Wirkung auf die Damenwelt augenscheinlich sehr bewusst. Für meinen Geschmack etwas zu bewusst, befand Charlotte nach dieser sie wenig überzeugenden galanten Vorstellung und unterzog ihr Gegenüber einer genaueren Überprüfung. Zweifellos war er eine stattliche Erscheinung und ein überaus schöner Mann. Die, wenn auch entfernte, Verwandtschaft mit Lady Battingfield war unverkennbar. Sein blondes Haar trug er dem neuesten Modetrend entsprechend eher kurz und auf dem Oberkopf zu Locken gedreht. Auch sonst entsprach seine Kleidung dem, was man in London wohl als modebewusster Dandy[12] trug: Der steife Kragen, der unter seinem üppig verzierten zweireihig geknöpften Rock hervorschaute, reichte ihm bis zu den Ohren, während der Hosenbund der modischen Pants ebenfalls nach der neuesten Mode bis weit über die Taille geschnitten war. Abgerundet wurde das Ensemble noch durch einen Zylinder passend zur Farbe der Joppe und ein schwarzes Gehstöckchen mit goldenem Knauf, das er lediglich der Zierde wegen mit sich führte.

Weiter kam Charlotte jedoch mit ihrer Betrachtung nicht, da Mr Terency sie ohne weitere Umschweife untergehakt hatte und durch die weiten Türflügel selbstbewusst dem Zentrum des Geschehens zuführte, von wo bereits festliche Musik ertönte. Lady Millford hatte anlässlich des Festes – und anscheinend in einem jähen Anfall von ungewöhnlicher Verschwendungssucht – eine Musikkapelle mit immerhin fünf

12 Der Typ des Dandys wurde von George Bryan Brummell (1778 – 1840) – besser bekannt als »Beau Brummell« – geprägt, fand aber weit über dessen aktive Zeit hinaus Nachahmer in den höchsten Kreisen. Dem Dandy haftet im Gegensatz zum (früheren) Marconi oder dem deutschen Stutzer nichts Lächerliches oder Weibisches an. Der Lebensstil eines Dandys war sehr kostenintensiv und trieb so manchen jungen Edelmann in den Ruin.

Musikanten aus Salisbury engagiert, die redlich ihr Bestes gaben.

Bei ihrem Eintritt in den Saal erhob sich Applaus unter den Umstehenden und Charlotte war sich keineswegs sicher, ob er ihr galt oder dem Galan neben ihr, der die Situation sichtlich zu genießen schien. Charlotte nickte freundlich ihrem Onkel zu, der auf der anderen Seite des Ballsaals auf einem bequemen Sessel saß und sie strahlend und zufrieden anlächelte.

Dann auf in die Schlacht, dachte sich Charlotte und eröffnete sicher zur größten Befriedigung ihrer Tante den Ball mit *the right honourable* Gaylord Terency, dem Sohn des Marquis of Hastings and Chesterford. Kurze Zeit später reihten sich auch andere Tanzpaare ein und bald war der ganze Saal in Bewegung und unterhielt sich prächtig.

Nach dem zweiten Tanz hatte Mr Terency offenbar die Lust daran verloren, ihr erster Tänzer zu sein, da es inzwischen wirklich alle bemerkt hatten, und ihr endlich eine kleine Verschnaufpause gegönnt. Charlotte, die darüber eine große Erleichterung verspürte, konnte sich endlich den übrigen Gästen widmen. Die zwei Tänze, die sie mit dem erklärten Favoriten ihrer Tante hinter sich gebracht hatte, zusammen mit der üblichen Konversation hatten sie davon überzeugt, es mit einem überaus selbstverliebten und eitlen Mann zu tun zu haben. Letztlich waren diese Eigenschaften bei einem Angehörigen des Hochadels durchaus nachvollziehbar, aber Mr Terency hatte etwas an sich, das in ihr einen übergroßen Widerwillen, sogar ihren Abscheu erregte, obwohl sie keinen besonderen Grund dafür nennen konnte. Hoffentlich beharrte ihre Tante nicht auf einer Vertiefung der Bekanntschaft. Allerdings konnte sich Charlotte auch kaum denken, dass Mr Gaylord Terency ihr je mehr als momentane Galanterie für die Eröffnung eines Balls entgegenbringen würde. Bei seinem Aussehen und der edlen Herkunft war er wahrlich nicht darauf angewiesen, sich einer unbedeutenden jungen Frau wie ihr zuzuwenden. Allein sein Auftauchen bei diesem Ereignis war schon überaus ungewöhnlich und sicher nur auf die ausdrückliche Bitte Lady Wellesleys zurückzuführen. Doch dann schob Charlotte diese Betrachtungen unwillig beiseite. Mr Terency musste sie heute glücklicherweise nicht weiter kümmern. Sie hatte ihre Pflicht – hoffentlich zur Zufriedenheit ihrer Tante – ja nun erfüllt. Stattdessen beschloss sie, sich auf die Suche nach den Fortescues zu machen und sah sich die verschiedenen Gruppen und Grüppchen, die sich inzwischen zusammengefunden hatten, deshalb genauer an, während das fröhliche Treiben auf der Tanzfläche weiterging. Captain Battingfield und Lady Wellesley waren mit einigen der anderen Anwesenden in ein angeregtes Gespräch vertieft, während Lady Battingfield auf der Tanzfläche anzutreffen war. Jetzt wurde auch Charlotte von einigen der jungen Gentlemen angesprochen, die um einen Tanz baten, den sie ihnen gern versprach. Schließlich entdeckte sie auch die drei Geschwister Fortescue, die ihr bei der Begrüßung so angenehm aufgefallen waren. Die Schwestern, die in Begleitung zweier ansehnlicher junger Männer waren, hatten gerötete Gesichter. Wie es den Anschein hatte, waren sie gerade von der Tanzfläche gekommen. Edward Fortescue drehte sein Glas in der Hand und wirkte, wie Charlotte mitfühlend feststellte, wie ein verlorenes Schaf in der Menge. Fast empfand sie Mitleid mit ihm. Freundlich lächelnd trat sie auf ihn zu.

»Mr Fortescue, ich hoffe, Sie amüsieren sich. Ich habe Sie noch gar nicht auf der Tanzfläche gesehen.«

»Oh, Miss Brandon!«, hustete Fortescue, hilflos nach Luft ringend. Er hatte, gerade als Charlotte ihn ansprach, sein Glas zum Munde geführt und sich offenbar bei ihrem Anblick vor Nervosität verschluckt. Charlotte blickte ihn mitfühlend an. »Verzeihen Sie, Miss Brandon! Das ist mir wirklich peinlich!«, stieß er hervor, kaum dass er wieder zu Atem gekommen war.

»Oh, Sie müssen *mir* verzeihen, schließlich habe ich Sie im ungünstigsten Augenblick angesprochen.« Charlotte hatte jetzt wirklich Mitleid mit dem linkischen jungen Mann. »Haben Sie keine Lust zu tanzen?«

»Doch schon, ich mag die Musik sogar sehr. Aber sehen Sie, leider mögen meine Füße die Musik nicht so wie mein Kopf. Sie wehren sich vehement gegen jede tänzerische Bewegung, sehr zum Missvergnügen meiner Tanzpartnerinnen.« Fortescue lächelte gequält.

Charlotte beschloss, die Not des jungen Fortescue zu lindern. »Mr Fortescue, da ich bisher nicht die Ehre hatte, mit Ihnen zu tanzen, kann von Missvergnügen meinerseits nicht die Rede sein. Ich hoffte, Sie würden mir die Ehre erweisen …?«

»Oh, natürlich sehr gern, Miss Brandon, nichts lieber als das! Aber sind Sie sich auch wirklich sicher?«

»Mr Fortescue, ich höre gerade, es wird eine Allemande gegeben. Dies ist ein recht einfacher aber schwungvoller Tanz, den ich außerordentlich schätze. Sollten wir nicht die Gelegenheit beim Schopfe ergreifen?«

Charlotte bugsierte den immer noch zaudernden jungen Mann auf die Tanzfläche und lächelte ihm aufmunternd zu. Solchermaßen ermutigt gelang Mr Fortescue das Kunststück, ihr nur zweimal auf die Füße zu treten. Allerdings war er von der Arbeit seiner Füße so in Anspruch genommen, dass jegliche Konversation außer Frage stand.

Als er sie zurückführte – der nächste Tanz war eine Courante, die weit mehr Geschick von den Tänzern erforderte –, wurden sie von den beiden Schwestern mit freundlich-spöttischem Applaus begrüßt. »Also wirklich Edward, ich bin höchst erstaunt«, neckte ihn Mary, die ältere der beiden, »du hast uns deine Talente als Tänzer offensichtlich bisher vorenthalten. Du hättest ja auch wirklich einmal mit uns tanzen können! Wir müssen immer warten, bis wir von wildfremden Männern aufgefordert werden.«

»Das geht mir nicht anders, Miss Fortescue und Miss Millicent«, stimmte Charlotte lachend ein, »ich muss schon den ganzen Abend mit wildfremden Männern tanzen.«

»Aber *ich* bin Ihnen doch nicht wildfremd!«, erklang plötzlich die Stimme Captain Battingfields hinter ihrem Rücken. Er war unbemerkt hinter sie getreten. »Erinnern Sie sich? Sie hatten mir die Ehre eines Tanzes versprochen.«

»Oh, Captain Battingfield ...«, Charlotte war ganz aus dem Konzept gebracht. »Nein, das habe ich natürlich nicht vergessen. Es ist mir eine Ehre, Mylord.«

Battingfield reichte ihr seinen Arm und führte sie auf die Tanzfläche.

»Das *Mylord* lassen Sie bitte weg, Miss Brandon, so wie wir es sonst auch halten. Außerdem sind Sie heute die Königin des Balls und ich bin Ihr ergebener Diener, so wie sämtliche Gentlemen hier. Sie sehen, Sie verfügen heute Abend über große Macht. Mr Fortescue eben war ja ganz verzaubert von Ihnen.«

»Sie machen sich über mich lustig, Captain. Tatsächlich ist mir die Rolle der Ballkönigin nicht gerade auf den Leib geschneidert, im Gegensatz zu meinem Ballkleid, das eher den Geschmack meiner Tante als meinen eigenen befriedigt«, antwortete Charlotte und begann, sich schon wieder über sich selbst zu ärgern. Das war eben wirklich ein unentschuldbarer Fauxpas von ihr gewesen. Wie konnte sie ihm gegenüber nur so etwas äußern? Lag ihr womöglich daran, ihm zu gefallen? Charlotte schluckte nervös. Sie war doch sonst nicht so wenig Herrin ihrer Gefühle! Sie musste das nun wirklich umgehend unterbinden! Charlotte haderte weiter mit sich selbst, während die Paare sich im Tanz auseinanderbewegten. Wieso, um Himmels willen, erzählte sie ihm, was sie über ihr Ballkleid dachte? Das war doch völlig unpassend und überdies wirklich ungehörig.

Da war ihr Tanzpartner wieder herangekommen. »Miss Brandon, ich versichere Ihnen, Sie sehen zauberhaft aus, obwohl ich Ihnen dahingehend recht gebe, dass das Kleid, das Sie neulich bei uns zum Dinner trugen, Ihre unbestreitbaren Vorzüge noch besser zur Geltung brachte.« Der Captain hatte ihre Hand ergriffen und drehte sich mit ihr im Kreis. Er war ein guter Tänzer.

»Ich danke Ihnen für das freundliche Kompliment, wenn ich es Ihnen auch nicht ganz glauben mag«, wehrte Charlotte ab.

»Schade!«, befand Battingfield und schüttelte in gespieltem Bedauern bekümmert das Haupt. »Es war nämlich, und das versichere ich hiermit feierlich, mein voller Ernst.«

Charlotte wusste nicht, was sie darauf erwidern sollte und zog es vor zu schweigen.

Ihr Tanzpartner wechselte galant das Thema, als er ihre Verlegenheit bemerkte. »Werden wir Sie heute Abend noch auf dem Pianoforte hören, Miss Brandon?«

Erleichtert griff diese den Faden auf. »Ich denke schon! Mein Onkel hat es sich gewünscht und obwohl meine Tante Einwände hatte, werden wir später wohl kurz hinaufgehen.«

»Darauf freue ich mich sehr«, antwortete der Captain mit einem aufrichtigen Lächeln. »Ich bin sehr gespannt darauf, was die Künste von Mr Townsend bewirkt haben.«

»Oh, ich versichere Ihnen, Mylord«, Charlotte verfiel vor lauter Begeisterung wieder in die förmliche Anrede, was ihr augenblicklich einen strafenden Blick ihres Tanzpartners einbrachte, der sie umgehend korrigieren ließ: »Ich meine natürlich: Captain! Ich versichere Ihnen, Mr Townsend hat ein wahres Wunder vollbracht und verdient unsere Bewunderung genauso wie meinen tiefsten Dank. Es ist ein wundervolles Instrument. Ich konnte noch nie auf einem solchen Klavier spielen. Es ist …«, sie suchte nach den passenden Worten, »als würde man in ein Meer der Klänge eintauchen.«

Die Musik hatte geendet und sofort war Charlotte von weiteren Gentlemen umringt, denen sie bereits einen Tanz versprochen hatte. Battingfield verbeugte sich galant vor seiner Tanzpartnerin und bedachte sie noch einmal mit einem überaus freundlichen Lächeln. »Dann bin ich höchst erfreut, wenn Sie uns nachher zum Bade einladen«, sagte er und trat zurück, um dem nächsten Tänzer Platz zu machen.

Der Ball war bereits einige Zeit im Gange, als Sir Alistair sich in einer Pause der Musikanten bemerkbar machte, indem er beherzt mit seinem Siegelring an ein Weinglas schlug. Ein heller Ton erklang und ließ die Gäste in ihren Gesprächen innehalten.

»Meine verehrten Gäste«, begann er mit seiner leicht brüchigen Stimme: »Ich bin überglücklich, Sie heute alle bei uns auf Millford Hall zu haben. Nicht zuletzt deshalb, weil ich sehr stolz bin, Ihnen meine Nichte Charlotte bei dieser Gelegenheit vorzustellen. Sie ist seit einigen Wochen bei uns und der ganze Trost meiner alten Tage.«

Daraufhin erhob sich Stimmengewirr, aus dem scherzhafte Rufe zu vernehmen waren, dass Sir Alistair sich doch im besten Mannesalter befände.

Dieser wedelte abwehrend mit den Händen. »Nein, lassen Sie nur, Gentlemen! Ein Mann muss wissen, wann seine beste Zeit vorbei ist. Die beste Zeit dieser reizenden jungen Dame hier«, und damit legte er seinen Arm um Charlotte, die zu ihm getreten war, »steht aber nun kurz bevor, und der junge Mann, der ihr Herz erobert, kann sich glücklich schätzen.«

Charlotte senkte peinlich berührt den Kopf. Sie verstand ja, dass er voller Stolz seine Nichte vorführte, aber musste er es so offensichtlich tun?

Unverdrossen fuhr Sir Alistair fort: »Und sie verfügt nicht nur über großen Liebreiz. Nein, sie zeigt auch Talent am Piano. Deshalb habe ich sie gebeten, unsere Gäste heute mit einer Darbietung zu erfreuen und lade Sie, meine teuren

Freunde, dazu ein, uns in den oberen Saal zu begleiten, in dem unser Flügel steht, der dank der uneigennützigen Pflege von Mr Townsend und dem unermüdlichen Einsatz unseres trefflichen Nachbarn, des Barons of Dullham, nun in neuem Glanze erstrahlt.«

Beifall erhob sich, und die ganze Festgesellschaft begab sich zum Musikzimmer in der ersten Etage. Nicht alle Gäste passten hinein und einige mussten mit einem Stehplatz im nächsten Raum vorliebnehmen. Charlotte, die am Arm ihres Onkels ging und ihm so gut es ging den Aufstieg an der Treppe erleichterte, war gezwungen, sich zusammen mit ihrem Onkel einen Weg durch die bereits Anwesenden zu bahnen. Die Situation war ihr nicht sehr angenehm. Sie pflegte mehr zu ihrer eigenen Erbauung zu musizieren. Vor einem so großen und auch erlauchten Publikum hatte sie noch nie gespielt und war sich nur zu bewusst, dass hier nicht der Ort und die Zeit waren, mit konzertanten Fähigkeiten zu beeindrucken. Deshalb hatte sie sich bereits vor Tagen überlegt, dass sie, sollte es dazu kommen, eher einige tänzerisch-leichte, kurze Klavierstücke und vielleicht einen kurzen Auszug aus einem Werk des überaus beliebten Komponisten Händel[13] vortragen würde. Dies erschien ihr die passende Wahl.

Im Musiksaal, in dessen Mitte der Flügel prangte, hatten die Gäste in einem angemessenen Abstand einen Kreis um das Instrument gebildet. Charlotte durchschritt mit einiger Nervosität den Raum. Diese übergroße Aufmerksamkeit war sie nicht gewohnt und es fiel ihr schwer damit umzugehen. Mit Mühe ihre Anspannung verbergend, ließ sie sich vor den Augen der erwartungsvollen Menge am Klavier nieder, atmete noch einmal tief durch und begann zu spielen.

13 Georg Friedrich Händel (1685 – 1759), einer der wichtigsten Komponisten überhaupt, der zwar in Deutschland sein Schaffen begann, sein Hauptwerk aber in England komponierte und dort auch vorwiegend lebte. Sein Schaffen erstreckt sich auf alle Musikformen, besonders aber auf die Oper und Oratorien. Händel war eine Zeit lang Hofkomponist von Georg I., der als Angehöriger des Hauses Hannover später zum König von England und Irland gekrönt wurde.

Das Instrument war wunderbar. Die Töne perlten durch den Raum und verzauberten die Anwesenden ebenso wie Charlotte, die ihre Finger flink über die Tasten gleiten ließ. Fehlerfrei trug sie das gewählte Repertoire mit virtuoser Leichtigkeit vor. Angesichts des hervorragenden Instrumentes auch wenig verwunderlich, dachte sie. Der Flügel war ein wahrer Genuss! Noch nie war es ihr vergönnt gewesen, auf einem so königlichen Pianoforte vorzutragen. Das Publikum war ebenfalls überaus angetan und spendete begeistert Beifall. Da fiel Charlottes Blick auf Mr Terency, der gut sichtbar einen recht großen Raum in der überfüllten Runde für sich beanspruchte. Gnädig ließ er Charlotte den verdienten Beifall zukommen, nur um sich dann zu räuspern und seine Stimme zu erheben, sodass alle ihn hören konnten.

»Sie spielen ja wirklich entzückend, für eine Frau wohlgemerkt. Mir scheint die Wahl der Stücke aber doch recht konventionell und vorsichtig. Und ich habe darüber hinaus den Eindruck, Sie verbergen Ihre Fähigkeiten vor uns und wollen uns höheren Genuss nicht gönnen. Das ist aber nicht nett von Ihnen!« Spöttisch tadelte er sie mit erhobenem Finger. »Ich bin ja erst kürzlich aus Europa zurückgekehrt und hatte Gelegenheit, in Wien dem Konzert eines wahrhaften Meisters der Musik beizuwohnen. Es handelt sich um einen gewissen Leonhardt, nein, Ludwig van Beethoven[14]. Kennen Sie sein Werk?«

Einige der Zuhörer schüttelten verwirrt den Kopf. Von einem Beethoven aus Wien hatte man in Dorset noch nichts gehört.

Ausgerechnet Beethoven! Charlotte kannte dessen Werk allerdings und war eine glühende Bewunderin seiner hervorragenden Klavierwerke, die der Musik eine völlig neue Richtung wiesen, weg von der noch eher strengen Regelhaftigkeit

---

14 Ludwig van Beethoven, (1770 – 1827), überragender dt. Komponist und bedeutender Vertreter der Wiener Klassik, der mit seiner Musik der Romantik den Weg bereitete.

eines Händel – den sie schätzte, aber nicht liebte – hin zu einer oft nahezu ekstatischen Betonung der Empfindung in der Musik. Damit entsprach ihr dieser Komponist aus ganzem Herzen. Für diesen Anlass aber war Beethoven eine extrem ungünstige Wahl. Das anwesende Publikum würde von einer solchen Darbietung sicher eher verschreckt werden.

»Ah, Miss Brandon, ich sehe an Ihrem Blick, dass Sie ihn kennen. Nein, widersprechen Sie nicht!« Mr Terency schien die Situation wieder einmal außerordentlich zu genießen. Alle Augen waren auf ihn gerichtet, als er Charlotte nun aufforderte: »Meine liebe Miss Brandon, es würde mich doch interessieren, ob ich Sie richtig eingeschätzt habe und Sie das Werk dieses außerordentlichen Musikers und Komponisten zu meistern vermögen. Das edle Instrument hier hätte es auf jeden Fall verdient.«

Charlotte begann sich zu ärgern. Was für ein eingebildeter Laffe!, durchfuhr es sie. Sie entschied, trotz der Wünsche ihrer Tante zu widersprechen: »Mylord, ich glaube, wir haben doch für heute Abend genug gehört und wollen nun lieber wieder zum Tanz hinuntergehen. Auch ist etwas für das leibliche Wohl vorbereitet worden.«

»Miss Brandon, aber ich glaube fast, Sie wollen sich zieren …«, Mr Terency grinste spöttisch und schien nicht gewillt, sie aus seinen Fängen zu entlassen. Da räusperte sich Lady Millford vernehmlich neben Charlotte und gab ihr mit einem energischen Kopfnicken unmissverständlich zu verstehen, dass Charlotte gefälligst spielen sollte, was der hohe Gast verlangte.

Dieses Ansinnen ihrer Tante konnte nur der völligen Unkenntnis dessen entspringen, was sie erwartete, wenn Charlotte nun Beethoven zum Vortrag brachte. Doch ihre flehentlichen Blicke hatten erwartungsgemäß keinen Erfolg. Schließlich zuckte Charlotte ergeben mit den Schultern und kündigte an, einen Auszug der Appassionata, einer der Sonaten für Hammerklavier von Beethoven, zu Gehör bringen zu wollen.

Dann begann sie. Die mächtigen, einleitenden Akkorde donnerten wie eine plötzliche Sturmfront durch den Raum, was einige der Zuhörer erschreckt die Augen aufreißen ließ. Daraufhin entfaltete sich unter den flink dahineilenden Fingern Charlottes eine wogende See aufwühlend-drängender Läufe und Tonkaskaden, sich in wildem Tanz gegenseitig überbietend und durchpflügt von stürmischem Aufbegehren und verzweifelter Qual. Nicht umsonst hatte dieses so eigenwillige Werk des Meisters den Beinamen »die Leidenschaftliche« verliehen bekommen. Zudem war Charlotte ehrlich erbost und spielte vielleicht auch deshalb den Beethoven besser als früher in den stillen Räumen des Longbottom'schen Instituts. Wahrscheinlich war es eben so, dachte Charlotte, dass dieser Beethoven nur mit der Wut der Leidenschaft oder leidenschaftlicher Wut wirklich angemessen gespielt werden konnte.

Die letzten Akkorde waren verklungen und Charlotte hielt zitternd vor Erschöpfung inne. Sie war ganz undamenhaft in Schweiß geraten und konnte sich gerade noch bezwingen, sich mit der Hand über die Stirn zu fahren, da erhob sich zögernder Applaus. Offenbar wusste man nicht, wie man auf den verstörenden Vortrag reagieren sollte. Charlotte stand errötend auf, nickte den Gästen kurz zu und beeilte sich, zu ihrem Onkel hinüberzugehen, der sie mit großen Augen anstarrte.

Charlotte wusste, das hätte nicht passieren dürfen. Sie hatte gewiss mit ihren Künsten beeindruckt, aber mit der Musikwahl umso mehr verstört. Der Eindruck, den sie damit hinterlassen hatte, würde sich als Fußfessel für ihre Einführung in die hiesige Gesellschaft erweisen. Es geziemte sich nicht für eine junge Frau, sich in der Öffentlichkeit derartig zu präsentieren, ja, was noch schlimmer war, eine solche Leidenschaft vor aller Augen an den Tag zu legen! Sicher, da gab es Sängerinnen und Schauspielerinnen … ihnen wurde auch Bewunderung, ja sogar Verehrung zuteil, aber sie standen trotz allem außerhalb der Gesellschaft. Man schmückte sich mit ihnen, aber man akzeptierte sie nicht.

Sie fürchtete jetzt, mit dieser, ihr von Terency aufgezwungenen Darbietung, den Grundstein für ihr gesellschaftliches Versagen gelegt zu haben. Sie hätte ihn dafür schlagen können!

Charlotte war wirklich froh, dass sie sich um ihren gebrechlichen Onkel kümmern konnte und dadurch die nun wieder dem Festsaal zuströmenden Gäste nicht weiter beachten musste. Zu ihrer großen Erleichterung brachten die erlesenen Speisen und die fröhliche Musik die Gäste bald wieder auf andere Gedanken. Man lächelte ihr auch weiterhin wohlwollend zu, obwohl sie meinte, eine gewisse Scheu und Zurückhaltung zu verspüren, die vor der unsäglichen Klaviereinlage nicht vorhanden gewesen war. Dann wurde sie ungewollt sogar Ohrenzeugin einer Unterhaltung zwischen der durchaus wohlwollenden Mrs Whigfield und ihrer Cousine, der Witwe Mrs Dalrymple, in der ihr zwar beachtliches Talent zugestanden, aber mit Sorge darüber nachgesonnen wurde, wie sie denn mit solch überambitionierten Interessen ihren Pflichten im Hause Millford gerecht werden wolle. Mit zunehmend unguten Empfindungen hoffte Charlotte schließlich auf ein Ende des Festes. Sie schämte sich nun fast für ihren Klaviervortrag. Ach, hätte sie Terency doch mehr Widerstand entgegengebracht! Eine Strafpredigt ihrer Tante, gespickt mit vielen Vorwürfen über ihr unbotmäßiges Verhalten, war ihr wohl auch noch sicher. Charlotte seufzte tief und versuchte, das stärker werdende ängstliche Unbehagen zu unterdrücken. Wenn es nach ihr gegangen wäre, hätte sie es ja auch gerne bei Händel bewenden lassen und alle wären zufrieden gewesen. Doch vermutlich würde Lady Millford ihre eigene Rolle bei dem Eklat erfolgreich verdrängen. Charlottes Abscheu gegenüber dem Verursacher dieser Unannehmlichkeiten wuchs ins Enorme.

Irgendwann neigte sich der Ball tatsächlich dem Ende zu und die Gäste, die in der Umgebung wohnten, bestiegen die Kutschen. Auch die Besucher aus Dullham Manor verabschiedeten sich. Mr Townsend ergriff gerührt Charlottes Hand: »Meine liebe Miss Brandon, der heutige Abend wird mir immer in Erinnerung bleiben. Ich schätze mich glücklich, dass ich Gelegenheit hatte, einer Künstlerin wie Ihnen mit meinen bescheidenen Fertigkeiten dienlich sein zu können.«

Wenigstens einer, der zufrieden ist!, dachte Charlotte zerknirscht, beeilte sich aber dennoch, Mr Townsend auch noch einmal auf das Herzlichste zu danken. Lady Wellesley dagegen verhielt sich erwartungsgemäß kühl und musterte sie kritisch. »Etwas mehr Zurückhaltung hinsichtlich Ihrer ehrgeizigen Interessen wäre angeraten, junge Dame, aber Sie sind ja noch jung und können lernen, nicht wahr? Trotz allem hat es mir recht gut gefallen heute Abend, und Sie sind ja dennoch ein reizendes Kind.«

Captain Battingfield, der bereits die Verabschiedung von Lord und Lady Millford hinter sich gebracht hatte und nun etwas abseits stehend auf die Damen wartete, fing Charlottes Blick auf. In seinen Augen las Charlotte Anerkennung und Trost gleichermaßen. Er schenkte ihr für einen kurzen Augenblick die Wärme, derer sie jetzt bedurfte und wandte sich dann dem Ausgang zu.

Kapitel 9

Charlotte erwachte am nächsten Morgen nicht allzu früh, zog sich an und ging die Treppe hinunter in die Empfangshalle, wo sie auf Arthur traf. Ein Großteil der Gäste sei bereits abgereist, teilte ihr Arthur mit, ein kleinerer Teil schliefe noch. Lady Millford sei schon seit dem frühen Morgen auf den Beinen und momentan in den Räumen Sir Alistairs, der einen Ruhetag wegen der anstrengenden Ballnacht einlegen wolle. Im Übrigen stünde im Frühstückszimmer alles für die Morgenmahlzeit bereit.

Charlotte bedankte sich und machte sich auf den Weg ins Frühstückszimmer. Als sie die Hand auf die Türklinke legte, wurde die Zimmertür plötzlich von innen aufgerissen und eine recht verstört wirkende Emmy, beladen mit einem vollen Tablett mit benutztem Geschirr, wäre beinahe in sie hineingerannt. Charlotte rettete sich mit einem Satz zur Seite, während es Emmy in letzter Sekunde schaffte, das Geschirr vor dem Absturz zu bewahren.

»Um Himmels willen, Emmy! Nicht so stürmisch!«, rief Charlotte völlig überrascht. Eine solche Unachtsamkeit war wirklich ungewöhnlich für Emmy, die sich sonst außerordentliche Mühe gab, ihre Aufgaben zur größten Zufriedenheit ihrer Herrschaft zu erfüllen. »Du kannst einem am frühen Morgen ja schon einen ordentlichen Schreck einjagen. Nun, jetzt bin ich wenigsten völlig wach!« Letzteres war eigentlich scherzhaft gemeint, aber Emmy ging nicht darauf ein. Mit gesenktem Kopf ein »Verzeihen Sie, Miss Brandon« murmelnd, beeilte sich die junge Dienstmagd, ihr Tablett Richtung Küche zu tragen. Charlotte schaute ihr kopfschüttelnd nach und betrat dann den Frühstücksraum.

Dieser war im Moment leer bis auf einen einzigen Gast. Es handelte sich, wie Charlotte zu ihrem unsäglichen Bedauern feststellen musste, um Mr Gaylord Terency. Leider konnte sie sich jetzt nicht mehr zurückziehen und nahm gezwungenermaßen ihm gegenüber am großen Tisch Platz.

Terency war bester Laune: »Ah, guten Morgen, Miss Brandon! Frisch wie der junge Tag und von blühendem Aussehen! Was bin ich doch für ein Glückspilz, vor meiner Abreise mit Ihnen noch speisen zu können. Ich habe schon bedauert, Sie vielleicht nicht mehr zu sehen, denn ich muss heute noch nach London zurück. Wichtige Termine, Sie verstehen?«

Charlotte hätte ihm gerne geantwortet, dass das Bedauern ganz und ausschließlich auf seiner Seite lag und sie auf die Gesellschaft von *the right honourable* Gaylord Terency herzlich gerne verzichtet hätte, aber sie antwortete höflich: »Wie bedauerlich, Mylord, aber ich darf Sie keinesfalls von Ihren unaufschiebbaren Geschäften fernhalten. Ich hoffe, Sie wieder einmal hier auf Millford Hall begrüßen zu können.«

»Meine verehrte Miss Brandon, tatsächlich werden Sie das und in nicht allzu ferner Zukunft. Ich sprach bereits mit Ihrer wunderbaren Tante, Lady Millford, die mich inständig darum bat, doch recht bald wieder vorbeizuschauen und ich habe ihr versprochen, nach Weihnachten wieder vorstellig zu werden. Da ich nun weiß, welch verborgene Schönheit hier auf dem Lande blüht«, hier umspielte ein durchaus unangenehmer Zug seinen Mund, »werde ich natürlich hierhereilen, sobald ich kann. Wie könnte ich das schmutzige London dieser Tage Ihrem Liebreiz vorziehen, meine Teuerste?«

Charlotte starrte ihn an. Was wollte dieser Mensch nur von ihr? Er konnte es wohl kaum ernst meinen mit seinen Komplimenten. Ihre Tante war offenbar, jenseits aller Realität, so erpicht darauf, diesen Schwiegersohn in spe zu kapern, dass sie wohl all ihre Überredungskunst eingesetzt hatte. Das musste es sein. Einen anderen Grund konnte es nicht geben. Sie hatte nach wie vor keine Zweifel daran, dass dieser Mann sich seine Verehrerinnen unter Dutzenden aussuchen konnte und keinesfalls echtes Interesse an ihr hegte, ein lächerlicher und überdies unangenehmer Gedanke, den sie schnell beiseiteschob.

»Ich bin erfreut, das zu hören, Mylord.« Nach dieser lapidaren Antwort widmete sich Charlotte mit ganzer Konzentration der Zubereitung ihres Tees. Sie wusste nicht, worüber sie sich mit diesem selbstverliebten Mann hätte unterhalten sollen. Es trat ein recht unangenehmes Schweigen ein, das glücklicherweise und zu Charlottes großer Erleichterung durch das Eintreten der drei Fortescues unterbrochen wurde.

Die beiden Schwestern waren trotz des langen Abends frisch und vergnügt und plauderten nach der Begrüßung fröhlich drauflos. Edward Fortescue verbeugte sich schüchtern und setzte sich dann gegenüber seinen Schwestern an die Frühstückstafel mit einem kräftig gefüllten Teller, der in vollem Gegensatz zu seiner Schüchternheit stand. Hin und wieder warf er Charlotte einen verschämten Seitenblick begleitet von einem vorsichtigen Lächeln zu, was diese aber keineswegs störte. Mr Fortescue weckte in Charlotte, obwohl er etwa so alt war wie sie selbst, auf unbestimmte Weise die Beschützerinstinkte einer Schwester gegenüber ihrem jüngeren Bruder.

Terency allerdings schien über die Neuankömmlinge nicht allzu erfreut. Dies besserte sich jedoch als er bemerkte, dass Miss Millicent ihm immer wieder verstohlene bewundernde Blicke zuwarf und er begann, sich am Gespräch zu beteiligen. »Und Sie, Mr Fortescue, haben Sie sich schon für einen Beruf entschieden oder ziehen Sie das Leben als Gentleman vor? Meines Erachtens die einzig wirklich erträgliche Form, sein Dasein zu fristen. Was soll die ganze Plackerei, nicht wahr?«

»My… Mylord«, stotterte der so vom nächsten Bissen Abgehaltene, »ich wünschte, ich hätte diese Wahl, aber sehen Sie: die Familie Fortescue hat zwar einen alten Namen, jedoch hat unser Zweig darüber hinaus herzlich wenig vorzuweisen. Mein Vater ist Pfarrer, Mylord, mit einem nicht allzu hohen Einkommen, dafür aber einer umso reicheren Kinderschar. Außer uns dreien gibt es noch acht weitere Geschwister. Sie sehen, dass in unserer Familie jeder nach seinem Auskommen selbst schauen muss. Ich habe das Glück, dass mir ein Studienfreund meines Vaters angeboten hat, nach meiner Ordination zunächst eine Stelle als Hilfspfarrer im Bezirk New Forrest anzutreten. Zurzeit bin ich allerdings noch mit dem Studium der Theologie beschäftigt.«

»Ja, und das wird auch noch eine ganze Weile dauern, wenn du dich weiterhin so schwer tust«, warf Millicent Fortescue tadelnd und etwas vorlaut ein. »Stellen Sie sich vor, Miss Brandon, Edward ist nun schon zwei Mal durch die Griechischprüfung gefallen.«

Charlotte hatte Mitleid mit dem jungen Mann, der nun wieder, ob der Indiskretion seiner Schwester, von Röte übergossen war. Sie beschloss, ihm zu Hilfe zu eilen. »Miss Millicent, sicher wissen Sie nicht, dass Griechisch eine ausgesprochen schwierig zu erlernende Sprache ist. Nicht nur muss man sich an andere Schriftzeichen gewöhnen, was noch die kleinste Übung darstellt, die griechische Grammatik ist auch von allerlei Fußangeln und Schwierigkeiten durchsetzt, die es jedem Schüler dieser Sprache recht schwer macht, sie zu meistern. Nicht wahr, Mr Fortescue?«

Dieser blickte sie dankbar an und nickte dann eifrig. »Ja, besonders die Verbformen! Ich kann diese verschiedenen Zeitformen einfach nicht in den Kopf bekommen. Es ist zu schwer!«

»Oh, Mr Fortescue, als ich diese erlernte, zeigte mir mein Vater einen einfachen Kniff, mit dem sich die Sache dann trotz aller Schwierigkeit meistern ließ. Ich bin sicher, dass es Ihnen damit auch gelänge.«

»Meiner Treu, Miss Brandon!«, warf da Miss Millicent ein, »nun sagen Sie bloß, Sie sprechen Griechisch. Haben Sie uns nicht gestern schon alle mit Ihren unglaublichen Klavierkünsten beeindruckt? Unsereins bekommt ja geradezu Angst vor Ihnen.«

»Das ist nun wirklich nicht nötig, Miss Millicent!«, gab Charlotte betroffen zurück. Diesen Eindruck versuchte sie ja gerade verzweifelt zu vermeiden. »Ich hatte nur von Kindesbeinen an die Gelegenheit, diese Dinge zu erlernen und so ist es nicht als Kunst zu betrachten, sondern als das logische Ergebnis der Erziehung meiner Eltern, die sich aber auch nur um ein Kind bemühen mussten.«

»Sehr bescheiden, Miss Brandon!«, mischte sich da Terency in sarkastischem Ton ein. »Ich würde ja gar zu gerne mitbekommen, um welch sagenhaften Kniff Ihres Vaters es sich handelt.«

»Oh, ich denke, das lässt sich ohne Weiteres bewerkstelligen, Mylord«, erwiderte Charlotte und konnte sich einen gewissen bissigen Unterton in ihrer Bemerkung nicht verkneifen, was Terency aber zu amüsieren schien. »Allerdings ist es schon nötig, dass ich Mr Fortescue dafür etwas Zeit widme. Und Sie müssen ja, wie Sie vorher schon bemerkten, wegen dringender Geschäfte noch heute nach London abreisen.«

»So schlage ich denn vor, dass die drei Herrschaften Fortescue ebenfalls eingeladen sind, wenn ich nach Weihnachten die Ehre habe, Sie auf Millford Hall erneut zu besuchen. Und sei es auch nur deshalb, weil ich mit Eifersucht darüber wachen werde, dass Sie mir mindestens genauso viel Zeit widmen wie unserem werten Mr Fortescue hier. Wäre das nicht in Ihrem Sinne, Miss Brandon?«, fragte er lauernd und fügte, nachdem sie ihm schließlich mit einem Nicken geantwortet hatte, hinzu: »Ich darf mich dann also empfehlen?«

Terency erhob sich, verbeugte sich sehr galant vor den Damen und schritt in vollendeter Eleganz aus dem Raum.

»Was für ein schöner Mann, und so elegant«, seufzte Miss Millicent, als seine Schritte vor der Tür verklungen waren. »Es ist ja zu freundlich von Ihnen, Miss Brandon, dass Sie uns auch einladen wollen. Meinen Sie denn, Sir Alistair und Lady Millford sind damit einverstanden?«

»Ich denke schon«, gab Charlotte zurück, »Meine Tante wird sicher zustimmen, wenn sie hört, dass Mr Terency den Vorschlag gemacht hat und Ihre Anwesenheit erwartet; und ich«, fügte sie hinzu, »wäre sehr froh, wenn ich mit diesem ›schönen‹ Mann nicht allein die Zeit verbringen müsste.«

Mary Fortescue lächelte verschwörerisch, »Ja, er ist recht schön und recht forsch, unser ehrenwerter Mr Terency, nicht wahr?«

»Allerdings! Etwas *zu* schön und *zu* forsch für meinen Geschmack«, stimmte Charlotte trocken zu, was dazu führte, dass die beiden Schwestern in wildes Gekicher ausbrachen, in das die anderen beiden schließlich einstimmten.

Kapitel 10

Mitte Dezember bog eine Kutsche im angesehenen Londoner Stadtteil Kensington in den Woodsford Square ein. Es war bereits späterer Nachmittag und längst Zeit für den Tee, sodass nicht allzu viele Spaziergänger unterwegs waren. Nur die zu dieser Jahreszeit unvermeidlichen Kohlehändler waren mit ihren Waren in den Straßen zu sehen. Am Woodsford Square befanden sich einige schmucke, zweistöckige Stadthäuser mit hübschen schmiedeeisernen, mit goldenen Speerspitzen oder stilisierten Löwenköpfen geschmückten Zäunen. Schritt man die säulenumkränzten weißen Marmortreppen hinauf und klopfte an eine der schweren Eichentüren, so wurde in der Regel von einem äußerst vornehmen Butler geöffnet, vor dessen gestrengem Blick nur wirklich würdige Besucher Gnade fanden.

Bei dem müden Reisenden, der eben eine solche Treppe hinaufschritt und an eine ebensolche Eichentür klopfte, handelte es sich um niemand anderen als Captain John Battingfield, der seinen Bruder Honourable David Battingfield besuchte. Dieser war, wie zumindest in Kensington allgemein bekannt, trotz seines jugendlichen Alters von nur dreißig Jahren bereits ein recht erfolgreicher Anwalt, der Angehörige der besten Londoner Gesellschaft zu seinen Klienten zählte. Diesen Erfolg hatte er sowohl seiner Tüchtigkeit als auch seinem wohlklingenden Namen zu verdanken, denn der Name Battingfield hatte besonders in der Londoner Admiralität einen außerordentlich guten Ruf.

Da England seine gute wirtschaftliche Entwicklung und den Ausbau der Handelswege vor allem dem Sieg bei Trafalgar verdankte, den Admiral Nelson 1805[15] mit seiner Flotte so tapfer gegen die angreifenden und nicht zuletzt das englische Selbstverständnis bedrohenden Truppen des korsischen Usurpators errungen hatte, war die Admiralität und alle, die damit zusammenhingen, maßgeblich am Erfolg beteiligt. Auch John Battingfield hatte an besagter legendärer Schlacht als junger Leutnant von kaum zwanzig Jahren teilgenommen und war dabei durch besondere Tapferkeit und Besonnenheit äußerst positiv aufgefallen, was ihm als einem der jüngsten Mitglieder des Offiziers-Corps die frühzeitige Verleihung eines Kapitänspatents und inzwischen das Recht, den Titel eines Barons zu tragen eingebracht hatte. Mit Bedauern, aber Verständnis für seine Pflichten hatte man nach dem Tod des alten Baron of Dullham das Ausscheiden des erfolgreichen und ungemein beliebten Kapitäns aus dem aktiven Dienst zur Kenntnis genommen.

»John, alter Junge. Wieder zurück in old London? Na, wie geht's? Wie war deine Reise? Sieht so aus, als hätte dein Pferd oder aber der Kutscher einen Schluckauf gehabt, oder warum schaust du so trüb aus der Wäsche?« David Battingfield bemerkte auf den ersten Blick, dass sein Bruder ausnehmend schlechter Stimmung war.

Battingfield bemühte sich um einen fröhlicheren Gesichtsausdruck und umarmte seinen jüngeren Bruder herzlich. Die beiden verstanden sich, nach den unvermeidlichen Rangeleien der Jugendjahre, bestens und vertrauten einander bedingungslos. David Battingfield nahm deshalb auch die notarielle

---

15 Näheres siehe Nachwort

und anwaltliche Abwicklung aller geschäftlichen Transaktionen seines Bruders vor und kümmerte sich um dessen Vermögensverwaltung in London und Übersee.

Plötzlich wurde die Tür zum Salon aufgerissen und eine vierköpfige Kinderschar purzelte heraus, gefolgt von einer hübschen, aschblonden Frau um die dreißig. Die Kinder klammerten sich an die Beine des Besuchers und schrien durcheinander, ob Onkel John ihnen denn etwas mitgebracht hätte, was dieser bejahte und einiges an Zuckerzeug aus seiner Manteltasche hervorkramte. Dies brachte ihm einen strafenden Blick von Mrs Anne Battingfield ein, denn um sie handelte es sich bei der Dame, was er jedoch mit einem Lächeln quittierte. Man habe ihm das Zeug in Salisbury, wo er vom Pferd auf die Kutsche umgestiegen war, nahezu aufgedrängt. »Nun komm doch erst mal herein, John. Kinder, lasst ihn jetzt in Ruhe! Mrs Dawes, nehmen Sie doch die Kinder mit nach oben. Man versteht ja sein eigenes Wort nicht mehr!«, wies Mrs Battingfield die ältere Kinderfrau an, die ebenfalls aus dem Salon gekommen war.

Dankbar trat John Battingfield ein, setzte sich, nachdem ihm der Butler seinen Garrick[16] abgenommen hatte, in einen der gemütlichen Sessel und ließ sich von der Hausherrin etwas Tee zubereiten, während sein Bruder ihm gegenüber Platz nahm.

»Also, John, was führt dich her, außer die übergroße Sehnsucht nach unserer Rasselbande?«, begann sein Bruder das Gespräch.

Battingfield streckte behaglich die Beine und nahm mit einem dankbaren Nicken den Tee entgegen. »Ich wollte mich nach dem Stand der Geschäfte erkundigen, insbesondere, weil

16 Typischer Mantel des englischen Landadels im frühen 19. Jahrhundert, nach seinem Erfinder, dem Schauspieler David Garrick (1717 – 1779), benannt. Der Garrick war mit mehreren Pelerinenkragen gegen Nässe und Wind ausgestattet und deshalb auch besonders gut als Reisemantel geeignet. Im späteren 19. Jahrhundert Grundausstattung der Kutscher.

ich plane, die Einlage in die Stiftung weiter anzuheben, sofern dies aus den Gewinnen der Plantagen möglich ist.«

»Und deshalb kommst du extra den weiten Weg aus Dullham Manor? Da steckt doch noch etwas anderes dahinter?«, hakte David Battingfield nach. Er kannte seinen Bruder zu gut, um nicht sofort zu spüren, dass es sich bei dem Genannten nur um vorgeschobene Gründe handeln konnte.

»Ja, ich wollte hier auch noch etwas anderes erledigen«, bekannte sein Bruder. »Ich möchte mich um den Nachlass eines gewissen William Brandon kümmern. Die Sachen sollen hier bei den Dockyards in der Verwaltung eines gewissen Mr Smith, der sein Büro in Deptford hat, eingelagert sein.«

David hob erstaunt die Brauen. »William Brandon …? Nie gehört … oder doch, ja, da fällt mir ein: Steht dieser Name nicht irgendwie in Verbindung mit den Millfords, aber ich bin mir nicht sicher?«

»Ich staune immer wieder über dein phänomenales Gedächtnis, Bruder! Kein Wunder, dass du dir diesen ganzen langweiligen Paragraphenkram merken konntest. Mir wäre das schlicht unmöglich.« John Battingfield grinste frech. Er wusste aus Erfahrung, dass sich sein Bruder ärgerte, wenn man seinen Beruf, der gleichzeitig seine Leidenschaft war, als Paragraphenkram bezeichnete.

Diesmal tat ihm David den Gefallen nicht. Er war bereits zu sehr mit den interessanten Neuigkeiten eines geheimnisvollen Nachlasses beschäftigt.

»William Brandon, ja … jetzt erinnere ich mich, ich glaube, Mutter hat es einmal erwähnt. Unter dem Siegel der Verschwiegenheit, versteht sich, denn Mutter klatschte ja nie …«

»Zumindest *behauptete* sie das«, merkte John trocken an.

»Unterbrich mich nicht immer! War das nicht dieser dubiose Mensch, mit dem Elisa Millford vor vielen Jahren durchgebrannt ist? Muss ja ein ganz schöner Skandal gewesen sein damals.«

»Du bist wie immer brillant, Bruder. Tatsächlich handelt es sich um genau diesen.«

»Und was hast du damit zu schaffen? Das ist doch eine Angelegenheit der Millfords«, fragte David erstaunt.

John informierte daraufhin seinen Bruder und dessen Frau darüber, dass Dr. Banning sich dem Nachlass widmen wolle und streifte dabei am Rande auch eine gewisse Charlotte Brandon.

»Lieber John«, meldete sich da Mrs Battingfield, die bisher geschwiegen hatte, zu Wort, »wie geht es eigentlich deiner Frau? Wäre sie nicht gerne mitgekommen nach London?«

Mit typisch weiblicher Intuition hatte die feinfühlige und intelligente Mrs Battingfield den Grund für die nur unzureichend unterdrückte Missstimmung ihres Schwagers herausgehört. Das mehr als beiläufige Erwähnen dieser Charlotte Brandon und die Tatsache, dass das Wohlergehen Lady Battingfields heute das erste Mal – und dann auch noch mehr auf ihre Initiative hin – Thema des Gesprächs war, erfüllte sie mit besorgter Unruhe. Natürlich war ihr nicht verborgen geblieben, dass die Ehe der Battingfields unter einem nicht allzu guten Stern stand. John Battingfield hatte Gwendolyn Wellesley vor über zehn Jahren auf ausdrücklichen Wunsch seines Vaters geehelicht. Der alte Baron war sehr standesbewusst gewesen und hatte alles daran gesetzt, dass der Name und das Erbe der Battingfields angemessen – und angemessen hieß in diesem Fall in Verbindung mit einem noch ehrwürdigeren Adelsgeschlecht – weitergetragen wurde. Gwendolyn Wellesley war überdies eine ausgesprochen reizvolle Frau, die dem Schönheitsideal der Gesellschaft fast in allen Bereichen entsprach. Trotz ihrer Schönheit, ihrem hervorragenden Namen und 25.000 Pfund mangelte es der jetzigen Lady Gwendolyn Battingfield allerdings an etwas, was für ihren Schwager außerordentlich wichtig zu sein schien: nämlich an lebhaftem

Geist, echtem Interesse an der Welt und Mitgefühl für die weniger vom Schicksal Begünstigten. Fähigkeiten, die John Battingfield in hohem Maße besaß und die er auch an seiner Partnerin mehr als alles geschätzt hätte, würde diese darüber verfügt haben.

Der unwillige Ausdruck, der für einen kurzen Augenblick über John Battingfields Gesicht huschte, zeigte ihr, dass sie mit ihrer Vermutung richtig lag. Es gab Probleme auf Dullham Manor.

»Lady Battingfield hat gerade ihre Mutter zu Gast; nun schon seit sechs Wochen …«, begann ihr Schwager.

»Du lieber Himmel, sechs Wochen diese alte Fregatte im Hause! Kein Wunder, dass du schlechter Laune bist!«, rief da ihr Mann dazwischen. »Ich glaube, ich wäre schon ausgewandert, aber du warst ja schon immer der Besonnenere von uns beiden.«

»David!«, mahnte Mrs Battingfield ärgerlich.

»Tatsächlich hatte ich diesen Gedanken erwogen«, gab John mit sarkastischem Lächeln zu.

»John, ich denke, du solltest deiner Gattin etwas mehr entgegenkommen. Du weißt, sie hat Freude an Bällen und dem Stadtleben. Nun hast du sie nach Dullham Manor verschleppt. Ich weiß, ich weiß …«, beeilte sich Mrs Battingfield, den Widerspruch der beiden Brüder im Keim zu ersticken: »Dullham Manor ist wunderschön und außerdem eure Heimat, die ihr über alles liebt. Auch ich liebe es. Aber das muss nicht für jeden so sein. Gwendolyn weiß in einer solchen Umgebung nichts mit sich anzufangen. So ist sie nicht erzogen worden. Sie wurde von klein auf dazu angehalten, sich zu präsentieren und zu renommieren. Wenn sie sich nicht in ihrem Element bewegen kann – und das ist nun einmal die feine Gesellschaft mit ihren Festen, Bällen und Einladungen zum Tee oder Dinner –, fühlt sie sich wie eine Pflanze ohne Wasser. Außerdem warst du die ersten neun Jahre eurer Ehe fast nur auf See. Ihr hattet keine Zeit, euch aneinander zu gewöhnen. Und darüber hinaus ist sie jetzt schon zweiunddreißig. Höchste Zeit für Nachwuchs, findest du nicht?«

Battingfield machte den Mund auf, um zu widersprechen, schloss ihn dann aber wieder und nickte ergeben. »Du hast recht, Anne! Ich weiß es ja selbst. Sie langweilt sich! Aber was soll ich tun? Sie wünscht sich ein gesellschaftliches Leben und munteres Treiben bei uns. Aber ich muss sagen, sie ist zu träge, es zu organisieren und diese Pflicht obliegt nun einmal den Frauen. Umso mehr, da ich nicht allzu großen Wert auf derlei lege. Ich weiß nicht, was sie den ganzen Tag tut. Ich habe mich ehrlich bemüht, sie mit einzubeziehen in meine Arbeit als Herr auf Dullham Manor. Sie könnte doch auch Verantwortung tragen, zum Beispiel für die soziale Stiftung in unserer Gemeinde, aber das interessiert sie nicht. Nichts was ich ihr vortrage, nichts was mein Interesse erweckt, lässt das ihre auch nur aufkeimen. Nur ein Kind wünscht sie sich wirklich, und weiß Gott, ich bemühe mich auch darum …«

»Also wirklich, John«, wandte da sein Bruder mit leichter Empörung ein, »man bekommt geradezu den Eindruck, als ob diese größte aller ehelichen Freuden dir eine lästige Pflicht wäre.«

John erwiderte nichts darauf, aber der bittere Ausdruck in seinen Augen ließ Anne Battingfield erschauern. Hier gab es allerdings große Probleme.

»Ich denke, ich werde mich jetzt zurückziehen«, unterbrach sie deshalb die Unterhaltung, die eine recht bedrückende Wendung genommen hatte. »Es gibt einiges vorzubereiten, da wir ja nun einen unverhofften, wenn auch umso gern gesehenerenen Gast bei uns haben. Ich freue mich wirklich, dass du bei uns bist, John. Du bist uns sehr willkommen!«, fügte sie mit aller Wärme ihres Herzens hinzu.

Sie hielt es für besser, wenn die Brüder sich geschäftlichen Dingen zuwandten und ihr Schwager von seinen häuslichen

Schwierigkeiten abgelenkt würde und verließ mit sorgenvollem Blick den Salon.

»Miss Brandon?«, vorsichtig klopfte Emmy an Charlottes Tür. »Lady Millford schickt nach Ihnen. Mr Norton ist jetzt angekommen.«

Charlotte öffnete, froh über die willkommene Abwechslung. Das Leben auf Millford Hall war seit dem Ball von Eintönigkeit geprägt. Die letzten Gäste waren am Morgen des übernächsten Tages abgereist, zur heimlichen Erleichterung des Personals und wohl auch Lady Millfords, deren steile Stirnfalte sich wegen der großen Ausgaben, die das Fest verursacht hatte, unvorteilhaft vertieft hatte. Charlotte hatte vor allem die Abreise der Fortescues bedauert. Die Schwestern waren ihr richtig ans Herz gewachsen und selbst der schüchterne Edward hatte Vertrauen zu ihr gefasst und ihr von seinen Bedenken wegen der auf ihn wartenden Verantwortung als Hilfspfarrer erzählt.

Nun aber verbrachte sie ihre Zeit damit, Sir Alistair vorzulesen, spazieren zu gehen und zu nähen – eine Tätigkeit, die sie zwar durchaus ablenkte, aber nicht die langen Stunden der zäh dahinrinnenden Tage ausfüllen konnte. Nur das Klavierspiel verschaffte ihr gewisse Erleichterung, aber sie wagte aus Vorsicht nur zu musizieren, wenn die Tante nicht in der Nähe war.

Das Thema »Klavier« war seit dem Ball betont vermieden worden. Zu Charlottes großer Überraschung hatte Lady Millford ihr jedoch keine Belehrung über unziemliches Verhalten und mangelnde Zurückhaltung zukommen lassen. Dabei war sie selbst unzufrieden mit sich. Sie hätte einfach mehr insistieren sollen und sich nicht von Terency provozieren lassen dürfen. Überhaupt brachte der Gedanke an diesen Vertreter des Hochadels eher niedere Instinkte bei ihr zum Vorschein, die sich inzwischen vor allen Dingen in dem Wunsch erschöpften, ihm ein paar kräftige Ohrfeigen zu verpassen, wenn er ihr das nächste Mal zu Gesicht kommen würde.

Leider war sie sich nur allzu bewusst, dass dies auf keinen Fall dem Wunsche Lady Millfords entsprach. Diese wies, wo sich nur die Gelegenheit ergab, darauf hin, wie überaus galant sie dessen Auftreten empfunden hatte und vergaß auch nicht, regelmäßig anzufügen, dass besagter Mr Terency als dritter Sohn des Marquis of Hastings and Chesterford – über seine komfortable jährliche Apanage hinaus – die stolze Summe von 45.000 Pfund zu erwarten habe.

Sir Alistair war seit dem Ball sehr müde und schwach. Immer öfter benötigte er seinen Stärkungstrank und Charlotte begann zu befürchten, dass er den Frühling nicht mehr erleben würde. Der Hausarzt der Familie schüttelte ein ums andere Mal besorgt den Kopf und ließ ihn mehrmals zur Ader, was ihm aber nicht wirklich zu helfen schien.

Mr Nortons Kommen war Charlotte am gestrigen Morgen von Lady Millford in ihrem nun schon gewohnten Befehlston angekündigt worden. Inzwischen fühlte sich Charlotte nicht mehr angegriffen, wenn ihre Tante sie so ansprach. Auf diese Weise kommunizierte sie im Grunde mit allen Menschen auf Millford Hall, ausgenommen ihrem Gatten, dem gegenüber sie sich mit mehr Zurückhaltung aber genauso wenig Wärme äußerte. Sie konnte offenbar nicht anders.

Letztlich war Charlotte doch überrascht gewesen, dass Lady Millford – denn schließlich war sie die eigentliche Entscheidungsträgerin im Hause Millford – sich trotz des eher unschönen Endes des Balles dazu entschlossen hatte, die Adoption von Charlotte durch Sir Alistair in Angriff zu nehmen. Allerdings drängte die Zeit, das sah Charlotte jeden Tag, wenn sie der immer durchsichtiger werdenden Haut und der bläulich verfärbten Lippen ihres Onkels gewahr wurde.

Sie betrat das nun schon vertraute Arbeitszimmer ihres Onkels mit gewissem Herzklopfen. Sie stand im Begriff, jetzt einen neuen Abschnitt in ihrem bisherigen Leben einzuläuten. Was würde dieser für sie bereithalten? Als anerkannte Tochter eines Baronets eröffneten sich ihr neue Perspektiven, gehörte zum Millford'schen Besitz doch eine nicht unerhebliche Menge Land und dazu Besitzungen in Trinidad und Tobago. Natürlich war es Töchtern nicht möglich, Landbesitz zu erben, das wusste auch Charlotte. Dieser und der dazugehörige Titel konnten nur vom Vater auf den Sohn oder, im Fall des Baronats, auch einen weiteren männlichen Verwandten oder Schwiegersohn übergehen. Aber trotzdem war sie dadurch in einer besseren Situation als vorher, da durch eine Heirat ihrerseits zumindest der Besitz gehalten werden könnte und sie Anspruch auf eine angemessene Versorgung durch ihren Ehegatten haben würde. Das war wohl auch das erklärte Ziel von Lady Millford. Dass diese keinerlei Interesse an ihr als Mensch oder gar Tochter hatte, war Charlotte seit Langem klar. Sie hatte schon geraume Zeit vor dem Ball den abschließenden Eindruck gewonnen, dass das Interesse ihrer Tante an ihr ausschließlich von rein strategischen Überlegungen beherrscht wurde. Das war zwar keine schmeichelhafte Erkenntnis, aber auch nicht anders zu erwarten gewesen, hatte sich Charlotte streng erklärt, als es ihr bewusst geworden war. Dennoch störte sie die Vorstellung, ausschließlich als Handelsgut betrachtet zu werden. Es entsprach so gar nicht der Auffassung, die ihre Eltern gelebt und ihr vermittelt hatten. Für diese war der Wert eines Menschen ungeachtet seines Standes und seiner Herkunft ausschließlich in seinem Wesen begründet. Aber hatte sie jetzt noch eine Wahl?

Deshalb freute sie sich an der fast schon kindlichen Zärtlichkeit, mit der ihr Onkel an ihr hing. Sie hatte es sich zum Ziel gesetzt, ihm seine letzten Wochen oder Monate auf Erden so angenehm und herzlich wie möglich zu gestalten und das nahm er dankbar und fast staunend an. Gleichwohl wusste Charlotte, dass sie jede Diskussion, ja jede auch nur denkbare Belastung des häuslichen Friedens, um seinetwillen vermeiden musste.

Mr Norton hatte bereits seine Unterlagen auf der überaus großen Schreibtischplatte ausgebreitet und dahinter Platz genommen. Für Sir Alistair war schon vor einigen Tagen ein bequemer Sessel mit Fußschemel ins Arbeitszimmer gebracht worden, auf dem er nun, in eine warme Decke gehüllt, mehr lag als saß. Auch ihre Tante war selbstverständlich zugegen und saß mit kerzengeradem Rücken auf einem Stuhl neben ihrem Gatten. Für Charlotte selbst war ein weiterer Stuhl vor dem Schreibtisch gegenüber von Mr Norton bereitgestellt worden, der nun, als sie schließlich Platz genommen hatte, mit einem trockenen Hüsteln als Eröffnung das Wort ergriff: »Verehrte Miss Brandon, wie Sie sicher wissen, hat Ihr Onkel Sir Alistair Millford, Baronet, Herr über Millford und Lower Woodland, den Wunsch geäußert, Sie an Kindes statt anzunehmen. Da das Haus Millford sonst keine weiteren leiblichen oder gesetzlichen Erben hat, sind Sie nach den vollzogenen Formalitäten alleiniger weiblicher Nachkomme Sir Alistairs.«

Charlotte nickte. Was sollte sie dieser lapidaren Feststellung auch sonst hinzufügen?

»Ich möchte Sie darauf hinweisen, dass Ihnen durch die Adoption keinerlei Anrecht auf das Erbe des Familiensitzes und die dazugehörigen Besitztümer – ausgenommen von Barvermögen – entsteht, da Sie als Frau gemäß englischem Recht nicht erbberechtigt sind, was Titel, Landbesitz und Ländereien betrifft. Sollten Sie jedoch eine Heirat in Erwägung ziehen, kann der Besitz auf Ihren Ehemann überschrieben werden. In diesem Falle würde Ihnen dann eine angemessene Summe aus dem Ertragserlös des Besitzes, den Ihr zukünftiger Ehemann erwirtschaftet, zustehen. Haben Sie dies soweit verstanden?«

Charlotte räusperte sich: »Selbstverständlich. Mr Norton, ich bin über die rechtliche Lage im Bilde.«

»Gut!«, Mr Norton blickte sie kurz über seine Brille hinweg an und senkte dann etwas enttäuscht den Kopf, um weiterzulesen. Er hatte wohl gehofft, er könnte etwas ausholen und seine unbestreitbaren Fähigkeiten als Notar noch etwas vorführen. »Ich darf Ihnen noch mitteilen, dass Sir Alistair Weiteres verfügt hat: Im Falle seines Ablebens soll Lady Millford zunächst die Verwaltung des Besitzes, natürlich mit der Hilfe eines männlichen Vertreters, das heißt eines Anwalts oder Notars, obliegen – sofern Sie sich bis dahin verlobt haben –, bis Sie sich zeitnah verehelicht haben. Im Falle Ihrer Verehelichung ist Lady Millford von Sir Alistair ein Bleiberecht auf Millford Hall eingeräumt worden. Sollte sie dies aus eigenem Willen nicht in Anspruch nehmen wollen, soll sie mit einer jährlichen Rente von nicht weniger als 1.000 Pfund im Jahr und einer angemessenen Wohnstatt versorgt werden. Sollte, was wir alle nicht hoffen, Sir Alistair aber verscheiden, bevor Sie sich verlobt haben, fallen Land und Titel unverzüglich mangels eines männlichen Erben an die Krone zurück, wie es das Gesetz vorsieht. Eine andere Regelung ist in diesem hoffentlich zu vermeidenden Fall nicht möglich.« Mr Norton hielt abermals inne und blickte sie prüfend an.

»Ich habe verstanden, Mr Norton. Diese Regelung findet meine ungeteilte Zustimmung«, antwortete Charlotte, wie von ihr erwartet wurde. Sie wunderte sich allerdings, mit welcher Selbstverständlichkeit hier von ihrer Verheiratung ausgegangen wurde. Sie wusste nicht, wer der Glückliche hätte sein sollen. Lady Millford konnte ja wohl nicht wirklich so kühn sein und ernsthaft auf Mr Gaylord Terency und seine 45.000 Pfund spekulieren, oder etwa doch? Als ihr diese Möglichkeit bewusst wurde, packte sie plötzliche Übelkeit. Die Vorstellung, Terency angetraut zu werden, ließ nichts als Widerwillen in ihr hochkommen und da halfen selbst 45.000 Pfund nicht weiter.

Charlotte kämpfte einen Augenblick mit dem Impuls, aufzuspringen und davonzulaufen, aber sie wusste nur zu gut, dass das überhaupt nichts gebracht hätte. Zu sehr hatte sie sich schon in das sorgsam gewebte Netz von Lady Millford verstrickt. Es gab kein Zurück mehr und sie hoffte inständig, dass sich noch eine andere Perspektive in Form eines weiteren Heiratskandidaten eröffnen mochte.

Völlig eingenommen von den beängstigenden Aussichten bekam sie fast nicht mit, wie Mr Norton sie mit emotionsloser Stimme dazu aufforderte, ein Schriftstück zu unterzeichnen und ihr dazu einen Federhalter in die Hand drückte.

»Miss Brandon, ich habe den Eindruck, Sie sind gerade nicht ganz bei der Sache«, ermahnte er sie indigniert. »Sie müssen dieses Schriftstück hier und hier«, er zeigte mit der Hand auf ein mehrseitiges Dokument, das vor ihr lag und wies ihr die entsprechenden Stellen an, »unterzeichnen. Damit ist die Adoption vollzogen und Sie tragen fortan nicht mehr den Namen Charlotte Elisa Brandon sondern Charlotte Millford. Der Wegfall Ihres zweiten Vornamens ist ein Wunsch Ihrer Tante, nach der Unterschrift vielmehr Ihrer gesetzlichen Mutter. Da Ihre Eltern beide verstorben sind, muss nur Ihre eigene Zustimmung zur Adoption und Namensänderung eingeholt werden, da Sie seit Kurzem volljährig sind.«

»Was?«, Charlotte reagierte fassungslos auf diese ihr bisher unbekannte Bedingung. Mit der nun schon fast zur Regel gewordenen Missachtung ihrer Person hatte es ihre Tante offenbar nicht für notwendig erachtet, sie von diesem verletzenden Detail in Kenntnis zu setzen. Sie drehte sich erregt zu Lady Millford um. Deren Blick war hart und unnachgiebig. »Ich verliere meinen Namen? Das kann ich nicht akzeptieren! Mein Name verbindet mich mit meinen Eltern. Er ist alles, was mir von ihnen geblieben ist.«

»Entweder so, Charlotte, oder du kannst die Adoption vergessen und noch heute deine Sachen packen«, war die kühle Antwort ihrer Tante.

»Aber Tante, das können Sie nicht von mir verlangen …«, Charlottes Augen füllten sich gegen ihren Willen mit Tränen. Fast im gleichen Augenblick bemühte sie sich verbissen, diese zurückzudrängen. Sie musste nun genau die gleiche Unerbittlichkeit wie ihre Tante an den Tag legen, wollte sie diese Schlacht gewinnen.

Mr Norton blickte sichtlich verärgert zwischen den beiden Damen hin und her. »Lady Millford, ich war davon ausgegangen, dass Miss Brandon über diesen Teil des Vertrages bereits in Kenntnis gesetzt worden ist.«

»Mitnichten, Mr Norton! Es ist ein gänzlich unwichtiges Detail, das angesichts der großen Vorteile, die Miss Brandon durch ihre Unterschrift unter die Adoptionsurkunde erhält, sicherlich erwartet werden durfte«, antwortete Lady Millford mit beißender Schärfe.

»Kind, wenn es dich so betrübt, dann wollen wir dir den Vornamen lassen«, erklang da die schwache Stimme Sir Alistairs. »Nicht wahr, meine Liebe, das ist doch sicher auch Ihre Meinung?«

Doch Lady Millford beharrte mit Entschiedenheit: »Nein, das ist keinesfalls meine Meinung, Sir Alistair. Es *ist* notwendig, denn ich wünsche nicht, dass Ihr angesehener Name mit dem Skandal, der mit dem Namen *Elisa* und noch mehr *Brandon* verbunden ist, in den Schmutz gezogen wird.«

»In den Schmutz gezogen …?« Charlotte war wutentbrannt aufgesprungen. Der ganze aufgestaute Zorn, den sie empfand, stand kurz davor, sich unkontrolliert Bahn zu brechen.

»Aber bitte, meine Damen! Es wird sich doch eine Lösung finden lassen!«, Mr Norton war völlig hilflos. Hier kam er mit Paragraphen nicht weiter.

Sir Alistair zeigte Anzeichen höchster Erregung. Dieser Auseinandersetzung zwischen den beiden Frauen war er in seinem gebrechlichen Zustand nicht gewachsen. »Kind … Kind, ich hatte mich so gefreut … und nun?« Ihr Onkel begann zu keuchen und rang nach Luft. Sein Gesicht verfärbte sich bläulich. Lady Millford sprang alarmiert auf und half ihm sich aufzusetzen, damit er wieder zu Atem kam. Der Blick, den sie Charlotte zuwarf, hätte eine Flotte in Brand setzen können.

Charlottes Widerstand brach angesichts des Anfalls ihres Onkels zusammen. Sie konnte ihn nicht so leiden sehen und fühlte sich augenblicklich schuldig.

»Verzeiht Onkel! Bitte, bitte beruhigen Sie sich! Ich werde alles tun, was Sie wünschen. Aber bitte, beruhigen Sie sich wieder!« Sie stürzte zu ihm und legte seine Hand an ihre Wange. Tatsächlich kam er wieder zu Atem.

Schließlich stand Charlotte auf, nahm die Feder und setzte still ihren Namen unter das Dokument, das sie ihrer Vergangenheit beraubte und den Weg in eine Zukunft wies, die nichts Gutes verhieß.

Dann nickte Charlotte Millford stumm Mr Norton zu, küsste ihren neuen Eltern höflich die Hand und zog sich still zurück. Tiefe Verzweiflung hatte sich ihrer bemächtigt. Sie fühlte sich, als hätte sie gerade ihr Todesurteil unterschrieben.

Kapitel 11

Mr Smith seufzte über einem Stapel von Abrechnungen und Warenlisten. Seit sein Gehilfe Percy es vorgezogen hatte, der Marine Seiner Majestät beizutreten, mehr oder weniger freiwillig, war er mit seiner Buchhaltung hoffnungslos im Rückstand. Gutes Personal war nicht leicht zu finden, zumindest nicht für das schmale Gehalt, das er zu zahlen bereit war. Die Spedition und der Warentransport zu Schiff waren leider zunehmend ein unsicheres Geschäft. Immer wieder gingen Waren verloren. Auch auf den Transporten über Land kam es immer wieder zu Übergriffen von Banden sozial verwahrloster, verarmter Bauern oder ähnlichem Gesindel. Trotz drakonischer Strafen bekam die Krone das Problem einfach nicht in den Griff, das sie zugegebenermaßen durch eine fragwürdige Politik selber geschaffen hatte.[17] Natürlich würde er solche staatsfeindlichen Gedanken niemals öffentlich äußern.

Es war auch nicht unproblematisch, wirklich vertrauenswürdige Fuhrleute zu finden. Mr Smith hatte den starken Verdacht, dass einige von ihnen mit dem Pöbel unter einer Decke steckten, konnte aber nichts beweisen.

Diese Überlegungen dämpften seine Laune noch mehr als es der Kanonenofen tat, der in der Ecke des Kontors vor sich hin rauchte. Das dumme Ding wollte einfach nicht ziehen. Mit einem unterdrückten Fluch ging Mr Smith wohl schon das achte Mal in dieser Stunde hinüber, schürte das Feuer und versuchte auf diese Weise, die Glut stärker zu entfachen, die müde vor sich hin glomm.

Plötzlich hörte er Schritte über die Außentreppe des Lagerhauses, über dem er sein Büro hatte, heraufkommen. Jemand klopfte energisch an und trat, ohne auf ein »Herein« zu warten, ein. Es war ein Herr der besseren Gesellschaft, das stellte Mr Smith auf den ersten Blick fest. Der Eintretende war dunkelhaarig, stattlich, etwas über die dreißig und seine saubere Kleidung aus gutem Tuch, wenn auch nicht übertrieben

---

17 Durch das Gesetz zur Neuregelung des Landbesitzes schuf die englische Krone in dieser Epoche ernsthafte soziale Probleme. Das ausschließlich dem Adel zugutekommende Gesetz stürzte die Landbevölkerung in prekäre Lebensverhältnisse. Viele waren gezwungen, ihre Höfe zu verlassen. Die Folgen waren ein rasantes Ansteigen der Kriminalität und ein Anwachsen und Verelenden der Bevölkerung in den aufkommenden Industriestädten. Uneinsichtig über die wahre Ursache der Verschlechterung der sozialen Bedingungen verhängte die Krone als einzige Reaktion drakonische Strafen für die kleinsten Vergehen. Deportationen in die britischen Kolonien und Hinrichtungen waren an der Tagesordnung.

modisch, ließ auf einen gut gefüllten Geldbeutel schließen. Ein echter Gentleman der gehobenen Gesellschaft war ein eher seltener Gast in seinem Büro. Nun, das konnte interessant werden. Mit allergrößter Liebenswürdigkeit bot Mr Smith seinem unbekannten Gast einen Stuhl an und fragte: »Was kann ich für Sie tun, Sir?«

Der so Angesprochene ließ seinen Blick einen Moment lang prüfend auf ihm ruhen, bevor er antwortete: »Spreche ich mit Mr Smith von *Smith & Lomax Lagerdienste und Transporte* persönlich?«

Mr Smith beeilte sich zu erklären, dass er es höchstpersönlich sei. Mr Lomax sei bereits vor vier Jahren verstorben, aber er habe sich entschlossen, den Namen Lomax im Firmennamen beizubehalten, da man ja so schließlich erfolgreich ins Geschäftsleben eingeführt sei.

Bei der Erwähnung des Adjektivs »erfolgreich« ließ sein Gast wie zufällig seinen Blick etwas zweifelnd durch das Kontor schweifen, wandte sich ihm dann aber mit ausgesuchter Höflichkeit wieder zu. »Mr Smith, ich komme zu Ihnen im Auftrag Sir Alistair Millfords. Mein Name ist John Battingfield. Ich bin hier, um mich nach dem Verbleib der bei Ihnen seit sechs Jahren im Auftrag der Millfords eingelagerten Gegenstände zu erkundigen. Die Fracht ist von Griechenland damals überführt worden und, so teilte man mir mit, bis zur weiteren Verwendung Ihrer Obhut übergeben worden.«

Nun war es an Mr Smith, erstaunt die Augenbrauen zu heben. »Sie meinen dieses Gerümpel, das mir seit Jahren einen meiner Lagerräume verstopft? Ich hatte fast angenommen, das würde bei mir bis zum Jüngsten Tag liegen! Ich habe zwar eine jährliche Anweisung von acht Pfund für die Einlagerung erhalten, aber auch nie nur eine Zeile darüber, was damit zu geschehen hat. Ich war der Meinung, Sir Alistair hätte die Einlagerung vergessen.«

»Und da haben Sie es nicht für nötig gehalten, sich an Sir Alistair zu wenden und zu fragen, was damit geschehen soll?«, fragte sein Gegenüber.

»Sir!«, Mr Smith richtete sich zu seiner vollen, nicht eben eindrucksvollen Größe auf, »das zählt nicht zu meinen Pflichten.«

»Nun gut, Mann!« Battingfield lächelte flüchtig und entspannte damit die Situation. »Haben Sie Unterlagen über den Inhalt der Ladung, eine Packliste oder ähnliches?«

»Selbstverständlich, Sir! Smith & Lomax ist ein vertrauenswürdiges Unternehmen!«

Mit diesen Worten schritt Mr Smith würdevoll zu einem der Aktenschränke, las murmelnd Jahreszahlen und Anfangsbuchstaben vor und griff dann mit einem triumphierenden Ausruf nach einer ziemlich verstaubten Akte in einem der oberen Regale.

»Da haben wir es ja! Nun, soweit ich das sehe, handelt es sich nur um Steine, zerbrochene Figuren, Tonscherben und ähnliches. Dazu noch drei Kisten mit Büchern und handgeschriebenen Listen.« Er schaute irritiert auf. »Keine Ahnung, warum jemand so etwas aufhebt und auch noch Geld dafür zahlt! Jedenfalls steht hier, dass alles in einundzwanzig Transportkisten verpackt ist und im Lagerraum 3 am Kai eingelagert wurde. Wenn Sie möchten, können wir uns dorthin begeben und den Bestand inspizieren. Oder wollen Sie, dass ich das wertlose Zeug vernichten lasse?«

»Selbstverständlich nicht! Denken Sie, ich hätte mich sonst persönlich zu Ihnen begeben? Bei dem wertlosen Zeug, wie Sie es zu bezeichnen belieben, handelt es sich um Funde aus antiken Ausgrabungen. Unter Umständen sogar von nicht unerheblichem Wert. Ich wünsche also ausdrücklich, dass Sie äußerst sorgfältig damit umgehen. Am besten, Sie lassen es umpacken, da ich fürchte, dass das Dämmmaterial durch die lange Lagerung nicht mehr seinen Zweck erfüllt. Da es sich ja bei

Ihrem Unternehmen auch um einen Fuhrbetrieb handelt, darf ich davon ausgehen, dass Sie in der Lage sind, die Lieferung nach Dorset, Dullham Manor zu überführen? Hier haben Sie eine Vollmacht von Sir Alistair.«

Mr Smith nahm ziemlich erstaunt die Vollmacht entgegen, nickte dann und begab sich zurück an seinen Schreibtisch, um die Transportpapiere aufzusetzen.

»Und, werter Mr Smith«, fügte Battingfield an, »ich mache Sie für die Unversehrtheit und Vollständigkeit der Lieferung verantwortlich. Wie lange wird der Transport in Anspruch nehmen, Ihrer Einschätzung nach? Die Kosten werde ich übernehmen.«

»Normalerweise drei bis vier Wochen! Wenn Sie allerdings eine schnellere Lieferung wünschen, kann ich es auch in zehn Tagen veranlassen. Allerdings würde das dann mehr kosten, da ich mehr Männer einsetzen muss.«

»Dann ziehe ich die Expresslieferung vor.«

Mr Smith kam aus dem Staunen nicht mehr heraus. Erst kümmerte sich sechs Jahre niemand um das Gerümpel und nun stand hier plötzlich ein feiner Herr und tat so, als ob es sich dabei um die Kronjuwelen handeln würde. Es war ihm unbegreiflich, aber was kümmerten ihn die Grillen der besseren Gesellschaft.

Da kam ihm etwas in den Sinn, das erwähnt werden musste. »Sir, ich muss Ihnen allerdings sagen, da Sie die Unversehrtheit ansprechen … die Gegenstände lagern nun schon seit Jahren in dem Schuppen am Kai. Dort ist es ziemlich feucht, müssen Sie wissen. Ich kann Ihnen nicht garantieren, dass alles unversehrt ist. Vor allem die Schriftstücke könnten vom Schimmel stockig geworden sein. Wenn ich gewusst hätte, dass es sich dabei um Dinge von Wert handelt, hätte ich mich besser darum gekümmert. Allerdings wurde mir davon nichts gesagt und ich muss auch erwähnen, dass Sir Alistair – oder vielmehr seine Gattin – damals die billigste Lagerung wählte.

»Ich bedaure, das zu hören«, gab der Gentleman zurück, »aber es ist Ihnen ja wirklich nicht anzulasten. Trotzdem wäre ich Ihnen sehr verbunden, wenn Sie nun sobald als möglich das Nötige veranlassen und ab jetzt sehr sorgsam mit der Fracht umgehen. Sollte das ebenfalls Mehrkosten erzeugen, komme ich selbstverständlich dafür auf.«

»Sehr wohl, Sir. Smith & Lomax wird alles zu Ihrer vollsten Zufriedenheit erledigen«, beteuerte Mr Smith mit zufriedenem Lächeln. Nun hatte sein Tag doch noch eine glückliche und überaus lukrative Wendung genommen.

Charlotte räusperte sich und bemühte sich vergebens, den Sinn des Abschnittes, den sie eben ihrem Onkel vorgelesen hatte, zu erfassen, aber es wollte ihr nicht gelingen. Ihre Augen hatten zwar den Text gelesen und ihr Mund war brav dem gefolgt, was ihm die Worte in der erbaulichen Lektüre vorgegeben hatten, aber sie konnte sich beim besten Willen nicht darauf konzentrieren, geschweige denn den sicherlich wertvollen Gedankengängen des Autors etwas abgewinnen. Seit Tagen ging das nun schon so. Alles was sie tat, ihr Denken und Handeln, schien ihr unwirklich und seltsam entfernt, so als wäre sie unter der spiegelglatten Fläche des zugefrorenen Teichs im Park eingeschlossen. Eingeschlossen wie die Fische, die dort auf den Frühling hofften.

Fast als wäre ich schon tot, dachte es in ihr, während sie weiter mechanisch Zeile um Zeile wiedergab. Sie erschrak im gleichen Augenblick über diesen befremdlichen und auf eine beängstigende Art nicht ihr zugehörigen Gedanken. Was war nur los mit ihr? Diese lähmende Mutlosigkeit, die sich über sie gelegt hatte wie ein Leichentuch, kannte sie sonst nicht an sich. Als ihre Eltern starben, hatte die Trauer sie zwar sehr gequält und ein scharfer Schmerz in der Brust hatte sie monatelang begleitet, aber sie war trotzdem mit offenen Augen in ihr neues Leben eingetreten, in das sie so unmittelbar gezerrt worden war. Der Typhus, dem ihre Eltern erlegen waren, hatte auch viele andere Menschen getötet. Fast in jeder Familie des Landstrichs hatte es Todesopfer zu beklagen gegeben und sie hatte aus dieser Gemeinschaft des Leides auch Kraft bezogen. Das war der Lauf der Dinge, so war ihr von der orthodox frommen Bevölkerung, von den mütterlichen Frauen, die sich in der ersten Zeit um sie gekümmert hatten, immer wieder tröstend gesagt worden, der unbegreifliche Ratschluss Gottes und wie konnte der Mensch sich dagegen auflehnen? Man musste es ertragen und einander Hilfe und Stütze sein wie man eben konnte, so wie Gott es zu tun gebot.

Aus diesen Worten hatte sie trotz ihrer Angst und Verzweiflung damals Kraft geschöpft, auch wenn sie von einfachen Menschen ohne große Bildung kamen, aber sie hatte gespürt, dass sie eine tiefe Wahrheit besaßen. Es ergab keinen Sinn, gegen Dinge aufzubegehren, die nicht zu ändern waren, wie der Tod. Die Aufgabe der Lebenden war es, einander zu trösten, zu lieben und zu tun, was getan werden musste, während sie sich dessen bewusst waren, dass die, die gegangen waren, nur einen Schritt weiter auf sie warteten.

Seit jenem Morgen aber, als sie durch ihre Unterschrift ihren Namen aufgab und die, so schien es für sie, letzte Verbindung zu ihrer Herkunft, ihren Erinnerungen und damit zu sich selbst kappte, war es ihr, als hätte sie damit auch allen ihren Lebensmut weggeworfen. Als sei eine Quelle versiegt, die ihr trotz aller Widrigkeiten und der Einsamkeit in den letzten Jahren geholfen hatte, weiter zuversichtlich den Weg der Lebenden zu gehen.

Sie war nun eine willenlose Marionette in den Händen ihrer Tante geworden. Was hatte alles Wünschen und alle Wissbegierde, der Hunger nach der Wahrheit und die Sehnsucht nach der Schönheit, noch für einen Sinn? Machte es ihrer Umgebung etwas aus, ob sie glücklich oder unglücklich war? Sie war nichts weiter als eine Art Möbelstück, das Lady Millford gewinnbringend zu veräußern gedachte. Was wogen ihre eigenen, ohnehin unrealistischen Wünsche und Ziele gegen den einzigen Zweck, dem sie, wie jede Tochter aus gutem Hause, zu dienen hatte – und dem gerade sie nur so ungenügend dienen konnte?

Warum gelang es ihr nicht, so zu sein wie Frauen offensichtlich gewünscht waren? Warum gab sie sich nicht zufrieden mit der ihr zugedachten Rolle? Warum verlangte es sie danach, hinter die Dinge zu schauen, zu verstehen, was die Welt um sie herum vorantrieb? Warum sehnte sie sich nur immerzu danach, in die Musik einzutauchen, deren Fülle und Schönheit in sich aufzunehmen und zu durchdringen? Warum war sie nur so unerträglich anders?

Sie wünschte sich einmal mehr, diesen fortwährenden Drang nach befriedigender und erschöpfender Beschäftigung mit Wissenschaft und Musik, der sie schon seit sie denken konnte umgetrieben hatte, loswerden zu können. Ihre Eltern hatten sie als Kind darin bestärkt und ihr das Gefühl gegeben, dass dieses Streben normal und natürlich war, aber seit sie in England lebte und erwachsen geworden war, eckte sie damit an. Spätestens seit sie sich durch die Adoption, die sie jetzt schon zutiefst bereute, Lady Millford zu unterwerfen hatte, wurde ihr täglich auf die eine oder andere Art bedeutet, dass sie weder liebenswert noch akzeptabel war. Dazu kam die angebliche Schande ihrer Herkunft, welche Lady Millford um jeden Preis zu verbergen suchte. Die erzwungene Namensänderung war nur das sichtbare Zeichen dieses Bestrebens. Sie brachte inzwischen keine Kraft mehr auf, darüber Wut zu empfinden. Sie war eben nicht so wie sie sein sollte, war nicht das, was sie sein durfte. Wieder überkam sie eine bleierne Verzweiflung und Tränen sammelten sich in ihren Augen. Sie blinzelte sie weg. Noch wollte sie sich im Beisein ihrer Widersacherin diese Blöße nicht geben, auf Verständnis konnte sie ohnehin kaum hoffen und würde zudem ihren kranken Onkel nur unnötig belasten.

Der ruhig gewordene tiefe Atem, der aus dem Lehnstuhl neben dem Kamin zu hören war, zeigte ihr an, dass Sir Alistair nun eingeschlafen war. Sie verharrte noch einen Augenblick und schlug dann das Buch zu, aus dem sie vorgelesen hatte. »Betrachtungen eines frommen Wandersmannes« stand in schwarzen, nüchternen Lettern auf dem schlichten Einband. Sir Alistair bevorzugte in letzter Zeit mehr geistliche Lektüre, von der es reichlich in der eher kleinen Bibliothek auf Millford Hall gab.

Mit einer gewissen Achtlosigkeit ließ sie das Buch auf das Beistelltischchen neben ihr gleiten, was ihr einen missbilligenden Blick ihrer Tante einbrachte, die über einige Listen gebeugt an ihrem Damensekretär saß.

Charlotte nahm auch das kaum wahr. Ihre Tante hatte ohnehin gewonnen, was kümmerte es sie ob diese einen Grund mehr fand, sie zu kritisieren.

»Tante, Sir Alistair ist eingeschlafen. Er war ohnehin sehr müde heute. Darf ich mich zurückziehen? Ich würde den Tee dann gerne für mich einnehmen.« Ein kurzes Nicken war die Antwort, für einen Augenkontakt wollte ihre Tante wohl keine Mühe aufwenden.

»Dann wünsche ich Ihnen noch einen guten Abend, Tante«, sagte Charlotte sehr leise und verließ den Raum unauffällig. Draußen vor der Tür lehnte sie sich von einem plötzlichen Schwindel erfasst an die Wand, versuchte aber sich zusammenzunehmen, was ihr kaum gelang. Sie fühlte sich so schwach, so unwirklich, fast durchsichtig. Sie war nahe daran, an Ort und Stelle in die Knie zu sinken und in Tränen auszubrechen.

Ich darf mich nicht so gehenlassen!, befahl sie sich selbst. Doch eine seltsame körperlose Furcht, ohne einen wirklichen Anlass, hatte sie ergriffen und begann sich wie ein schwaches, unmerkliches Gift in ihr auszubreiten. Charlotte schüttelte sich, um diese eigenartigen fremden Empfindungen wieder zu verscheuchen. Wenn sie sich weiterhin von ihren Gefühlen so niederdrücken ließ, würde sie noch in Melancholie versinken. Ein Zustand, den sie bisher nur vom Hörensagen kannte, der aber, wie sie wusste, durchaus schlimme Folgen haben konnte und zu fürchten war. Sie musste zurück in ihr Zimmer, vielleicht würde ihr etwas Schlaf gut tun. Mit einer Hand an der Wand entlanggleitend, als wolle sie Halt und Führung suchen, machte sie sich auf den Weg dorthin, als sie plötzlich angesprochen wurde.

»Miss Millford!« Es war Arthur, der sie in der Nähe der Treppe, die zu den Gästeräumen führte, entdeckt hatte. »Ich dachte, Sie sind noch im Salon bei den Herrschaften, aber Lady Millford sagte mir, Sie hätten sich zurückgezogen. Ich habe etwas für Sie, einen Brief. Er wurde eben für Sie abgegeben.«

»Danke, Arthur«, antwortete Charlotte schwach und streckte die Hand nach dem Schriftstück aus.

Der Butler schaute sie besorgt an. »Geht es Ihnen nicht gut, Miss? Soll ich Lady Millford Bescheid sagen, damit sie nach dem Doktor schicken lässt?«

»Nein, Arthur, lass nur. Ich fühle mich nur etwas müde in letzter Zeit. Es ist nichts! Wirklich nichts!«, setzte sie nach, als der beunruhigte Blick des alten Butlers nicht weichen wollte.

»Nun, wie Sie meinen, Miss Millford. Aber versprechen Sie mir, dass Sie läuten, sollte sich Ihr Zustand verschlechtern.«

Fast hätte Charlotte laut aufgelacht. Sie wünschte wirklich, damit könnte ihr »Zustand« aus der Welt geschafft werden. Besser, man würde sie selbst samt ihres Zustands aus der Welt schaffen! Trotzdem tat es ihr wohl, dass sich der treue Domestik um sie sorgte.

»Danke, Arthur! Und ja, ich verspreche es, mach dir keine Gedanken.«

Arthur verneigte sich kurz, ging dann in Richtung des Dienstbotentraktes davon und ließ sie, nachdem er sie ein letztes Mal mit einem prüfenden Blick bedacht hatte, auf dem Flur zurück.

Charlotte blickte auf den Brief in ihrer Hand. Die Handschrift war ihr völlig unbekannt. Von wem konnte dieses Schreiben sein?

An Miss Charlotte Brandon auf Millford Hall las sie, als sie ins Zimmer getreten war und die Kerzen entzündet hatte. Ihren alten Namen in diesen kräftigen, entschlossenen Schriftzügen dort geschrieben zu sehen, versetzte ihr einen schmerzhaften Stich in der Brust. Fast erschrocken ließ sie den Umschlag in den Schoß sinken. Aber wer, außer den Bewohnern von Millford Hall wusste auch schon von der vollzogenen Adoption?

Der unbekannte Schreiber dieses Briefes jedenfalls wusste es nicht. Jetzt war sie doch neugierig geworden. Mit einiger Ungeduld brach sie das Siegel.

London, 16. Dezember 1817

Verehrte Miss Brandon,

Ich hoffe, Sie befinden sich wohl und haben die Zeit nach dem Ball gut verbracht. Ich möchte Ihnen noch einmal sagen, dass es mir eine außerordentliche Ehre und auch Freude war, nicht nur mit Ihnen zu tanzen, sondern auch Ihrem Klavierspiel beiwohnen zu dürfen. Obwohl Sie nicht sehr glücklich zu sein schienen über den Vorschlag von Mr Terency, hat mich Ihre Virtuosität, mehr aber noch die Intensität des Gefühls, mit dem Sie diesen deutschen Komponisten interpretierten, tief bewegt.

Ich bitte Sie, lassen Sie sich nicht von Menschen beirren, die Sie davon abhalten wollen! (Leider wurde ich unfreiwillig Zeuge der Worte, die Lady Wellesley an Sie richtete.)
Menschen wie Lady Wellesley genügen sich selbst und wissen nichts von der Sehnsucht der Seele, die einen anderen Menschen vorantreiben kann. Menschen aber wie Sie, Miss Brandon, können so viel geben. Lassen Sie nicht nach darin!
Aber genug davon! Sie werden sich nicht beirren lassen, davon bin ich überzeugt, nachdem ich nun die Ehre hatte, Sie kennenzulernen.
Nun zum eigentlichen Grund meines Schreibens: Es ist mir gelungen, hier in London den Nachlass Ihres Vaters nach den Angaben Ihres werten Onkels, Sir Alistair, ausfindig zu machen und habe den Transport veranlasst. Ich denke, die Kisten werden nach den Weihnachtstagen, vermutlich schon am 28. Dezember, auf Dullham Manor eintreffen.
Bitte machen Sie sich keine Sorgen wegen der Transportkosten. Das alles habe ich bereits mit Ihrem Onkel geklärt, ebenso, wie ich die Zustimmung von Lady Millford eingeholt habe, dass Sie Dr. Banning hier zur Hand gehen dürfen. Leider ist die Fracht jedoch in den letzten Jahren nicht allzu pfleglich behandelt worden. Ich konnte sie noch nicht selbst in Augenschein nehmen, hoffe aber, dass der Schaden nicht allzu groß ist. Ich denke, dass es unter diesen Umständen sinnvoll wäre, Sie wären bereits auf Dullham Manor, wenn die Ladung eintrifft, um eine erste Inspektion vorzunehmen und die Lage zu beurteilen. Schließlich wissen Sie am ehesten über den ursprünglichen Zustand Bescheid.
Ich habe hier in London noch geschäftlich zu tun und

werde erst am Tage vor Heiligabend wieder zu Hause eintreffen. Deshalb habe ich Ihnen nun bereits schriftlich Bescheid gegeben, damit Sie das Entsprechende veranlassen können. Ich freue mich sehr und bin gespannt auf die wissenschaftlichen Funde, die Ihr Vater zusammengetragen hat.
Und damit verbleibe ich bis zum Tage des Eintreffens Ihrer Schätze der Vergangenheit

Ihr John Battingfield

P.S. Bitte richten Sie auch Sir Alistair und Lady Millford meine besten Grüße und meinen Dank dafür aus, dass sie Sie einige Tage entbehren wollen. Ich hoffe, Sir Alistair geht es wieder besser. Bitte bestellen Sie ihm von mir die besten Genesungswünsche.

Es ist oft erstaunlich, wie wenige aufrichtige Worte Hoffnung und Heilung geben können, wo sie im richtigen Moment gesprochen werden. Dies waren solche Worte und dies war so ein Moment. Captain Battingfields Zeilen taten ihr unendlich gut und trösteten sie mehr als sie sagen konnte. Plötzlich merkte sie, dass ihr schon während sie seinen Brief gelesen hatte die Tränen gekommen waren, die sie sich seit Tagen verbot. Sie konnte ihnen nichts mehr entgegensetzen und gab sich ihren Gefühlen mit hemmungslosem Weinen hin. Und während sie spürte, wie mit ihren Tränen auch die Mutlosigkeit und Beklemmung hinweggespült wurden, schlief sie getröstet ein.

Kapitel 12

Vier Pferdefuhrwerke mit je zwei vorgespannten schweren englischen Kaltblütern rollten im unaufhörlichen Nieselregen die Auffahrt nach Dullham Manor hinunter. Der Wagenführer, Tom Redding, fluchte herzhaft und gab dem alten Braunen ein letztes Mal einen leichten Schlag mit der Peitsche. Verfluchte Plackerei! Und das über die Weihnachtstage, die man doch zu Hause in London viel geruhsamer hätte verbringen können. Und dazu noch diese Eile! Abgehetzt hatten sie sich mit einem Haufen Steine und alten Büchern. Aber der Auftraggeber, einer feiner Lord aus Dorset, hatte Mr Smith gesagt, zahlte gut und da fragte man nicht weiter. Es war nicht leicht, in London Arbeit zu finden und seine sechs Bälger wollten schließlich ernährt sein.

»Aufschließen!«, brüllte er über die Schulter seinen drei Kollegen zu, die mindestens ebenso missmutig und durchgefroren auf den harten Kutschböcken der offenen Wagen saßen, »da vorne ist es! Hoffe, da gibt's wenigstens n' Topf Suppe und was zu saufen, bevor wir wieder abhauen.«

Als die Fuhrwerke den Vorplatz des stattlichen Herrenhauses erreichten, trat ihnen bereits der Hausherr entgegen, gefolgt von einem alten Zausel und einer hübschen, zierlichen Dame im Mantel.

»Endlich!«, begrüßte der Hausherr die müden Fuhrleute. »Sie wurden schon sehnlich erwartet.«

»Tut mir echt leid, Sir!«, Tom Redding spuckte eine ordentliche Ladung mit Kautabak durchsetzter Spucke auf den sorgsam geharkten Kies und zog dann geräuschvoll die Nase hoch. »Aber es war 'ne verdammte Schweinerei, der Weg hierher. Die Fuhrwerke sind zwei Mal steckengeblieben und die Gäule sind auch am Ende. Aber Sie wollten's ja unbedingt geliefert haben und noch im alten Jahr. Wo sollen die Kisten denn nu hin, Sir? Vor der Haustür macht sich's ja nich' so gut!«

»Wir haben einen größeren Raum hier im Nebengebäude frei gemacht. Sehen Sie dahinten das offene Tor? Allerdings sollten wir die Fracht in Augenschein nehmen, bevor Sie abladen.«

Redding zögerte. »Sie meinen, Sie wollen reingucken, bevor wir abladen? Das wird aber dauern, Sir, und wir müssen ja zurück. Müssen vor dem Einbruch der Dunkelheit noch ein Stück weit kommen.«

»Guter Mann, Sie müssen doch heute nicht umkehren. Wir haben für eine Unterkunft für Sie und Ihre Leute gesorgt im Gesindetrakt. Die Köchin hat auch schon einen guten Eintopf auf dem Herd. Wir werden Sie und Ihre Leute doch nicht in diesem unchristlichen Wetter noch heute zurückfahren lassen. Und die Pferde«, dabei schlug der Herr von Dullham Manor dem Gaul vor ihm leicht auf die Flanke, »können sich in unserem Stall sattfressen. Das haben sie sich redlich verdient.«

»Na, wenn das so ist, Sir!«, Redding drehte sich zu seinen Leuten um und holte mit einer Miene, die in etwa bedeutete »Man muss die Reichen machen lassen« deren Einverständnis ein. »Na dann, Sir! Haben Sie 'n paar Brechstangen hier?«

»Liegt alles drüben im Lagerraum bereit.«

»Alles klar, Sir!« Mit einem lauten Zungenschnalzen setzte Redding den gesamten Tross wieder in Bewegung und ließ die Wagen vor dem geöffneten Scheunentor zum Halten kommen. Der große Lagerraum mit den frisch gekalkten Wänden war sorgfältig mit Stroh ausgelegt, selbst die Fenster waren gereinigt und alles aufs Beste vorbereitet. Captain Battingfield hatte gute Vorarbeit geleistet, um die kostbaren Fundstücke auch gebührend zu empfangen.

Als der Verwalter Charlotte dies bei ihrer Ankunft am Morgen gezeigt hatte, war sie ganz sprachlos gewesen. Die

Einsatzbereitschaft und Ernsthaftigkeit, mit der ihr Wohltäter seiner selbstgewählten Aufgabe nachging, ließ sie staunen und machte sie auch etwas verlegen. Wie sollte sie ihm dafür angemessen danken? Warum tat er das alles für sie? Der Wunsch nach guter Nachbarschaft konnte kaum der einzige Grund sein. Aber sie hatte auch den Eindruck, dass er selbst Freude dabei empfand und es nicht aus Mitleid oder ähnlichen Empfindungen heraus tat.

Sie selbst spürte eine gewisse Verunsicherung ihm gegenüber. Sie hatte das unbestreitbare Gefühl, dass er sie mochte, ja schätzte, und ihre Nähe suchte. Dennoch fühlte sie sich nicht von ihm bedrängt, eher empfand sie seine Zuwendung als beruhigend und tröstend. Sie tat ihr wohl.

Nein, *er* tat ihr wohl, das kam der Wahrheit näher und das wiederum beunruhigte sie.

Aus diesem Grund wollte sie seine Zeilen, die ihr kürzlich so viel Trost gegeben hatten – sie konnte sich selbst kaum eingestehen, wie sehr – lieber unerwähnt lassen und war deshalb auch froh darüber gewesen, dass Lady Battingfield sie sofort nach ihrer Ankunft mit Beschlag belegt hatte. Außer einem höflichen Gruß hatte sie noch kaum ein Wort mit dem Herrn von Dullham Manor gewechselt. Sie hätte nämlich, wäre es zu einem Gespräch darüber gekommen, eine innere Scheu empfunden es anzusprechen, in der Furcht, zu viel von sich preiszugeben. Wie konnte sie ihre merkwürdige Stimmungslage in der letzten Zeit jemandem erklären? Sie verstand es ja selbst nicht. Allerdings hatten diese wenigen Zeilen eine große Wirkung gehabt und ihr wieder zu mehr innerer Ruhe und Zuversicht verholfen. Dafür war sie dem Captain dankbarer, als sie es ihm wohl je würde sagen können. Dieser war inzwischen vollauf damit beschäftigt, zusammen mit den Fuhrleuten Kiste um Kiste zu öffnen, während Dr. Banning die Unternehmung mit aufgeregten und nicht sehr hilfreichen Anweisungen darüber begleitete, wie das Brecheisen nun anzusetzen sei.

Es regnete noch immer und langsam hatte ihr Mantel sich vollständig voll Wasser gesogen. Charlotte fröstelte und schlang die Arme um sich, während sie den Männern zusah. Ein Rinnsal eiskalten Wassers lief ihr gerade den Nacken hinunter, als Captain Battingfield erfreut ausrief: »Ah, hier sind die Bücher und Aufzeichnungen! Auf den ersten Blick nicht ganz so verschimmelt, wie ich befürchtet hatte. Gott sei Dank! Die müssen zuerst hinein!«

»Ja, am besten da hinten zu dem Tisch am Fenster«, wies Dr. Banning die Männer an, die bereits zu viert die schwere unhandliche Kiste herunterhievten.

»Ach, Miss Brandon, gehen Sie doch bitte noch einmal ins Haus und bitten Cyril, ein paar kräftige Männer herauszuschicken. Ich denke, wir brauchen hier noch ein paar helfende Hände.«

»Millford, Captain! Ich heiße jetzt Millford. Ich habe das noch nicht erwähnt, Verzeihung! Sie wissen, die Adoption …?«

Battingfield richtete sich auf und sah sie fragend an, »Dann haben die Millfords Sie also adoptiert. Wollten Sie Ihren Namen nicht behalten? Immerhin hatten Sie ihn ja schon lange und trugen ihn mit Stolz, meine ich.«

Charlotte konnte seinem forschenden Blick nicht standhalten. »Ich … es war …« Einen Augenblick lang war sie versucht, ihm ihr Herz auszuschütten, doch dann besann sie sich. Sie sollte ihre Ansichten darüber besser für sich behalten. Ein vertrauterer Umgang mit Captain Battingfield schickte sich nicht. »Ich werde Ihnen das ein andermal erklären, Mylord. Wo kann ich Cyril am besten finden?«

»Bei der Treppe in der Eingangshalle ist eine Glocke. Läuten Sie einfach!«

Battingfield schaute der zierlichen Gestalt nach, die sich nun durch den dichter werdenden Regen Richtung Haupteingang auf den Weg machte. Dr. Banning, der zugehört hatte, blickte seinen jüngeren Freund mit gerunzelter Stirn an und meinte dann: »Sie scheint nicht sehr glücklich darüber zu sein. Nun, wir wollen nicht weiter in sie dringen. Sie wird es erklären, wenn sie die Notwendigkeit dazu sieht.«

Dann bestieg er den zweiten der Wagen und beugte sich über eine Kiste, die gerade aufgebrochen worden war. »Schau, hier ist eine ganze Kiste mit verschiedenen Tonscherben in kleineren Kästen. Ach, so ein Ärger! Die meisten sind umgekippt und alles liegt durcheinander. Das wird ein Puzzle! Hoffentlich hat Brandon ein paar Zeichnungen dazu gemacht, sonst sitzen wir am Sankt Nimmerleinstag noch daran. Fass mal mit an, die kommt auch zum Tisch!«

Die sechs Männer öffneten Kiste um Kiste. Sie enthielten Bruchstücke von Reliefs und einige Fragmente von größeren Statuen, die Dr. Banning ein entrücktes Seufzen entlockten. Weiter fanden sich Tonscherben, aber auch bronzene Schmuckstücke und Rüstungsteile griechischer Kämpfer, Münzen und rituelle Gefäße, Gebrauchsgegenstände und viele Dinge, die nicht auf den ersten Blick zugeordnet werden konnten.

Die inzwischen zurückgekehrte Charlotte war auf den ersten Wagen geklettert und beugte sich nun ebenfalls mit großem Interesse über die Fundstücke. »Ah, ich erinnere mich, wo diese Statuette gefunden wurde. Das war bei der Ausgrabung der thessalischen Dynasten.«

»Wo bitte?«, fragte John Battingfield verdutzt.

»Delphi war das religiöse Zentrum der Antike, wissen Sie«, erklärte Charlotte nun eifrig. »Natürlich wurde hauptsächlich Apollo als Gott der Weissagung verehrt, aber auch andere Götter hatten dort Weihestätten. Die Gläubigen kamen von überall her und brachten dabei auch reichlich Geschenke für die Götter mit. Schließlich war der Besuch in der Regel ja nicht uneigennützig. Die Besucher erhofften sich natürlich Rat und Hilfe vom Orakel und den Gottheiten. Viele dieser Opfergaben sind allerdings für immer verloren gegangen, wahrscheinlich geraubt. Es müssen damals unvorstellbare Reichtümer aufgehäuft worden sein. Es gab sogar mehrere Schatzhäuser, die einzelnen Stadtstaaten zugeordnet waren. Die thessalischen Dynasten, also die Häuser in Delphi, die den thessalischen Machthabern unterstanden, enthielten die Daochos-Weihegeschenke, so nahm mein Vater an.«

»Aha«, meinte ihr Zuhörer beeindruckt. »Sie scheinen sich ja gut auszukennen!«

»Oh, das würden Sie auch, wenn Sie Ihre Kinderstube zwischen alten Säulen und Steinen gehabt hätten«, erwiderte Charlotte lächelnd und wandte sich schon den weiteren Fundstücken zu. Zusammen mit Dr. Banning wies sie die Helfer sachkundig an, die Kisten zu verschiedenen Gruppen zusammenzustellen, nach Fundorten oder Themen geordnet. Die Kälte schien sie dabei völlig vergessen zu haben. Mit ihren geröteten Wangen und nassen Haaren, voller Tatendrang und einer nicht zu leugnenden Durchsetzungskraft, stand sie zwischen den geöffneten Kisten auf dem Wagen wie eine Inkarnation der jungfräulichen Athene. Battingfield musste sie immer wieder ansehen. Allein dieser Anblick war es wert gewesen, den Einsatz zu erbringen, für den er sich entschieden hatte.

Hatte sie, als sie heute Morgen nach Dullham Manor kam, auffällig still und zurückhaltend gewirkt, so schien sie jetzt wie ausgewechselt. Ganz in ihrem Element, strahlte sie eine anziehende Lebendigkeit aus, die nicht ohne Wirkung auf ihn blieb. Was war nur mit ihm los? Diese junge Frau beeindruckte ihn weit mehr, als er sich eingestehen durfte. Sei vorsichtig, John!, ermahnte er sich selbst, um ihret- und um deinetwillen. Doch obwohl er umso eifriger arbeitete, drängten seine Gedanken weiter. Charlotte Brandon verfügte in hohem Maße über die Wesenszüge, die er an einer Frau schätzte und wünschte: Verstand und Talent, Mut und Gefühl. Er konnte es nicht leugnen, er genoss ihre Anwesenheit zutiefst, mehr als es sein durfte. Doch wohin würde das führen? Er wusste genau, er spielte mit dem Feuer. Dennoch – er konnte einfach nicht anders!

»Charlotte, soeben erhielt ich ein Schreiben, dass Mr Terency uns in drei Tagen zu beehren gedenkt.« Lady Millford war in die Bibliothek getreten, in die sich Charlotte seit einigen Tagen, wann immer es möglich war, zurückzog. Sie kommentierte mit einem Stirnrunzeln, dass ihre Nichte, bewaffnet mit Pinzette und Tüchern, sich schon wieder über ein Buch mit schimmelüberzogenem Ledereinband beugte, das sie unverständlicherweise in einen besseren Zustand zu bringen hoffte.

Es handelte sich um einen Band der persönlichen Tagebuchaufzeichnungen von William Brandon. Charlotte hatte es zusammen mit anderen Bänden seiner Tagebücher in einer der Kisten mit den Bestandsbüchern, Arbeitsaufzeichnungen und Karten der Ausgrabungen gefunden. Leider hatte sich beim Sichten der Schriften noch am Spätnachmittag des Ankunftstages herausgestellt, dass die unteren Lagen doch recht stark in Mitleidenschaft gezogen worden waren. Die Kisten mussten mehrfach feucht geworden sein oder gar im Wasser gestanden haben, was angesichts des Standortes der Lagerhalle direkt an den Themse Docks auch nicht weiter verwunderlich, dafür aber umso betrüblicher war.

Sie hatte daraufhin Dr. Banning vorgeschlagen, dass sie den ersten Band der Tagebuchaufzeichnungen am Abend mit nach Millford Hall nehmen würde, um dort zu versuchen, die schadhaften Teile auszubessern und – wo notwendig – Abschriften herzustellen. Die Tagebücher, so hatte sie angeführt, würden sicher gute Hilfestellung geben, um die teilweise völlig unleserlichen Arbeitsaufzeichnungen und Listen der Artefakte zu ergänzen. Denn ihr Vater hätte immer, so erinnerte sie sich, sehr sorgfältig auch in seinen persönlichen Tagebüchern über sein Tagwerk berichtet, neben den privaten Dingen.

Natürlich war dies ein sehr triftiger Grund. Aber weit mehr verlangte es Charlotte danach, durch die Beschäftigung mit den Tagebüchern den Geist und die Persönlichkeit ihres Vaters wieder lebendig werden zu lassen. Es war fast, als würde er noch einmal mit ihr sprechen, als würde sie die glückliche Zeit ihrer Kindheit in Griechenland zurückholen können.

Aber – und das zeigte ihr auch der traurige Zustand der Bücher nur allzu deutlich – diese Zeit war endgültig Vergangenheit und sie tat gut daran, sich nicht zu sehr darin zu verlieren. Bereitwillig blickte sie auf, als ihre Tante sie nun mit dem Brief Terencys in der Hand aufsuchte.

»Dann sollten wir eine Kutsche zu den Fortescues schicken, damit die Misses Fortescue und Mr Edward Fortescue ebenfalls herkommen können. Mr Terency hatte ja ausdrücklich darum gebeten, dass diese auch eingeladen würden.«

»Ja, in der Tat!«, Lady Millford wirkte über diesen Umstand immer noch irritiert, um nicht zu sagen verärgert. »Er hat es sogar noch einmal in diesem Schreiben erwähnt. Wobei ich mir nicht erklären kann, was er an diesen drei doch recht gewöhnlichen jungen Leuten finden mag.«

»Liebe Tante, vermutlich dasselbe, was er an mir, einer recht gewöhnlichen jungen Frau, finden mag«, bemerkte Charlotte etwas spitzzüngig.

»Das ist doch ganz etwas anderes! Immerhin bist du jetzt eine Millford!«, Lady Millford klang nun ehrlich entrüstet.

»Nun, das war ich einerseits noch nicht, als die Vereinbarung über diesen Besuch getroffen wurde, und andererseits sehe ich auch nicht, dass der Name Millford so viel ehrenwerter ist als der Name Fortescue, der eine lange noble Geschichte hat, wie mir berichtet wurde und ich auch im Adelsregister, das hier in der Bibliothek steht, nachgelesen habe. Er hat sogar noch eine längere Tradition als der Name Millford!«

Lady Millford rümpfte die Nase. »Tatsächlich? Steht *das* im Adelsregister? Nun, du musst es ja wissen, da du es ja seit Neuestem vorziehst, deine Tage in der Bibliothek zu verbringen. Du solltest in der nächsten Zeit wirklich mehr an die frische Luft gehen und dich um dein Äußeres kümmern.« Sie bedachte Charlotte einmal mehr mit einem ihrer üblichen missbilligenden Blicke. »Und bitte Arthur darum, dass hier gründlich gelüftet wird. Es riecht doch sehr unangenehm nach Schimmel.«

Damit raffte sie ihr Gewand und verließ den Raum.

Charlotte lächelte zufrieden und beugte sich wieder über ihre Lektüre. Sie würde wirklich nachher noch etwas ins Freie gehen, denn der Schimmelgeruch bereitete ihr auf die Dauer Übelkeit und Kopfschmerzen. Das konnte jedoch keinesfalls ihr Vergnügen darüber mindern, dass sie ihrer Tante in den letzten Tagen nicht nur nicht mehr ganz so hilflos gegenüberstand, sondern auch die eine oder andere Spitze hatte setzen können. Die Beschäftigung mit dem Nachlass ihres Vaters gab ihr nach und nach die Energie zurück, die ihr sonst zu eigen war und die sie seit ihrer Ankunft auf Millford Hall vermisst hatte. Sie konnte es kaum erwarten, in einigen Tagen wieder nach Dullham Manor zu fahren und das, was sie aus der Lektüre der letzten Stunden erfahren hatte, mit den anderen Schriften zu vergleichen. Dr. Banning hatte jeweils am Donnerstag Zeit, so hatte er ihr mitgeteilt, und würde sich dann gerne mit großem Eifer an die Arbeit machen. Vielleicht würde auch der Captain sich dazugesellen. Dieser Gedanke ließ ihr unverhofft das Blut in die Wangen schießen, was sie mit Unbehagen registrierte. Besser sie konzentrierte sich wieder auf ihre Arbeit.

Zu klären war noch die Frage ihrer Kleidung. Die Kleidungsstücke, die ihre Tante für sie hatte fertigen lassen, waren aus sehr leichtem Stoff, nach der Maßgabe der Mode tief ausgeschnitten und mit lächerlichen Ärmelchen versehen. Völlig unzweckmäßig für eine Arbeit, bei der sie durchaus auch einmal zupacken musste und davon abgesehen viel zu leicht für die Jahreszeit. Sie fröstelte noch immer, wenn sie an den letzten Tag auf Dullham Manor dachte. Die Kälte war ihr so in die Glieder gekrochen, dass sie am Abend eine leichte Erkältung geplagt hatte, die aber glücklicherweise schnell wieder verflogen war. Sie musste sich einfach zweckmäßiger und wärmer kleiden, sonst würde die Arbeit in dem zwar mehr als passenden, aber leider ungeheizten Lagerraum auf die Dauer ihre Gesundheit gefährden. Vielleicht konnten Emmy oder Mrs Sooner ihr weiterhelfen. Sie wollte sich heute vor dem Spaziergang darum kümmern.

Vorsichtig klappte sie das Buch zu und verstaute es zusammen mit ihren Arbeitsutensilien in einer Kommode, die sie vorsorglich mit Baumwolllumpen ausgelegt hatte. Die Schublade und eines der Fenster der Bibliothek ließ sie dabei offen, damit die Zimmerluft das Buch weiter trocknen konnte und so der Schimmel nicht noch weiteren Schaden anrichtete. Es war wirklich ein Jammer, dass das Desinteresse ihrer Verwandten diesen Zustand herbeigeführt hatte. Allerdings konnte man auch nicht erwarten, dass sie sich der Bedeutung der für sie wertlosen Bücher und Fundstücke bewusst waren oder – was ihre Tante anging – bewusst werden wollten. Mit einem bedauernden Schulterzucken richtete sich Charlotte auf und verließ die Bibliothek, um Mrs Sooner aufzusuchen.

»Margret, Margret! Wo steckst du schon wieder?« Die resolute Stimme der Köchin Mrs Sooner drang durch die mit Dampfschwaden angefüllte Küche. Es gab viel zu tun in einem Herrenhaus. Nicht nur die Herrschaft wollte versorgt sein sondern auch eine stattliche Anzahl von Bediensteten des Hauses, der Ställe und Gartenanlagen. Ein Anwesen wie Millford

Hall hatte an gewöhnlichen Tagen bis zu dreißig Personen zu ernähren, weitaus mehr natürlich noch bei außergewöhnlichen Anlässen wie den Feiertagen oder dem Ball, der kürzlich stattgefunden hatte.

Dies war umso schwieriger, da Lady Millford ein sehr strenges Regiment bezüglich der Ausgaben führte. Sie rechnete alles bis auf den letzten Penny genau ab und Mrs Sooner hätte schwören können, dass sie auch die Kartoffeln, die vor langer Zeit so segensreich auf der Insel Einzug gehalten hatten, für jedes zu fütternde Maul abzählte. Mrs Sooner allerdings legte Wert auf eine gute und gehaltvolle Küche und war, zumindest was das Durchsetzungsvermögen anbelangte, Lady Millford durchaus ebenbürtig. Das hätte jedes Mitglied des Millford'schen Haushalts bezeugen können. Und so hatte sie der gestrengen Herrin manches abgetrotzt. Seit dem Ball aber waren die Vorgaben noch enger geworden. Die Dienstboten tuschelten, dass es mit den Finanzen der Millfords nicht zum Besten stand und deshalb wohl bald mit der einen oder anderen Entlassung gerechnet werden musste.

»Margret … das faule Stück träumt den ganzen Tag! Alles muss man selbst machen. Ich werde Lady Millford empfehlen, sie als Erste rauszuschmeißen«, brummte Mrs Sooner. Sie war eine stabil gebaute Mittvierzigerin mit früh ergrautem einstmals schwarzem Haar und einem festen Flaum auf der Oberlippe. Wenn sie, wie jetzt gerade, zornig auf ihre Küchenhilfen war und dabei resolut mit dem Kochlöffel in der Suppe rührte, war sie einem Feldwebel nicht unähnlich. Gewiss hätte sie es auch furchtlos mit jedem feindlichen Soldaten aufgenommen, so es einer gewagt hätte, ihre Küche zu stürmen. Stattdessen kämpfte sich nun Charlotte durch den Dampf zur Feuerstelle am eindrucksvollen Westkamin der Küche.

»Mrs Sooner, ich bedaure, ich bin nicht Margret. Aber ich habe gesehen, dass sie gerade mit dem Abfalleimer zu den Schweineställen wollte. Sie wird wohl gleich zurück sein.«

»Oh, Miss Bran… ach, ich kann mich noch nicht daran gewöhnen, Miss Millford natürlich!« Augenblicklich verwandelte sich die bedrohliche Herrin des Feuers wieder in die eher mütterliche, warmherzige Frau zurück, die sich hinter dem energischen Äußeren verbarg. Die Dienstboten hatten Miss Charlotte, wie sie sie unter sich nannten (und was Arthur als Vorgesetzter der dienstbaren Hausgeister natürlich aufs Äußerste missbilligte) längst ins Herz geschlossen. Ihnen tat die freundliche junge Frau leid, die unter dem unbeugsamen und manchmal doch sehr unfreundlichen Wesen der Hausherrin am meisten zu leiden hatte. Wohlwollend hatte man bemerkt, dass das neue Mitglied des Millford'schen Haushalts dabei aber nicht klagte, Sir Alistair mit viel Hingabe und Zuneigung umsorgte und das harsche Verhalten von Lady Millford ertrug, bis auf einige kleine Ausbrüche, die aber nur zu verständlich waren. Betty hatte natürlich von der Auseinandersetzung mit Lady Millford im Vorfeld des Balles berichtet und alle hatten sich große Sorgen gemacht, als Miss Charlotte an jenem Tag bis zum Einbruch der Dämmerung nicht aus dem Wald zurückgekehrt war. Mrs Sooner war vor allem sehr empört gewesen über das Desinteresse, welches Lady Millford dieser Tatsache zukommen ließ. Aber zum Glück war die Vermisste ja dann Lord Battingfield über den Weg gelaufen, der sie sicher nach Hause gebracht hatte. Überhaupt war dieser Battingfield ein charmanter Mann. Sie konnte sich noch erinnern, dass er als halbwüchsiger Knabe, damals, als Miss Elisa noch auf Millford Hall lebte, mit seinen Eltern und seinem jüngeren Bruder manchmal zu Gast gewesen war und hatte als junge Küchenmagd schon bemerkt, dass er etwas Besonderes an sich hatte. Ein aufgeschlossenes, freundliches Wesen ohne jede Überheblichkeit, die sonst viele Angehörige der herrschenden Klasse dem Gesinde gegenüber zeigten, zeichnete ihn aus. Dabei war er trotzdem ausgelassen und hatte jede Menge Unsinn im Kopf, was man ihm aber seines Charmes wegen gerne verziehen hatte.

Auch Miss Charlotte, so stellte sie nun fest, zeigte dieselbe Freundlichkeit und Zugewandtheit gegenüber den Menschen in ihrer Umgebung, gleich welchen Standes, und das nahm Mrs Sooner für die junge Frau ein.

»Miss Millford, also! Was treibt Sie denn hinunter in mein Reich?«, fragte sie deshalb umgänglich.

»Liebe Mrs Sooner, ich habe da ein Problem und hoffte, Sie könnten mir vielleicht raten oder sogar helfen.«

»Ich Ihnen helfen? Oh, Miss Millford, ich wüsste nicht wie?«

»Ja, sehen Sie, Mrs Sooner, sicher ist Ihnen zu Ohren gedrungen, dass Lord Battingfield und Dr. Banning so freundlich sind, mir beim Ordnen des Nachlasses meines Vaters zu helfen«, begann Charlotte.

»Sicher, mir ist so etwas zu Ohren gekommen. Sie sind letzten Mittwoch auf Dullham Manor gewesen und deshalb zu spät zum Dinner gekommen. Ihr ganzes Essen kam wieder zurück.«

»Allerdings, Mrs Sooner«, bestätigte Charlotte mit einem verschmitzten Lächeln, »und Sie glauben nicht, wie sehr ich das bedauert habe, zumal ich nämlich dann mit einem knurrenden Magen zu Bett gegangen bin.«

»Aber Miss, Sie hätten doch läuten können! Ich hätte Ihnen gerne noch etwas gemacht.« Mrs Sooner war ganz helle Empörung.

»Ach, es war wirklich spät geworden und Sie haben Ihre Ruhe ja auch verdient. Ich hätte mich nicht so verspäten dürfen. Aber genug davon. Vielleicht können Sie mir ja jetzt einen Gefallen tun.«

Nach Mrs Sooners freundlichem Nicken fuhr Charlotte fort: »Die Sache ist die: bei dem Nachlass meines Vaters handelt es sich um Ausgrabungsstücke aus Griechenland. Vieles ist noch verschmutzt und muss gereinigt werden. Außerdem stand es sehr lange an einem ungünstigen Ort. Es sind Schriftstücke dabei, die mit Schimmel völlig überzogen sind und davon befreit werden müssen, aber das muss sehr vorsichtig geschehen, da der Inhalt der Schriften von großer Wichtigkeit ist. Nun, ich will Ihnen nicht Ihre kostbare Zeit stehlen. Tatsache ist, dass ich selbst diese Reinigungsarbeiten durchführen muss und das in einem ungeheizten Lagerraum. So bräuchte ich zweckmäßige, warme Kleidung und ein bis zwei Leinenschürzen, die groben Schmutz aushalten könnten. Ich selbst besitze so etwas nicht mehr. Die Garderobe, die für die neue Miss Millford angefertigt wurde, mag zwar für einen Ball und ähnliches passen, aber nicht zum Arbeiten. Können Sie mir helfen? Vielleicht könnte eines der Küchenmädchen mir eine Schürze oder etwas Ähnliches leihen.«

»Sie wollen das wirklich selbst machen, Miss? Sind Sie sich sicher? Das ist doch keine Arbeit für einen junge Dame wie Sie es sind.« Mrs Sooner war fast schockiert über das Ansinnen. Eine Angehörige der feinen Gesellschaft in den abgetragenen Kleidern einer Küchenmagd, also das ging nun doch etwas zu weit.

»Aber Mrs Sooner«, beruhigte Charlotte die sichtlich entsetzte Haushälterin. »Sie dürfen mir glauben, dass solche Kleidung für mich bis zu meinem fünfzehnten Lebensjahr wirklich ganz normal war. Glauben Sie denn, ich hätte mit meinen Eltern in Griechenland in einem Palast gewohnt? Nein, beileibe nicht! Ich habe sogar im Stall und in unserem Garten geholfen und habe mir genauso die Hände schmutzig gemacht wie meine Mutter, Ihre frühere Miss Elisa. Und stellen Sie sich vor: Es hat mir Spaß gemacht!« Dabei nickte sie der Köchin, die sie nun mit offenem Mund anstarrte, ernsthaft zu, in dem Bestreben, sich das Lachen zu verbeißen, das sich unaufhaltsam ihre Kehle hinaufdrängte. Die fassungslose Mrs Sooner war einfach ein zu komischer Anblick.

Schließlich erholte diese sich von ihrem Schock und bemerkte praktisch: »Also, von meinen Sachen kann ich Ihnen nichts geben, die sind Ihnen wirklich viel zu groß, aber ich werde einmal Ruby fragen. Die dürfte in etwa Ihre Größe haben. Sie ist vor Kurzem zu den Zimmermädchen eingeteilt worden und hat deshalb andere Dienstbekleidung bekommen. Sie hat sicher noch ein bis zwei Kleider und vielleicht auch Schürzen für Sie, und sonst wird Ihnen auch gerne Emmy mit einer Schürze aushelfen. Sie hat einige, da sie mir auch öfter noch in der Küche hilft. Das gute Kind.«

»Das wäre wirklich wunderbar, Mrs Sooner. Ob Ruby mir die Sachen bis kommenden Donnerstag bereitlegen könnte? Da ist nämlich mein nächster Ausflug nach Dullham Manor geplant. Vorher bekommen wir ja auch noch Besuch von den Fortescues und Mr Terency.«

»Oh, ja! Lady Millford hat mir vorhin mitgeteilt, dass wir bald Besuch erwarten. Sagen Sie, Miss Millford, falls es nicht zu vermessen ist, können Sie sich vielleicht erklären, was mit meiner Emmy los ist? Ich weiß ja, dass Sie die Kleine ins Herz geschlossen haben. Sie war vorher in der Küche, als Lady Millford herunterkam, um mit mir das Dinner zu besprechen und als sie hörte, wer zu Besuch kommt, wurde sie erst rot, dann blass und rannte dann hinaus. Lady Millford wollte sie schon dafür tadeln, aber dann hat sie es über der Menüplanung wieder vergessen.« Mrs Sooner schüttelte, als sie sich die Szene wieder vor Augen führte, immer noch verwundert den Kopf. »Ich verstehe es nicht, so ist meine Emmy doch nicht. Sonst ist sie ein so fleißiges, anstelliges Mädchen!«

»Hm ...«, Charlotte dachte nach, »jetzt wo Sie es erwähnen, auch mir ist in letzter Zeit aufgefallen, dass sie etwas fahrig wirkt. Sie hat aber nichts zu mir gesagt und ich habe auch sonst nichts bemerkt. Außer – wenn ich es mir recht überlege – am Tag nach dem Ball kam sie aus dem Frühstücksraum, in dem sich gerade nur Mr Terency aufhielt und wirkte irgendwie, nun ich will nicht sagen verstört, aber es muss etwas vorgefallen sein. Aber, ob das etwas mit Mr Terency zu tun hat? Vielleicht hat er sie ja wegen irgendetwas gemaßregelt.«

»Das wird es wohl sein! Ich werde ihr wohl einmal den Kopf zurechtsetzen müssen.«

»Nein, Mrs Sooner, machen Sie das nicht. Wir wissen es ja gar nicht. Wahrscheinlich irren wir uns und es hat einen ganz anderen Grund und wir täten Emmy dann nur Unrecht. Lassen Sie es gut sein. Und vielen Dank auch für Ihre Hilfe.« Charlotte verabschiedete sich und trat aus dem Küchentrakt in den Garten hinaus, um noch einen Spaziergang vor dem Tee zu machen. Danach würde sie einen Brief an die Geschwister Fortescue schreiben, den sie dem Kutscher, der die drei abholen würde, mitgeben wollte. Sie freute sich auf das Wiedersehen und nicht nur deshalb, weil es sie der unangenehmen Aufmerksamkeit durch Mr Gaylord Terency zumindest etwas entzog.

Kapitel 13

Lady Millford hatte sich wirklich die größte Mühe gegeben. Der Tisch war festlich gedeckt und im kleinen Salon alles auf das Beste geordnet und geschmückt worden. Das gute chinesische Geschirr mit den blauen Blütenornamenten, das seinen Weg auf Cornwalls recht abenteuerlichen und alles andere als legalen Schmugglerpfaden[18] bis nach Dorset ins Herrenhaus gefunden hatte, wurde nur noch durch die blanken Bleikristallgläser überstrahlt, in deren Stielen Spiralen aus

18 Der Schmuggel erlebte in Cornwall seit dem späten 18. Jahrhundert eine ungeahnte Blüte. Nicht nur Gesetzlose waren darin verstrickt, sondern ein Großteil der Bevölkerung einschließlich des Adels. Mit verursacht wurde der Aufschwung des Schmuggelhandels durch die enorm hohen Einfuhrzölle, mit denen die Krone besonders Luxusgüter belegt hatte. Die unübersichtliche Topographie Cornwalls bot sich ebenfalls für den Schmuggel als geradezu ideal an. Die zerklüftete und von Höhlengängen durchzogene Küste war durch die dafür abgestellten Zollbeamten nicht zu überwachen. Oft wurden auch Waren aus Übersee von den vor den Küsten Cornwalls ankernden Handelsschiffen übernommen, besonders chinesische Güter, und damit die Einfuhrzölle umgangen.

opakem Emaille eingeschlossen waren. Auf dieses exquisite Beispiel der überlegenen englischen Glasbläserkunst war Lady Millford ausgesprochen stolz und sie wachte mit Argusaugen darüber, dass keines der Gläser durch profanen Staub verunstaltet wurde, geschweige denn schlimmer zu Schaden kam.

Feinstes englisches Linnen und das Besteck aus Sterlingsilber rundeten das elegante Bild ab und ließen zumindest den Anschein eines wohlhabenden Hauses entstehen. Diesen Anschein sollte auch das ärgerlich kostspielige Dinner mit immerhin achtzehn Gängen unterstreichen, das sie für den wichtigen Anlass angeordnet hatte. Der weitgereiste Mr Terency erwartete eine solchermaßen umfangreiche Speisefolge sicher wie selbstverständlich und obwohl sie sonst auf Millford Hall, schon wegen der schwachen Konstitution Sir Alistairs, eher eine genügsame Tafel bevorzugten, war sie in diesem Stadium der erhofften Entwicklung ängstlich darauf bedacht, den hoch geschätzten Gast nicht zu enttäuschen. Allerdings gedachte sie, auch jedes noch so kleine Überbleibsel des üppigen Mahls zu einem späteren Zeitpunkt noch einmal auf den Tisch zu bringen und nicht – wie in anderen, verschwenderischen Häusern üblich – der Dienerschaft zu überlassen. Dass sie wegen der sehr knappen Finanzen bereits zwei der Gärtner hatte entlassen müssen, verschwieg Lady Millford auch gegenüber ihrem Gatten, der seine Tage zunehmend verschlief und in wachem Zustand mit keinerlei Alltagsproblemen mehr belastet werden durfte. Letzteres war allerdings auch früher schon der Fall gewesen. Sir Alistair war gewiss ein weichherziger und von allen geachteter Mann. Jedoch, seiner Fähigkeit, sein Vermögen zu mehren oder auch nur zu bewahren, wohnte ein Mangel inne, der nur von seiner ärgerlich überschwänglichen Freigiebigkeit gegenüber seinen Pächtern und Angestellten überboten wurde. Ein Umstand, der Lady Millford während ihrer langen Ehe ein ums andere Mal erhebliche Bitternis bescherte.

Lady Millford seufzte tief. Tatsächlich waren es diese für sie eher schlecht zu akzeptierenden Charakterzüge ihres Gatten, die sie in die unerfreuliche Lage gebracht hatten, sich jetzt mit diesem ebenso unerfreulichen Geschöpf Charlotte abgeben zu müssen. Die Unfähigkeit der jungen Frau, statthafte Zurückhaltung, Eleganz und Weiblichkeit zu entwickeln, war frappierend und höchst ärgerlich. Dabei hätte man das angesichts der kostspieligen Erziehung, die sie genossen hatte, doch erwarten können. Stattdessen zeigte die unerträgliche Tochter Elisas aber Widerspruchsgeist und ein unverständliches Interesse an Dingen, mit denen sich Frauen der guten Gesellschaft gemeinhin nicht beschäftigten. Zu allem Überfluss legte sie auch noch wenig Wert auf ihre äußere Erscheinung, dem einzigen (noch gründlich zu überarbeitenden) Kapital, das sie besaß, um ihnen allen ein besseres Auskommen zu verschaffen. Und das angesichts der Tatsache, dass die ohnehin schon knappe Börse der Millfords durch die Bemühungen, aus dem Mündel Charlotte endlich eben dies erhoffte Kapital zu schlagen, erheblich belastet war.

Gott sei Dank war eingetreten, was Lady Millford in ihren kühnsten Träumen nicht zu hoffen gewagt hatte. Der dickste Karpfen im Teich hatte allen Widrigkeiten zum Trotz tatsächlich angebissen und saß nun charmant parlierend Charlotte gegenüber an der reich gedeckten Tafel. Ärgerlich war nur, dass man den Eindruck gewinnen konnte, dass diese dem Gespräch nicht so zugeneigt war, wie man es mit Fug und Recht erwarten konnte. Stattdessen hatte sie die Unverfrorenheit besessen, ihren Nachmittag den Fortescues und vor allem diesem unsäglichen Edward zu widmen. Ein Mensch, der nicht nur von bedauernswert kleinem Auskommen und wenig Esprit geplagt wurde, sondern sich zu allem Überfluss auch noch durch ein besonderes Maß an Ungeschicklichkeit auszeichnete.

Geradezu lächerlich waren die Bemühungen ihrer Nichte gewesen, dem Unglücklichen die Grundbegriffe der griechischen Konjugation zu erläutern, indem sie beide unverständliche Vokabeln memorierend und kichernd durch die Gartenanlage gezogen waren, was, so hatte ihre Nichte frech behauptet, dem Einprägen ungemein förderlich, da mit Bewegung verbunden sei. Tatsächlich hatte sich Charlotte erdreistet, einen Mann belehren zu wollen. Das war wirklich unerhört! Lady Millford war fast das Herz stehen geblieben, als der später angekommene Mr Terency Zeuge dieses entwürdigenden Schauspiels wurde.

Doch zu ihrer großen Erleichterung war er augenscheinlich in das Vorhaben eingeweiht worden und beteiligte sich sogar, zusammen mit den Fortescue-Schwestern, an dem peinlichen Auftritt.

Lady Millford war zu ihrer weiteren Verärgerung auch nicht entgangen, dass die junge Miss Millicent unverschämterweise ein Auge auf Mr Terency geworfen hatte, und sich seit Beginn des Dinners immer wieder schamlos und allzu auffällig um seine Aufmerksamkeit bemühte. Was bildete sich dieses nichtswürdige Geschöpf nur ein? Ein Vorhaben, das aber seitens Terencys nur beiläufig zur Kenntnis genommen wurde. Er hatte – es war ein wahres Wunder – offenbar nur Augen für ihre Nichte, die seit geraumer Zeit lustlos in ihrem Wildragout herumstocherte.

Da Lady Millford am anderen Ende der Tafel thronte, sah sie sich zu ihrem Leidwesen außerstande, Charlotte mit einem gezielten Tritt unter dem Tisch zur Raison zu bringen. Sie musste etwas unternehmen.

»Meine lieben Gäste«, Lady Millford hatte ihr Bleikristallglas leicht mit dem Messer touchiert (natürlich mit wohlberechneter Schlagkraft, um das edle Glas keinesfalls zu gefährden), »ich schlage vor, wir begeben uns in den Wohnraum, den Sir Alistair bevorzugt, da die dortigen Sitzgelegenheiten ihm mehr Bequemlichkeit bereiten und nehmen unser Dessert dort ein. Auch hat Thomas im Garten Fackeln entzündet, die von diesem Raum aus besser betrachtet werden können als vom Salon aus.«

»Ach ja, meine Liebe, das ist eine ausgezeichnete Idee«, stimmte Sir Alistair zu und begann, sich mühsam zu erheben, gestützt durch den sofort herbeieilenden Arthur.

Es dauerte nicht unerhebliche Zeit, bis man sich in den Wohnraum begeben und Sir Alistair zu seiner vollsten Zufriedenheit und Bequemlichkeit, gestützt mit einigen Kissen und eingewickelt in ein warmes Plaid, in seinem Lieblingssessel Platz gefunden hatte. Mr Terency hatte es sich mit selbstverständlicher Nonchalance nicht nehmen lassen, selbst Hochprozentiges einzuschenken, was Charlotte allerdings ablehnte. Trotz des wiederholten Insistierens des zuvorkommenden Galans war sie nicht dazu zu überreden, an dem Brandy, den er ihr anbot, auch nur zu nippen. Sie verachte, so bemerkte sie etwas zu spitz, wie Lady Millford zu ihrem wachsenden Unmut feststellte, jegliche Form der Benebelung des Verstandes. Und selbst wenn es sich auch nur um eine durchaus geringe Menge hochprozentigen Getränks handele, würde es bei ihr sicher zu der erwähnten Benebelung kommen. Sie sei, wie es einer jungen Frau wohl anstünde, an solche Getränke nicht im Geringsten gewöhnt und wolle auch weiterhin darauf verzichten.

Mr Terency zog daraufhin gespielt beleidigt die Mundwinkel nach unten und bemerkte, er sei untröstlich darüber, sich allein dem Trunke ergeben zu müssen. Hätte er doch gehofft, in ihr eine würdige Nachfolgerin der Bacchantinnen[19] zu finden, da sie doch erhebliche Erfahrung in den griechischen Gepflogenheiten aufwiese. Der Umstand, dass Miss Millicent

---

19 In der griechischen Mythologie und dem Bacchus-Kult die Begleiterinnen des Gottes Bacchus (Dionysos), des Gottes des Weines. Die Anhängerinnen des populären Kultes waren bekannt für die ausschweifenden (auch in sexueller Hinsicht) Feiern zu Ehren des Gottes.

daraufhin zum Glase ihres verdutzten und wie immer von den Vorgängen völlig überforderten Bruders griff und beteuerte, sie hätte allerdings keine Bedenken, es mit dem edlen Getränk doch zumindest einmal zu versuchen, trug nicht eben zur Verbesserung der aufkommenden Verstimmung bei.

Zum Glück gelang es Lady Millford, das Thema zu wechseln, indem sie das gute diesjährige Wildaufkommen im Millford Forrest erwähnte. Dies brachte Mr Terency von dem fortgesetzten Ansinnen ab, der sich auch nach der unglücklichen Einlage von Miss Millicent standhaft weigernden Charlotte wenigstens ein Glas Sherry aufzudrängen. Die Jagd schien ihm ein lohnendes Thema zu sein und eines der Dinge, die ihn offenbar mit großer Leidenschaft erfüllten. Ausführlich erkundigte er sich bei Sir Alistair über die zum Herrensitz gehörenden Jagdreviere und vereinbarte, einmal zur Jagd vorbeikommen zu wollen. Natürlich konnte von einer Teilnahme Sir Alistairs an solchen Unternehmungen realistischerweise nicht ausgegangen werden, was aber nicht zur Sprache kam. Stattdessen begann er nun, ausführlich von den Fuchsjagden auf einem der Familiensitze in Hampshire zu berichten. Die Fuchsjagd, so betonte er, sei seit einiger Zeit das beliebteste Vergnügen der feinen Gesellschaft. Man könnte geradezu von einer Mode sprechen. Jeder ehrenwerte Gentleman mit Landbesitz hätte inzwischen, so er etwas auf sich hielt, eine Hundemeute zu Eigen. Er selbst hätte sich sogar kürzlich eine zweite zugelegt und beschäftige sich eigenhändig mit der Zucht der Tiere, wobei er darauf achte, wirklich starken und vor allen Dingen aggressiven Tieren den Vorzug zu geben. Er bewundere dabei die Rücksichtslosigkeit und den Blutrausch der Kreatur, die man beobachten könne, wenn das gejagte Opfer endlich gestellt worden sei.

»Das ist ja unglaublich interessant«, meinte Lady Millford, die inzwischen die Creme Brûlée löffelte, die sie zu Ehren ihres weitgereisten Gastes und zur Verbitterung von Mrs Sooner, die nur stumm den Kopf geschüttelt hatte über diese unnötigen kulinarischen Affektiertheiten, hatte zubereiten lassen. »Leider lässt die Gesundheit meines Mannes solche Zerstreuungen nicht mehr zu und überdies haben wir ja keinen jungen Mann hier auf Millford Hall, der diese noble Jagdtechnik hier einführen und pflegen würde.«

»Mylady, das ist allerdings bedauerlich, denn das Vergnügen bei solchen Fuchsjagden ist ganz außerordentlich und auch seit Neuestem nicht mehr nur den Gentlemen vorbehalten. Auch mutige und tollkühne Damen nehmen an entsprechenden Jagden teil. Allerdings bedarf es dabei wirklich des Mutes und auch eines kühlen Kopfes, denn die Ritte in der Horde gehen querfeldein und sind auch häufig in einem äußerst schneidigen Tempo. Dazu kommt noch der Reiz, die Jagdtrophäe, den erbeuteten Fuchs, als Erster zu gewinnen.«

»Sicher ist es ein ganz außerordentlicher Spaß, an so etwas teilzunehmen, nicht wahr, Mary?«, versuchte sich Miss Millicent wieder in das Gespräch einzubringen. Die Angesprochene nickte etwas zögerlich: »Ich wüsste nicht, ob ich den Mut aufbrächte, bei einem solchen Ritt mitzumachen. Die meiste Furcht hätte ich wohl vor dem Anblick des blutigen Schauspiels, wenn der Fuchs gestellt wird.«

Charlotte räusperte sich. »Ich denke, es ist nicht gerade ein Zeichen von Mut, wenn eine große Gruppe von Reitern auf schnellen Pferden und angeführt von einer blutgierigen Hundemeute einem einzelnen, hilflosen Fuchs nachjagt, der wirklich keine Chance hat angesichts einer solchen Übermacht. Wirklicher Mut zeigt sich meines Erachtens dann, wenn man allein einem wilden Tier gegenübertritt. So zeigt vielleicht sogar ein Schafhirte in den schottischen Highlands mehr Mut, der seine Herde gegen die Wölfe in der Nacht verteidigt und beschützt.«

»Welch romantische Vorstellung, Miss Millford!«, Terency kicherte amüsiert. »Jedoch sprechen Sie hier von profaner

Tapferkeit. Eine langweilige Regung, immer aus der Not geboren und doch mehr Ihren verehrten griechischen Kriegshelden zugehörig. Ich aber spreche von dem Rausch der Jagd, von der Lust der Überlegenheit und der Planung. Ich wünschte, Sie könnten es einmal miterleben. Und was sollte Sie auch daran hindern? Ich lade Sie, Sir Alistair und Lady Millford, sofern es die Gesundheit des Baronets erlaubt, hiermit im Frühjahr zu einer unserer Fuchsjagden ein. Es wäre mir eine Ehre, besonders Sie, Miss Millford, von der Ehrenhaftigkeit und Ästhetik dieses königlichen Jagdsports zu überzeugen.«

Lady Millford machte sich bemerkbar, bevor Charlotte erneut ablehnen konnte und nahm dieses Angebot im Namen ihres Mannes und ihrer Nichte mit der größten Befriedigung und Dankbarkeit an. Sir Alistair kommentierte die Verabredung seinerseits mit nichts als einem leisen Schnarchen, da er natürlich inzwischen wieder fest eingeschlafen war.

So entwickelten sich die Dinge, trotz des ungezogenen Verhaltens ihrer Nichte, doch recht erfreulich. Mr Terency schien wirklich an Charlottes Wohlwollen gelegen zu sein, vielleicht reizte ihn aber auch gerade ihre Widerspenstigkeit. Er schien, als Mann von hervorragendem Aussehen und noch besserer Herkunft, dem alle Herzen von allein zuflogen, nach einer Herausforderung zu suchen. Die Überwindung der Ablehnung, die ihm so offensichtlich von der jungen Frau entgegenschlug, war ihm möglicherweise deshalb ein lohnendes Ziel und vielleicht gelang es Lady Millford, Charlotte so zu führen, dass er sich dabei in ihren Netzen verfing. An ihr sollte es jedenfalls nicht liegen.

Inzwischen hatte Terency begonnen, von seinen Reisen in Europa und besonders von der Kulturstadt Wien zu berichten. Für dieses Thema schien sich Charlotte etwas zu erwärmen, besonders als er auf die Musikszene zu sprechen kam.

Die jungen Leute kamen mehr ins Gespräch, was Lady Millford beruhigte. Merklich entspannter läutete sie nach der Dienerschaft. Emmy sollte noch etwas von Mrs Sooners wirklich hervorragendem Teegebäck und frischen Kaffee heraufbringen.

Gerade berichtete Mr Terency von den Wiener Kaffeesalons, als wie aufs Stichwort Arthur eintrat, gefolgt von Emmy. Diese begann unter den strengen Blicken des Butlers mit hochrotem Gesicht und stark zitternden Händen das Gebäck und den Kaffee zu servieren. Lady Millford war einigermaßen verärgert über das seltsame Verhalten des sonst eigentlich recht zuverlässigen Dienstmädchens. Sie konnte es sich nicht erklären und beschloss Arthur anzuweisen, das alberne und enttäuschende Ding zu ermahnen, da sie sich sonst genötigt sehen würde, sie zu entlassen. Tatsächlich war es ihr recht, einen Grund zu finden, noch einen der kostspieligen Bediensteten loszuwerden, ohne dass es der schwierigen finanziellen Situation der Millfords angelastet werden würde.

In diesem Augenblick fiel Emmy das Gebäck, das sie dem hohen Gast reichen wollte, mitsamt dem Teller herunter. Sie brach in Tränen aus. Arthur beeilte sich, den Schaden sofort in Ordnung zu bringen und reichte dem wichtigen Gast schnell einen neuen Teller mit frischem Gebäck, danach beförderte er die Unwürdige aus dem Zimmer. Mr Terency ging mit einem anzüglichen Lächeln über die unglaubliche Ungeschicklichkeit hinweg. Lady Millford war aufs Äußerste beschämt. Womöglich hatte er den Eindruck gewonnen, dass man sich auf Millford Hall kein geeignetes Personal leisten konnte. Sie verbreitete sich deshalb in einer längeren Klage darüber, wie schwierig es sei, guten Nachwuchs bei den Dienstboten zu finden und auszubilden. Allzu oft würden die Zeit und das Geld, das man investiert hätte, mit Enttäuschung und überdies Frechheit belohnt.

»Mylady, ich denke, Sie haben doch recht gutes Personal«, sagte Terency dazu. »Dieses ungeschickte kleine Mädchen hat zumindest andere Vorzüge. Ein jeder Mensch bekommt doch seinen morgendlichen Tee lieber von einem frischen jungen Mädchen als von einem vertrockneten Faktotum serviert, habe ich recht? Und ganz bestimmt jeder Mann! Sir Alistair bildet da sicher keine Ausnahme.«

Die Runde quittierte diese Bemerkung mit schockiertem Schweigen. Nur Terency lachte süffisant darüber, beeilte sich dann aber, den erneuten Zweifel an seinen tadellosen Manieren mit einer Überraschung zu zerstreuen. Er habe, so teilte er wortreich mit, von seinen Reisen überaus interessante Bilderzyklen für die Laterna magica[20] mitgebracht. Gerade in Wien erfreuten sich diese unterhaltsamen Geschichten großer Beliebtheit und er wolle, gesetzt den Fall, dass ein entsprechendes Gerät im Hause vorhanden sei, ihnen eine kleine Vorstellung geben und sie damit in die Welt der Wiener Gesellschaft entführen. Überhaupt schätze er nach wie vor die Leichtlebigkeit, ja, Pikanterie der Österreicher, die sich auch ein wenig in den mitgebrachten Bilderzyklen niederschlage. Das sei doch sicher auch für Sir Alistair von Interesse, sodass er dafür vielleicht sogar sein wohlverdientes Nickerchen unterbrechen würde. Terency lächelte erneut auf diese, wie Charlotte fand, unangenehme Weise, und ließ dadurch durchblicken, dass er damit Themen meinte, die keinesfalls in den Kreis einer Abendgesellschaft mit anwesenden Damen gehörte. Entsetzt starrte sie ihn an. Lady Millford hingegen, geradezu versessen darauf, den hohen Gast zu beeindrucken und deshalb offenbar auf beiden Ohren taub für dessen Anzüglichkeiten, beauftragte Arthur hastig damit, die Laterna magica zu holen. Dieses unterhaltsame Gerät sei vor Jahren

20 Die Laterna magica erfreute sich Anfang des 19. Jahrhunderts großer Beliebtheit bei gesellschaftlichen Anlässen und zunehmend auch in privater Runde. Waren im 18. Jahrhundert noch die seltsamen Effekte im Vordergrund gestanden, die als Geistererscheinungen gedeutet wurden (wenn auch eher zur Belustigung der Zuschauer), so kamen nun immer mehr Bilderzyklen mit zusammenhängenden Geschichten oder amüsanten Szenen in Mode. Laternae magicae konnten nun auch billiger und einfacher produziert werden, und so gab es auch in vielen besseren Privathaushalten entsprechende Geräte.

natürlich auch von Sir Alistair angeschafft worden. Nur würde das Herbeiholen ein wenig Zeit in Anspruch nehmen, entschuldigte sie sich, da das Gerät schon länger nicht mehr genutzt worden sei und erst gereinigt werden müsse. Terency zuckte gleichmütig mit den Schultern und beschied, er würde in der Zwischenzeit in sein Zimmer hinaufgehen und seine mitgebrachten Bilderfolgen nach einer auch für junge Damen geeigneten Geschichte durchsehen. Schließlich stünde den reizenden Misses selbstredend nur die erbaulichste Zerstreuung zu, und er wolle sich der Erfüllung aller Wünsche, besonders der Wünsche von Miss Millford, mit aller zur Gebote stehenden Sorgfalt und Hingabe widmen. Dann begab er sich höchstpersönlich und jede Begleitung mit dem Verweis darauf, dass es ja eine Überraschung sein solle, verweigernd, auf den Weg in sein Zimmer. Es dauerte fast eine halbe Stunde – Arthur hatte das etwas altertümliche Gerät der Millfords bereits aufgestellt –, bis Terency zurückkehrte. Er wirkte etwas erhitzt, ja fahrig, wie Charlotte erstaunt bemerkte. Auch seine elegante Kleidung war in eine gewisse Unordnung geraten. Seltsamerweise hatte er nicht einmal die angekündigten Bilder bei sich.

Es sei ihm außerordentlich peinlich, brachte Terency merkwürdig gehetzt hervor, aber ihm sei vorhin beim Durchsuchen seiner Bilder eingefallen, dass er eine wichtige geschäftliche Unterredung vergessen habe. Er sei untröstlich darüber, müsse aber schon morgen in aller Frühe aufbrechen, um einen Freund und Geschäftspartner, der sich in Bälde auf eine Reise nach Übersee begeben wolle, noch in Plymouth anzutreffen. Dies sei ihm in dem Wunsch, sie und vor allem Miss Millford recht bald wiederzusehen, vollkommen entfallen, aber vorhin wieder eingefallen. Deshalb würde er es vorziehen, sich zu empfehlen und rechtzeitig zu Bett zu gehen. Er sei zutiefst zerknirscht über seine Vergesslichkeit und hoffe, den Besuch recht bald ein anderes Mal fortsetzen zu können. Auf alle Fälle aber sei es sein größter Wunsch, die erwähnte Fuchsjagd mit Miss Millford genießen zu können.

Die gemütlichere Stimmung, die in seiner Abwesenheit unter den jungen Leuten aufgekommen war, war nun mit einem Schlag wieder dahin. Da es aber auch schon spät geworden war, nahm Lady Millford die Gelegenheit wahr, das Beisammensein insgesamt und mit einem Verweis auf die notwendige Erholung ihres Gatten zu beenden. Den Fortescues galt ihr Interesse keineswegs und so machte die Fortsetzung der kleinen Gesellschaft, wenn Terency sich zurückzog, keinen Sinn mehr. Natürlich drückte sie dabei ihr äußerstes Bedauern über das plötzliche Ende seines Besuchs aus, wortreich unterstützt von der vorlauten Miss Millicent und auch Charlotte stimmte nach einem sehr strengen Blick ihrer Tante in das allgemeine Lamento mit ein. Doch Terency blieb unerschütterlich. Es sei leider nicht zu verschieben, da der Bekannte sonst auf Monate, vielleicht sogar Jahre, abwesend sei und noch wichtige Regelungen getroffen werden müssten. Dafür hatte natürlich jedermann Verständnis.

Charlotte konnte ihr Glück kaum fassen, den ungeliebten Verehrer so schnell wieder loswerden zu können. Spätestens seit diesen unsäglichen Bemerkungen über den friedlich schlafenden Sir Alistair war er ihr herzlich verhasst.

Kapitel 14

Als sich die Gesellschaft am nächsten Morgen zum Frühstück wiedersah, fehlte Terency bereits in der Runde. Auf die enttäuschte Nachfrage von Miss Millicent hin teilte Arthur mit, dass Mr Terency Millford Hall bereits vor dem Morgengrauen verlassen habe.

»Nein, wie schade!«, entfuhr es Millicent, »ich hätte mich doch so gern noch von ihm verabschiedet.«

Lady Millford zog indigniert die Stirn kraus. »Ich bin überzeugt, dass Mr Terency keine andere Möglichkeit sah, sonst hätte er uns noch seine Aufwartung gemacht.«

»Selbstverständlich, Mylady!«, brachte sich nun die ältere Miss Fortescue ein. »Mr Terency ist ein überaus ehrenhafter Mann und seine Stellung bringt viele Verpflichtungen mit sich, die unsereins kaum ermessen kann. Ich möchte mich, auch im Namen meiner Geschwister, für Ihre Gastfreundschaft bedanken. Angesichts der frühen Abreise des hohen Gastes und der angegriffenen Gesundheit von Sir Alistair werden wir uns ebenfalls heute Vormittag wieder auf den Weg machen.« Sie drückte dabei schnell die Hand ihrer jüngeren Schwester, die gerade zu zaghaftem Widerspruch ansetzen wollte.

Lady Millford nahm diese Ankündigung mit einem gnädigen Nicken und ohne das geringste Bedauern zur Kenntnis. Charlotte aber fragte enttäuscht: »Wollt ihr wirklich so früh fahren? Ich hatte gehofft, wir könnten uns noch einen schönen Tag machen.«

»Nun, das Wetter scheint sich nicht allzu gut zu entwickeln«, erwiderte Mary mit einem prüfenden Blick aus dem Fenster. »Ich denke, es wird das Beste sein, wir machen uns nachher auf den Weg. Du kannst uns ja beim Packen Gesellschaft leisten.« Letzteres wurde von einem bedeutsamen Blick begleitet. Charlotte verstand, dass Mary darum bat, mit ihr nachher noch alleine sprechen zu können.

Sie nickte. »Gerne helfe ich euch, obwohl ich es außerordentlich bedaure, dass ihr uns schon wieder verlassen wollt. Aber vielleicht könnt ihr ja einmal wieder zu Besuch kommen?«

»Ich glaube nicht, dass Sir Alistairs Gesundheit diese Unruhe im Hause verträgt!«

Lady Millfords Stimme war wieder von ihrer gewohnten Schärfe geprägt. Die Unfreundlichkeit der Bemerkung schockierte Charlotte allerdings mehr, als sie zugeben wollte. Lady Millford hatte damit unmissverständlich klargemacht, dass sie Charlotte weder Freundschaft noch Vergnügen gönnte. Sie hatte nur eine Aufgabe im Hause Millford zu erfüllen – und diese Aufgabe war eben im Morgengrauen entschwunden.

Der Rest des Frühstücks ging in zähem Schweigen zu Ende. Man erhob sich und verabschiedete sich förmlich. Dann begleitete Charlotte die Fortescues zu ihren Gästezimmern. Edward war nun endlich in der Lage, auch etwas zu äußern. Er hatte seit den vergnüglichen Sprachübungen im Garten mehr oder weniger beharrlich geschwiegen.

»Meine verehrte Miss Charlotte«, begann er mit leichtem Zittern in der Stimme und hochrotem Gesicht, »wir verlassen Sie ungern, besonders ich! Ich weiß nicht, aber Sie sind mir fast schon so vertraut wie meine Schwestern, obwohl wir uns ja noch nicht lange kennen. Dank Ihnen habe ich jetzt auch endlich einen Weg gefunden, die griechische Hürde zu nehmen. Ich bin Ihnen ja so dankbar dafür.« Er ergriff von plötzlicher Tollkühnheit gepackt ihre Hand, verharrte aber unschlüssig darüber, ob er es wagen dürfe, diese zu küssen.

Mary half ihm aus der Verlegenheit. »Ich denke, was Edward dir sagen möchte ist, dass du uns bereits jetzt eine teure Freundin bist. Du hast es hier wirklich nicht leicht. Lady Millford war schon immer ein rechter Besen, aber jetzt ist sie wirklich unausstehlich. Ich frage mich, wie es Sir Alistair all die Jahre mit ihr aushalten konnte. Aber so ist das eben, er hat einmal zu oft »Ja« gesagt. Man erzählt sich ja, dass er sie eigentlich nicht wollte, aber sein Vater die Heirat eingefädelt hat. Es tut uns allen herzlich leid, dass er so krank ist, er war immer so ein netter Mann.«

»Ja, das ist er!«, stimmte Charlotte zu. »Und ihr habt schon recht: Mit Lady Millford ist es nicht leicht auszukommen. Ich bin froh, dass ich mich zurzeit intensiv mit dem Nachlass meines Vaters beschäftigen kann. So habe ich einen Grund, mich zurückzuziehen und wir können uns aus dem Weg gehen. Sie erwartet von mir, dass ich mich recht bald verheirate und einen würdigen Erben für den Millford'schen Titel gebäre.« Hier war es an Edward, noch tiefer zu erröten – falls das überhaupt möglich war. Er ließ ihre Hand los, als hätte er sich verbrannt.

»Deine Arbeit hätte uns wirklich sehr interessiert«, erwiderte Mary in ehrlicher Freundschaft. »Aber ich glaube, wir müssen möglichst bald abreisen, um Lady Millford nicht noch mehr zu erzürnen. Zu dumm, dass Terency so die Flucht ergreifen musste. Was ihm wohl in den Kopf gekommen ist? Die Sache mit dem ›Freund‹ schien mir eine nicht sehr glaubwürdige Ausrede. Es kam zu plötzlich!«

»Ja, da hast du wirklich recht. Er kam mir auch recht seltsam vor, irgendwie fahrig, als wäre etwas vorgefallen. Höchst eigenartig, wo er doch sonst so übermäßig selbstbewusst ist.« Charlotte neigte nachdenklich den Kopf. »Nun, vielleicht gelingt es mir ja noch herauszufinden, was seine wahren Beweggründe für die überstürzte Abreise waren, denn die Geschichte mit seinem Freund glaubte ich keine Sekunde. Vielleicht weiß einer der Dienstboten Näheres. Ich werde mich einmal vorsichtig erkundigen. »Meint ihr denn, es lag an mir?«, fragte Millicent nun kleinlaut. »Vielleicht war ich gestern zu vorlaut. Aber ich wünschte, er hätte mich einmal angesehen. Ich finde, er ist ein so schöner Mann!«

»Edward«, meinte Mary, während sie ihre jüngere Schwester liebevoll bei der Hand nahm, »du siehst, jetzt sind Frauengespräche an der Tagesordnung. Wir ziehen uns jetzt zum Packen und zur näheren Beleuchtung der Befindlichkeiten von *the right honourable* Gaylord Terency zurück und du kannst deine Dinge ordnen. Ich denke, eine Stunde müsste bis zur

Abreise reichen.« Als Edward sich nur zögernd aus der Gruppe löste, scheuchte sie ihn mit einem »Husch, husch!« lachend und mit den Händen wedelnd fort.

Im Zimmer wandte sich Mary ihrer Schwester zu. »Millicent, ich glaube, ich kann dich beruhigen, dass du und dein wirklich nicht ganz tadelloses Benehmen nicht der Grund der verfrühten Abreise von Mr Terency waren. Dieser geheimnisvolle Grund findet sich in den Gemäuern von Millford Hall«, fügte sie mit übertriebener Düsternis hinzu, um dann wieder in Lachen auszubrechen. »Unsere liebe Freundin Charlotte hier wird das Geheimnis lüften und uns dann umgehend einen Brief schreiben, nicht wahr? Wer weiß, welch finstere Dinge sich offenbaren werden … vielleicht ist Mr Terency ja ein gejagter Spion und musste schnell ins Ausland. Wäre das nicht romantisch?«

»In der Tat wäre das das Einzige, was ich an Mr Terency romantisch finden könnte«, bemerkte Charlotte trocken. »Ich fürchte allerdings, dass ich wenig zu einer Romanheldin à la *Mrs Radcliffe*[21] tauge. Ich werde mich aber bemühen, so heldenhaft wie möglich der Sache nachzugehen. Und natürlich werde ich euch schreiben. Vielleicht darf ich euch einmal besuchen? Ich hoffe, ihr seid mir wegen der Unhöflichkeit meiner Tante nicht gram.«

»Wir befehlen dir sogar, uns zu besuchen. Vorausgesetzt, dir macht ein enges Haus voller Kindergeschrei nichts aus«, erklärte Mary herzlich. »Ich vermute, vor allem Edward würde sich über einen Besuch freuen. Am besten du kündigst an, wann du uns besuchen kommen willst, dann kann er aus Oxford herbeieilen, um in den Genuss deiner Aufmerksamkeit zu kommen. Ich denke, du hast schon zwei Eroberungen gemacht.«

---

21 Ann Radcliffe (1764 – 1823), engl. Schriftstellerin aus der Epoche Jane Austens, die von ihr auch in dem Roman »Northhanger Abbey« parodiert wurde. Radcliffe war eine der wichtigsten Vertreterinnen des sogenannten Schauerromans (gothic novel).

»Oh!«, nun war es an Charlotte, zu erröten. »Ich hoffe nicht, dass ich Edward zu sehr ermutigt habe. Ich mag ihn sehr. Aber er ist für mich eher wie ein Bruder. Ich meine, ich hatte nicht im Sinn …«

»Lass gut sein, Charlotte!« Mary lächelte. »Ich weiß doch, dass Edward bei dir keine Chancen hat. Das würde auch Lady Millford aufs Äußerste missfallen. Ihr Favorit hat einen anderen Namen und eine volle Börse. Aber ich fürchte, du hast Edwards armes Herz schon gebrochen. Wir werden ihn auf der Fahrt aufheitern müssen, nicht wahr, Millicent?«

»Aber ihr müsst mir glauben, dass Mr Terency nicht im Geringsten meine Wahl ist. Ich verabscheue ihn geradezu. Ich finde, er ist ein unerträglicher, aufgeblasener Schwätzer und seiner ach so gepriesenen Schönheit, verzeih mir, Millicent, ist er sich auf eine wirklich unangemessene Art bewusst. Der Gedanke, dass meine Tante hofft, ihn für mich einfangen zu können, macht mir ehrlich Angst. Es wäre mir eine höchst grauenhafte Vorstellung, jemanden wie Mr Gaylord Terency heiraten zu müssen. Das meine ich ehrlich!«

Auch Mary war während Charlottes Worten ernst geworden. »Arme Charlotte! Verzeih mir, ich habe unbedacht gesprochen. Auch ich bin mir über seinen Charakter im Unklaren. Allerdings würde ich mich wirklich darüber freuen, wenn du uns schreibst. Vielleicht kann es dir auch dein Leben hier mit Lady Millford etwas erleichtern, wenn du weißt, dass du Freundinnen hast, die mit dir fühlen und bei denen du willkommen bist, wenn du es hier einmal nicht mehr aushältst. Meine Eltern haben zwar nicht viel Geld, aber sie haben ein gastfreundliches Haus. Noch nie haben sie Freunde von uns abgewiesen. Mach dir auch keine Sorgen wegen der Unfreundlichkeit deiner Tante. Wir wissen nur zu gut, dass du selbst es sehr bedauerst und ändern würdest, wenn du könntest.« Mit schnellen Schritten ging sie auf Charlotte zu und umarmte sie herzlich. »Ich wünsche dir alles Gute hier, Charlotte. Halte durch, vielleicht findet sich ja auch ein wackerer Gentleman, der ebenso betucht wie galant ist und dich aus der Situation befreit und Lady Millfords strengen Anforderungen genügt. Letzteres dürfte allerdings ein rechtes Stück Arbeit sein.«

Charlotte lächelte gequält: »Ich wünschte, so jemanden gäbe es wirklich. Oder besser noch, wir könnten selbst für unser Auskommen sorgen. Ist es nicht furchtbar, dass uns nur eine Heirat aus allem Unglück befreien kann, und diese kettet uns dann auf ewig an einen anderen Menschen, unabhängig davon, ob die Liebe bleibt oder nicht oder ob sie gar je vorhanden war? Unsere ausschließliche Aufgabe ist es, Kinder zu gebären, vorzugsweise Jungen. Als ob wir Frauen keinen Verstand, keine Ziele und keine Wünsche hätten! Und wenn wir sie denn je hatten, dann werden sie von einer großen Kinderschar und höchstwahrscheinlich einem frühen Tod oder – was noch schlimmer ist – von öder Langeweile erstickt.«

Millicent sah sie mit großen Augen an: »Aber Charlotte, wie kannst du so etwas sagen? Ist es nicht das höchste Glück, zu lieben und zu heiraten?«

Charlotte räusperte sich: »Gewiss, du hast recht, Millicent. Ich hätte so etwas nicht sagen sollen.« Mary jedoch sah sie aufmerksam an. Dann nahm sie die Freundin noch einmal in den Arm und flüsterte ihr dabei ins Ohr: »Schreibe mir, sobald du kannst!« Charlotte nickte und löste sich aus der Umarmung. »Ich verspreche es. Ich gehe jetzt besser hinunter und kümmere mich darum, dass die Kutsche bereitgestellt wird.«

Die Kutsche mit den Fortescues war kaum vom Hof gerollt, als Charlotte beschloss, nun dem mysteriösen Verhalten Terencys auf den Grund zu gehen. Je länger sie darüber nachdachte, desto merkwürdiger erschien ihr sein plötzlicher Aufbruch. Eine Ursache in ihrem eigenen Verhalten oder dem der anderen schloss sie aus. Seltsam war nur die ungewohnte Ungeschicklichkeit von Emmy gewesen und die dem Zwischenfall nachfolgende empörende Bemerkung des jungen Edelmannes. Ob hier ein Anhaltspunkt zu finden war? Am besten, sie fragte Emmy selbst, die um diese Zeit wahrscheinlich am ehesten in der Küche zu finden war. Wenn nicht, wusste Mrs Sooner gewiss Rat. Mit entschlossenem Schritt ging sie um den Gesindetrakt herum, um durch die Gartentür in die Küchenräume zu gelangen. Tatsächlich fand sie Mrs Sooner allein in der Küche vor, mit dem Ordnen und Abfüllen einiger getrockneter Kräuter und Pilze beschäftigt. Sie hatte ihr den Rücken zugewandt und schien in ihre Arbeit vertieft.

Als Charlotte sie ansprach, griff sie schnell nach ihrer Schürze und fuhr sich über das Gesicht, bevor sie sich nach Charlotte umdrehte. Es war für diese nicht zu übersehen: Mrs Sooner war in Tränen aufgelöst.

»Mrs Sooner!« Charlotte war ganz fassungslos, die resolute und nervenstarke Seele des Hauses so vorzufinden. »Was ist denn nur geschehen?«

»Nichts, gar nichts, Miss Millford!« Mrs Sooner wischte sich noch einmal über die Augen und wendete sich wieder ihrer Arbeit zu.

»Aber Mrs Sooner, ein Blinder kann ja sehen, dass Sie ganz erschüttert sind. Kommen Sie, lassen Sie doch die Arbeit liegen und setzen Sie sich zu mir. Wollen Sie mir nicht erzählen, was Ihnen widerfahren ist?«

Einige Zeit sträubte sich die Köchin noch, aber dann ließ sie sich doch zum Gesindetisch ziehen und nach mehrmaligem gutem Zureden durch Charlotte begann sie stockend zu berichten.

Es sei nicht sie selbst, die das Unglück betroffen habe, obwohl sie in gewisser Weise auch durch diese Sache in die größten Nöte gekommen sei. Vielmehr sei ihrer Nichte Emmy gestern Abend etwas zugestoßen.

»Um Himmels willen, Mrs Sooner, was ist denn mit Emmy? Meine Tante hat sie doch hoffentlich nicht wegen dieses kleinen Ungeschicks gestern beim Servieren entlassen?«

Diese Einlassung Charlottes führte zu einem neuen Tränenstrom, der geraume Zeit zum Versiegen brauchte. Nein, darum handele es sich Gott sei Dank noch nicht, begann die Köchin schließlich stockend. Jedoch wenn die Sache ruchbar würde, wären Emmys und auch ihre Tage auf Millford Hall wohl gezählt. Emmy sei ein schlimmes Unglück widerfahren und sie, Mrs Sooner, könne es einfach nicht berichten.

»Mrs Sooner, bitte erzählen Sie mir jetzt sofort, was geschehen ist!« Charlotte machte sich immer mehr Sorgen. Irgendetwas Schreckliches musste vorgefallen sein, dass die erfahrene Bedienstete so völlig die Fassung verloren hatte. »Was ist mit Emmy? Ist sie verletzt? Sollen wir einen Arzt holen?«

Statt zu antworten, schaute die Köchin Charlotte einen Augenblick durchdringend an. Sie schien einen inneren Kampf mit sich auszufechten. Doch dann stand sie kurz entschlossen auf, packte Charlotte fast grob bei der Hand und führte sie in den Gesindetrakt, wo sie in einen schmalen, tristen Gang einbogen. Links und rechts gingen Türen ab, hinter denen sich enge, dunkle Zimmer verbargen, die mit je zwei Betten und einem grob gezimmerten Schrankregal möbliert waren. Es handelte sich um die Unterkunft der Dienstmädchen. Bei der vierten Tür hielt Mrs Sooner an, klopfte sehr vorsichtig und ließ dann Charlotte den Vortritt. Auf dem schmalen Bett an der linken Zimmerwand lag Emmy mit weit geöffneten Augen völlig teilnahmslos im Halbdunkel. Im ersten Augenblick befürchtete Charlotte, sie sei tot, bemerkte dann aber mit Erleichterung, dass die Brust des jungen Mädchens sich regelmäßig hob und senkte. Doch als sie sich auf der Bettkante niederließ und Emmys Hand ergriff, bemerkte sie, dass das hübsche Gesicht des Mädchens deutlich sichtbare Spuren von Gewaltanwendung aufwies. Emmy selbst zeigte durch keinerlei Regung, dass sie überhaupt bemerkt hatte, dass jemand in den Raum getreten war. Entsetzt wandte sich Charlotte zu Mrs Sooner um, die mit erloschenem Blick gegen die geschlossene Tür gelehnt dastand.

»Was ist mit Emmy passiert, Mrs Sooner?«, fragte Charlotte nun mit großer Bestimmtheit, mit der sie ihre innere Erschütterung zu verbergen suchte. Obwohl sich ihr Verstand und ihr Empfinden dagegen wehrten, dämmerte ihr die Antwort noch ehe Mrs Sooner den Mund öffnete.

»Mr Terency …«, die Stimme der Köchin war von einer erstickten Spröde, »er traf gestern Abend offenbar auf die arme Emmy. Vielleicht hat er auch nach ihr gesucht, ich weiß es nicht. Arthur hatte sie nach ihrem Missgeschick im Salon angewiesen, im Durchgang zum Ostflügel auf ihn zu warten, da er noch ein ermahnendes Wort mit ihr sprechen wollte. Jedenfalls hat Mr Terency, kaum dass er sie entdeckt hatte … er hat …«, Mrs Sooner gelang es kaum auszusprechen, was Charlotte bereits wusste, »er hat ihr Gewalt angetan. Dieser widerliche Mensch! Er hat Emmy in eines der ungenutzten Zimmer gezerrt und ihr die Unschuld genommen. Und als wäre das nicht schlimm genug, hat er sie auch noch gequält und halb tot geschlagen dabei. Ich hätte es wissen müssen! Ich habe doch gesehen, dass sie Angst vor ihm hatte und habe sie doch nicht beschützt! Warum hat sie mir auch nicht gesagt, dass er sich nach dem Ball schon an ihr vergreifen wollte? Was soll nur aus uns werden? Wenn das Lady Millford zu Ohren kommt, werden wir beide hinausgeworfen.« Mrs Sooner brach wieder in Tränen aus.

Charlotte fühlte, wie sich eine innere Taubheit in ihr breitmachte. Das durfte nicht wahr sein! Wie konnte Terency sich an dem Kind vergreifen, denn ein Kind war Emmy doch fast noch? Was hatte er mit ihr angestellt, dass sie nun völlig apathisch und blutig geschlagen in dieser elenden Kammer lag?

Doch bald schon meldete sich ihr praktischer Verstand zurück. »Mrs Sooner, wie schwer ist Emmy verletzt? Haben Sie nach ihr geschaut? Braucht Sie einen Arzt?«

»Nein!«, schrie Mrs Sooner auf. »Keinen Arzt bitte, Miss Millford! Ich wollte, ich hätte es Ihnen nicht gesagt. Keiner darf das wissen. Wo soll Emmy denn sonst hin? Sie würde sofort hinausgeworfen.«

Charlotte war nun ehrlich empört. »Wieso sagen Sie das immerzu? Emmy kann doch gar nichts dafür! Sie ist doch, das kann man ohne Mühe erkennen, mit roher Gewalt dazu gezwungen worden.«

Ein zynisches Lächeln zeigte sich nun auf den Lippen der Älteren: »Und Sie glauben tatsächlich, das spielt eine Rolle, Miss Millford? Sie sind noch zu jung, um den Lauf der Welt gut genug zu kennen. Glauben Sie denn, Emmy ist das erste Dienstmädchen, das dazu gezwungen wurde, der Herrschaft zu Willen zu sein? Es ist schlimm, eine hilflose Frau zu sein, aber noch schlimmer ist es, eine hilflose Dienstmagd zu sein. Wir haben keine Rechte. Nie wird der Herr beschuldigt. Das Mädchen ist die Hure, die ihn zur Untat verführt hat. Und sollte bei so einem Vorfall ein Kind gezeugt werden, was Gott verhüten möge, dann wird die Dienstmagd hinausgeworfen und kann sehen, wo sie ihr Balg zur Welt bringt. Wenn sie Glück hat, findet sie Aufnahme bei ihrer Familie, was aber oft genug nicht der Fall ist, denn die Tratschweiber zerreißen sich das Maul über die ledige Mutter. Und auch die Kirche hat keinerlei Verständnis und nennt die Unglückliche eine Sünderin und so bleibt den armen Geschöpfen meistens nichts anderes übrig, als tatsächlich zur Sünderin zu werden und sich in den Bordellen der Städte genau der Sorte feiner Herren anzubieten, die sie ins Unglück stießen. Was aus den Kindern dieser Frauen wird, das wollen Sie lieber gar nicht wissen, Miss.«

Charlotte schwieg betroffen. Das ungeheuerliche Unrecht und das Leid, das daraus erwuchs, verschlug ihr die Sprache.

Tatsächlich hatte sie über das Schicksal der gefallenen Mädchen, über die natürlich auch in der Schule von Longbottom heimlich gemunkelt worden war, nie nachgedacht. Es war so einfach gewesen, sie mit Abscheu zu betrachten. Die Vorstellung, dass der lieben und anständigen Emmy nun ein ähnliches Schicksal drohte wegen der verabscheuungswürdigen Gier dieses Unmenschen, war ihr unerträglich. Emmy hatte bei den Worten ihrer Tante endlich eine Reaktion gezeigt und Charlotte mit ängstlichen Augen fixiert. Nun ergriff sie ihre Hand: »Bitte, Miss Charlotte, verraten Sie mich nicht! Ich bin bald wieder gesund. Morgen schon will ich wieder arbeiten.«

Charlotte konnte nicht anders. Mit Tränen in den Augen versprach sie dem verzweifelten jungen Mädchen hoch und heilig, keiner Menschenseele irgendetwas zu verraten. Ihr Geheimnis sei bei ihr bestens aufgehoben. Leider habe sie selbst kein Geld, sonst würde sie ihr helfen. Aber vorerst sei es wohl das Beste, sie würden Stillschweigen bewahren und Emmy solle, bis ihr Gesicht verheilt wäre und die vielen blauen Flecken nicht mehr zu sehen seien, in der Küche helfen. Sie selbst würde Emmy bei Lady Millford entschuldigen. Man sprach sich ab, dass die offizielle Version eine plötzliche fiebrige Erkrankung Emmys sei, die auch ihr Fehlverhalten beim Dinner erklären würde. Die Blessuren, die das Gesicht des jungen Dienstmädchens verunstalteten, ließen sich den anderen Hausbewohnern vielleicht mit einem Treppensturz infolge eines krankheitsbedingten plötzlichen Schwächeanfalls erklären. Es widerte Charlotte zwar an, die Untat Terencys decken zu müssen, aber um Emmys und Mrs Sooners willen hatte sie keine andere Wahl. Mrs Sooner hatte mit jedem Wort recht.

Die schreiende Ungerechtigkeit ließ in ihr jähe Übelkeit aufsteigen. Sie strich der weinenden Emmy noch einmal tröstend über das Haar und verließ dann in Begleitung der Köchin die Kammer.

Im Gang wandte sie sich noch einmal an die Ältere: »Mrs Sooner, bitte teilen Sie mir mit, wenn Emmy Hilfe braucht. Ich werde sie entschuldigen so gut ich kann. Und sollte es wirklich dazu kommen, dass aus diesem Verbrechen ein Kind entsteht, so scheuen Sie sich nicht, es mir zu sagen. Ich werde dann tun, was mir nur irgend möglich ist, um Emmy beizustehen. Wir werden sie vor diesem Schicksal bewahren. Das verspreche ich Ihnen!«

Mrs Sooner griff dankbar nach ihrer Hand. »Gott segne Sie, Miss Millford! Wir wollen hoffen, dass es nicht zum Schlimmsten kommt.«

Zweites Buch

Kapitel 15

Dullham Manor, im Februar 1818

Meine liebe Mary!

Sicher hast du dich schon gewundert, weil du so lange nichts von mir gehört hast, obwohl ich dir versprochen hatte, bald zu schreiben. Viel ist seit eurer Abreise aus Millford Hall geschehen, was du auch an der obigen Adresse erkennen kannst.
Tatsächlich schreibe ich dir aus Dullham Manor, dem Anwesen unseres Nachbarn Lord Battingfield, dem Baron of Dullham. Ihr habt ihn auf dem Ball auch kennengelernt, es war jener Gentleman, der nach meinem Tanz mit Edward zu uns getreten ist, du erinnerst dich sicher.
Lord Battingfield und seine Gemahlin waren so freundlich, mich für eine gewisse Zeit zu sich einzuladen, damit der Nachlass meines Vaters, von dem ich euch berichtete, zügiger geordnet werden kann. Dr. Banning, der hiesige Pfarrherr und Philosoph, hatte sich erboten, mir dabei mit Rat und Hilfe zur Seite zu stehen. Er war übrigens auch auf dem Ball, zusammen mit Mr Townsend, der das Pianoforte meiner Mutter so wunderbar gerettet hat. Leider kann Dr. Banning, da er noch viele andere Verpflichtungen hat, nur einen Tag in der Woche für die Sichtung des Nachlasses erübrigen. Es hat sich bald herausgestellt, dass es viel zu lange dauern würde, wenn ich mich dieser immensen Aufgabe nur einmal in der Woche widmen könnte. Deshalb haben die

Gentlemen mich dazu überredet, mich während eines länger dauernden Aufenthaltes auf Dullham Manor in weitaus größerem Umfang als eigentlich vorgesehen darum zu kümmern. Ich muss zugeben, dass es keiner großen Überredungskunst bedurfte. Ich kann dir kaum beschreiben, welche Freude und Befriedigung es mir bereitet, mich mit dem Lebenswerk meines geliebten Vaters beschäftigen zu dürfen, ganz abgesehen von der wissenschaftlichen Arbeit, die mich ungemein fesselt. Mit fortschreitender Tätigkeit ist es umso notwendiger, Fundstücke und Aufzeichnungen miteinander in Einklang zu bringen, deshalb verbringe ich viel Zeit in der Bibliothek über den Schriften. Nebenher arbeite ich immer noch an einer Abschrift der Tagebücher meines Vaters, was mir ebenfalls viel Freude macht, obwohl es auch manchmal schmerzlich ist, so mit der Vergangenheit konfrontiert zu werden.

Lady Millford ließ mich zwar nur ungern ziehen, aber da es für mich auf Millford Hall außer der Unterhaltung meines Onkels gerade wenig zu tun gibt und der Verkauf der Fundstücke und Aufzeichnungen meines Vaters, so ist zu hoffen, zu meiner finanziellen Versorgung beitragen kann, konnte sie nicht wirklich dagegen sein. Zumal die Bitte um einen längeren Besuch meinerseits auf Dullham Manor erstaunlicherweise besonders von Lady Battingfield geäußert wurde.

Ich muss dir gestehen, dass ich doch recht froh bin, meiner Tante für eine gewisse Weile zu entkommen. Vielleicht mangelt es mir an Dankbarkeit, denn die Millfords haben mich seit dem Tode meiner Eltern ja versorgt, für meine Erziehung gesorgt und mich sogar adoptiert. Trotzdem fällt es mir schwer, für

Lady Millford familiäre Gefühle zu entwickeln, obwohl ich mich wirklich darum bemühe.
Es tut mir auch sehr leid, euch mitteilen zu müssen, dass sich der Gesundheitszustand Sir Alistairs noch weiter verschlechtert hat. Wir hoffen auf den Frühling und dass dieser ihm wenigstens etwas an Lebenskraft zurückgeben kann. Er ist sehr schwach geworden und kann nur für kurze Zeit das Bett verlassen. Vielleicht ist das auch der Grund für die angespannte Gemütslage meiner Tante. Sie macht sich wohl große Sorgen um ihren Mann und auch um das, was aus Millford Hall werden soll, wenn der Lord stirbt und kein männlicher Erbe in Sicht ist.
Der Gentleman, von dem du damals sprachst, ist also nötiger denn je, leider aber nicht in Sicht. Obwohl ich vor dem Eintreffen eines solchen fast genau so viel Furcht empfinde wie vor seinem Ausbleiben. Wenn doch nur diese Erwartung an mich nicht immerzu unausgesprochen im Raum stünde! Es ist eine Bedrückung, die jede Freude, die wir jungen Frauen doch angesichts der Aussicht auf Liebe und Heirat empfinden sollen, im Keim erstickt.
Von Mr Terency haben wir seit seinem verfrühten Aufbruch nichts mehr gehört. Was ihn damals so überhastet abreisen ließ, kann ich dir leider nicht sagen. Ich hoffe sehr, dass er die Einladung zur Fuchsjagd vergessen hat. Es ist mir eine höchst unangenehme Vorstellung, mit diesem Mann noch einmal zusammentreffen zu müssen, mehr als ich es sagen kann. Ich kann auch Millicent nur raten, nicht mehr an ihn zu denken. Er ist es nicht wert, trotz seiner Herkunft und seines Aussehens.
Lady Battingfield hat mich indessen nicht ganz uneigennützig zu sich eingeladen. Ihre Mutter, Lady

Wellesley, ist schon vor Weihnachten abgereist und jetzt scheint sie sich hier auf Dullham Manor recht einsam zu fühlen. Sie ist eine Dame, die die Betriebsamkeit Londons liebt, mit seinen Festen und Veranstaltungen, seinen Geschäften und Teegesellschaften. Es ist schon seltsam: Lord Battingfield und seine Gattin scheinen der Inbegriff eines perfekten Paares zu sein; er ein erfolgreicher Marinemilitär mit Bildung und Geschmack, Titel und Vermögen, sie eine überaus schöne (du erinnerst dich sicher, sie war die ungekrönte Königin des Balles auf Millford Hall) und nach den Erfordernissen der Gesellschaft erzogene Frau von sehr vornehmer Herkunft und sogar mit Reichtum gesegnet. Trotzdem wirken sie nicht recht zufrieden, obwohl es mir als Gast nicht ansteht, darüber zu urteilen.
Manchmal frage ich mich allerdings, ob es sinnvoll ist, sich nicht nach der Wahl des Herzens, sondern mehr nach rationalen und wirtschaftlichen Erwägungen zu verheiraten. Selbst wenn alle objektiven Bedingungen günstig erscheinen. Andererseits habe ich am Beispiel meiner Eltern erlebt, welch leidvolle Konsequenzen es haben kann, der Stimme des Herzens gegen alle Widerstände zu folgen. Meine Eltern liebten sich zwar, aber vor allem meine Mutter hat einen vielleicht zu hohen Preis gezahlt, der nicht nur sie, sondern auch ihre Angehörigen betraf. Wer weiß, was richtig ist und wer mag das rechte Urteil fällen? Ob es uns gelingen wird, den richtigen Weg zu finden? Ich wünsche einmal mehr, wir Frauen wären freier in unserer Wahl. Aber ich befürchte, mein Weg ist durch Lady Millford schon sehr deutlich vorgezeichnet. Nun noch etwas Wichtiges: Lady Battingfield plant einen Ball auf Dullham Manor. Ich habe verspro-

chen, ihr bei den Vorbereitungen zur Hand zu gehen. Ich muss zu meiner Schande gestehen, dass dies wiederum nicht ganz uneigennützig von mir *ist. Hoffe ich doch, ihr vorschlagen zu können, euch einzuladen, was mir sicher gelingen wird. So können wir uns wieder einmal sehen. Vielleicht gibt es ja auch bei einem solchen Anlass den einen oder anderen aussichtsreichen Kandidaten, der auch Lady Millford besänftigen kann, zu entdecken. Ich werde euch so bald als möglich Nachricht schicken, wann das Fest stattfinden soll.*

Nun bleibt mir nur noch, dich zu bitten, deiner Familie und dabei besonders deine Eltern (ich hoffe, dein lieber Vater befindet sich wieder wohl und die Gicht plagt ihn nicht mehr) sowie natürlich Millicent und Edward zu grüßen. Ich bitte dich, es mir nicht gleichzutun, sondern mir recht bald zu schreiben.

Deine Charlotte

Charlotte legte die Feder zögernd zurück in das Schreibpult. Hatte sie in ihrem Schreiben zu viel von dem verlauten lassen, was sie keinesfalls verraten wollte? Immer wieder hatte sie sich in den vergangenen Wochen hingesetzt, um einen Brief an Mary Fortescue zu schreiben, die sich sicherlich schon über das Ausbleiben der versprochenen Nachrichten wunderte. Aber was sollte sie schreiben, ohne das verabscheuungswürdige Verbrechen Terencys zu verraten? Unzählige Male hatte sie ihr Vorhaben verschoben und die begonnenen Zeilen vernichtet. Nun ließ es sich aber nicht länger aufschieben. Vielleicht zweifelte Mary schon jetzt an ihrer Freundschaft, die Charlotte doch ehrlich zu vertiefen hoffte.

Ihr derzeitiger Aufenthalt auf Dullham Manor und der bevorstehende Ball schien aber eine willkommene Möglichkeit zu sein, ein ausführliches Schreiben zu rechtfertigen und das unerfreuliche Thema Mr Terency so unerwähnt wie möglich zu lassen.

Tatsächlich war die Einladung nach Dullham Manor, die Lady Battingfield vor einiger Zeit ausgesprochen hatte, Charlotte entgegengekommen. Erleichtert hatte sie zugesagt. Nicht nur, dass sie sich jetzt wirklich intensiv ihren umfangreichen Aufgaben widmen konnte, ohne sich der ständigen Missbilligung ihrer Tätigkeit durch Lady Millford gewiss zu sein, sie genoss es auch, der immer bedrückender gewordenen Atmosphäre auf Millford Hall entfliehen zu können. Es ließ sich nicht leugnen, dass Sir Alistair dem Tode näher war als der Genesung. Sein Leiden ließ sich nicht mehr verbergen und mit jedem Tag, an dem seine Kraft abnahm, wurde die Ungeduld seiner Gattin Charlotte gegenüber spürbarer.

Allerdings hatte Charlotte ihrem Onkel versprechen müssen, nicht zu lange fortzubleiben. Ein Versprechen, das sie zwar folgsam gegeben hatte, das für sie aber nicht leicht einzuhalten war. Seit mehr als zwei Wochen lebte sie nun schon im Hause der Battingfields und hatte in dieser Zeit Gelegenheit bekommen, eine tiefere Bekanntschaft mit seinen Bewohnern zu machen.

Lady Battingfield hatte nichts von ihrer Oberflächlichkeit, die Charlotte schon bei der ersten Einladung zum Dinner aufgefallen war, verloren. Sie war zwar eine wirkliche Schönheit, aber darin erschöpften sich ihre Vorzüge bereits. Ihr Charakter war träge, ihr Geist flatterhaft und launisch. Keine einfache Gesprächspartnerin, so sehr sich Charlotte auch bemühte, sich für die Themen, die Lady Battingfields Interesse ständig beanspruchten, zu erwärmen. Diese Themen – es waren derer genau zwei – waren Mode und gesellschaftlicher Klatsch. Ersteres pflegte Lady Battingfield durch Modeblätter wie *The La-*

dy's Magazine oder *La Belle Assemblée*[22] zu befriedigen, die ihr ihre Freundinnen aus der Hauptstadt zuschickten. Letzteres wurde durch eben diese Briefsendungen ebenfalls genährt, da die Freundinnen den Modeblättern ausführliche Schilderungen des neuesten Tratsches beilegten.

Captain Battingfield zeigte für diese beiden Leidenschaften seiner Gattin keinerlei Neigung, so wenig, wie diese sich für die seinen interessierte. Unterschiedlicher konnten zwei Menschen nicht sein, hatte Charlotte schon nach kurzer Zeit befunden.

Tatsächlich forderte ihr Aufenthalt auf Dullham Manor sowohl ihre Zurückhaltung und ihr Taktgefühl wie auch ihre Geduld. Geduld in den ermüdenden Gesprächen mit Lady Battingfield, die nicht zu bemerken schien, dass sich ihr Gast für nichts weniger als für Modeblätter und Tratsch interessierte; Taktgefühl im Überspielen der nicht zu übersehenden Unstimmigkeiten zwischen den Eheleuten, die Lady Battingfield schon mehrfach in hysterisches Schluchzen hatten ausbrechen lassen, während sich Captain Battingfield nach solchen Szenen mürrisch schweigend entweder in sein Arbeitszimmer einschloss oder das Haus verließ; nicht zuletzt war aber ihre unbedingte Zurückhaltung vonnöten. So sehr sich der Captain gegenüber seiner Gattin verschloss, so offen und interessiert zeigte er sich gegenüber Charlotte und ihrer Beschäftigung. Er genoss augenscheinlich ebenfalls die Gespräche bei Tisch und befragte sie ausführlich über die Forschungstätigkeit ihres Vaters. Mehrfach hatte er ihr durch intelligente Diskussionsbeiträge bei dem einen oder anderen Deutungsproblem eines Fundstücks zur Lösung verholfen und er freute sich mit ihr, wenn es ihr gelang, wichtige Stücke der Sammlung zweifelsfrei zuzuordnen.

22 Historische Modezeitschriften. »La Belle Assemblée« (verlegt zwischen 1806 und 1868) war trotz des französischen Titels ein englisches Magazin. Auch dies belegt den Einfluss französischen Lebens- und Modestils auf die gehobene englische Gesellschaft.

Obwohl Charlotte diese anregenden Gespräche mit John Battingfield überaus schätzte, war sie sich darüber im Klaren, dass achtsame Vorsicht geboten war. Schließlich war der Captain ein, wenn auch nicht gerade glücklich, verheirateter Mann. Nur die Tatsache, dass sie auf ausdrücklichen Wunsch von Lady Battingfield auf Dullham Manor weilte, schützte sie vor möglichem Gerede unter den Dienstboten, das in dieser Situation allzu leicht entstehen konnte. Auch Captain Battingfield war sich dieser Gefahr offenbar bewusst und vermied es sorgfältig, mit ihr allein zusammenzutreffen. Nur zu leicht hätte sie dies kompromittieren können. Sie war ihm dankbar für diese höfliche Umsicht. Womöglich hätte sie in einer solchen unbeobachteten Situation ihre unbestreitbar vorhandenen und völlig inakzeptablen Gefühle für ihn offenbar werden lassen. Ein Gedanke, der ihr erhebliches Unbehagen bereitete. Allerdings war es ihr gelungen, sich im Laufe der Zeit an seine Gegenwart zu gewöhnen, ohne ständig nervös zu werden. Erleichtert stellte sie fest, dass sie ihre Gefühle inzwischen recht gut unter Kontrolle hatte.

Stattdessen freute sie sich nun sogar darauf, ihm täglich die Ergebnisse ihres Tuns zu präsentieren. Er gab ihr dabei das Gefühl, einfach um ihrer selbst willen geschätzt und anerkannt zu werden. Das war, seit sie nach England gekommen war, eine seltene und kostbare Erfahrung. Die letzten Jahre waren ein fortgesetzter und sich verstärkender Kampf gegen ihre eigenen Neigungen und Interessen gewesen im Bemühen darum, sich den Vorstellungen der Gesellschaft hinsichtlich des notwendigen schicklichen Verhaltens einer jungen Frau zu fügen. Obwohl sie sich in ihrem tiefsten Inneren sicher war, dass es ihr gottgegebenes Recht darstellte, ihre Fähigkeiten zu entwickeln, hatte sie bisher keinen Raum gefunden, in dem sie es sich hätte gestatten dürfen.

Diesen Raum gewährte ihr jetzt überraschenderweise John Battingfield, indem er sie in ihrem Forscherdrang und leidenschaftlichen Interesse bestärkte und durch seine Fragen antrieb. Und – sie staunte immer wieder darüber – er schien sie dafür eher noch mehr als weniger zu schätzen. So dankbar sie auch Dr. Banning für seine hilfreichen Besuche war, bei denen er ihr oft ergänzende Nachschlagewerke mitbrachte und mit ihr das weitere Vorgehen plante, so wurde doch das lebendige Interesse des Captains immer mehr zu ihrer eigentlichen Triebfeder.

Charlottes Tage waren zum Bersten gefüllt mit rastloser Tätigkeit. Oft saß sie den größten Teil des Tages im Lagerraum, wo sie sich bei den noch kühlen Temperaturen des Vorfrühlings auf die schwierige Suche nach den in den Listen aufgeführten Fundstücken machte, brütete dann bis spät in die Nacht über den Tagebüchern und Grabungsnotizen ihres Vaters in der Bibliothek von Dullham Manor und übertrug die Schriften anschließend ins Reine. In den wenigen Pausen, die sie sich gönnte, wurde sie in der Regel von Lady Battingfield mit Beschlag belegt, die darüber klagte, dass Charlotte sich nicht stärker in das Ballvorhaben einbrachte, wie sie es ihr doch versprochen hatte.

Es konnte deshalb nicht ausbleiben, dass Dr. Banning an einem seiner Besuchstage beim Dinner tadelnd bemerkte: »Sie arbeiten wirklich zu viel, Miss Millford! Sie sehen ja schon ganz blass aus und schlafen fast über Ihrem Roastbeef ein. Ihr Eifer in allen Ehren, aber Sie müssen mit Ihren Kräften haushalten, mein Kind. Ich denke, Sie sollten ein paar Ruhetage einlegen.«

»Oh ja!«, pflichtete Lady Battingfield sofort bei. »Das wäre wirklich wünschenswert. Dann könnten wir uns endlich an den Entwurf meines Ballkleides machen, anstatt dass Sie sich den ganzen Tag in diesen langweiligen, schimmeligen Büchern und Tontöpfen vergraben. Ich habe mir schon einige Stoffe kommen lassen und hätte gerne Ihre Meinung gehört.«

»Liebe Lady Battingfield«, unterbrach Dr. Banning die Übereifrige, die sich schon in weiteren Beschreibungen der fraglichen Stoffe ergehen wollte, »sicher würde Miss Millford nichts lieber tun, als Ihnen bei dieser zweifellos wichtigen Aufgabe mit Rat und Tat zur Seite zu stehen, aber mir scheint, sie braucht eher ausgiebigen Schlaf und einen schönen, langen Spaziergang an der frischen Luft. Haben Sie denn schon etwas von Dullhams Ländereien gesehen oder gar Johns kleines Juwel, das private Observatorium auf den westlichen Hügeln, Miss Millford?«

Mit einem Schlag war Charlotte wieder hellwach. »Sie haben ein Observatorium hier?«

»Allerdings!«, bestätigte der Captain nicht ohne Besitzerstolz. »Der Astronomie gilt mein besonderes Interesse. Eigentlich auch nicht weiter verwunderlich, da ich viele Jahre auf See verbrachte. Ich denke, jeder Seemann wird mir beipflichten: Nichts kommt dem Firmament über den Ozeanen gleich, wenn der nächtliche Himmel wie von Tausenden Juwelen erhellt wird und sich mit dem Vordringen des Schiffs in unbekannte Gewässer immer neue Sternbilder am Horizont offenbaren, von denen viele noch nicht einmal einen Namen tragen. Aber abgesehen von diesen romantischen Aspekten der Seefahrt müssen sich Kapitäne auch schon wegen der navigatorischen Aufgaben ausführlich mit dem Sternenhimmel beschäftigen und so ist die Astronomie eine von der Marine außerordentlich geschätzte und geförderte Wissenschaft. Da ich während meiner Dienstzeit zu einem kleinen Forschungszirkel in diesem Kreis gehörte, darf ich mich glücklich schätzen, eines der vom großen Herschel[23] konstruierten und mit

23 Wilhelm Herschel, (1738 – 1822) dt. Musiker und Astronom, er wirkte jedoch ausschließlich in England. Als Musiker lebte er in Bath, wendete sich aber mehr und mehr der Astronomie zu. Ab 1766 begann er neuartige Spiegelteleskope mit immer größerer Brennweite zu entwickeln. Dies ermöglichte ihm die spektakuläre Entdeckung des Planeten Uranus. In der Folge wurde er von König Georg III. zum Hofastronomen ernannt und siedelte über nach Slough. In späteren Jahren (1820) wurde er zum Präsidenten der Royal Astronomical Society ernannt. In seiner Arbeit wurde er intensiv durch seine Schwester Caroline Herschel (1750 – 1848) unterstützt. Beide bemühten sich vor allem um eine wissenschaftliche Klassifizierung von Sternen und Nebeln, die mit den zugehörigen Himmelskatalogen die Grundlage der heutigen Astronomie bilden.

seiner revolutionären Spiegeltechnik bestückten Teleskope zu besitzen.«

Charlotte war sprachlos. »Sie haben tatsächlich eines der Teleskope von William Herschel hier auf Dullham Manor?«

Battingfield freute sich sichtlich über Charlottes brennendes Interesse. »Ja, ich erhielt es durch die freundliche Vermittlung von Admiral Linley, der die Herschels persönlich noch aus ihrer Zeit in Bath kennt, und ließ daraufhin auf einem der Hügel Dullhams ein Observatorium errichten. Das Teleskop ist ein kleineres Exemplar, in etwa so groß wie das, mit dem Mr Herschel den Uranus entdeckte. Allerdings ist es nicht mein Ehrgeiz, neue Welten zu entdecken, obwohl ich hoffe, vielleicht einmal als Erster einen unbekannten Kometen erspähen zu dürfen. Ich begnüge mich mit der Beobachtung. Leider lässt auch unser englisches Wetter an der Küste nicht oft das Vergnügen eines wolkenfreien Himmels zu, sodass ich an viel zu wenigen Nächten meiner Leidenschaft nachgehen kann.«

»Für meinen Geschmack bist du viel zu oft dort«, nörgelte Lady Battingfield. »Stellen Sie sich vor, Miss Millford, er bringt ganze Nächte dort zu, besonders im Winter, weil da die Beobachtungszeit länger ist, sagt er. Und das bei der Kälte! Nachdem er mich zwei Mal genötigt hat mitzukommen, habe ich ihm gesagt, ohne einen guten Ofen würde ich mich einfach weigern, noch einmal meinen Fuß in dieses dumme Observatorium zu setzen.«

»Und ich habe das Gewünschte eingebaut, aber du bist seitdem trotzdem nicht mehr dort gewesen«, gab Battingfield reserviert zurück.

»Ich kann auch nicht verstehen, was daran so interessant sein soll«, klagte Lady Battingfield und schürzte schmollend die Lippen. »Der nächtliche Himmel ist wunderschön und oft genug romantisch, aber das genügt mir vollauf. Ich muss nicht wissen, wie viele Monde um einen Planeten kreisen. Wen interessiert das? Sie kreisen auch, ohne dass wir davon wissen.«

»Da haben Sie wohl recht, Lady Battingfield«, brachte sich nun Dr. Banning wieder in den Disput ein. »Aber genau dies ist der eigentliche Antrieb, der uns Menschen beseelt seit den Tagen des Paradieses: die unbedingte und oft genug zweckfreie Neugier des Menschen, ohne die kein Fortschritt möglich wäre. Natürlich erscheint die Erforschung unserer Herkunft – das Sujet, mit dem sich unser reizender Gast gerade so hingebungsvoll beschäftigt – und die Erforschung unserer Welt mit allen Tieren, Pflanzen und Landschaften, die Beschäftigung mit den Wundern, die uns umgeben, zunächst sinnlos. Aber ist es nicht auch unsere heilige Pflicht, uns die Erde anzueignen, wie es uns die Schrift lehrt? Gott hat uns einen fragenden Verstand gegeben und wir sollten ihn nutzen.«

»Das mag wohl Aufgabe der Männer sein, aber uns Frauen soll man damit verschonen, denn übertriebene Neugier hat schon Eva im Paradies geschadet, nicht wahr, Miss Millford?« Lady Battingfield drehte sich beifallheischend ob dieser für ihre Verhältnisse recht schlagfertigen Bemerkung zu Charlotte um, die nicht wusste, was sie darauf antworten sollte, ohne ihre Gastgeberin oder sich selbst zu kompromittieren. Sicher entsprach die eben geäußerte Meinung genau dem, was auch im Longbottom'schen Institut vertreten wurde, sie selbst hätte aber am liebsten laut ausgerufen, dass sie nichts lieber tun würde, als ihren Verstand in genau dieser Weise, wie es so viele Männer als Entdecker, Forscher und Künstler schon taten, zu nutzen. Das wäre jedoch in höchstem Maße ungehörig gewesen, und so zog sie es vor, unbestimmt zu lächeln und sich intensiv ihrem Roastbeef zu widmen.

»Miss Millford, Sie sollten sich wirklich eine Ruhepause gönnen«, insistierte Dr. Banning erneut und mit Nachdruck. »Ich trage es Ihnen auf! Sie leisten ja ohnehin die Herkulesarbeit am Vermächtnis Ihres Vaters. Zu meinem Leidwesen kann ich selbst leider nicht mehr Zeit zur Verfügung stellen. Allerdings sehe ich auch mit großer Bewunderung, dass Sie diese Aufgabe souverän und mit beachtlichem wissenschaftlichen Sachverstand, der den Besten unserer Zunft zur Ehre gereichte, erledigen, sodass Sie meiner bescheidenen Beiträge kaum bedürfen.«

Charlotte hub zum Widerspruch an, doch das ehrliche Lächeln Dr. Bannings ließ sie schließlich das Kompliment überrascht und mit Stolz entgegennehmen. Immer wieder wunderte sie sich über die recht unkonventionelle Haltung Dr. Bannings hinsichtlich vieler gesellschaftlicher Fragen. Er war ein echter Freigeist, was vielleicht auch der Grund dafür war, dass er den schlichten Pfarrdienst in einer Landgemeinde einer glänzenden Karriere an einer Universität wie Oxford, die ihm aufgrund seiner brillanten Geistesgaben und Kenntnisse sicher gewesen sein dürfte, vorgezogen hatte. Stattdessen hatte er sich dem Wohl der einfachen Bevölkerung verschrieben und einen nicht zu unterschätzenden und überaus positiven Einfluss auf Captain Battingfield gewonnen, dem er als väterlicher Freund und Ratgeber seit über zwanzig Jahren zur Seite stand. Das tiefe Vertrauen zwischen den beiden Männern war trotz ihres Altersunterschieds und ihrer Stellung nicht zu übersehen.

»Ich schlage vor, Sie schlafen sich in den nächsten Tagen einmal gründlich aus. Das Einzige, was ich Ihnen gestatten möchte, ist gutes Essen und die ausschließliche Beschäftigung mit entspannenden Dingen wie Spazierengehen im Garten und Musik. Arbeiten ist verboten! Haben Sie mich verstanden, Miss Millford?«

Dr. Banning hatte mit gespielter Strenge gesprochen, was Charlotte zum Lachen brachte. »Voll und ganz, Sir!«, erwiderte sie deshalb mit leicht übertriebener Zackigkeit, um dann ernster hinzuzusetzen: »Es ist nur … ich möchte die Gastfreundschaft, die mir hier auf Dullham Manor so überaus großzügig gewährt wird, nicht über Gebühr strapazieren. Außerdem habe ich das Bedürfnis, meine Arbeit so schnell wie möglich fertigzustellen, um Lady Millford nicht zu verärgern. Sie ist nicht sehr glücklich darüber, dass ich so viel Zeit auf die Sache verwende.«

»Aber liebste Miss Millford, wo denken Sie hin? Sie sind uns doch keine Last, nicht wahr, mein Lieber?«, warf Lady Battingfield sofort ein und erntete damit einen der seltenen Momente vollkommener Zustimmung ihres Gatten. »Ganz im Gegenteil, ich bedaure es außerordentlich, dass Sie nicht mehr der Muße zugeneigt sind. Gerne würde ich mehr mit Ihnen plaudern und spazieren gehen. Deshalb sollten wir vielleicht übermorgen eine Wanderung zum Observatorium unternehmen, für das Sie sich ja sehr interessieren, was mir ehrlich gesagt ganz unerklärlich ist. Ich versichere Ihnen, viel ist da nicht zu erleben, aber die Aussicht von den Hügeln ist ganz entzückend.«

»Das ist eine hervorragende Idee«, pflichtete nun auch der Captain bei, »zumal sich die Wetterlage in den letzten Tagen etwas verbessert hat. Wir könnten uns Verpflegung und Decken ins Observatorium bringen lassen und dort eine Nacht mit Beobachtungen verbringen. Ich hoffe, du schließt dich uns an, Walter?«

»Aber von Herzen gern!«, stimmte dieser begeistert zu. »Meine Predigt für Sonntag habe ich bereits geschrieben, deshalb steht einer solchen Unternehmung nichts entgegen.«

Das Tischgespräch kreiste für den Rest des Abends um die Planung des Vorhabens. Einige Bedienstete sollten vorausgeschickt werden und für Bequemlichkeit, ein hübsches Kaminfeuer und das leibliche Wohl sorgen, bis die Gesellschaft eintreffen würde. Der Platz im Observatorium war zwar nicht üppig bemessen, aber ein paar provisorische Liegen und einige bequeme Sitzgelegenheiten waren vorhanden, sodass der nächtliche Aufenthalt von vier Personen ohne Weiteres möglich war. Die Wanderung würde ungefähr zwei Stunden in Anspruch nehmen, und so beschloss man, am vereinbarten Tag nach einem vorgezogenen Tee aufzubrechen.

Kapitel 16

Es schlug bereits halb drei und Lady Battingfield war immer noch nicht zum Tee erschienen. Captain Battingfield wanderte mit wachsender Verärgerung vor dem geschmackvollen, mit weißem Marmor eingefassten Kamin im Teezimmer auf und ab, während sich Charlotte schweigend einem Gedichtband widmete, den sie kürzlich in der Bibliothek entdeckt hatte. Nach weiteren zehn Minuten und ungefähr dreißig Runden fasste der Captain mit unergründlicher Miene den Entschluss, dem Ausbleiben seiner Gattin auf den Grund zu gehen und verließ mit schnellen Schritten den Raum.

Charlotte blieb allein zurück. Auch sie wunderte sich über Lady Battingfields Abwesenheit. Tags zuvor hatte diese noch sehr fröhlich von der bevorstehenden Wanderung zum Observatorium gesprochen und schien auch sonst bester Laune zu sein. Sie hatte Charlotte während ihres gestrigen Ruhetages Gesellschaft geleistet. Manchmal hätte sich diese etwas mehr Ruhe und weniger vom wasserfallartig rauschenden Geplauder ihrer Gastgeberin gewünscht, wusste aber, was sie der Herrin des Hauses schuldig war. Was mochte Lady Battingfields unverständliches Fehlen verursacht haben?

Kurze Zeit später kehrte der Captain wieder zurück. »Meine Gattin lässt sich entschuldigen«, erklärte er der erstaunten Charlotte. »Sie fühlt sich plötzlich recht unwohl und klagt über Kopfschmerzen und Übelkeit, meint aber, es sei vermutlich nichts Ernstes. Ihre Zofe ist gerade bei ihr und macht ihr kühlende Umschläge. Allerdings möchte sie unter diesen Umständen verständlicherweise doch auf die anstrengende Wanderung und eine durchwachte Nacht unter wenig komfortablen Umständen verzichten.«

»Ich nehme an, der Besuch des Observatoriums fällt damit aus«, erwiderte Charlotte etwas enttäuscht und erhob sich. »Selbstverständlich werde ich unter diesen Umständen hierbleiben und sehen, ob ich etwas für Ihre Frau tun kann. Vielleicht freut sie sich über meine Gesellschaft?«

»Nein, bleiben Sie bitte, Miss Millford. Gwendolyn trug mir eben auf, Ihnen zu sagen, dass wir deswegen keinesfalls auf unser Vorhaben verzichten sollen. Sie macht sich ohnehin nicht allzu viel aus dem Observatorium. Ich habe ebenfalls den Eindruck gewonnen, der mir auch von ihrer Zofe bestätigt wurde, dass es sich nur um eine leichte, unwesentliche Erkrankung handelt.« Er zögerte einen Augenblick, unsicher, ob er sein Anliegen vorbringen dürfe. »Wenn es Ihnen recht ist, Miss Millford, können Sie die Wanderung auch mit mir und Dr. Banning antreten und somit dem ausdrücklichen Wunsch meiner Gattin nachkommen.«

Charlotte bemerkte, dass er sie dabei fast schüchtern ansah und musste lächeln. »Ich muss zugeben, dass ich doch sehr enttäuscht wäre, wenn mir dieses außerordentliche Abenteuer entgehen würde. Ich platze fast vor Neugier auf das Teleskop und den Bau des Observatoriums. Ich hatte bisher noch nie die Möglichkeit, mit einem so modernen Instrument den nächtlichen Himmel zu beobachten ... und wer weiß, ob sich die Gelegenheit noch einmal ergibt?«

Auf Battingfields Gesicht breitete sich bei diesen Worten ebenfalls ein Lächeln aus. »Also, dann sollten wir schnell unseren Tee zu uns nehmen und uns, sobald Walter eintrifft, auf den Weg machen.«

Sie setzten sich, nachdem die veränderte Lage nun ausreichend erwogen und geklärt war, an die bereits wartende Tafel und begannen, sich den Speisen und dem herrlich duftenden heißen Tee zu widmen. Während des Mahls erkundigte sich Charlotte neugierig nach den Forschungen, die Captain Battingfield bisher auf astronomischem Gebiet schon angestellt hatte. Dieser beantwortete gerne und in anschaulichen Schilderungen der Reisen, auf denen er seine Beobachtungen gemacht hatte, die Fragen seiner Zuhörerin und beeindruckte sie mit seiner großen Sachkenntnis. Die nächste halbe Stunde verging wie im Fluge. Dr. Banning war immer noch nicht eingetroffen, was aber von den beiden Ausflugswilligen kaum bemerkt wurde. Sie waren zu sehr in ihr Gespräch versunken.

Charlotte hatte sich eben von den Scones genommen, als Cyril mit einem zusammengefalteten Zettel auf einem silbernen Tablett eintrat und ihn seinem Herrn überbrachte. Dieser faltete die Notiz auseinander und las sie mit gerunzelter Stirn. Dann wandte er sich an Charlotte: »Diese Nachricht ist von Walter. Ein alter Mann aus der Gemeinde ist ernsthaft erkrankt und benötigt geistlichen Beistand. Jedoch bittet uns Walter, schon vorauszugehen. Er wird nachkommen, sobald er kann. Er schätzt, dass ihn seine Verpflichtungen etwa eine Stunde aufhalten werden, möchte sich aber den Ausflug auch nicht entgehen lassen. Wie es aussieht, scheint unser Vorhaben unter einem ungünstigen Stern zu stehen. Sollen wir es dennoch wagen?«

»Ich denke, wir haben uns schon entschieden, nicht wahr?«, erwiderte Charlotte nach kurzer Überlegung. »Dr. Banning wäre sicher enttäuscht, wenn wir nicht gehen würden.«

»So sehe ich es auch. Walter kennt den Weg gut und wird uns sicher bald einholen. Dann sollten wir jetzt aber wirklich ohne weitere Verzögerung aufbrechen. Es ist ein strammer Marsch bis dorthin und ich möchte nicht in die Dunkelheit geraten. Der Aufstieg zum Hügel ist, da Sie ihn nicht gewohnt sind, in der Dämmerung vielleicht zu gefährlich.«

»Captain, Sie sollten meine Geländetauglichkeit nicht unterschätzen. Ich kann klettern wie eine Bergziege. Aber Sie haben recht, lassen Sie uns aufbrechen, solange uns die Sonne noch etwas wärmt«, fügte sie mit einem gewinnenden Lächeln hinzu, als sie bemerkte, dass ihr Gegenüber befürchtete, sie gekränkt zu haben.

Das weit ausladende Tal, in dem Dullham Manor eingebettet lag, war eine wirkliche Augenweide. Charlotte atmete tief durch und ließ ihren Blick schweifen, als ihr Begleiter dicht neben sie trat und mit der Hand nach Westen wies. »Dort drüben auf der Anhöhe liegt unser Ziel. Sehen Sie das kleine Gebäude mit der Kuppel? Das ist es.«

Charlotte schützte ihre Augen mit der flachen Hand gegen die schon tief im Westen stehende Sonne. In einiger Entfernung entdeckte sie das betreffende Bauwerk, wandte sich aber geblendet schnell dem in weiter Ferne liegenden Meer zu. Die umfangreichen Ländereien endeten an einer steil abfallenden, weit geschwungenen Bucht.

»Es ist wunderschön hier!«, seufzte sie mit aus tiefstem Herzen kommender Überzeugung. »Dabei ist die Natur noch kaum erwacht aus der Winterstarre. Wie schön muss Dullham Manor im Sommer sein, wenn diese Wiesen und Bäume alle in vollem Saft stehen!«

John Battingfield sah sie mit einem seltsamen Blick an und nickte dann. »Ja, ich liebe dieses Fleckchen Erde mehr als alles andere, obwohl ich viele schöne und exotische Orte gesehen habe. Aber nichts kommt dem hier gleich«, er breitete seine Arme aus, als wolle er die Natur mit all ihren Pflanzen und Tieren umfangen.

»Wieso entschieden Sie sich eigentlich für die Marine?«, wollte Charlotte daraufhin wissen. »Sie scheinen Ihre Heimat sehr zu lieben und blieben ihr doch auf Jahre fern?«

Battingfield zögerte eine Weile, bevor er antwortete: »Sie vermuten richtig. Marineoffizier war nicht mein Berufswunsch, sondern vielmehr der meines Vaters. Sehen Sie, die Marine hat eine lange und ehrenvolle Tradition in der Familie der Battingfields, und obwohl mein Vater nie zur See fuhr, bestand er darauf, dass sein ältester Sohn eine Karriere bei der Marine einschlug. Ich selber hätte die Laufbahn eines Wissenschaftlers vorgezogen, aber davon wollte mein Vater partout nichts wissen. Ehre und Ansehen waren ihm fast so wichtig wie die Mehrung des Familienvermögens.« Es war für Charlotte nicht zu überhören, dass in seinen Ausführungen eine gewisse Bitterkeit mitschwang.

»Ich nehme doch aber an, dass Ihnen Ihr Beruf ausreichend Befriedigung bereitete, sonst hätten Sie ihn sicher nicht so gewissenhaft und viele Jahre lang ausgeübt?«

»Sagen wir, ich habe mich mit der Zeit arrangiert. Als Kapitän eines größeren Schiffs macht es viel Freude, das weite Meer zu bereisen und exotische Länder zu sehen. Allerdings ist das Leben in der Marine sehr rau und weit weniger romantisch, als es uns die heroischen Schlachtengemälde weismachen wollen.« Er lachte kurz und sarkastisch auf: »Weiß Gott, viele Seeleute in der Marine Seiner Majestät haben den Tag verflucht, als sie den Kontrakt unterschrieben. Und viele von ihnen tun das ja nicht einmal freiwillig. Der Marine sind die Bürgerrechte herzlich gleichgültig.[24] Sicher haben Sie keine Vorstellung von einer Seeschlacht. Unser Land ist mit Recht stolz auf seine Siege und feiert seine Helden, allen voran den

24 Über die Hälfte der Marinesoldaten wurden zum Dienst gepresst, einfach verschleppt oder gegen ihren Willen von Handelsschiffen übernommen. Viele von ihnen kehrten nie zurück. Die viel gepriesene Freiheit des Engländers wurde im Falle der Marine mit Füßen getreten. Das zeigt einmal mehr die machtvolle Stellung der Marine zu jener Zeit.

großen Admiral Nelson. Auch ich war in Trafalgar und weiß leider nur zu genau, was dort stattfand. Es war grauenvoll, so viele Tote![25] Auch in vielen darauf folgenden Schlachten tat ich Dienst. Ich sah viele Schiffe untergehen. Freund und Feind ertranken jämmerlich wie die Ratten, während unter Deck die Todgeweihten nach ihren Müttern schrien.«

Charlotte sah ihn fragend an und forderte den Captain dadurch auf weiterzusprechen. Die Ereignisse während der blutigen Schlacht, die er ihr nun knapp und fast widerstrebend schilderte, schienen noch sehr lebendig in seiner Erinnerung zu sein. Am meisten belastete ihn aber offensichtlich das Schicksal der Männer, für die er verantwortlich gewesen war. Wie viele waren auch auf britischer Seite gefallen oder schwer verwundet worden. »Nach diesen armen Teufeln fragt niemand mehr nach einer gewonnenen Schlacht«, bemerkte er abschließend mit Bitternis in den Augen, »Und obwohl man mich damals für besonders tapfer hielt, ging es mir doch nur darum, so viele Leben wie möglich in diesem Wahnsinn zu retten. Doch wer kümmert sich um die Witwen und Waisen, die Englands Gier nach der Herrschaft über die Meere heute hervorbringt, wer um das Heer der nutzlosen Krüppel? Es ist mir nie gelungen, dies zu verdrängen. So war ich sehr froh, zur Bewachung der Handelsrouten abkommandiert zu werden, wo man zwar immer wieder in Scharmützel und auch schwerere Kämpfe verwickelt wird, aber dem Kriegsgeschäft nicht zu sehr huldigen muss. Obwohl ich mir in den Augen meiner Vorgesetzten Ruhm erwarb, habe ich die Schlachten nie geliebt.«

Der Captain bemerkte mit einem Mal, dass seine Zuhörerin verstummt war. »Verzeihen Sie, Miss Millford, ich habe

---

25 England verlor zwar kein einziges Schiff in der Schlacht, die feindliche Flotte wurde aber nahezu versenkt. Auch wurden die Kämpfe im Zentrum der Schlacht mit grausamer Härte durchgeführt. Auch viele Angehörige der britischen Marine fanden den Tod, so auch Nelson selbst. Kurioserweise wurde sein Leichnam in einem Fass mit französischem(!) Cognac konserviert und nach London überführt, wo er mit allen Ehren bestattet wurde.

mich vergessen. Ich sollte nicht so gegenüber einer jungen Dame sprechen.«

»Und warum sollten Sie das nicht?«, fragte Charlotte mit warmer Stimme. »Sie erstaunen mich einmal mehr, Captain Battingfield. Ich hätte nicht gedacht, dass Sie so kritisch über Ihren Beruf urteilen, gleichwohl ich Ihre Einschätzung uneingeschränkt teile. Ein Heldenepos ist schnell bewundert. Wer könnte das besser beurteilen als ich, die ich als Kind täglich davon hörte? Jedoch habe ich schon damals mit meinem Vater manchen Disput darüber geführt, dass auch die angeblich so heroische und edle Geschichte der antiken Kultur nichts weiter ist als eine ununterbrochene Abfolge blutiger Schlachten und Kriegshandlungen. Bei genauerer Betrachtung offenbart es sich, dass im viel bewunderten, humanistischen Hellas eigentlich nie Frieden herrschte, bis Alexander der Große den Frieden mit Gewalt herbeiführte – und wir alle wissen, wie dieser angebliche Frieden endete: in noch schlimmerem Gemetzel[26]. Wer aber fragt nach den zahllosen Opfern, die diese Grausamkeiten forderten, die letztlich nur der Gier der so hochgelobten Stadtstaaten entsprangen? Genauso wenig wie heutzutage danach gefragt wird, wo doch die Kriege durch die ›besseren‹ Waffen nur noch schrecklicher und zerstörerischer geworden sind …« Charlotte brach ihre Ausführungen abrupt ab. In ihr waren die Bilder der Typhusepidemie aufgestiegen, die auch ihre Eltern das Leben gekostet hatte. So viele Menschen waren damals dahingerafft worden und auch sie hatte viel, *zu viel* Leid mit angesehen. Sie atmete tief durch und beschloss, sich erfreulicheren Themen zuzuwenden.

Sie begann, mit lobenden Worten die Umgebung zu bewundern und brachte ihren Begleiter dadurch wieder auf an-

---

26 Gemeint sind die auf Alexanders Tod folgenden, jahrelangen Diadochenkriege, die Alexanders riesiges Reich wieder spalteten.

dere Gedanken, was ihm nicht unwillkommen zu sein schien. Mit Hingabe erläuterte er ihr seine landwirtschaftlichen Ziele und Neuerungen, die er mit seinen Pächtern durchführte. Nach der schlechten Ernte durch den ungewöhnlich kalten Sommer im Jahr 1816[27] habe er sich, so erklärte er, intensiv mit neuen Formen der Landwirtschaft beschäftigt und der Verbesserung der Ernteerträge gewidmet. Er hoffe, dies mit einer Änderung der Fruchtfolgen zu erreichen. Allerdings sei es ein schweres Stück Arbeit, die Pächter davon zu überzeugen. Wenn dadurch eine bessere Versorgung der Bevölkerung mit Nahrungsmitteln erreicht werden könne, habe er sein Ziel erreicht und sich alle Mühe gelohnt. Charlotte konnte nicht umhin, seinen Eifer und sein Geschick in der Führung des Anwesens und der Ländereien zu bewundern. Er war offenbar ein fürsorglicher Gutsherr, dem das Wohl der ihm anvertrauten Menschen am Herzen lag. Einmal mehr sann sie darüber nach, wie wenig die Eheleute Battingfield doch gemeinsam hatten. Während Lady Battingfield das Landleben geradezu hasste und sich für nichts weniger als ihre unmittelbare Umgebung interessierte, ging ihm jede Oberflächlichkeit ab. Fast zu ernsthaft versuchte er, in allen Bereichen zum Kern der Dinge vorzudringen. Ein Charakterzug, der ihrem eigenen Wesen nicht ganz unähnlich war.

Während er mit lebhafter Gestik erzählte, beobachtete sie ihn ausgiebig. Sein wacher Blick und die sich beim Sprechen rötenden Wangen verliehen seinem ohnehin anziehenden Gesicht zusätzlichen Reiz. Charlotte ertappte sich dabei, dass sie ihm kurzfristig nicht mehr zuhörte und sich stattdessen intensiv der Studie seines einnehmenden Äußeren widmete, als er sie unvermutet ansprach: »Und was sind Ihre Pläne, wenn Sie die Arbeit am Nachlass Ihres Vaters abgeschlossen haben?«

---

27 »Das Jahr ohne Sommer«: Der gewaltige Ausbruch eines Vulkans in Indonesien führte 1816 zu einer weltweiten Abkühlung des Klimas. Selbst in Mitteleuropa waren die Folgen des Ausbruchs mit seinen enormen Aschemengen drastisch, führten zu Missernten und einer globalen Hungersnot.

»Wie?« Charlotte schreckte aus ihren Betrachtungen auf.

Battingfield lächelte. »Ich vermute, ich langweile Sie mit meinen Ausführungen? Sie schienen mir gerade etwas abwesend.«

»Aber nein, Captain! Gewiss nicht!«, beeilte sich Charlotte zu widersprechen, musste dann aber widerstrebend zugeben, dass sie seine letzte Frage nicht gehört hatte.

Er lachte darüber ausgiebig und hakte sie dabei vertraulich unter, was Charlotte in noch größere Verlegenheit brachte. So Arm in Arm mit diesem interessanten Mann an ihrer Seite, der nicht der ihre war, den schmalen Wiesenpfad entlangzugehen, machte sie sichtlich nervös. Aber sie wagte es nicht, ihm den Arm zu entziehen und er machte auch keine Anstalten, ihn loszulassen. So wanderten sie eine Zeit lang schweigend zusammen den Wiesenpfad entlang, der sie zum Fuß der Hügelkette brachte, auf deren höchster Erhebung das Observatorium stand.

Der Anstieg schien nicht besonders steil, aber Charlotte überlegte, ob sie es unter diesen Umständen wagen durfte, sich wieder von ihrem Begleiter zu lösen. Sie sollte es unbedingt tun, dachte sie, verspürte aber im gleichen Augenblick ein vages Bedauern. Sie genoss es, ihn so nah bei sich zu spüren. Er schien ihr so vertraut, dabei aber auch fremd und erregend.

Das gehört sich nicht, Charlotte! Sie ermahnte sich im Stillen streng und entzog ihm endlich entschlossen ihren Arm. Fast gekränkt sah er sie daraufhin an, sagte aber nichts, sondern ging ihr voran den Pfad hinauf. Charlotte blieb dicht hinter ihm. Die Sonne war fast untergegangen und tauchte den Hügel, welchen sie auf der sonnenabgewandten Seite erklommen, in Dunkelheit. Der kühle Abendfrost sank nun schnell herab und ließ die junge Frau in ihrem fadenscheinigen Mantel frösteln.

»Ist Ihnen kalt?«, fragte Battingfield besorgt. »Es sind etwa noch zwei Meilen bis zum Observatorium. Dort ist es gut geheizt und Sie können sich aufwärmen.«

»Ja, tatsächlich beginne ich etwas zu frieren«, gab Charlotte zurück. »Ich sollte mir wirklich einen neuen Mantel kaufen, denn bei der Garderobe, die mir meine Tante fertigen ließ, war ein solch profanes Kleidungsstück nicht vorgesehen«, fügte sie mit schiefem Lächeln hinzu. »Leider kann ich mir, seit ich kein Lehrerinnengehalt mehr beziehe, solche Ausgaben aber vorerst nicht leisten. Aber es wird ja jetzt auch bald Frühling. Er liegt schon in der Luft.«

»Ich würde Ihnen gerne meinen Mantel anbieten, aber das lehnen Sie sicher ab, wie ich Sie kenne.«

»Richtig erraten!«

»Dann lassen Sie uns einfach etwas zügiger gehen, damit Ihnen wärmer wird.«

»Eine sehr gute Idee!«, pflichtete Charlotte bei, überholte ihren Begleiter auf dem Weg und ging mit schnellen Schritten weiter, während sie die Hände mit ihrem Atem zu wärmen versuchte. Sie fing an zu keuchen, während sie den Hügel erklomm, aber wenigstens wurde ihr dadurch wärmer. Allerdings hatte sie Schwierigkeiten, in der hereinbrechenden Dunkelheit noch den Weg zu erkennen. Aber das schien ihr gegenüber der Kälte das kleinere Übel zu sein. Sie brauchte wirklich einen neuen Mantel.

»Seien Sie vorsichtig!«, rief ihr der Captain zu. Sie hatte ihn mit ihrem forschen Tempo inzwischen ein Stück weit hinter sich gelassen. »Hier oben liegen Felsbrocken auf dem Weg, Sie könnten hinfallen.«

Kaum hatte er ihr seine Warnung zukommen lassen, geschah es auch schon. Charlotte konnte den Weg vor ihr im schwindenden Licht beim besten Willen nicht mehr erkennen, stolperte über einen kindskopfgroßen Stein, der mitten auf dem Pfad lag und stürzte mit einem Schreckensschrei eine kurze, aber steil abfallende Böschung hinunter. Dabei schlug sie schmerzhaft mit der linken Seite und dem Hinterkopf auf und blieb, als sie schließlich zum Halten kam, schwindelig und nach Luft ringend liegen.

Battingfield war im Nu bei ihr. »Um Gottes willen, Charlotte, ist dir etwas geschehen?«, hörte sie ihn besorgt fragen, während er sich neben ihr auf den Boden kniete.

Mühsam richtete sie sich mit seiner Hilfe auf und verbiss sich den Schmerzenslaut, der ihre Kehle hinaufdrängte. Stattdessen entwich ihr ein gepresstes Stöhnen. Battingfield nahm sie in die Arme und half ihr wieder auf die Beine. Erst jetzt registrierte Charlotte verwirrt, dass er sie eben beim Vornamen genannt hatte. Er machte auch keine Anstalten, sie wieder loszulassen und war ihr näher, als es ihr lieb sein konnte. So nah, dass sie warm seinen Atem auf ihrer Wange spürte. Für einen kurzen Moment wagte Charlotte nicht, sich in seinen Armen zu bewegen. Sie wusste selbst nicht zu sagen, ob es John Battingfields Nähe war, die sie so erstarren ließ oder ihre linke Seite, die stark schmerzte. Dieser Schmerz brachte sie schließlich wieder zur Besinnung. Sie fürchtete, sich ein paar Rippen angeknackst zu haben. Vorsichtig versuchte sie durchzuatmen und stellte dabei erleichtert fest, dass alles in Ordnung war. Sie hatte wohl einige üble Prellungen, Abschürfungen und eine Beule am Hinterkopf abbekommen, die ebenfalls höllisch wehtat, aber nichts, worüber man sich sorgen müsste. Auch der kurze Schwindel hatte sich wieder gelegt.

»Das ist mir furchtbar peinlich, Mylord!«, presste sie mit vor Schmerz zusammengebissenen Zähnen hervor, während sie sich höflich, aber mit Bestimmtheit aus seiner Umarmung befreite. Sie musste unbedingt die verfängliche Situation beenden. Verlegen flüchtete sie sich in einen kleinen Scherz: »Und ich habe heute Mittag noch mit meiner Trittsicherheit beim Wandern geprahlt! Hochmut kommt vor dem Fall, im wahrsten Sinne des Wortes!« Battingfield, der sie nur widerstrebend losgelassen hatte, ging nicht darauf ein. Schweigend musterte er sie weiterhin mit einem Blick, den sie lieber als

Besorgnis deuten wollte. Mit Nachdruck fügte sie deshalb an: »Seien Sie unbesorgt. Mir ist außer ein paar Kratzern und einer kapitalen Beule am Hinterkopf nichts zugestoßen. Aber ich wäre wirklich dankbar, wenn Sie mir den Hang wieder heraufhelfen würden. Ich werde jetzt auch ganz brav hinter Ihnen bleiben, bis wir unser Ziel erreicht haben, Kälte hin oder her.«

Der Captain runzelte in kritischem Bedenken die Stirn, nahm sie dann aber ohne weitere Einwände bei der Hand und zog sie mit beachtlicher Kraft die Böschung hinauf. Oben angekommen schüttelte er erneut den Kopf und warf, indem er sanft ihr Kinn anhob, einen prüfenden Blick auf ihr Gesicht, das doch ziemliche Blessuren aufwies. Mitfühlend sog er scharf die Luft ein. Die Abschürfungen an der linken Wange waren voller Schmutz und Charlotte spürte, wie ihr ein wenig Blut die Wange herunterlief. Als er dessen gewahr wurde, zückte er ohne Umschweife sein Taschentuch, tupfte ihr damit sorgsam und vorsichtig das Blut ab und überließ es ihr dann, damit sie es sich an die betroffene Wange pressen und die kleine Blutung stillen konnte. Dabei bemerkte er: »Sie haben mir einen gehörigen Schrecken eingejagt, Miss Millford … oder darf ich Sie jetzt wenigstens ›Miss Charlotte‹ nennen? Können Sie mir verzeihen, dass ich nicht besser auf Sie achtgegeben habe? Ich hoffe, Sie haben keine zu großen Schmerzen.«

»Sie haben doch gut achtgegeben, John, und die Schmerzen lassen bereits nach«, antwortete Charlotte. Bewusst sprach sie ihn nun auch vertraulich mit seinem Vornamen an. Das war es, was er sich zu wünschen schien und sie wollte ihm wenigstens damit zeigen, dass sie seine liebevolle Fürsorge schätzte. Nichts war ihr wichtiger, obwohl sie sich so abweisend und förmlich aus seiner Umarmung befreit hatte und nun nervös darauf achtete, die Distanz zu wahren. »Ich allein habe einen Fehler gemacht und die Schuld lag ausschließlich bei mir. Es wäre mir das Liebste, wenn wir nicht mehr davon sprechen, den Zwischenfall vergessen und uns unverzüglich zur Sternwarte aufmachen. Ich hoffe allerdings, wir werden nicht noch von einem Bär oder etwas ähnlichem angefallen«, fügte sie in einem ein wenig erzwungen scherzhaften Ton hinzu, »das wäre wirklich die Krönung des heutigen Tages voller Hindernisse.«

Trotz ihrer demonstrativ zur Schau getragenen Sorglosigkeit war Charlotte völlig durcheinander und wusste einfach nicht, wie sie sich ihm gegenüber verhalten sollte. Sie konnte es nicht leugnen, dass seine Nähe und seine überaus sanften Berührungen sie völlig aus der Fassung gebracht hatten. Mehr denn je fühlte sie, dass sie im Begriff war, sich ernsthaft in John Battingfield zu verlieben und das, obwohl sie mit all ihrer Willenskraft dagegen ankämpfte. Was aber weit schwerer wog und sie gleichermaßen mit Entsetzen und Seligkeit erfüllte, war das sichere Gefühl, dass auch er weit mehr als nur freundschaftliche Zuneigung für sie empfand.

Was um alles in der Welt hatte sie sich nur dabei gedacht, allein mit ihm diese Wanderung anzutreten? Wie hatte sie nur so unbedacht und unvorsichtig sein können? Er musste sich dadurch ja geradezu ermutigt fühlen. Und jetzt auch noch dieser Zwischenfall!

Battingfield indes schien ihre verkrampften Bemühungen zu bemerken, den eben erlittenen Schrecken und die damit verbundene übermäßige Vertraulichkeit, die zwischen ihnen entstanden war, zu überspielen. Er ließ unmerklich etwas mehr Abstand zwischen ihnen und fand – zu Charlottes Erleichterung – zu einem herzlichen, aber eher formellen Verhalten zurück.

»Jetzt reichen Sie mir aber bitte Ihren Arm, damit Sie mir in der Dunkelheit nicht noch einmal verloren gehen, darauf bestehe ich ausdrücklich!«, insistierte er mit fester Stimme und bot ihr höflich den seinen an.

»Um Himmels willen, das hätte ja wirklich böse ausgehen können. Sie sehen aus, als wären Sie unter die Räuber geraten!« Dr. Banning war immer noch ganz erschüttert von der Schilderung des Zwischenfalls, die Captain Battingfield ihm in kurzen Worten gegeben hatte. Er war eine knappe Dreiviertelstunde nach ihnen eingetroffen und hatte Charlotte, von Captain Battingfield fürsorglich in eine Decke eingewickelt, mit arg zerschundenem Gesicht vorgefunden. Diese bemühte sich, eine heitere Miene aufzusetzen, was sich als nicht ganz einfach erwies, da die Abschürfungen auf ihrer Wange inzwischen wie Feuer brannten, obwohl sie von ihrem rücksichtsvollen Helfer sorgsam mit sauberem Wasser gereinigt worden waren. Er hatte darauf bestanden und sich auch nicht von Charlottes Widerspruch abhalten lassen. Charlotte musste zutiefst beunruhigt zugeben, dass die von ihm mit Vorsicht und einer nicht zu verleugnenden Zärtlichkeit ausgeführte Prozedur erneut zu großer Verwirrung bei ihr geführt hatten.

»Was sollen wir denn nun mit Ihnen machen? Jetzt im Dunkeln hat es keinen Sinn, wieder nach Dullham Manor zurückzukehren. Denken Sie, Sie können trotz Ihrer Verletzungen die Nacht hier überstehen?«

»Lieber Dr. Banning, ich sagte Ihnen doch bereits, es ist nichts! Nur ein paar Kratzer. Die Schmerzen haben auch schon nachgelassen«, log sie tapfer und lächelte die beiden besorgten Männer zuversichtlich an. »Ich würde es viel mehr begrüßen, wenn wir uns jetzt auf den eigentlichen Zweck der Unternehmung besännen und uns der Erforschung des Weltalls widmeten. Bei sinnvoller Beschäftigung vergesse ich die ohnehin nur kleinen Blessuren am besten.«

»Ich weiß, Sie sind ein tapferes Mädchen!« Dr. Banning strich ihr väterlich über die unverletzte Wange. »Also, dann sollen Sie Ihren Willen haben, aber Sie müssen versprechen, es uns zu sagen, wenn unsere Sternenguckerei Sie zu sehr anstrengt.«

Die Angesprochene nickte brav: »Ich verspreche es!«, dann aber wechselte sie demonstrativ das Thema: »Captain Battingfield, ich würde Ihnen zu gern ein paar Fragen zu Ihrer Sternwarte stellen.« Charlotte wagte es nicht, ihn in Anwesenheit von Dr. Banning weiterhin mit dem Vornamen anzusprechen. Sie war froh, dass sich durch dessen Ankunft die prekäre Situation entspannt hatte. Wer konnte ahnen, was sonst noch geschehen wäre? Sie hatte seine Nähe kaum ausgehalten, als er sie bei der Versorgung ihrer Wunden erneut sanft berührt hatte. Nur mit Mühe hatte sie ihre Erregung verbergen können und hoffte inständig, obwohl die Spannung zwischen ihnen fast mit Händen zu greifen war, dass er das nicht bemerkt hatte.

Ein Sturm von widerstreitenden, heftigsten Gefühlen war seit ihrer Ankunft im Observatorium in ihr losgebrochen. Während sie sich einerseits nichts sehnlicher wünschte, als dass er sie noch einmal in seine Arme nahm, verurteilte sie gleichzeitig ihr eigenes Verlangen aufs Schärfste und schalt sich eine verantwortungslose Närrin. Wie konnte sie das Vertrauen von Lady Battingfield so schändlich missbrauchen? Schamesröte stieg ihr in die Wangen, was die beiden Männer, die inzwischen eifrig mit dem Einrichten des Teleskops und dem Öffnen des Kuppeldachs beschäftigt waren, glücklicherweise nicht mitbekamen.

Charlotte stand auf und goss sich eine Tasse des heißen Tees ein, den der Captain zubereitet hatte. Die Dienstboten hatten das Observatorium für ihre Ankunft vorbereitet und ein Feuer gemacht, das noch glomm, als sie eintrafen. Auch ein Picknickkorb mit Verpflegung für zwei Mahlzeiten, Geschirr und Getränken war von ihnen bereitgestellt worden, bevor sie sich auf den Heimweg gemacht hatten. Die junge Frau betrachtete das inzwischen wieder angeschürte Feuer, genoss die wie immer ungemein beruhigende Wirkung des Tees und befahl sich selbst, ihre gefährlichen und tadelnswerten Empfindungen tief in sich zu vergraben, besser noch: zu vergessen. Es war absolut undenkbar, unmoralisch und in hohem Maße verwerflich! Sie hatte absolut kein Recht, John Battingfield mit ihren törichten Gefühlen zu belästigen, geschweige denn ihn gar zu ermutigen.

Er war schließlich ein Mann und konnte sich vielleicht auf die Dauer nicht beherrschen. So waren Männer nun einmal! Das hatte man zumindest den jungen Elevinnen im Institut von Mrs Longbottom bedeutet, zusammen mit dem eindringlichen Hinweis, dass es in der Verantwortung der fraglichen jungen Dame liege, einen Gentleman von etwaigen Dummheiten abzuhalten. Aber wer, so fragte sie sich nun verzweifelt, schützte die fragliche junge Dame vor ihren eigenen Gefühlen? Letztlich, so musste sie zugeben, verstand sie herzlich wenig von diesen Dingen und konnte nur hoffen, das Richtige zu tun. Das Richtige war wohl – so vermutete sie zumindest –, sich intensiv auf ihre Arbeit zu konzentrieren und sich in dieser Nacht um nichts anderes zu kümmern als die Erforschung ferner Welten. Ein Thema, das ihr geeignet schien, sie von ihren gefährlichen Gefühlen abzulenken. In diesem Moment sehnte sie sich mehr denn je nach dem verständnisvollen Rat ihrer verstorbenen Mutter.

Mit einem tiefen Seufzer wandte sie sich den beiden Männern zu, die sich inzwischen auf den Sitzgelegenheiten unterhalb des Okulars niedergelassen hatten. Obwohl Battingfield betont hatte, dass es sich um ein eher kleines Exemplar eines Front-View- oder Herschelteleskops handelte, erschien es ihr doch ausgesprochen beeindruckend, wie es ungefähr zweieinhalb Yards hoch in den nächtlichen Himmel hinausragte.

Interessiert trat sie hinzu und ließ sich vom stolzen Besitzer die besondere Spiegelanordnung erläutern. Man beschloss, sich dem gerade nahen Jupiter zu widmen und seine Monde und eventuell sogar die seltenen Mondschatten auf dessen Oberfläche zu beobachten. Charlotte erstaunte die beiden

Männern damit, dass sie die Namen der vier Jupitermonde[28] kannte, während Dr. Banning, ganz in seinem Element, mit dem Captain über das erst vor acht Jahren veröffentlichte bahnbrechende Werk des deutschen Mathematikers Gauß[29], die *Theoria motus*, zu fachsimpeln begann, das die Grundlage für die sich in jüngster Zeit häufenden Entdeckungen kleinerer Himmelskörper darstellte. Wie Captain Battingfield der interessierten Zuhörerin erläuterte, war es Herschel allerdings auch ohne dieses Werk gelungen, den Uranus als siebten Planeten im Sonnensystem zu entdecken.

Er befand, dass es ein wahres Glück sei, in dieser spannenden Epoche leben zu dürfen, in der sich die Erkenntnisse sowohl über den Kosmos wie auch über den eigenen Planeten Erde verdoppelten, wenn nicht verdreifachten. Nicht unwesentlich sei daran auch Caroline Herschel beteiligt, die Schwester des berühmten Hofastronomen, die beeindruckend genaue Sternverzeichnisse vorgelegt habe. Er besitze hier in der Sternwarte sogar eine Abschrift wesentlicher Teile der den nordwestlichen Himmelsquadranten betreffenden Sternenkataloge dieser beeindruckenden Wissenschaftlerin.

»Kennen Sie sie denn persönlich?«, fragte Charlotte aufgeregt. Sicher ahnte er nicht, dass sie diese Frau glühend bewunderte.

»Kennen wäre zu viel gesagt«, schränkte er bescheiden ein, »aber ich hatte die Gelegenheit, Herschel in der königlichen Sternwarte in Slough besuchen zu dürfen, zusammen mit einer kleinen Gruppe interessierter Astronomen der Marine. Sie war

---

28 Die vier Hauptmonde des Jupiter: Io, Europa, Ganymed und Callisto waren seit Galileo allgemein bekannt und werden auch als Galileische Monde bezeichnet. Sie können schon mit einem vergleichsweise einfachen Fernrohr ausgemacht werden. Inzwischen sind 16 größere Monde und weitere 44 Kleintrabanten dokumentiert.

29 Carl Friedrich Gauß (1777 – 1855), dt. Mathematiker und überragendes Genie mit weit gefächerten Interessen. Zu seinen bekanntesten Arbeitsfeldern zählen seine Beiträge zur Geometrie und zur Statistik (Gauß'sche Verteilungskurve). Er veröffentlichte zahlreiche bahnbrechende Werke vorwiegend zum Thema Mathematik. Eines der bekanntesten ist sein schon in jungen Jahren geschriebenes Werk »Disquisitiones Arithmeticae«.

in den wenigen Tagen, die wir uns dort aufhielten, auch zugegen und erläuterte uns zusammen mit ihrem Bruder die Technik und Anwendung der Teleskope. Sie ist allerdings eine sehr bescheidene Frau, die sich eher im Hintergrund hält, obwohl ich sie für ebenso brillant wie ihren Bruder halte. Sie soll ja eine vielversprechende Karriere als Sängerin ausgeschlagen haben, um ihrem Bruder nach Slough zu folgen.«

»Ich beneide Sie!«, entfuhr es Charlotte und es war nicht zu überhören, dass dieser Ausruf aus tiefstem Herzen kam.

Battingfield zog halb erstaunt, halb belustigt die Augenbrauen hoch: »Was ist denn der Gegenstand Ihrer Begierde, Miss Charlotte? Wenn ich Ihnen irgendwie dienlich sein kann, wäre es mir ein Vergnügen.«

Charlotte konnte nicht anders und musste lachen. »Keine Angst, Sie dürfen Ihr Teleskop behalten, obwohl man darauf schon neidisch werden könnte. Nein, ich beneide Sie darum, dass Sie die Gelegenheit hatten, diese Frau kennenzulernen. Ich habe auch von ihr gehört und sie für ihren Mut bewundert, ihren eigenen Weg zu gehen, koste es was es wolle. Ich glaube, das war nicht einfach für Miss Herschel. Ich habe gehört, man habe sie in Bath, wo sie als Sängerin bekannt war, daraufhin gesellschaftlich fallen lassen. Uns Frauen wird es nicht leicht gemacht, wenn wir nach Bildung streben. Das viele Lesen sei unweiblich, heißt es dann etwa und überhaupt sei eine Frau geistig nicht in der Lage, solche Dinge auch nur annähernd zu erfassen. Man erntet nur Spott und Unverständnis, oft genug sogar Strafe!« Charlotte schwieg einen Augenblick, eingenommen von wenig angenehmen Erinnerungen an ihre Zeit im Institut, um dann heftiger fortzufahren: »Aber ich kann mir nicht helfen, mir ist es einfach nicht genug, meine Tage mit Stickarbeiten und belangloser Konversation zu verbringen. Genau das ist aber die Aufgabe einer Frau, heißt es, außer sie muss für ihren Lebensunterhalt sorgen. Und selbst dann stehen ihr nur in sehr begrenztem Maße Wege offen. Was würde ich dafür geben, wie jeder halbwegs gebildete junge Mann eine Universität besuchen zu dürfen, in all das Wissen eintauchen zu können, ohne ständig ermahnt zu werden, ohne meinen Wissensdurst immerzu verstecken zu müssen.« Sie hatte mit immer größerer Leidenschaft gesprochen und fürchtete plötzlich, zu weit gegangen zu sein.

»Verzeihen Sie, Gentlemen, das alles interessiert Sie wahrscheinlich nicht und klingt sogar lächerlich für Sie. Ich bin wohl ein wenig aus der Art geschlagen. Vielleicht muss man aber auch meinem Vater die Schuld geben, der mir in meiner Kindheit zu viele Flausen in den Kopf gesetzt hat. Allerdings«, fügte sie nach einer kleinen Pause nachdenklich hinzu, »möglicherweise würde ich sogar, wie Miss Herschel, gerne das Los einer unverheirateten alten Jungfer wählen, wenn ich mich dafür mit all diesen Wundern beschäftigen dürfte. Ja, ich würde ein solches Leben gar als Geschenk empfinden.« Charlotte erhob sich, ohne eine Erwiderung seitens ihrer beiden in Erstaunen verstummten Zuhörer abzuwarten, um nach dieser vielleicht zu emotionalen Einlassung wieder zur Ruhe zu kommen. Eine weitere Tasse Tee würde sicher hilfreich sein. Dieser Tag war voller widerstreitender Gefühle und Empfindungen für sie gewesen. Sie war völlig durcheinander. Ein Blick auf die modernen Regulatoren[30] der Sternwarte zeigte ihr, dass es auch schon weit nach Mitternacht war. Sie zog sich besser zurück, bevor sie noch mehr Unsinn redete.

Ganz in ihre Gedanken versunken und an ihrem Tee nippend, bemerkte sie nicht, dass Battingfield seinen Platz beim Okular verließ und sich im Halbdämmer des heruntergebrannten Feuers dicht zu ihr gesellte.

30 Regulatoren sind wissenschaftliche Präzisionsuhren, damals Pendeluhren, die mit einem Glaszylinder überwölbt waren. Bei Sternwarten sehen die Regulatoren typischerweise je ein Zifferblatt für den Minutenzeiger (das größte Blatt) und für Stunden und Sekunden (rechts und links unten auf dem Minutenblatt angeordnet) vor. Dies ist notwendig, da Sternpositionen in Bogenminuten und -sekunden (wegen der Himmelsdrehung) beschrieben werden und eine exakte Zeiterfassung zwingend ist. Bei normalen Zifferblättern verdecken sich die Zeiger jedoch manchmal, was ein genaues, schnelles Ablesen erschwert.

»Charlotte, ich halte Sie nicht für aus der Art geschlagen!« Seine Stimme klang zärtlich, als er sich im Flüsterton an sie wandte. »Ich wünschte, ich könnte mehr für Sie tun, Ihnen das schenken, nach dem es Sie so sehr verlangt. Ich ...«

Charlotte spürte deutlich, dass der Captain durch das, was ihm auf dem Herzen brannte, kurz davor stand, sie beide in eine unhaltbare Situation zu bringen. Es war an ihr, dem unbedingten Einhalt zu gebieten. Sie unterbrach ihn hastig: »Bitte, Captain, schweigen Sie, wir beide wissen, dass das nicht geht. Sie haben mir schon so viel gegeben und ich bin Ihnen unendlich dankbar dafür. Aber wir haben beide unsere Verpflichtungen. Ich werde meine Arbeit hier bald abgeschlossen haben. Dann muss ich zurück nach Millford Hall und werde den Weg einschlagen, der einer jungen Frau unweigerlich vorgegeben ist. Es hat keinen Sinn, sich das Unmögliche zu erträumen.«

Er wich zurück, als hätte sie ihm einen Schlag versetzt. Sie sah, wie sehr ihn ihre Worte bedrängten und es tat ihr leid. In wärmerem Tonfall fügte sie deshalb an: »Ich danke Ihnen, Captain, für diesen unvergesslichen Tag. Sie haben mir wirklich ein wunderbares Geschenk gemacht, das ich zu schätzen weiß und in mir bewahren werde.«

Dann wandte sie sich Dr. Banning zu und sagte lauter: »Gemäß Ihrer Anweisung werde ich mich nun etwas schonen und hinlegen. Ich bin nun doch sehr müde und habe auch ein wenig Kopfschmerzen. Möglicherweise ist diese dumme Beule daran schuld. Aber Sie müssen sich deshalb nicht stören lassen. Ich bin so müde, dass ich sicher gleich einschlafen werde. Gute Nacht, Gentlemen!«

Damit ging sie zu der kleinen, provisorisch mit einem Paravent abgeteilten Nische mit den beiden Feldbetten, die von der Dienerschaft vorsorglich aufgestellt worden waren, wickelte sich in die warmen Decken und schlief unverzüglich ein.

Kapitel 17

Charlotte erwachte mit einem leisen Stöhnen. Ihre linke Seite schmerzte noch von dem erlittenen Sturz und auch das Gesicht fühlte sich leicht geschwollen an, mehr als am Abend zuvor. Vorsichtig erhob sie sich von ihrem Lager, ordnete ihre Kleidung und wusch sich flüchtig am bereitstehenden Waschtisch. Die beiden Männer hatten ihr, wie es sich für Gentlemen gehörte, die improvisierte Schlafkammer überlassen und sich auf den gemütlichen Sitzgelegenheiten im Hauptraum des Observatoriums zur Ruhe gebettet. Charlotte stellte sich auf die Zehenspitzen, um über den Paravent hinweg nach den Schläfern zu schauen. Dr. Banning hatte zwei zusammengeschobene Sessel zum Bett umgebaut. Die Perücke lag auf seinem Schoß, was sein schütteres, ergrautes Haupthaar sichtbar werden ließ. Die Augengläser hingen schief auf der Nase und die Halsbinde zitterte im Rhythmus seines Atems, während er leise vor sich hin schnarchte.

John Battingfield schlief auf dem verbliebenen Sessel. Er hatte sich seiner Jacke und Weste entledigt und den hohen Kragen seines Hemdes geöffnet, die Decke war ihm im Schlaf zu Boden geglitten. Auf seinen Wangen zeichnete sich der dunkle Schimmer des Bartwuchses ab, was seinen Gesichtszügen einen Hauch von Verwegenheit verlieh. Charlotte erlaubte es sich, ihren Blick ein wenig auf seiner anziehenden, schlafenden Gestalt verweilen zu lassen. Sie verspürte plötzlich ein seltsames Flattern in ihrem Innersten, das sie so noch nie empfunden hatte. Da öffnete der Captain die Augen und sah sie an. Für einen kurzen Moment hielt sie seinem offenen Blick stand, aber dann wandte sie sich mit einem Ruck ab. Sie fühlte sich ertappt und schämte sich. Hatte sie sich nicht erst kürzlich geschworen, ihren unerlaubten Gefühlen für diesen Mann keinen Raum mehr zu geben? Das schien schwerer zu sein als gedacht. Trotzdem durfte sie sie nicht weiter zulassen. Unwillkürlich ballte sie die Hände zu Fäusten, schloss die Augen und sagte sich streng: Nimm dich zusammen, Charlotte! Es darf nicht sein und das weißt du!

Sie brauchte einen Augenblick, um ihre innere Balance wieder zu erlangen. Zu ihrer großen Erleichterung gelang es ihr schließlich. Dann trat sie hinter dem Paravent hervor und ging rasch zum Kamin hinüber, um das erloschene Feuer neu zu entfachen. Es war so früh im Jahr am Morgen noch recht kalt. Sie fröstelte, während sie mit zitternden Händen das Holz aufschichtete und die letzten verbliebenen Glutfünkchen anblies. Möglicherweise war es aber gar nicht die Kälte, die ihr Zittern verursachte. Sie wusste es selbst nicht zu sagen. Plötzlich spürte sie, wie ihr von hinten eine der warmen Decken um die Schultern gelegt wurde. Sie zog die Enden der Decke vor der Brust zusammen, wickelte sich vollends ein und wandte sich dann um. Der Captain stand dicht vor ihr und lächelte sie freundlich an, als wäre nicht das Geringste vorgefallen. Empfand vielleicht nur sie selbst die unerträgliche Spannung der Situation?

»Haben Sie gut geschlafen, Miss Charlotte?« Sein unverfänglicher Tonfall, der nicht recht zu der seltsamen Vertraulichkeit seines Blickes passen wollte, irritierte und beruhigte sie gleichermaßen.

»Ja, danke! Nach der Wanderung an der frischen Luft gestern und unserem höchst interessanten Abend unterm Sternenzelt habe ich wirklich selig geschlafen. Allerdings habe ich die Furcht, ich biete heute keinen sehr angenehmen Anblick. Kann es sein, dass meine Wange stärker geschwollen ist als gestern? Es fühlt sich zumindest so an«, sagte sie und trat dabei etwas zurück. Es war sicher das Beste, ihn nicht noch einmal dazu zu verleiten, ihr zu nahe zu kommen.

Er ließ sich nichts anmerken. Wahrscheinlich hatte sie seinen Blick vorhin missverstanden und hatte nur selbst

Mühe damit, ihre Empfindungen zu kontrollieren. Umso besser!

»Allerdings! Walter hatte ganz recht mit seinem Vergleich gestern. Sie sehen aus, als hätten Sie eine veritable Schlägerei hinter sich. Tut es sehr weh?«, fragte er mitfühlend.

Sie lächelte vorsichtig. »Um ehrlich zu sein, ein wenig schon … aber das ist der Preis für meine Unvorsichtigkeit. Ich werde es mir merken! Es war auch sehr dumm von mir, so im Dunklen voranzustürmen.«

»Sie hätten *doch* den Mantel annehmen sollen. Allerdings habe ich Sie zu der Dummheit, wie Sie es nennen, angestiftet und deshalb gebührt mir der Tadel.«

»Nachher ist man immer klüger. In Zukunft werde ich Ihren Rat sofort annehmen, Captain, Sir!«, fügte sie in militärischem Tonfall und mit einem kleinen Lachen hinzu, froh darüber, dass eine gewisse Entspannung eintrat. »Aber wir wollen uns nicht damit aufhalten. Ich werde jetzt das Frühstück bereiten. Ich habe nun wirklich Hunger, vor lauter Forschergeist habe ich gestern ganz versäumt, etwas zu essen. Es war alles so interessant.«

»Das freut mich zu hören! Sie sind auch ein außergewöhnlich interessierter und verständiger Gast gewesen. Es war mir eine Ehre. Ich hoffe, Sie werden mich noch öfter hierherbegleiten, auch wenn Sie wieder in Millford Hall sind. So weit ist es ja nicht.«

Charlotte senkte den Blick und schüttelte bedauernd den Kopf: »Ich weiß nicht, ob das möglich ist, Captain! Ich denke, dass ich trotz allem Ihre Gastfreundschaft nicht mehr allzu lange in Anspruch nehmen sollte. Und ich fürchte, meine Tante hat ihre eigenen Pläne.«

»Und Ihre Tante darf so sehr über Sie verfügen?«

Charlotte seufzte leise. »Ich fürchte, das darf sie«, sagte sie und sah wieder zu ihm auf. »Ich habe mich durch meinen eigenen Entschluss an das Haus der Millfords gebunden. Vielleicht war das ein Fehler. Damals erschien es mir unter den gegebenen Umständen die richtige Entscheidung zu sein.« Sie rang darum, die in ihr aufsteigende Beklemmung zu unterdrücken. »Bitte, wir wollen nicht mehr davon sprechen.«

Battingfield sah ihr eine Weile prüfend in die Augen und nickte schließlich. »Wie Sie es wünschen, Miss Charlotte. Ich habe kein Recht, in dieser Sache weiter in Sie zu dringen.«

Er wandte sich dem alten Freund zu, der immer noch den Schlaf des Gerechten schlief: »Raus aus den Federn, Walter! Du verschläfst noch den ganzen Morgen, das ist nicht höflich im Beisein einer jungen Dame!«

Es dauerte etwas, bis Dr. Banning Morpheus' Armen vollständig entkommen war. Mit einem verschämten Lächeln setzte er die Perücke auf und rückte seine Brille wieder zurecht und begab sich als Letzter hinter den Paravent für seine Morgentoilette. Inzwischen hatten die anderen beiden zusammen ein prächtiges Frühstücksmahl hergerichtet, den Raum in Ordnung gebracht und die Fensterverschläge des Observatoriums geöffnet, um die strahlende Morgensonne einzulassen. Es war ein herrlicher Morgen und Charlotte bedauerte ehrlich, dass sich ein ausgedehnter Spaziergang über die Hügel vor ihrer Rückkehr nach Dullham Manor wegen ihres Sturzes am Vorabend verbot. Die beiden Gentlemen hatten selbstverständlich von solchen Plänen nichts hören wollen und bestanden angesichts ihrer Beschwerden darauf, unverzüglich nach dem Frühstück aufzubrechen. Da nutzte es auch nichts, dass Charlotte wieder und wieder versicherte, die Sache sei des ganzen Aufhebens nicht wert. Gegen die ehrliche Sorge ihrer beiden Begleiter um ihr Wohlbefinden kam sie einfach nicht an.

Etwa eine Stunde später machten sie sich gut gestärkt auf den Weg und wanderten den Pfad, den sie gestern gekommen waren, wieder hinab. Charlotte, die beschlossen hatte, sich gegenüber Captain Battingfield in noch größerer Zurückhaltung zu üben, hatte sich vorsorglich bei Dr. Banning eingehakt und unterhielt sich mit diesem angeregt.

Battingfield wanderte neben ihnen und wirkte, je näher sie Dullham Manor kamen, mehr und mehr verschlossen, fast missmutig. Banning gab in der Zwischenzeit unbeirrt Anekdoten aus seiner Jugend zum Besten. Als Student hatte er keine Gelegenheit zu einem Streich ausgelassen und damit seine Professoren in Oxford zur Weißglut gebracht. Er hatte ein außerordentliches erzählerisches Talent und verstand es, seine Beschreibungen besonders schrulliger Professoren in einem Maße komödiantisch auszuschmücken, dass Charlotte schließlich nach Luft schnappend um Erbarmen bat. Es sei, so flehte sie, weder ihrem zerschundenen Gesicht noch ihren Rippen eine weitere Malträtierung zuzumuten, die er zweifellos hervorriefe, wenn er sie weiter so zum Lachen reize. Dr. Banning versprach daraufhin, nur noch ernste Themen anzusprechen und dies mit einer solchen Leichenbittermiene, dass Charlotte wieder kichern musste.

»Nein, ich meine es jetzt wirklich ernst. Es wäre ja unverantwortlich, Sie weiter zu quälen, meine Liebe«, sagte Dr. Banning schließlich und wandte sich seinem Freund zu. »Welche Laus ist dir denn über die Leber gelaufen, John? Es ist ein herrlicher Morgen nach einem anregenden Abend. Wir haben charmante Begleitung, und du machst ein Gesicht wie bei einer Beerdigung.«

Battingfield zwang sich zu einem Lächeln. »Verzeihung, ich war einfach in Gedanken.«

»Und was wälzt du schon für schwere Gedanken am frühen Morgen?«

»Ach, es ist nichts! Da wir gerade von ernsten Dingen sprechen. Ist der alte Doyle tatsächlich gestorben? Das kam doch recht überraschend.«

»Ah, es ist gut, dass du mich darauf ansprichst. Ich habe durch meinen Schreck über den Unfall von Miss Charlotte ganz vergessen ... nicht wahr, ich darf Sie doch so nennen? Ich habe ohnehin den Eindruck, dass Sie sich an den Namen Millford noch nicht richtig gewöhnt haben«, wandte sich Banning lächelnd an Charlotte, um dann wieder an Battingfield gerichtet mit ernsterer Miene fortzufahren, »nun, ich vergaß, dir zu berichten, dass er gestern in meinem Beisein verstorben ist. Es war das Herz, meint Dr. Fowler. Er hatte wohl nicht lange zu leiden. Schlimmer steht es um seine Tochter. Sie ist ganz außer sich vor Sorge, was nun aus ihr und den Kindern werden soll. Wie du weißt, ist sie Witwe und nach dem Tod ihres Mannes wieder zu ihrem Vater auf den gepachteten Hof gezogen. Ihr ältester Sohn, David ist sein Name, ist jetzt erst vierzehn Jahre alt. Ein fleißiger, williger Junge, aber noch etwas zu jung, um die ganze Last der Bewirtschaftung allein zu übernehmen. Kurzum, ich wollte dir vorschlagen, die Familie für einige Jahre mit Mitteln aus der Stiftung zu unterstützen, bis der Junge erwachsen genug ist, den Hof in voller Verantwortung zu übernehmen. Wir sollten nach unserer Ankunft auf Dullham vielleicht noch einmal darüber sprechen.«

»Ist recht, Walter«, antwortete der Captain einsilbig.

Charlotte wunderte sich über seine schlechte Stimmung, fürchtete sie doch, dass sie irgendwie mit ihrer Person zusammenhing. Auch Dr. Banning sah seinen jungen Freund mit erstaunter Miene an, sagte aber nichts. Um das Schweigen, das nun eintrat, zu überbrücken, fragte Charlotte: »Sie erwähnten eben das Wort ›Stiftung‹. Ich kenne diesen Begriff nicht. Um was handelt es sich dabei?« Bereitwillig schilderte ihr Dr. Banning ausführlich, was es mit der Stiftung, die Captain Battingfield für die Versorgung der Bedürftigen seiner Gemeinde eingerichtet hatte, als er den Titel und die Ländereien seines Vaters übernahm, auf sich hatte. Er selbst, Banning, sei als Vorsitzender der Stiftung zusammen mit zwei weiteren ehrenwerten Mitgliedern der Gemeinde und eben dem Baron of

Dullham – er benutzte hier, was er sonst nur sehr selten tat, den Adelstitel seines Freundes – eingesetzt.

Die Geldangelegenheiten und Vermehrung der Geldmittel oblägen dem Bruder Lord Battingfields, der ein erfolgreicher Anwalt in London sei, und eben Lord Battingfield selbst. Erst vor Kurzem habe dieser die Geldmittel der Stiftung wieder aufgestockt. Ein wahrer Segen für den Landstrich und seine Gemeindeschäfchen. In vielen anderen Grafschaften, so habe er von seinen Amtskollegen gehört, hätte die Neuordnung der Gesetze zum Landbesitz, die zugunsten des Adels und zulasten der Bauern gingen, zu einer Verelendung der Landbevölkerung geführt. Ein Unrecht, das sich wie eine schwärende Wunde ins Land fräße. Die Landbevölkerung wandere seitdem auf der Suche nach Arbeit in den aufkommenden Manufakturen in die Städte ab. Dies sei schlecht für das Land, schlechter noch für die Städte, die in ungesundem Maße wüchsen und am allerschlechtesten für die betroffenen Menschen, die oft unter elendesten Bedingungen hausten und nicht selten der Trunksucht oder dem Verbrechen verfielen, ganz zu schweigen vom beklagenswerten Schicksal der Kinder, die in diesen Verhältnissen aufwuchsen.

Charlotte staunte, dass es Dr. Banning wagte, solch kritische Worte in Gegenwart eines vermögenden Landadeligen zu äußern. Letztlich war es ihr aber doch ein Beweis für das außerordentliche Vertrauen, das zwischen den beiden Männern herrschte und für den außergewöhnlich mitfühlenden Charakter des Mannes, der in düsterer Stimmung neben ihr herging. Sie wünschte, dass sie ihm Linderung in seiner offensichtlichen Verstimmung schaffen könnte, wusste aber nur zu genau, dass dies nicht ihre Aufgabe sein durfte. So war sie fast froh, als sie endlich Dullham Manor erreichten, wo ihnen Lady Battingfield bereits auf der Terrasse entgegentrat.

Battingfield ging seiner Gattin mit beschleunigtem Schritt entgegen, grüßte sie mit einem flüchtigen Kuss auf die Wange und fragte sie nach ihrem Befinden. Es gehe ihr wieder ausgezeichnet, teilte Lady Battingfield mit, sie wisse auch nicht, was sie gestern befallen habe. Auch am Morgen habe ihr noch der Magen etwas zu schaffen gemacht, nun aber fühle sie sich wieder ganz hergestellt. Sie bedaure, dass sie nicht an dem sicher vergnüglichen Ausflug hatte teilhaben können, sagte sie, doch da wurde sie Charlottes ansichtig, die inzwischen ebenfalls herangekommen war. Entsetzt schrie sie auf: »Was um alles in der Welt ist Ihnen denn zugestoßen, Miss Millford? Ihr Gesicht ist ja vollkommen ruiniert, wie furchtbar! Es wäre doch zu schrecklich, wenn Narben blieben. Wie würde das denn aussehen?«

Charlotte fand die Aufregung, die sich vor allem auf doch recht unwahrscheinliche entstellende Narben konzentrierte, etwas übertrieben und wiegelte deshalb leicht verärgert ab: »Ich danke Ihnen für Ihr Mitgefühl, Lady Battingfield, aber es sieht weit schlimmer aus als es in Wirklichkeit ist. Ein wenig Kräutersalbe und in spätestens einer Woche wird nichts mehr zu sehen sein, dessen bin ich sicher.«

»Ach ja? Wir wollen es wirklich hoffen, es wäre doch zu schlimm! Ein zerstörter Teint und das in Ihrem Alter … und wo Sie doch noch nicht verheiratet sind. Die Schönheit ist doch das einzige Pfund, mit dem wir Frauen wuchern können, nicht wahr? Die müssen wir uns unbedingt bewahren. Wie konnte so etwas nur passieren? Haben die Gentlemen nicht auf Sie aufgepasst? John, wie konntest du?«, wandte sich Lady Battingfield nun mit tadelnder Stimme an ihren Ehemann. Sie wartete, wie üblich, seine Antwort nicht ab, sondern führte Charlotte ins Haus, ohne sich noch um die beiden zurückbleibenden Männer zu kümmern.

»Das wäre das!«, seufzte Dr. Banning. »Wie sind deine Pläne, John? Können wir uns noch in deinem Arbeitszimmer über den angesprochenen Fall unterhalten oder soll ich demnächst noch einmal vorbeikommen? Allerdings drängt die Sache etwas.«

Der Captain hatte den beiden Frauen nachgesehen, die inzwischen im Haus verschwunden waren, und schreckte nun, da er angesprochen wurde, auf: »Wie? Ja, sicher! Ich denke, wir sollten das gleich erledigen. Ich kann mich später umziehen.« Er winkte Banning zu sich und betrat die Terrasse. »Komm doch bitte mit herein, Walter. Cyril kann uns etwas zur Stärkung ins Arbeitszimmer bringen.«

Gemeinsam betraten die beiden Männer das Haus und suchten das Arbeitszimmer Battingfields auf. Dort angekommen entledigte sich der Hausherr seines Mantels, den er achtlos über einen Stuhl warf und bot seinem Freund einen Platz an.

Banning legte, nachdem er es sich bequem gemacht hatte, die Fingerspitzen aneinander und schaute den Captain mit einem prüfenden Blick über den Rand seiner Brillengläser an. »Was ist mit dir los, John? Ich kenne dich gut genug um zu sehen, dass dir irgendetwas schwer auf der Seele liegt. Und erzähle mir nicht wieder, dass ich mich irre. Ich bin auch dein Seelsorger, wie du dich vielleicht erinnerst … aber in erster Linie dein Freund.«

Battingfield vermochte nicht sofort zu antworten. Unruhig verließ er seinen Platz, den er eben hinter dem Schreibtisch eingenommen hatte, ging zum Fenster, lehnte sich gegen den Fensterrahmen und sah hinaus. Es war ihm anzumerken, dass er mit sich rang, aber nicht die Worte fand, die er suchte.

Inzwischen war Cyril eingetreten und hatte Getränke und einige Sandwiches hereingebracht. Banning wartete geduldig, bis sie wieder allein waren: »Nun …?«, fragte er. »Oder soll ich einmal raten?«

Vom Fenster her kam immer noch keine Antwort. Trotzdem spürte der alte Seelsorger, dass es seinen Freund danach verlangte, sein Herz auszuschütten. Also fuhr er unbeirrt fort: »Die Sache ist die, dass du seit geraumer Zeit Gefühle für

Charlotte Brandon hegst und nun nicht weißt, was du tun sollst. Sei bitte ehrlich zu mir, John! Ist auf dem Weg zur Sternwarte etwas geschehen, was nicht sein darf? Hast du dich ihr etwa angetragen? Sie schien mir etwas durcheinander zu sein und ich glaube nicht, dass das nur mit dem Sturz zusammenhing.«

Battingfield zögerte einen Augenblick, bevor er ergeben nickte. Dann wandte er sich um und sah seinem Freund in die Augen: »Es ist wahr, ich kann es wohl nicht verbergen. Ist es denn so offensichtlich? Allerdings kann ich dich beruhigen: Es ist nichts vorgefallen. Miss Brandon ist eine sehr anständige junge Frau. Sie hat mich zurückgewiesen.«

Banning stockte der Atem: »So hast du dich ihr erklärt?«

Battingfield schüttelte, zur Erleichterung seines Freundes, den Kopf: »Nein, natürlich nicht! Wie könnte ich sie so kompromittieren? Auch ich weiß, was sich gehört. Aber als sie stürzte …« Er zögerte. »Ich half ihr auf und hielt sie in meinen Armen. Ich fühlte … es war …« Es bereitete ihm sichtlich Mühe weiterzusprechen, aber dann raffte er sich auf und sagte mit der Aufrichtigkeit eines Beichtenden: »Ich hätte sie beinahe geküsst, Walter! Ich konnte mich nur mit Mühe zusammennehmen. Um es freiheraus zu sagen: Sie muss mein Verlangen gespürt haben. Es war nicht zu übersehen, dass es ihr mehr als unangenehm war. Ich fürchte, ich habe einen schweren Fehler begangen. Ich hätte ihr meine Gefühle nicht zeigen dürfen, aber was konnte ich dagegen tun? Vielleicht war diese Nacht in der Sternwarte ein großer Fehler, obwohl sie doch so glücklich über die Aussicht auf den Ausflug war. Ich kenne mich selbst nicht mehr. Ich weiß ja, dass ich sie in Bedrängnis gebracht habe. Sie hat mir immer wieder zu verstehen gegeben, dass ich mich zurücknehmen muss, anständig wie sie ist. Leichter gesagt als getan!« Er lachte kurz freudlos auf. »Ach, Walter, was soll ich nur tun?« Er sank auf seinen Sessel am Schreibtisch nieder, stützte sich mit den Ellenbogen auf und verbarg sein Gesicht in den Händen.

Als erfahrener Seelsorger und Freund, der er war, ließ der ältere der beiden Männer einige Augenblicke verstreichen, bevor er zu sprechen begann: »John, ich weiß seit Langem, dass du starke Gefühle für diese junge Frau hegst. Es ist tatsächlich nicht zu übersehen und auch nur zu verständlich. Sie ist wirklich bezaubernd und dazu überaus gescheit. Auch ich muss zugeben, dass ich selten eine so begabte und überaus anziehende Vertreterin ihres Geschlechts traf, vielleicht mit ein oder zwei Ausnahmen. Zudem ist deine Ehe nicht gerade glücklich zu nennen.« Als Battingfield halbherzig zum Widerspruch ansetzte, wiegelte sein Freund kurzerhand ab: »Auch das ist nicht zu übersehen, John. Selbst die Dienstboten reden schon hinter vorgehaltener Hand darüber. Ihr passt einfach nicht zusammen und du bist ein leidenschaftlicher Mann. Ich sagte damals zu deinem Vater, dass es ein schwerer Fehler sei, dich zu dieser Ehe zu drängen, aber er ließ nicht mit sich reden, starrsinnig wie er war!« Banning schüttelte bei der Erinnerung an dieses unerfreuliche Gespräch mit dem alten Baron unwillig den Kopf. »Aber die Dinge sind nun einmal, wie sie sind. Dass du die junge Frau zugrunde richtest, wenn du sie zu deiner Mistress[31] machst, weißt du. Für ein solches Leben ist sie einfach nicht geschaffen. Zum Glück hat sie bei eurem leichtsinnigen Abenteuer einen klaren Kopf behalten. Du hättest nicht allein mit ihr zur Sternwarte gehen sollen, das brauche ich dir ja nicht zu sagen. Aber nun ist es eben geschehen. Du solltest ihr für ihre erstaunliche Besonnenheit dankbar sein, erstaunlich vor allem, wenn man ihre Jugend bedenkt. So musst du dir nichts vorwerfen, denn es ist nichts geschehen, dessen du dich schämen müsstest. Auch du hast dich ehrenhaft verhalten.«

---

31 Zum Phänomen der Mistress und ihrer Stellung in der Gesellschaft sowie dem Problem von Treue und Ehebruch im Regency siehe Nachwort.

Battingfield antwortete nicht. Er schien nach wie vor uneins mit sich selbst. Der ältere der beiden Männer seufzte tief und fügte dann verständnisvoll an: »Das ist eine schwere Prüfung für dich, ich weiß, John! Aber ich kann dir als Seelsorger nur sagen: Für unsere Gefühle kann man uns nicht verurteilen. Sie sind wie die Wogen des Meeres und nicht zu bezähmen. Unsere Entscheidungen sind es, die uns zu Heiligen oder Sündern machen. Die Frage ist allerdings, wie du weiter vorgehen wirst. Sicher wäre es eine Möglichkeit, sie bald zurück nach Millford Hall zu schicken, aber das scheint mir über die Maßen hart für die junge Dame zu sein. Sie hat sich schließlich nichts zuschulden kommen lassen, und für deine Gefühle bist du allein verantwortlich. Außerdem könnte sie dann ihre Aufgabe nicht mehr zu Ende führen, an der ihr doch so viel liegt, wie wir beide wissen. Das kann man ihr nicht antun.«

Er wartete einen Augenblick, um seinem jungen Freund die Gelegenheit zu geben, eine Entscheidung zu treffen, doch Battingfield schwieg weiterhin. Es war ihm aber anzusehen, dass er mit dem Gedanken, Charlotte seines Hauses zu verweisen, alles andere als glücklich war. Also fuhr Banning fort: »So bleibt nur eines: Nimm dich zurück, John, aber sei weiterhin freundlich zu ihr. Sie hat es verdient, zumal sie bei ihrer Tante, diesem Drachen in Menschengestalt, ja kein liebes Wort erfährt. Je länger sie ihr fernbleiben kann, umso besser für sie. Ein Blinder kann sehen, dass sie unter der Härte und Lieblosigkeit dieser Frau leidet. Wenn du sie wirklich liebst, John, und ich glaube, dass das der Fall ist, dann nimm dich zurück und pass auf, wie du ihr begegnest. Aber lass sie hierbleiben, so lange sie will. Meinst du, du kannst das bewerkstelligen, mein Freund?«

Der Angesprochene verharrte immer noch in der vorher eingenommenen Haltung, die seiner Verzweiflung beredt Ausdruck verlieh. Dann aber holte er tief Luft und sah seinen

Freund an: »Ich will's versuchen. Aber bei Gott, die schlimmsten Schlachten sind die, die wir mit uns selbst ausfechten und nicht immer bleiben wir Sieger.«

»Ja, das ist wohl wahr, aber unsere gute Absicht ist es, die zählt. Ich weiß auch keine andere Lösung, es tut mir leid. Ich danke dir aber für deine Ehrlichkeit und ich hoffe, dass du aufrichtig handeln und weder Miss Charlotte noch deiner Frau schaden wirst.«

Battingfield nickte noch einmal, seufzte tief und begann, sich und seinem Freund etwas Hochprozentiges einzuschenken. Dieser wandte sich nun dem Thema zu, das sie noch zu besprechen hatten. Er wusste, dass der junge Adelige schwer mit sich rang und wünschte, ihm besser helfen zu können, aber die Dinge waren verworren und schwer zu lösen. Er betete inständig, dass es für alle Beteiligten gut ausgehen mochte.

Kapitel 18

Es regnete unaufhörlich. Schon den ganzen Tag rasten Frühlingsstürme über die Wiesen und Wälder von Dullham und hielten die Einwohner von Dullham Manor im Haus. Man hatte sich nach dem Tee im kleinen Salon versammelt. An eine Arbeit im Lagerschuppen war heute nicht zu denken, das hatte Charlotte einsehen müssen. Die Tagebücher ihres Vaters waren nun weitgehend restauriert und kopiert, wo nichts mehr zu retten war. Viele Eintragungen mussten aber noch mit den Ausgrabungslisten abgeglichen werden. Charlotte schätzte, dass sie noch etwa drei bis vier Wochen Arbeit vor sich hatte. Besonders das Zusammensetzen der Tonscherben, die durch den Transport von Griechenland und die unsachgemäße Lagerung völlig durcheinandergeraten waren, stellte noch eine große Herausforderung dar. Gerade diese mit Alltagsszenen bemalten Vasen konnten aber Auskunft geben über das Leben und die Gebräuche der Antike und erschienen ihr, wenn auch nicht so spektakulär wie mancher Harnisch, der sich unter den Funden befand, so doch von großem wissenschaftlichen Wert.

Drei oder vier Wochen, die sie vielleicht noch auf Dullham Manor verbringen konnte, dann würde ihr Weg sie nach Millford Hall zurückführen. Es graute ihr davor. Was konnte sie dort schon erwarten? Der Zustand ihres Onkels war unverändert. Sie hatte vor Kurzem eine kleine Notiz ihrer Tante erhalten, die sie darüber in Kenntnis setzte und gleichzeitig nach der geplanten Dauer ihres Aufenthaltes in Dullham Manor fragte. Der Ton der wenigen Zeilen hatte unmissverständlich deutlich gemacht, dass sie Charlottes Rückkehr bald erwartete. Die Kälte und Unfreundlichkeit Lady Millfords fiel ihr umso mehr auf, seit sie unter Menschen weilte, die ihr, jeder auf seine Art, eher zugetan waren. Charlotte fühlte sich inzwischen wieder recht wohl auf Dullham Manor. Nach ihrem Ausflug zum Observatorium hatte sie einige Tage überlegt, ob es nicht besser wäre abzureisen. Sie hatte sich fast davor gefürchtet, wieder mit Captain Battingfield zusammenzutreffen. Aber er zeigte eine unverändert höfliche, freundliche Distanz ihr gegenüber und so gelang es ihr mit der Zeit, fast zu dem ungezwungenen Ton zurückzufinden, der ihr zu Anfang ihres Aufenthaltes so gut getan hatte. Allerdings fiel ihr auf, dass er es noch sorgsamer als vorher vermied, ihr in irgendeiner Form nahezukommen. Obwohl sie darüber einerseits erleichtert war, empfand sie auch Bedauern. Doch wahrscheinlich hatte sie es sich doch nur eingebildet, dass er mehr als höfliches Interesse für sie empfinden könnte.

Sie schämte sich deshalb umso mehr ihrer eigenen, durchaus heftigen Gefühle und empfand auch ein beträchtliches Schuldbewusstsein gegenüber der ahnungslosen und vertrauensseligen Lady Battingfield. Um ihr schlechtes Gewissen zu beruhigen, hatte sie sich dieser in weitaus größerem Maße als vorher zugewandt. Sie hatte sie in der Auswahl der Stoffe für das geplante Ballkleid beraten, Gästelisten und Karten geschrieben, die aber immer noch nicht abgeschickt worden waren, sich über Menüfolgen und Blumenschmuck Gedanken gemacht und sich Stunden um Stunden mit ihr über Menschen unterhalten, die sie weder kannte noch interessierten. Allerdings hatte sie inzwischen die begründete Vermutung, dass Lady Battingfields Interesse an einem Ball und den damit verbundenen Anstrengungen erlahmt war. Nachdem deren Kleid nach mehrfachen Anproben endlich fertig geworden war, schien seine Besitzerin zufrieden zu sein und brauchte keine weiteren Vergnügungen. Stattdessen wurde Gwendolyn Battingfield alle paar Tage von unerklärlichen Müdigkeitsanfällen und morgendlicher Übelkeit heimgesucht, die aber so schnell wie sie kamen auch wieder verschwanden. Davon abgesehen sah die Herrin des Hauses gesund und blühend aus. Ja, ihre weiblichen Rundungen hatten eher noch auf charmante Weise zugenommen. Charlotte konnte sie nicht ohne ein gewisses Bedauern über ihre eigene, wie sie fand, weniger vorteilhafte, magere Figur betrachten. Lady Battingfield hatte wohl recht. Es war für eine Frau einfacher im Leben, wenn sie schön, aber nicht allzu wissbegierig war.

Die Herrin des Hauses war über ihrem Modemagazin, dem sie sich seit über einer Stunde ausgiebig gewidmet hatte (Charlotte fragte sich im Stillen, wie die darin beschriebenen Belanglosigkeiten die Leserin nur so fesseln konnten), im Sessel eingenickt, und Charlotte hatte sich zum Klavier zurückgezogen, auf dem sie nun leise Improvisationen spielte, die ihr angesichts des Wetters durch den Kopf gingen. Captain Battingfield hatte sich mit einem Buch zu ihnen gesellt, las aber nicht, wie die Musikantin plötzlich bemerkte, sondern hörte ihr zu. Sein Blick ruhte unverwandt auf ihr und die Art, wie er sie ansah, ließ Charlotte zusehends nervöser und unsicherer werden. Schließlich beendete sie ihr Klavierspiel mit einem entschuldigenden Lächeln und sagte: »Ich denke, ich werde mich jetzt doch noch etwas an die Arbeit machen. Ich fürchte, wenn ich noch lange hier verweile und die Zeit nicht wirklich nutze, werde ich die Geduld meiner Tante zu sehr auf die Probe stellen. Ihr letztes Schreiben klang etwas ungehalten.«

Captain Battingfield warf einen prüfenden Blick aus dem Fenster. »Sie wollen sich doch bei diesem Hundewetter nicht in den Lagerraum setzen! Sie werden sich eine Erkältung holen, das kann keinem nützen. Haben Sie nichts mehr in der Bibliothek zu tun? Dort ist es wenigstens wärmer, wenn Sie schon arbeiten wollen.«

»Nein, im Moment eigentlich nicht«, antwortete Charlotte, »mir bereiten vor allem die Tonscherben, die in der dritten Transportkiste – Sie erinnern sich sicher – durcheinandergeraten waren, einiges Kopfzerbrechen. Ich bekomme sie einfach nicht zusammengesetzt. Es ist wie ein Rätsel, das völlig verworren ist und bei dem ich nicht einmal annähernd weiß, wie das Endergebnis auszusehen hat. Eine schwierige Aufgabe! Ich weiß nicht, ob ich sie lösen kann. Dr. Banning hat mir zwar freundlicherweise seine Literatur und Zeichnungen zu anderen attischen Funden in dieser Richtung zur Verfügung gestellt, aber ich komme einfach nicht weiter. Vielleicht sehe ich die Lösung einfach nicht!«

»Das klingt ja sehr interessant, genau das Richtige für einen verregneten Tag wie diesen. Vielleicht können wir Ihnen helfen. Wie wäre es, wenn wir die Dinge, die Sie gerade bearbeiten, hier hereinholen ins Warme und uns gemeinsam daranmachen? Vielleicht finden wir dann eine Lösung.«

Charlotte lächelte dankbar, »Das ist eine gute Idee. Ich werde schauen, was ich herüberschaffen kann …«

»Unterstehen Sie sich! Sie glauben doch nicht im Ernst, dass ich Sie in den Regen hinausjage. Sie bleiben schön hier und überlegen schon einmal, wo wir einen geeigneten Arbeitsplatz aufstellen. Der Gärtner und sein Bursche haben heute ohnehin nichts zu tun. Sie werden mir helfen, das, was Sie brauchen, aus dem Lager herüberzuholen.« Er klappte entschlossen seine Lektüre zu und erhob sich von seinem Platz. Durch das laute Geräusch wachte Lady Battingfield auf.

»Oh, ich muss schon wieder eingeschlafen sein. Diese seltsame Müdigkeit in letzter Zeit ...« Battingfield wandte sich seiner Gattin zu und meinte mit höflicher Besorgnis: »Ich mache mir auch langsam etwas Sorgen um dich. Du wirkst zwar nicht krank, aber vielleicht wäre es doch angeraten, einmal unseren Arzt in Dullham Village zu konsultieren.«

»Diesen Pferdedoktor! Das fehlte noch!« Lady Battingfield schürzte empört die Lippen. Wenn ich zum Arzt gehe, dann nur zu unserem hervorragenden Londoner Hausarzt Dr. Langley.

»Meine Teure«, gab ihr Ehemann kühl zurück, »du kannst wohl kaum erwarten, dass Dr. Langley wegen einer kleinen Unpässlichkeit eigens den weiten Weg aus London auf sich nimmt. Ich verspreche dir, sollte Dr. Fowler nicht weiterwissen – der übrigens, das versichere ich dir, alles andere als ein Pferdedoktor, sondern ein erfahrener und überaus gebildeter Mann ist – oder wenn es gar etwas Ernstes ist, werde ich unverzüglich um einen Besuch deines geschätzten Dr. Langley ersuchen.«

Lady Battingfield schien nicht zufrieden mit seiner Antwort. »Wir könnten ja auch nach London fahren. Ich war schon so lange nicht mehr dort«, erwiderte sie quengelnd, sprang auf und stampfte in kindischer Manier mit dem Fuß auf.

Charlotte wusste nicht, wie sie reagieren sollte. Es war ihr sehr unangenehm, wiederum Zeugin eines sich anbahnenden Ehezwistes im Hause Battingfield zu werden und wandte sich zum Gehen.

Der Captain hatte Charlottes Unbehagen bemerkt und hielt sie mit einer Handbewegung und einem bittenden Blick davon ab, den Raum zu verlassen. Dann ging er auf seine schmollende Gattin zu und legte den Arm um sie. »Ich verspreche dir«, sagte er sanftmütig, »dass wir bald wieder einmal nach London fahren, und ich werde mit dir auch Feste und das Theater besuchen, wie du es dir wünschst. Aber jetzt sorge ich mich um deine Gesundheit, meine Liebe, deshalb wäre ich dir sehr verbunden, wenn du Dr. Fowler in den nächsten Tagen einmal erlauben würdest, dich zu untersuchen.«

Nun schien seine Frau besänftigt. »Also, dann fahren wir aber wirklich bald nach London«, insistierte sie noch einmal, um dann anzufügen: »Hier ist es ja so entsetzlich langweilig!«

Battingfield, der bei diesen Worten verärgert die Augenbrauen zusammenzogen hatte, setzte zu einer Replik an, besann sich aber im letzten Augenblick eines Besseren und sagte stattdessen: »Miss Millford und ich haben uns gerade etwas überlegt, was der Langeweile Abhilfe verschaffen könnte. Sie kommt mit einem Rätsel, das ihr die Funde ihres Vaters aufgeben, nicht weiter und bittet uns um unsere Hilfe.« Mit einem schnellen beredten Blick zu Charlotte hinüber hinderte er sie daran, ihm zu widersprechen. Sie hatte ja nicht direkt um Hilfe gebeten. Das wäre ihr gar nicht in den Sinn gekommen. Allerdings verstand sie sofort was er vorhatte, nickte unmerklich und wandte sich nun ihrerseits an ihre Gastgeberin. »Tatsächlich wäre mir Ihr Rat eine große Hilfe, Lady Battingfield. Sie haben ja so einen guten Blick für Muster und Farben. Es gilt, einige zerbrochene Tonvasen mit antiken Illustrationen wieder zusammenzusetzen. Wir hatten gerade überlegt, die Stücke hierher zu holen ins Warme, damit Sie mir helfen können. Ich wäre Ihnen überaus dankbar dafür.«

Gwendolyn Battingfield blickte sie zweifelnd an, fühlte sich dann aber doch geschmeichelt ob der Kompetenz, die Charlotte ihr zugesprochen hatte und erklärte sich gnädig mit dem

Vorhaben einverstanden. Mit einem kleinen Augenblinzeln bedankte sich der Captain für die unerwartete Schützenhilfe und läutete dann nach Cyril, um ihr Vorhaben in die Tat umzusetzen. Kurz darauf verließ er mit dem herbeigeeilten Butler zusammen das Zimmer.

Lady Battingfield hatte sich wieder auf ihr Sofa zurückgezogen und die Hände in den Schoß gelegt, während sich Charlotte Gedanken machte, wo sie am besten den Arbeitsplatz einrichten sollte, damit alle drei daran Platz nehmen konnten. Versuchsweise begann sie kurzerhand, die Sessel vor dem Kamin auseinanderzuschieben. Dort konnte durch den großen Kerzenleuchter bei der Sitzgruppe auch der Raum am besten beleuchtet werden. Es schien der beste Platz im Salon zu sein. Die Hausherrin machte indes keinerlei Anstalten, sich an den Überlegungen ihres Gastes zu beteiligen. Sie schaute der jungen Frau müßig zu und meinte dann, offenbar ihren eigenen Gedanken nachhängend: »Wissen Sie, Miss Millford, ich verstehe wirklich nicht, warum mein Mann dieses Landleben so schätzt. Er ist so überhaupt nicht gesellig. Wenn ich das damals schon geahnt hätte, hätte ich es mir noch einmal überlegt, ob ich ihn nehme.«

Charlotte schwieg betroffen. Was sollte sie zu dieser doch sehr privaten Einlassung auch sagen? Wie könnte sie es wagen, sich überhaupt dazu zu äußern – und das nicht nur aus Gründen der Höflichkeit.

»Aber wissen Sie, meine Liebe, er war eben ein überaus schneidiger junger Mann, ziemlich gut aussehend, Sie verstehen? Und dazu Anwärter auf einen Titel, schon Captain eines Kriegsschiffes, ausgezeichnet mit einer Tapferkeitsmedaille und vermögend obendrein. Alle jungen Damen der Gesellschaft hätten viel darum gegeben, wenn er ihnen den Hof gemacht hätte. Nun, ich habe mir allerdings nicht viel daraus gemacht«, sagte Lady Battingfield mit einem Anflug von der Arroganz des Hochadels in der Stimme, »aber mein Vater meinte, er wäre eine gute Partie, und so habe ich seinen Antrag angenommen.«

Was trieb Lady Battingfield nur an, sich plötzlich ihr gegenüber so übermäßig kritisch über ihren Gatten und ihre Ehe zu äußern? War sie vielleicht doch verärgert über die ungewöhnliche Idee, sich den Forschungen Charlottes gemeinsam zu widmen? Möglicherweise fühlte sie sich von Charlotte und dem Captain dazu genötigt, geradezu überrumpelt? Das wäre ja auch nicht unberechtigt gewesen. Unsicher sah Charlotte ihre Gastgeberin an und meinte hilflos: »Das war doch eine gute Entscheidung!«

»So, finden Sie?«, gab Lady Battingfield mit gedehnter Stimme zurück. »Nun ja, ich habe schon bemerkt, dass Sie mit seinen Grillen mehr anfangen können.« Charlotte hielt entsetzt den Atem an. Hatte ihre Gastgeberin womöglich bemerkt, wie es um sie stand? Aber die Sprecherin fuhr arglos fort: »Allein diese unsägliche Sternenguckerei! Wie überaus langweilig! Das ist doch etwas für vertrocknete ältere Herren. Ehrlich, Miss Millford, es ist mir ein Rätsel, wie Sie so etwas interessant finden können. Und Sie sind dabei auch noch verunglückt! Dem Himmel sei Dank, dass es gut verheilt!«

Charlotte pflichtete ihr zumindest im letzten Punkt bei, während sie, schon um sich dem peinlichen Gespräch zu entziehen, mit einiger Anstrengung versuchte, nun einen der schweren Sessel ganz zur Seite zu schieben.

Da fuhr Lady Battingfield schon fort:»Miss Millford, ich denke, ich sollte Ihnen einen Rat geben. Sie müssen mehr unter die Leute gehen und sich nicht immerzu Ihren seltsamen Interessen widmen.« Unwillig beobachtete sie dabei Charlottes eifrige, aber doch recht undamenhafte Anstrengungen. Charlotte war diese verständliche Missbilligung ihres Tuns jedoch allemal lieber als die Fortsetzung ihrer Unterhaltung über die Ehe der Battingfields. Auch Lady Battingfield schien glücklicherweise Gefallen an ihrem neuen Thema zu finden. »Vielleicht können Sie ja mit uns nach London kommen. Das wäre doch ein Spaß!«, sagte sie plötzlich und klatschte sich selbst Beifall für diesen spontanen Einfall. Charlotte hielt abrupt inne in ihren Bemühungen und blickte die Sprecherin erstaunt an. Lady Battingfield war jedoch ganz Feuer und Flamme hinsichtlich ihrer Idee: »Stellen Sie sich vor, die Bälle und Gesellschaften …! Sicher fänden wir, mit etwas Mühe, auch noch einen geeigneten Ehemann für Sie. Allerdings sollten Sie endlich dieses ständige Bücherwälzen lassen. Das kleidet eine Frau nicht. Meine Mutter sagt immer, dass es Männer nicht schätzen, wenn eine Frau zu naseweis ist …«

Charlotte wusste nur zu genau, was jetzt folgen würde und nahm es in stillem Dulden hin. Sie hatte diese Litanei mehr als einmal von Mrs Longbottom über sich ergehen lassen müssen, und wie es schien, hatten sowohl Mrs Longbottom wie auch Gwendolyn Battingfield und deren Mutter recht. Was brachten ihr ihre Neigungen denn ein außer Ärger, Widerspruch und dem ständigen Gefühl, irgendwie aus der Art geschlagen zu sein? Es kamen ihr langsam Zweifel, ob ihr Vater ihr wirklich einen Gefallen mit seinen unkonventionellen Erziehungsmethoden getan hatte. Aber, so sagte sie sich, wie hätte er auch ahnen können, dass sie sich so früh allein den Erfordernissen der Gesellschaft stellen musste, ohne die Fürsprache und den Rat ihrer wohlmeinenden Eltern. Nun hatte sie nur noch Lady Millford und bei ihr konnte von »wohlmeinend« keine Rede sein.

In diesem Augenblick wurden Männerstimmen und Geräusche vor der hohen Zimmertür laut. Einen Moment später öffnete Cyril diese von außen und ließ Battingfield und die beiden Gärtner eintreten. Sie waren ziemlich durchnässt, hatten Schmutz an den Schuhen und die beiden Gärtner schleppten schwer an einer Tafel, auf die sie unter Anleitung des Captains gepackt hatten, was immer sie auf der Arbeitsfläche im Lagerhaus hatten finden können. Das Ganze war mit einer ölgetränkten Plane abgedeckt, um es vor dem strömenden Regen zu schützen. Das Wasser tropfte jetzt auf den Boden des Salons.

Battingfield lachte verschmitzt und meinte dann gleichmütig, während Cyril schnell die Plane zusammenfaltete, um größere Schäden auf dem sorgsam gefügten Holzboden zu vermeiden: »Nun ja, ein bisschen Schmutz wird den Haushalt nicht gleich vernichten. Manches Opfer muss für die Wissenschaft eben gebracht werden. Martha soll das gleich wegwischen, Cyril!«

»Sehr wohl, Mylord!«, antwortete der Domestik und verließ, ohne eine Miene angesichts des Durcheinanders zu verziehen, in vollendeter Würde das Zimmer.

»Ah, wie ich sehe ist ja sogar schon einiges vorbereitet. Aber Sie sollten sich doch nur Gedanken über einen geeigneten Forschungsplatz machen, meine Damen, und nicht schon selbst Hand anlegen!«, wandte sich der Captain mit nicht ganz ernst gemeintem Tadel an die beiden Frauen. Dann wies er mit einem Lächeln auf dem Gesicht die Träger an, ihre Last zunächst auf einem der Tische abzustellen. Offenbar gefiel ihm das tätige Engagement durchaus, mit dem Charlotte schon ans Werk gegangen war. Interessiert wandte er sich ihr zu: »Also, wie haben Sie sich nun die Anordnung gedacht, Miss Charlotte? Schließlich sind Sie die Sachkundige hier.« Charlotte lächelte ihn dankbar an und ließ die beiden Bediensteten nun unter ihrer Anleitung alles herrichten. Sie genoss es sehr, dass der Captain ihr so viel Eigeninitiative zugestand, fast als wäre sie ein geachteter Wissenschaftler und nicht nur eine unbedeutende, junge Frau mit seltsamen Interessen. Als dies vollbracht war, wurden schließlich noch drei Stühle herbeigeholt, die um den provisorischen Arbeitsplatz herum gruppiert wurden und schließlich zündete der Captain eigenhändig noch mehr Lichter an. Die beiden Helfer hatten sich inzwischen mit einer Verbeugung und einer nicht zu übersehenden Verwunderung über die merkwürdigen Vorgänge im Hause Battingfield zurückgezogen. Auch Martha hatte unter Cyrils strengem Blick bereits den Boden gesäubert, bevor auch diese beiden sich leise zurückzogen. Alles war nun wohlgeordnet und so traten die drei schließlich erwartungsvoll an die Arbeitsfläche heran.

»Sie haben ja wirklich alles mitgebracht, was Sie finden konnten«, stellte Charlotte mit einem ungläubigen Lachen fest.

»Ich wusste ja nicht, was wichtig ist«, gab ihr eifriger Helfer gut gelaunt zurück, um dann neugierig zu fragen: »Allerdings ist mir der Sinn dieser merkwürdigen Sandsäckchen nicht ganz klar, außer, dass sie uns arme Packesel vielleicht beschweren sollten.«

»Das nun eher nicht«, Charlotte schenkte Battingfield ein freundliches Lächeln, »aber Sie haben gut daran getan, sie mitzubringen. Sie sind nämlich wirklich von unbedingter Notwendigkeit!«

Battingfield hob erstaunt die Brauen und wartete auf weitere Erläuterungen der jungen Sachkundigen.

Sein augenscheinliches Interesse befeuerte Charlottes Eifer. Ausführlich begann sie zu erklären, wie sie beim Zusammensetzen der Tonscherben vorgegangen war.

Mehrere Tage habe sie damit verbracht, die Scherben, die in der Kiste durcheinandergefallen und teilweise auch mit stockigem Schimmel bedeckt waren, sorgsam mit Wasser und einer schwachen Essiglösung zu reinigen. Dann habe sie versucht, die Scherben den einzelnen Artefakten zuzuordnen. Hier hätten sich bereits größere Probleme ergeben. Sicher seien natürlich Farbgebung, Rundung und Form der Stücke bereits wichtige Hinweise. Aber leider seien die Vasen ja teilweise schon bei der Ausgrabung nicht vollständig geborgen worden und es fehlten immer wieder Teile. Auch habe besonders die Farbe unter der unsachgemäßen Lagerung Schaden genommen. So habe oft nur Vermutung und nicht Gewissheit den Ausschlag bei der Zuordnung der Bruchstücke gegeben. Mit fortschreitender Tätigkeit sei sie nun mehr und mehr verunsichert. Die Sandsäckchen gingen schließlich auf eine der trefflichen Ideen Dr. Bannings zurück. Sie dienten als Formgrundlage beim Zusammensetzen der Fundstücke. Der Sand könne der jeweiligen Vasenform perfekt angepasst werden und stütze die Tonscherben beim Aneinanderlegen. So könne wesentlich besser herausgefunden werden, ob die Stücke auch wirklich zusammenpassten.

Lady Battingfield hatte sich bei diesen Erläuterungen auf ihren Stuhl niedergesetzt und wirkte, je länger Charlotte sprach, mehr und mehr desinteressiert. Abwesend spielte sie mit dem Spitzenbesatz am Ärmel ihres Gewandes.

Charlotte hatte es bemerkt und beeilte sich nun, ihre Gastgeberin in das Gespräch mit einzubeziehen, was sich als recht schwierig erwies. Lady Battingfield stocherte lustlos mit spitzen Fingern in einem der Holzkästen mit Scherben herum, die Charlotte einem Artefakt zugeordnet hatte und meinte dann mit einem Gähnen: »Ich weiß nicht recht, dies erscheint mir doch ein trockener und langweiliger Zeitvertreib. Dass Sie an so etwas Interesse haben, Miss Millford, verstehe ich nicht. Was soll es denn für einen Sinn haben, diese alten Töpfe wieder zusammenzusetzen? Wenn sie nun aus Gold wären und von großem Wert, dann könnte ich mir noch einen Reim darauf machen, aber so …?«

Charlotte schluckte ihren aufsteigenden Ärger über das demonstrative Desinteresse dieser Frau herunter und erklärte ihr geduldig: »Was uns interessiert ist die Frage, wie die Menschen vor dieser langen Zeit gelebt haben. Natürlich wirken die Schätze der Antike auf uns zunächst interessanter und spannender. Aber was lehren sie uns über den Alltag dieser Menschen, was über ihre Freuden, Nöte und kleinen Sorgen?

Hier auf diesen Vasen jedoch findet sich eine Fülle von Zeichnungen, die auch alltägliche Szenen darstellen. Sie zeigen uns Menschen, die alltäglichen Arbeiten nachgehen, Menschen bei Festen, Musik und Gesang, Menschen, die in den Krieg ziehen, andere, die trauern, und nicht zuletzt die Liebe. Aus all diesen Szenen können wir uns ein Bild davon machen, wie es damals wirklich war. Mir scheint, das ist die Mühe unbedingt wert, die man aufwenden muss, um den Schleier der Vergangenheit zu lüften.«

Battingfields Blick ruhte während dieser Rede, die sie mit steigender Leidenschaft gehalten hatte, anerkennend auf ihr: »Miss Charlotte, Sie versetzen mich immer wieder in Erstaunen. So wie Sie es erklären, leuchtet wirklich jedem, so unbedarft er auch sein mag, der unbedingte Nutzen der Altertumsforschung ein.«

Lady Battingfield nickte auch etwas freundlicher und beugte sich über die Arbeitsfläche: »Also dann, meine Liebe, wollen wir es einmal versuchen, wenn es Ihnen so wichtig erscheint.«

Charlotte zeigte ihren Helfern nun, woran sie zuletzt gearbeitet hatte. Es war ein flaches, bauchiges Gefäß, eine Art Tonschale, in deren Mitte eine Gruppe von Menschen zu sehen war. Die Tonstücke waren recht fleckig und die dargestellte Szene ließ sich nur schwer erkennen. Besonderes Kopfzerbrechen machte ihr die sitzende Figur in der Mitte, die nur mit einem drapierten Tuch bekleidet war. Hier komme sie einfach nicht weiter, klagte sie.

»Um wen handelt es sich bei dieser Gruppe?«, fragte Battingfield gespannt. »Sind es Götter, Feiernde oder stellt es gar eine Liebesszene dar?«

»Ich habe in einem der Bücher, die mir Dr. Banning über die attischen Funde zur Verfügung gestellt hat, eine vergleichbare Anordnung gefunden«, erwiderte Charlotte in angeregtem Ton, »sehen Sie, hier ist es!« Sie schlug das

Buch auf und zeigte es Battingfield, der nun dicht neben sie getreten war, um die Zeichnung ebenfalls in Augenschein zu nehmen. »Tatsächlich«, befand er, »eine gewisse Ähnlichkeit ist nicht zu leugnen; demnach eine Musikantengruppe.«

»Das vermute ich stark«, pflichtete ihm Charlotte bei, »wobei hier die Musikinstrumente, die abgebildet wurden, von besonderem Interesse sind. Wäre es nicht spannend herauszufinden, welche Arten von Musikinstrumenten man damals schon benutzte?«

»Das ist doch bekannt«, seufzte Lady Battingfield gelangweilt, »Harfen natürlich! Zumindest wird das immer gesagt.«

»Sehen Sie, genau das ist die Frage. Woher stammt denn diese Behauptung? Auf dieser Zeichnung finden wir auch einen Aulos-Bläser und zwei Frauen mit schön geschmückten Rasseln. Sehen Sie die langen Bänder, die an den Rasseln befestigt sind?«, sagte Charlotte und hielt Lady Battingfield das Buch hin, die es aber nicht entgegennahm.

Unbeirrt fuhr sie fort, wandte sich aber wieder an Battingfield, der äußerst gespannt lauschte: »Jenes Fundstück wurde aber in einem Tempel des Dionysos gefunden. Die Instrumente dienten zu orgiastischen Feiern. Unser Stück hier stammt aus einer Grabung in Delphi. Also liegt eine Widmung an Apollo nahe. Schwer vorstellbar, dass die gleichen Instrumente abgebildet sind.«

»Ach, ich weiß nicht«, sagte Lady Battingfield, »ich glaube, mir ist das doch alles zu langweilig.« Sie gähnte herzhaft. »Ich bin auch schon wieder so müde. Ich denke, es ist das Beste, ich begebe mich zur Ruhe. Sie können mir ja morgen über diese seltsamen Instrumente berichten, wenn Sie noch wollen.« Sie wandte sich an ihren Gatten: »Ich nehme an, du wirst noch bleiben wollen, John. Du findest so etwas ja immer interessant.« In ihrer Stimme schwang leichte Verachtung.

Battingfield, der sich in die Lektüre vertieft hatte, reagierte aber kaum und ließ nur ein abwesendes, zustimmendes Brummen hören. Seine Frau zuckte daraufhin mit den Achseln und verließ den Raum.

Charlotte war über diese Entwicklung des Abends nicht eben erfreut. Sie hatte gehofft, dass es ihr gelingen möge, Lady Battingfield etwas mehr zu interessieren. Es wurde ihr immer deutlicher, woran die Ehe der Battingfields krankte. John Battingfield war ein intelligenter, aufgeschlossener und leidenschaftlicher Mann, der sich ein echtes Gegenüber wünschte. Eine Partnerin, die ihm geistig ebenbürtig war, mit der er sein reiches Innenleben und seine Neugier und Freude an der Welt um ihn herum teilen konnte. Lady Battingfield hingegen war ein perfekt geformtes, sorgfältig erzogenes, aber leider hohles Püppchen, das an nichts Interesse hatte außer an Äußerlichkeiten. Was um alles in der Welt, dachte Charlotte, hatte ihn getrieben, um die Hand dieser Frau anzuhalten, die eigentlich so gar nicht seinem Wesen entsprach? Hatte ihn als junger Mann ihre Schönheit geblendet, war er berauscht von ihrem engelhaften Äußeren gewesen? Oder hatte er gar auf Druck seines Vaters, wie es verschiedentlich schon in seinen Ausführungen angeklungen war, gehandelt?

Es war nicht an ihr, das herauszufinden, sagte sie sich streng. Doch während sie die Bruchstücke, die sie schon zweifelsfrei zugeordnet hatte, zusammenlegte, beschlich sie ungewollt die Frage, ob er möglicherweise sie selbst als geeignetere Partnerin empfand. Diese Idee machte sie schwindelig und ließ ihr Herz einen Augenblick lang hüpfen, bevor sie sich wieder zur Ordnung rief. Gedanken solcher Art hatte sie sich streng verboten, und so musste es bleiben. Deshalb wandte sie sich nun umso konzentrierter der Lösung des vor ihnen liegenden, wissenschaftlichen Problems zu.

Es war alles andere als einfach. Stunden gingen dahin. Sie diskutierten und erwogen, suchten und verwarfen, blätterten in den Nachschlagewerken aus Bannings Fundus und erprobten verschiedene Theorien. Es war schließlich Battingfield, der die Lösung fand. Er gruppierte sämtliche Tonscherben neu und orientierte sich dabei an der Maserung der Tonglasuren. Schließlich entdeckte er, bis auf ein mittelgroßes Stück, das wohl schon bei der Ausgrabung nicht gefunden worden war, die fehlenden Teile. Die Musikantengruppe lag nun in ganzer Pracht vor ihnen. Charlotte hatte mit ihrer Theorie recht behalten. Die Musikantengruppe spielte mit hoher Wahrscheinlichkeit zu Ehren des Gottes Apollo, dem die Harfe als heiliges Instrument zugeordnet war. Es zeigte sich damit, dass auch Lady Battingfield in gewisser Weise ins Schwarze getroffen hatte. Tatsächlich trug der sitzende Musikant eine Harfe, die allerdings eine sehr merkwürdige abgeknickte Form aufwies. Es musste sich um eine in antiken Texten erwähnte Winkelharfe, ein Trigonon, handeln, wie Charlotte mit Stolz und Erregung feststellte. Ihres Wissens war ein solches Instrument bisher noch nicht nachgewiesen worden, ein außergewöhnlich wertvoller Fund lag also vor ihnen.

Ein weiterer Sänger trug eine der bekannteren siebenseitigen Kitharas, während der dritte eine klassische apollinische Leier sein Eigen nannte.

Charlotte lehnte sich zufrieden zurück, fuhr sich müde mit der Hand über die Augen und unterdrückte ein Gähnen.

»Müde?«, fragte ihr treuer Gefährte der letzten Stunden teilnahmsvoll.

»Todmüde, aber überaus glücklich!«, erwiderte Charlotte, reckte sich und lächelte den Mann, der neben sie getreten war, strahlend an.

»Dann hat sich alle Mühe gelohnt«, sagte er und hob die Hand in einer Weise, die vermuten ließ, dass er ihr sanft über die Wange streicheln wollte. Im letzten Moment aber zog er sie zurück, räusperte sich und trat zur Seite. »Dann schlage ich vor, Sie gehen jetzt zu Bett. Ich werde mich morgen darum kümmern, dass Ihre kostbaren Schätze mit äußerster Sorgfalt wieder in den Lagerschuppen gebracht werden. Und Sie schlafen sich aus!«, fügte er an, als sie sich gehorsam erhob. »Das ist eine strikte Anordnung. Ich will Sie hier vor dem Frühstück auf keinen Fall sehen.«

»Ich werde mich daran halten, Captain«, sagte Charlotte, verbeugte sich leicht und ging dann zur Tür. Als sie die Hand auf den Türgriff legte, hielt sie noch einmal inne, wandte sich um und sagte schlicht: »Danke!«

Battingfield sah sie mit großem Ernst an: »Ich danke *Ihnen*, Charlotte. Sie glücklich zu sehen, macht mich glücklich! Schlafen Sie wohl.«

»Sie auch, John!«, sagte Charlotte leise und ging hinaus.

Kapitel 19

»Dr. Fowler hat sich für heute Nachmittag angemeldet, Gwendolyn!« Captain Battingfield legte die Serviette ab, mit der er sich nach dem kleinen Mittagsimbiss den Mund abgetupft hatte, und richtete nun seine Aufmerksamkeit auf seine Gattin, die keinen rechten Appetit zu haben schien. »Dein Zustand hat sich ja nicht wirklich verbessert, ganz im Gegenteil, und so habe ich ihm gestern eine Nachricht geschickt, dass er doch einmal, wenn er Zeit habe, vorbeikommen möge, um dich zu untersuchen.«

»Wie du meinst, mein Lieber, es lässt sich ja doch nicht vermeiden. Diese ständige Müdigkeit macht mir wirklich zu schaffen, zudem plagt mich seit Neuestem immer wieder Übelkeit. Hoffentlich weiß er ein Heilmittel. Ich würde mich doch sehr grämen, wenn ich in London nicht ganz auf der

Höhe wäre.« Lady Battingfield sprach seit Tagen über nichts anderes mehr als über die geplante Reise nach London. Der Earl of Mornington besaß ein repräsentatives Stadthaus am Berkeley Square, in dem die Mitglieder der Familie Wellesley und deren Angehörige häufig die Saison verbrachten. Letztes Jahr war Lady Battingfield durch den Umzug nach Dullham Manor nicht in den Genuss gekommen und freute sich nun umso mehr auf die ersehnte Abwechslung.

Charlotte konnte sie verstehen. So waren die Interessen dieser Frau nun einmal gelagert. Sie passte nicht aufs Land und wirkte, so wie sich Charlotte immer auf den Festgesellschaften fehl am Platze fühlte, in dieser ländlichen Idylle völlig deplatziert. Sie brauchte Menschen um sich, die sie bewunderten und ihre strahlende Erscheinung lobten. An Battingfields Seite bekam sie einfach zu wenig von diesem für sie notwendigen Lebenselixier. Charlotte hatte den Eindruck gewonnen, dass er selbst für die unbestreitbaren körperlichen Reize seiner Frau nicht allzu viel Bewunderung aufbrachte.

Schon seit Tagen dachte Charlotte darüber nach, ob sie der wiederholt ausgesprochenen Einladung von Lady Battingfield, sich dem Paar auf der Reise nach London anzuschließen, Folge leisten solle. Vielleicht würden sich die unübersehbaren Spannungen zwischen den Eheleuten in London legen, wenn Lady Battingfield mehr in ihrem Element sein konnte? So gern sie hier auf Dullham Manor weilte, stellte die schwierige Situation der beiden Menschen, die durch ein vielleicht unbedachtes Ehegelöbnis aneinander gebunden waren, doch eine gewisse Belastung für sie dar. Sie hatte in ihrer Unentschlossenheit auch an Mary Fortescue geschrieben, mit der sich während ihres Aufenthaltes auf Dullham Manor ein reger Schriftwechsel entwickelt hatte. Erst kürzlich hatte Charlotte ihr mitgeteilt – zusammen mit der bedauerlichen Nachricht, dass das Ballvorhaben endgültig verworfen worden war –, dass

Lady Battingfield stattdessen einen Umzug nach London plane und sie eingeladen habe mitzukommen. Sie wartete nun gespannt auf Marys Meinung zu diesem Thema, die über einen besonnenen und wachen Verstand verfügte.

Der Captain jedenfalls schien dem Plan sehr wohlwollend gegenüberzustehen und Lady Battingfield war Feuer und Flamme bei dem Gedanken, die Rolle der Heiratsvermittlerin zu übernehmen. Eine für Charlotte nicht unumschränkt positive Vorstellung, aber sie war sich sicher, dass ihr die Herrin von Dullham Manor wohlwollender gegenüberstand als es Lady Millford tat. Wenigstens war sie sich ebenfalls sicher, dass die wie auch immer von ihrer Tante gehegten Pläne, Mr Terency für ihre Zwecke zu angeln, gescheitert waren. Er würde es nach den unverzeihlichen Vorgängen auf Millford Hall sicher nicht mehr wagen, sich dort noch einmal blicken zu lassen. Ein Umstand, der sie trotz allem Mitgefühl für Emmy mit Erleichterung erfüllte. Wie es Emmy wohl in der Zwischenzeit ergangen war? Sie hatte schon länger nicht mehr an das unglückliche junge Mädchen gedacht und schämte sich jetzt für ihre Gedankenlosigkeit.

Mitten in diesen Überlegungen trat Cyril ins Zimmer.

»Was gibt es, Cyril?«, fragte Captain Battingfield, »eine Nachricht für mich?«

»Nein Mylord, eben ist etwas für Miss Millford abgegeben worden.« Formvollendet verbeugte sich der erfahrene Butler vor Charlotte und reichte ihr auf einem silbernen Tablett zwei mit einem Band zusammengefügte Briefe.

»Von Mary wahrscheinlich«, erklärte Charlotte ihren Gastgebern. »Ich hatte ihr vor Kurzem geschrieben und sie antwortet immer rasch.« Gespannt löste sie das rote Baumwollband. Seltsam, dass es zwei Briefe waren, aber Mary hatte vielleicht etwas vergessen und noch ein weiteres Schreiben verfasst. Sie hoffte, dass ihre lebenskluge Freundin ihr zu einem Entschluss würde verhelfen können.

Die Briefe waren jedoch nicht von Mary Fortescue. Als sie die Schreiben genauer in Augenschein nahm, stellte sie fest, dass irgendjemand dem ersten Brief eine zweite Nachricht hinzugefügt hatte und beides mit dem roten Band zusammengebunden hatte, um sicherzustellen, dass sie es auch wirklich erhielt. Sie hatte die Schrift nicht gleich erkannt, nun aber sah sie, dass die Schreiben aus Millford Hall kamen.

Das erste Schreiben trug ohne Zweifel die energische Handschrift ihrer Tante, das zweite stammte, wie sie beim Auffalten entdeckte, von Mrs Sooner, die offenbar in großer Hast ein paar Zeilen auf das Papier geworfen und dem versiegelten Brief Lady Millfords beigefügt hatte. Mit klopfendem Herzen und bangen Ahnungen las Charlotte zunächst die wenigen Zeilen von Mrs Sooner und sah ihre schlimmsten Befürchtungen bestätigt:

Liebe Miss Millford,

Sie sind jetzt schon so lange weg von hier. Ich wünsche Ihnen von Herzen, dass es Ihnen gut geht. Aber nun muss ich mich an Sie wenden, da ich mir sonst keinen Rat weiß. Leider muss ich Ihnen mitteilen, dass meine kleine Emmy ein Kind erwartet. Das arme Ding ist völlig verzweifelt und ich befürchte, dass sie sich etwas antun könnte. Sie haben sich damals so verständnisvoll gezeigt und versprochen, ihr zu helfen, wenn das geschehen sollte. Sie sind meine letzte Hoffnung. Vielleicht wissen Sie einen Rat.

Ihre ergebene Mrs Sooner

PS: Bitte sagen Sie Lady Millford nichts davon.

Mit zitternden Händen faltete Charlotte das Blatt zusammen und steckte es in ihre Rocktasche. Fieberhaft begann sie sich das Hirn zu zermartern, was getan werden konnte, um Emmy zu helfen. Der Gedanke an Terency, der mit seiner gewalttätigen Gier Emmy in diese hoffnungslose Lage gebracht hatte, machte sie rasend und erfüllte sie mit Abscheu. Doch dann wurde ihr klar, dass auch sie wenig Möglichkeiten hatte, etwas zu unternehmen und das, obwohl sie es versprochen hatte. Sie spürte, wie sich eine schwere Last auf sie legte. Emmy zählte auf sie als ihre letzte Hoffnung. Wenn sie ihr nicht half, blieb dem armen Mädchen nur ein Leben in Schande oder der Tod. Was konnte sie nur tun?

Dann erst entsann sie sich des zweiten Schreibens. Auch hier erwarteten sie vermutlich keine guten Nachrichten, obwohl ihr Mrs Sooner in ihren Zeilen sicher mitgeteilt hätte, wenn sich Sir Alistairs Zustand wesentlich verschlechtert hätte.

Was konnte ihr Lady Millford also mitteilen wollen? Es half nichts, sie musste auch dieses Schreiben lesen, aber besser nicht bei Tisch im Beisein der Battingfields. Abrupt stand sie auf, wobei sie fast ein Glas umgestoßen hätte und murmelte eine Entschuldigung. Der Captain, der sie besorgt musterte, fragte: »Schlechte Nachrichten, Miss Charlotte?«

Sie konnte nichts erwidern, zu groß war ihre Erschütterung. So nickte sie nur knapp und beeilte sich, den Raum zu verlassen.

Draußen begann sich der Schock der Nachricht in ihr auszubreiten und ließ sie erschauern: Die arme Emmy! Womöglich hatte sie sich schon etwas angetan? Wie sollte sie ihr nur helfen? Was konnte sie tun? Verwirrt und schwer in Gedanken achtete sie kaum darauf, wohin sie ging.

Schließlich fand sie in ihrer geliebten Bibliothek Zuflucht. An eines der Regale gelehnt, fand sie nun auch den Mut, das zweite Schreiben zu öffnen.

Charlotte,

ich sehe mich gezwungen, meiner äußersten Missbilligung über deinen ungebührlich langen Besuch bei den Battingfields Ausdruck zu verleihen. Ich hatte dich bereits in meinem letzten Schreiben aufgefordert, deine Anwesenheit auf Dullham Manor in den Grenzen der Höflichkeit zu beenden. Etwas, das so gar nicht deinem aufsässigen Wesen entspricht. Sir Alistair fragt täglich nach dir und ihm gegenüber bist du verpflichtet. Ich gewinne den Eindruck, dass deine angebliche Arbeit am Nachlass deines Vaters nicht den gewünschten Erfolg zeitigt und überdies völlig nutzlos ist. Ein Umstand, der mir schon zu Beginn dieses törichten Unterfangens offensichtlich schien. Auch befremdet mich, dass sich dieser Dr. Banning nicht in dem Maße einbringt, wie er es so vollmundig angekündigt hat.
Wie dem auch sei, der Anlass meines Schreibens ist, dass ich deine unverzügliche Rückkehr nach Millford Hall wünsche. Mr Terency hat die Güte, uns in zwei Tagen erneut zu beehren. Auch seine Einladung zur Fuchsjagd hat er noch einmal erneuert. Du siehst sicher ein, dass es deine unbedingte Pflicht ist, dich ohne weitere Ausflüchte wieder hier einzufinden.

Lady Eleanor Millford

Charlotte fühlte augenblicklich Übelkeit und Furcht in sich aufsteigen. Sie konnte es nicht glauben! Terency wagte es tatsächlich, an den Ort seines Verbrechens zurückzukehren und würde auch noch mit allen Ehren empfangen werden. Die Vorstellung, ihm noch einmal und dann auch noch unter dem Erwartungsdruck ihrer Tante begegnen zu müssen, war mehr als sie ertragen konnte. In steigender Panik biss sie sich auf die Lippen, doch dann brach, ohne dass sie es noch zurückhalten konnte, ein krampfartiges Weinen aus ihr heraus. Sie kauerte sich am Fuße des schweren Möbels zusammen. Der Brief Lady Millfords entglitt ihren zitternden Fingern, mit denen sie nun in völliger Verzweiflung ihr Gesicht bedeckte. Sie war verloren, Emmy war verloren! Wo zeigte sich nur ein Ausweg? Sie fühlte sich hilflos und ausgeliefert und konnte keinen klaren Gedanken mehr fassen.

Plötzlich spürte sie, wie zwei starke Hände sie ergriffen und wieder aufrichteten.

»Charlotte? Um Himmels willen …! Was ist geschehen?« John Battingfield war ihr nachgegangen und hatte sie folgerichtig an ihrem Lieblingsort vermutet. Sie hatte ihn nicht kommen hören. Doch jetzt war sie einfach dankbar für seine Nähe und seine beruhigende Stärke. Unfähig zu einer klaren Antwort und in ihrer Verzweiflung am ganzen Körper zitternd, konnte sie sich kaum auf den Beinen halten. Sie wehrte sich nicht, als er sie wortlos in die Arme nahm. Schluchzend lehnte sie ihr tränenüberströmtes Gesicht an seine Brust und überließ sich ihm willenlos, ließ es zu, dass seine Hände zärtlich tröstend über ihr Haar und ihren Rücken strichen. Es tat so gut! Und sie gestattete ihren Tränen, so lange zu fließen, bis sie glaubte, keine Tränen mehr zu haben. Wenn sie ihm doch nur sagen könnte, was sie ängstigte, doch sie war durch ihr Wort gebunden. Er ließ sie gewähren, hielt sie lange Zeit in seinen Armen und fragte sie weder nach dem Grund ihrer Verstörung noch forderte er sie auf, sich zusammenzunehmen.

Sie wünschte sich in diesem Moment nichts sehnlicher, als dass er sie immer so festhalten möge. Es fühlte sich an, als wäre es schon immer so gewesen. Die Last, die sie zu ersticken drohte, war nur in seinen Armen zu ertragen. Doch dann glaubte sie, ihm endlich die Dinge erklären zu müssen. Als sie ihm deshalb ihr Gesicht zuwandte und zum Sprechen ansetzte, legte er ihr jedoch leicht seinen Finger auf die Lippen und sah sie an mit einem Blick voller Zuneigung, Liebe und Mitgefühl. Sie wusste sich uneingeschränkt aufgehoben und geborgen bei ihm. Es bedurfte keiner Erklärungen. Getröstet schloss sie die Augen und spürte im selben Moment, wie er seine Lippen auf die ihren senkte und sie sanft küsste.

Sie kostete diesen Moment staunend aus, versank rettungslos in einer Woge der Seligkeit. Doch dann setzte mit einem neuen Schock ihr Verstand und damit die Realität wieder ein.

»Nein!« Sie schrie es fast. Dieser Kuss hatte alles nur noch schlimmer gemacht! Keine Sekunde konnte sie mehr bleiben! Sie hatte sich gehen lassen, hatte einen verheirateten Mann geküsst, ja, ihn mit ihrer haltlosen Schwäche geradezu verführt. Das hätte auf keinen Fall passieren dürfen! Sie spürte, wie eine noch größere Angst sie überfiel. Entsetzt wand sie sich aus seiner Umarmung und floh aus dem Raum. Sie hörte, wie er ihr etwas nachrief, wollte es nicht hören, hielt sich im Laufen die Ohren zu und rannte in kopfloser Furcht davon.

Zurück blieb John Battingfield, beschämt und über sich selbst entsetzt. Was um alles in der Welt hatte ihn nur dazu getrieben, sein Versprechen zu brechen? Walter hatte recht gehabt: In dem Augenblick, als er sie küsste, schwand der Zauber des Vertrauens zwischen ihnen. Folgerichtig war sie vor ihm geflohen.

»Verdammter Narr!« Er hätte sich am liebsten selbst geohrfeigt, aber es war ihm einfach unmöglich gewesen, sich noch zurückzuhalten. Sie waren sich gerade zu nahe gekommen. Die nicht mehr zu beherrschende Übermacht seiner Gefühle war ihm schließlich zum Verhängnis geworden, obwohl er sich doch so fest vorgenommen hatte, Charlotte nicht anzurühren. Nun erkannte er, dass er sie damit von sich getrieben hatte und das in einem Moment, in dem sie offenbar mehr denn je jemanden brauchte, der für sie da war und sie beschützte. Wie konnte er sich diesen Fehler jemals verzeihen? Wie konnte er sie so im Stich lassen, wo er sie doch nur beschützen wollte?

»Aber ich kann sie nicht so gehen lassen, ich muss es ihr erklären!« In seiner Aufregung und Verwirrung über das Geschehene begann er Selbstgespräche zu führen. Er kam sich fast vor wie ein Verrückter. Doch vielleicht konnte er das Band des Vertrauens, so das noch möglich war, wieder knüpfen. Er stürzte aus der Bibliothek, um ihr nachzulaufen, aber es war zu spät. Von Charlotte war keine Spur zu finden. Er suchte im ganzen Haus, im Lagerschuppen, begann schließlich die Dienstboten, nach ihrem Verbleib zu fragen, erntete aber nur erstaunte Blicke und bedauerndes Verneinen. Keiner hatte bemerkt, wie sie das Haus verlassen hatte. Schließlich fiel ihm der Tag ein, als er sie zum ersten Mal im Millford Forrest getroffen hatte. Auch dort war sie nach einer harten Auseinandersetzung mit ihrer Tante einfach in den Wald gelaufen. Es war nur wahrscheinlich, dass sie in ihrer Verzweiflung auch diesmal so gehandelt hatte. Wie sollte er sie nun finden? Das Gelände war unübersichtlich und riesig. Doch er musste es versuchen. Womöglich stieß ihr etwas zu, so völlig durcheinander wie sie ihn verlassen hatte – und das wäre letztlich seine Schuld. Nackte Angst schnürte ihm die Kehle zu, als er sich auf sein in fliegender Hast gesatteltes Pferd schwang und sich, auf eine Ahnung hin, dem großen Waldgebiet zuwandte.

Kapitel 20

Gegen Abend setzte feiner Nieselregen ein. Charlotte war seit Stunden unterwegs. Es dämmerte bereits. Sie war einfach fortgerannt, ohne auf den Weg zu achten und war nun sterbensmüde, hungrig und völlig durchgefroren. Der feine

Regen, der immer stärker wurde, durchnässte sie bis auf die Haut. Sie würde sich den Tod holen, aber was machte das schon? Was machte es denn aus, wenn sie sich aus diesem Leben verabschiedete? Vielleicht war das ja die beste Lösung, dachte sie bitter, wenn auch nicht ganz ernsthaft. Sich etwas anzutun kam für sie nicht infrage. So schnell konnte und wollte sie nicht aufgeben! Noch hatte sie ihren Mut und ihren Verstand. Wenn auch die Chancen gering waren, dass sich ihre Situation auf Millford Hall zum Besseren wendete, so war sie dennoch willens, auch die kleinste Möglichkeit wahrzunehmen. Zudem zählten Mrs Sooner und Emmy auf sie. Sie konnte sich ihrem gegebenen Versprechen nicht entziehen, auch wenn es sie weit mehr Mut und kühle Nervenstärke kostete, als sie vielleicht aufzubringen in der Lage war. So zwang sie sich, endlich die Bedürfnisse ihres Körpers zur Kenntnis zu nehmen. Kälte und Hunger plagten sie immer mehr. An ihre überaus starken und verbotenen Gefühle für den Mann, der Herr auf Dullham Manor war, wollte und durfte sie jetzt einfach nicht mehr denken. Ja, sie hatte ihn geküsst und es war wunderschön gewesen. Sie wusste in ihrem tiefsten Inneren, dass sie sich danach gesehnt hatte, so sehr wie sie wusste, dass sie ihn liebte. Aber sie hatte es nicht herbeiführen wollen. Es war in einem Moment der Schwäche und Verwirrung geschehen und deshalb vielleicht verzeihlich.

Ohne es geplant zu haben, hatte sie sich, nachdem sie in einem weiten Bogen durch die Wälder Dullhams gelaufen war, wieder den Parkanlagen von Dullham Manor genähert. Der Regen wurde nun immer heftiger und es schüttelte sie vor Kälte, als sie schließlich auf einen kiesbestreuten Pfad traf. Sie beschloss, dem Weg zurück in den Park zu folgen. Es musste hier in der Nähe ein hübscher, aus Sandstein gebauter Pavillon stehen, den sie schon einmal bei einem Spaziergang mit Lady Battingfield (allein der Gedanke an sie ließ Wellen der Scham in Charlotte aufsteigen) aufgesucht hatte. Er lag etwa eine halbe Meile vom Herrenhaus entfernt an einem kleinen See. Charlotte beschloss, dort vor dem Regen Zuflucht zu suchen und ihre nächste Zukunft in Ruhe zu überdenken.

Nach kurzer Zeit tauchte das helle Kuppeldach des Gebäudes auf. Dankbar erinnerte sie sich, dass der Pavillon über eine halb geschlossene Seite verfügte, die sie vor dem zunehmend aufkommenden Wind schützen würde. Zitternd die Arme um sich geschlungen sprang sie die wenigen Stufen ins Innere hinauf und bemerkte zu spät, dass sie nicht allein war.

John stand an eine der Säulen gelehnt und starrte von ihr abgewandt auf die Wiesen im Regen. Seine Haltung drückte Erschöpfung und Kummer aus. Wie konnte es sein, dass sie ausgerechnet ihm wieder in die Arme laufen musste?, dachte Charlotte entsetzt und wandte sich um, um den Pavillon wieder zu verlassen, doch da hatte er sie schon bemerkt. Als wäre sie ein Geist, starrte er sie mit wildem Blick an, um dann die kurze Distanz zwischen ihnen mit wenigen Sätzen zu überwinden.

»Charlotte!«, stieß er hervor und riss sie an sich. Seine stürmische Umarmung nahm ihr fast den Atem. »Wo bist du gewesen? Ich habe dich überall gesucht!« Er umklammerte sie, als hätte er Furcht, sie könnte ihm noch einmal entfliehen und schluchzte: »Ich hatte solche Angst um dich!«

Charlotte merkte betroffen und erstaunt, dass er weinte. Es tat ihr weh, ihn so verzweifelt zu sehen. Warum sollte sie dann, angesichts seiner starken Gefühle, noch länger Distanz waren? Sie hob die Hand und wischte sanft die Tränen aus seinem qualverzerrten Gesicht. »John, ich wollte nicht …«

Als Antwort umfing er sie noch enger, legte seine Wange an die ihre und brachte mühsam hervor: »Du kannst mich nicht verlassen! Du darfst mich nicht verlassen! Charlotte! Ich liebe dich, weißt du das denn nicht?«

Sie erschrak. Er war völlig außer sich. Seine Worte klangen rau und verzweifelt. Sie hatte nicht geahnt, nicht zu hoffen gewagt, dass seine Gefühle für sie so stark waren. Mindestens ebenso stark wie die Gefühle, die sie seit Langem für ihn empfand. Aber während sie bis zuletzt dagegen angekämpft hatte, hatte er ihnen schließlich nichts mehr entgegenzusetzen vermocht, das wusste sie jetzt mit Gewissheit. Der Kuss in der Bibliothek war nicht die Laune eines Augenblicks gewesen, nicht ihre Schuld. Er liebte sie genauso wie sie ihn liebte. Sie hatte sich nicht getäuscht, auf ihrer Wanderung in den Hügeln Dullhams. Schlagartig wurde ihr klar, dass sie beide, seit sie sich begegnet waren, ihren Gefühlen Gewalt angetan hatten. Wie hatte sie nur so blind sein können?

»Ich weiß es!«, sagte sie deshalb schlicht und sah ihn unverwandt an. Einen Augenblick lang stockte er, dann nahm er ihr Gesicht in seine Hände und küsste sie wild.

»Dann geh mit mir fort, ich bitte dich! Du sollst bei mir sein für immer und mit mir leben – ich halte es einfach nicht aus, wenn du mich verlässt«, flehte er, während er ihre Lippen und ihr Gesicht weiter mit drängenden Küssen bedeckte.

Für einen kleinen Moment, überwältigt von seiner Leidenschaft und der Aufrichtigkeit seiner Gefühle, gab sie dem verlockenden Gedanken nach. Ein Leben an Johns Seite, ihn lieben zu dürfen und von ihm geliebt zu werden, von dem Mann, von dem sie wusste, dass er sie gerade für ihr unkonventionelles Wesen, für ihren fragenden Verstand liebte, das war zu schön, um wahr zu sein. Sie überließ sich seiner Liebe und ließ ihn gewähren, genoss und erwiderte seine Berührung und Leidenschaft.

Doch dann regte sich störend ihr rastloses Gewissen und hinderte sie daran, sich ihm völlig hinzugeben. Wenn sie seinem Begehren nachgab und ihm wider alle Konventionen folgte, würde das auch bedeuten, dass er sich gesellschaftlich ruinierte, dass Lady Battingfield von ihm verstoßen würde – und das vor aller Augen! Sie wusste nur zu gut, dass ein solch radikaler Schritt niemals in den Kreisen des Adels geduldet werden würde. Wollte er sie nicht nur zu einer mehr oder weniger geheimen Geliebten machen – und das schien er beileibe nicht im Sinn zu haben – bedeutete das harte Konsequenzen. Es würde ihm nichts anderes übrig bleiben, als seine Heimat, die er doch so sehr liebte, zu verlassen und sich mit ihr irgendwo im Ausland niederzulassen. Ein unmoralisches Verhalten dieses Ausmaßes würde in den leider doch sehr engen Kreisen des Adels nie und nimmer geduldet, von ihrer eigenen Reputation ganz zu schweigen. Sie wusste nur zu gut, was man über Frauen dachte, die eine vor Gott geschlossene Ehe auseinanderbrachten. Der Gedanke an ein solches Leben, ständig der öffentlichen Verachtung ausgesetzt, war für sie einfach unerträglich. Zu sehr litt sie seit Jahren unter der Anfeindung, die ihr allein ihrer Herkunft wegen entgegengebracht wurde und hatte als Kind erlebt, dass die gesellschaftliche Ächtung ein verborgener, ständig schwärender Dorn im Fleische ihrer Mutter gewesen war. Diese Überlegungen machten ihr die Unmöglichkeit seines Verlangens überdeutlich. Es gab keine Zukunft für sie an Johns Seite. Sie begann sich sanft gegen seine zunehmend fordernde Leidenschaft zu wehren und schob ihn von sich.

»Du weißt, dass das nicht geht!«, sagte sie leise.

»Warum geht es nicht? Ich liebe dich, und du liebst mich. Es ist mir egal, was aus uns wird oder was geredet wird. Ich will nur nicht ohne dich leben.« Wieder umschlang er sie heftig und fuhr fort, sie zu liebkosen.

Da auf einmal wusste sie, was sie zu tun hatte. »John! John, hör mir zu!« Sie rief ihn mehr als einmal beim Namen, um ihn zur Besinnung zu bringen und zwang ihn, sie anzusehen. »Aber mir ist es nicht egal, was aus dir wird. Mir ist es auch nicht egal, was aus deiner Frau wird. Denkst du auch an sie? Und es gibt noch mehr Menschen, die …«, sie unterbrach sich, denn es kam ihr im letzten Moment in den Sinn, dass sie Emmy ihr Wort gegeben hatte zu schweigen. Deshalb setzte sie etwas ruhiger fort: »Ich verstehe dich, John, und weiß Gott, ich liebe dich auch. Jetzt darf ich es endlich sagen! Aber trotzdem zerstört diese Liebe alles. Sie würde dein Leben letztlich zerstören. Meines ist wohl schon zerstört, aber das ist nun gleichgültig.« Sie ließ es nicht gelten, dass er widersprach und legte ihm besänftigend die Hand auf die Lippen. »Versteh' doch, ich könnte es nicht ertragen, diese Schuld auf mich zu laden. Ich kann nicht das Leben von anderen Menschen zerstören – vor allem nicht das deine –, nur um selbst ein zweifelhaftes Glück zu finden. Denk doch nach, John! Es hat keinen Sinn, du musst mich gehen lassen und vergessen.«

»Das kann ich nicht! Ich kann nicht …«, wieder klammerte er sich an sie und begann zu weinen.

Es quälte sie, ihn in solcher Seelennot zu sehen, dennoch hatte sie keine andere Wahl. Es war unmöglich und aussichtslos, sie durften ihrem Verlangen einfach nicht nachgeben. Und was sollte aus der verstoßenen Lady Battingfield werden? Gewiss, sie wäre finanziell versorgt, aber gesellschaftlich ebenfalls kompromittiert. Das würde eine Frau wie sie nicht ertragen. Das alles durfte einfach nicht geschehen, so hart es auch für sie war. Seltsamerweise spürte sie nun, wie ihre Kraft zurückkehrte. Eine Kraft, die ihr helfen würde, das was auf sie zukam zu ertragen. Es gab außerdem Menschen, die sie brauchten, die auf sie zählten. Sie konnte nicht aufgeben und sie konnte nicht zulassen, dass John Battingfield aus blinder und hoffnungsloser Liebe zu ihr seine Stellung und seine Ehe zerstörte. Entschlossen befreite sie sich aus seiner Umarmung. Sie musste ihn jetzt verlassen, um seiner selbst willen. Was aus ihr wurde, war zweitrangig. Für sie bestand nur die Wahl, sich Terency zu stellen oder aber eine unmögliche Verbindung mit unabsehbaren Folgen einzugehen. Es war keine wirkliche Wahl. Als könne er die unerbittliche Endgültigkeit ihrer Worte nicht fassen, griff John sich mit einer Geste der Wut und Verzweiflung an den Kopf und gab einen Klagelaut von sich, der sie erschreckte. Aber er hinderte sie nicht daran, zu gehen. Obwohl er sich noch dagegen wehrte, schien er zu wissen, dass der Kampf verloren war, dass es sinnlos war, sie noch weiter anzuflehen.

Als sie sich von ihm entfernte, streckte er dennoch hoffnungslos bittend seine Hand nach ihr aus. Doch er musste endgültig einsehen, dass ihr Entschluss feststand.

Im Gehen wandte sie sich noch einmal um und lächelte ihn traurig an. »Ich liebe dich, John und ich bin unendlich dankbar für deine Liebe, aber es muss sein«, sagte sie fest und trat hinaus in die Nacht.

Charlotte war froh, als sie endlich die erleuchteten Fenster von Dullham Manor durch die Regenschleier erblickte. Ein letztes Mal, dachte sie wehmütig. Sie wusste nur zu genau, dass sie dieses Haus, das ihr fast ein Heim geworden war in den letzten Wochen, für immer verlassen musste. Nie mehr durfte sie hierher zurückkehren. Zwar würde sich durch die Nachbarschaft mit den Battingfields ein zumindest loser Kontakt nicht vermeiden lassen, aber sie hoffte, betete, dass es ihr gelingen würde, dem Mann, der ihr eben so verzweifelt seine Liebe gestanden hatte, so gut sie es eben vermochte aus dem Weg zu gehen. Kurz schwankte sie in ihrem Entschluss. Der Schmerz, den sie bei diesem Gedanken empfand, war zu heftig. Dann aber nahm sie sich zusammen.

Sie würde am nächsten Tag im Morgengrauen aufbrechen, denn es war dringend angeraten, ihre Abreise nun nicht mehr hinauszuzögern. Nur einen Menschen wollte sie noch aufsuchen: ihren väterlichen Freund Dr. Banning. Er würde sie verstehen, würde ihr vielleicht sogar raten können. Doch zunächst musste sie ihre nassen Kleider loswerden. Eine Überlegung, die sie kurz ungläubig auflachen ließ. Noch vor wenigen Stunden war ihr ihr Leben und ihre Gesundheit völlig gleichgültig gewesen. Nun aber, da die Kraft ihres Entschlusses sie wie ein fernes, aber klares Licht leitete, begann sie Verantwortung zu übernehmen, für sich und für andere Menschen. Sie fühlte sich plötzlich um Jahre gealtert. War das Erwachsenwerden so schwer? Musste es so schmerzhaft vor sich gehen?

Durch eine schmale Pforte am Ostflügel betrat sie das Herrenhaus. Sie hoffte inständig, dass keiner sie bemerken würde, doch als sie die große Eingangshalle passierte, öffnete sich die Tür zum hell erleuchteten Salon und Lady Battingfield erschien in dem größer werdenden Spalt.

»Ach, Miss Millford, Sie sind es? Du meine Güte, Sie sind ja völlig durchnässt. Sie sollten wirklich mehr auf sich achten.« Tadelnd schnalzte sie mit der Zunge. »Wo waren Sie denn heute den ganzen Nachmittag? Ich hatte gar niemandem zum Reden, dabei ...«, sie lächelte vielsagend, um dann vorwurfsvoll fortzufahren: »Auch Lord Battingfield ist verschwunden. Dass er aber auch immer das Haus verlässt, ohne etwas zu sagen! Dabei habe ich so wichtige Neuigkeiten!« In Vorfreude über die Verkündigung ihres Geheimnisses klatschte sie in die Hände. »Meine liebe Miss Millford, ich muss es Ihnen unbedingt erzählen, sonst platze ich noch!« Schnell huschte sie in die Halle hinaus, zog die durchfrorene und erschöpfte Charlotte in den Salon und schloss die Tür hinter sich.

Charlotte wartete ergeben auf die Eröffnungen der Hausherrin, während das Wasser, das ihr aus Kleid und Haaren tropfte, um sie herum eine Pfütze bildete. Also, dachte sie resigniert, dann eben das auch noch. Lady Battingfield lehnte indes mit geschlossenen Augen und einem glücklichen Leuchten in ihrem hübschen, aber allzu glatten Gesicht an der Tür.

Endlich seufzte sie in höchster Zufriedenheit und wandte sich dann Charlotte zu. »Wie Sie wissen, war heute Dr. Fowler bei mir. Er hat mich untersucht, weil ich doch in den letzten Wochen oft so unpässlich war. Oh, Miss Millford, Sie glauben gar nicht, wie unangenehm mir das war. Dieser Pferdearzt! John kann sagen, was er will …«

Charlottes Ungeduld wuchs. Für Lady Battingfields ausschweifende Erklärungen hatte sie jetzt weder die Zeit noch die Kraft. »Und?«, fragte sie deshalb und konnte dabei eine leichte Schärfe in ihrem Tonfall nicht verbergen, die aber der Angesprochenen in keiner Weise bewusst wurde. »Was hat Dr. Fowler diagnostiziert? Ich hoffe, nichts Ernstes.«

Lady Battingfield lachte affektiert auf: »Etwas Ernstes? Nein, etwas Ernstes ist es nicht … obwohl, wenn man es genau nimmt, es doch eines der ernstesten Ereignisse im Leben einer Frau ist.« Sie hielt inne, um die ungewöhnliche Tiefe ihrer Gedanken auszuloten, entschloss sich dann aber zum Sprung in die sichere, aber platte Welt der Tatsachen. »Miss Millford, ich erwarte ein Kind! Endlich! Ist das nicht wunderbar? Ich habe es schon nicht mehr zu hoffen gewagt, ich hatte schon Zweifel an mir, manchmal sogar an meinem Mann. Sie wissen ja, meine Schwester hat schon drei Kinder und ist erst acht Jahre verheiratet.«

Charlotte stand wie vom Donner gerührt. Hatte sie vielleicht in einem kleinen, versteckten Winkel ihres Herzens noch der Hauch eines Zweifels umgetrieben und das wahnwitzige Fünkchen Hoffnung, dass es vielleicht doch eine Möglichkeit gab für John und sie, so wusste sie nun mit erbarmungsloser Gewissheit, dass dieser Weg für immer verbaut war. Die nächste Empfindung war Erleichterung. Erleichterung darüber, dass sie ihre Entscheidung getroffen hatte, bevor sie diese Neuigkeiten erreichten. Sie würde immerhin noch in den Spiegel schauen können und sich nur vorzuwerfen haben, dass sie zwar ehrliche und starke Liebe empfand für einen Mann, den sie nicht lieben durfte, aber sie hatte ehrenvoll gehandelt und sich für das Richtige entschieden.

Sie ging auf die Frau John Battingfields zu und gab ihr einen aufrichtig gemeinten Kuss auf die Wange. »Das freut mich so für Sie, Lady Battingfield. Ich weiß, wie sehr Sie sich ein Kind gewünscht haben. Es wird alles gut werden.«

Zufrieden schaute diese sie an, überglücklich, endlich ihr Ziel erreicht zu haben. »Danke, Miss Millford! Wie schön, dass Sie sich auch mit uns freuen!«

Charlotte beschloss, ihre Zeit auf Dullham Manor nun kurz und schmerzlos zu beenden. »Sie werden jetzt alle Hände voll zu tun haben, Lady Battingfield«, begann sie deshalb. »Überdies habe ich heute einen dringenden Brief meiner Tante erhalten. Ich muss so schnell wie möglich abreisen. Das werden Sie sicher verstehen, ich möchte Ihnen auch nicht weiter zur Last fallen. Am liebsten wäre es mir, wenn ich gleich morgen noch vor dem Frühstück abreisen könnte. Ob Sie mir wohl einen Wagen zur Verfügung stellen könnten? Dafür wäre ich Ihnen sehr dankbar. Morgen früh so gegen sechs Uhr? Es wird nicht nötig sein, dass Sie und Lord Battingfield deshalb früher aufstehen. Am besten, Sie sagen ihm nichts. Bestellen Sie ihm nur meine besten Grüße.«

Lady Battingfield nickte erstaunt. »Selbstverständlich, Miss Millford, wenn Sie es so wünschen. Aus unseren Plänen wird ja nun doch nichts. Obwohl ich nun so schnell wie möglich mit meinem Gatten nach London reisen möchte. Ich möchte meine Familie in dieser wichtigen Zeit nun um mich haben.«

Dein Mann ist doch deine Familie, du törichte Frau. Und er ist ein guter Mann!, dachte Charlotte, hütete sich aber, es auszusprechen. Stattdessen bestärkte sie die Glückliche in ihrem Entschluss. Je weiter sie selbst von John Battingfield entfernt war, desto besser für alle Beteiligten. Vielleicht würde ihm das auch helfen, sie möglichst schnell zu vergessen.

Dann aber entschuldigte sie sich bei Lady Battingfield und eilte in ihr Zimmer, wo sie in fliegender Hast ihre Habseligkeiten, Bücher und Kleidungsstücke in ihre Reisekiste warf und verschnürte. Viel war es ohnehin nicht. Anschließend zog sie schnell ihr wärmeres Reisekleid an, warf sich ihren alten Mantel um, lief durch den Gang des Westflügels, in dem ihr Zimmer lag und die Treppe hinunter, begleitet von der Furcht, noch einmal John zu begegnen. Das hätte sie wohl nicht ertragen können. Leise stahl sie sich durch die Eingangshalle, öffnete die Vordertür und entfernte sich dann, so schnell sie konnte, von der durch die Fenster des Herrenhauses erleuchteten Auffahrt. Es gelang. Niemand hatte sie gesehen. Entschlossen machte sie sich auf den Weg in die inzwischen stockdunkle Nacht.

Kapitel 21

Dr. Bannings Pfarrsitz war nur eine knappe Dreiviertelmeile von Dullham Manor entfernt. Ein breiter Weg führte direkt vom Herrenhaus zum dazugehörigen Pfarrhaus. Wenn sie sich beeilte, würde sie in einer halben Stunde dort vorsprechen können. Es regnete immer noch und der Mantel schützte sie nicht zuverlässig vor dem herabströmenden Wasser. Sie spürte es kaum. Zum zweiten Mal an diesem Tag wurde sie durchnässt, aber was machte das schon. Wichtigere Dinge standen nun im Vordergrund, die sie dringend zu klären hatte. Mit Entschlossenheit und festem Schritt legte Charlotte den Weg zurück und ließ sich auch von Pfützen und Schmutz nicht abhalten. Als sie endlich das hübsche, als repräsentatives Cottage errichtete Pfarrhaus erreichte, stellte sie erleichtert fest, dass noch Licht brannte. Inständig hoffend, dass ihr Dr. Banning noch Einlass gewähren würde zu dieser späten Stunde, klopfte sie an die Eingangstür, die ihr kurze Zeit später von der mürrischen Mrs Copperfield geöffnet wurde.

»Dr. Banning empfängt nicht mehr«, erklärte die Haushälterin abweisend.

Aber Charlotte ließ sich nicht fortschicken. »Bitte, Mrs Copperfield, es ist sehr wichtig. Ich will auch nicht lange bleiben.«

Da öffnete sich die Tür zum Salon und die vertraute, leicht gebeugte Gestalt von Dr. Banning wurde sichtbar. Kaum des Besuchers gewahr geworden, begann er sofort zu schimpfen: »Um Christi willen, Mrs Copperfield! Sie werden doch diesem nassen Menschenkind nicht die Tür weisen! Ich sollte Sie in Zukunft Zerberus nennen, so wie Sie sich aufführen.« Dann erst bemerkte er im Dämmer des Eingangsbereichs, um wen es sich bei dem späten Gast handelte. Er erschrak sichtlich.

»Miss Charlotte, was ist denn nur geschehen, dass Sie noch zu so später Stunde und bei diesem Hundewetter zu mir wollen? Kommen Sie doch herein. Schnell, ins Warme! Sie werden sich noch den Tod holen!«, sagte er väterlich besorgt, um dann in umso energischerem Ton seine Haushälterin anzufahren: »Und Sie, Mrs Copperfield, bringen bitte ohne weitere Verzögerung Tee, etwas Suppe – die von heute Abend, die war ganz ausgezeichnet – ein paar Handtücher und eine Wolldecke.«

Dann wandte er sich wieder Charlotte zu und führte sie in den Wohnraum, in dem ein prasselndes Kaminfeuer wohlige Wärme verbreitete. Er platzierte die tropfnasse Charlotte in der Nähe des Kamins und ruhte nicht eher, bis sie abgetrocknet, in eine Decke gewickelt und mit Tee und Suppe versorgt war. Erst jetzt bemerkte Charlotte, dass sie wirklich sehr hungrig war. Sie hatte seit dem Frühstück nichts mehr gegessen und die seelische Erschütterung wie auch der stundenlange Aufenthalt im Wald hatte sie viel Kraft gekostet. Dankbar lächelte sie Dr. Banning an und aß brav ihre Suppe. Der alte Seelsorger wusste, dass sie sprechen würde, sobald sie dazu bereit war und drängte sie nicht, dennoch befürchtete er Schlimmstes.

Was mochte die junge Frau, die er als sehr besonnen und auch nervenstark einschätzte, so erschüttert haben? Er verbot sich Spekulationen, die sich ihm unweigerlich aufdrängten und beschloss abzuwarten. Schließlich wurde seine Geduld belohnt.

»Dr. Banning«, begann Charlotte zögernd und wickelte sich enger in die Wolldecke ein, »ich musste einfach zu Ihnen kommen, weil ich Ihren Rat brauche. Es sind«, sie biss sich auf die Lippen, nach den richtigen Worten suchend, »es sind gewisse Dinge vorgefallen. Ich weiß nicht, wie ich es erklären soll. Ich gab mein Wort.«

Banning hielt alarmiert den Atem an. War John der Auslöser für ihre Verstörung?

Doch diese schlimme Vermutung wurde durch die weiteren Worte der jungen Frau nicht bestätigt. »Ich erhielt heute Nachmittag einen Brief – besser gesagt: zwei Briefe – mit erschreckendem Inhalt. Im Grunde ahnte ich schon, dass das, was darin berichtet wird, geschehen könnte. Aber ich wollte es nicht wahrhaben und nicht mehr daran denken.« Hilfesuchend sah sie ihn an. Wenn sie doch nur wüsste, wie sie es sagen sollte, ohne zu viel zu verraten! Aber es half alles nichts: einem Menschen musste sie sich anvertrauen, wenn auch vielleicht nicht mit der ganzen Wahrheit. So fuhr sie schließlich mit fester Stimme fort: »Es geht um ein junges Mädchen auf Millford Hall. Sie ist eine Dienstmagd, aber für mich eigentlich mehr als das. Ich fühle mich für sie verantwortlich. Sie ist fast so etwas wie eine kleine Schwester für mich.« Charlotte hielt inne und lauschte ihren eigenen Worten nach. Dass dem so war, war ihr eben selbst erst bewusst geworden. Mrs Sooner und Emmy waren für sie mit mehr familiären Gefühlen verbunden als sie je für Lady Millford würde entwickeln können. Wahrscheinlich war das der Grund dafür, warum sie sich so um Emmy sorgte.

»Es adelt Sie, Miss Charlotte, dass Sie so für Ihre Mitmenschen fühlen, ohne auf den Stand zu achten«, erwiderte Dr.

Banning auf ihre Eröffnung, obwohl er sich auch etwas wunderte. Was konnte es denn sein, das seinen Schützling so aus der Fassung brachte? Eine Dienstbotengeschichte wohl kaum.

Charlotte spürte sein Zögern. Sicher war es ungewöhnlich, sich so für das Dienstpersonal zu engagieren, für Menschen, die laut der Überzeugung der Oberschicht nicht in diesem Maße beachtet werden sollten. Aber das war ihr nun auch egal. Emmy war einfach ein junges Mädchen, das dringend Hilfe brauchte. Wenn das jemand verstand, dann Dr. Banning! »Es ist so: Vor etwa drei Monaten hatten wir Gäste auf Millford Hall und einer dieser Gäste, er hat … nun, er hat sich an diesem Mädchen auf die schändlichste Weise vergangen. Er hat sie gezwungen, ihm zu Willen zu sein und sie dabei auch noch halb tot geschlagen.« Charlotte würgte es fast bei der Erinnerung an die schreckliche Tat und Terencys Verhalten danach. Dieser Mann schien ein Teufel in Menschengestalt zu sein.

»Und Sie wurden Zeugin dieser Untat?«, fragte Banning schockiert.

»Nein, nicht direkt«, erklärte Charlotte, »aber ich sah sie am Tag danach. Ich sah, was er ihr angetan hat …«, groß sah sie ihren Zuhörer an. Angst und Abscheu spiegelten sich in ihren Augen. Doch zu Bannings steigendem Entsetzen kam es noch schlimmer. »Sie erwartet ein Kind von ihm und Mrs Sooner – das ist unsere Köchin und ihre Tante – hat mir heute eine Nachricht zukommen lassen mit dem Inhalt, dass sie ernsthaft fürchtet, Emmy könnte sich etwas antun aus Verzweiflung, und ob ich ihr nicht helfen kann. Und ich will ihr doch so gerne helfen. Es darf doch nicht sein, dass sie sich wegen dieses Unmenschen das Leben nimmt. Das wäre einfach entsetzlich! Vielleicht hat sie schon Hand an sich gelegt! Und ich weiß einfach nicht, was ich tun soll. Und selbst wenn das Schlimmste noch nicht eingetroffen sein sollte: Meine Tante wird die beiden sicher sofort hinauswerfen, wenn sie je von den Vorgängen Kenntnis bekommt. Es war unser Geheimnis.« Sie hatte immer schneller gesprochen, nun stiegen ihr Tränen in die Augen. »Und das Allerschlimmste ist: Dieser Mann kommt in zwei Tagen wieder zu Besuch nach Millford Hall und ich muss auch wieder zurückkehren, meine Tante hat es befohlen.«

»Mein Kind, beruhigen Sie sich!« Dr. Banning war während dieser atemlos vorgetragenen Beichte zu ihr hinübergegangen und strich ihr nun begütigend über den Kopf. »Das ist in der Tat ganz entsetzlich, was Sie mir da berichten und ich verstehe Ihre Besorgnis. Ist es wahr? Dieser Unmensch kommt wieder nach Millford Hall? Das ist ja unglaublich! Doch sollten wir uns zunächst um Ihren kleinen Schützling sorgen. Hier ist wirklich sofortige Hilfe vonnöten. Man kann das arme Menschenkind, diese kleine Emmy – nicht wahr, so ist ihr Name – nicht ihrem Schicksal überlassen.«

Er setzte sich wieder auf seinen Platz. Charlotte bemerkte, dass auch er begonnen hatte, über eine Lösung des drängenden Problems nachzudenken. Sie wagte nicht, ihn zu stören. Nachdem er eine Weile in sich gekehrt dagesessen und ein ums andere Mal ein »hm« oder ein »oder besser so« von sich gegeben hatte, blickte er schließlich auf. »Ich glaube, ich habe eine Lösung für das arme Kind. Sie ist noch sehr jung, sagten Sie?«

Charlotte bejahte: »Gerade einmal fünfzehn Jahre alt.«

»Ich erzählte doch auf unserem Rückweg vom Observatorium von der Familie des alten Doyle, Sie erinnern sich?«

Charlotte nickte erneut: »Ja, das war diese Familie, die Sie durch die Stiftung unterstützen wollten«. Sorgsam vermied sie es, in diesem Zusammenhang den Namen »John Battingfield« auszusprechen. Sie spürte, dass ihr schon die Erwähnung des Namens Schmerz bereiten würde.

»Ich denke, wir sollten die kleine Emmy in dieser Familie unterbringen.«, fuhr Banning fort, »Mrs Potter, die Tochter des alten Doyle, ist, wie Sie ich sicher erinnern, Witwe und eine einfache, aber herzensgute Frau und liebevolle Mutter. Sie hat ein großes Herz und wird Emmy sicher aufnehmen, besonders wenn sie hört, wie schuldlos das Mädchen an dieser tragischen Geschichte ist. So wird es ihr auch leichterfallen, die Unterstützung durch die Stiftung anzunehmen, die sie sonst vielleicht zu sehr als Almosen empfinden würde. Emmy kann ihr bis zur Niederkunft auf dem Hof und bei den Kindern zur Hand gehen und wird, wenn ihre Zeit gekommen ist, in Mrs Potter eine verständnisvolle und erfahrene Helferin finden. Dann werden wir weitersehen. Sollte sie wieder arbeiten wollen, findet sich sicher ein guter Pflegeplatz für das Kind, vielleicht kann es auch einfach in der Kinderschar der Potters aufwachsen, was ich persönlich für das Beste halte. Die Unterstützung durch die Stiftung wird einfach etwas großzügiger ausfallen und keiner braucht etwas über die wahren Hintergründe zu wissen.«

Charlottes Anspannung löste sich etwas bei diesem ausgezeichneten Vorschlag und sie begann zu lächeln: »Das wäre eine wunderbare Lösung. Am besten soll Emmy so schnell wie möglich dorthin kommen. Ich werde sie zu Ihnen schicken, wenn es Ihnen recht ist.« Sie erhob sich.

»Oh nein, meine junge Dame, Sie bleiben noch sitzen«, befahl Banning. »Denn das weitaus schwierigere Problem haben wir noch nicht besprochen. Was ist mit Ihnen? Sie sagten, dieser Unmensch würde in zwei Tagen wieder auf Millford Hall vorsprechen. Was ist das für ein gewissenloser, verrohter Charakter? Vergreift sich auf die abscheulichste Weise an einem Kind und hat die Stirn, an den Ort seiner Untaten zurückzukehren! Ich kann nicht begreifen, wie Lady Millford sich mit einem solchen Menschen abgeben kann.«

»Sie ist interessiert an seinem Titel und seinem Geld, nehme ich an«, sagte Charlotte leise.

»Und deshalb will sie, dass Sie zugegen sind, wenn er Millford Hall besucht, wie Sie mir berichtet haben?«

Charlotte nickte stumm.

»Ich verstehe!« Banning strich gedankenvoll mit der Hand über die Lehne seines Sessels und runzelte dann die Stirn. »Das ist schlimm, sehr schlimm!«

Es kam keine Antwort.

Er sah die junge Frau mit großem Ernst an: »Sie müssen es Lady Millford berichten. Das ist Ihre Pflicht.«

Charlotte reagierte entsetzt. »Sie würde es nicht verstehen.«

»Das kann ich mir nicht vorstellen. So gefühllos kann selbst diese Frau nicht sein.«, gab Banning zu bedenken.

Charlotte wünschte von Herzen, dass es so wäre, obwohl ihr ihre Erfahrung etwas anderes sagte. Aber sie hatte ohnehin keine andere Wahl. Wo sollte sie sonst hin? Auf Dullham Manor konnte sie nach dem, was zwischen John und ihr vorgefallen war, auf keinen Fall mehr bleiben. Sie musste zurück: wegen John, wegen Emmy, wegen ihres Onkels, der sich nach ihr sehnte und nicht zuletzt, weil sie sich dem strikten Befehl ihrer Tante nicht länger widersetzen durfte. Es blieb ihr nichts anderes übrig. Sie musste Lady Millford über Terencys Untat aufklären, nachdem sie Emmy in Sicherheit gebracht hatte. Mrs Sooner musste dabei aber, so irgend möglich, aus der ganzen Sache herausgehalten werden.

Tapfer nickte sie: »Gut, ich werde es ihr sagen!«

»Recht so, mein Kind!«, Banning lächelte zuversichtlich, »Sie sind eine sehr mutige junge Frau und von beachtlicher charakterlicher Stärke. Sie werden es schaffen!«

Es war schmeichelhaft, dass er so von ihr dachte, aber Charlotte fühlte sich bei der Vorstellung, nach Millford Hall zurückzukehren, alles andere als mutig. Doch es gab keinen anderen Weg. Sie wagte es nun nicht mehr, Dr. Banning von ihren verborgenen, größeren Ängsten zu berichten. Davon, dass sie fürchtete, das nächste Opfer Terencys zu werden. Denn warum sollte dieser sonst die Frechheit besitzen, wieder aufzutauchen und sie auch noch ausdrücklich zu dieser grässlichen Fuchsjagd einzuladen? Was hatte er vor?

Die Furcht vor diesem Mann schnürte ihr mehr und mehr die Kehle zu. Dr. Banning in seiner humanen Gesinnung kam wohl gar nicht auf einen solchen Gedanken und bemerkte ihre aufsteigende Furcht nicht. Er wechselte zu einem weiteren Problem, das sie noch nicht bedacht hatte.

»Wenn Sie nun abreisen, Miss Charlotte, was wird dann aus der Arbeit am Nachlass Ihres Vaters? Werden Sie uns hier weiterhin besuchen kommen und die Sache abschließen?«, fragte er väterlich.

Es tat Charlotte in der Seele weh, dass sie ihm nicht die Wahrheit sagen konnte, aber wie sollte sie ihr allergrößtes Geheimnis jemals jemandem beichten? Deshalb antwortete sie ausweichend: »Ich fürchte, das wird nicht möglich sein. Die Arbeit ist ohnehin bald getan. Außerdem werden der Baron und Lady Battingfield«, sie verschanzte sich innerlich hinter dieser förmlichen Anrede, »schon sehr bald nach London abreisen. Lady Battingfield teilte mir heute Abend mit, dass sie guter Hoffnung ist und die Zeit bis zur Niederkunft im Kreise ihrer Familie in London zu verbringen gedenkt.«

»Potzblitz! Das sind ja Neuigkeiten! Weiß John es schon?« Banning war aufgesprungen.

»Das kann ich nicht sagen«, meinte Charlotte zurückhaltend, »sicher ist jedoch, dass sie abreisen werden. Das war ohnehin geplant. So kann ich meine Arbeit leider nicht mehr ganz zu Ende bringen.«

»Ach, meine liebe Miss Charlotte, Sie haben sich schon so viel Mühe damit gegeben. Es wäre ein Jammer und ein echter Verlust für die Wissenschaft, die Dinge nun ruhen zu lassen«, sagte Dr. Banning und besann sich einen Augenblick. »Ich hatte Ihnen zugesagt, dass ich die Arbeit übernehmen werde. Trotzdem haben Sie das meiste getan. Sie haben mich ganz beschämt. Und nun ist es an der Zeit, dass ich mein Versprechen einlöse. Es wird nur etwas mehr Zeit in Anspruch nehmen als wenn Sie es getan hätten.«

Er trat zu ihr und meinte mit einem aufmunternden Lächeln: »Ich will gleich morgen einen Brief an das British Museum schreiben und die Sammlung ankündigen. Es wird wohl noch gut und gerne zwei Monate in Anspruch nehmen, bis ich alles abgeschlossen habe, aber es ist sicher sinnvoll, schon jetzt mit den zuständigen Herren zu besprechen, wie ich die Dinge am besten in Angriff nehmen soll. Ich bin sicher: Sie dürfen auch einiges an finanziellen Mitteln erwarten, Miss Charlotte. Sobald ich Näheres weiß, werde ich Ihnen schreiben.«

Auch Charlotte war aufgestanden. Prüfend blickte sie aus dem Fenster. »Der Regen hat nachgelassen. Ich werde mich nun auf den Rückweg machen, da ich morgen sehr früh aufbrechen werde. Mein lieber Dr. Banning, Sie sind ein wirklicher Engel. Ich bin froh, dass ich Sie einen Freund nennen darf. Leben Sie wohl!«

»Sie auch, mein Kind« Er bedachte sie mit einem Blick, in dem Wohlwollen und Besorgnis lag. »Passen Sie auf sich auf, und seien Sie selbstbewusst. Keiner hat das Recht, Sie zu bedrängen, auch eine Lady Millford nicht. Wehren Sie sich, wenn es sein muss. Versprechen Sie mir das?«

Die Angesprochene lächelte unsicher: »Ich werde es mir merken. Und, Dr. Banning, Sie müssen mir auch etwas versprechen: Bitte verraten Sie niemandem etwas von unserem Gespräch.«

»Das ist die Pflicht eines Seelsorgers, das wissen Sie doch sicher, mein Kind!«, versicherte Banning, wunderte sich aber etwas über diese dringende Bitte. Warum war diese selbstverständliche seelsorgerliche Verschwiegenheit ihr denn so wichtig, dass sie es extra noch einmal ansprach?

Charlotte neigte dankend den Kopf, reichte ihm die Hand, knickste und schickte sich an, den späten Besuch nun zu beenden. Es war alles gesagt. Obwohl Banning sich ausdrücklich anbot, sie nach Dullham Manor zu begleiten, ging sie nicht darauf ein. Sie befürchtete, dadurch in eine weitere schwierige Situation zu geraten. Sicher würde er mit seinem Freund sprechen wollen. Doch John Battingfield womöglich erneut gegenüberzutreten und das angesichts all der überbordenden Gefühle, die sie eben noch in seiner Gegenwart überwältigt hatten, überstieg ihre letzten verbliebenen Kräfte. Deshalb zog sie es vor, allein zu gehen. Dass der alte Pfarrherr dies mit Sorge sah, durfte sie jetzt nicht kümmern.

Dr. Banning schaute, in der Eingangstür des Pfarrhauses stehend, der schlanken Gestalt kopfschüttelnd nach, die bald von der Dunkelheit verschluckt wurde. Ihn plagten düstere Ahnungen. Wie würde der Lebensweg dieser außergewöhnlichen jungen Frau weiter verlaufen? Er bedauerte zutiefst, ihr nicht umfassender helfen zu können. Auch fragte er sich, wie John zur Abreise von Miss Millford stand, die ihm, wie er als sein Freund wusste, weitaus teurer war, als er zugeben durfte? Wie würde er es verkraften? Letztlich war es vielleicht besser so, dachte Banning seufzend. Warum musste Liebe und Leid immer so dicht beieinanderliegen? Und warum war des Menschen Wesen in seiner Leidenschaft und Fähigkeit zum Schlechten wie zum Guten so unvollkommen und wunderbar zugleich? Resigniert zuckte er mit den Achseln. Um diese Frage zu beantworten, reichte ein Philosophenleben nicht einmal annähernd aus. Nur Gott kannte die Antwort.

Damit wandte er sich um und ging zurück ins Haus.

Drittes Buch

Kapitel 22

Captain Battingfield saß allein am Frühstückstisch. Seine Frau schlief noch und der Platz, an dem Charlotte in den letzten Wochen zu sitzen pflegte, war verwaist. Das fehlende Gedeck wirkte auf ihn wie ein gewaltsam herausgerissenes Loch in der Tafel – klaffend und schmerzlich. Auf seine Nachfrage hin hatte Cyril ihm mitgeteilt, dass Miss Millford das Haus bereits gegen sechs Uhr morgens verlassen habe und nach Millford Hall abgereist sei. Äußerlich gefasst hatte er diese Erklärung mit einem Nicken zur Kenntnis genommen, innerlich aber riss sie die schwärende, tiefe Wunde in seinem Herzen erneut schmerzhaft auf. Er meinte, es nicht ertragen zu können. Sie war tatsächlich fort! Entschwunden aus seinem Leben und er hatte es nicht nur nicht verhindert, sondern sie auch noch von sich weggetrieben.

Er war gestern Abend in jenem Pavillon im Regen, nachdem sie ihn verlassen hatte, buchstäblich zusammengebrochen, hatte sich mit Selbstvorwürfen gequält, hatte Pläne geschmiedet, sie doch noch für sich zu gewinnen und gleichzeitig gewusst, dass sie diese niemals unterstützen würde. Er hatte mit sich gehadert, sein Schicksal und seine Feigheit verflucht. Es hatte alles nichts genutzt und ihm keine Linderung verschafft. Wund an Gemüt und Seele war er schließlich nach Hause zurückgekehrt und hatte sich neben seine schlafende Gattin gelegt, die ihm nicht das Geringste bedeutete und auch nie bedeutet hatte. Warum nur, so hatte er sich in dieser Nacht wieder und wieder gefragt, hatte er sich seinem machtgierigen und engstirnigen Vater nicht widersetzt, als er damals angewiesen wurde, um die Hand dieser Frau anzuhalten? Sein Vater hatte ihm mit Enterbung gedroht, wenn er sich nicht seinem Willen unterwerfe und er, John, war feige gewesen und vielleicht auch zu jung, um die Tragweite einer solchen Entscheidung wirklich zu erfassen. Die Aussicht, den Anspruch auf das Erbe seiner Heimat zu verlieren, war ihm damals zu hart erschienen. Und so hatte er versucht sich einzureden, dass sich hinter der Flatterhaftigkeit und zur Schau getragenen Blasiertheit der damaligen Miss Wellesley doch eine liebenswerte Frau verbarg, die nur einer guten Anleitung und anregenden Umgebung bedurfte. Das hatte sich allerdings im Laufe der Jahre als grober Irrtum erwiesen. Als er widerstrebend eingewilligt hatte, Gwendolyn Wellesley zu heiraten, war er ein unbesonnener junger Mann gewesen, der das überwältigende Gefühl einer aufrichtigen Liebe nie erfahren hatte. Er war sich nicht bewusst gewesen, welche Kraft und welche Verzweiflung ein solch starkes Gefühl hervorbringen konnte, bis er das erste Mal Miss Charlotte Brandon begegnete. Seitdem befand er sich in einem inneren Aufruhr, der ihn vermutlich den Verstand, sicher aber seinen Seelenfrieden kosten würde. Für Charlotte hätte er nun alles, was er war und besaß, freudig aufgegeben, doch konnte er dasselbe und noch mehr von ihr verlangen?

Seine Ehe war umso mehr eine Farce. Weder hatte er seine Frau je geliebt noch sie ihn, aber spielte das eine Rolle bei dieser angeblich so vorteilhaften Verbindung, die ihrer beider Familien miteinander ausgehandelt hatten? Es war nichts weiter als wirtschaftliches Kalkül und Machtinteresse zweier Väter, die diese Bezeichnung kaum verdienten, gewesen, die sie beide den Weg zum Altar hatten antreten lassen. Gewiss, es gab solchermaßen gestiftete Ehen, die durchaus glücklich wurden und Liebende, deren Zuneigung sich in Hass verwandelte nach Jahr und Tag. Und sicher – Gwendolyn Wellesley hatte unbestreitbar wenigstens körperliche Reize. Trotzdem wusste er jetzt, dass er damals einen entscheidenden Fehler gemacht hatte. Einen Fehler, den er nun mehr denn je bereute. Einen überaus folgenschweren Fehler, der nun zwischen ihm und dem Menschen stand, den er als sein wahres Gegenüber, sein fehlendes Passstück empfand; der Frau, die ihm wahrhaftig mehr bedeutete als sein eigenes Leben. Und diese hatte ihn verlassen, weil er im entscheidenden Augenblick seinen Gefühlen hilflos nachgegeben und versagt hatte.

Als er endlich für einige wenige Stunden in einen unruhigen Schlaf gesunken war, hatten ihn schlimme Träume gequält, sodass er schließlich übernächtigt und zerschlagen aufgestanden war.

Nun saß er allein vor seinem Tee und dem erkalteten Toast und begann sich zu fragen, was seine Charlotte – er nannte sie in seinen Gedanken immer noch »seine« Charlotte, obwohl sie das nie mehr sein würde und eigentlich auch niemals wirklich war – am Vortag so fassungslos hatte reagieren lassen. Es hing mit den beiden Briefen zusammen, die sie gestern erhalten hatte. Den einen hatte sie eingesteckt, daran erinnerte er sich genau, aber das zweite Schreiben musste eigentlich noch in der Bibliothek liegen, wo sie es zurückgelassen hatte, als sie vor ihm weggelaufen war. Ob es ihm erlaubt war, wenigstens zu verstehen, was sie so geängstigt hatte? Er erwog diese Frage einen Augenblick, doch dann obsiegte der Wunsch, zumindest auf diese Weise noch einen kleinen Moment an ihrem Leben teilnehmen zu können. Kurz entschlossen stand er auf, verließ das Zimmer und machte sich auf den Weg in die Bibliothek. Als er den ehrwürdigen Raum betrat, war es ihm, als wäre ihre Anwesenheit noch immer spürbar. Er sah sie wieder vor sich, wie sie da auf dem Boden gekauert hatte, völlig außer sich, so hilflos und in Tränen aufgelöst, dass er nicht anders hatte handeln können. Wenn er noch einmal die Wahl gehabt hätte, er würde es wieder getan haben, obwohl er nun wusste, was dem gefolgt war. Er schüttelte unwillkürlich den Kopf, um das Bild zu verscheuchen. Tatsächlich lag dort auf dem Boden noch der geheimnisvolle Brief. Schnell ging er hinüber, hob ihn auf und las hastig die Zeilen, die Lady Millford an Charlotte geschrieben hatte. Der rüde Tonfall der Worte erfüllte ihn mit heißer

Empörung. Wie konnte diese Frau es wagen, so mit ihr umzuspringen? Umso mehr, als die Vorwürfe und Beleidigungen, die ihm aus diesen wenigen Zeilen entgegenschrien, völlig unberechtigt waren und sie hart getroffen haben mussten. Charlotte hatte sich ihm gegenüber nur sehr verhalten über die Differenzen zwischen ihr und ihrer Tante geäußert, aber nun wurde ihm das wahre Ausmaß der Ablehnung, ja Verachtung bewusst, die ihr auf Millford Hall entgegenschlug.

Er brauchte geraume Zeit, um sich wieder zu beruhigen. Dann jedoch begann er sich zu fragen, ob allein die Worte Lady Millfords Charlotte so hatten verzweifeln lassen. Bei Lichte betrachtet war das eher unwahrscheinlich, denn es war ja auch schon vorher zu solchen Angriffen seitens Lady Millfords gekommen und Charlotte hatte trotzdem einen bemerkenswert klaren Kopf behalten, sich nicht einmal dazu hinreißen lassen, sich zu beschweren.

So gab es nur zwei Möglichkeiten: Entweder hatte Charlotte die Fassung verloren, weil sie Dullham Manor und die Arbeit, die sie liebte, zurücklassen musste. Vielleicht bedauerte sie es aber auch – sein Herz machte einen kleinen Sprung bei diesem Gedanken – ihn verlassen zu müssen. Aber hätte sie ihn dann nicht angefleht, dass sie bleiben dürfe, dass er ihr Zuflucht gewähren solle? Dies war mit an Sicherheit grenzender Wahrscheinlichkeit also nicht der Grund für ihren Kummer gewesen. Oder hing es in irgendeiner Form mit dem angekündigten Besuch dieses Mr Terency zusammen? John wusste, dass the right honourable Gaylord Terency, dritter Sohn des Marquis of Hastings, ein entfernter Verwandter seiner Gattin und ein Angehöriger des Hochadels war, persönlich aber war er ihm nicht näher bekannt. Er erinnerte sich, dass er ihn auf dem Ball mit Charlotte hatte tanzen sehen und dass er der Auslöser für den kleinen Eklat beim Klaviervortrag gewesen war. Hatte er ein Auge auf Charlotte geworfen? Das war durchaus möglich, denn sie war wahrhaftig eine überaus anziehende junge Frau. Dass sie außer ihm auch andere Männer betören könnte, war ihm leider nur zu bewusst. Aber warum sollte sie wegen Terency so in Verzweiflung geraten? So sehr er auch über die Gründe für ihre unübersehbare Angst nachdachte, er konnte sich keinen Reim darauf machen, war sich aber sicher, dass Charlotte sich niemals so fassungslos gezeigt hätte, wäre kein wirklich triftiger Grund vorgelegen. Oder hing es doch mit dem anderen Schreiben zusammen?

Schließlich faltete er ratlos den Brief zusammen, verwahrte ihn in seiner Brusttasche und verließ die Bibliothek, um wieder ins Frühstückszimmer zurückzukehren, wo sicher schon seine Gattin auf ihn wartete.

»John!«, der vorwurfsvolle Ausruf seiner Ehefrau begrüßte ihn schon auf der Schwelle des Raumes. Er musste kurz gegen den Impuls ankämpfen, gleich wieder kehrtzumachen, nahm sich dann aber zusammen und trat ein.

Mit einem nur angedeuteten Kuss auf die Wange begrüßte er sie und wünschte ihr einen guten Morgen.

»Wo warst du gestern die ganze Zeit?«, fragte Gwendolyn Battingfield in ihrem typischen quengelnden Tonfall. »Ich habe den ganzen Abend auf dich gewartet!«

Er antwortete mit einer undeutlich gemurmelten Entschuldigung, in der von dringenden Gesprächen mit einigen Pächtern die Rede war und kam sich dabei sehr schäbig vor. Seine Gattin bedachte ihn berechtigterweise mit einem misstrauischen Blick, doch dann schob sie mit einer entschlossenen Bewegung ihr Frühstücksgedeck in Richtung Tischmitte und lehnte sich in ihrem Stuhl zurück.

»Ich habe unerhörte Neuigkeiten«, begann sie mit einem verheißungsvollen Lächeln, das ihn irritierte. Was könnte Gwendolyn ihm schon an Neuigkeiten berichten? Dann aber entsann er sich, dass Dr. Fowler am Vortag bei seiner Frau vorgesprochen hatte.

»Tatsächlich?« Er hob die Augenbrauen und wartete auf ihre Eröffnung.

»Ich bin endlich schwanger, mein Lieber!«, sagte sie mit deutlichem Triumph in der Stimme, der ihm nicht recht zu dieser Nachricht zu passen schien, doch konnte er Dank oder Zuneigung erwarten? »Und nun kannst du nichts mehr gegen unsere Reise einwenden«, fuhr sie fort, offenbar enttäuscht darüber, dass er nicht sofort in Jubel ausbrach. »Ich möchte unverzüglich nach London aufbrechen, nach Wellesley House, und du wirst mich begleiten. Das ist deine Pflicht!«

John Battingfield war sprachlos. Damit hatte er nun wirklich nicht gerechnet. Diese Nachricht war ein neuer Schock für ihn. In der vergangenen Nacht noch hatte er in seiner finstersten Verzweiflung erwogen, um die Scheidung seiner unglücklichen Ehe zu ersuchen, obwohl er wusste, dass ein solcher Schritt sowohl das gesellschaftliche Aus bedeuten wie auch eine mögliche Fortsetzung seiner Marinekarriere unmöglich machen würde und darüber hinaus mit enormen rechtlichen Problemen behaftet war.

Gwendolyn erwartete ein Kind! Damit war sein Schicksal endgültig besiegelt; die Nachricht kettete ihn an seine Frau. Es war jetzt vollkommen unmöglich, sie zu verlassen. Das hätte einen Skandal ungeahnten Ausmaßes provoziert. Charlotte aber zu seiner Mistress zu machen und entsprechend auszuhalten, wie man es in gewissen Kreisen in London als gangbaren Weg erachtete, war für einen Menschen von der charakterlichen Beschaffenheit Charlottes einfach undenkbar. Das hatte schon Walter ganz richtig erkannt. Gerade darum liebte er sie. Auch er verachtete die moralische Doppelzüngigkeit der Gesellschaft zutiefst, hatte sich immer mit Grausen abgewandt. Doch nun war er selbst unversehens in eben eine solche prekäre Lage geraten. Wie hatte es nur so weit kommen können?

Er schluckte und rang einen Augenblick um Fassung, dann richtete er bedachte Worte an seine Gattin: »Das ist eine Überraschung, meine Teuerste. Ich freue mich sehr für dich, da du es dir ja so gewünscht hast. Und ich werde mein Versprechen dir gegenüber einlösen und mit dir nach London fahren. Ich nehme an, du willst bis zur Niederkunft dort bleiben?«

Sie schien mit seiner Reaktion nicht zufrieden zu sein. Er konnte es ihr nicht verübeln. Sicher hatte sie mehr Enthusiasmus erwartet. Erneut wanderte ein Schatten von Misstrauen über ihr Gesicht.

»Ich habe es auch Miss Millford erzählt. Sie hat daraufhin sofort vorgeschlagen abzureisen, was ich auch für sinnvoll hielt«, sagte sie lauernd. Es wurde ihm schlagartig bewusst, dass Gwendolyn nun offenbar doch endlich Verdacht geschöpft hatte. Er war einfach ein beklagenswert schlechter Lügner. Er hätte sich für seine Unvorsichtigkeit ohrfeigen können. Das würde wahrscheinlich auch für Charlotte unangenehme Konsequenzen haben. Gwendolyn, die ihren Verdacht durch sein Schweigen bestätigt sah, fuhr mit unüberhörbarer Boshaftigkeit in der Stimme fort: »Ich möchte mich in dieser Situation nicht mehr mit ihr belasten. Ich nehme an, du teilst diese Einschätzung und begrüßt ihre Abreise, oder etwa nicht?« Er brachte es nicht über sich, ihr zu antworten. Stattdessen ließ er seinen Blick zum Fenster wandern und sagte nach einem beklemmenden Moment der Stille: »Ich habe noch einiges zu tun, Gwendolyn, wenn wir so bald wie möglich aufbrechen wollen. Ich muss den Verwalter instruieren, finanzielle Vorkehrungen treffen und Walter informieren, der die Stiftungsgeschäfte vor Ort übernehmen muss. Unsere Abwesenheit wird, wie die Dinge liegen, von längerer Dauer sein. Deshalb ist eine sorgfältige Vorbereitung vonnöten. Ich wäre dir sehr verbunden, wenn du Cyril mit der Vorbereitung unserer Abreise, was den Haushalt betrifft, betrauen würdest.«

Dass seine Frau die Dienstboten bei der komplexen Aufgabe, den Haushalt in den Wartestand zu versetzen, anleiten könnte, zog er nicht einmal für einen Moment in Betracht. Er kannte Gwendolyns Trägheit in diesen Dingen zur Genüge. Seufzend erhob er sich, wünschte seiner Gattin, die ihn verärgert und kritisch musterte, einen guten Morgen und verließ den Raum, um sein Arbeitszimmer aufzusuchen.

Für die nächsten Stunden vergrub er sich in seinem Arbeitszimmer, das seine Frau nie zu betreten pflegte, und erwog die neue, schockierende Sachlage immer wieder. Endlich gelangte er zu einer Entscheidung.

Er war, das war leider eine unumstößliche Tatsache, gezwungen, die Ehe mit Gwendolyn aufrechtzuerhalten, so hart ihn das auch ankam. Sie hatte das Recht auf ihrer Seite. Es war auch dringend notwendig, dass er ihr genügend Aufmerksamkeit zukommen ließ, alles andere würde Charlotte weiter kompromittieren. Ohnehin bestand schon jetzt die Gefahr, dass Gwendolyn Charlotte als unmoralische Person ins Gerede brachte. Diskretion war wirklich nicht die größte Tugend seiner Frau. Zumal sie ja nun fatalerweise die Wahrheit erahnte, obwohl sie doch bisher der Ansicht gewesen war, dass ihr Gast eher wenig Anziehung auf die Männerwelt ausüben könnte. Eine der vielen eklatanten Fehleinschätzungen seiner Frau, dachte er nicht ohne Ironie. Dass sie etwas ahnte, war hingegen allein seine Schuld. Dabei hatte Charlotte sich nichts zuschulden kommen lassen und sich in jeder Hinsicht einwandfrei verhalten – obwohl sie ihn, wie er nun wusste, ebenfalls liebte. Wie musste ihr zumute gewesen sein, als sie auch noch von der Schwangerschaft erfuhr? Allein der Gedanke daran bereitete ihm neue Schmerzen. Trotzdem war es nun unbedingt notwendig, dass er seine eigene Verzweiflung in sich begrub und überlegt handelte.

Er atmete tief durch, zog dann aus seinem Schreibtisch diverse Unterlagen und Schreibzeug hervor und läutete nach Cyril. Der Tag würde angefüllt sein mit den notwendigen Besprechungen mit seinem Gutsverwalter sowie dem Verfassen ausführlicher schriftlicher Anweisungen und Vollmachten. Es tat ihm leid, Dullham Manor jetzt in der Frühlingszeit verlassen zu müssen; in der Zeit der Aussaat, in der er eigentlich gebraucht wurde bei den vielen Neuerungen, die er angestoßen hatte und mit Hingabe verfolgte. Aber er hatte keine Wahl. Alles andere würde ihm als Missachtung seiner Frau ausgelegt werden und zum üblichen gehässigen Getuschel in den Kreisen der Gesellschaft führen. Das musste er schon um Charlottes willen vermeiden.

Er gedachte, mit Gwendolyn schon am übernächsten Tag abzureisen, doch vorher stand ihm noch ein schwieriges Gespräch bevor. Er musste Walter aufsuchen, der mit seinem feinen Gespür und seiner beträchtlichen Menschenkenntnis wohl kaum über das Vorgefallene zu täuschen war. Sicher würde er ahnen, was Charlotte zu ihrer überstürzten Abreise bewogen hatte. Was würde er dazu sagen? John konnte nur hoffen, dass er ihm seine Freundschaft nicht entzog.

Schließlich hatte er noch eine weitere und die eigentlich wichtigste Entscheidung getroffen. Er würde wieder ein Kommando übernehmen, sobald das Kind geboren war. Die Vorstellung, weiterhin in dieser Ehe gefangen zu sein und das hier auf Dullham Manor, wo ihn alles an Charlotte erinnerte und er wusste, dass sie unweit von ihm lebte und auch litt – denn dass es so war, daran gab es keinen Zweifel – brachte ihn fast um den Verstand. Sicher, seine Rückkehr zur Marine war eine Flucht, aber auch seine einzige Hoffnung, das Geschehene wenigstens einigermaßen vergessen zu können. Gwendolyn würde ihn sicher nicht vermissen. Sie hatte nun ihren Willen und damit war er nicht mehr wichtig für sie. Letztlich würde sie es sicher vorziehen, zwar als verheiratete Frau zu gelten, aber nicht mehr nach Dullham Manor zurückkehren zu müssen. Dies schien ihm die beste Lösung zu sein. Vielleicht würde er im Laufe der Jahre einen Weg finden, wenigstens Zuneigung zu ihrem gemeinsamen Kind zu entwickeln.

Müde beugte er sich über seine Schriftstücke und widmete sich seinem Vorhaben.

Kapitel 23

Charlotte strich sich mit der Hand über die Stirn. Sie fühlte sich wirklich nicht sehr wohl. Im Laufe der Nacht hatten Halsschmerzen und ein leichtes Unwohlsein eingesetzt. Die Erlebnisse der letzten Tage und vor allem der Umstand, dass sie sich durch ihre eigene Kopflosigkeit Regen und Kälte ausgesetzt hatte, forderten nun ihren Tribut. Aber sie hatte keine Zeit für Krankheiten. Jetzt waren mehr denn je ihre Umsicht und Entschlusskraft gefordert. Eben rollte die einfache Kutsche vor das Eingangsportal von Millford Hall. Es war fast acht Uhr morgens und es war unbedingt notwendig, dass es Charlotte gelang, zunächst mit Mrs Sooner zu sprechen, bevor ihre Tante ihrer gewahr wurde. Sie wusste aus Erfahrung, dass Lady Millford nicht vor halb neun zum Frühstück herunterzukommen pflegte und so blieb ihr nach optimistischer Einschätzung etwa eine Dreiviertelstunde, um die Angelegenheit mit Emmy zu regeln und Mrs Sooner entsprechend zu instruieren.

Ein Teil ihres Plans war es, den Kutscher aus Dullham Manor noch etwas in Millford Hall festzuhalten, damit sie Emmy gleich mitschicken konnte. So bliebe es der Armen erspart, in ihrer misslichen Lage die fünfzehn Meilen nach Dullham allein und zu Fuß zurückzulegen.

Kaum hatte die Kutsche gehalten, sprang sie entschlossen von ihrem Platz auf dem Kutschbock, wo sie sich neben dem Kutscher niedergelassen hatte. Umsichtig lud sie ihn ein, sich noch ein wenig in der Gesindeküche bei einem warmen Tee und etwas Porridge auszuruhen, bevor er sich wieder auf den Heimweg mache, was dieser auch gerne annahm. Dann wies sie den Kutscher noch an, ihr Gepäck in eine Nische des Eingangsportals zu stellen und eilte zum Seitenflügel, wo sie durch den Kräutergarten gehen und so, ohne gesehen zu werden, die Küche betreten konnte. Sie war sich sicher, dass sie Mrs Sooner dort bereits bei der Arbeit vorfinden würde.

Als sie den Seitenflügel umrundet hatte, sah sie, dass der obere Schlag zur Küchentür, die zum Kräutergarten hinausführte, geöffnet war. Deutlich konnte sie die Stimme von Mrs Sooner ausmachen, welche, begleitet von einer Kakophonie aus Stimmengewirr, metallischem Klappern und dem Klirren von Geschirr, Anweisungen gab. Das Gesindefrühstück war wohl gerade beendet worden und die meisten der Dienstboten verließen den Raum. Charlotte beschloss, noch einen Augenblick zu warten, bis sich die Küche geleert hatte. Indes öffnete sich die Pforte und zwei der Gärtner traten heraus. Überrascht begrüßten sie Charlotte, indem sie ihre Mützen vom Kopf zogen und sich verbeugten. Ihre so unerwartet aufgetauchte Herrin nickte freundlich, war aber nicht wie sonst an einem freundlichen Plausch interessiert. Der ältere der Gärtner war darüber nicht wenig erstaunt, sagte aber nichts, sondern gab seinem noch recht jungen Gehilfen einen Klaps auf den Rücken und bedeutete ihm mit einem Kopfrucken, dass er sich an seine Arbeit zu machen habe. Schließlich waren ihre Aufgaben kaum noch zu schaffen, seit sie nur noch zu zweit waren. Mit einem gemurmelten »Einen guten Tag noch, Miss … schön, Sie wieder hier zu haben«, trollte schließlich auch er sich den Gartenweg hinunter.

Aus der Küche drangen nun kaum mehr Geräusche und so beschloss Charlotte, es zu wagen und den Arbeitstrakt zu betreten. Die Zeit drängte.

Das Überraschungsmoment hätte größer nicht sein können. Mrs Sooner, die eben einen Topf in den Händen gehalten hatte, ließ diesen scheppernd in den Spülstein fallen und stürzte ihr mit einem Freudenschrei entgegen: »Miss Millford, wo um alles in der Welt kommen Sie denn her? Und so früh! Hat mein Brief Sie erreicht? Sind Sie deshalb so schnell hergekommen? Das hätten wir wirklich nicht zu hoffen gewagt, nicht wahr, Emmy? Schau doch, Miss Millford ist da! Nun wird sicher alles gut. Fasse Mut, Emmy! Ich habe dir gesagt: Miss Millford lässt dich nicht im Stich. Sie hat es versprochen!«

Charlotte konnte sich des Überschwangs der älteren Frau kaum erwehren und dankte Gott im Stillen, dass sie tatsächlich Hilfe bringen konnte. Was wäre geschehen, wenn sie mit leeren Händen dagestanden hätte? So ließ sie die aufgeregte Begrüßung der Köchin geduldig über sich ergehen und hielt nach Emmy Ausschau, die nun mit den Händen voller Geschirr aus der Gesindeecke auftauchte. Charlotte erschrak zutiefst. Was war nur aus dem blühenden Mädchen geworden, das vor nicht allzu langer Zeit mit roten Wangen und voll staunender Erwartung dem Ereignis des Balls entgegengefiebert hatte? Sie war deutlich schmaler geworden und ihre Augen wirkten glanzlos. Ihre ganze Erscheinung hatte etwas Verhuschtes, ja Verhärmtes angenommen. Wirklich betroffen aber machte Charlotte der bittere Zug, der sich um die Mundwinkel des jungen Gesichts eingegraben hatte. Das einst so frische Mädchen wirkte um Jahre gealtert.

»Emmy, du meine Güte …«, entfuhr es Charlotte. Sie eilte zu Emmy hinüber, nahm ihr das Geschirr ab und schloss sie in die Arme. Es brach ihr fast das Herz, sie so zu sehen. Die abscheuliche Tat Terencys hatte dieses arglose und unschuldige

Menschenkind nahezu vernichtet. Es war höchste Zeit, dass sie Hilfe und liebevolles Verständnis bekam von Menschen, die sie nicht verurteilten und bei denen keine Geheimniskrämerei mehr vonnöten sein würde. Ich hätte schon viel früher handeln sollen, schalt Charlotte sich selbst. Aber hätte sie ahnen können, hätte sie auch nur jemals eine Vorstellung davon haben können, wie grausam dieses schreckliche Erlebnis in das Leben eines so jungen Menschen eingreifen würde? Das Mädchen in ihren Armen brach prompt in heftiges Weinen aus. Die Tränen hinterließen einen feuchten Fleck auf Charlottes Reisecape, doch das kümmerte sie nicht. Sie strich Emmy beruhigend über den Rücken und fing dabei Mrs Sooners ängstlich fragenden Blick auf. Ein Nicken und ein zuversichtliches Lächeln ihrerseits beantwortete die unausgesprochene Frage der älteren Frau: ja, sie brachte Hilfe!

Mrs Sooner öffnete den Mund zu einem stummen Schrei der Erleichterung und bedeckte ihr Gesicht mit ihrer Schürze. Doch Charlotte wusste, dass die Zeit drängte. Sie schob die weinende Emmy ein Stück von sich weg und wandte sich an ältere Frau: »Schnell, Mrs Sooner, gleich kommt der Kutscher von Dullham Manor herein und möchte Tee und Porridge. Ich habe ihn hereingebeten. Er wird Emmy mitnehmen zu Dr. Banning, dem Pfarrer von Dullham. Emmy, du kennst ihn sicher noch vom Ball. Der ältere Herr, der mit Lord Battingfield zusammen ankam.« Sie biss sich auf die Lippen. Allein das Aussprechen von Johns Namen bereitete ihr einen scharfen Schmerz in der Brust.

Emmy nickte nur zögerlich, deshalb beeilte Charlotte sich, ihr zu erklären: »Ich habe ihm alles erzählt!« Emmy wurde noch blasser, als sie ohnehin schon war und öffnete ängstlich den Mund, doch Charlotte wehrte ab: »Sei unbesorgt! Ich hätte es nicht getan, wenn ich nicht sicher gewusst hätte, dass er es verstehen würde. Und er weiß dir Hilfe zu schaffen, Emmy! Du kannst fort von hier! Du kannst zu guten Menschen, die dich in ihre Familie aufnehmen werden. Dort findest du Quartier und Arbeit, kannst das Kind zur Welt bringen und wirst versorgt. Dr. Banning wird sich um alles kümmern und dir zur Seite stehen. Du kannst ihm so vertrauen wie du mir vertraust.«

In diesem Moment trat der Kutscher, der noch sein Pferd versorgt hatte, in die Küche. Ein warnender Blick von Mrs Sooner ließ Charlotte innehalten.

Schnell verständigte sie sich durch eine Handbewegung mit der Köchin, damit diese den Kutscher in Empfang nahm und ihr damit Zeit gab, das weinende Mädchen aus dem Raum zu führen. Während Mrs Sooner daraufhin sofort das Ihre tat, redete Charlotte leise auf Emmy ein. Es blieb nur wenig Zeit für das junge Mädchen, seine Habseligkeiten zusammenzupacken und Millford Hall zu verlassen. Charlotte hoffte inständig, dass Emmy bei der Familie, die Dr. Banning für sie ausgesucht hatte, wieder Lebensmut schöpfen konnte. Sicher würde er auch wissen, was zu tun war, um Emmys geschundene Seele wieder aufzurichten. Nirgends konnte ihr besser geholfen werden, dessen war sie sich sicher. Während sie Emmy in ihre Kammer begleitete und ihr beim Packen half, fühlte sie, wie ein unbändiger Zorn auf den Verursacher dieser Tragödie in ihr aufstieg. Was brachte diesen Mann nur zu solch grässlicher Entgleisung? War es ein Dämon, der ihn trieb? Kannte er kein Mitgefühl, kein Erbarmen?

Charlotte kamen seine Ausführungen über die Lust an der Jagd in den Sinn. Mit Abscheu erinnerte sie sich daran, wie seine Augen zu leuchten begannen und ein grausames Lächeln die Mundwinkel seines ebenmäßigen, fast zu schönen Gesichts umspielt hatte, als er vom Blutrausch der Kreatur sprach. War es denn möglich, dass er beim Anblick von Grausamkeiten Lust empfand? War es das, was ihn lockte? Ein eisiger Schauer der Furcht durchströmte sie, wenn sie daran dachte, was sie erwartete. Wie konnte sie Terency nur entrinnen? Sollte sie es wirklich wagen und Lady Millford über den wahren, verderbten Charakter dieses Mannes aufklären?

Doch dann zwang sie sich, sich auf das unmittelbar Notwendige zu konzentrieren. Es war jetzt nicht die Zeit, diese Fragen länger zu verfolgen. Jetzt ging es ausschließlich um Emmy, die inzwischen mit ihrem Bündel in der Hand zögernd auf den schmalen Flur des Gesindetrakts getreten war. »Komm, Emmy«, sagte Charlotte sanft, »es ist Zeit zu gehen.« Das verhärmte Kind nickte ergeben und stolperte hinter Charlotte den Weg zurück zur Küche hinunter.

Nun galt es, dem Kutscher eine glaubwürdige Geschichte zu erzählen und ihn zu bitten, Emmy zum Pfarrhaus mitzunehmen. Charlotte glaubte nicht, dass dies zu viele Probleme bereiten würde. Der Kutscher, das hatte sie schon auf der Herfahrt bemerkt, war ein einfacher und leutseliger Mann, der ihr sicher gerne den Dienst erwies. Die richtige Begründung für die Abreise der Dienstmagd hatte sie sich bereits zusammengereimt. Sie hatte eine kranke Verwandte erfunden, die ihrer Hilfe bedurfte, was die sofortige Abreise des Mädchens ausreichend begründete. Dr. Banning würde weiterwissen. Die größere Schwierigkeit lag nun darin, dass jemand gegenüber Lady Millford die Verantwortung für das plötzliche Verschwinden der Dienstmagd übernehmen musste. Dies war der Teil des Plans, der in den verbleibenden Minuten noch mit Mrs Sooner geklärt werden musste. Wollte Charlotte sich selbst schützen, dann musste sie Lady Millford über Terency aufklären. Dies würde aber möglicherweise unangenehme Konsequenzen für Mrs Sooner haben, da Lady Millford ihr vielleicht vorwerfen würde, das Geschehene nicht eher gemeldet zu haben. Die einzige Möglichkeit bestand darin, dass Mrs Sooner behauptete, weder von der Vergewaltigung noch von der Schwangerschaft gewusst zu haben und das Mädchen, als es ihr bekannt wurde, umgehend fortgeschickt zu haben. Dies war der beste und einzig mögliche Weg, überlegte Charlotte, obwohl er ihr ob der Unaufrichtigkeit, die in der pragmatischen Lösung mitschwang, zuwider war.

Als sie mit Emmy eintraf, war der Kutscher gerade dabei aufzubrechen. Schnell wurde das Anliegen vorgetragen und wie erwartet willigte der Kutscher gutmütig ein, Emmy mitzunehmen. Mrs Sooner begleitete das ängstlich dreinblickende Mädchen hinaus, während Charlotte sich erschöpft auf die Küchenbank sinken ließ, um einen Augenblick Ruhe zu finden.

Sie hatte in der Nacht kaum geschlafen. Zu viele Gedanken, die übermächtigen Gefühle für John, die Furcht vor der Begegnung mit Terency und einer erneuten scharfen Auseinandersetzung mit Lady Millford hatten sie umgetrieben. Zudem begann sie zu frieren. Sie fühlte sich müde, zerschlagen und geschwächt. Die Erinnerung an Johns liebevolle und so unendlich tröstliche Umarmung in der Bibliothek holte sie wieder ein, während sie mit geschlossenen Augen die Stille auskostete. Für einen Augenblick sehnte sie sich so sehr nach seiner zärtlichen Wärme, dass sie vermeinte, seinen Atem an ihrer Wange zu spüren. Doch dann zwang sie sich dazu, in die Realität zurückzukehren. Dies war Vergangenheit und musste, so süß die Erinnerung auch war, für immer verschlossen bleiben.

»Miss Millford, fühlen Sie sich nicht wohl?«, fragte Mrs Sooner besorgt, die wieder eingetreten war und sich nun über ihre junge Herrin beugte.

»Ach, es ist nichts, Mrs Sooner. Vielleicht eine kleine Erkältung. Ein Tee würde mir sicher gut tun.« Charlotte öffnete die Augen und sah die Köchin mit einem zuversichtlichen Lächeln an, zu dem sie sich zwingen musste. Es war ihr keineswegs zum Lächeln zumute angesichts der Dinge, die noch vor ihr lagen.

»Aber sicher, Miss Millford, ruhen Sie sich nur einen Augenblick aus. Ich mache Ihnen gleich einen schönen Tee mit

Preiselbeeren und Barbarakraut. Das ist gut gegen Erkältungen.«

»Danke, Mrs Sooner.«

»Meine liebe Miss Millford, ich habe zu danken. Ich weiß nicht, wie ich Ihnen das jemals vergelten kann. Dass Sie so schnell Hilfe finden konnten für mein armes kleines Mädchen ist ein Wunder und Sie haben es vollbracht.«

Charlotte winkte ab: »Danken Sie nicht mir. Den größten Anteil daran hat Dr. Banning, der ein wahrer Menschenfreund und Christ ist. Ich kenne keinen besseren Menschen«, sie zögerte einen Augenblick. »Aber, meine liebe Mrs Sooner, nun brauche ich im Gegenzug Ihren Mut und Ihre Hilfe!«

Während Charlotte den ausgezeichneten und wohltuenden Tee genoss, den ihr die Köchin eilig zubereitet hatte, setzte sie ihr ihre Überlegungen auseinander. Natürlich hatte diese Verständnis für die Zwangslage, in der Charlotte sich befand und war, wie auch Charlotte, entsetzt darüber, dass Terency schon am nächsten Tag nach Millford Hall zurückkehren wollte. Sie konnte sich kaum darüber beruhigen, doch Charlotte sah sich genötigt, die besorgte Frau zu unterbrechen. In der kurzen Zeit, die verblieb bis die Herrschaft erwachte, musste noch beraten werden, wie am besten vorgegangen werden sollte. Schließlich schlug Charlotte folgende Vorgehensweise vor: Mrs Sooner sollte zunächst Arthur über Emmys Abreise informieren, allerdings ohne ihn über die näheren Umstände derselben in Kenntnis zu setzen. Anschließend sollte sie um ein Gespräch mit Lady Millford ersuchen, wenn Charlotte zugegen war. Charlotte würde daraufhin die Schilderung der Köchin bestätigen. Beide setzten ihr Vertrauen in die Einsicht Lady Millfords, die hoffentlich den verdorbenen Charakter Terencys endlich erkennen und ihm die Gastfreundschaft und letztlich auch die Werbung um Charlotte verwehren würde. »Hoffen wir, dass es gelingt«, merkte Mrs Sooner schließlich kritisch an. »Ich weiß nicht, aber die Herrin ist sehr ungnädig geworden, seit Sir Alistair so krank ist.«

Da wurde durch ein Klingeln aus dem Haupthaus angezeigt, dass die Herrschaft aufgestanden war und das Frühstück bereitet werden musste. Dies war auch das Zeichen für Charlotte, dass sie sich nun der Begegnung mit Lady Millford zu stellen hatte.

Sie verabschiedete sich mit einem herzlichen Händedruck von Mrs Sooner, die ihr inzwischen mehr mütterliche Freundin als Untergebene war und verließ schnell den Küchentrakt durch die Gartenpforte. Sie ging auf dem Weg zurück, den sie gekommen war und gönnte sich einen kurzen Moment der inneren Sammlung, dann griff sie nach dem Klingelzug seitlich des Hauptportals. Selbstverständlich war es Arthur, der öffnete und freudig überrascht die junge Herrin in Empfang nahm. Er hatte die Kutsche nicht gehört, da er sich zu dieser Zeit in der Gesindeküche aufgehalten hatte und konnte sich das plötzliche Auftauchen von Miss Millford nicht erklären.

Charlotte ließ ihm keine Zeit, Fragen zu stellen, sondern bat eindringlich darum, sofort zu Lady Millford geführt zu werden. Arthur war zu sehr Domestik, um sich weitere Fragen zu erlauben. Gehorsam geleitete er seine Herrin zu den Privatgemächern Lady Millfords.

Diese war noch mit dem Ankleiden beschäftigt. Charlotte wartete im Vorraum ihres Salons auf sie. Die unguten Gefühle, die sich vor der Begegnung mit der harten Frau in ihr breitmachten, versuchte sie tapfer zu unterdrücken. Sie musste einfach nur genügend Entschlossenheit an den Tag legen, um ihr gewachsen zu sein. Endlich erschien Lady Millford, wie immer tadellos gekleidet, im Zimmer.

Während Charlotte zur Begrüßung knickste, bedachte Lady Millford ihre Nichte mit einem langen abschätzigen Blick. »Ich sehe«, sagte sie schließlich ungnädig, »du hast dich endlich doch entschlossen, meinem Wunsch zu entsprechen. Ich muss sagen, dass dein ungebührlich langes Ausbleiben weder höflich noch angemessen war. Hast du etwas zu deiner Entschuldigung vorzubringen?«

Charlotte schluckte und bemerkte dabei, dass ihr Hals noch mehr schmerzte. Sie musste sich erst räuspern, da ihre Stimme ihr nicht recht gehorchen wollte. »Verehrte Tante, ich sah mich leider außerstande zurückzukehren, bevor meine Arbeit beendet war.«

»Ach, die Arbeit?« Lady Millford lachte gekünstelt auf. »Ist sie denn erfolgreich gewesen, deine *Arbeit*?« Ihre Stimme triefte vor Sarkasmus.

Charlotte ging auf die gezielte Provokation nicht ein. »Ich konnte sie nicht vollenden nach dem Brief, den ich gestern erhielt, aber Dr. Banning versprach …«

Lady Millford unterbrach sie unwirsch: »Ich will nichts mehr davon hören! Das ist lächerlich und obendrein reine Zeitverschwendung. Dieser Dr. Banning verspricht viel und hält wenig. Deine Pflichten warten hier auf Millford Hall!«, erklärte sie kategorisch und keinen Einwand mehr duldend. »Ich erwarte, dass du dich umziehst und dann deine Aufwartung bei deinem kranken Onkel machst. Du kannst dich jetzt entfernen.«

Es war kein Wort von einem gemeinsamen Frühstück gefallen. Charlotte nahm ergeben hin, dass sie zunächst nichts zu essen bekommen würde. Es war auch nicht wichtig, da sie ohnehin eine aufsteigende Übelkeit verspürte, die ihr den Appetit verdarb. Jedoch war es unbedingt notwendig, dass sie Lady Millford noch einmal zu einem weiteren Gespräch mit äußerst unangenehmem Inhalt aufsuchte. Vorsichtig versuchte sie, diesen Anspruch geltend zu machen. Die Audienz wurde ihr gewährt, da wegen des angekündigten Besuchs ohnehin noch einiges zu besprechen sei. Lady Millford erwartete Charlotte pünktlich um elf Uhr im Arbeitszimmer von Sir Alistair zu sprechen. Charlotte bedankte sich und verließ mit einem Aufatmen den Raum. Die erste Hürde war genommen.

Als sie sich auf den Weg in ihr Zimmer machte, wurde ihr schwindelig und sie musste sich an der Wand abstützen. Ärgerlich ermahnte sie sich selbst. Sie durfte jetzt auf keinen Fall Schwäche zeigen.

Ihr weniges Gepäck war bereits nach oben gebracht worden, sodass sie sich schnell umziehen konnte. Sie wollte ihren Onkel nicht zu lange warten lassen, ihm gegenüber hatte sie tatsächlich ein schlechtes Gewissen. Sie hatte sich über fünf Wochen in Dullham Manor aufgehalten und in dieser Zeit kaum an ihn gedacht, geschweige denn ihn besucht. Allerdings erschien ihr Millford Hall auch in keiner Weise als Heim, mehr wie Feindesland, in dem es sich zu bewähren galt. War es da ein Wunder, dass sie während dieser ganzen Zeit kein Verlangen danach gehabt hatte, zurückzukehren?

Überhaupt fragte sich Charlotte, wie ihr weiterer Lebensweg aussehen sollte. Selbst wenn es ihr gelang, ihre Tante von ihrem Fehlgriff bei der Wahl Terencys als möglichem Schwiegersohn zu überzeugen, so waren doch die weiteren Aussichten ihres Verbleibs auf Millford Hall nicht eben rosig. Wenn Sir Alistair starb, würde sie vielleicht mit Lady Millford hier leben müssen, die in ihr nichts weiter als ein Faustpfand sah, das es galt, möglichst schnell gewinnbringend zu verkaufen. Wahrscheinlich aber würde sie mit ihr in weitaus bescheidenere Verhältnisse umziehen müssen. Durch die Adoption war sie an ihre Tante gebunden, zumindest so lange, bis sie eine Anstellung fand, mit der sie ihren Lebensunterhalt bestreiten konnte. Der einzige Trost bei dieser Aussicht bestand darin, dass Lady Millford in diesem Fall sicher selbst das allergrößte Interesse hätte, sie loszuwerden und ihr somit hinsichtlich einer Anstellung als Gouvernante oder Musiklehrerin keine Steine in den Weg legen würde. Sie hoffte allerdings sehr, dass es Dr. Banning wirklich gelang, den Nachlass ihres Vaters gewinnbringend zu verkaufen und ihr somit wenigstens ein bescheidenes Auskommen für den Anfang zu verschaffen. Dann, so überlegte sie, würde sich ihre Situation entscheidend verbessern. Denn dann stand es ihr frei, sich irgendwo in England, wo sie keiner kannte, niederzulassen. Schließlich war sie inzwischen volljährig und konnte im Falle des frühzeitigen Todes ihres Onkels selbst die notwendigen Entscheidungen treffen und für ihr Auskommen sorgen. Auf die Unterstützung ihrer Tante würde sie sicher nicht zählen können. Dieser Plan mochte vielleicht etwas unbotmäßig wirken, aber er erschien ihr als einzig gangbarer Weg. Möglicherweise waren Bath, Brighton[32] oder gar London geeignetere Orte. Vielleicht konnte sie dort als Klavierlehrerin arbeiten und so selbst für sich sorgen. Besonders Bath würde sich als schnell aufstrebender Kur- und Badeort von Weltrang sicher hervorragend dazu eignen.

Dieser Gedanke gab ihr etwas Hoffnung. Gewappnet mit neuer Kraft machte sie sich auf den Weg in die Privatgemächer ihres Onkels und bereitete sich auf die Begegnung mit dem Todkranken vor. Dennoch war es ein Schock für sie, als sie sein Zimmer betrat.

Sir Alistair war erschreckend abgemagert und wirkte wie ein Greis. Die Augen lagen tief und dunkel in den Höhlen, während das wächserne Gesicht, aus dem eine spitze Nase ragte, überspannt wurde von einer dünnen, pergamentenen Haut. Charlotte kannte diesen Anblick seit der Typhusepidemie nur zu gut. Es war der nahe Tod, der sich auf dem vertrauten Gesicht abzeichnete. Sir Alistair blieb nur noch wenig

32 Bekannte Heil- bzw. Seebäder, die gerne von der oberen Gesellschaftsschicht besucht wurden. Besonders in Bath gab es eine rege Musikszene (siehe auch Herschel). Dem Genuss von Meerwasser und frischer Luft (hier besonders Brighton) wurde zu dieser Zeit große Heilwirkung zugeschrieben. Das mag im Hinblick auf die Seeluft durchaus zutreffend gewesen sein, im Bezug auf das Seewasser jedoch auch kurios, da das Salzwasser auch getrunken wurde – teilweise mit Milch vermischt! Der innerlichen Anwendung von Meerwasser wurde eine heilende Wirkung von Tumorerkrankungen bis hin zur Impotenz zugeschrieben. So war es kein Wunder, dass sich die vermögende Gesellschaft ausgiebig und in großer Zahl in den Bädern einfand.

Zeit auf Erden. Betroffen eilte sie an sein Bett und ergriff seine schlaffe Hand.

»Guten Tag, Onkel!«, sagte sie sanft und unterdrückte dabei ihre Tränen, so gut es ihr möglich war. Er tat ihr unendlich leid und sie schämte sich dafür, so lange ihren eigenen Wegen gefolgt zu sein. Mühsam wendete der todkranke Mann sich ihr zu. Doch als er sie erkannte, lächelte er glücklich: »Charlotte, mein Kind, endlich! Ich dachte schon, du hättest mich ganz vergessen. Ich hoffe, du hattest eine schöne Zeit auf Dullham Manor und hast das Ziel deiner Bemühungen erreicht.« Sie dankte ihm für seine Frage, vermied aber eine Antwort. Was hätte sie auch sagen sollen? Dass sie Dullham schon jetzt furchtbar vermisste, und ganz besonders einen Menschen dort? Dass sie ihre Arbeit schweren Herzens hatte zurücklassen müssen und dass sie nie wieder nach Dullham zurückkehren konnte? All das musste unausgesprochen bleiben. Stattdessen erkundigte sie sich mitfühlend nach dem Befinden ihres Onkels.

»Du siehst ja, wie es um mich steht. Obwohl es mir keiner sagen will, weiß ich sehr gut, dass ich bald gehen muss«, bemerkte dieser schlicht und mit entwaffnender Offenheit. »Ich bin so froh, dich noch einmal sehen zu können.«

Charlotte konnte ihre Tränen nicht mehr zurückhalten. Doch es lag ihr fern, ihn ebenfalls über seinen Zustand zu belügen. Sie wusste so gut wie er selbst, dass sein Tod nahe war.

»Ich weiß, Onkel! Ich kann es auch sehen, dass Sie bald zu Gott gehen werden«, sagte sie deshalb und bemühte sich, ihre Fassung wiederzugewinnen, »ich will in der verbleibenden Zeit noch bei Ihnen sein. Vielleicht bleiben uns doch noch einige Wochen?«

»Ja, vielleicht, mein Kind. Es wäre schön, wenn noch etwas Zeit bliebe, ich würde gerne noch einmal die Wiesen von Millford Hall blühen sehen.«

»Bestimmt werden Sie das, Onkel! Aber nun müssen Sie sich ausruhen! Ich werde hier bei Ihnen am Bett wachen.«

Sir Alistair lächelte in kindlicher Dankbarkeit, sank wieder in sein Kissen zurück und schloss die Augen. Kurze Zeit später atmete er regelmäßig, aber erschreckend flach. Charlotte verstand nun sehr gut, warum Lady Millford um jeden Preis auf eine schnelle Verheiratung drängte. Die Chance, sie davon auch durch noch so gute Gründe abzubringen, schwand dahin wie Sir Alistairs Lebenszeit. Während Charlotte so am Bett ihres schlafenden Verwandten saß und seine Hand hielt, zermarterte sie sich das Hirn, wie sie aus dieser Zwangslage entkommen konnte, aber sie fand keinen Ausweg. Die Tatsache, dass sie jung, mittellos und überdies eine Frau war, raubte ihr so gut wie jede Aussicht, selbst ihr Schicksal in die Hand zu nehmen.

Kapitel 24

»Tante, Sie müssen mir glauben! Mrs Sooner hat Ihnen die Wahrheit gesagt. Emmy konnte nichts dafür! Mr Terency hat ihr Gewalt angetan.« Charlotte wusste längst, dass es aussichtslos war, Lady Millford von der Wahrheit zu überzeugen. Diese wollte die Tatsachen nicht zur Kenntnis nehmen, da sie ihre sorgsam gesponnenen Netze behinderten, ja, die hochfliegenden Pläne geradezu vernichteten.

Eben hatte Mrs Sooner das Arbeitszimmer verlassen, nachdem sie ihrer Herrin den Grund für das plötzliche Verschwinden des Dienstmädchens geschildert hatte. Sie hatte dabei auch Charlotte als Zeugin genannt, da sie hoffte, ihrer Schilderung der Ereignisse so mehr Gewicht geben zu können. Das Gegenteil war der Fall gewesen. Lady Millford hatte Mrs Sooner mit eisigem Blick aus dem Zimmer gewiesen und sich dann in einer lautstarken Tirade über die Ungehörigkeit der Verbrüderung mit dem Personal ergangen.

Charlotte wunderte sich selbst darüber, dass sie dabei so ruhig bleiben konnte. Eigentlich hätte sie verzweifelt sein müssen, aber sie hatte niemals wirklich damit gerechnet, bei ihrer Tante auf Verständnis zu treffen. Als Lady Millford schließlich zum Ende gekommen war, hatte sie deshalb – eigentlich nur, um ihren Standpunkt noch einmal deutlich zu machen – einen letzten Versuch unternommen. Die Antwort Lady Millfords entsprach ihrer Erwartung.

»Charlotte, ich will von diesen Verleumdungen von Mr Terencys Ehrenhaftigkeit nichts mehr hören. Diese Behauptungen sind abstrus. Vermutlich hat sich das leichtfertige Ding diese Sache nur ausgedacht, um sich interessant zu machen. Falls es überhaupt zu einem Übergriff gekommen ist, wird der Übeltäter wohl einer der Stallknechte gewesen sein. Wer weiß, wem sie schöne Augen gemacht hat? Sie hat sich alles selbst zuzuschreiben. All das ist zu schäbig und vulgär, als dass ich mich noch längere Zeit damit beschäftigen möchte.« Lady Millford ging einen Augenblick im Zimmer auf und ab und suchte die Erregung, die sie gegen ihren Willen erfasst hatte, zu unterdrücken. Dann wandte sie sich ihre Nichte erneut zu, die abwartend und schweigend in der Mitte des Raumes stand und maß sie mit einem strengen, mitleidlosen Blick. »Nichtsdestoweniger erscheint es mir aber in höchstem Maße befremdlich, dass du dich mit diesen abgefeimten Lügen auch noch gemeinmachst, obwohl es mir die Einschätzung deines verdorbenen Charakters bestätigt. Es war ein Fehler, dich ins Haus zu holen. Ich muss dich wohl nicht noch einmal darauf aufmerksam machen, dass es eine große Ehre für uns ist, das the right honourable Gaylord Terency uns noch einmal besucht, obwohl du dich ihm gegenüber bisher höchst unmanierlich benommen hast. Wer weiß, was er an dir findet! Aber ich erwarte von dir, dass du ihm in Zukunft mehr Zuneigung zeigst. Das ist deine Pflicht als Angehörige des Hauses Millford. Du bist es Sir Alistair schuldig, der dich über Jahre hinweg versorgt hat. Habe ich mich verständlich ausgedrückt?«

»Gewiss, Tante!«, Charlotte biss so heftig die Kiefer zusammen, dass es schmerzte. Sie hätte am liebsten aufgeschrien in ihrem Zorn und ihrer Ohnmacht. Der gute Dr. Banning! Er hatte auf Einsicht und Verständnis gehofft. Was ahnte er denn von der Rücksichtslosigkeit einer Frau, die sich in die Enge getrieben sah und fürchtete zu verlieren, was sie sich in ihrem Leben aufgebaut hatte? Lady Millford würde sie auch mit dem Teufel persönlich verheiraten, wenn sie sich einen Vorteil davon versprach. So war sie, Charlotte, ausschließlich auf sich allein gestellt. Sie musste einen Weg finden, sich vor Terencys Übergriffen zu schützen so gut es ging.

Wie durch einen wattigen Nebel vernahm sie nur undeutlich die weiteren Anweisungen ihrer Tante. Mr Terency werde am nächsten Abend zum Dinner erwartet. Selbstverständlich habe sie sich dann tadellos gekleidet und mit höchster Zuvorkommenheit dem hohen Gast zu widmen. Weitere Eskapaden, wie beim letzten Dinner, würden nicht weiter geduldet werden, und so weiter … So ging es noch eine ganze Weile.

Charlotte hörte kaum mehr hin und verließ, als Lady Millford mit ihren Ermahnungen und Befehlen endlich zu einem Ende gekommen war, ermattet das Zimmer. Sie fühlte sich todmüde und krank. Sie brauchte einfach ein wenig Ruhe, um wieder zu Kräften zu kommen und ihre schwierige Lage zu überdenken. Als sie ihr Zimmer erreicht hatte, legte sie sich in ihren Kleidern auf das Bett und schloss die Augen.

Wenn ihr nur nicht so unaufhörlich der Kopf und der Hals geschmerzt hätte. Gerade jetzt brauchte sie doch nichts mehr als einen besonnenen Verstand und die Kaltblütigkeit eines Kriegers, der in die Schlacht zog. Sie musste herausfinden, was Terency so an ihr – oder der Situation – reizte, dass er es wagte, nicht nur wieder herzukommen, sondern seine Bemühungen auch noch zu verstärken. Dass er ehrenhafte Absichten hatte, stand keinesfalls zur Debatte. Die Hoffnungen ihrer Tante waren lächerlich und vergeblich. Eine Tatsache, für die Lady Millford aber vor lauter Gier nach der Stellung und dem beträchtlichen Vermögen Terencys blind war. Als Charlotte das Wort »Gier« durch den Sinn ging, fielen ihr ihre Überlegungen über den Charakter des verhassten Mannes wieder ein, die sie am Morgen angestellt hatte, als sie Emmy beim Packen half. Was ihn vermutlich trieb, war eine besonders gefährliche Form der Gier. Er schien eine kranke und verdrehte Freude, ja Lust zu empfinden, wenn eine hilflose Kreatur, ein wehrloses Opfer zur Strecke gebracht wurde. So liebte er die Jagd mit der überlegenen Meute, so hatte er die kindliche und ihm hilflos ausgelieferte kleine Magd gequält und so lockte ihn wohl auch die im Grunde aussichtslose Situation, in der Charlotte sich befand. Terency hatte sicher bemerkt, dass Lady Millford ihn unbedingt einzufangen versuchte und Charlotte sich ihren Anweisungen zu unterwerfen hatte. Das musste es sein! Er glaubte, ein sicheres Spiel zu haben und genoss es wohl umso mehr, je verzweifelter sie sich gab. Diesen Gefallen würde sie ihm aber nicht tun, beschloss Charlotte grimmig.

Es ging darum, so folgerte sie, sich nicht den Anschein eines Opferlamms zu geben. Vielleicht würde er dann das Interesse an seinen widerwärtigen Vergnügungen verlieren. Es war eine schwache Hoffnung, aber es war zumindest ein möglicher Weg. Alles war besser, als hilflos auf die eigene Vernichtung zu warten. Letztlich musste sie Terency und ihre Tante nur so lange hinhalten, bis sie das Geld aus dem Nachlass ihres Vaters erhielt. Dann konnte sie fliehen und sich am besten irgendwo unter falschem Namen niederlassen, wo sie niemand finden konnte. Sie hoffte inständig, dass Dr. Banning bald sein Versprechen einlösen würde.

Battingfield betrachtete seine Gattin, die ihm in der gut gepolsterten, geräumigen Kutsche gegenübersaß. Gwendolyn Battingfield schaute jedoch demonstrativ aus dem Fenster auf die vorbeiziehende Landschaft und würdigte ihn keines Blickes. Seit dem Frühstück am Vortag hatten sie wenig miteinander gesprochen. Sie zürnte ihm. Ein Verhalten, für das er durchaus Verständnis hatte. Schließlich hatte er sich ja weder überschwänglich über die Nachricht der ersehnten Schwangerschaft gefreut noch konnte er den Verdacht, der in seiner Gattin aufgekeimt war, ausräumen. Dass sie ihn offen verdächtigte, eine Affäre mit der jungen Millford begonnen zu haben, war nur zu offensichtlich. Und er konnte es ja auch nicht ableugnen – wäre es nach seinen Wünschen gegangen, er hätte es getan. Die Sehnsucht nach Charlotte brachte ihn fast um. Auch in der letzten Nacht hatte er keinen Schlaf gefunden, hatte stattdessen davon geträumt, bei ihr zu liegen und ihre warmen, schlanken Glieder zu spüren und zu liebkosen. Danach verlangte es ihn genauso, wie er sich nach ihrem wachen Verstand und ihrem aufrichtigen, festen und doch so zartfühlenden Wesen sehnte. Charlotte war für ihn der Inbegriff einer vollkommenen Frau und sie fehlte ihm schon jetzt, kaum dass sie zwei Tage fort war, mehr als er ertragen konnte. Wenig verwunderlich, dass seine Gattin eifersüchtig war! An ihrer Stelle würde er ebenso empfunden haben.

Jedoch war für seine Ehefrau die Gefahr gebannt. Charlotte hatte ihre Entscheidung gefällt und dies bedeutete für sie wie für ihn schmerzlichen Verzicht. Nur seine Träume blieben ihm und das konnte ihm nicht genügen. Es war besser, er versuchte alles zu vergessen. Arbeit, ein erneutes Kommando, die See würden sicher die rechte Medizin für sein Leiden sein.

Aber das Schlimmste war die Gewissheit, dass er Charlotte keineswegs in guten Verhältnissen wusste. Was hatte ihr nur solche Angst gemacht? Die Frage quälte ihn mehr und mehr.

Was, wenn es ihr nicht gut ging, wenn ihr gar Gefahr drohte und ihm waren die Hände gebunden? Er brachte es nicht über sich, so zu tun, als berühre ihn ihr Schicksal nicht mehr. Das Gegenteil war der Fall, er fühlte sich ihr mehr denn je verbunden.

Selbst das Gespräch mit Walter hatte ihm keine weiteren Erkenntnisse verschafft. Dieser hatte sich in Schweigen gehüllt, nachdem er ihm mitgeteilt hatte, dass Charlotte ihn zu später Stunde noch im Pfarrhaus aufgesucht hatte. Aufgeregt und durcheinander sei sie gewesen, das hatte er verlauten lassen, aber der Inhalt des Gesprächs unterliege seiner Pflicht zur Verschwiegenheit. John hatte es zähneknirschend akzeptiert. Wenigstens machte ihm Walter keine Vorwürfe. Vielleicht wusste er ja auch gar nichts davon, dass er, John, schließlich versagt und Charlotte seine Gefühle für sie offenbart hatte. Wahrscheinlich hatte sie nichts davon berichtet.

Daraufhin hatte Walter ihm förmlich zur Schwangerschaft seiner Frau gratuliert und die Stiftungsgeschäfte besprochen. Auch bat er sich aus, während der Abwesenheit der Battingfields die Arbeit am Brandon'schen Nachlass fortführen zu dürfen. Er habe es der jungen Frau fest versprochen. Es war selbstverständlich, dass ihm dies gewährt wurde. Dann hatte es nichts mehr zu sagen gegeben. Seltsam steif waren sie voneinander geschieden in der beiderseitigen Gewissheit, dass ein neuer Lebensabschnitt begonnen hatte und sie sich für eine lange Zeit nicht sehen würden.

Battingfield bedauerte das aufrichtig. Walter war ihm zu allen Zeiten mehr väterlicher Freund gewesen als es sein eigener Vater je hatte sein können. Es schmerzte ihn, dass nun ein Geheimnis zwischen ihnen stand. Charlotte hatte mit jedem Wort recht gehabt. Diese Liebe war zerstörerisch, aber sie war auch stark, zu stark für ihn jedenfalls. Er seufzte tief und wandte sich dann seiner Gattin zu: »Gwendolyn, ich bitte dich, wir sollten uns nicht kindisch benehmen.«

Sie antwortete nicht, sondern gab vor, weiterhin die Landschaft zu bewundern.

»Ist dir die Tatsache, dass wir nach London fahren, nicht Zeichen genug, dass ich zu dir stehe? Ich verspreche dir, dass ich für dich sorgen werde und dass es dir und dem Kind an nichts fehlen wird.«

»Das ist ja auch das Mindeste, was ich erwarten kann«, erwiderte sie schnippisch. Wenigstens sprach sie jetzt wieder mit ihm. »Ich weiß nicht, was du an dieser dummen Person finden konntest!«, Lady Battingfield scheute sich nicht, ihren Verdacht offen auszusprechen, zu groß war ihre Eifersucht. Sie begann sich in Gehässigkeiten zu ergehen: »Ich habe sie nur eingeladen, weil sie mich dauerte. Eine Waise, noch dazu ohne Vermögen und auch nicht besonders hübsch oder geschickt ...«

Er ließ es über sich ergehen. Es war nur zu offensichtlich, dass sie das kleinliche, wenn auch verständliche Bedürfnis hatte, ihre Rivalin vor ihm schlechtzureden. Charlotte hatte sich weitaus ehrenhafter verhalten, dachte er, während er versuchte, die weiteren Tiraden seiner Gattin über die angeblichen Mängel der Frau, die er liebte, zu ignorieren. Seltsam erschien ihm nur, dass Gwendolyn ganz vergessen zu haben schien, wie sehr sie selbst um deren Aufmerksamkeit gebuhlt hatte.

Schließlich war er ihrer Anwürfe überdrüssig. »Lass es jetzt gut sein, Gwendolyn!«, sagte er streng. »Ich werde unsere Ehe achten, wie ich es versprochen habe. Aber erwarte bitte keine Liebesschwüre von mir. Du weißt so gut wie ich, dass wir nur auf Wunsch unserer Väter geheiratet haben. Weder hattest du Gefallen an mir noch ich an dir. Es handelt sich lediglich um die Einhaltung einer Vereinbarung, auch zu dem Zweck, den Fortbestand des Hauses Battingfield zu gewährleisten. Und es haben sowohl deine wie auch meine Familie von unserer Verbindung profitiert. Das ist es, nicht mehr und nicht weniger.

Es tut mir leid, dass ich dies so hart sagen muss. Ich kann dich meiner Verlässlichkeit versichern, auch meiner Achtung, wenn du dich ihrer weiterhin als würdig erweist, aber nicht meiner Liebe.«

Lady Battingfield sah ihn mit großen Augen an, dann fing sie hysterisch an zu heulen und konnte sich für die nächsten zehn Meilen nicht mehr beruhigen. Er war froh, als sie endlich den Gasthof erreichten, in dem sie übernachten wollten. Ihres Geschreis überdrüssig, bestellte er getrennte Räume und begab sich auf sein Zimmer. In diesem Zustand war mit seiner Frau nichts anzufangen, das wusste er aus Erfahrung. Sie würde sich mit der Zeit wieder beruhigen.

Kapitel 25

Charlotte erwachte am nächsten Morgen mit eindeutigen Anzeichen eines leichten Fiebers. Sie überlegte kurz, ob sie es wagen konnte, im Bett zu bleiben, entschied dann aber, dass dies Lady Millford zu sehr reizen würde. Allerdings war es eine Maßgabe der Verantwortung, dass sie heute von einem Krankenbesuch bei Sir Alistair absah. Als sie sich erhob, überrollte sie eine Woge starker Übelkeit und sie stürzte zur Waschschüssel, um sich zu erleichtern. Vortrefflich, dachte sie nicht ohne Ironie, die besten Voraussetzungen, um Terency heute Abend entgegenzutreten. Vielleicht wurde er ja durch ihre wenig kleidsame Erkältung abgestoßen. Das war immerhin ein schwacher Trost.

Nachdem die von ihr eilig herbeigerufene Dienstmagd Rosie die Spuren ihrer plötzlichen Schwäche beseitigt und sie sich gründlich gewaschen hatte, fühlte sie sich etwas besser, wenn auch wackelig auf den Beinen. Es war dringend notwendig, dass sie endlich etwas aß, sagte sie sich. Sie hatte seit der Suppe bei Dr. Banning kaum etwas zu sich genommen.

Beim Dinner mit Lady Millford am Abend zuvor hatte eine derart eisige Stimmung geherrscht, dass sie kaum einen Bissen heruntergebracht hatte. Es war aber nötig, dass sie für den Besuch Terencys Kräfte sammelte, wie sollte sie ihm sonst gewachsen sein?

Als sie zum Frühstückszimmer hinunterging, ermahnte sie sich selbst, ihrer Angst vor dem unheilvollen Besuch und vor dem, was ihr in ihrer Vorstellung schlimmstenfalls drohte, nicht zu viel Raum zu geben. Je mehr sie Terency fürchtete, umso mehr Macht konnte er über sie gewinnen und gerade das war es, was sie um jeden Preis zu vermeiden suchte.

Zu Charlottes Erleichterung war Lady Millford noch nicht zugegen und sie zwang sich, trotz ihrer schlechten Verfassung ordentlich zu frühstücken. Dann läutete sie nach Arthur, teilte ihm mit, dass sie sich nicht recht wohl fühle und bat ihn, Lady Millford auszurichten, dass sie sich wieder auf ihr Zimmer zurückzöge, am Abend jedoch rechtzeitig zum Dinner erscheinen würde. Arthur nahm diese Anweisung mit regloser Miene hin, seine Augen verrieten jedoch Beunruhigung. Charlotte war sich sicher, dass die Dienerschaft etwas von den Vorfällen ahnte. Spätestens seit dem plötzlichen Verschwinden von Emmy und der augenscheinlichen Veränderung, die mit dem einstmals blühenden jungen Mädchen vorgegangen war und das, nachdem Terency so überstürzt abgereist war, mussten gewisse Vermutungen kursieren.

Doch das half ihr jetzt auch nichts. Sie musste allein sehen, wie sie Terency in Schach halten konnte. Nachdem Arthur das Zimmer verlassen hatte, erhob sie sich schwankend, froh, dass sie sich bald wieder hinlegen konnte. Sie hatte immerhin Zeit bis nach dem Tee, um sich einigermaßen zu erholen. Dann, so hatte ihr Lady Millford gestern in ihrem gewohnt frostigen Tonfall mitgeteilt, würde der hohe Gast erwartet. Charlotte nahm sich fest vor, keinerlei Schwäche zu zeigen. Sie würde ihm nicht den kleinsten Angriffspunkt bieten. Mit einem aufkommenden Schwindel kämpfend, kehrte sie zurück in ihr Zimmer und legte sich wieder auf ihr Bett. Hoffentlich würde sie sich bis zum Abend etwas erholen, dachte sie und schlief umgehend ein.

Einige Stunden später wurde Charlotte durch ein vorsichtiges Klopfen an ihrer Tür geweckt. Es musste bereits später Nachmittag sein, wie sie mit einem kurzen Blick aus dem Fenster erschrocken feststellte. Sie hatte geschlafen wie eine Tote. Da klopfte es noch einmal etwas lauter.

»Herein«, sagte Charlotte und richtete sich im Bett auf. Es war Mrs Sooner, die mit einer Suppenterrine und einem Gedeck auf einem Tablett eintrat. »Miss Millford, wir machen uns alle Sorgen um Sie. Sie scheinen wirklich krank zu sein. Sie können heute Abend unmöglich an dem Dinner teilnehmen, das kann Lady Millford nicht von Ihnen verlangen.«

»Ich fürchte, ich habe mich zu fügen«, wehrte die Kranke ab. »Meine Tante wird eine Entschuldigung nicht akzeptieren. Das habe ich nun davon! Ich bin vorgestern unvorsichtigerweise zwei Mal recht nass geworden und war nicht ausreichend warm angezogen.« Sie zuckte unwillig mit den Schultern. »Aber es hilft nichts. Wie spät ist es, Mrs Sooner? Ist unser *so geschätzter Gast*«, sie bemühte sich nicht einmal, ihren Sarkasmus zu verbergen, »schon eingetroffen?«

»Nein, noch nicht, Miss«, Mrs Sooner hielt ihr auffordernd die Terrine hin. »Jetzt müssen Sie aber etwas essen. Ich habe Ihnen eine Hühnerbrühe gemacht. Die hilft sehr gut bei Erkältungen.«

Dankbar nahm ihr Charlotte das Tablett ab und begann, die heiße Brühe zu löffeln. Das tat wirklich gut. Sie spürte, dass sie zwar nach wie vor Fieber hatte, aber es war immerhin nicht gestiegen.

»Ach, Miss, ich kann Ihnen gar nicht sagen, wie sehr ich mich sorge. Warum nur hat Lady Millford nicht auf mich oder wenigstens auf Sie gehört?« Die Köchin rang die Hände. »Ich verstehe das wirklich nicht. Lady Millford ist zwar eine außerordentlich strenge Herrin, aber sie war früher wenigstens Vernunftgründen zugänglich. Jetzt aber scheint sie geradezu versessen darauf, Sie mit dem jungen Herrn zu verbinden, obwohl es doch offensichtlich ist, dass er charakterlich …«

»Mrs Sooner, es hat keinen Sinn über verschüttete Milch zu klagen«, sagte Charlotte lapidar. »Wir müssen unseren Blick nach vorne richten. Ich muss mich eben gegen ihn wehren, immerhin bin ich eine Millford, wie meine Tante immer zu betonen pflegt, und keine rechtlose kleine Dienstmagd. Er wird es nicht wagen, sich in gleicher Weise an mir zu vergreifen.«

Die ältere Frau sah sie staunend an. »Miss Millford, ich bewundere Ihre Nervenstärke. Ich wüsste nicht, ob ich in einer solchen Situation so gefasst bleiben könnte und ich bin eine gestandene Frau, der man nicht wenig Durchsetzungsvermögen nachsagt. Wie dem auch sei, ich habe Arthur gesagt, er solle ein Auge auf Sie haben.«

Charlotte war es ganz und gar nicht so zuversichtlich zumute, wie sie die besorgte Mrs Sooner glauben machen wollte, aber es wäre eher gefährlich gewesen, sich nun in eine Panik hineinzusteigern. Das Wichtigste war, dass sie die Nerven behielt und überlegt handelte. Die Nachricht allerdings, dass wenigstens der Butler zumindest teilweise eingeweiht war, beruhigte sie ein wenig. Sie musste diesen Abend und den folgenden Tag einfach irgendwie überstehen und Situationen strikt vermeiden, in denen sie mit ihrem unerwünschten Verehrer allein war. Dann könnte sie Terencys befürchtetem Angriff auf sie erfolgreich entgehen. Nachdem sie aufgegessen hatte, stand sie mit Mrs Sooners Hilfe auf und begann sich anzukleiden. Die Köchin schüttelte ein ums andere Mal den Kopf und beklagte die Rücksichtslosigkeit von Lady Millford, die selbstverständlich erwartete, dass Charlotte, ob fiebrig oder nicht, strahlend zum Dinner erschien, doch Charlotte ließ sich dadurch nicht beeinflussen. Selbstmitleid führte zu nichts. Äußerlich ruhig, gab sie sich Mühe, die Anzeichen ihrer Erkrankung so gut wie möglich mit etwas Puder und Rouge zu überdecken und wählte dann, einer Eingebung folgend, das Kleid ihrer Mutter für den Abend. In diesem Kleid fühlte sie sich – beschützt durch den Geist ihrer Mutter – stärker als in den Kleidern, die ihr Lady Millford hatte anfertigen lassen und die für die junge Frau der Ausdruck ihrer Abhängigkeit waren.

Dann schritt sie mit klopfendem Herzen die Treppe hinunter. Kaum hatte sie die Eingangshalle betreten, als sie auch schon den Hufschlag eines Pferdes draußen auf der Zufahrt hörte. Es war soweit! Jetzt galt es, sich zu wappnen.

Sie zog sich zurück in den blauen Salon, in dem Lady Millford Gäste in Empfang zu nehmen pflegte und tatsächlich traf sie diese dort an. Mit einem leichten Knicks begrüßte sie sie, wurde aber nur mit einem unwilligen Blick empfangen. Charlottes Garderobe erregte natürlich Missfallen. Lady Millford hatte ohne Frage von ihr erwartet, dass sie eines ihrer neuen Kleider für den wichtigen Anlass wählen würde, aber das war ihr jetzt gleichgültig. Kurze Zeit später öffnete sich die Tür und Arthur trat ein, the right honourable Mr Gaylord Terency ankündigend. Dieser betrat in gewohnt übertrieben schwungvoller Art den Raum. Allein sein selbstbewusstes Benehmen bereitete Charlotte erneute Übelkeit. Wie immer war der Gast tadellos und nach der neuesten Mode gekleidet. Lediglich ein wenig Schmutz an seinen weißen Pants zeugte von dem Ritt nach Millford Hall. Er verbeugte sich galant, nachdem der Domestik den Raum verlassen hatte, und küsste in weltläufiger Manier zunächst Lady Millford die Hand, die ihn mit einem gewinnenden Lächeln begrüßte, dann wandte er sich Charlotte zu, die sich dazu zwingen musste, ruhig zu bleiben. Auch diese bedachte er mit einem formvollendeten Handkuss. Es war widerlich! Sie musste sich zusammenreißen, um ihm ihre Hand nicht gewaltsam zu entziehen und begann, vor unterdrückter Abscheu zu zittern. Terency bemerkte ihren starken Widerwillen selbstverständlich und blickte ihr in seiner aufreizenden Art, die so typisch für ihn war, in die Augen.

»So nervös, Miss Millford? Ich hoffe doch, es ist die Freude mich wiederzusehen, die Sie erbeben lässt?«

»Mitnichten, Mylord«, gab Charlotte zurück, »ich hatte Sie so bald nicht wieder hier erwartet. Es ist wohl die Überraschung, die mich erzittern ließ.«

»Oh, es ließ mir keine Ruhe. Ich musste zurückkehren, da doch Millford Hall so ungeahnte Schönheit und verlockend schwache Weiblichkeit birgt«, meinte er unschuldig lächelnd. Charlotte hätte ihm am liebsten sein engelhaftes Gesicht zerkratzt, aber sie zwang sich, kühl zu lächeln.

»Ich hoffe, Sie haben Ihren Freund vor seiner Abreise nach Übersee – oder war es Indien – noch erreicht? Waren Ihre geschäftlichen Absprachen erfolgreich?«

»Wie?« Terency wirkte kurz irritiert, fing sich aber gleich wieder. Es war offensichtlich, dass er sich nicht mehr recht an die Lüge erinnerte, mit der er den plötzlichen Aufbruch nach seinem verabscheuungswürdigen Verbrechen entschuldigt hatte. Charlotte sah ihn herausfordernd an. Sie wollte ihm deutlich zu verstehen geben, dass sie herausgefunden hatte, was vorgefallen war. Deshalb bohrte sie noch tiefer: »Seltsam, dass Sie sich nicht erinnern, Mylord. Schien es Ihnen doch so wichtig, dass Sie sich bei Ihrem letzten Besuch auf recht unhöfliche Weise von uns verabschiedeten. Man könnte fast sagen, Sie seien von hier geflohen!«

»Charlotte!« Der empörte Ausruf ihrer Tante hinderte die junge Frau nicht daran, den Angriff auf ihren Widersacher fortzusetzen. »Oder hatten Sie andere Gründe, uns so vorzeitig zu verlassen?«, fragte sie scharf.

Terency stutzte und das affektierte Lächeln verschwand aus seinem Gesicht, um für einen Augenblick einer fast ungezügelten Wut, derer aber nur seine geschockte Gesprächspartnerin ansichtig wurde, Platz zu machen. Dann jedoch setzte er schnell die Maske des charmanten Dandys wieder auf. »Die ganze Sache war doch nicht so wichtig, wie ich sie eingeschätzt hatte, deshalb habe ich es vergessen. Ich verspreche Ihnen aber feierlich, dass ich Sie diesmal nicht meiner Gesellschaft berauben werde. Das wird Sie doch freuen, oder etwa nicht?«

»Das hängt ganz von Ihnen ab, Mr Terency!«, antwortete Charlotte kalt, ließ es aber zu, dass er ihren Arm nahm und sie zu einer der Sitzgelegenheiten führte, wo sie sich niederließen. Lady Millford hatte hektische Flecken am Hals, wie Charlotte nicht ohne Häme bemerkte. Sie fürchtete nichts mehr, als dass der hohe Gast durch das Gebaren ihrer Nichte brüskiert würde.

Dieser zog es vor, sich zunächst nicht weiter mit der jungen Frau, die ihm so unerwartet Widerstand geleistet hatte, zu beschäftigen. Er wandte sich betont freundlich Lady Millford zu und plauderte mit ihr über unverfängliche Themen, bis diese sich sichtlich beruhigt hatte. Charlotte beobachtete ihn dabei eingehend. Er beherrschte die Kunst der Manipulation ausgezeichnet. Wäre er ein rüpelhafter Grobian, der für jeden leicht erkennbar von seinen ungezügelten Trieben gesteuert wurde, so wäre es ein Leichtes gewesen, ihn in seinen wenig ehrenhaften Absichten zu überführen. Er aber verbarg sich gekonnt hinter der Maske des weltgewandten Edelmannes und vermochte dadurch oberflächliche Beobachter zu täuschen. Auch Lady Millford ließ sich hinters Licht führen, nicht zuletzt deshalb, weil sie getäuscht werden wollte. Charlotte konnte die Situation kaum ertragen und beteiligte sich nur sehr spärlich am Gespräch. Die Konversation, nichtssagend und immer wieder von Terencys arrogantem Lachen durchbrochen, zog sich unendlich zäh dahin, bis es zu ihrer Erleichterung schließlich Zeit war, zum Dinner ins Speisezimmer zu wechseln. So war sie wenigstens nicht mehr gezwungen, auf der gepolsterten Sitzbank neben dem verhassten Besuch auszuharren.

Als man sich niedergelassen hatte und die Speisen aufgetragen waren, erkundigte sich Terency auch endlich nach dem Wohl Sir Alistairs. Dieses Thema hatte er bisher gemieden. Lady Millford bedauerte zutiefst, ihm mitteilen zu müssen, dass sich ihr Gatte aufgrund seines schlechten Gesundheitszustandes außerstande sah, am Dinner teilzunehmen. Man sei höchst besorgt über seinen Zustand und fürchte, in nicht allzu ferner Zeit seinen Tod beklagen zu müssen.

»Es tut mir leid, das zu hören«, meinte Terency dazu, »zumal ja die Erbfolge für Millford Hall nicht geklärt ist. Oder gibt es einen männlichen Verwandten, der erbberechtigt wäre?«

Lady Millford bedachte ihn mit einem lauernden Blick. Das Gespräch entwickelte sich jetzt ganz in ihrem Sinne. »Nein, Mylord, den gibt es nicht. Millford Hall geht an den zukünftigen Ehemann meiner Nichte, die, wie Sie wissen, von uns an Kindes statt angenommen wurde. Natürlich sind an das Erbe gewisse Auflagen, meine Person betreffend, geknüpft.«

»Schau an, Miss Millford, dann sind Sie ja eine wirklich gute Partie. Ein wahrer Leckerbissen für jeden interessierten Gentleman.« Terency lehnte sich zurück, griff lässig nach seinem Weinglas und schaute Charlotte herausfordernd an.

Diese fand seine Wortwahl ausgesprochen unpassend und verweigerte ihm eine Antwort. Ihre Reserviertheit störte ihn jedoch keineswegs.

»Miss Millford, ich trinke auf Ihr Wohl und auf eine erfolgreiche Jagd nach einem geeigneten Ehemann.« Er lachte anzüglich und zwang Charlotte mit seinem Trinkspruch, ebenfalls ihr Glas zu erheben. »Wer weiß, vielleicht habe ich selbst ein gewisses Interesse.« Er beugte sich nach vorn und fixierte sein Gegenüber unverwandt. »Wäre das nicht in Ihrem Sinne, Miss Millford? Ihre verehrte, fürsorgliche Tante hat bestimmt nichts dagegen einzuwenden, nicht wahr, Mylady?«

Es widerte Charlotte an zu sehen, wie ihm ihre Tante bereitwillig in die Falle ging. Auf Lady Millfords Gesicht erschien ein Lächeln, das zurückhaltend, aber zustimmend wirken sollte, ihrer Nichte aber eher wölfisch vorkam. Es war also beschlossene Sache! Terency wusste nun mit Sicherheit, dass er sich erlauben konnte, was er wollte, sofern er die Aussicht auf eine Eheschließung im Raum stehen ließ und Lady Millford ihm alles zugestehen würde, selbst, wenn er sich Charlotte mit unehrenhaften Absichten näherte. Diese beängstigende Erkenntnis ließ Charlotte erschauern. Das war eine fatale Entwicklung und die junge Frau begann fieberhaft zu überlegen, wie sie sich schützen konnte. Für eine kurze Zeit konnte sie die Maske kühler Distanziertheit, die sie sich für den Abend verordnet hatte, nicht mehr aufrechterhalten. Terency bemerkte ihre Unsicherheit sofort, als hätte er darauf gelauert und streifte zu Charlottes Entsetzen unter dem Tisch mit dem Fuß an ihrer Wade entlang. Sie schnappte erschreckt nach Luft und setzte sich kerzengerade auf, krampfhaft bemüht, ihr Bein aus seiner Reichweite zu schaffen. Ein freches Grinsen huschte über sein Gesicht, das von Lady Millford unbemerkt bleib, die sich gerade über ihren Teller beugte. Vielleicht wollte sie es auch nicht bemerken.

»Mr Terency, was war eigentlich der Grund für Ihre lange Abwesenheit von England, von der Sie bei Ihrem letzten Besuch berichteten? Sie müssen unserer geliebten Insel Jahre den Rücken gekehrt haben, wenn ich mich nicht täusche.« Charlotte rettete sich in die erstbeste Frage, die ihr einfiel, um die bedrückende Situation zu entspannen. Überrascht stellte sie fest, dass ihm dieses Thema gar nicht zu behagen schien. Sein Blick verdüsterte sich, er zog zu ihrer großen Erleichterung seinen Fuß weg und setzte sich ebenfalls gerade auf. Hatte sie, ohne es zu ahnen, einen wunden Punkt aufgestöbert? Tatsächlich antwortete er vage und ausweichend von notwendigen Studien und dem Wunsch seines Vaters, er möge sich Weltgewandtheit und Lebenserfahrung aneignen, die einem jungen Edelmann gut zu Gesicht stünden. Es war offensichtlich, dass er etwas verbarg. Hatte er das Land verlassen müssen oder war er in Streit mit seinen Verwandten geraten? Vielleicht bot sich hier eine Möglichkeit, sich seiner zu erwehren.

In diesem Moment öffnete sich die Tür und Betsy trat ein, sichtlich beunruhigt. »Mylady, verzeihen Sie die Störung, aber Sir Alistair befindet sich nicht wohl. Er hat einen Anfall.«

Sofort stand die Angesprochene auf. »Entschuldigen Sie mich, Mylord«, wandte sie sich an ihren Gast, »ich muss nach dem Rechten sehen. Zu unserer großen Sorge plagen Sir Alistair immer wieder Anfälle von Atemnot. Es sei das Herz, meint der Arzt. Meine Nichte wird Ihnen sicher in der Zwischenzeit gerne Gesellschaft leisten. Bitte lassen Sie sich durch die Umstände nicht stören.« Sie warf Charlotte einen Blick zu, der ihr die unmissverständliche Anweisung gab, sich äußerst zuvorkommend zu verhalten. Ein Ansinnen, dem Charlotte nur bedingt Folge zu leisten gedachte.

Terency erhob sich und verbeugte sich galant, um Lady Millford zu verabschieden. Dabei warf er Charlotte einen seltsamen Blick zu, der ihr wirklich Angst machte. Sie war jetzt doppelt froh, dass Arthur selbst beim Dinner Dienst tat, so fühlte sie sich dem Gast, dem diese Entwicklung höchst willkommen zu sein schien, nicht ganz ausgeliefert. Doch diese vermeintliche Sicherheit währte nur kurz.

»Arthur, du begleitest mich und holst die Medizin für Sir Alistair. Sollte es nicht besser werden, veranlasst du sofort, dass der Arzt geholt wird.« Lady Millfords Befehl duldete keinen Widerspruch. Der alte Butler warf seiner jungen Herrin schnell einen bedauernden Blick zu und eilte dann hinter Lady Millford aus dem Zimmer.

Die Tür schloss sich und Charlotte stockte der Atem, während Terency wieder Platz nahm und unverzüglich begann, sie mit unverschämten Blicken zu traktieren. Was, wenn er es wirklich wagen sollte, zudringlich zu werden? Jetzt nur keine Angst zeigen, ermahnte sie sich im Stillen, darauf wartet er nur.

»Ich fürchte, der Abend nimmt eine unerfreuliche Wendung«, erklärte sie deshalb in einem Tonfall, von dem sie hoffte, dass er so distanziert und kühl wie nur möglich klang.

»Das finde ich ganz und gar nicht«, antwortete Terency, genüsslich jede Silbe auskostend, »im Gegenteil finde ich es recht *erregend*, hier mit Ihnen allein zu sein. Sie nicht auch, meine Teuerste?«

Charlotte betrachtete ihn mit steigendem Unbehagen, das sie kaum noch unterdrücken konnte. Panik stieg unaufhaltsam in ihr auf. Was hatte er vor? Er konnte doch nicht etwa in Erwägung ziehen, sie hier … oder doch? Sie suchte ihr Heil in der Flucht nach vorne und griff ihn direkt an: »Ich finde das keinesfalls, Mr Terency. Ich bin mir über Ihre zweifelhaften Absichten durchaus im Klaren. Sie mögen meine Tante täuschen, aber mich nicht.«

»Was Sie nicht sagen, Miss Millford!«, kommentierte Terency den an Deutlichkeit nicht mehr zu überbietenden Vorwurf gedehnt. Dann grinste er. »Das habe ich auch keinen Augenblick angenommen. Aber ich darf Ihnen sagen, das stört mich nicht im Geringsten. Ganz im Gegenteil! Das macht erst den wahren Kitzel unseres netten Zusammenseins aus.« Er lachte auf, sicher in seiner Überlegenheit. »Es ist wirklich ein aparter Spaß zu sehen, dass Ihre edle und so moralische Tante sich keineswegs anders verhält wie die Betreiberinnen einschlägiger Etablissements in den dunklen Winkeln von Covent Garden. Und Sie dürfen mir glauben, dass ich da über einige Erfahrung verfüge. Ich bezweifle sogar, dass Ihr lieber kranker Onkel wirklich einen Anfall hat. Vermutlich hat Lady Millford unser privates Plauderstündchen bewusst herbeigeführt. Wir sollen uns ja schließlich besser kennenlernen, nicht wahr?« Er lehnte sich zurück und fixierte die junge Frau ihm gegenüber mit einem lüsternen, gierigen Blick.

Charlotte war entsetzt. Er hatte vielleicht sogar recht! Es war womöglich alles noch viel schrecklicher, als sie es sich in ihren schlimmsten Befürchtungen ausgemalt hatte. Ruckartig schob sie ihren Stuhl zurück und sprang auf. Sie musste unbedingt sofort das Zimmer verlassen, bevor ein Unglück geschah. Terency hatte ihr Ansinnen bemerkt und war ebenfalls aufgestanden. Charlotte begann zu zittern. War es nun soweit? Würde er es wagen, zudringlich zu werden? Ihr Entsetzen verstärkte sich, als er mit einem siegesgewissen Lächeln um den Tisch herumkam und ihr damit den Zugang zur Tür versperrte.

Plötzlich spürte sie, wie die Übelkeit, die sie schon den ganzen Tag geplagt hatte, jäh wieder in ihr aufstieg. Ein heftiges Würgen riss sie grob nach vorne und sie erbrach sich vor ihrem Widersacher auf den Teppich. Mit einem von Ekel verzerrten Gesicht sprang dieser zur Seite und griff reflexartig nach dem Klingelzug. Mit einer so heftigen und spontanen Reaktion hatte er jedenfalls nicht gerechnet. Charlotte dankte Gott von Herzen für diese Übelkeit, die sie gerade im richtigen Augenblick überwältigt hatte. Der Anblick Terencys, der mit konsterniertem Entsetzen den unappetitlichen Fleck von Erbrochenem auf dem Teppich anstarrte, reizte sie trotz ihrer Schwäche zu einem schadenfrohen Lachen. Bestimmt hatten seine Gelüste nun einen wirksamen Dämpfer erhalten. Kurze Zeit später stand glücklicherweise auch schon Ruby im Zimmer und erlöste die Kontrahenten aus der Peinlichkeit der Situation.

»Verzeihen Sie, Mr Terency!«, brachte Charlotte stöhnend und hämisch Bedauern heuchelnd hervor – ihre Genugtuung kannte keine Grenzen. »Sie sehen ja, ich bin unpässlich. Ich werde mich jetzt zurückziehen. Dafür haben Sie sicher Verständnis. Ich glaube auch kaum, dass ich morgen in der Lage sein werde, Ihnen meine Aufwartung zu machen. Sie werden mit Lady Millford vorliebnehmen müssen. Ich bin wirklich untröstlich, Mylord!« Sie konnte sich einen gewissen Triumph in ihrer Stimme bei diesem letzten Satz nicht verkneifen und lächelte ihn spöttisch an, als sie das Zimmer von Ruby gestützt verließ. Im letzten Augenblick war sie ihm durch diesen zugegebenermaßen recht unappetitlichen, aber umso wirksameren peinlichen Vorfall entkommen. Sein nach wie vor fassungsloser Blick zeigte ihr, dass sie zumindest für den Augenblick vor ihm sicher war. Charlotte hoffte inständig, dass dieser Zustand eine Weile anhalten würde.

Von Ruby begleitet schwankte sie zurück in ihr Zimmer. So willkommen ihr die anfallartige Unpässlichkeit gewesen war, jetzt fühlte sie sich wirklich krank. Gerne ließ sie sich aus den Kleidern helfen und verkroch sich matt unter den Decken. Ein Schüttelfrost überkam sie. Das Fieber stieg augenscheinlich wieder an, was nach den Erlebnissen, denen sie eben ausgesetzt worden war, auch nicht weiter verwunderlich schien. Ob Lady Millford die Situation tatsächlich inszeniert hatte?, ging es ihr durch den Kopf. Sie weigerte sich, das zu glauben. Das wäre zu perfide. So rücksichtslos konnte selbst Lady Millford nicht sein. Außer natürlich, ihre Tante verschloss die Augen so sehr vor dem wahren Wesen des auserkorenen Schwiegersohns, dass sie für die Gefahren, denen ihre Nichte möglicherweise ausgesetzt wurde und die ja in letzter Konsequenz auch ihre eigentlichen Ziele gefährdeten, blind geworden war. Dass das Faustpfand ihrer Pläne durch Mr Terency geschändet wurde, konnte nun wirklich nicht in ihrem Interesse liegen – oder doch? Charlotte war so durcheinander, dass sie nicht mehr wusste, was sie davon halten sollte. Auch die heftigen Kopfschmerzen, die wieder eingesetzt hatten, verhinderten weitere klare Überlegungen. Doch es ließ ihr keine Ruhe, sie musste es wissen. Zumindest der Verdacht eines vorgeschobenen Anfalls von Sir Alistair würde sich leicht ausräumen lassen. Obwohl Charlotte sich nicht sicher war, ob sie noch genügend Kraft für weitere Nachforschungen aufbringen konnte, bat sie Ruby, nach dem Kranken zu schauen und ihr dann Bericht zu erstatten.

Sobald Ruby das Zimmer verlassen hatte, quälte sie sich erneut aus dem Bett und schloss die Zimmertür von innen ab. Solange ihr Widersacher noch im Hause war, fühlte sie sich nur hinter verriegelten Türen wirklich sicher. Sie würde Mrs Sooner bitten müssen, auch die anderen Dienstboten insofern einzuweihen, dass sie mit Terency, zumindest solange er sich in Millford Hall aufhielt, nie mehr solchermaßen in eine gefährliche unbeobachtete Situation kam. Die Rücksichtslosigkeit und kriminelle Energie dieses Mannes erschütterte sie zutiefst. Charlotte konnte sich kaum vorstellen, dass niemand in der guten Gesellschaft von seinen ekelhaften und verbrecherischen Leidenschaften wusste, so offen wie er sie auslebte. War vielleicht ein ähnlicher Vorfall der Grund für seine lange Abwesenheit gewesen? War er möglicherweise sogar schon mit dem Gesetz in Konflikt gekommen und nur aufgrund seiner hohen Geburt einer entsprechenden Strafverfolgung entkommen? Das wäre immerhin denkbar. Warum sonst hatte er so seltsam verschlossen reagiert, als sie ihn auf den Grund seiner langen Reise ansprach? Das entsprach so gar nicht seinem sonst recht aufschneiderischen Charakter.

Erschöpft lehnte sich Charlotte von innen an die Tür. Sie würde es nicht schaffen, erneut aus dem Bett aufzustehen, wenn Ruby zurückkam. Es war besser, sie wartete hier, sie musste sich nur ein wenig hinsetzen. Erneut überkam sie Übelkeit und Schwindel. Sie ließ sich ermattet auf den Boden gleiten und kauerte sich dort zitternd zusammen. Obwohl sie inzwischen fürchtete, sich eine ernstere Krankheit zugezogen zu haben, war sie auch erleichtert, dass es ihr diese willkommene Fügung ermöglichte, sich des Umgangs mit Terency zu entziehen. Er hatte ja gesehen, dass sie wirklich krank war und würde es sogar gegenüber ihrer Tante bezeugen, was ein wahres Glück war. So lange sie ihr Zimmer nicht verließ, konnte ihr nichts geschehen und sie gedachte sich hier wie in einer Burg zu verschanzen, bis der Feind die Belagerung aufgegeben hatte.

Bald hörte sie leichte Schritte auf dem Flur und dann ein zaghaftes Klopfen. »Miss Millford? Ich bin's, Ruby!« Charlotte rappelte sich mühsam hoch und schloss die Tür auf. Die Dienstmagd reagierte erstaunt auf ihre Vorsichtsmaßnahme, sagte aber nichts. Charlotte hatte auch nicht mehr die Kraft, es ihr zu erklären. Das Zimmer begann sich zu drehen und ihre Knie versagten ihr den Dienst. Hätte Ruby sie nicht aufgefangen, wäre sie der Länge nach auf den Boden geschlagen.

»Miss Millford, Sie müssen wirklich ins Bett. Sie glühen ja! Der Arzt ist gerade ins Haus gekommen, obwohl es Sir Alistair nun doch schon wieder besser geht. Dem Himmel sei Dank! Ich werde Dr. Trevelyan bitten, dass er noch nach Ihnen sieht. Es geht Ihnen ja bald schlechter als dem alten Herrn, Miss!«

Also doch keine Inszenierung!, ging es Charlotte wirr durch den Sinn, der ihr mehr und mehr den Dienst verweigerte. Wenigstens dieser entsetzliche Verdacht hatte sich in Luft aufgelöst.

Sie kroch mit Rubys Hilfe zurück auf ihr Lager und betete, dass sie sich nun etwas Ruhe gönnen durfte. Sie hatte einfach alle ihre Kraftreserven aufgebraucht. Mehr konnte sie nicht mehr bewerkstelligen, es war zu viel.

Als der Arzt einige Zeit später in Begleitung einer sehr unwirschen Lady Millford eintrat, war sie bereits in einen fiebrigen, unruhigen Schlaf gesunken. So hörte sie auch nicht, dass der Mediziner der jungen, völlig entkräfteten Patientin mit ernster Miene mindestens eine Woche strengster Bettruhe verordnete und den Anwesenden eindringlich empfahl, jede Aufregung von der Kranken fernzuhalten. Er schrieb noch einige Anweisungen für den Apotheker auf und bat darum, dass jemand von der Dienerschaft am Bett der Patientin wache, bis das Fieber gesunken sei. Er wolle am nächsten Tag wieder nach der jungen Dame sehen.

Lady Millford nahm es zähneknirschend zur Kenntnis. Nach dem in ihren Augen hoffnungsvollen Auftakt hatte der Abend wirklich einen desaströsen Verlauf genommen. Charlottes wirklich zur Unzeit aufgetretene Erkrankung erfüllte sie mit nackter Wut auf ihre Nichte. Sie war versucht, ihr Absicht zu unterstellen. Lady Millford hoffte, dass sie den jungen Adeligen, an dessen Interesse ihr so dringend gelegen war, trotz allem dazu überreden konnte, die Einladung zur Fuchsjagd aufrechtzuerhalten. Sie würde dazu wohl alle diplomatischen Fähigkeiten benötigen, die ihr überreichlich zur Verfügung standen, wie sie von sich selbst glaubte.

Mit einem kurzen Wink wies sie Ruby an, die Nachtwache am Krankenbett zu übernehmen und machte sich dann auf, um ihr Glück bei ihrem hochgeschätzten Gast zu versuchen. Charlotte aber versank noch tiefer in einem fiebrigen Dunkel, aus dem sie erst am nächsten Nachmittag wieder erwachen sollte.

Kapitel 26

»Miss Millford, Sie müssen etwas trinken. Ich habe Ihnen Tee gemacht!« Mrs Sooners Stimme weckte Charlotte auf. Es dauerte eine Weile, bis sie sich wieder orientiert hatte, dann aber wurde sie der Teetasse gewahr, die ihr die Köchin resolut entgegenstreckte und richtete sich von ihrem verschwitzten Kissen auf. Sie fühlte sich alles andere als gut, spürte aber, dass das Fieber offenbar gesunken war. Dafür hatte ihre Stimme sie jetzt endgültig im Stich gelassen und ein kräftiger Husten meldete sich zu Wort.

»Danke, Mrs Sooner!«, krächzte die Kranke und verschüttete durch einen erneuten Hustenanfall einen Teil des Tees.

Die ältere Frau schaute sie mitfühlend an und begann die Kissen aufzuschütteln. Dann öffnete sie die Fenster und ließ frische Luft herein. »Sie armes Ding!«, meinte sie, »fühlen Sie sich denn jetzt etwas besser? Sie hatten heute Nacht ziemlich hohes Fieber. Ruby kam und hat mich geweckt, weil sie Angst bekommen hatte, aber wir haben das Fieber mit kalten Wickeln herunterbekommen.«

»Wirklich? Ich habe gar nichts bemerkt. Es ist alles ganz verschwommen in meiner Erinnerung!« Charlotte nippte dankbar an ihrem Tee, doch dann verschluckte sie sich fast. Die Vorgänge, die ihrem krankheitsbedingten Zusammenbruch vorausgegangen waren, kamen ihr mit einem Schlag wieder in den Sinn. Beim Gedanken an die Gefahr, der sie ausgesetzt gewesen war, fing sie erneut an zu zittern.

Mrs Sooner, die ahnte, was die junge Frau so beunruhigte, sagte mit gesenkter Stimme: »Beruhigen Sie sich, Miss Millford. Er ist fort. Er hat heute nach dem Frühstück das Haus verlassen, nachdem er sich noch längere Zeit mit unserer Herrin unterhalten hat. Ich weiß nicht, was die beiden miteinander besprochen haben, aber er hat Lady Millford einen Brief für Sie überreicht. Das hat mir zumindest Arthur berichtet, der dabei zugegen war.

»Einen Brief? Für mich?« Charlotte schaute alarmiert auf. Wollte Terency denn immer noch nicht aufgeben? Was hatten er und Lady Millford nur besprochen? Ängstlich rutschte sie unwillkürlich etwas tiefer zurück in ihre Kissen. Wenigstens war er jetzt erst einmal fort, versuchte sie sich selbst zu beruhigen. Als letzter, wenn auch sehr schwer durchzuführender Ausweg aus ihren derzeitigen sehr ernsten Schwierigkeiten blieb ihr immer noch die Flucht, obwohl sie sich nicht vorstellen konnte, wohin sie sich wenden sollte, so völlig mittellos wie sie war. Dr. Banning kam ihr in den Sinn, aber sie strich diese Überlegung gleich wieder. Dullham Manor und alles, was damit auch nur entfernt in Verbindung stand, war für sie verschlossen. Sie musste sich von dort fernhalten. Mary war ein Hoffnungsschimmer – vielleicht bot sich bei den Fortescues eine Möglichkeit, sich zumindest eine Zeit lang zu verstecken. Doch, so musste sie bei der sorgfältigen Prüfung des Gedankens feststellen, die Fortescues waren eine arme Familie mit vielen Kindern. Wie könnte sie ihnen noch einen zusätzlichen Esser, völlig ohne eigene finanzielle Mittel, zumuten? Außerdem würde man sie dort wohl zuerst suchen.

Ihre Situation war so gut wie aussichtslos. Es war zum Verzweifeln! Nun begann sie zu verstehen, wie Emmy sich gefühlt haben musste und dieser war das Schlimmste schon widerfahren, das ihr selbst wahrscheinlich noch bevorstand, wenn es ihr nicht gelang, sich wirksam zu schützen.

Mrs Sooner sah wohl, dass die junge Frau, die ihr wirklich ans Herz gewachsen war, sich in höchst ungesunder Weise mit beunruhigenden und finsteren Sorgen plagte. Wenn ihre Herrin keine Ruhe finden und nicht bald genesen konnte, war es gut möglich, dass die Erkrankung einen schwereren Verlauf nahm. Sie wäre nicht die erste junge Person, die vor der Zeit von einem Fieber dahingerafft wurde.

Es machte die Bedienstete mehr als zornig, dass Lady Millford sich so uneinsichtig zeigte und damit ihre Nichte in ernste Gefahr brachte. Die Köchin, die schon seit sie denken konnte auf Millford Hall diente, konnte sich nicht erinnern, ihre Herrin je so verbissen und herrschsüchtig erlebt zu haben. Es war fast, als würde sie vom Teufel geritten! Oder war es doch nur die Angst, beim Tod des Herrn alles zu verlieren? Was würde dann aus Millford Hall werden mit all seinen Bediensteten, allem, was über Jahrzehnte dort aufgebaut worden war? Das war tatsächlich ein schwieriges Problem. Lady Millford hatte, so wie die Dinge lagen, keinerlei Anspruch darauf, nach dem Tode ihres Mannes in Millford Hall weiterleben zu können, was, das musste Mrs Sooner trotz ihrer derzeitigen Missstimmung in Bezug auf ihre Herrin zugeben, ein wirkliches Unrecht war. Lady Millford hatte sich in all den Jahren mehr um Millford Hall verdient gemacht als es ihr sicher wohlmeinender, aber eben in der Bewirtschaftung eines solchen Landsitzes eher ungeschickter Gatte je vermocht hatte. Frauen konnten nun einmal nicht erben, das wusste schließlich jeder. Alles hing, wie es aussah, an Miss Charlotte und einer entsprechend günstigen Heirat.

Wahrlich eine vertrackte Situation! Das Leben war für eine Frau nicht leicht, dachte Mrs Sooner seufzend, und dabei spielte es kaum eine Rolle, ob man nun zur Herrschaft oder zur Dienerschaft gehörte. Eine Frau hatte sich zu fügen, zu gehorchen und war – auch in finanzieller Hinsicht – auf das Wohlwollen der Männer als den naturgemäßen Herren der Schöpfung angewiesen. Und wenn diese Herren verrohte und verbrecherische Männer waren wie der verabscheuungswürdige sogenannte »Gentleman«, der ihre kleine Emmy geschändet hatte, dann sah die Zukunft wirklich finster aus.

»Es nützt doch nichts, wenn Sie sich so sorgen, meine liebe Miss Millford! Wir sind alle in Gottes Hand«, versuchte sie schließlich etwas hilflos, die beunruhigte Patientin zu trösten. »Sie müssen einfach wieder gesund werden, dann wird Ihnen auch sicher etwas einfallen.« Als sie sah, dass ihre Worte wenig Wirkung erzielten, strich sie entschlossen Charlottes Decke glatt und meinte dann in ihrer gewohnt resoluten Art: »Ich werde noch einmal mit Lady Millford sprechen, und wenn sie mich hinauswirft, ist es mir gleich. Es ist einfach ein himmelschreiendes Unrecht und schändlich, was Ihnen zugemutet wird. Ich kann das nicht mehr mit ansehen!«

Charlotte nahm das Ansinnen als das, was es war: von Herzen gut gemeint, aber leider völlig sinnlos. »Mrs Sooner«, flüsterte sie deshalb, gegen ihre Heiserkeit ankämpfend, »lassen Sie es gut sein. Es hätte doch keinen Erfolg. Sie würden Ihre Stelle völlig sinnlos opfern und das würde ich doch sehr bedauern. Ich brauche Sie doch hier als meine einzige Verbündete. Meine Tante ist überzeugt davon, dass Mr Terency der neue Herr auf Millford Hall wird und das in allerkürzester Zeit. Davon ist sie nicht abzubringen, und wenn man ihr noch so gute Gründe dagegen präsentierte.«

»Sollte dieser Mr Terency hier Herr werden, dann bin ich die längste Zeit Köchin auf Millford Hall gewesen«, prophezeite Mrs Sooner finster, musste aber einsehen, dass ihre junge Herrin recht hatte. Sie konnte nichts zur Lösung beitragen. Das Einzige, was sie in dieser schlimmen Lage tun konnte war, die Patientin so gut es ging mit guter und nahrhafter Kost aufzupäppeln. Bald würde ja auch der Arzt nochmals nach ihrer bedauernswerten jungen Herrin sehen, deshalb beschloss sie, sich in ihr angestammtes Reich zurückzuziehen. Mit einem mitfühlenden Lächeln verabschiedete sie sich und ließ Charlotte allein in dem dämmrigen Raum.

Obwohl Charlotte einem Ausweg aus ihrer misslichen Lage keinen Schritt nähergekommen war, tat ihr die Fürsorge der mütterlichen Frau gut. Wenn diese ihr auch nicht wirklich beistehen konnte, so tat es ihr doch wohl zu wissen, dass es Menschen gab, die sich um sie sorgten und die ihre Sicht der Dinge teilten. Tatsächlich war es wohl das Vernünftigste, erst einmal gesund zu werden. Die unmittelbare Gefahr durch Terency war zumindest für den Augenblick gebannt, vielleicht fand sich ja doch noch ein Weg, wie sie sich ihm widersetzen konnte.

Da klopfte es an der Zimmertür und auf ihr mehr gehustetes als gesprochenes »Herein« trat Ruby gefolgt von Dr. Trevelyan ein.

Der Doktor war ein stattlicher Mann in den besten Jahren und strahlte die Besonnenheit und Sachkenntnis eines erfahrenen Arztes aus. Charlotte mochte ihn. Sie kannte ihn von seinen Besuchen bei Sir Alistair und wusste, dass er, obwohl seiner ärztlichen Kunst im Fall ihres Onkels enge Grenzen gesetzt waren, sein Bestes tat, um seinem Patienten Linderung zu verschaffen.

»Und wie geht es unserer Patientin heute?«, fragte Dr. Trevelyan, als er an ihr Bett trat und prüfend die Hand auf ihre Stirn legte, »das hohe Fieber scheint immerhin gesunken zu sein.«

»Miss Millford hatte in der Nacht sehr hohes Fieber, aber Mrs Sooner und ich haben ihr kalte Wickel gemacht, bis es besser wurde, Sir«, sagte Ruby, die an der Tür wartend Position bezogen hatte und etwas kokett knickste, wie es ihre Art war.

»Das hast du gutgemacht. Gib meinen Dank auch an Mrs Sooner weiter«, sagte Dr. Trevelyan freundlich zu Ruby und meinte dann an Charlotte gewandt: »Ihre Köchin hat beachtliche Kenntnisse in Kräuterheilkunde und weiß von vielen alten Hausmitteln, das habe ich schon des Öfteren festgestellt. Auch wenn es sich dabei nur um überliefertes Volkswissen handelt und nicht um medizinische Wissenschaft, so ist ihr Urteil meistens hilfreich und richtig. Ich bin ganz froh, dass sie ein Auge auf Sie hat. Sie haben mir gestern Sorgen gemacht. Neben der fiebrigen Erkrankung, die Sie sich zugezogen haben, schienen Sie mir völlig entkräftet zu sein, als hätte Sie etwas sehr erschreckt oder erschüttert. Die Krankheit hat Ihren Zustand nicht ausreichend erklärt. Wollen Sie sich mir nicht anvertrauen, meine Liebe? Immerhin bin ich Ihr Arzt.«

Charlotte wagte nicht, ihn anzusehen und schwieg. Sollte sie ihm von ihren Sorgen erzählen? Sollte sie berichten, dass sie sich vor Terency bis ins Mark fürchtete, da sie mit Recht annahm, dass er sich bei der ersten Gelegenheit, die sich böte, an ihr vergreifen würde. Konnte sie ihm davon erzählen, wie unerwünscht sie auf Millford Hall war und dass ihre Tante sie nicht nur um jeden Preis zu verschachern gedachte, sondern auch keine Gelegenheit ausließ, sie zu demütigen und ihre Ablehnung offenkundig werden zu lassen?

Und schließlich, war es denn möglich, dass sie ihm von dem tiefsten Schmerz berichtete, der starken, aber hoffnungslosen

Liebe zu einem verheirateten Mann, die ihr buchstäblich das Herz brach? Seit sie John verlassen hatte, begleitete sie die Qual über die Trennung von dem Mann, den sie nicht lieben durfte, wie ein ständig erklingender, störender Misston, der immer lauter zu werden schien.

Es war ausgeschlossen, etwas von ihrer Last abzuwerfen. Der Schmerz, der sie am stärksten peinigte, musste ihres und Johns Geheimnis bleiben, vor allem um seinetwillen. Was Terency betraf, gab es leider keine Zeugen von seinem beabsichtigten Angriff auf sie. Er würde behaupten, er sei aufgesprungen, um ihr zu Hilfe zu kommen. Wie konnte sie als junge Frau ohne ausreichende Reputation auch nur in Erwägung ziehen, ihn, einen Vertreter des Hochadels, in Misskredit zu bringen? Das war undenkbar, geradezu lächerlich. Die Reaktion ihrer Tante, nämlich die berechtigten Zweifel an Mr Terencys Ehrenhaftigkeit schlicht nicht zur Kenntnis zu nehmen, war so verwunderlich nicht. Es konnte eben einfach nicht sein, was nicht sein durfte und wer anderes behauptete, war schlicht ein Lügner. Das Verbrechen an Emmy als Beweis anzuführen, schied nach menschlichem Ermessen aus. Einer Dienstmagd würde erst recht niemand Gehör schenken. Und schließlich waren die Probleme und Meinungsverschiedenheiten mit ihrer Tante in Charlottes Augen kein hinreichender Grund, um sich bei ihrem Arzt auszuweinen. Das erschien ihr unwürdig und kindisch. So blieb ihr nur das Schweigen als Antwort auf die besorgte Frage Dr. Trevelyans. Dieser schaute sie einige Zeit prüfend an, dann aber zuckte er mit den Schultern und wandte sich, sichtlich reservierter, von ihr ab.

»Nun gut, Miss Millford, ich kann Sie nicht zwingen, mir zu sagen, was Sie so beunruhigt, dass eine Art Nervenfieber Sie niedergestreckt hat. Aber ich rate Ihnen, sich in nächster Zukunft von Aufregungen jedwelcher Art fernzuhalten. Ihr Zustand gestern Abend war keine Bagatelle. Es könnte sein, dass Ihre Physis bei einem erneuten Zusammenbruch dieser

Art Schaden nimmt und das werden Sie ja nicht wollen, nicht wahr?« Er blickte streng von seiner Arzttasche auf, der er ein Hörrohr und einen Schreibblock entnommen hatte.

»Nein, Sir«, flüsterte Charlotte heiser und begann erneut zu husten. »Ich werde mich bemühen, bald gesund zu werden!«

»Nein, Sie sollen sich bemühen, zu etwas Ruhe und Frieden zu kommen, Miss Millford«, sagte Dr. Trevelyan nun schon etwas besänftigter. Die junge Frau war ihm durchaus als besonnen und vertrauenswürdig bekannt. Nicht jedes junge Mädchen hätte sich so liebevoll um einen sterbenskranken Verwandten bemüht wie sie es tat, seit sie auf Millford Hall war. Dr. Trevelyan wusste, dass Sir Alistair ihr Ausbleiben in den letzten Wochen sehr bedauert und ein ums andere Mal sehr lobend und liebevoll von seiner Nichte gesprochen hatte. Ein Umstand, der seiner Gattin großes Unbehagen, ja Missvergnügen bereitete, das hatte er durchaus bemerkt. Auch war ihm ihr unwirsches Verhalten angesichts des ernsten Zustandes der ihr anvertrauten jungen Frau negativ aufgefallen. Dies war bestimmt einer der Gründe, warum Miss Millford so eine schwache Konstitution aufwies. Sie hatte es sicher nicht leicht im Zusammenleben mit dieser strengen Frau, die keinen Funken Mitgefühl, geschweige denn Zuneigung für sie zu empfinden schien. Vielleicht war sogar Eifersucht im Spiel.

Aber so lange sich die junge Frau ihm nicht anvertraute, konnte er nichts für sie tun, außer sie, so gut er konnte, medizinisch zu versorgen. Mit der strengen Anweisung, auch in den nächsten Tagen nicht das Bett zu verlassen und sich gut auszuruhen, verließ er seine Patientin schließlich, um noch nach Sir Alistair zu sehen. Kurz dachte er darüber nach, Lady Millford auf die schwache Konstitution ihres Mündels anzusprechen, entschied dann aber, es nicht zu tun. Vielleicht würde dies die ohnehin aufgebracht wirkende Frau nur weiter reizen.

Kapitel 27

Nachdenklich auf sein mit edlem französischem Wein gefülltes Glas hinunterblickend, versuchte Captain Battingfield, das unaufhörliche Geschnatter seiner Gattin zu ignorieren. Man saß beim Lunch in Wellesley House, das wie so häufig gut mit Angehörigen der engeren und weiteren Familie der Wellingtons, welcher der Zweig der Wellesleys angehörte, gefüllt war. Er selbst war mit Gwendolyn vor vier Tagen eingetroffen und seitdem von morgens bis abends der Kakophonie des weiblichen Geplauders ausgesetzt. Lediglich wenn er sich mit seinen beiden Schwägern, Honourable Percy Wellesley, Gwendolyns jüngstem, unverheiratetem Bruder, und Mr John Backam, einem Verwandten des Duke of Norfolk und Gatte von Gwendolyns nicht weniger anstrengenden Schwester, ins Billardzimmer zurückzog, war ihm etwas Ruhe vergönnt. So hatte er in den letzten Tagen eine neue, ungewöhnliche Leidenschaft für das den Herren vorbehaltene Spiel entwickelt. Die einzige noch willkommenere Abwechslung war ihm das ausgelassene Spiel mit seiner Nichte und den beiden Neffen. Besonders die Jungen hatten es ihm angetan. Es waren nette, aufgeweckte Knaben, die sich für die Seefahrt und Piratengeschichten begeisterten und es liebten, im weitläufigen Garten von Wellesley House auf die Pirsch zu gehen.

Sein Interesse an den Kindern hatte auch Gwendolyn wieder etwas besänftigt, die sich nun intensiv auf ihre Rolle als Mutter vorzubereiten begann. Aber wie immer übertrieb sie auch dieses berechtigte Ansinnen ins Maßlose. Obwohl noch kaum etwas von der Schwangerschaft zu sehen war, ruhte sie die meiste Zeit des Tages auf dem Sofa im gelben Salon und ließ sich umsorgen und pflegen. Dabei diskutierte sie ausgiebig mit ihrer Schwester und Mutter die Belastungen der Mutterschaft und beklagte ein ums andere Mal das harte Los der

Frauen. Selbstverständlich aber hinderte sie ihr Zustand nicht daran, ständig Freundinnen zu empfangen, denen er natürlich vorgestellt werden musste und mit denen er dann einen beträchtlichen Teil des Tages Konversation zu betreiben hatte, obwohl ihn dies unerträglich langweilte. So zog er es vor, sich umgehend zurückzuziehen, sobald es die Höflichkeit erlaubte. Natürlich war ihm bewusst, dass sich Gwendolyn dann ebenso umgehend bei ihren Gesprächspartnerinnen bitter über seine Ungeselligkeit beklagte. Aber was konnte er daran ändern? Es war mitnichten so, dass er ein ungeselliger Mensch war. Im Gegenteil, er liebte Gesellschaft und anregende Gespräche, aber gerade an Letzterem mangelte es ihm seit er in London weilte über die Maßen. Er sehnte sich nach den täglichen Gesprächen mit Charlotte, die so ganz nach seinem Herzen gewesen waren. Wie hatte er es genossen, mit ihr zu diskutieren und dabei sowohl ihren Scharfsinn, wie ihren Humor bewundert und auch ihre warmherzige Aufrichtigkeit geschätzt und geliebt. Das wirklich Bedauerliche an seiner jetzigen Situation war, dass er nun über ein Maß verfügte, mit dem er den Wert seiner jetzigen Gespräche und Begegnungen mit der recht betrüblichen Auswahl der Londoner Weiblichkeit vergleichen konnte, und das Ergebnis war ernüchternd.

Wenigstens hatte sich für den heutigen Tag sein Bruder David nebst seiner von John sehr geschätzten Gattin und den Kindern zum Tee angekündigt. Selbstverständlich hatte er seinem Bruder sofort nach seiner Ankunft eine Nachricht zukommen lassen und freute sich aufrichtig auf den Besuch seiner Verwandten. Vielleicht würde er David auch bitten, ihn in einen der Clubs in London einzuführen, obwohl er dem Glücksspiel, das dort allgemein exzessiv betrieben wurde, wenig zugeneigt war und dies als sinnlosen Zeitvertreib betrachtete. David besuchte, wie er wusste, regelmäßig und schon aus beruflichen Gründen *Brooks*, einen der wichtigsten Londoner Clubs, der glücklicherweise – wie alle diese Etablissements – ein reines Männerrefugium war. Man konnte gerade dort auch auf manchen interessanten und einflussreichen Zeitgenossen treffen. Natürlich auch auf unerträgliche Schwätzer und Nichtsnutze, aber er gedachte diesen aus dem Weg zu gehen. Neue politische und philosophische Ideen wurden jedenfalls meist bei Brooks geboren und verhandelt. Das Beste aber war, dass er dort nicht dem unerträglichen weiblichen Geschwätz wie in Wellesley House ausgesetzt sein würde.

Nun hieß es, den Rest des Tages zu überstehen und nicht Gwendolyns Missfallen zu erregen, was unweigerlich einen hysterischen Weinkrampf zur Folge haben würde. Ein Zustand, in den sie seit einiger Zeit öfter verfiel. Er beschloss daher, sich nach einem ausgiebigen Spaziergang in die Bibliothek zurückzuziehen und sich dort der Lektüre eines Buches zu widmen.

Stunden später trafen endlich David und seine Familie ein. Man begrüßte sich herzlich. Die beiden älteren Kinder – die jüngeren waren bei ihrer Kinderfrau geblieben – waren kurze Zeit später mit ihren Vettern verschwunden und die Erwachsenen setzten sich nach dem Austausch der üblichen Höflichkeiten an die reich gedeckte Teetafel. Nach ausgiebigem Geplauder über die nichtigen und wichtigen Neuigkeiten in Londons Gesellschaft wurde mit großer Freude die Nachricht von der Schwangerschaft Lady Battingfields aufgenommen und David unterließ es nicht, ihm heimlich zuzuzwinkern, was John das wohl erste Lächeln an diesem Tag entlockte. Dennoch blieb David Battingfield nicht verborgen, dass sein geliebter älterer Bruder sich alles andere als wohlfühlte. Als man sich vom Mahl erhoben und die Frauen sich wieder im Salon ihren Gesprächen zugewandt hatten, nahm er diesen vertraulich zur Seite und erkundigte sich ehrlich besorgt nach seinem Befinden. Die Antwort war alarmierend. So niedergeschlagen hatte er den zwar für gewöhnlich eher nachdenklichen, aber dennoch überaus lebensfrohen und auch leidenschaftlichen Bruder selten erlebt. Er hatte gehofft, dass die Schwangerschaft seiner Schwägerin die Spannungen zwischen den Eheleuten etwas verbessert hätte, aber das Gegenteil schien der Fall zu sein. John wirkte wie ein gefangener Löwe im Käfig und genau das traf ja im Grunde auch zu. Der Aufenthalt in Wellesley House mit allen damit verbundenen nichtigen gesellschaftlichen Konventionen war etwas, was seinem Bruder zutiefst zuwider war, soviel stand fest. Und Lady Battingfield hatte bereits beim Tee anklingen lassen, dass sie ihre gesamte Schwangerschaft – schon allein wegen der Nähe zum Arzt ihres Vertrauens – in London zu verbringen gedachte. Vielleicht würde man ganz hierher übersiedeln, hatte sie angefügt, was John mit regloser Miene unkommentiert gelassen hatte.

»Du wirst die ganze Zeit mit Gwendolyn hier in London verbringen, bis sie niederkommt?«, fragte David deshalb etwas ungläubig.

»Ich hatte es mir vorgenommen, aber ich muss gestehen, dass ich dieses Vorhaben vermutlich nicht in die Tat umsetzen kann«, erwiderte John. »Ich kann es einfach nicht ertragen, hier herumzusitzen in Müßiggang. Allerdings ist es aussichtslos, Gwendolyn dazu zu überreden, nach Dullham Manor zurückzukehren. Ich fürchte, sie wird nie mehr dorthin wollen. Sie hasst das Landleben aus tiefster Seele.« Er lachte bitter auf. »Es ist fast wie im Märchen vom Fischer und der Meerjungfrau: beide können im Lebensraum des anderen nicht existieren und müssen zu Tode kommen. Im Märchen hat schließlich der arme Fischer das Nachsehen gehabt und ich fürchte, dieses Schicksal wird auch mich ereilen, wenn ich gezwungen werde, hier zu leben.«

»Aber John, ist das nicht etwas melodramatisch? Immerhin lebe ich auch in London und ich liebe es.«

»Du hast aber auch einen Beruf, der dich befriedigt und ausfüllt. Dazu noch eine reizende, intelligente Gattin und genauso reizende Kinder«, war die lapidare Antwort.

Darauf konnte David nichts erwidern. Seiner Schwägerin ähnliche Eigenschaften zuzuschreiben, wäre einem Meineid gleichgekommen. Auch er konnte mit Gwendolyn Battingfield nicht allzu viel anfangen und hatte seinen Bruder aufrichtig bedauert, als dieser zur Ehe mit ihr buchstäblich gezwungen wurde. Als zweiter Sohn, der weder Titel noch Ländereien zu erben hatte, war er wesentlich freier in seiner Wahl gewesen. Finanziell großzügig ausgestattet, hatte er seine Frau nach Neigung geheiratet und diese Entscheidung in den elf Jahren seiner Ehe nicht einmal bereut. Mit Sicherheit richtig aber war, dass sein Bruder als ein Mann von großer Geistesschärfe und Tatkraft eine fordernde Aufgabe brauchte, um zufrieden sein zu können. Etwas, was er hier in London als Teil des Hauses Wellesley nicht zu erwarten hatte.

»Du solltest wieder ein Kommando übernehmen.«

»Das habe ich mir auch überlegt«, stimmte sein Bruder schließlich zögernd zu. »Eigentlich wollte ich es verschieben bis nach der Geburt des Kindes, aber so wie die Dinge liegen wird es das Beste sein, ich mache diesen Schritt so früh wie möglich. Vielleicht ist es sogar besser so. Gwendolyn braucht mich ohnehin nicht, sie fühlt sich hier rundherum wohl. Ich störe sie nur.«

David überlegte einen Augenblick und zuckte dann mit den Schultern. »Ich denke, du hast recht. Es tut mir zwar leid, das sagen zu müssen, aber die Aussichten, dass sich eure Ehe noch zum Besseren wendet, sind eher gering. Immerhin stehst du nicht allein da mit diesen Schwierigkeiten. Ich kenne doch einige Gentlemen, die sich mehr häusliche Behaglichkeit wünschen würden, so es diese zu erwerben gäbe. Da ist es wohl die bessere Idee, sich einer sinnvollen Aufgabe zuzuwenden anstatt möglicherweise einer Mistress, was viele von ihnen als Ausweg aus der häuslichen Misere wählen. Das bringt nur unnötige Probleme mit sich. Die Damen sind recht kostspielig und manche auch mehr als forsch in ihren Forderungen. Als Anwalt habe ich in diese Dinge leider einen tieferen Einblick, als es mir lieb sein kann.«

Er konnte nicht übersehen, dass John bei dem Wort »Mistress« unmerklich zusammengezuckt war. Vielleicht hatte seine Frau Anne doch recht gehabt mit ihrer Vermutung, dass sein Bruder ein gewisses Gefallen an jener, ihm nicht bekannten Nichte von Sir Alistair gefunden hatte. Er selbst hatte diesen Gedanken weit von sich gewiesen. John war schon immer der aufrichtigere und pflichtbewusstere von ihnen beiden gewesen. Trotzdem schien sein Bruder nun Rat und Hilfe zu benötigen, daher schlug er vor, dass John ihn am nächsten Tag zu einem seiner Klienten, Admiral Gordon, begleiten solle. Gordon war ein wichtiger Mann in der Marine Seiner Majestät und vornehmlich als Stabschef in London beschäftigt. Ihm oblag die Berufung und Einsetzung des Führungspersonals bei einem umfangreichen Teil der Flotte, unter anderem auch in der Abteilung, die mit Erkundungs- und Forschungsfahrten betraut war. Sicher ergab sich bei Johns hervorragender Reputation in der Marine eine Möglichkeit, ihn in diesem Bereich wieder als Kapitän eines Schiffes einzusetzen. Dieses Arbeitsgebiet würde seinen Bruder am ehesten von was auch immer ablenken.

John stand diesem Vorschlag mehr als positiv gegenüber und begann zur Erleichterung seines Bruders sogar wieder zu lächeln, als man sich zu den anderen Gentlemen ins Billardzimmer gesellte, um sich die Zeit bis zum Dinner zu vertreiben.

Am nächsten Tag wurde Captain Battingfield von seinem Bruder abgeholt, um besagtem Admiral Gordon seine Aufwartung zu machen. John hatte Lady Battingfield nichts von seinem Vorhaben mitgeteilt und so nahm sie es gleichmütig hin, dass er den Vormittag mit seinem Bruder zu verbringen gedachte. Auf der Fahrt war er nicht sehr gesprächig und schien in Gedanken versunken zu sein. David hoffte inständig, dass das Vorhaben glücken und sich für seinen älteren Bruder ein interessantes neues Kommando finden würde. Wäre dieser gezwungen, sich weiterhin ohne Aussicht auf Besserung in der derzeitigen Umgebung aufzuhalten, wäre er in ernster Gefahr, nach und nach in Schwermut zu versinken. Offenbar schien John aber noch mehr als nur die Unstimmigkeiten mit Lady Battingfield zu bedrücken, das spürte David genau. Doch sein Bruder hüllte sich die ganze Fahrt über in Schweigen. In der Admiralität angekommen, entstiegen sie ihrer Kutsche und betraten das ehrwürdige, in ansprechendem Rot und Weiß gehaltene Gebäude. Es lag in direkter Sichtweite von Carlton House, der Residenz des wenig beliebten Prinzregenten, der sich aber zurzeit ohnehin wieder einmal in Brighton aufhielt. Die beiden Besucher durchschritten zunächst das beeindruckende Ministerialgebäude Ripley House, um zu den inneren Räumen der Admiralität zu gelangen. Es kam nicht von ungefähr, dass die Hauptverwaltung der Admiralität noch näher beim Palast angesiedelt war als die Ministerien und das Parlament. Die englische Streitmacht zur See war eine der wichtigsten Säulen des nationalen Selbstverständnisses und so strahlte das Gebäude auch folgerichtig enorme Gewichtigkeit und Geschäftigkeit aus. Obwohl David dort häufig ein und aus ging, war er immer wieder fasziniert von der Machtfülle, die ihm in den ehrwürdigen, langen Gängen mit den vielen Räumen entgegenschlug. John schien dieser Ort weniger stark zu beeindrucken, wie es schien. Er stand, das wusste David nur zu gut, der Marine und ihrem Machtanspruch in gewisser Weise kritisch gegenüber, obwohl er sich in den oberen Rängen einen beachtlichen Ruf erworben hatte. Gerade deshalb hoffte David, dass sich für seinen Bruder ein Kommando auf einem Forschungsschiff der Admiralität finden würde. Dies schien mehr seiner eigentlichen Neigung, die ihr Vater nie hatte gelten lassen, zu entsprechen. David hoffte sehr, dass ihn ein entsprechendes Kommando von seinem verborgenen Kummer nachhaltig heilen könnte, denn schließlich war eine lohnende Aufgabe die beste Medizin für einen Mann.

Als sie das geräumige Büro von Admiral Gordon betraten, wurden sie freundlich empfangen. Der Admiral war ein fähiger und wohlwollender Mann, der zwar schon lange nicht mehr selbst auf See Dienst tat, aber die leitenden Offiziere, ihre Fähigkeiten und Karrierewünsche gut einzuschätzen und zu nutzen wusste. Der Erfolg der britischen Marine war zu einem nicht unwesentlichen Teil auch seinem Geschick zu verdanken, die vorhandenen Posten mit den fähigsten Männern zu besetzen.

Captain Battingfield grüßte mit militärischem Gruß, während sich der Anwalt als Zivilist vor dem Admiral verneigte. Diesem war der Name Battingfield vertraut. David Battingfield nahm ohnehin regelmäßig Ausarbeitungen und Niederlegungen von wichtigen Schriftstücken für die Admiralität vor und hielt sich deshalb häufig im Gebäude der Admiralität auf. Sein Bruder, Captain John Battingfield, hatte hingegen vor mehr als einem Jahr seinen Abschied genommen, um sich seinen Pflichten als Herr und Erbe eines größeren Landsitzes zu widmen, wie der Admiral sich erinnerte, gelesen zu haben.

»Sir, darf ich Ihnen meinen Bruder, den jetzigen Lord Battingfield, vorstellen. Er ist Captain a.D. der Marine Seiner Majestät«, begann der Anwalt das Gespräch.

»Ah, ja«, antwortete Admiral Gordon freundlich und an den Captain gewandt, »so habe ich doch einmal die Gelegenheit, Sie persönlich kennenzulernen. Man hörte ja nur Gutes über Sie in Ihrer aktiven Zeit. Aber wie ich zu meinem Bedauern vernahm, haben Sie Ihren Abschied genommen. Behagt Ihnen denn das Landleben als passioniertem Seemann, der Sie sind?«

»Ich halte mich zurzeit mit meiner Gattin, einer geborenen Wellesley, in London auf, Sir«, erläuterte der Captain und nahm wie sein Bruder auf einem der Stühle vor dem geräumigen Schreibtisch des Stabschefs Platz.

»Die Landluft war wohl doch nicht so das Wahre«, meinte dieser und lachte herzlich. »Ja, das bekomme ich oft zu hören von ausgeschiedenen Angehörigen der Marine. Auf dem Schiff sehnt man sich nach dem Land und der Familie und ist man endlich dort angekommen, zieht es einen wieder hinaus, nicht wahr?«

»So könnte man es beschreiben, Sir«, meinte der Captain dazu vorsichtig, fügte dann aber hinzu: »Tatsächlich geht es mir ähnlich. Ich spiele ebenfalls mit dem Gedanken, in den aktiven Dienst zurückzukehren.«

»Wirklich?«, der Admiral hob interessiert die Brauen. »Vermutlich zieht es Sie zurück in die Schlacht. Wie ich hörte, sind Sie mit einem Orden für besondere Tapferkeit ausgezeichnet worden. Konnten wohl den Pulverdampf nicht vergessen, Mann?«

David brachte sich in das Gespräch ein, bevor es eine ungünstige Wendung nehmen konnte: »Sir, mein Bruder hörte von verschiedenen Forschungsaufträgen, die die Marine zu vergeben gedenkt. Sind die Posten schon besetzt oder besteht noch Bedarf? Sicher haben Sie als Stabschef der Forschungsabteilung einen Einblick in den Stand der Dinge.«

»Ah, darum geht es!« Der Admiral lächelte verschmitzt. »Nun, das wundert mich nicht. Es ist schließlich ein wichtiges und ruhmreiches, wenn auch nicht ungefährliches Unterfangen. Tatsächlich ist eine Fahrt zur Erforschung der Nord-West-Passage vorgesehen, die, wie Ihnen sicher bekannt ist, für das Empire von unschätzbarem Wert ist. Die Krone hat einen Forscher und Geologen damit beauftragt, einen Schotten mit Namen John Ross. Er soll unter dem Kommando von Admiral Edward Peary[33] reisen. Die Griper und die Hecla sind für die Begleitung vorgesehen, beides schöne, vor allem aber robuste Schiffe Seiner Majestät. Die können schon etwas ab, was sie auch müssen. Das Eis ist äußerst gefährlich.

»Ach, unter Admiral Peary«, meinte der Captain erfreut. »Er ist mir persönlich bekannt. Ein hervorragender Seemann und integrer Mann. Ich besuchte ihn einmal privat in Bath, wo er herstammt.«

»Sie kennen ihn persönlich? Das trifft sich gut. Peary sucht noch einen fähigen Kapitän für die Hecla, aber da die Reise eine extreme Herausforderung darstellt, hat sich noch kein geeigneter Mann gefunden. Die, die ich ihm vorgeschlagen habe, hat er bisher abgelehnt. Natürlich sind Besonnenheit, Forschergeist und vor allem Tapferkeit ein absolutes Muss für die Qualifikation, aber mir scheint, Sie schickt der Himmel. Da Sie ihm persönlich bekannt sind und über Ihre Eignung wohl kein Zweifel besteht, könnte ich mir vorstellen, dass es in seinem Sinne wäre, Ihnen das Kommando zu übergeben.« Gordon hielt inne und blickte John scharf in die Augen. »Es ist Ihnen ja sicherlich klar, dass die Reise große Risiken birgt und Sie möglicherweise von dieser äußerst gefährlichen Mission nicht zurückkehren ... was der Himmel natürlich verhüten möge!« Sein Gesprächspartner nickte bedächtig. »Nun denn!«, fuhr der Admiral befriedigt fort, »wenn Ihnen Ihre Familie angesichts der Gefahren nicht noch Steine in den Weg legt, dann bin ich sicher, dass die Marine Seiner Majestät Ihnen schon bald das Kommando auf der Hecla übergeben wird. Was halten Sie davon?«

33 Ich habe mich bei der Figur des Admiral Edward Peary stark an der historischen Person Admiral William Parry orientiert. Mehr zur Erforschung der Nord-West-Passage unter William Parry im Nachwort.

»Das ist ein sehr verlockendes Angebot und es ist mir sehr ernst damit, Sir, wieder in den aktiven Dienst zu treten, sonst hätte ich Sie heute nicht aufgesucht.«

Der Admiral klatschte voller Tatendrang in die Hände und zog ein Schriftstück hervor.

»Gut! Ich denke, Admiral Peary wird den Vorschlag begrüßen. Ich werde ihn umgehend informieren und spätestens in fünf Tagen haben Sie Antwort, ob er einverstanden ist. Ist Ihnen das recht oder geht es zu schnell? Dann könnte es allerdings Schwierigkeiten geben. Die Schiffe sollen spätestens in sechs Wochen auslaufen und selbstverständlich ist Ihre Anwesenheit im Militärhafen von Portsmouth, wo die Schiffe vor Anker liegen und gerade ausgerüstet werden, schon vorher erforderlich, spätestens in drei Wochen. Können Sie das bewerkstelligen?«

John Battingfield frohlockte innerlich. Zweifellos würde ihn Peary, der ihn außerordentlich schätzte, akzeptieren. Er hätte nicht im Traum erhofft, so schnell zum Ziel zu gelangen. Das Kommando fiel ihm wie eine reife Frucht in den Schoß, erlöste ihn damit aus seiner häuslichen Misere und richtete seine Gedanken nach vorne, weg von der Qual seines Herzens. Eine Forschungsreise dieser Art würde mindestens zwei Jahre in Anspruch nehmen, wenn nicht mehr. Ein Umstand, den er außerordentlich begrüßte. Die Gefährlichkeit der Reise konnte ihn nicht schrecken! Dieser stellte er sich wesentlich lieber als hoffnungslosem Verlangen und Tatenlosigkeit.

Er beeilte sich, die Frage des Admirals zu bestätigen und überließ dann seinem Bruder das Feld, damit dieser seine geschäftlichen Angelegenheiten mit Admiral Gordon regeln konnte. Nun stellte sich für ihn nur noch die Aufgabe, seine Pläne seiner Gattin mitzuteilen, was wohl zu einigen Verwerfungen des häuslichen Friedens führen würde. Vielleicht sollte er mit der Eröffnung noch etwas warten.

Charlotte hatte sich drei Tage lang brav im Bett aufgehalten und widerspruchslos die absonderlichsten Kräutertees sowie eine gute Anzahl kräftigender Suppen zu sich genommen, die ihr Mrs Sooner mit Feuereifer zubereitet hatte. Sie begann sich bereits zu langweilen und hatte auch das Bedürfnis, ihren Onkel zu besuchen, wagte es aber nicht, um ihn nicht anzustecken. Gerne hätte sie etwas Klavier gespielt, aber ihre Pflegerinnen wollten auch dies nicht zulassen. So vertrieb sie sich die Zeit mit Lesen und dem eher halbherzigen Versuch von privater Korrespondenz, schaute sehnsüchtig aus dem Fenster, wo in der frischen Natur der Frühling mit Macht Einzug hielt und vermied es sorgfältig, ihre ernsthaften Schwierigkeiten zu überdenken. Sie war sich jedoch bewusst, dass diese in unmittelbarer Nähe lauerten und je besser sie sich fühlte, desto mehr drängten die Probleme sich in den Vordergrund und verlangten nach einer Lösung, die ihr einfach nicht einfallen wollte.

Am Morgen des vierten Tages trat in gewohnt eisiger Unnahbarkeit Lady Millford an ihr Krankenlager und teilte ihr mit, dass sie nun Charlottes baldige Genesung erwarte. Ihre Krankheit, die sie wohl auch als Ausrede benutze, um ihr skandalöses und unentschuldbar undamenhaftes Verhalten beim letzten Besuch von Mr Terency zu entschuldigen, habe nun lange genug gedauert. Sie selbst habe sich wirklich aller Künste der hohen Diplomatie bedienen müssen, um den brüskierten, überaus wichtigen Gast wieder zu beruhigen. Doch schließlich habe dieser, zu ihrer großen Erleichterung, die Einladung zur Fuchsjagd noch einmal erneuert. Charlotte habe es nur ihr zu verdanken, dass ihre Aussichten auf eine lukrative Eheschließung immer noch bestünden. Überdies habe es Mr Terency in seiner großherzigen Güte gefallen, ein paar persönliche Zeilen an Charlotte zu richten, die sie ihr hiermit überbringe, nach angemessener Einhaltung der ihrer Ansicht nach völlig überzogenen Genesungszeit. Damit übergab sie der vor Schreck noch eine Nuance blasser gewordenen Patientin das versiegelte Schreiben, verließ dann aber nicht den Raum, sondern verharrte an deren Bett in der für sie selbstverständlichen Erwartung, nun umgehend über den Inhalt des Schreibens informiert zu werden.

Mit zitternden Fingern brach Charlotte das Siegel und blickte auf die steil aufragende Handschrift des Mannes, den sie am liebsten ans andere Ende der Welt gewünscht hätte.

Verehrte Miss Millford,

ich möchte meinem übergroßen Bedauern darüber Ausdruck verleihen, dass wir unser privates Plauderstündchen wegen Ihrer überraschenden Erkrankung nicht intensiver fortsetzen konnten. Wie gerne hätte ich Sie viel näher und von Ihrer unzweifelhaft interessanten, weiblichen Seite her kennengelernt, die Sie bisher so sorgsam vor mir verbargen. Warum nur, meine Teuerste? Ich hoffe doch, dass Ihnen meine Absichten, Ihre Person betreffend, deutlich geworden sind. Ich möchte unsere Bekanntschaft doch sehr gerne vertiefen, zumal ich auch das fördernde Verhalten Ihrer werten Tante in dieser Angelegenheit sehr zu schätzen weiß.
Sicher ist es Ihnen auch ein Herzensanliegen, die Fuchsjagd zu erleben, die allgemein als herausragendes Erlebnis und wahrhaft königlicher Sport gerühmt wird, was ich nur bestätigen kann. Selbstverständlich würde ich mich ganz besonders freuen und erwarte es geradezu, Sie an meiner Seite hoch zu Ross in die Kunst der Hetzjagd einzuführen. Ich hoffe sehr, Sie schlagen mir diesen Wunsch nicht

herzlos ab. Ich wäre untröstlich darüber. Deshalb erwarte ich Sie und die verehrte Lady Millford voller Ungeduld in drei Wochen auf meinem Landsitz in Hampshire.
So wünsche ich Ihnen nun baldige Genesung und erhoffe sehnlichst unser nächstes Zusammentreffen, um unsere interessante Bekanntschaft weiter zu vertiefen.

Hochachtungsvoll
Ihr
Mr Gaylord Terency

Wäre sie nicht so erschrocken gewesen über die Aussicht, wieder mit Terency zusammentreffen zu müssen und das schon in etwas mehr als zwei Wochen, hätte Charlotte vermutlich vor Zorn über die unverhohlene und unverschämte Drohung dieses gewissenlosen Verbrechers aufgeschrien. Er hatte es fertiggebracht, ihr in diesem Schreiben unverblümt die Fortsetzung seiner gewalttätigen und unsittlichen Annäherung in Aussicht zu stellen, ohne dass dies einem unvoreingenommenen Leser des Schreibens deutlich werden konnte. So war es auch wenig verwunderlich, dass sich auf Lady Millfords Antlitz ein zufriedenes Lächeln ausbreitete, nachdem sie den Brief von der Bettdecke, auf die ihn Charlotte fassungslos hatte sinken lassen, aufgenommen und gelesen hatte, natürlich ohne vorher um Erlaubnis zu bitten. Es stand für sie außer Frage, dass Charlottes Aufgabe nur im Gehorsam gegenüber ihren Wünschen und Plänen bestand. Lady Millford las aus diesen unschuldigen und doch mit solcher Gerissenheit abgefassten Zeilen nur das, was sie ohnehin glauben wollte, nämlich, dass Terency ein ernsthaftes Interesse an ihrer Nichte hatte. Dass dieser mit dem Loblied auf sie selbst etwas ganz anderes meinte, ahnte sie nicht.

Charlotte hatte Mühe, den neuerlichen Schock zu verdauen. Auf Terencys eigenem Grund und Boden würde sie noch weniger Möglichkeiten als auf Millford Hall finden, sich wirksam vor seinen Übergriffen zu schützen. Zudem erwartete er, dass sie an der Fuchsjagd teilnahm. Sie war zwar in der Lage, mit einem braven Reittier auf einem angelegten Reiterpfad zurechtzukommen, doch es war allgemein bekannt, dass eine Fuchsjagd, die querfeldein durch unwegsames Gelände ging, eines erfahrenen und kräftigen Reiters bedurfte. Wie sollte sie einen solchen Ritt nur ohne Sturz überstehen? Hatte sie ihm etwa in einem unbedachten Augenblick bei seinem Besuch im alten Jahr von ihren geringen Kenntnissen in diesem Bereich erzählt oder hatte er es anderweitig erfahren? Nach aller Erfahrung mit ihm konnte sie sich kaum vorstellen, dass er dieses absurde Ansinnen ohne Hintergedanken äußerte.

Nachdem er jüngst eine Niederlage hatte einstecken müssen, suchte er wohl jetzt umso mehr nach einer Möglichkeit, sie zu demütigen und zu verletzen. Es ging ihm vermutlich nicht mehr nur darum, ihr als Frau Gewalt anzutun, nun plante er offensichtlich, ihr Leben aufs Spiel zu setzen und ihre Tante war seine willige Helferin, ohne es zu ahnen oder wahrhaben zu wollen. Wie kam sie nur aus dieser vertrackten Falle heraus? Lady Millford, die ihren gequälten und verängstigten Gesichtsausdruck bemerkt hatte, missinterpretierte diesen völlig und herrschte sie an: »Genügt dir dieses Schreiben immer noch nicht? Mr Terency ist ehrlich interessiert an dir. Du hast unerhörtes Glück, dass er sich überhaupt deiner erinnert. Ich erwarte ausdrücklich von dir, dass du dein Bestes gibst auf dieser Jagd. Sie wird über deine Zukunft entscheiden!«

»Und über die Ihre, Tante!«, erwiderte Charlotte kalt.

»Ich verbitte mir solche Frechheiten! Du wagst es noch ...«, Lady Millford fehlten die Worte vor Empörung. Dieses halsstarrige Ding war unerträglich und eine echte Prüfung für sie. Blind für die Vorteile, die alle aus der Verbindung des Hauses Millford mit Mr Terency erwachsen konnten, wagte ihre Nichte es, Terencys Avancen weiterhin beharrlich abzulehnen. Das tat sie natürlich nur um sie zu ärgern, wie alles andere bisher auch. Hatte deren Aufsässigkeit, das lange Verweilen bei den Battingfields, bedingt durch ihre lächerliche angebliche »Arbeit«, und nun diese lästige Krankheit ihre Geduld schon aufs Äußerste strapaziert, so brachte der offensichtliche Unwillen der undankbaren kleinen Nutznießerin ihrer Bemühungen das Fass nun endgültig zum Überlaufen. Zu allem Überfluss begann das unbotmäßige Geschöpf jetzt auch noch in einer Vehemenz, die sie zur Weißglut brachte, Einwendungen zu machen, sie sei als mäßige Reiterin einer derartigen sportlichen Anforderung keinesfalls gewachsen. Als ob das eine Rolle spielen würde! Wenn Mr Terency beliebte, sie in die Kunst der Jagd einzuführen, hatte ihre Nichte dies mit der gebotenen dankbaren Bescheidenheit und Freude anzunehmen! Das war doch das Mindeste, was sie als leidgeprüfte Tante erwarten konnte nach all der Mühsal, die sie mit ihrer unsäglichen Nichte bereits hatte erdulden müssen!

Lady Millford lief hochrot an und übergoss Charlotte mit einer Schimpfkanonade, die erst abbrach, als die tobende Frau keine weiteren Kraftreserven mehr mobilisieren konnte.

»Und du wirst dich fügen!«, keuchte sie schließlich nach Luft ringend. »Es ist mir völlig gleichgültig, ob du gut reiten kannst oder nicht. Du hast noch zwei Wochen Zeit, dich vorzubereiten. Dann übe dich im Reiten und stehe jetzt endlich auf!«

Charlotte, noch geschwächt durch das überstandene Fieber, konnte der offenen Feindseligkeit ihrer Tante wenig entgegensetzen. Die harten Worte, die ohne Gnade auf sie niederprasselten, trafen sie ungehindert und verletzten sie zutiefst. Ihre ohnehin noch geringen Kräfte schwanden zusehends und schließlich brach ihr Widerstand gegen diese wahnwitzige Unternehmung in sich zusammen. Sie hatte keine

Chance! Entweder ergriff sie – krank und ohne einen Penny in der Tasche – die Flucht oder sie fügte sich und hoffte darauf, dass ihr ein barmherziger Gott in dieser äußersten Bedrängnis beistehen würde. Sie nickte ergeben und wischte die Tränen fort, die ihr, obwohl sie dagegen ankämpfte, schließlich über die blassen Wangen rannen. Ihre Tante sah es mit Genugtuung. Sie hatte für dieses Mal gesiegt und sah sich der Verwirklichung ihrer Pläne ein Stück nähergekommen.

Grußlos verließ sie das Krankenzimmer und überließ Charlotte ihrer größer werdenden Verzweiflung. Für diese hieß es nun aufstehen, sich ankleiden und in den Stall hinuntergehen. Sie würde einen der Stallknechte bitten, ein Pferd für sie zu satteln.

Sultan, Sir Alistairs Reitpferd, stand noch im Stall. Der Wallach wurde schon seit Monaten nur noch von Dave, dem ersten Reitknecht, bewegt. Ihr Onkel ritt verständlicherweise schon lange nicht mehr, aber er hing zärtlich an dem Tier und hatte sich immer gegen einen Verkauf gesträubt, den Lady Millford wiederholt vorgeschlagen hatte. Sultan war Sir Alistairs Schilderungen nach ein folgsames Tier und daher sicher geeignet für die Bemühungen einer leidlich guten Reiterin, in unwegsamem Gelände zu bestehen. Zwar hatte Charlotte große Zweifel daran, ob es ihr gelingen würde, in ihrem durch die Krankheit immer noch geschwächten Zustand in zwei Wochen noch die notwendige Sattelfestigkeit zu erreichen, um ihrer schwierigen Aufgabe gewachsen zu sein, aber sie musste es versuchen. Andernfalls konnte sie sich auch gleich aufgeben.

Kurze Zeit später stand sie etwas schwankend in den Stallungen und verlangte danach, dass man ihr Sultan sattelte, was auch gehorsam ausgeführt wurde. Da trat Dave hinzu und fragte sichtlich erstaunt, ob sie sich denn zutraue auszureiten, wo sie doch so krank gewesen sei.

»Eigentlich nicht, Dave, aber ich muss. Meine Tante verlangt, dass ich mich im Reiten übe. Ich muss in zwei Wochen an einer Fuchsjagd teilnehmen. Du weißt sicher, was das bedeutet«, erwiderte Charlotte müde. Schon jetzt fühlte sie sich zu schwach, um einer Reitstunde im offenen Gelände gewachsen zu sein, aber es half nichts. Gegenwehr würde nur neue Beschimpfungen nach sich ziehen, und diese waren noch weniger zu ertragen. Der alte Reitknecht erschrak augenscheinlich sehr über diese Auskunft. Er wusste, dass seine junge Herrin nicht allzu sattelfest war, hatte dies sogar im Vertrauen dem jungen Herrn, diesem Mr Terency erzählt, den das augenscheinlich sehr belustigt hatte. Eigentlich hatte dieser ihn danach gefragt, was ihn etwas verwundert hatte, aber vielleicht wollte der junge Herr ja mit Miss Millford ausreiten. Wer konnte schon ahnen, was die Herrschaften bewegte?

»Ich werde mit Ihnen reiten, Miss. Es ist sonst zu gefährlich, wenn Sie womöglich vom Pferd fallen, obwohl Sultan ein braves und ruhiges Tier ist.« Charlotte bedankte sich. Sie hatte gehofft, dass Dave, der ein ausgezeichneter Reiter war, mit ihr reiten und ihr in den kommenden Tagen den notwendigen Schliff geben würde, den sie brauchte, um die Fuchsjagd irgendwie zu überstehen. Ihre Tage würden nun angefüllt sein mit Reitstunden und den Besuchen bei ihrem sterbenden Onkel, dessen Zustand nicht erlaubte, von ihren bedrängenden Sorgen zu erfahren. Sie seufzte tief und wappnete sich gegenüber dem, was nun auf sie zukam.

Die Reitstunde wurde, wie erwartet, entmutigend. Dave wurde nicht müde, ihr die Teilnahme an der Fuchsjagd ausreden zu wollen. Doch Charlotte ließ sich zu seiner Verärgerung nicht davon abbringen. Sie bestand sogar darauf, gleich querfeldein zu reiten und auch das Springen zu üben. Der alte Reitknecht konnte das nicht verstehen und schüttelte immer wieder unwillig den Kopf über den jugendlichen Unverstand. Er konnte ja nicht ahnen, dass Charlotte ernstlich befürchtete, sich bei der bevorstehenden Fuchsjagd womöglich das Genick zu brechen. Es musste ihr einfach rechtzeitig gelingen, mehr Sicherheit auf dem Pferd zu erlangen.

Eine zusätzliche Schwierigkeit beim Ritt durch unwegsames Gelände war, dass sie als Frau gezwungen war, einen Damensattel zu benutzen, in dem der Reiterin ein deutlich unsicherer Sitz verordnet war wie im Herrensattel. Besonders bei Sprüngen über Baumstümpfe, Gatter oder Mauern warf dies erhebliche Probleme auf. Dave erklärte ihr ausführlich, wie sie das Gleichgewicht halten konnte, aber es wollte ihr nur schlecht gelingen. Zu verkrampft saß sie auf dem Rücken des an sich willigen Tieres und machte es durch ihre eigene Angst nervös, so dass es mehrfach vor einem niedrigen Gatter scheute, das sie als Übungsfeld auserkoren hatten. Das Ende vom Lied war, dass die inzwischen recht erschöpfte Reiterin das Gleichgewicht verlor und vom Pferd stürzte. Sie fiel auf weiches Moos, das den Sturz glücklicherweise etwas dämpfte, aber Charlotte hatte nach dieser Episode erst einmal genug für den Tag und bat darum, sich auf den Heimweg zu machen. Sie war fast nicht mehr in der Lage, sich im Sattel zu halten. Ihre Knie zitterten und sie verspürte erneut Schwindel. Ein dreistündiger Ausritt war wohl doch noch zu viel gewesen nach ihrer Erkrankung. Völlig zerschlagen und erschöpft wankte sie schließlich nach ihrer Rückkehr vom Ritt hinauf in ihr Zimmer. Dort angekommen, legte sie sich – zu müde, um noch ihre Reitkleidung auszuziehen – auf ihr Bett und war kurze Zeit später fest eingeschlafen.

Kapitel 28

Die kleine Gesellschaft in Wellesley House hatte sich zum geselligen Teil des Abends in mehrere Gruppen aufgeteilt, von denen jede ihren bevorzugten Interessen nachging. Einige der Herrschaften spielten Karten, unter ihnen auch Gwendolyn

Battingfield, die diese Beschäftigung aber eher nutzte, um den neuesten Klatsch auszutauschen, anstatt sich wirklich ernsthaft dem Spiel zuzuwenden. Die älteren Anwesenden hatten sich auf diverse Sitzgruppen zurückgezogen und lauschten dem eher mittelmäßigen Harfenspiel einer weiteren entfernten Verwandten, während sich eine kleine Gruppe der Gentlemen dem Billardspiel – wie fast jeden Abend – widmete, unter ihnen auch John und sein Bruder David, der heute ebenfalls in Wellesley House weilte. Dies hatte seinen besonderen Grund. Hatte er doch heute seinem Bruder die Bestätigung des Kommandos für die HMS Hecla überbringen können. Schon in knapp drei Wochen sollte sich Captain Battingfield in Portsmouth zum Dienst melden. Das Schiff würde im Flottenverband mit der HMS Griper am 11. Mai zu einer Reise ins Ungewisse auslaufen.

John hatte die Nachricht mit Erleichterung aufgenommen. Ein Ende seines Aufenthaltes in Wellesley House vor Augen, begann er wieder Hoffnung zu schöpfen. Außerdem war er an dem Forschungsauftrag wirklich interessiert. Die Erforschung der Nord-West-Passage[34] stellte eine der drängenden Aufgaben der Seefahrt dar. Der Nation, der es gelang, als erste den Weg zu erkunden, war in der Folge erheblicher militärischer und wirtschaftlicher Erfolg gesichert. Allerdings war es extrem ungewiss, ob es diese Passage überhaupt gab.[35] Immer wieder blieben Schiffe im Eis stecken und wurden erbarmungslos von den ungeheuren Eismassen, die sich um das Schiff wie eine feindliche Heerschar zusammenschlossen, zerdrückt. Nicht wenige Schiffe waren auf diese Weise havariert und hatten die Mannschaft mit untergehen oder aber jämmerlich in der Eiswüste zugrunde gehen lassen.

---

34 Der 5.780 km lange Seeweg nördlich des amerikanischen Kontinents, der den Atlantik mit dem Pazifik verbindet. Siehe auch Nachwort.

35 Die englischen Kapitäne Baffin und James hatten beide unabhängig voneinander bezweifelt, dass es die Passage überhaupt gab.

John hatte in den vergangenen Tagen die Marinearchive aufgesucht und sich über die bisherigen Erfahrungen mit der Seefahrt in der fraglichen Region, zumindest soweit sie bisher erschlossen war, vertraut gemacht. Das Ergebnis war nicht sehr ermutigend, dennoch lockte ihn die schwierige Aufgabe. Außerdem konnte er auf diese Weise den Himmelsatlas für diese äußersten nördlichen Regionen ergänzen. Eine Aussicht, die ihn geradezu elektrisierte.

David Battingfield sah mit Erleichterung, dass sich sein Bruder seit dem erfolgreichen Gespräch mit Admiral Gordon wieder gefangen hatte. Die Ablenkung durch die wirklich spannende, wenn auch gefährliche Aufgabe, die ihm nun auch offiziell übertragen worden war, schien ihm seine Lebensfreude und Tatkraft zurückzugeben. So war er auch im Umgang mit seiner Frau geduldiger und freundlicher geworden. Wahrscheinlich deshalb, weil er wusste, dass sich ihre gemeinsame Zeit zumindest vorerst dem Ende zuneigte.

In der Zwischenzeit widmete John sich konzentriert dem Billardspiel, in dem er eine beachtliche Fertigkeit entwickelt hatte. Zum Verdruss seiner Mitspieler räumte er gekonnt Kugel um Kugel von der grünen Fläche. Percy, der auch mit von der Partie war, wandte sich deshalb gelangweilt an seinen Cousin Trevor Norrington, einen etwas feisten Gentleman von ungefähr dreißig Jahren mit bereits recht schütterem Haupthaar, der ebenfalls zu Besuch weilte: »Hast du eigentlich auch eine Einladung von Terency erhalten? Er plant eine Fuchsjagd am Wochenende in zwei Wochen.«

Norrington, der mit einem Glas in der Hand müßig das Geschehen verfolgte, nickte zustimmend: »Ja, es ist schon die dritte, die er veranstaltet, kann einfach nicht genug davon bekommen, der alte Knabe.«

»Wirklich?« Percy zog erstaunt die Augenbrauen hoch. »Schon die dritte? Und warum habe ich bisher keine Einladung erhalten? Ich werde dem Burschen umgehend schreiben, dass er mich gefälligst einzuladen hat. Was denkt er sich? Ich habe gar nicht gewusst, dass er wieder im Lande ist. Scheint mir etwas forsch, nach dem, was vorgefallen ist.«

In diesem Augenblick verschoss John für alle überraschend eine sicher geglaubte Kugel und machte Platz für seinen Spielpartner. Er gesellte sich an die Seite Norringtons und fragte betont beiläufig: »Terency? Dieser Gentleman ist mir vor einiger Zeit auf einem Ball begegnet und aufgefallen. Er schien mir recht selbstbewusst zu sein.«

Norrington lachte spöttisch auf. »Selbstbewusst ist stark untertrieben, würde ich sagen. Terency nimmt sich, was ihm gefällt und das ohne irgendeine Rücksicht. Ein unangenehmer Bursche, wenn Sie mich fragen, Mylord.« Er konnte nicht wissen, dass sein Gesprächspartner innerlich vor Anspannung bebte. Terency war es, der John beschäftigte, seit er den Brief gelesen hatte, der Charlotte so unerklärlich geängstigt hatte. Bisher war er dem Grund ihrer offensichtlichen Furcht nicht auf die Spur gekommen, da er keine Möglichkeit gefunden hatte, sich unauffällig nach Terency zu erkundigen. Das hätte nur Misstrauen hervorgerufen. Schließlich hatte er es, wenn auch mit sehr unguten Gefühlen, aufgegeben, sich weiter darüber den Kopf zu zerbrechen. Doch jetzt bot sich ihm endlich die ersehnte Gelegenheit, mehr über diesen Mann zu erfahren.

»Also wirklich, Norrington, du solltest nicht so leichtfertig Familiengeheimnisse ausplaudern«, meinte Percy tadelnd, aber nicht wirklich ernsthaft, während er zum wiederholten Mal seine geplante Schussbahn überprüfte.

»Familiengeheimnisse? Das klingt aber sehr interessant. Was mag es denn von Mr Terency so Geheimes zu wissen geben, außer, dass er wohl längere Zeit im Ausland weilte?«, warf John in plaudernd leichtem Tonfall ein, innerlich aber angespannt auf eine ausführliche Antwort lauernd.

»Tja, ich weiß nicht, ob man das wieder aufwärmen sollte, aber Sie gehören ja schließlich zur Familie, Mylord, nicht wahr?«, erwiderte Norrington sichtlich beglückt, endlich ein Gesprächsthema gefunden zu haben, das dem bisher eher langweiligen Abend eine interessante Wendung zu geben versprach. »Sehen Sie, der lange Auslandsaufenthalt unseres Cousins war alles andere als freiwillig. Er musste das Land verlassen auf Geheiß des Lordrichters, weil er sonst vielleicht mit dem Henker nähere Bekanntschaft geschlossen hätte. Allerdings weiß man nichts Genaues darüber, es gab nur Gerüchte, wenn auch glaubwürdige Gerüchte.«

»Was um Himmels willen sollte denn den Angehörigen eines Vertreters des Hochadels in eine solch beklagenswerte Situation bringen?«, erkundigte sich John aufs Höchste alarmiert, was seine Gesprächspartner bis auf seinen hinzugetretenen Bruder allerdings nicht bemerkten. Dieser musterte John mit Interesse. Natürlich war ihm aufgefallen, dass der ungezwungene Tonfall seines Bruders nur geheuchelt war und sich ein ungeduldiges Verlangen, Näheres über diesen Gentleman zu erfahren, dahinter verbarg.

»Selbstverständlich gilt, wie du selbst weißt, für einen Peer nur Hochverrat als tödliches Vergehen, ansonsten sind sie als immun zu betrachten, aber für die Angehörigen des Titelträgers gilt dies eigentlich nicht. Bei der Stellung Terencys müsste allerdings ein Kapitalverbrechen vorliegen und selbst dann würde es schwierig sein, den Betreffenden zur Rechenschaft zu ziehen«, warf David deshalb sachkundig in das Gespräch ein. »Dazu gehören – ich darf aufzählen – Mord, Hochverrat, Diebstahl in besonders schweren Fällen, Verbrechen der Unsittlichkeit, wenn das Opfer ernsthaft zu Schaden kommt …« Er wurde in seiner Aufzählung von Percy Wellesley unterbrochen: »Du meine Güte, hören Sie auf, Mann! Da wird es uns braven Bürgern ja angst und bange!«

»Nun ja«, nahm Norrington den Faden wieder auf, »da Sie es erwähnen, Mr Battingfield … gerüchteweise, aber bitte nur gerüchteweise, soll unser right honourable Gaylord Terency in ein Verbrechen der Art, das Sie als Letztes aufzählten, verwickelt gewesen sein. Vor längerer Zeit wurden schon hin und wieder Klagen laut, dass er sich etwas zu ausgiebig mit den Dienstmädchen in verschiedenen ehrenwerten Häusern, in denen er zu Gast war, vergnügt haben soll und nicht immer sei dabei das Vergnügen auch auf der Seite der Mädchen gewesen, Sie verstehen? Aber Dienstmädchen sind ja letztlich irrelevant. Wird eine von ihnen schwanger, findet sich schon am nächsten Tag Ersatz. Man duldete seine Vorliebe weitgehend schweigend. Schließlich ist er von äußerst vornehmer Herkunft und keiner wollte es sich mit seinem Vater verscherzen. Dann aber hat er es, so besagt zumindest das Gerücht, zu weit getrieben und sich an der Tochter eines Landadeligen vergriffen, wohlgemerkt gegen deren Willen. Das Mädchen soll danach ins Wasser gegangen sein, noch nicht einmal achtzehn Jahre alt, und die Sache wurde bekannt. Terencys alter Herr, der Marquis, soll getobt haben, dass man es bis nach London hätte hören müssen. Letztlich aber hat er seinen Einfluss geltend gemacht und man hat ein Abkommen mit dem Obersten Richter geschlossen, der Terency angewiesen hat, umgehend das Land zu verlassen.«

David bemerkte mit Erstaunen, dass sich Johns Augen während dieser Schilderung in namenlosem Entsetzen geweitet hatten. Er wirkte für einen Augenblick geradezu in Panik, fing sich dann aber sofort wieder und fragte mit bemerkenswert ruhiger Stimme: »Und wie konnte er dann jetzt zurückkehren?«

Norrington zuckte mit den Schultern. »Das wüsste ich auch gerne. Ich konnte ihn noch nie leiden. Er hat mich schon früher immer gehänselt und verspottet, wann immer es ihm möglich war. Wie ich schon sagte: ein unangenehmer Bursche. Ich war ganz froh, ihn in den letzten Jahren im Ausland zu wissen. Aber nun ist er wieder aufgetaucht und lebt um so mehr in Saus und Braus. Es scheint ja auch genügend Angehörige der besseren Gesellschaft zu geben, die nichts von den Gerüchten wissen oder vielleicht nicht mehr wissen wollen. Möglicherweise wird er durch eine ungewöhnliche Wendung des Schicksals irgendwann einmal der neue Marquis of Hastings and Chesterford, wer weiß? Man war schon immer gut beraten, sich mit den Peers gut zu stellen.«

»Ich denke, die Frage seiner plötzlichen Rückkehr lässt sich leicht beantworten«, brachte sich David noch einmal erklärend in das Gespräch ein, vornehmlich deshalb, um seinem Bruder die gewünschte Information so vollständig wie möglich zukommen zu lassen. »Vor mehr als einem halben Jahr ist nämlich der Posten des Obersten Richters neu besetzt worden. Sein Vorgänger ist überraschend gestorben. Deshalb ist das wahrscheinlich mündlich getroffene Abkommen mit dem verstorbenen Inhaber des Amtes hinfällig, sozusagen verjährt, wenn man es so nennen will und so hat die Familie offenbar die Heimkehr des schwarzen Schafes in ihre Mitte beschlossen.«

»Das ist ja alles ganz interessant, aber doch Schnee von gestern«, meinte Percy gelangweilt. »Wie sieht es aus, Schwager, wollen wir unsere Partie noch zu Ende bringen?« John winkte ab. »Ich denke, wir haben für heute genug gespielt, auch verspüre ich etwas Durst, ich werde mir im Salon etwas Brandy besorgen.«

»Ich begleite dich«, warf David rasch ein, aber John schüttelte den Kopf. »Lass nur, vielleicht möchtest du für mich übernehmen?« Er drückte seinem erstaunten Bruder das Queue in die Hand und hatte im nächsten Augenblick das Billardzimmer verlassen.

Sein Weg führte ihn nicht in den Salon, sondern durch die Terrassentür des nahen Speisezimmers in den Garten hinaus. Dort angekommen, lehnte er sich schwer atmend an eine der Säulen und versuchte der panischen Angst Herr zu werden, die ihn ob der alarmierenden Nachrichten ergriffen hatte.

So hatte er das Geheimnis schließlich gelüftet – die Wahrheit brachte ihn fast um den Verstand! Terency, der Mann, der seine Charlotte angeblich umwarb, wie Lady Millford zu hoffen schien, war ein gemeingefährlicher Frauenschänder, der kein Gewissen kannte. Und wie es schien, hatte er sich Charlotte als nächstes Opfer auserkoren. Vielleicht war es schon geschehen? War er nicht vor Kurzem zu Besuch bei den Millfords angekündigt gewesen? Die Vorstellung, dass die Frau, die er liebte, möglicherweise in ernsthafter Gefahr schwebte, war absolut unerträglich!

Charlotte musste etwas über Terencys Vergangenheit wissen. Vielleicht hatte er sich ihr auch schon in schändlicher Absicht genähert, bevor sie nach Dullham Manor gekommen war. John schluckte den sauren Geschmack, der ihm auf der Zunge lag, mühsam hinunter. Kein Wunder, dass sie derartig in Panik geraten war wegen des Briefes ihrer Tante! Sie hatte einfach dringend seines Schutzes und seiner Hilfe bedurft in jenem besonderen Moment in der Bibliothek und er hatte es nicht gewusst. Er erinnerte sich, spürte es noch, als wäre es eben erst geschehen, wie sie in seinen Armen gelegen, geweint und vor Angst gezittert hatte. Sie hatte es ihm vielleicht sogar sagen wollen und er hatte sie daran gehindert. Unglaublicher Narr, der er war, hatte er stattdessen nichts Besseres zu tun gehabt, als sie mit seinen Gefühlen zu überfallen. Natürlich war sie daraufhin davongelaufen! Was hätte sie anderes tun können? Was für ein unsensibler Idiot war er doch gewesen! Er hätte sich am liebsten selbst verprügelt, und schlug in seiner Wut auf sich selbst mit der Faust so heftig gegen die Steinsäule, dass die Knöchel zu bluten begannen. Aber der Schmerz verschaffte ihm keine Linderung.

Schlimmer wog noch, dass er sie später mit seiner Liebe, die ihm in jenem Augenblick aufrichtig und als das Wichtigste überhaupt erschienen war, so bedrängt hatte. Dadurch hatte er ihr keine Wahl gelassen, wie er nun fassungslos erkannte.

Charlotte war vor der erneuten, vielleicht noch schlimmeren gesellschaftlichen Ächtung zurückgescheut, die damals schon ihre Mutter ereilt hatte und unter der sie als deren Tochter offenbar mehr litt, als es ihm bewusst gewesen war. Deshalb hatte sie sich dafür entschieden, obwohl sie gewiss ahnte, was ihr durch Terency bevorstand, sich diesem auszuliefern. Die Erkenntnis seiner Mitschuld an dieser fatalen Entscheidung quälte ihn furchtbar.

Was hatte sie noch gesagt? Ihr Leben sei wohl schon zerstört … nun wurde ihm die Bedeutung ihrer Worte in ihrer ganzen Grausamkeit bewusst. Scham über seine Selbstsucht und die abgrundtiefe Angst um Charlotte schüttelten ihn regelrecht, als er sich völlig erschlagen auf eine der Gartenbänke niederließ und fieberhaft nach einer Lösung suchte. Es stand außer Frage, dass er versuchen musste, sie aus dieser Zwangslage zu befreien. Wie konnte er weiterleben, wie konnte er in aller Seelenruhe sein Kommando übernehmen, wenn er sie in dieser enormen Gefahr wusste? Irgendwie musste es ihm gelingen, zu dieser Fuchsjagd eingeladen zu werden, von der er wusste, dass zumindest nach Planung von Lady Millford auch Charlotte zugegen sein sollte. Alles Weitere würde sich dann finden. Er konnte es unmöglich zulassen, dass sie sich – aus welchem unsinnigen Grund auch immer – diesem Verbrecher auslieferte!

Percy Wellesley wollte sich doch um eine Einladung bemühen, schoss es ihm durch den Kopf. Sicher würde es ihm gelingen, diesen zu überreden, dass die bestimmt erfolgende Einladung auch auf ihn als Wellesleys Schwager ausgedehnt wurde. Er schritt in höchster Anspannung im Garten auf und ab, ein gutes Argument für seine Teilnahme an der Jagd erwägend, dann sammelte er sich und ging entschlossen zurück ins Herrenzimmer, wo er schon erwartet wurde.

Kapitel 29

Etwas mehr als zwei Wochen später bestieg Charlotte zusammen mit ihrer Tante im frühen Morgengrauen die Kutsche, die sie auf den Landsitz Terencys in Hampshire bringen würde. Am Abend wollte man vor Ort sein. Die Fuchsjagd sollte zwei Tage später an einem Samstag stattfinden. Etliche illustre Gäste seien geladen, hatte ihr Lady Millford eingeschärft, und sie erwarte von ihrer Nichte tadelloses Benehmen.

Charlotte hatte kaum hingehört. Seit ihrer letzten Auseinandersetzung am Krankenbett sprachen sie kaum noch miteinander. Zwar hatte Lady Millford sie am Krankenlager des Onkels, dem Charlotte täglich einige Stunden Gesellschaft geleistet hatte, nicht aus den Augen gelassen, aber ansonsten hüllte sie sich, bis auf wenige in schneidendem Tonfall geäußerte Befehle, in Schweigen. Das war immerhin besser zu ertragen als die verletzenden Angriffe in der Vergangenheit.

Charlotte war es in der Zwischenzeit gelungen, ihre reiterlichen Fertigkeiten erheblich zu verbessern. Hatten sie am Anfang noch ernste Zweifel geplagt, ob sie die Aufgabe meistern konnte, die für sie buchstäblich überlebenswichtig war, so hatten die tagelangen Übungen im freien Gelände doch eine Wende herbeigeführt. Sie war deutlich sicherer im Sattel geworden. Selbst Dave, der sich zunächst nach dem ersten entmutigenden Ausritt unwillig und ablehnend gezeigt hatte gegenüber dem »Wahnsinn«, wie er das Unterfangen nannte (und was es ja ohne Zweifel auch war), hatte ihr zum Schluss ein anerkennendes Lächeln geschenkt. Gesetzt den Fall, sie bekäme ein braves, erfahrenes Pferd zugeteilt – so hatte er abschließend beschieden, sei sie nunmehr der Sache durchaus gewachsen. Charlotte wagte nun zu hoffen, dass es ihr gelingen würde, die Jagd heil zu überstehen. Sie hatte sich vorgenommen, Terency keinen Zentimeter nachzugeben und ihm einen harten Kampf zu liefern. Sicher würde sie dadurch seinen unerklärlichen Hass auf ihre Person weiter anstacheln, aber es war der einzige gangbare Weg. Sich in die Rolle des hilflosen Frauenzimmers zu begeben, wäre vermutlich noch weitaus gefährlicher.

Auch hoffte sie, dass es nun nicht mehr allzu lange dauern würde, bis Dr. Banning den Nachlass ihres Vaters gewinnbringend verkauft habe. Eines hatte sie sich fest vorgenommen: Sobald sie im Besitz des Geldes wäre, würde sie fliehen! Sie plante, sich irgendwo niederzulassen, wenn es sein musste unter falschem Namen. Auf ihren Onkel konnte sie angesichts der Umstände keine Rücksicht mehr nehmen, so sehr sie dies auch bedauerte. Charlotte streifte ihre Tante, die mit verbissenem Gesicht ihr gegenüber in der Kutsche saß, mit einem nachdenklichen Blick. Ob sie unter anderen Umständen vielleicht etwas freundlicher gewesen wäre? Charlotte bezweifelte es. Obwohl Lady Millford durchaus Qualitäten besaß, fehlten ihr die wichtigsten Tugenden: Mitgefühl und menschliche Wärme. Eigentlich ein armes und verschenktes Leben, sinnierte die junge Frau. Trotz der steten Mühe und Sorgfalt, die sie Sir Alistair und vor allem dessen Besitz hatte angedeihen lassen in langen Jahren, drohte ihr nun der Verlust ihrer so geschätzten Privilegien. Lady Millford bemerkte den kritischen Blick ihrer Nichte und fragte böse: »Nun? Hast du schon wieder einen Grund gefunden, dich zu beschweren? Lass dir sagen: Es interessiert mich nicht im Geringsten! Ich erwarte, dass Mr Terency dir an diesem Wochenende einen Antrag macht und den wirst du annehmen! Sicher weiß er – im Gegensatz zu dir – die Vorteile einer solchen Verbindung einzuschätzen, zumindest hat er so etwas angedeutet.«

Charlotte lachte unwillkürlich spöttisch auf. Welch lächerlichem Wahn war ihre Tante doch verfallen! Sie glaubte wirklich, dass ihr Wohl und Wehe von diesem gewissenlosen Mann abhing und dass dieser ehrliche Absichten hegte. Dass er Lady

Millford nur benutzte für seine schmutzigen und verbrecherischen Spiele, schien ihr wirklich nicht bewusst zu sein. Das böse Erwachen würde allerdings nur allzu bald folgen, daran bestand kein Zweifel.

Sie verspürte jedoch keine Neigung, sich auf einen weiteren Disput mit ihrer Tante einzulassen, daher zog sie es vor zu schweigen und wandte ihren Blick ab. Was sollte ein Streit noch nützen? Es war alles gesagt, was zu sagen war. Sie musste jetzt all ihre Kraft und Geistesgegenwart darauf verwenden zu überleben, bis sie endlich fliehen konnte. Wieder einmal ging ihr die Frage durch den Kopf, ob sie nicht doch Johns Flehen hätte nachgeben sollen. Wenigstens wäre sie dann in Sicherheit und mit dem Mann vereint, der sie aufrichtig liebte, wenn auch gesellschaftlich geächtet. Und wieder verwarf sie diese verlockende Möglichkeit. Der Preis wäre zu hoch gewesen. Auf dem Weg, den sie gewählt hatte, trug sie wenigstens nur Verantwortung für ihr eigenes kleines Dasein. Immerhin bestand doch nun die vage Möglichkeit, dass sie durch eigenes Handeln ihrer Zwangslage glücklich entkam. Außerdem hatte sie ihre Entscheidung bereits gefällt. Es war müßig darüber nachzudenken, was hätte sein können.

Angestrengt schaute sie auf die schöne englische Landschaft, die an diesem strahlenden Frühlingsmorgen an ihr vorbeizog und betete, dass es ihr gelingen möge, die kommenden drei Tage unbeschadet zu überstehen.

Die eintreffenden Gäste sammelten sich in der hohen Eingangshalle des hochherrschaftlichen Landsitzes. Das beeindruckende Gebäude entstammte im Kern noch der Zeit der Normannen und glich einer Burganlage mit Zinnen und Türmen. Rockbury Castle war nicht der einzige Sitz des Geschlechts, dem Terency angehörte, jedoch derzeit sein bevorzugter Aufenthaltsort. Obwohl die Dämmerung erst eingesetzt hatte, waren im Burghof bereits etliche Fackeln entzündet worden und auch die Halle erstrahlte in hellem Glanz. Nachdem jeder Gast persönlich und überschwänglich vom eifrig umhereilenden Hausherrn in Empfang genommen worden war, wurde er von den zahlreichen Dienern mit Wein und anderen Getränken versorgt und konnte sich dem ausgiebigen Gespräch mit den anderen Gästen hingeben, während das Gepäck in den Gästezimmern verstaut wurde. John hatte der Begegnung mit Terency entgegengefiebert. Er brannte darauf, den Mann genauer in Augenschein zu nehmen, der es wagte, seine Charlotte zu bedrohen. Was ging nur in einem solchen Menschen vor?, hatte er sich wieder und wieder gefragt. Gewiss, manchmal hatte er es auf den Schiffen, auf denen er als junger Offizier gedient hatte, erlebt, dass Disziplinierungen der Matrosen über das angebrachte und menschenwürdige Maß hinausgingen. Dabei hatte er verstört und zutiefst angewidert beobachtet, dass der eine oder andere der leitenden Offiziere eine eigenartige Genugtuung bei solchen Bestrafungen zu empfinden schien. Doch was einen Frauenschänder wie Terency antrieb, gab ihm Rätsel auf. Was waren seine Motive? Wieso empfand er ein derartig lustvolles Vergnügen daran, sich an hilflosen, jungen Frauen brutal zu vergreifen? Und wie um Himmels willen konnte John ihn daran hindern, seiner Charlotte so etwas Entsetzliches anzutun? John war – angesichts dieser bohrenden Fragen – ausgesprochen erstaunt, einen Gastgeber vorzufinden, der mit sich selbst höchst zufrieden seine zahlreichen Gäste in Empfang nahm und mit geröteten Wangen an jedem Ort gleichzeitig zu sein schien. Die weltgewandte Zuvorkommenheit in Person, sollte man meinen. Terency hatte offensichtlich zwei Gesichter und das hässliche, wahrere von beiden vermochte er gut zu verbergen.

Suchend blickte John sich nach Charlotte um, konnte sie aber nirgends entdecken. Ob sie gar nicht kam? Wie mochte es ihr ergangen sein? Ging es ihr gut und war sie in Sicherheit? Die Sorge um sie hatte ihn in den vergangenen zwei Wochen kaum mehr schlafen lassen.

»Suchen Sie jemanden, Schwager?«, fragte Percy interessiert, der beobachtet hatte, dass der Captain sich immer wieder vom Gespräch mit den anderen Gästen abwandte und forschend in die Runde blickte. Er hatte sich ohnehin etwas gewundert, dass der Baron unbedingt zu dieser Fuchsjagd gedrängt hatte. Aber schließlich hatte er ohnehin vorgehabt, daran teilzunehmen und es war kurzweiliger, zu zweit zu reisen.

»Niemanden bestimmten«, meinte der Angesprochene daraufhin beiläufig. »Aber ich möchte auch kein bekanntes Gesicht verpassen. Schließlich könnte es zu Verstimmungen führen, wenn man vergäße, seinen Gruß rechtzeitig zu entbieten. Ich werde mich am besten einmal in der Menge etwas umsehen. Vermutlich kenne ich doch das eine oder andere Gesicht.«

»Tun Sie, was Sie für richtig halten, wir sehen uns dann beim Dinner«, erwiderte der junge Mann und nahm sich noch einen Krug von dem warmen Met, der gerade herumgetragen wurde.

John nickte knapp und machte sich auf den Weg durch die Halle. Wenn Charlotte nicht kam, konnte das sowohl ein gutes wie ein schlechtes Zeichen sein. Sollte sie hier nicht erscheinen, würde er auf alle Fälle selbst auf Millford Hall vorbeischauen, auch wenn das vielleicht seltsam aussah und Charlottes ausdrücklichem Wunsch widersprach. Er musste einfach Gewissheit über ihr Wohlergehen haben. In diesem Augenblick sah er, wie Terency der Eingangstür entgegeneilte, um die nächsten Gäste in Empfang zu nehmen. Es waren Lady Millford und – sein Herz setzte einen Schlag lang aus – Charlotte.

Er hatte nicht gedacht, dass ihn bei ihrem plötzlichen Anblick seine leidenschaftlichen Empfindungen derart überwältigen würden. Im Nu überfluteten ihn alle seither so mühsam unterdrückten Gefühle aufs Neue. Er konnte es kaum ertragen, sie anzusehen und war doch nicht imstande, den Blick von ihr abzuwenden. So entging ihm auch nicht, dass Terency sich Charlotte zuwandte, nachdem er Lady Millford mit einer überaus tiefen Verbeugung und einem Handkuss begrüßt hatte, die das offensichtlich schätzte. Charlotte reichte ihm mit versteinerter Miene die Hand. Er ergriff daraufhin fest, nahezu grob ihren Arm und zwang sie damit, an seiner Seite die Halle zu betreten. Sie zog unwillig und wie unter Schmerzen die Brauen zusammen, bemühte sich aber sichtlich, Haltung zu bewahren. Allein dieser Vorfall bestätigte ihm seinen schlimmen Verdacht endgültig. Es war Terency, der sie bedrohte und den sie mehr als alles fürchtete. John unterdrückte mühsam den spontanen Impuls, ihr zu Hilfe zu eilen und beschloss, stattdessen bedacht vorzugehen. Für dieses Problem gab es keine einfachen Lösungen. Terency verstand es, sich gegenüber der anwesenden Gesellschaft als Gentleman zu präsentieren. In der direkten Konfrontation war deshalb kein Heil zu finden. Das Beste würde sein, er, John, machte Charlotte und ihrer Tante zunächst offiziell seine Aufwartung und passte dann eine Gelegenheit ab, um mit ihr allein zu sprechen. Er kämpfte seine Anspannung nieder und bahnte sich dann entschlossen seinen Weg durch die plaudernden Gäste. Kurze Zeit später war er bei den dreien angelangt. Terency hatte Charlotte, gefolgt von Lady Millford, zu einer Gruppe von drei weiteren jungen Gentlemen geführt, die er augenscheinlich gut kannte und war dabei, sie Charlotte vorzustellen. Sie machten auf John keinen guten Eindruck. Seine durch den Dienst bei der Marine geschärfte Menschenkenntnis sagte ihm, dass er es hier mit drei nichtsnutzigen und rauflustigen Lebemännern zu tun hatte, wobei ihm einer der drei besonders unangenehm auffiel.

Dennoch trat er hinzu und begrüßte zunächst Lady Millford, die sich höchst erstaunt zu ihm umwandte: »Lord Battingfield, Sie hier? Welch unerwartete Überraschung! Meine Nichte teilte mir unlängst mit, dass Sie sich mit Ihrer Gattin in London aufhalten.«

»Das tue ich auch. Ich bin hier jedoch in Begleitung meines Schwagers, the right honourable Percy Wellesley, der die Güte hatte, mich einzuführen. Mir stand im stickigen London der Sinn nach etwas Landluft. Außerdem wollte ich mir dieses Ereignis auf keinen Fall entgehen lassen! Wie geht es Sir Alistair? Ich hoffe, er hat sich etwas erholt.«

»Nein, leider nicht! Wir machen uns große Sorgen um ihn«, Lady Millford setzte ein besorgtes Gesicht auf. »Deshalb habe ich ihn auch nur sehr ungern im Stich gelassen, aber meine Nichte Charlotte wollte unbedingt herkommen. Wie die jungen Leute eben so sind: das Vergnügen geht ihnen über alles. Allerdings ist es ja auch eine Ehre, von Mr Terency so ausdrücklich eingeladen worden zu sein.« Sie fächelte sich affektiert mit ihrem Fächer Luft zu, obwohl es in der Halle eher kühl war.

John wunderte sich über die unglaubliche Unverfrorenheit, mit der sie ihm diese faustdicke Lüge präsentierte. Charlotte hätte bestimmt viel darum gegeben, nicht an diesem Ort sein zu müssen. Terency hatte ihn inzwischen ebenfalls bemerkt und sich mit seiner unglücklichen Begleiterin zu ihm umgedreht. »Nanu, Lord Battingfield? Kennen Sie die Damen?«

»Selbstverständlich, Mylord! Schließlich sind wir Nachbarn. Außerdem hat Miss Millford einige Wochen bei uns auf Dullham Manor verbracht, auf Einladung meiner Gattin.«

»Tatsächlich! Das ist ja sehr interessant.« Terency wandte sich mit einem seltsamen Lächeln der jungen Frau an seiner Seite zu. »Nun, Miss Millford, dann begrüßen Sie nur Ihren engen Freund.«

John, der deutlich Charlottes Anspannung spürte, verneigte sich höflich. Dann richtete er sich auf und sah ihr in die Augen.

Es spiegelte sich eine Fülle widerstreitender Gefühle darin: Überraschung, Verunsicherung und ... Furcht? Es fiel ihm schwer, sich angesichts ihrer offensichtlichen Angst zusammenzunehmen, doch da war das kurze verräterische Aufscheinen ihrer Empfindungen schon aus ihren Augen gewichen. Charlotte lächelte betont unverbindlich: »Ich bin überrascht, Sie hier anzutreffen, Baron. Ich hoffe, Lady Battingfield befindet sich wohl?«

John verspürte einen leichten Stich der Enttäuschung darüber, dass sie ihn so kühl begrüßte, doch was konnte er auch erwarten? Sie musste ihn sofort auf seine Frau ansprechen, alles andere hätte womöglich verdächtig gewirkt. »Danke, es geht ihr ausgezeichnet und die Schwangerschaft verläuft bisher sehr zufriedenstellend. Deshalb konnte ich mir auch die Zeit nehmen, meinem eigenen Vergnügen nachzugehen. Ich hoffe, Ihnen geht es auch gut?«

»Danke der Nachfrage, Mylord! Bitte bestellen Sie Ihrer werten Gattin meine besten Grüße.«

John bemerkte wohl, dass sie die Frage nach ihrem Wohlbefinden nicht beantwortet hatte. Fast musste er lächeln. Sie brachte es einfach nicht über sich, bewusst zu lügen, das lag ihr fern. Er sah allerdings selbst, dass sie schmaler geworden war, auch ihr sonst so offenes, unverstelltes Lächeln fehlte völlig. Das fiel ihm nun, wo er direkt vor ihr stand, deutlich auf und verstärkte die Sorgen, die er sich um sie machte.

»Danke, das werde ich gern tun«, antwortete er, »vielleicht finden Sie ja die Zeit, mir ausführlich zu berichten, wie es Ihnen in der Zwischenzeit ergangen ist. Sicher wird meine Gattin Interesse daran haben und mich schelten, wenn ich es nicht in Erfahrung bringe!« Er hoffte inständig, dass sie seine deutliche Bitte nach einer privaten Unterredung verstanden hatte.

Charlotte senkte jedoch den Blick und meinte unbestimmt: »Wir werden sehen, Mylord!«

»Ich denke, Sie müssen uns jetzt entschuldigen, Lord Battingfield!«, mischte sich Terency ungeduldig in das Gespräch. »Ich möchte meine reizende Begleitung noch einigen anderen Gästen vorstellen. Wir sehen uns dann beim Dinner. Ich kann Sie vielleicht in der Zwischenzeit der Gesellschaft meiner drei Freunde empfehlen. Machen Sie sich am besten selbst bekannt!« Er streifte die drei mit einem raschen imperativen Blick, der John nicht entging und führte Charlotte dann mit sich. Im Nu umringten ihn Terencys Freunde und verhinderten, dass er noch einen Blick auf das weitere Geschehen werfen konnte. Terency war offenbar genauso schlau wie gefährlich, stellte John erschrocken fest. Es würde nicht leicht sein, Charlotte aus dieser Zwangslage zu befreien.

Als er sich etwa zwei Stunden später zusammen mit seinem Schwager im Bankettsaal zum Dinner einfand, das angesichts der deutlichen Überzahl der männlichen Gäste offenbar als zwangloses und feuchtfröhliches Ereignis geplant worden war, sah er zu seiner Enttäuschung, dass Terency Charlotte bereits in seiner unmittelbaren Nähe platziert hatte. Neben ihr saß Lady Millford und unterhielt sich angeregt mit ihrem Tischnachbarn, den er als einen der drei unangenehmen Freunde des Gastgebers wiedererkannte. Jedoch waren zumindest in Hörweite noch zwei Plätze frei, auf die er sogleich forsch zuging. Man tafelte an zwei langen Tischen und eine beträchtliche Anzahl von Dienern war damit beschäftigt, die Gäste zu einem freien Platz zu geleiten. John gegenüber nahm eine ältliche Dame mit zwei blassen, pferdegesichtigen Töchtern Platz, die schüchtern zu den beiden Gentlemen herüberblickten. Wie es dem sportlichen Anlass entsprach, waren etliche der Gentlemen allein angereist. Die Fuchsjagd war nun mal vor allem ein beliebter Zeitvertreib des männlichen Teils der Gesellschaft. Dennoch hatten es sich einige Damen nicht nehmen lassen, ihre Ehemänner zu begleiten und teilweise auch ihre Töchter in heiratsfähigem Alter mitgebracht. Tatsächlich war auch ein solches Ereignis eine willkommene Gelegenheit, nach potenziellen Heiratskandidaten Ausschau zu halten. Percy Wellesley begann denn auch pflichtbewusst, aber etwas enttäuscht ob der eher unattraktiven Auswahl des weiblichen Angebots ihm gegenüber, eine oberflächliche Konversation mit den jungen Damen und raunte zwischendurch seinem Schwager zu, dass er beim nächsten Dinner den Platz auszuwählen gedenke. Man hätte nicht die besten Plätze gefunden. Er bevorzuge zum Beispiel einen Platz in der Nähe der jungen Dame an Terencys Seite. Terency, der schlaue Fuchs, habe sich wohl schon im Vorfeld das interessanteste Beispiel der jungen Weiblichkeit herausgepickt, der Glückliche.

Auch John musste zugeben, dass Charlotte in ihrem lavendelfarbenen Kleid ausgesprochen hübsch aussah, wenn auch deutlich blasser und schmaler als noch vor ein paar Wochen. Es schnitt ihm ins Herz zu sehen, dass ihr schon die kurze Zeit, die sie wieder auf Millford Hall wohnte, augenscheinlich beträchtlich zugesetzt hatte. Walter hatte recht behalten mit seiner Vermutung, dass es zu Charlottes Schaden sein musste, wenn sie nach dorthin zurückkehrte.

Es war für den aufmerksamen Beobachter nicht zu übersehen, dass sie sich sichtlich unwohl fühlte zwischen ihren beiden Sitznachbarn. Einige Male zuckte sie ohne erkennbaren Grund zusammen und versuchte, von Terency abzurücken, wurde aber jedes Mal umgehend von ihrer Tante, die sonst keinerlei Notiz von ihr nahm, mit einem eisigen Blick bedacht. John konnte nur vermuten, dass Terency sie heimlich und unsichtbar für die anderen bedrängte. Erneut musste er alle Selbstbeherrschung mobilisieren, die er aufbringen konnte, um nicht sofort einzugreifen.

Inzwischen waren die Speisen aufgetragen worden und das allgemeine eifrige Gespräch und Gelächter, das die Halle erfüllt hatte, dämpfte sich vorübergehend zu gepflegterer Konversation.

Ein älterer Gentleman, der Charlotte schräg gegenübersaß und sich bisher mit Lady Millford unterhalten hatte, richtete, während er mit dem enormen Stück Fleisch auf seinem Teller kämpfte, das Wort an sie: »Miss Millford, wie ich höre, wollen Sie es wagen, an der Fuchsjagd selbst teilzunehmen. Ich muss sagen, ich bin doch recht erstaunt darüber: eine so zarte junge Dame wie Sie und dann dieser blutige Männersport?«

Ehe Charlotte auf die Anfrage des durchaus freundlichen alten Mannes selbst antworten konnte, hatte sich Terency bereits, obwohl eben noch mit einem seiner zweifelhaften Freunde ins Gespräch vertieft, in die kaum begonnene Konversation eingemischt: »Oh, Mr Springer, Sie wären mehr als erstaunt darüber, was diese Dame noch alles wagt. Stellen Sie sich vor, sie glaubt sogar, eine Frau könnte sich geistig bilden wie ein Mann. Ich war selbst Zeuge wie sie versuchte, einem angehenden Theologen die Geheimnisse der griechischen Sprache beizubringen.«

Das Gespräch unter den im näheren Umkreis Sitzenden verebbte. Dies schien interessant zu werden.

»Tatsächlich?« Mr Springer war sichtlich irritiert. »Ja, das ist wohl recht ungewöhnlich.« Seine mausgraue, ältliche Gattin schüttelte missbilligend den Kopf: »So etwas wäre zu meiner Zeit nicht möglich gewesen, aber die jungen Leute machen ja doch, was sie wollen. Man kennt sich nicht mehr aus.«

Lady Millford rollte theatralisch die Augen: »Da reden Sie mir das Wort, Madam! Ich habe meiner Nichte wieder und wieder Vorhaltungen deswegen gemacht, aber sie will eben immer ihren Kopf durchsetzen. Überhaupt sind die Ansichten der jungen Leute heute – und besonders meiner Nichte – etwas gewöhnungsbedürftig. Was nutzt einer Frau zu viel Bildung? Sie hat ihre Aufgabe als Ehefrau und Mutter zu erfüllen, ihrem Gatten zu dienen und ihn mit aller Kraft zu unterstützen. Allerdings«, sie lachte etwas gezwungen auf und schaute dabei vielsagend zu Terency hinüber, »ist meine

Nichte ja noch jung und formbar. Ein rechter Ehemann wird sie schnell eines Besseren belehren.«

»Ich pflichte Ihnen dahingehend bei, Lady Millford«, sagte Terency süffisant lächelnd, »dass es einer Frau nicht ansteht, sich über den Mann als Krone der Schöpfung erheben zu wollen. Wo kämen wir sonst hin? Sagte nicht schon der große Denker Voltaire [36] – und der muss es ja wissen: ›Eine dumme, einfältige Frau ist ein Segen des Himmels‹. Ich meine, die Frau ist vor allem dazu geschaffen worden, uns Männern Freude und Vergnügen zu bereiten. Deshalb ist es ihre vordringlichste Pflicht, sich die Schönheit zu bewahren und sich ansonsten dem Willen ihres Gebieters unterzuordnen.«

Charlotte erhob angesichts dieser Meinungsbekundung, die ihr zutiefst zuwider war, ihre Stimme. Es war ihr gleichgültig, ob das ungehörig wirkte und ob sie damit auf die Provokation Terencys einging, wie er es augenscheinlich beabsichtigte: »Mr Terency, ich darf Sie darauf hinweisen, dass selbst die Bibel uns deutliches Zeugnis abliefert von Frauen, die in Zeiten der Not sogar ganze Völker weise führten und die auch von Männern wie ihresgleichen geachtet wurden. Schauen Sie nur nach im Buch der Richter [37]. Auch unsere eigene Geschichte bietet ein hervorragendes Beispiel. Hat nicht Elisabeth I. unser Volk durch ihre Intelligenz und Entschlusskraft in ein prosperierendes Zeitalter geführt, von dem wir immer noch alle nutznießen? Mir scheint, man war in längst vergangener Zeit Ihrer Haltung zu diesem Thema schon weit voraus. Außerdem denke ich nicht, dass alle der hier Anwesenden auf die Weis-

---

36 Voltaire (1694 – 1778), Philosoph und bedeutender Vertreter der Aufklärung. In Frankreich pflegt man das 18. Jahrhundert auch das »Jahrhundert Voltaires« zu nennen. Durch seine kritische Haltung zum Absolutismus und die deutlich vertretene Ansicht, dass alle Bürger vor dem Gesetz gleich sein sollten (wenn auch nicht, was den Besitz betraf), wurde er zu einem der Vordenker der französischen Revolution, obwohl er trotz allem die Monarchie favorisierte.

37 Als Beispiel ist hier »Deborah« zu nennen. Das Alte Testament berichtet von militärisch-politischen oder juristischen Anführern einzelner Stämme Israels in Zeiten der Not bzw. bei Angriffen durch andere Völker. Frauen konnten das Volk ebenso führen wie Männer.

heit eines Voltaire vertrauen, der immerhin Franzose war und dem Adel gegenüber doch sehr kritisch eingestellt. Das sollte uns Grund genug sein, seinen Ansichten nicht in allen Punkten zu vertrauen.«

Zustimmendes Gemurmel erhob sich unter den Zuhörern. Natürlich stand man dem revolutionären Gedankengut aus Frankreich spätestens seit der Schlacht von Trafalgar eher kritisch gegenüber. Zwar wurden Mode, Küche und gewisse bürgerliche Ideale gerne übernommen, darüber hinaus aber lehnte man in weiten Kreisen der besseren Gesellschaft die antifeudalistischen Ideen der französischen Revolution – zu deren Vätern, wie man gemeinhin wusste, auch Voltaire gehörte – ab. Terency, der ob der geschickten Argumentation Charlottes ins Hintertreffen geraten war, lächelte gezwungen: »Ich pflichte Ihnen zumindest in diesem Punkt bei, meine Teuerste. Vielleicht war mein Zitat ungeschickt gewählt. Jedoch, was nützt einer Frau Bildung? Nicht alle Ihrer Geschlechtsgenossinnen haben es vor, ihr Dasein als Staatsoberhaupt zu fristen. Sicher, es gibt rare Ausnahmen, wie Sie eben erwähnten, doch die meisten Frauen sehen einer anderen Zukunft entgegen.«

»Kann das nicht auch daran liegen, dass man ihnen den Zugang zur Bildung nicht gewährt?«, konterte Charlotte. »Ich bin überzeugt, dass auch Frauen ihren Beitrag zur Entwicklung und Erforschung unserer Welt beitragen könnten, so sie denn Gelegenheit dazu hätten. Nehmen Sie doch nur zum Beispiel Sybilla Merian, deren unbestrittenes Genie sogar bis an den Hof des Zaren vorgedrungen war und überall geschätzt wurde. Sie konnte ihre Fähigkeiten nur entwickeln, weil ihr verständnisvoller Stiefvater ihr Talent früh gefördert hatte. Und was würde der Wissenschaft fehlen im Bereich der Botanik und Arzneimittelkunde, gäbe es ihre hervorragende Arbeit nicht? Und gab und gibt es nicht auch in London Damen der Gesellschaft, die von unseren größten Dichtern und Denkern als Gesprächspartnerinnen geschätzt und anerkannt werden? Man denke nur an Lady Elizabeth Montagu[38]!«

Das Echo der Zuhörer war geteilt über dieser Rede. Manche wiegten nachdenklich das Haupt, während andere beifällig zu nicken begannen. John, der wirklich stolz war auf Charlottes kenntnisreiche Beweisführung, bemerkte trotzdem mit Beunruhigung, dass Terency inzwischen Zeichen der Wut erkennen ließ. War es geschickt von ihr, ihn so offen zu reizen? Dennoch vertraute er ihrem Urteil rückhaltlos. Wahrscheinlich hatte sie sich lange vorher Gedanken gemacht, wie sie am besten auf Terencys unzweifelhaft erfolgende Angriffe reagieren könnte.

Sich dessen bewusst, dass etliche Augenpaare seine Reaktion genau beobachteten, beschloss Terency schließlich zähneknirschend, einzulenken und sagte: »Da Sie so überzeugt von Ihrer Sache sind, will ich Ihnen ausnahmsweise heute Abend Ihren Willen lassen. Sie sind eben ein kleines, störrisches, wenn auch reizendes Frauenzimmer. Wir werden die Diskussion ein andermal in vertraulicher Runde fortsetzen.« John wurde mit Schrecken klar, dass Terency Charlotte damit gerade Vergeltung für seine Schlappe angedroht hatte. Auch Charlotte hatte dies erkannt. Das sah er an ihrem Gesichtsausdruck, der für einen kurzen Moment Furcht zeigte. Doch da fuhr Terency schon fort: »Sie sehen, Mr Springer, es hatte von jeher keinen Sinn, die junge Dame von ihrem Wunsch abzubringen, bei der Fuchsjagd mitzureiten und deshalb habe ich sie auch eingeladen. Ich werde allerdings persönlich ein Auge auf sie haben, damit sie uns nicht zu Schaden kommt, die Teuerste.« Er fixierte seine Sitznachbarin kurz mit einem lauernden Blick, dann wandte er sich demonstrativ wieder sei-

38 Lady Elizabeth Montagu (1718 – 1800) begründete 1750 den Club der Blau-Strümpfe (Blue-Stocking-Society, nach einem Gedicht von Hannah More), eine Vereinigung von bildungsbegeisterten Frauen und Autorinnen, dem aber auch viele Männer angehörten. Der Club war nicht unumstritten in der Gesellschaft. Bald schon wurde der Begriff zum Synonym für unangemessenen weiblichen Bildungshunger.

nem Freund zu und plauderte, als wäre nichts geschehen. Das Gespräch der Übrigen lebte wieder auf, man hatte verstanden, dass die interessante Konversation vorerst beendet war. John, der seinen Blick weiterhin auf Charlotte gerichtet hatte, sah, wie sie kaum merklich in sich zusammensank. Sie stand unter einer außerordentlichen Belastung, das war offensichtlich. Er hätte viel darum gegeben, ihr jetzt offen beistehen zu können! Da fing er plötzlich ihren Blick auf. Für einen kostbaren Moment ließ sie ihn teilhaben an ihrem Kummer und ihrer Angst und nährte damit seine Hoffnung, dass sie doch bereit wäre, seine Hilfe anzunehmen.

Kapitel 30

Etwas übernächtigt betrat John am nächsten Morgen den Frühstückssalon, in dem sich schon einige Gäste an einem opulenten Morgenmahl gütlich taten. Percy Wellesley schlief noch. Es war am letzten Abend spät geworden. Man hatte die gestrige Gesellschaft noch in Gruppen verbracht und sich verschiedentlich die Zeit mit dem üblichen Kartenspiel, Gesprächen und Rauchen sowie – was die Herren betraf – reichlich Alkohol vertrieben. Es war John nicht gelungen, Charlotte allein zu sprechen. Sie hatte sich zu den anderen jungen Damen gesellt und achtete peinlich genau darauf, niemals allein zu sein. Obwohl er dies bedauerte, konnte John ihr Verhalten gut verstehen. Die Anwesenheit der anderen Damen war wie eine Art Schutzschild für sie. Er selbst hatte es vermieden, sich mit Terency direkt auseinanderzusetzen, war jedoch unauffällig in dessen Nähe geblieben. Immer deutlicher trat zutage, welch perfides Spiel dieser trieb. Seine drei Freunde – oder Spießgesellen, was die Beziehung der Männer zueinander wohl besser umschrieb – umgaben ihn ständig und gehorchten ihm wie Hunde. Einer von ihnen hieß

Daniel Porter, wie John sich erinnerte, und schien Terency in Sachen Verschlagenheit und Gewissenlosigkeit kaum unterlegen zu sein. Die anderen beiden wirkten eher tumb, aber brutal.

Terency war unbestritten der umschwärmte Mittelpunkt der Festgesellschaft. Ein Umstand, der ihn sichtlich befriedigte. In vollen Zügen genoss der Hausherr die Aufmerksamkeit, die man ihm entgegenbrachte, indem er lautstark seine Meinung zu allem und jedem kundtat. Er verstand es wirklich, sich in Szene zu setzen, stellte John mit steigendem Widerwillen fest und nicht einmal sein wirklich abstoßend arrogantes Gelächter vermochte diesen Erfolg zu mindern. Unverständlicherweise schien sein selbstherrliches Verhalten sogar einen Teil der Damenwelt zu beeindrucken. Vielleicht war es aber auch einfach die Tatsache, dass Terency noch Junggeselle, ausgesprochen vermögend und von recht ansehnlicher Statur war, was einige der weiblichen Anwesenden so sehr für ihn einnahm. Seltsamerweise wirkte Terency allerdings an der offenkundigen Huldigung des weiblichen Geschlechts wenig interessiert. Lediglich auf Charlotte verweilte öfter sein Blick, die sich aber so weit als möglich vor ihm zurückgezogen und sich, sobald es die Höflichkeit zuließ, Arm in Arm mit den beiden pferdegesichtigen Schwestern zu den Gästezimmern begeben hatte. Das schien ihn jedoch eher zu amüsieren und anzustacheln. Mehr als einmal bemerkte John im Laufe des Abends einen beunruhigenden, fast grausamen Gesichtsausdruck auf Terencys glattem Gesicht, wenn dieser sich unbeobachtet glaubte. Er führte Ungutes im Schilde, das war nicht zu leugnen. Johns Angst um Charlotte stieg von Stunde zu Stunde. Er musste sie davon überzeugen, diesen Ort schleunigst zu verlassen, sonst drohte ernste Gefahr, dessen war er sich sicher. Doch würde sie überhaupt bereit sein, mit ihm zu sprechen? Diese Frage hatte ihn auch in der darauf folgenden Nacht keine Ruhe finden lassen.

Als er nun am Morgen in den halb gefüllten Raum kam, hoffte er inständig, Charlottes ansichtig zu werden. Tatsächlich und zu seiner großen Erleichterung saß sie mit den beiden Schwestern zu Tisch. Lady Millford war nirgends zu sehen.

Die günstige Gelegenheit nutzend, trat er hinzu, verbeugte sich höflich und bat darum, den Damen Gesellschaft leisten zu dürfen. Das wurde ihm zumindest von den Schwestern mit größter Freude gewährt, während sich Charlotte eher abwartend verhielt. Sie konzentrierte sich, nachdem sie ihm knapp zugenickt hatte, auf ihr Morgenmahl und beteiligte sich kaum am Gespräch. Tapfer bemühte er sich um eine freundliche und ungezwungene Konversation mit seinen willigeren Gesprächspartnerinnen, während er nach einer Möglichkeit suchte, Charlotte um eine persönliche Unterredung zu bitten. Doch sie wich ihm geschickt aus. Als sie sich schließlich erheben und verabschieden wollte, wusste er sich nicht mehr anders zu helfen, als sie direkt anzusprechen.

»Miss Millford, ich hatte Sie doch gestern gebeten, mir ein wenig zu erzählen, wie es Ihnen in der Zwischenzeit ergangen ist«, sagte er mit leichtem Vorwurf in der Stimme, hinter dem er seine weitaus flehentlichere Bitte zu verbergen suchte, »und nun laufen Sie mir schon wieder davon. Meine Frau wird sehr enttäuscht sein, wenn ich ihr berichte, ich hätte Sie hier angetroffen und nicht gründlich ausgefragt, ob es Ihnen gut ergangen ist seit Ihrem Besuch auf Dullham Manor. Meine Gattin vermisst Sie sehr!« Das war natürlich gelogen, denn der Name Charlotte Millford war seit der Ankunft der Battingfields in Wellesley House buchstäblich totgeschwiegen worden. »Bitte, gewähren Sie mir doch ein paar Minuten Ihrer kostbaren Zeit! Wir könnten einen Spaziergang durch den Garten machen, wenn es Ihnen recht ist.«

Die beiden Schwestern, denen die Enttäuschung darüber, dass er verheiratet war, ins Gesicht geschrieben stand, sahen neugierig zu Charlotte hinüber, die sich bereits halb von ihrem Stuhl erhoben hatte und zogen sich, nachdem sie schließlich zögerlich genickt hatte, höflich zurück. John hatte endlich erreicht, was er wollte und verließ in Begleitung Charlottes den Raum, um in den Garten hinunterzugehen, der hinter einer mit Rosenranken umkränzten Pergola in den Park von Rockbury Castle überging. Als sie endlich außer Hörweite der anderen Gäste waren, konnte er nicht mehr an sich halten: »Charlotte, bitte verzeih mir, aber ich musste einfach herkommen.«

Sie sah ihn nicht an, während sie weiter in gebührendem Abstand den Gartenweg entlangging. »John, du solltest wirklich nicht hier sein. Du darfst nicht! Ich dachte, du hättest verstanden, dass wir keine Zukunft haben können. Du hast eine Frau, die ein Kind von dir erwartet! Wie kannst du annehmen, dass ich …?« Sie stockte einen Augenblick, sprach dann aber mit sichtlicher Mühe weiter. »Bitte dringe nicht weiter in mich. Ich könnte das nicht auch noch verkraften.« Ihre Stimme zitterte bei diesen Worten leicht, als würde sie gleich in Tränen ausbrechen.

»Ich weiß!«, sagte er deshalb schnell, »Ich weiß es doch, und ich respektiere deine Entscheidung und achte sie, auch wenn es mir schwerfällt. Ich …«, John biss sich auf die Lippen. Beinahe hätte er seinen Empfindungen erneut freien Lauf gelassen, aber er durfte sie jetzt auf keinen Fall in weitere Bedrängnis bringen. Seine leidenschaftlichen Gefühle für sie, die in ihrer unmittelbaren Nähe wirklich übermächtig waren, musste er um ihretwillen zurückstellen. Es durfte jetzt nur noch um sie gehen! »Verzeih mir, bitte! Charlotte, hör mich an: Ich bin nur hierhergekommen, um dir meine Hilfe anzubieten. Ich habe die ernsthafte Befürchtung, dass dir hier auf Rockbury Gefahr droht.«

Nun sah sie ihn doch erschrocken an: »Hat dir Dr. Banning etwa berichtet, weshalb ich bei ihm war?«

»Nein, wo denkst du hin? Kein Wort hat er gesagt! Hat er etwa davon gewusst? Das darf doch nicht wahr sein!« John wurde schlagartig klar, dass Walter über die Bedrohung durch Terency im Bilde gewesen sein musste. Er konnte es kaum glauben. Es war ihm unverständlich, wieso dieser nicht eingegriffen hatte. Oder hatte sie ihm nicht alles erzählt? »Wie konnte er dich gehen lassen? Das hätte ich nie zugelassen!«, stieß er heftig hervor.

Charlottes Antwort war dagegen sehr beherrscht. »Gerade deshalb war es meine Entscheidung, ihm Stillschweigen aufzuerlegen. Du weißt, es ging nicht anders … nach dem, was zwischen uns geschehen ist. Davon weiß er allerdings nichts.« Sie schwieg eine Weile. Eine bedeutsame Stille breitete sich zwischen ihnen aus. Doch dann richtete sie ihren forschenden Blick auf ihn: »Es war der Brief von Lady Millford, nicht wahr? Du hast ihn gelesen …?«

Er nickte zustimmend. »Charlotte, mein Engel«, begann er mit zärtlicher Besorgnis. Es gelang ihm einfach nicht, kühle Distanziertheit zu heucheln. »Ich weiß jetzt, warum du an jenem Tag in der Bibliothek so verstört gewesen bist. Dieser gewissenlose Schuft! Wie kannst du glauben, ich könnte zulassen, dass du dich freiwillig diesem … diesem Schwein auslieferst? Du hättest nicht gehen dürfen, auch nicht um meinetwillen. Denkst du denn, ich könnte es ertragen, wenn dir etwas zustoßen sollte? Charlotte, das kannst du nicht wirklich glauben!« Seine Stimme war lauter geworden und spiegelte deutlich seine heftigen Gefühle wider.

Sie blieb abrupt stehen, wandte sich ihm zu, suchte nach Worten und schlug plötzlich die Hände vor ihr Gesicht. Ihre Schultern zuckten vor mühsam unterdrücktem Schluchzen. Es kostete ihn alle Selbstbeherrschung, sie nicht in den Arm zu nehmen und zu trösten, aber er befürchtete, sie würde ihm dann wieder weglaufen. Das durfte er auf keinen Fall riskieren, deshalb zwang er sich, mit ruhiger und sehr sanfter Stimme fortzufahren: »Charlotte, bitte sag mir, ist er dir zu nahegetreten? Hat er dir etwas getan?«

Es dauerte einen Augenblick, bis sie in der Lage war zu antworten. Ein Augenblick, der in John die schlimmsten Befürchtungen hervorrief. Dann sagte sie und es war nur ein Flüstern: »Er hat es versucht, aber ich konnte ihm gerade noch entkommen. Doch er hat Emmy ...«, die Stimme versagte ihr endgültig. Plötzlich verzerrten Ekel und Grauen ihre verweinten Züge. Die Wahrheit schockierte ihn mehr als er sagen konnte. Sein Magen verkrampfte sich und er rang um Fassung. Mit Entsetzen wurde ihm bewusst, dass offenbar schon ein Verbrechen auf Millford Hall stattgefunden hatte und Charlotte einem weiteren wohl nur mit knapper Not entgangen war. Es war unerträglich, doch er musste ruhig bleiben. Es kam jetzt darauf an, dass er ihr seinen Vorschlag so vernünftig wie möglich unterbreitete und sich nicht von der flammenden Wut auf den Täter, die jäh in ihm aufloderte, leiten ließ.

»Hör mir zu, Charlotte! Keiner, hörst du, nichts und niemand hat das Recht, dich in eine solche Lage zu bringen! Weder deine rücksichtslose Tante noch irgendwelche angeblichen moralischen Verpflichtungen deinem Onkel, der Gesellschaft oder gar mir gegenüber. Bitte, lass mich dir helfen! Wenn du einwilligst, bringe ich dich sofort weg von hier. Bitte, sag ja! Ich verspreche dir bei meiner Ehre, nichts von dir zu fordern. Du hast keinerlei Verpflichtungen mir gegenüber.«

Er konnte an ihrer Miene ablesen, wie sehr es in ihr arbeitete und sie die Möglichkeit, die er ihr bot, abwog. Würde sie sein Angebot annehmen? Er hoffte es von ganzem Herzen, wagte es aber nicht, weiter in sie zu dringen. Sie musste ihre Entscheidung frei von jeglicher Beeinflussung treffen. Der Erfolg seiner selbstgewählten Mission stand auf Messers Schneide.

Plötzlich blickte sie an ihm vorbei auf ein Geschehen hinter ihm und ihre Augen weiteten sich. Er hörte im selben Augenblick, dass jemand über den Kiesweg herankam und wandte sich um. Es war Terency! Terency, den er inzwischen mehr hasste als er es jemals bei sich für möglich gehalten hatte, in Begleitung einer ärgerlich aussehenden Lady Millford. Augenblicklich trat Charlotte einen Schritt zurück, setzte die kühle Maske der Unverbindlichkeit auf und sagte in beiläufigem und das Gespräch abschließendem Tonfall: »Danke für Ihr freundliches Interesse, Mylord! Und richten Sie Ihrer Gattin bitte aus, dass ich mich noch einmal sehr für die herzliche Aufnahme in Ihrem Hause bedanke und ihr eine leichte Niederkunft wünsche. Vielleicht erweist sie uns die Ehre, uns wieder einmal auf Millford Hall zu besuchen, wenn das Kind geboren ist.«

John musste einsehen, dass ihm die Chance, Charlotte einfach fortzubringen, von einem Moment zum anderen unter den Händen zerronnen war. Er hätte Terency in seinem lodernden Zorn am liebsten mit bloßen Händen erwürgt, war aber gezwungen, sich zu beherrschen. Ein Angriff auf den Hausherrn ohne einen direkten Anlass hätte seine so dringend verfolgten Ziele zunichtegemacht, denn man hätte ihn in diesem Falle sicherlich unmissverständlich aufgefordert, sofort abzureisen. Vielleicht war es besser, wenn Terency nicht ahnte, dass John über seine Verbrechen Bescheid wusste.

»Ah, hier sind Sie beide also«, begrüßte der Hausherr sie auf seine übliche arrogante Art und nahm unverzüglich den freien Platz zwischen John und Charlotte ein. »Die Misses Saint-Smith haben Lady Millford, die schon in Sorge über den Verbleib ihrer Nichte war, berichtet, dass Sie mit Miss Millford im Garten flanieren wollten. Ich sah es natürlich als meine Pflicht als Gentleman an, Lady Millford sicher hierher zu geleiten. Ich sehe, Sie beide scheinen sich sehr gut zu kennen, was ja auch nicht weiter verwunderlich ist nach dem ausgedehnten Aufenthalt von Miss Millford in Ihrem Hause, nicht wahr?« Plötzlich huschte der Schatten des Verstehens über sein Gesicht. Ein anzügliches, wissendes Lächeln trat auf seine makellosen Gesichtszüge und machte sie abstoßend.

»Miss Millford ist eine wirklich betörende junge Dame, das finden Sie sicher auch, Mylord. Es ist ja auch nur zu verständlich, dass Sie ihre Gesellschaft der meines lieben Cousinchens vorziehen, jetzt, da diese durch die Schwangerschaft unförmig und unansehnlich wird.«

»Mr Terency, ich kann Ihnen beim besten Willen nicht folgen«, sagte John eisig und blickte ihm scharf in die Augen. Wenn dieser widerliche, verderbte Mensch glaubte ihn reizen zu können, sollte er sich täuschen.

»Nicht? Nun, auch recht!«, meinte Terency blasiert und seine Enttäuschung darüber nur schlecht verbergend, dass John ihm nicht in die Falle gegangen war. »Und? Wie gedenken Sie den heutigen Tag zu verbringen, Mylord? Ich für meinen Teil habe mir vorgenommen, mit unserer schönen, zarten Blume hier einen Ausritt zu unternehmen. Schließlich ist ja morgen das große Ereignis und ich werde Miss Millford ein Pferd aus meinen Stallungen zur Verfügung stellen.«

»Oh, das trifft sich ja vorzüglich, Sie werden sicher nichts dagegen haben, wenn ich mich anschließe«, sagte John in einem Tonfall, der keinen Widerspruch zuließ. »Es ist eine ausgezeichnete Idee, auch mein Pferd etwas zu bewegen und das Gelände zu erkunden vor der morgigen Jagd. Da bin ich bei Ihnen, dem Besitzer dieser umfangreichen Ländereien, sicher bestens aufgehoben.« Er stellte mit Genugtuung fest, dass Terency sich zwar über seinen Vorstoß mehr als ärgerte, aber im Beisein Lady Millfords nichts dagegen einwenden konnte. Er musste der Bitte seines Gastes nachkommen, wollte er dieses unbedingte Gebot der Höflichkeit nicht verletzen.

»Also dann«, sagte Terency kühl, ergriff herrisch Charlottes Arm und wandte sich dem Haus zu, »kommen Sie mit uns.«

Charlotte warf John einen verstohlenen, dankbaren Blick zu, der ihm zeigte, dass er das Richtige tat. Er durfte sie auf keinen Fall mit diesem Mann allein lassen. Wenn er sie schon nicht aus ihrer Zwangslage befreien konnte, so wollte er sie zumindest nicht aus den Augen lassen.

Zusammen betraten sie die Halle vor dem Speiseraum. Dort empfahl sich Charlotte, um sich für den Ritt umzukleiden. Auch John musste noch seine Reitkleidung anlegen und man vereinbarte, sich gleich nach dem Garderobenwechsel in den Stallungen zu treffen. Da Johns Gästezimmer in einem anderen Flügel des Gebäudes lag als das der Damen, musste er sich von ihr trennen und hoffte, dass Terency diesen Umstand nicht auszunutzen versuchte. Dieser wurde jedoch gerade von einigen anderen Gästen begrüßt und in ein Gespräch verwickelt, sodass John sich beruhigt entfernen konnte.

Kapitel 31

Als John kurze Zeit später die Stallungen betrat, fand er Terency dort bereits vor. Dieser war in ein Gespräch mit einer gewissen Mrs Dellaford vertieft, die John schon am Abend zuvor durch ihr lautes, fast männliches Lachen aufgefallen war. Sie war von kräftigem Wuchs und sicher weit über vierzig Jahre alt. Das leicht gerötete Gesicht wurde von einem energischen Kinn und munteren grauen Augen dominiert. Terency stellte die beiden einander aller Etikette entsprechend vor, wurde aber von Mrs Dellaford ungeduldig unterbrochen: »Nun hören Sie schon auf mit Ihren Kratzfüßen, Terency! Sie wissen, dass ich dieses Getue nicht ausstehen kann.« Sie wandte John interessiert ihr etwas grobschlächtiges aber gutmütiges Gesicht zu. »Captain also! Captain der Marine, nehme ich an! Können Sie denn reiten, Mann?«

John war zwar etwas überrumpelt ob der derben Ansprache, antwortete aber lächelnd: »Ich denke doch, Mrs Dellaford, obwohl ich Ihnen sicherlich nicht das Wasser reichen kann.«

»Das will ich meinen, Captain!«, antwortete sie und lachte dröhnend. »Bin sozusagen im Sattel geboren worden. Mein Vater war bei den Dragoon Guards, bei den Scots Greys, um genau zu sein.[39] Ein echter Pferdenarr – und da er nur eine Tochter hatte, habe ich sozusagen eine soldatische Ausbildung genossen.«

»Sind Sie denn mit meiner Auswahl an Pferden hier zufrieden, Mrs Dellaford?«, erkundigte sich Terency, auf ein schmeichlerisches Lob hoffend. Doch diese Gnade gewährte ihm die mannhafte Dame zu Johns Belustigung nicht.

»Sie glauben doch wohl nicht im Ernst, dass ich auf einem fremden Pferd reite! Ich bin selbstverständlich mit meinem eigenen Pferd hergekommen, genauso wie die meisten Gentlemen auch. Sehen Sie, da hinten steht es. Ihr Stallmeister versorgt es gerade. Guter Mann übrigens, dieser Jenkins, versteht was von Pferden. Habe mich vorher eine Weile mit ihm unterhalten.« Sie schlug dem sichtlich gekränkten Terency derb auf den Rücken: »Nehmen Sie es nicht so tragisch, Terency. Bevor man mich in einer Kutsche vorfahren sieht, fließt eher das Wasser die Themse hinauf.« John konnte sich ein Lächeln nicht verkneifen. Mrs Dellaford schien ein echtes Original zu sein und war ihm auf Anhieb sympathisch.

In diesem Moment kam Charlotte in die Stallungen, wie John im Aufblicken bemerkte. In ihrem hellgrauen Reitkostüm mit der kurzen roten Jacke kam ihre schlanke, zartgliedrige Gestalt wunderbar zur Geltung. Ihr Haar hatte sie zweckmäßig hochgesteckt und war gerade dabei, Lederhandschuhe überzustreifen, als ihr Terency schon entgegentrat. Wie John erwartet hatte, reagierte sie sichtlich reserviert auf seine öffentlich zur Schau getragene Höflichkeit.

---

39 Die Dragoon Guards gehörten zur schweren Kavallerie. Die Royal Scots Greys waren ein ehemals schottisches Regiment, bei dem nur Schimmel zum Einsatz kamen, was den Namen erklärt. Dieses 2. Dragoner-Regiment des britischen Heeres hatte sich besonderen Ruhm in der Schlacht bei Waterloo (1815) erkämpft und war hochgeachtet.

»Ah, die junge Millford, wie ich sehe«, meinte Mrs Dellaford zu John gewandt, »Scheint ja ein mutiges Mädchen zu sein! Ihre Tante, Lady Millford, hat mir gestern Abend erzählt, dass das junge Ding morgen an der Parforcejagd teilnehmen will. Zum ersten Mal, wie sie sagte. Schon recht verwegen! Wenn ich sie mir so ansehe, glaube ich nicht, dass sie der Sache gewachsen ist, viel zu dünn und zart.« Dem konnte John nur beipflichten, diese Idee war blanker Unsinn. Sicher steckte Terency hinter diesem gefährlichen Vorhaben. Schon beim Dinner am vergangenen Abend war er vollkommen schockiert darüber gewesen, dass sie an der Jagd teilnehmen sollte. Das konnte nicht auf ihre Initiative zurückgehen, wie Terency so frech behauptet hatte. Außerdem, so kam es ihm mit plötzlichem Erschrecken in den Sinn, hatte Charlotte doch bei ihrer ersten Begegnung erwähnt, keine sonderlich gute Reiterin zu sein. Wie um Himmels willen wollte sie dann eine Jagd überstehen, die den Reitern und ihren Pferden Höchstleistungen abverlangte? Augenblicklich kroch die Angst um sie wieder in ihm hoch und machte ihn rasend.

»Sagen Sie, Mr Terency«, sprach er deshalb den inzwischen wieder Hinzugetretenen an: »Ist es tatsächlich wahr, dass Sie Miss Millford zur Teilnahme an der morgigen Fuchsjagd eingeladen haben?«

»Oh, sicher!«, antwortete dieser maliziös lächelnd. »Sie hat es sich ja so dringend gewünscht!« Er log, ohne rot zu werden.

»Mylord, das kann ich kaum glauben, ist mir doch bekannt, dass die Reitkünste von Miss Millford …« Plötzlich bemerkte er, dass Charlotte ihn warnend anschaute und unmerklich den Kopf schüttelte. Offensichtlich suchte sie zu verhindern, dass Terency über ihre reiterlichen Fähigkeiten informiert wurde. Obwohl er nicht wusste, warum er das für sich behalten sollte, leistete er ihrer unausgesprochenen Bitte augenblicklich Folge und bog seine Frage gerade noch rechtzeitig ab. »Aber fragen wir die junge Dame doch am besten selbst!«, sagte er deshalb zu Charlotte gewandt.

»Mr Terency hat den Wunsch geäußert, mich in die Kunst der Fuchsjagd einzuführen, als er zu Gast bei uns auf Millford Hall war. Meine Tante wollte ihm diese Bitte nicht abschlagen und so habe ich die Zeit genutzt, mich vorzubereiten«, erklärte Charlotte den Anwesenden und teilte John dadurch mit, was sich wirklich abgespielt hatte. Terency hatte es ausgeheckt und ihre Tante zwang sie dazu, bei dem Wahnsinn mitzumachen. Es war zum Verrücktwerden! Allerdings hatte sie sich offenbar bemüht, ihre Reitkünste zu verbessern. Doch John bezweifelte ernsthaft, dass sie einen Querfeldeinritt in halsbrecherischem Tempo meistern konnte. Gut, dass er bei dem heutigen Ritt dabei war, so konnte er sich selbst ein Bild von ihren Fähigkeiten machen. Sollte er den Eindruck gewinnen, dass seine Besorgnis berechtigt war – und daran hatte er keinen Zweifel –, dann würde er Mittel und Wege finden, ihre Teilnahme an der Jagd zu verhindern. Und wenn ich sie entführen muss!, dachte er grimmig.

Zunächst musste nun aber ein geeignetes Pferd für Charlotte gefunden werden. Mr Jenkins, der Stallmeister, wurde zu diesem Zweck herbeigerufen. Jenkins erwies sich als ein aufrichtiger, besonnener Mann um die vierzig Jahre, der über viel Sachkenntnis zu verfügen schien, wie John erfreut feststellte. Er würde Charlotte sicher nach bestem Wissen beraten. Auch Mrs Dellaford brachte ihre Meinung zu den infrage kommenden Pferden lautstark mit ein. Schließlich entschied man sich für eine hübsche, weiße Stute mit einem Anteil Araberblut. Es handelte sich um ein schnelles, aber erfahrenes und folgsames Tier, das durch seine hervorragenden Eigenschaften seiner Reiterin nicht allzu viel körperliche Kraft abverlangen würde. Genau das richtige Reittier für eine Dame von Charlottes zierlicher Statur, wie Mrs Dellaford mit Kennerblick beschied. Man trat zur Seite, um dem Stallknecht, der bereits mit einem Damensattel herbeigeeilt kam, Platz zu machen und geriet dabei in die Nähe einer größeren abgetrennten Nische, in der ein großer, schwarzer Hengst stand. Dieser begann, kaum dass sie in seine Nähe kamen, unruhig zu werden, rollte mit den Augen und schlug krachend mit den Hufen gegen die hölzerne Tür. Charlotte fuhr erschreckt zusammen.

»Nehmen Sie sich etwas in Acht, Miss«, sagte Jenkins und zog die junge Frau weg von dem hölzernen Verschlag. »Das ist Prince. Ich sage Ihnen, der Hengst hat den Teufel im Leib. Selbst ich habe manchmal Mühe, mit ihm fertig zu werden. Wäre nicht das erste Mal, dass er mir bald die Tür zerschlägt. Mr Terency hat ihn vorigen Monat gekauft, aber ich muss sagen, für die Fuchsjagd eignet sich das Tier keinesfalls. Völlig unfähig, in der Horde zu laufen, viel zu nervös. Allein ist der Hengst allerdings ein grandioser Sprinter. Aber ich glaube auch nicht, dass er sich für Rennen oder gar die Zucht eignet.«

»Terency, mein Guter, wozu um alles in der Welt haben Sie das Tier dann gekauft?«, wollte Mrs Dellaford wissen.

»Oh, einfach aus einer Laune heraus«, meinte dieser. »Sein Temperament gefiel mir, außerdem ist er ein bildschöner Bursche.«

Das passte allerdings zu Terencys verdrehtem Charakter, befand John. Zu sehen, mit welch geradezu lüsternem Gesichtsausdruck dieser das nervös schnaubende, tänzelnde Pferd betrachtete, widerte ihn an.

»Mylord, ich beschwöre Sie, nehmen Sie Abstand«, meinte Jenkins besorgt. »Prince ist durch die vielen fremden Pferde im Stall ohnehin schon unruhig.«

Terency schien wie aus einer Trance zu erwachen. »Jaja, Jenkins«, sagte er unwirsch, »du jammerst wie ein altes Waschweib!« Dann trat er aber folgsam zur Seite. Inzwischen waren auch die anderen Pferde für die Reiter gesattelt worden. Sowohl John wie auch Mrs Dellaford ritten auf ihren eigenen Tieren, während Terency einen edlen, großgewachsenen Wallach bestieg, dessen nussbraunes Fell wie Seide glänzte.

Charlotte bot auf ihrer weißen Stute einen anmutigen, geradezu entzückenden Anblick, was John nicht verborgen blieb. Sie betörte ihn mehr denn je und es fiel ihm schwer, sein Herz davor zu verschließen.

Die vierköpfige Reitergruppe – Mrs Dellaford hatte die günstige Gelegenheit, sich der Gesellschaft anzuschließen, natürlich beim Schopfe ergriffen – verließ die Stallungen und wendete sich dem südlichen Teil der ausgedehnten Ländereien um Rockbury Castle zu.

Das Anwesen wurde seit jeher zum Zwecke der Parforcejagd benutzt. Da Rockbury über ausgedehnte Wiesen und Wälder verfügte, bot es sich dazu geradezu an, obwohl die Nutzung als Jagdgebiet für das Gelände nicht unbedingt von Vorteil war. Eine solche Zweckbestimmung führte mit der Zeit unweigerlich zu einem Ungleichgewicht in den natürlichen Bedingungen. Die übermäßige Ansiedlung von Rotwild und anderem jagdbaren Getier führte zu verstärktem Verbiss, während die notwendige Bewirtschaftung und Pflege der Landschaft stark zurückgedrängt wurde. Die Parforcejagd, bei der oft mehr als hundert Reiter teilnahmen, die rücksichtslos auch über bestelltes Land hinwegrasten, vernichtete häufig die Ernten, sodass ein Landstrich, der intensiv in einer solchen Weise genutzt wurde, buchstäblich verkam. Zudem war das gesamte Jagdgelände von einer hohen Mauer umgeben, um sowohl das Wild als auch die Hundemeute im Revier zu halten.

John war aus diesen Gründen kein großer Freund der Fuchsjagd, lag ihm doch die sinnvolle Nutzung des Landes zum Wohl aller seiner Bewohner mehr am Herzen. Dennoch erfreute sich dieser Sport unter der adeligen Bevölkerung inzwischen außergewöhnlich großer Beliebtheit und es war, neben seiner nicht zu verleugnenden Leidenschaft speziell für die Fuchsjagd, von Terency außerordentlich schlau überlegt, sich auf diesem Wege der Anerkennung und des Wohlwollens der besseren Kreise zu versichern.

Terency, der der Gruppe als Ortskundiger voranritt, wählte, nachdem sie die unmittelbare Umgebung des Schlosses verlassen hatten, einen schmalen Reitpfad, der nach einer gewissen Zeit in einen Wald führte. Dort angekommen gab er seinem Pferd die Sporen und schlug ein schärferes Tempo an. Nicht ganz risikolos, da der Wald etliche Kuhlen und einen dichten Baumbestand mit ungepflegtem Unterholz aufwies. Immer wieder mussten die Reiter auf ihren Pferden Gehölz ausweichen oder umgesunkene, modrige Baumstämme überspringen. Erleichtert und auch etwas erstaunt bemerkte John, dass Charlotte diese Aufgabe nahezu mühelos meisterte. Entweder hatte sie bei der Bemerkung bezüglich ihrer Reitkünste übermäßige Bescheidenheit walten lassen oder aber sie hatte wirklich sehr geübt. John begann sich etwas zu entspannen. Es drohte zumindest keine unmittelbare Gefahr für sie.

Schließlich hatten sie den Wald durchquert und fanden sich auf freiem Gelände wieder, das in weiter Ferne von einer hohen Ziegelmauer begrenzt wurde.

»Also, dann wollen wir einmal sehen, wer der beste Reiter ist«, verkündete Terency plötzlich mit lauter Stimme und stürmte mit seinem Wallach unvermittelt los.

Mrs Dellaford und John wechselten einen erstaunten Blick, schlossen sich dann aber dem scharfen Tempo an. Charlottes Stute war bereits vorausgeeilt. Das Tier wollte offensichtlich auf keinen Fall hinter dem Wallach zurückbleiben. Terency sah sich um und bemerkte, dass sich der Vorsprung, den er durch seinen überraschenden Vorstoß gewonnen hatte, verringerte. Er begann, seinem Pferd rücksichtslos die Gerte zu geben. Der Wallach ging daraufhin in gestreckten Galopp über und jagte wie von Furien gehetzt über die Ebene.

Was zum Teufel soll dieser Unsinn?, dachte John irritiert. Er bekam wirklich den Eindruck, dass Terency einen Sturz

Charlottes zu provozieren suchte. Wie konnte er in Begleitung von Damen ein derart mörderisches Tempo anschlagen? Das war unerhört! Doch Charlotte schien – dessen ungeachtet – wild entschlossen, Terency Paroli zu bieten. Ihr Gesicht nahm einen grimmigen Ausdruck an. Sie beugte sich weit über den Hals des Pferdes und gab ihm gleichzeitig die Zügel frei. Die Stute schoss mit erstaunlichem Tempo voran und kam gleichauf mit Terencys Wallach, dicht gefolgt von Johns ebenfalls kräftigem Hengst. Terency, der sich so bedrängt sah, lenkte sein Reittier daraufhin plötzlich zu Charlotte hinüber, die nicht anders konnte als auszuweichen. Ihre Stute stolperte leicht, fing sich aber glücklicherweise schnell wieder und jagte dem rücksichtslosen Reiter leichtfüßig hinterher, allerdings in größerem Abstand. John, der feststellen musste, dass sein Pferd nicht ganz so schnell wie die Stute und Terencys Wallach war, blieb etwas hinter ihnen zurück. Mrs Dellaford schloss in vollem Galopp zu ihm auf. »Haben Sie das gesehen, Captain?«, schrie sie ihm zu. »Ist der Mann völlig verrückt geworden? Miss Millford wird sich noch den Hals brechen!« John nickte beklommen. Mrs Dellaford hatte nur zu recht. Terency war offensichtlich entschlossen, Charlotte das Äußerste abzuverlangen. John zweifelte nun keinen Augenblick mehr daran, welch erbarmungsloser Kampf mittlerweile zwischen den beiden tobte. Es ging diesem Wahnsinnigen nicht nur darum, Charlotte für seine schändlichen Gelüste zu missbrauchen; er wollte sie demütigen, vielleicht sogar um den Preis ihrer völligen Vernichtung.

Warum nur bot sie ihm dann in dieser Weise die Stirn? War ihr nicht klar, dass sie damit seinen Zorn noch mehr herausforderte? Da sah er plötzlich, dass sie sich einem Bachlauf näherten, der die Ebene durchschnitt. Bei dem irrwitzigen Tempo, das die beiden Reiter vor ihm eingeschlagen hatten, blieb ihnen nur noch die Möglichkeit, das Gewässer zu überspringen. Das konnte nicht gut gehen! Er schrie entsetzt auf, als Charlottes Stute zum Sprung ansetzte, sah sie im Geiste schon stürzen, aber nichts dergleichen geschah. Das Tier flog über das Hindernis hinweg und landete sicher am anderen Ufer, wo Charlotte es endlich zügelte und dann wendete. Stolz richtete sie sich im Sattel auf.

Terencys Wallach hatte nicht so viel Glück gehabt. Seine Hinterläufe rutschten, nachdem er den Bach übersprungen hatte, die Uferböschung wieder hinunter und das brachte Ross und Reiter ins Straucheln. Terency konnte sich nach kurzem Kampf nicht mehr halten und stürzte mit lautem Platschen in das seichte Wasser. Wütend sprang er auf und begann, wie im Wahn mit der Reitpeitsche auf das verschreckte Tier einzuprügeln.

»Mr Terency!«, brüllte die herangekommene Mrs Dellaford in einem Ton, den sie zweifellos ihrem soldatischen Vater abgelauscht hatte, »mäßigen Sie sich oder ich werde allen erzählen, was für ein lausiger Reiter Sie sind!«

Das brachte den Rasenden zur Besinnung. Mit schlammbespritzter, patschnasser Kleidung stand er keuchend im Bachbett und starrte wütend zu den Reitern auf der Böschung hoch. Charlotte hatte inzwischen sein verängstigtes Tier eingefangen und hielt ihm die Zügel hin. Sie enthob sich jeden Kommentars, aber ihr triumphierender Blick zeigte ihrem Widersacher deutlich, dass sie sich ihres Sieges über ihn sehr bewusst war. Dann wendete sie ihr Pferd erneut, ließ es Anlauf nehmen und setzte mit einem elegant ausgeführten Sprung ein weiteres Mal über den Bachlauf, wo sie auf Johns Höhe das Tier zügelte. Ihre Blicke trafen sich. Er lächelte ihr unendlich erleichtert und mit ehrlicher Anerkennung zu. Er war so stolz auf sie, dass er es nicht in Worte fassen konnte. Siehst du, ich weiß ihn zu bändigen, schienen ihre Augen ihm zu sagen, mach dir keine Sorgen mehr, ich werde es morgen schon schaffen!

John begann langsam daran zu glauben, dass sie Terency doch die Stirn bieten konnte. Vielleicht gab dieser auf, wenn er erkannte, dass er sie nicht bezwingen konnte. Ein gefährlicher Weg, dachte John, aber möglicherweise der einzig richtige. Nur wenn Terency die Aussichtslosigkeit seines Vorhabens erkannte, war sie wirklich vor ihm in Sicherheit. John wendete sein Tier und gesellte sich an Charlottes Seite, während Mrs Dellaford zu ihnen aufschloss.

»Meine Güte, Miss Millford, ich habe Sie ja völlig unterschätzt«, wunderte diese sich kopfschüttelnd, »Sie sind ja eine richtig gute Reiterin. Mein Vater hätte seine wahre Freude an Ihnen gehabt. Tadellos gesessen, den Sprung!«

»Sie dürfen mir glauben, dass ich aus guten Gründen sehr veranlasst war, mir die allergrößte Mühe dabei zu geben!«, erwiderte Charlotte ernsthaft. Sie streifte John mit einem weiteren bedeutsamen Blick, den dieser auch ohne große Erklärungen verstand. Die Bedrohung durch ihren Widersacher vor Augen, hatte sie sich vorbereitet und gekämpft, wie es einem Soldaten zur Ehre gereicht hätte – und er liebte sie dafür.

Um Terency kümmerte sich keiner mehr. Mit ihrer Missachtung bestraft, ritt dieser in einigem Abstand hinter ihnen her zurück zu den Stallungen.

Als sie endlich ankamen und die Pferde in die Obhut Jenkins' entließen, sah John allerdings, dass sich hinter Terencys versteinerter Miene eine schwelende, rachsüchtige Wut verbarg. Der verstohlene Blick, den er Charlotte zuwarf, als er sich aus dem Stall davonmachte, ließ John Schlimmstes befürchten. Was würde der Wahnsinnige als Nächstes aushecken?

Kapitel 32

Der Rest des Tages verlief in ruhigem Müßiggang. John widmete sich dem Gespräch mit anderen Gentlemen; Percy

Wellesley hatte doch noch Gefallen an einer der anwesenden jungen Damen gefunden und machte ihr galant den Hof. Charlotte hatte sich nach dem anstrengenden Ritt zurückgezogen und war genau wie Terency für den Rest des Tages nirgends zu sehen.

John, dem das Erlebte trotz des glücklichen Ausgangs keine Ruhe ließ, suchte das Gespräch auf Terency zu lenken, um mehr über ihn zu erfahren. Je mehr er über seinen Feind wusste, umso besser war ihm beizukommen, dachte er und ließ in das belanglose Gespräch mit verschiedenen Gentlemen immer wieder Fragen einfließen, die Terency betrafen. Jedoch hatte er zunächst kein Glück mit seinem Anliegen. Alle waren über dessen Herkunft informiert, manche wussten auch, dass er mehrere Jahre im Ausland gewesen war, aber niemand hatte sich näher mit dem Grund dafür beschäftigt. Möglicherweise – oder eher sogar wahrscheinlich, so vermutete John – wurden die Gründe, die für Terencys lange Abwesenheit gesorgt hatten, geflissentlich totgeschwiegen. Man wollte es sich nicht mit der mächtigen Familie Terencys verderben, was fatale Folgen hätte haben können.

Schließlich aber kam er ins Gespräch mit einem leutseligen älteren Herrn und dessen Neffen, die, wie sich herausstellte, entfernte Verwandte des unglücklichen Mädchens waren, dessen tragischer Tod zu Terencys Verbannung geführt hatte. Sie hatten sich, wie sie nach einigem Zögern berichteten, nur der Jagdgesellschaft angeschlossen, um im Auftrag der betroffenen Familie herauszufinden, wie es Terency in der Zwischenzeit ergangen war und warum er nun nach sechs Jahren so plötzlich wieder nach England zurückkehren konnte. Diese letzte Frage konnte ihnen John ausreichend beantworten durch die Informationen, die ihm David gegeben hatte. Damit gewann er das Vertrauen der beiden Männer, die ihm daraufhin bereitwillig alles erzählten, was sie über den Vorfall und Terency selbst wussten.

Erstmals erfuhr John nun Tatsachen und nicht nur ungenaue Gerüchte. Demnach hatte Terency sich im Hause des Landadeligen, der ohne eigene Schuld und durch unglückliche Umstände in finanzielle Schwierigkeiten geraten war, eingeladen und ihm bei dieser Gelegenheit ein lohnendes Geschäft vorgeschlagen. Der um eine Lösung seiner prekären Notlage besorgte Familienvater hatte dem hohen Gast bereitwillig sein Haus geöffnet und es auch nicht ungern gesehen, dass der damals dreiundzwanzigjährige Sohn des reichen Marquis of Hastings and Chesterford ein Auge auf die älteste der Töchter geworfen zu haben schien.

Das Mädchen habe sich aber, zum Unverständnis des Vaters, nicht der Werbung des Edelmannes zuneigen wollen und mit Tränen und Flehen dagegen gewehrt. Zur gleichen Zeit etwa sei auch eine Bauernmagd aus dem Dorf spurlos verschwunden. Man habe diese später erschlagen und schrecklich zugerichtet im Wald aufgefunden. Johns Gesprächspartner gingen davon aus, dass auch in dieser Sache Terency seine Hand im Spiel gehabt habe, da er just zu der Zeit, als das Mädchen verschwand, in der direkten Umgebung beobachtet worden sei und berichtet wurde, dass er dem Opfer mehrfach nachgestellt habe.

Da sich die Tochter des Hauses nicht habe umstimmen lassen von dem erzürnten Vater, habe Terency dann schließlich mit der Rücknahme seiner finanziellen Zusicherungen gedroht, was zu einer heftigen Auseinandersetzung zwischen Vater und Tochter geführt habe. Das weinende Mädchen sei danach aus dem Haus gelaufen und geraume Zeit nicht wiedergekehrt. Terency selbst habe sich dann auf den Weg gemacht, das apathische, verstörte Kind schließlich zurückgebracht und sich daraufhin überraschend schnell verabschiedet.

Aus dem Geschäft sei natürlich nichts geworden, bemerkten die beiden Gentlemen, allerdings hätten die entsetzten Eltern feststellen müssen, dass ihre Tochter missbraucht und entehrt worden war. Als Übeltäter nannte das Mädchen unbeirrbar eben jenen Mr Gaylord Terency. Zwei Wochen später habe sich dann das untröstliche Kind unter tragischen Umständen das Leben genommen, was den gebrochenen und verzweifelten Vater schließlich dazu veranlasst habe, Anzeige zu erstatten. Da aber die junge Frau – Opfer und gleichzeitig einzige Zeugin des Vorgefallenen – durch ihren Freitod nicht mehr zu der Sache habe gehört werden können, habe sich der Richter der Gegend geweigert, die Ermittlungen gegen Terency aufzunehmen. Auch im Falle des ermordeten Bauernmädchens sei nichts weiter unternommen worden, obwohl die Umstände ebenfalls in Terencys Richtung gewiesen hätten. Es wäre aber hartnäckig das Gerücht umgegangen, dass eine nicht unerhebliche Summe seitens des Marquis an den säumigen Richter geflossen sei. Der verzweifelte Landadelige habe sein Anliegen schließlich beim zuständigen Richter in London vorgebracht, der der Schilderung des Vaters durchaus Glauben schenken wollte. Die Sache sei dann auf bekannte Weise gelöst worden.

John schwieg nach dieser ausführlichen Schilderung betroffen. Terency, das zeigte sich nun mehr als deutlich, hatte in seinem verderbten Leben schon mehrere junge Frauen unterschiedlichster Herkunft nicht nur geschändet, sondern darüber hinaus in den Tod getrieben oder, wie im schrecklichen, ungesühnten Fall des Bauernmädchens, gar umgebracht. Zusammen mit den Gerüchten, von denen ihm Norrington berichtet hatte, ergab sich Stück für Stück das Bild eines völlig skrupellosen Getriebenen, der vor nichts zurückzuschrecken schien. Aber er plante seine Taten so schlau, dass ihm nur schwer etwas nachzuweisen war, oder die niedrige Herkunft seiner Opfer vereitelte de facto eine Strafverfolgung. Außerdem verließ er sich augenscheinlich und nicht unberechtigt darauf, dass ihn seine edle Abstammung letztlich vor der Ahndung seiner Verbrechen schützte. Es war leider so, dass das englische Recht in Fällen von Vergewaltigung und Mord – und nicht nur da – zwar drakonisch strafte, aber der Adel doch einen besonderen Schutz genoss. Gehängt wurde schnell, aber das galt im Allgemeinen nur für das Volk. Dafür hatte seine eigene Klasse schon gesorgt. Ein Umstand, der nicht nur bei ihm, sondern auch in weitaus einflussreicheren Kreisen zunehmend auf Widerstand stieß. Es offenbarte sich nun auch ein Muster, nach dem Terency vorging. Entweder vergriff er sich an Angehörigen der niedrigsten Klasse, denen keiner Gehör schenkte, oder aber er suchte sich ein Opfer, das aufgrund äußerer Umstände gezwungen war, ihm zu Willen zu sein. In einer ähnlichen Lage befand sich auch Charlotte, stellte John besorgt fest. Sie wurde von Lady Millford, die selbst um den Verlust ihrer so sorgsam gehüteten Stellung bangte, in die beklemmende Lage gedrängt, sich Terency ausliefern zu müssen. Diese aussichtslose Situation seiner Opfer schien ihn offensichtlich zu seinen Verbrechen anzustacheln. Auch auf Millford Hall hatte er sich zur gleichen Zeit an einem der Dienstmädchen vergriffen und John hoffte sehr, dass dieses unglückliche Ding wenigstens noch am Leben war.

Er wurde in seinen finsteren Überlegungen von dem älteren Herrn unterbrochen: »Wussten Sie, dass man sich erzählt, die Mutter Terencys sei dem Wahnsinn verfallen? Sie soll vor elf Jahren in völliger geistiger Umnachtung in einer Anstalt gestorben sein. Natürlich spricht man über diese Sache nicht. Sie war die zweite Frau des Marquis of Hastings and Chesterford und Terency ihr einziger Sohn. Er hat noch zwei ältere Brüder aus erster Ehe. Man sagt, die Frau sei sehr schön gewesen, habe aber kurz nach der Geburt ihres Sohnes eine gefährliche Nervenkrankheit entwickelt, die immer wieder zu Anfällen von Raserei und Mordlust geführt hätte. Deshalb sei eine Unterbringung in einer Anstalt wohl unumgänglich gewesen. Terencys Vater sei deshalb seinem Sohn gegenüber, der aus dieser unglücklichen Verbindung stamme, äußerst misstrauisch eingestellt, da dieser wohl der Mutter in Aussehen und Wesen sehr gleiche, ja auch schon seit frühester Jugend eine fatale Veranlagung zur Grausamkeit gezeigt habe«

»Das würde zumindest einiges erklären«, gab John zu, »aber nicht entschuldigen. Terency wirkt auf mich nicht völlig dem Wahnsinn verfallen, mag aber wohl Anlagen dazu haben. Gentlemen, ich muss Ihnen leider sagen, dass dieser Mann, der auch den Tod Ihrer bedauernswerten Verwandten zu verantworten hat, nicht geläutert aus der Ferne heimgekommen ist. Ich habe Grund zu der Annahme – und auch Beweise –, dass er dort weitermacht, wo er aufgehört hat. Es ist dringend notwendig, dass ihm das Handwerk gelegt wird.«

Der ältere Gentleman wiegte bedenklich den Kopf. »Das wird vermutlich schwierig zu bewerkstelligen sein. Wie Sie wissen, ist die Familie des Herzogs wirklich sehr einflussreich. Die Verurteilung eines ihrer Mitglieder – und das auch noch aus solchen Gründen! – würde auch ein schlechtes Licht auf die Familie selbst werfen und wird deshalb wohl mit äußerster Anstrengung verhindert werden.«

Nun brachte sich auch sein Neffe ein: »Allerdings, wenn wir etwas dazu beitragen können, werden wir gerne behilflich sein.«

»Ich werde darauf zurückkommen, Gentlemen«, sagte John und erhob sich. »Ich danke Ihnen für Ihre Offenheit. Sie haben mir sehr geholfen.« Mit einer knappen Verbeugung zog er sich zurück. Er musste über das Gehörte nachdenken und einen Plan entwerfen, wie Terency endlich beizukommen war. Bei näherer Betrachtung, so musste er zugeben, hatte Charlotte sich für das einzig richtige Vorgehen entschieden. Von ihrer Tante war ja offenbar keine Hilfe zu erwarten. Diese machte sich, ob ahnungslos oder nicht, zu Terencys williger Helferin, genau wie der unglückliche Familienvater damals. Die Hilflosigkeit seiner Opfer war es, die Terency erregte und es war darum die beste Verteidigung, sich nicht hilflos zu geben, sondern ihm so kühn wie möglich die Stirn zu bieten, was Charlotte bisher mit Bravour gelöst hatte. Sie hatte die Sachlage völlig richtig beurteilt und den für sie einzig gangbaren Weg eingeschlagen. Weiter seinen Überlegungen nachhängend, begab er sich hinunter in den Garten und setzte sich auf eine freie Bank, von wo aus er seinen Blick in die weite Landschaft um Rockbury Castle schweifen lassen konnte. Er war unsicher darüber, was der nächste Tag bringen würde.

Als die Zeit für das an diesem Tage wegen der bevorstehenden Jagd früher angesetzte Dinner herankam, begab sich John mit den anderen Gästen zum Festsaal. Auch Charlotte und ihre Tante waren bereits anwesend. Am Gesicht Lady Millfords war leicht abzulesen, dass es wieder zu Auseinandersetzungen gekommen war. Charlotte wirkte in sich gekehrt und setzte sich an ihren Platz zur Rechten von Terency, der sie nur flüchtig begrüßte und sich dann anderen Gästen zuwandte. Lady Millford, der dieses zur Schau gestellte Desinteresse offensichtlich größte Sorge bereitete, fing daraufhin an, leise, aber umso nachdrücklicher auf Charlotte einzureden. Diese ließ es schweigend über sich ergehen. John, der diesmal die Auswahl des Sitzplatzes seinem Schwager überlassen musste, saß zu weit weg um zu hören, was gesprochen wurde. Jedoch kam es, wie er während des Dinners mit Erleichterung bemerkte, glücklicherweise nicht zu weiteren Disputen zwischen Terency und Charlotte.

Möglicherweise hatte dieser sich ja seit seiner Niederlage beim morgendlichen Ritt besonnen und gab auf. John wagte es kaum zu hoffen, wollte es aber gerne glauben. Alles, was Charlotte weg von der unmittelbaren Gefahr brachte, war ihm willkommen. Dass Lady Millford ihre Nichte dafür umso mehr ihren Unwillen spüren ließ, erbitterte ihn zwar, war in diesem Moment aber das kleinere Übel.

Nach dem Dinner erhob sich die Festgesellschaft wie am Abend zuvor und verteilte sich ihren Interessen gemäß. Auf einen Ball wurde an diesem Abend verzichtet, die Teilnehmer der Jagd mussten für den frühen Morgen gut ausgeruht sein. Als dennoch unter den jüngeren Leuten der Wunsch aufkam zu tanzen, erbot sich Charlotte willfährig, dazu am Piano aufzuspielen. So war sie beschäftigt und entschuldigt und konnte sich sowohl den Vorwürfen ihrer Tante wie auch Terency entziehen. Dieser schien jedoch nach wie vor jedes Interesse an ihr verloren zu haben. John, der sich auf die Rolle des Beobachters beschränkte und mit wachen Augen das Geschehen verfolgte, wunderte sich zwar, freute sich aber über dessen offensichtlichen Gesinnungswandel. Sollte der Sieg so leicht zu erringen gewesen sein?

Plötzlich sah er, wie Terencys unangenehmer Vertrauter, Mr Porter, zu diesem trat und ihm etwas zuflüsterte. Terency neigte ihm das Ohr zu, um dessen Worte besser verstehen zu können. Dann huschte ein zufriedenes Lächeln über sein Gesicht. Er antwortete Porter verstohlen, woraufhin dieser fortging und kurze Zeit später mit den beiden anderen zweifelhaften Gentlemen zurückkehrte, die John schon zu Beginn seines Aufenthaltes auf Rockbury so unangenehm aufgefallen waren. Die Gruppe zog sich etwas vom Trubel der Gesellschaft zurück und schien etwas zu beratschlagen. John bemerkte mit größter Besorgnis, dass die Männer ein Thema von offenbar fesselnder Wichtigkeit besprachen, als ob sie einen Plan ausheckten. Einmal blickte Terency dabei auch zu Charlotte hinüber, die immer noch am Piano aufspielte. Schließlich schien eine Übereinkunft getroffen worden zu sein und man trennte sich. Das war kein gutes Zeichen! Er hatte sich wohl zu früh einer trügerischen Hoffnung hingegeben. Sie führten offensichtlich etwas im Schilde, doch es war zumindest an diesem Abend nicht mehr möglich, in Erfahrung zu bringen, um was es sich dabei handeln konnte.

Bald darauf begannen die ersten Gäste zu gehen und auch Charlotte beendete ihr Klavierspiel, um sich zurückzuziehen.

John sah nun keine Gelegenheit mehr, mit ihr zu sprechen und ging mit sehr unguten Ahnungen für den nächsten Tag ebenfalls auf sein Zimmer.

Kapitel 33

Bereits sehr früh am nächsten Morgen sammelten sich die fast einhundert Teilnehmer der Parforcejagd auf dem großen Gelände vor den Hundezwingern. Viele von ihnen, aber bei Weitem nicht alle, hatten die speziell mit diesem Sport verbundenen Reitjacken angezogen, bei denen zunehmend die Farbe Rot dominierte. Je mehr die Fuchsjagd in Mode kam, umso mehr folgte sie einer steigenden Anzahl von Ritualen. Es gab grundsätzlich zwei Arten von Parforce-Fuchsjagden. Bei der einen wurde die Beute, der Fuchs, von der Hundemeute zwar gestellt, aber von den Jägern getötet, während bei der zweiten, grausameren Variante die Hunde das gejagte Tier am Ende auch reißen durften. Es lag auf der Hand, dass Terency diese zweite, seltenere Form bevorzugte. Schon einige Zeit bevor alle Teilnehmer der Jagd eingetroffen und aufgesessen waren, waren Terencys Jagdgehilfen mit einer speziell ausgebildeten kleineren Hundemeute aufgebrochen, um einige Füchse aus ihren Bauen *herauszustoßen*, wie es gemeinhin genannt wurde. Der Vortrupp hatte auch die Aufgabe, die Fuchslöcher, derer er ansichtig wurde, mit kleinen Strohballen zu verschließen, damit sich die gejagten Tiere nicht wieder in einen Unterschlupf zurückziehen konnten. Wenn schließlich durch die *Trompe de Chasse*, dem kleinen der Fuchsjagd vorbehaltenen Jagdhorn, der Ruf erging, würde die Reiterhorde mit einer größeren Hundemeute zur Hetzjagd aufbrechen.

Plötzlich machte unter den Reitern das unerhörte Gerücht die Runde, dass die versammelten Reiter erstmalig in zwei

Gruppen aufgeteilt werden sollten, um den Wettbewerb zu verschärfen. Dabei sollte die zweite Gruppe einige Minuten nach der ersten starten. Diese neue, bisher unbekannte Regelung stieß auf heftigen Widerstand unter den Anwesenden. Natürlich wollte keiner in der zweiten Gruppe sein.

John, der bereits auf seinem Hengst saß, enthielt sich jeglichen Kommentars, sein Augenmerk galt ausschließlich Charlotte, die aber immer noch nirgends zu entdecken war. Warum kam sie nicht? Hatte sie sich anders entschieden oder war während der Nacht etwas geschehen? Seit John am Abend vorher beobachtet hatte, wie Terency und seine Spießgesellen offensichtlich irgendwelche finstere Pläne ausgeheckt hatten, stand er unter einer übergroßen Anspannung. Irgendetwas würde geschehen, das spürte er deutlich. Er hatte ähnliche Empfindungen, wie er sie kurz vor Beginn einer Seeschlacht bei sich zu verspüren gewohnt war: Eine seltsame Ruhe, gepaart mit übergroßer Wachheit und Anspannung. In der Nacht hingegen hatten ihn Albträume geplagt, in denen hauptsächlich Charlotte und Terency eine Rolle gespielt hatten und an die er sich jetzt in der hervorbrechenden, fahlen Morgensonne lieber nicht mehr erinnern wollte.

Plötzlich vernahm er neben sich die vertraute dröhnende Stimme von Mrs Dellaford. »Captain Battingfield, endlich! Ich habe Sie schon gesucht. Wo haben Sie nur gesteckt?« Ihre Stimme verriet Empörung, die aber nichts mit ihm zu tun haben konnte. Er wandte sich zu ihr um.

»Guten Morgen, Mrs Dellaford«, begrüßte er sie. »Gibt es denn einen Grund, warum Sie mich so dringend sprechen wollen?«

»Das will ich meinen, Captain! Stellen Sie sich vor: Die flinke weiße Stute, die Miss Millford gestern geritten hat, liegt im Stall mit Koliken. Man wird sie wahrscheinlich erschießen müssen. Jenkins ist ganz verzweifelt und kann sich die Sache nicht erklären, da das Tier gestern noch in bester Verfassung war. Er meint, es könnte sich um eine Vergiftung handeln, aber wer sollte so etwas tun?«

John erstarrte. War dies der Auftakt? Das Pferd, das Charlotte am Vortag noch so wacker getragen hatte, war aus dem Weg geräumt worden durch einen feigen Anschlag. John hatte keinen Zweifel daran, wer dafür verantwortlich war.

In diesem Augenblick trat Charlotte aus dem Stall, gefolgt von Lady Millford, die heftig gestikulierend auf sie einredete. Charlotte hingegen machte einen sehr wütenden Eindruck. Sicher hatte auch sie sofort erraten, wer der Übeltäter war. Schnurstracks ging sie auf Terency zu, um ihn zur Rede zu stellen. Mrs Dellaford, die den Auftritt ebenfalls beobachtet hatte, trieb ihr Pferd mitten im Gewühl der wartenden Reiter nun näher an das Geschehen heran. Als John ihr folgen wollte, verstellte ihm plötzlich Daniel Porter zu Pferde den Weg.

»Lord Battingfield, Sie werden heute mit der zweiten Gruppe reiten. Hat man Ihnen das nicht mitgeteilt?«

»Nein, das hat man nicht!«, knurrte John ihn böse an und versuchte, an Porter vorbei ebenfalls einen Blick auf das Geschehen zu erhaschen. In der Nähe Terencys kam es zu einem kleineren Tumult, aber John konnte nicht erkennen, was vor sich ging. Porter schob sich erfolgreich dazwischen.

»Gehen Sie mir gefälligst aus dem Weg«, herrschte John ihn an, doch dieser rührte sich nicht vom Fleck, sondern grinste ihn stattdessen aufreizend an.

Da wurde plötzlich der große schwarze Hengst, die unberechenbare Neuerwerbung Terencys, aus dem Stall herausgeführt. Er trug einen Damensattel. John fuhr der heftige Schreck über diesen Anblick wie ein Faustschlag in den Magen. Der Plan lag nun offen zutage: Terency hatte die weiße Stute vergiften lassen und gab Charlotte dieses widerspenstige Pferd für die ohnehin fordernde Jagd. Er versuchte sie tatsächlich umzubringen, etwas anderes konnte nicht das Ziel sein.

Mit verzweifelter Entschlossenheit versuchte John, sich an Porter vorbeizudrängen, um das Drama, das sich anbahnte, im letzten Augenblick noch zu verhindern. Doch Porter, der von Terency offenbar Anweisung erhalten hatte, ihn unbedingt vom Geschehen fernzuhalten, ließ sich nicht so leicht abschütteln und drängte ihn seinerseits immer wieder ab. Es kam zu einem Gedränge unter den Reitern in ihrer unmittelbaren Umgebung, die jetzt ebenfalls in Mitleidenschaft gezogen wurden. Einer stürzte vom Pferd und aufgeregte Rufe wurden laut. Zu spät gelang es John, sich aus dem Gewühl zu lösen. Gerade sah er noch, wie Jenkins, der ebenfalls zu Pferde saß, da er als Stallmeister die Jagd begleiten musste, seinem Herrn offenbar heftige Vorwürfe machte, die dieser damit beantwortete, dass er dem Mann plötzlich mehrfach hart mit der Gerte ins Gesicht schlug. Charlotte hingegen wurde von den beiden anderen Spießgesellen Terencys gezwungen, den unruhigen Hengst zu besteigen. Unter dem Vorwand, ihr zu helfen, hatten die beiden links und rechts von ihr Aufstellung genommen und hoben sie mit eisernem Griff, dem sie sich nicht entwinden konnte, in den Sattel. In diesem Moment ertönte in der Ferne der von den Jägern so heiß ersehnte Ruf der Trompe de Chasse und die Hundemeute, gefolgt von der ungeordneten riesigen Reiterschar, brach in gewaltiger Woge los und riss sowohl John wie auch Charlotte auf ihrem wild mit den Augen rollenden Tier mit sich. Es gab kein Zurück mehr, die Jagd hatte begonnen!

Alle heftigen Bemühungen Johns, zu Charlotte aufzuschließen, waren zunächst zum Scheitern verurteilt. Hart bedrängt von Porter war es ihm im dichten Pulk der Reiter unmöglich, Raum gutzumachen. Von einem Aufbruch in zwei Gruppen konnte natürlich keine Rede mehr sein. Die Teilnehmer, die mit der fremden Regelung ohnehin unzufrieden gewesen waren, hatten sich einfach darüber hinweggesetzt und die anderen waren im allgemeinen Aufbruch mitgerissen worden. Wenigstens dieser Teil des perfide gesponnenen Plans war gescheitert. Nachdem die Reiterhorde sich auf offenem Feld etwas mehr auseinandergezogen hatte, konnte John nun auch einen zweiten Versuch starten, seinen Verfolger, der wie eine Klette an ihm klebte, abzuschütteln, was ihm schließlich auch gelang. Porter fiel zurück. Vielleicht gab er es aber auch auf, da seine Aufgabe erfüllt war.

Inzwischen war ein zweites Horn erklungen, um anzuzeigen, dass ein weiterer Fuchs aufgestöbert worden war. Ein größerer Teil der Reiter setzte sich nun mit etwa der Hälfte der Hunde, die vom *Master of Hounds* mit der Hundepfeife dirigiert wurde, in einer weiteren Gruppe ab und verfolgte das neue Ziel, während die ursprüngliche Gruppe mit unverminderter Geschwindigkeit weiterpreschte.

Charlotte, die schwer mit ihrem Hengst zu kämpfen hatte, gehörte zu denen, die das erste Ziel weiterverfolgten. Terency hielt sich auf seinem Wallach dicht neben ihr und ergötzte sich sichtlich an ihrer steigenden Unfähigkeit, dem kräftigen und immer wieder ausschlagenden Tier ihren Willen aufzuzwingen. Es war nur eine Frage der Zeit, bis sie abgeworfen und von den nachfolgenden Pferden zertrampelt würde.

Sie passierten das Waldstück, das sie am Vortag durchquert hatten und wandten sich gen Westen. Dort lag in der Ferne ein größerer Wald, aus dem nun erneut das erste Horn erklang. Die Hunde jaulten auf und die Hatz verfiel in ein noch schärferes Tempo. Die Luft war geschwängert vom Trommeln der Hufe und dem Schweißgeruch von Tier und Mensch. Jagdfieber und Gier machte sich breit und ließ die Reiter alle Vorsicht vergessen. Doch John bemerkte dies alles nicht. Sein ausschließliches Ziel war es, Charlotte zu erreichen und den rasenden Lauf des Hengstes zu bremsen. Nur noch etwa achtzig Yards und er würde es geschafft haben. Nackte Angst trieb ihn an, denn Charlotte schien nun sichtlich zu ermüden, während der Hengst immer mehr den Kopf warf und zusehends aggressiver wurde. Die Pferde um ihn herum und die aufgeheizte Atmosphäre der Jagd ließen das Tier kopflos voranstürmen.

John begann, seinem Pferd die Gerte zu geben und legte sich flach auf den Hals des Tieres. Er musste sie unbedingt erreichen. Da sah er, wie sich Terency mit einem bösartigen Grinsen nach ihm umdrehte. Er hatte ihn bemerkt und weidete sich an seinem Bemühen, den mörderischen Plan zu vereiteln. Plötzlich hob er ohne Vorwarnung die rechte Hand, in der er seine Gerte hielt und drosch unvermittelt heftig und gezielt auf die Flanke des schwarzen Hengstes ein. Das Tier wieherte schrill und brach in Folge der Attacke endgültig aus der Horde aus. Die völlig überraschte Reiterin verlor ihre Zügel und hing nun, sich verzweifelt an die Mähne klammernd, auf dem Rücken des durchgehenden Tieres. In einem atemberaubenden Tempo, das Johns Reitpferd kaum erreichen konnte, raste der Hengst eine Anhöhe hinauf, die oben auf der Kuppe von einem kleinen Kiefernwald gekrönt wurde. John gab sein Bestes, um sie trotzdem zu erreichen. Auch ein anderer Reiter hatte sich aus der unbeirrt voranstürmenden Horde gelöst und preschte dem wild gewordenen Tier hinterher. Es war Jenkins, wie John zu seiner Erleichterung erkannte. Terency und seine Helfershelfer ritten mit der Meute weiter und kümmerten sich scheinbar nicht mehr um das Drama, das sich gerade abspielte.

Jenkins schrie ihm etwas zu und gestikulierte wild mit den Armen, während er sein Reittier zu größter Eile antrieb. John verstand ihn nicht und zügelte seinen Hengst ein wenig. Als der Stallmeister etwas näher gekommen war, verstand er ihn endlich zumindest teilweise. Jenkins wies auf den Hügel, den Charlottes Teufelspferd nun schon fast zur Hälfte hinaufgerannt war und rief immer wieder die Worte »Steinbruch« und »Gefahr«. Mit seinen Armbewegungen bedeutete er John, dass dieser versuchen sollte, dem Hengst von links den

Weg abzuschneiden, während er selbst von rechts kommen wollte.

John erfasste sofort, was Jenkins meinte. Es drohte höchste Gefahr. Offenbar befand sich auf der anderen, nicht sichtbaren Seite des Hügels ein Abgrund, den der tobende Hengst zusammen mit seiner inzwischen völlig verzweifelten Reiterin unweigerlich hinunterstürzen würde, wenn er weiter in die eingeschlagene Richtung rannte. Sie mussten unbedingt versuchen, das Tier abzufangen.

Von blankem Entsetzen erfasst und den Blick nur noch auf das Ziel vor ihm gerichtet, stob John nun auf seinem Tier voran. Jeder andere Gedanke war aus seinem Kopf verbannt. Er musste es schaffen!

Schon erreichte der Hengst die ersten Bäume auf der Hügelkuppe. John trieb sein Pferd, das bereits heftig keuchte und dem Schaum vom Maul troff, zu noch größerer Eile an. Und wenn er es zuschanden ritt, es war ihm gleich!

Auch er passierte jetzt die Baumgrenze – nur noch fünfzig Yards. Charlotte hatte in ihrer Angst begonnen, um Hilfe zu rufen, was das Tier noch panischer machte, als es ohnehin schon war, aber seinen rasenden Lauf zumindest verlangsamte, da es begann, wild den Kopf zu werfen und zu tänzeln. Gleich würde er es geschafft haben. Schon sah John die Kante des jäh abfallenden Steinbruchs. Es ging um Sekunden! Er beugte sich zur Seite, streckte die Hand aus, um die lose schleifenden Zügel des schwarzen Hengstes zu ergreifen. Da machte das tobende Pferd, das ihn hatte heranjagen sehen, einen Satz hin zur Kante des Steinbruchs, stieg und schlug mit den Hufen nach dem vermeintlichen Angreifer. Charlotte schrie gellend auf und stürzte, sich überschlagend, vom Rücken des sich aufbäumenden Pferdes. Ihr Körper schlug hart auf den Felsen auf und verschwand dann jenseits des Abbruchs.

Einen kurzen gnädigen Moment lang weigerte sich Johns Verstand zu akzeptieren, was seine Augen sahen, doch dann brach es aus ihm heraus in einem wilden, unartikulierten Schrei des Entsetzens. Es war zu spät!

Kapitel 34

John wusste auch später nicht zu berichten, wie er von seinem Pferd hinunter und an die Abbruchkante des alten Steinbruchs gelangt war, vorbei an dem außer sich geratenen Hengst, der kurz danach davonstob. Jene Momente des völligen Schocks über das Geschehene entzogen sich seiner Erinnerung. Diese setzte erst wieder ein, als er über die Felskante spähte und nicht den entsetzlichen Anblick vorfand, den er erwartet hatte. Charlottes Körper lag nicht völlig zerschmettert und blutend am Boden des etwa vierzig Yards tiefen Abgrunds, sondern war auf einem nicht allzu weit von ihm entfernten, schmalen Absatz zu liegen gekommen. Er konnte zu ihr hinuntersteigen, es waren weniger als zwei Manneslängen. Vielleicht – so glomm ein kleiner Funken Hoffnung in ihm auf – lebte sie noch, obwohl sie sich nicht rührte und auch auf seine Rufe nicht reagierte.

Sie lag mit dem Gesicht nach unten auf dem mit Geröll und kleineren Felsbrocken übersäten schmalen Sims. Mit einem schnellen Griff überprüfte er ihren Puls, als er sie erreichte und stellte zu seiner unendlichen Erleichterung fest, dass ihr Herz zwar schwach, aber regelmäßig schlug. Er rief sie wieder beim Namen, doch sie antwortete nicht. Vorsichtig drehte John die Bewusstlose auf den Rücken und erschrak bis ins Mark. Ihr bleiches Gesicht war durch eine klaffende tiefe Wunde an der rechten Schläfe blutüberströmt, und auch auf ihrem Reitrock bildete sich ein schnell größer werdender Blutfleck. Der so kostbare Lebenssaft schien an einer Beinwunde stoßweise mit dem Herzschlag auszutreten. Schnell schlug er den Rock etwas zurück und sah mit Schrecken das Ausmaß der

Verletzung. Der besseren Bequemlichkeit im Damensattel wegen trug sie, wie manch andere Reiterinnen, nur bis deutlich über die Knöchel reichende Stiefeletten. Mit den Reitstiefeln, die Männer trugen, wäre die Verletzung vielleicht nicht ganz so schlimm ausgefallen. So aber war der linke Unterschenkel völlig zertrümmert. Teile der gebrochenen Knochen hatten das Fleisch durchstoßen und staken grausig aus den Wunden. Dabei musste ein wichtiges Blutgefäß verletzt worden sein, denn aus einer der größeren Wunden schoss ungehindert das Blut in erschreckender Schnelligkeit. Wenn er dem nicht sofort Einhalt gebot, würde sie in kürzester Zeit verbluten.

Aus seiner Erfahrung mit Kriegsverletzungen heraus wusste John, was zu tun war. Es ging darum, das Bein abzubinden und die Blutung mit einer Aderpresse zu stillen. Doch wie das bewerkstelligen? Kurz entschlossen zerriss er ihren Unterrock und zerteilte ihn in Streifen. Dann wickelte er zwei der provisorischen Binden zu einem festen Knäuel, das er mit den restlichen Stofffetzen fest auf die Stelle band, aus der das meiste Blut auszutreten schien. Schnell färbten sich die behelfsmäßigen Verbände ebenfalls rot. Es bedurfte noch zweier weiterer, mit roher Gewalt verschnürter Streifen, um die Blutung zu stoppen.

Plötzlich hörte er Hufschläge, gefolgt von Jenkins' Ruf. Gott sei Dank kam er endlich! Wo hatte er nur gesteckt? »Jenkins, hierher! Kommen Sie, Mann!«

Jenkins' besorgtes Gesicht erschien über der Felskante. Als er das ganze Blut und die bewusstlose, schwer verletzte junge Frau sah, verzerrte sich sein Gesicht: »Um Himmels willen, Mylord! Lebt sie noch?«

»Gerade noch so, aber wir müssen sie heraufschaffen und dann brauchen wir Hilfe aus Rockbury Castle. Wo waren Sie denn nur? Ich brauche verdammt noch mal Ihre Hilfe!«

»Ich habe den Hengst einige hundert Yards von hier rennen sehen und dachte, er hätte Miss Millford im Wald abgeworfen. Da habe ich mich erst dort umgesehen, aber dann entdeckte ich Ihr Pferd hier oben und kam sofort her, Mylord! Ich habe glücklicherweise ein Seil bei mir und auch Verbände. Das habe ich auf Fuchsjagden immer dabei, wie die anderen Angestellten auch. Es kommt immer wieder zu Unfällen, wissen Sie.«

»Jenkins, das war kein Unfall! Das war versuchter Mord!«

»Ja, Mylord! Und das werde ich auch jedem bezeugen!«, sagte Jenkins knapp und fügte dann hasserfüllt hinzu: »Jetzt hat er es zu weit getrieben. Ich kann das nicht mehr verantworten!«

»Das ist ein weiser Entschluss, Jenkins!« John wurde ungeduldig. »Aber jetzt beeilen Sie sich, um Gottes willen, und holen das Seil.«

Jenkins Gesicht verschwand ohne ein weiteres Wort von der Felskante und kurze Zeit später wurde das Seil heruntergelassen. Dann erschien der Stallmeister wieder. »Mylord, ich glaube, es ist besser, wenn Sie erst noch das Bein schienen, bevor wir die Verletzte heraufziehen. Hier, fangen Sie auf!«

Er warf zwei etwa gleich lange gerade Stecken und mehrere Leinenbinden zu John hinunter, der die vernünftige Umsicht des Helfers jetzt zu schätzen wusste. Sollte Charlotte, während sie sie nach oben brachten, womöglich das Bewusstsein wiedererlangen, würde sie sonst unmenschliche Schmerzen erleiden.

Fachkundig legte er eine Schiene an das verletzte Bein an und nutzte die restlichen Leinenbinden, um die ebenfalls stark blutende Kopfwunde zu verbinden. Dabei dankte er im Stillen der Marine Seiner Majestät für die umfassende Ausbildung, die ihm jetzt so unerwartet von Nutzen war.

Nach kurzer Beratschlagung kamen die beiden Männer überein, dass es am besten war, wenn John sich mit Charlotte zusammen hochziehen ließ, so konnte er sie stützen und vor weiteren unsanften Kollisionen mit den scharfkantigen Felsen schützen. Jenkins hatte das Seil um die Brust seines Pferdes geschlungen und trieb das Tier nun vorsichtig und Schritt für Schritt von der Abbruchkante des Steinbruchs fort. Kurze Zeit später hielt er John hilfreich seine kräftigen Hände hin und zog ihn zusammen mit der Verletzten auf die Ebene hoch. Das war geschafft. Charlotte hatte während der schwierigen Prozedur das Bewusstsein nicht wiedererlangt, doch als sie jetzt von den beiden Männern vorsichtig auf den Waldboden gelegt wurde und John sie mit seiner Reitjacke zudeckte, flatterten ihre Augenlider und sie begann zu stöhnen. Fraglos hatte sie große Schmerzen.

John trieb den Stallmeister zur Eile an. Als Ortskundiger und besserer Reiter, der er war, konnte er schneller Hilfe holen. John würde derweil bei der Verletzten bleiben. Ohne weiter unnötige Zeit zu verlieren, schwang sich Jenkins auf sein Pferd und galoppierte davon, während John sich aufs Höchste besorgt der am Boden liegenden Charlotte zuwandte.

Stille kehrte ein, während er ängstlich auf ihren Atem lauschte. Vielleicht hatte sie auch innere Verletzungen erlitten. Es war ohnehin ein Wunder, dass sie den Sturz überlebt hatte. Jetzt, da er dazu gezwungen war, untätig und abwartend neben ihr zu sitzen und nichts weiter tun konnte, um ihr zu helfen, breiteten sich die Nachwirkungen des erlittenen Schocks in ihm aus. Verzweifelt versuchte er, das Zittern zu unterdrücken, das sich seiner bemächtigte. Er durfte jetzt keine Schwäche zeigen, konnte aber doch nicht verhindern, dass ihm Tränen über das Gesicht rannen. Wütend auf sich selbst wischte er sie mit dem Handrücken fort. Er hatte versagt, hatte es, trotz seiner verzweifelten Bemühungen, nicht geschafft, sie vor Terencys feigem Mordanschlag zu bewahren. Nur ein gnädiges Schicksal hatte es verhindert, dass sie jetzt zerschmettert am Grund der Schlucht lag. Und vielleicht würde sie dennoch sterben. Dieser Gedanke griff mit eisiger Hand nach ihm und presste ihm die Brust zusammen. Das konnte, das durfte einfach nicht geschehen! John streckte die Hand aus und strich der Besinnungslosen zärtlich über das Gesicht: »Verlass mich nicht, Charlotte, hörst du?«, flüsterte er. »Streng dich an! Ich weiß, du kannst kämpfen.« Wieder flatterten ihre Lider und diesmal schien sie aus der Ohnmacht aufzutauchen. Sie schlug die Augen auf und sah ihn an, aber erkannte ihn wohl nicht. Der Ausdruck von übergroßem Schmerz zeichnete sich auf ihrem blutverschmierten Gesicht ab.

»Charlotte?«, John beugte sich weiter zu ihr hinunter. »Charlotte, ich bin es, John! Erkennst du mich?« Er nahm sie bei den Schultern, wagte es aber nicht, sie aufzurichten, da sie bei seiner Berührung erneut schmerzgepeinigt aufstöhnte. Erschrocken ließ er sie wieder los – möglicherweise tat er ihr zusätzlich weh – doch dann schien sie ihn endlich wahrzunehmen.

»John?« Ihre Stimme war nicht mehr als ein Seufzen.

»Ich bin hier, Liebes!«

»Das ist gut!«

»Ja!« Er spürte, wie sich ihre Hand suchend bewegte und ergriff sie. »Hast du große Schmerzen?«

Sie nickte kaum merklich und Tränen traten ihr in die Augen. »Kalt …«, flüsterte sie.

John wusste, dass diese Empfindung durch Schock und starken Blutverlust hervorgerufen wurde. Er hatte allzu oft sterbende Seeleute ähnliches äußern hören. Entsetzliche Angst schnürte ihm die Kehle zu. Wenn doch nur bald Hilfe käme! Er konnte es kaum noch ertragen, hier neben ihr zu sitzen und ihr nicht helfen zu können.

»Sei ruhig, mein Engel, bald kommt Hilfe. Halte durch, versprichst du mir das?«

Es kam keine Antwort. Sie hatte die Augen geschlossen und schien wieder in eine Ohnmacht gesunken zu sein. Vielleicht war es besser so, da sie so wenigstens nicht die sicher unerträglichen Schmerzen erleiden musste.

Nach einer kleinen Ewigkeit, wie es schien, hörte John endlich das Geräusch eines sich nähernden Gefährts. Erwartungsvoll sah er auf. Endlich! Es war Jenkins, der mit zwei Stallknechten auf einer leichten Kutsche mit einer Ladepritsche und zwei vorgespannten Pferden herankam. Schon bevor das Gefährt zum Halten kam, war er herabgesprungen und wies die beiden anderen Männer an, die Ladepritsche möglichst dicht an die Verletzte heranzufahren. Dann wandte er sich zu John um. Sein besorgter, fragender Blick wurde von John mit einem knappen Nicken beantwortet: »Ja, sie lebt noch, aber es steht schlecht um sie! Wir brauchen unbedingt einen Arzt!«

»Ich habe einen Boten mit einer dringenden Nachricht zu Dr. Williams geschickt. Das ist ein hervorragender Arzt, kann ich Ihnen versichern. Er wird uns sicher schon auf Rockbury Castle erwarten, wenn wir eintreffen.«

»Gut gemacht! Aber jetzt packen Sie mit an. Haben Sie Decken dabei? Wir müssen sie warm halten. Sie hat viel Blut verloren.«

Wortlos holte Jenkins einen Stapel sauberer Decken von der Ladepritsche. Der Mann hatte offensichtlich an alles gedacht. Selbst die Pritsche hatte er dick mit Schaffellen und Decken ausgelegt, um die Verletzte vor unsanften Stößen während der Fahrt zu schützen.

Mit vereinten Kräften hoben die Männer die junge Frau vorsichtig auf den Wagen. Die Knechte nahmen vorne Platz und trieben die Pferde an, während sich John und Jenkins hinten auf der Ladefläche um Charlotte kümmerten. Jenkins sah die schwer verletzte junge Frau an, schüttelte den Kopf und begann, aus tiefster Seele zu fluchen.

»Diesmal zeige ich den Vorfall an und wenn mir der Marquis den Kopf abreißt! Soll er mich doch hinauswerfen oder was er sonst tun will! Das war ein geplanter Mord und das werde ich jedem bezeugen, der es hören will. Der junge Herr ist vollkommen wahnsinnig, wenn Sie mich fragen. Und seine Kumpane, dieser Mr Porter und die anderen beiden, sind keine Gentlemen sondern schlicht Verbrecher. Wenn Sie wüssten, was sich hier auf Rockbury in den letzten Monaten alles abgespielt hat, Mylord, würden Ihnen die Haare zu Berge stehen! Ein beträchtlicher Teil der Dienstboten hat schon gekündigt.«

Der ohnmächtige Hass in seinen Augen war unverkennbar. John sah jetzt erst deutlich die blutigen Striemen auf den Wangen, die der Stallmeister Terencys Reitpeitsche zu verdanken hatte.

»Sie wollten das verhindern und er hat Sie dafür geschlagen, nicht wahr?«

Jenkins nickte. »Das mit der weißen Stute war schon eine wahre Schandtat! So ein wertvolles Tier einfach zu vergiften! Das war bestimmt Porter. Einer der Knechte hat ihn gestern nach dem Dinner im Stall überrascht, als er sich bei ihr zu schaffen machte. Aber schließlich ist das Tier Eigentum von Mr Terency, mit dem er machen kann, was er will. Doch als ich dann heute Morgen mitbekam, dass er die arme junge Dame hier«, er warf einen besorgten Blick auf die erschreckend bleiche Charlotte, »auf dieses Teufelstier setzen wollte, wurde mir klar, was gespielt wurde. Ich habe ihn zur Rede gestellt und den Rest kennen Sie ja.«

»Hören Sie, Jenkins, Sie müssen das unbedingt sofort dem Coroner berichten!«, John ergriff Jenkins erregt beim Arm. »Noch bevor Terency Sie daran hindern kann, was er mit Sicherheit versuchen wird. Ich werde Ihre Geschichte bestätigen und auch Mrs Dellaford um ihre Aussage bitten. Terency wird dafür hängen, das schwöre ich Ihnen. Wenn Sie dann

Schwierigkeiten haben, wenden Sie sich an mich. Ich werde mich darum kümmern, dass Sie dadurch keine Nachteile haben.«

»Das ist sehr freundlich von Ihnen, Mylord, aber das wird nicht nötig sein. Außerdem ... ich denke, das ist meine Pflicht als Christenmensch und der jungen Miss gegenüber. Das arme Ding!« In Jenkins' Gesicht spiegelte sich aufrichtiges Mitleid.

Auch John wandte sich jetzt wieder Charlotte zu, die begonnen hatte, unruhig zu werden. Vermutlich verspürte sie ihre Schmerzen wieder stärker.

Endlich erreichten sie den Hof von Rockbury Castle. Eine Gruppe von Bediensteten und ein mittelgroßer, kräftig gebauter Mann um die fünfzig eilten ihnen bereits entgegen. Kaum hatte der Wagen gehalten, kletterte Dr. Williams, denn um ihn handelte es sich zweifellos, auch schon auf das Gefährt, um seine Patientin einer ersten Untersuchung zu unterziehen.

Kurz darauf wandte er John sein Gesicht zu und zog in ernster Besorgnis die Augenbrauen nach oben: »Es geht ihr sehr schlecht. Ich weiß nicht, ob ich sie durchbringen werde.«

»Ich bitte Sie, tun Sie, was immer in Ihrer Macht steht«, presste John zwischen zusammengebissenen Zähnen hervor. Es fiel ihm immer schwerer, seine Anspannung und die Folgen des Schocks, den er selbst erlitten hatte, im Zaum zu halten. Dr. Williams wies schnell die Bediensteten an, die Verletzte mit äußerster Behutsamkeit in ein vorbereitetes Zimmer zu bringen. Dann nahm er John bei der Schulter. »Sir, ich glaube, Ihnen würde ein Gin jetzt guttun. Sie haben getan, was Sie konnten. Am besten, Sie gönnen sich jetzt selbst etwas Ruhe. Ich kümmere mich schon um die junge Frau. Wie ist denn übrigens ihr Name?«

»Charlotte Millford!«

»Aha! Und der Ihre?«

»Captain John Battingfield, Sir! Captain der Marine, um genau zu sein.«

»Nun, das erklärt die sachkundige Hilfe, die Sie Miss Millford angedeihen ließen. Sie haben gute Arbeit geleistet, Captain. Ich denke, ohne Sie würde sie bereits nicht mehr unter uns weilen. Aber ich muss mich jetzt dringend um meine Patientin kümmern. Ich werde Sie später noch einmal aufsuchen.«

Dr. Williams drückte John fest die Hand und eilte dann fort. Jenkins, der die Kutsche in der Zwischenzeit fortgeschickt hatte, kam auf ihn zu und sagte leise: »Ich werde mich jetzt gleich auf den Weg in die Stadt machen und den Coroner aufsuchen, wie Sie gesagt haben. Das wird das Beste sein. Bis die Jagd zurückkehrt, bin ich längst wieder da.«

John nickte stumm und wankte dann davon. Tatsächlich brauchte er jetzt dringend etwas zur Stärkung.

Kapitel 35

Charlotte war in einem Raum abseits der Gästezimmer in einem ruhigeren Flügel des Schlosses untergebracht worden. Dieser gehörte zum mittelalterlichen Bereich des Schlosses und wies noch deutlich die Spuren der normannischen Erbauer auf. Jedoch hatten spätere Generationen für Bequemlichkeit gesorgt und sowohl in den Räumen wie in der kleinen Halle, an die diese angrenzten, für Feuerstellen und Kamine gesorgt. John saß, nachdem er sich etwas beruhigt und gestärkt hatte, nun schon seit geraumer Zeit auf einem der Sessel in der Halle am Kamin und wartete darauf, dass Dr. Williams ihm endlich mitteilte, wie es um Charlotte stand. Die untätige Warterei strapazierte ihn bis an die Grenze des Erträglichen. Mit deutlicher Verspätung war auch Lady Millford eingetroffen und stand ebenfalls wartend mit unergründlicher, versteinerter Miene inmitten des Raumes. Seltsamerweise würdigte sie ihn keines Blickes und weder ein

Wort des Dankes noch eine Frage nach dem Hergang der Ereignisse war aus ihrem Munde zu hören. Vielleicht hatte sie ein schlechtes Gewissen, vermutete John. Schließlich war sie nicht unmaßgeblich daran beteiligt gewesen, dass die ihr anvertraute junge Frau nun schwer verletzt nebenan lag und um ihr Leben rang.

Da endlich öffnete sich die Tür zum Krankenzimmer und Dr. Williams kam mit ernster Miene heraus. Augenblicklich trat Lady Millford auf ihn zu. John wartete ab, schließlich war er nicht mit Charlotte verwandt. Es oblag ausschließlich Lady Millford, sich nach dem Befinden ihrer Nichte zu erkundigen.

Fragend richtete der Arzt seinen Blick auf die energisch auftretende Frau: »Sie sind …?«

»Lady Millford! Ich bin die Tante und nächste Angehörige von Miss Millford und Sie sind wahrscheinlich der hinzugezogene Arzt, wie ich vermute.«

»Ja, Mylady!« Dr. Williams verbeugte sich knapp. »Mein Name ist Williams. Ich praktiziere seit über zehn Jahren hier in der Gegend. Davor war ich Schiffsarzt bei der Marine Seiner Majestät.«

An diesen Informationen schien Lady Millford in keiner Weise interessiert zu sein. Sie musterte den Mediziner kühl. »Nun …?«

»Wissen Sie, was vorgefallen ist?«, fragte Dr. Williams ohne Umschweife.

»Man teilte mir mit, dass es einen Unfall gegeben hat. Meine Nichte sei vom Pferd gefallen, das ungeschickte Ding! Vermutlich nichts Ernstes, nehme ich an. Miss Millford hat ein außergewöhnliches Talent dafür, viel Aufhebens um sich zu machen.«

»Tatsächlich?«, meinte Dr. Williams und musterte sein Gegenüber mit einer neu erwachten, kritischen Neugier. Dass sich eine enge Verwandte angesichts einer solchen Tragödie so desinteressiert und abschätzig äußerte, schien ihm nicht sehr angemessen zu sein.

»Es tut mir leid, Ihnen mitteilen zu müssen, dass Ihre Nichte in Wirklichkeit lebensgefährlich verletzt ist. Sie ist sehr schwer gestürzt und es ist nur der sofortigen und tatkräftigen Hilfe von Captain Battingfield zu verdanken, dass sie noch am Leben ist.«

»Captain Battingfield? War der etwa dabei?«, fragte Lady Millford in schneidendem Ton.

»Allerdings, Mylady!«, bemerkte John kühl, stand von seinem Sessel auf und trat hinzu. Auch er empfand das Verhalten der Frau als unangebracht und abstoßend.

»Sie scheinen eine seltsame Vorliebe für meine Nichte zu haben«, sagte Lady Millford angriffslustig und sah ihn böse an. »Ich finde das ausgesprochen befremdlich. Mr Terency hat sich mir gegenüber deswegen bereits beklagt. Ich muss Ihnen leider mitteilen, dass Ihre Nachstellungen meine Nichte in eine unangenehme Lage bringen. Oder sollte sie Ihre Anwesenheit etwa ebenfalls wünschen? Das sähe ihr ähnlich bei ihrer Herkunft! Jedenfalls hat Mr Terency Zweifel an Ihrer Ehrenhaftigkeit geäußert und seine Werbung für meine Nichte an die Bedingung geknüpft, dass Sie sich von ihr fernhalten. Angesichts der Tatsache, dass Sie ein verheirateter Mann sind, Mylord, eigentlich eine Selbstverständlichkeit.«

John war sprachlos vor Zorn. War das das Einzige, woran diese rücksichtslose Person angesichts der lebensbedrohlichen Lage ihrer Nichte denken konnte? Besaß sie denn überhaupt keinen Funken Mitgefühl für Charlotte? Er öffnete den Mund, um Lady Millford endlich lautstark mitzuteilen, was er von ihr hielt, als Dr. Williams dazwischenging.

»Mylady! Captain! Ich bitte Sie, es sollte uns jetzt doch wohl ausschließlich um das Wohl der Patientin gehen.« Er blickte die Kontrahenten streng an. »Um es kurz zu machen:

Miss Millford hat eine starke Gehirnerschütterung und eine nicht unerhebliche Wunde am Kopf, die ich bereits genäht habe. Glücklicherweise sind Schädel und Wirbelsäule offenbar unverletzt. Mehrere Rippen sind gebrochen, was zwar sehr schmerzhaft ist, aber nicht lebensbedrohlich. Ob innere Organe betroffen sind, kann ich zu diesem Zeitpunkt nicht mit Sicherheit ausschließen, aber ich wage dies zu verneinen. Was mir jedoch äußerste Sorge bereitet, ist der völlig zertrümmerte Unterschenkel. Da ist nichts mehr zu machen! Ich werde amputieren müssen, was angesichts des hohen Blutverlusts, den die Patientin bereits erlitten hat, durchaus zum Tode führen kann. Ich kann für nichts garantieren. Ich habe zwar viel Erfahrungen mit Amputationen, aber eine solche noch nie bei einer jungen Frau durchgeführt. Ich weiß nicht, ob sie der Tortur einer solchen Operation gewachsen sein wird. Allerdings – wenn ich nicht amputiere, wird es unweigerlich zum Wundbrand kommen und die Patientin wird im Ablauf einiger Tage mit Sicherheit sehr qualvoll sterben.«

Er hatte es geahnt, als er die Wunde gesehen hatte, dass es darauf hinauslaufen würde, aber diese Erkenntnis bisher erfolgreich verdrängt. Nun bestätigte ihm Dr. Williams seine schlimmsten Befürchtungen. Grauen erfasste John. Er wusste nur zu genau, was das hieß. Jedes Mal während und nach einer geschlagenen Schlacht auf See, wenn im Unterdeck die Schiffsärzte ihr grausiges Werk verrichten mussten, waren Amputationen an der Tagesordnung. Die Wunden, die die Geschützfeuer verursachten, waren grausam und verstümmelnd. Doch angesichts des schrecklichen Geschehens der Abtrennung eines Körpergliedes und das bei oft völlig wachem Bewusstsein des Patienten war es schwer zu sagen, was schlimmer war – die Verletzung selbst oder die Heilungsversuche der Ärzte. Zudem war unter den Militärs bekannt, dass fast siebzig Prozent der Männer, die dieser Tortur unterzogen wurden, entweder am Schock, am erlittenen Blutverlust, an der

Stockung des Blutes oder letztlich am Wundfieber starben. Charlottes Überlebenschancen waren, abgesehen von dem Grauen, das ihr bevorstand, tatsächlich äußerst gering.

»Ist … ist sie bei Bewusstsein?«, fragte er den Arzt bang. Dieser nickte. »Sie war es, aber sie hat große Schmerzen, deshalb habe ich ihr so viel Laudanum[40] gegeben wie ich nur irgend verantworten konnte. Sie schläft jetzt.«

»Wann wollen Sie amputieren?«

»Sobald wie möglich, Captain. Wenn ich noch einige Stunden warte, setzt der Wundbrand ein. Dann wird auch die Amputation nicht mehr viel bringen, da sie dann zu geschwächt sein wird, um sie zu überleben. So hat sie wenigstens eine geringe Überlebenschance.«

John stöhnte gequält auf. Doch da ertönte Lady Millfords kalte Stimme: »Verstehe ich Sie recht, Doktor, dass meine Nichte, wenn sie überleben sollte, ein Krüppel sein wird?«

»Wenn Sie es so ausdrücken wollen, ja, Mylady!«, bestätigte ihr Dr. Williams, verwundert über die Gefühllosigkeit, mit der diese Frage geäußert wurde.

»Dann lassen Sie es!«

»Bitte? Ich verstehe nicht recht!«, Dr. Williams wirkte nun ehrlich schockiert.

»Sie verstehen sehr gut, Sir. Ich sagte: Lassen Sie es!«, Lady Millfords ohnehin wenig freundliche Gesichtszüge verhärteten sich zu einer eisigen Maske. »Ich bitte Sie, wem sollte so ein Krüppel nützen? Wer wollte eine solche Trauergestalt noch ehelichen oder sich sonst mit ihr abgeben? Sie würde mir nutzlos auf der Tasche liegen. Geld, das ich nicht aufbringen kann! Ihr Leben wäre verpfuscht und überdies: Sie haben mir noch nicht gesagt, welche Kosten mir durch Ihre Bemühungen ent-

---

40 Im 15. Jahrhundert von Paracelsus als Allheilmittel eingeführt, besteht Laudanum zu einem großen Teil aus Wein und einem Anteil Opium. Im 18. und Anfang des 19. Jahrhunderts wurde es vor allem als schmerzstillendes und beruhigendes Medikament eingesetzt und war etwa so verbreitet wie das heutige Aspirin.

stehen. Ich denke nicht, dass es angesichts der ohnehin äußerst geringen Aussichten auf einen guten Ausgang der Operation der Mühe wert sein wird, das Geld zu investieren.«

John verspürte zum ersten Mal in seinem Leben den starken Wunsch, eine Frau zu schlagen. »Wie können Sie es wagen … ?«, keuchte er und brüllte dann mit der ganzen Wucht seines angestauten Zorns: »Sie haben sich mit Terency, diesem Frauenschänder und Mörder, gemeingemacht und ihm Charlotte ausgeliefert. Sehen Sie sich an, was Sie erreicht haben! Sind Sie noch nicht zufrieden, Sie herzloses, geldgieriges Weib?«

Lady Millford lachte schrill auf: »Ach, hat sie Ihnen also auch diese Märchen erzählt?«

»Märchen? Sie wussten davon und haben sie trotzdem dazu gezwungen?«, John wusste sich kaum mehr zu fassen vor Wut. »Ich schwöre Ihnen, sollte Charlotte sterben, werde ich persönlich dafür sorgen, dass Sie zur Rechenschaft gezogen werden«, schrie er völlig außer sich. »Gehen Sie mir aus den Augen! Verschwinden Sie, bevor ich mich vergesse!«

Drohend und mit zum Schlag erhobener Hand kam er auf sie zu. Lady Millford zeigte endlich Zeichen von Verunsicherung. Sie wich zurück und wandte sich eilig zum Gehen, drehte sich aber in sicherer Entfernung noch einmal um: »Mylord, ich verbitte mir, dass Sie jemals wieder mein Haus betreten. Im Übrigen weise ich alle Verantwortung Charlotte betreffend von mir. Soll sich um sie kümmern, wer will. Ich werde für nichts aufkommen!« Damit verließ sie hastig mit wehenden Kleidern die Halle.

Ein Moment des Schweigens trat ein, in dem sich John wieder zu beruhigen suchte, dann sagte er mit bebender Stimme: »Sie haben gesehen wie die Dinge liegen, Doktor. Ich werde die Verantwortung für Miss Millford übernehmen. Tun Sie, was immer getan werden muss. Sie muss leben, verstehen Sie!«

Dr. Williams sah ihn einen Augenblick prüfend an. »Ich bin von Ihren guten Absichten überzeugt, Captain. Und selbst wenn Sie mir die Übernahme der Kosten eben nicht angeboten hätten, würde ich dennoch alles in meiner Macht stehende für diese bedauernswerte junge Frau tun.«

»Ich danke Ihnen. Miss Millford braucht jetzt Menschen, die für sie einstehen.«

»Ich werde einer von ihnen sein, das verspreche ich Ihnen«, sagte der Arzt feierlich. Dann räusperte er sich. »Captain, darf ich Sie um einen Gefallen bitten?«

»Was immer Sie wünschen!«

»Ich nehme an, Sie wissen, wie eine Amputation vorgenommen wird?«

John nickte stumm. Er ahnte, was jetzt kam!

»Ich brauche wenigstens drei nervenstarke Männer, die bereit wären, mir dabei zu assistieren. Könnten Sie sich vorstellen, einer von ihnen zu sein? Ich denke, ich gehe nicht fehl, wenn ich sage: Sie hegen große Sympathien für Miss Millford. Es könnte von unschätzbarem Nutzen sein, wenn die Patientin in dem Schweren, das ihr bevorsteht, wenigstens einen Menschen um sich hat, den sie kennt und dem sie vertraut.«

»Sie können auf mich zählen.«

»Gut! Ich hatte gehofft, dass Sie zustimmen. Wissen Sie, wer sich noch eignen würde?«

John nickte. Er würde Jenkins fragen. Der Mann hatte seine Vertrauenswürdigkeit bereits mehr als bewiesen. Alles Weitere würde sich zeigen.

»Gut, Captain, ich werde jetzt noch einmal zurück in meine Praxis fahren und die notwendigen Vorbereitungen treffen. Ich denke, ich bin in etwa einer Stunde zurück. Lassen wir Miss Millford am besten noch so lange schlafen. Sie braucht jedes bisschen Kraft, das sie sammeln kann, für das, was auf sie zukommt.«

»Ist jemand bei ihr?«

»Ja, Captain! Zwei der weiblichen Bediensteten sind von mir eingewiesen worden. Sie werden in meiner Abwesenheit auf sie achtgeben.«

»Hören Sie, Dr. Williams, sagen Sie den beiden bitte, dass sie sie auf keinen Fall allein lassen dürfen! Ich mache mir nicht nur wegen ihres Zustands Sorgen!«

Dr. Williams nahm ihn beim Arm und senkte die Stimme: »Captain Battingfield, Sie haben da eben in Ihrer Auseinandersetzung mit Lady Millford sehr schwere Anschuldigungen erhoben. War es etwa kein Unfall?«

John lachte bitter auf. »Ein Unfall? Das war ein Mordanschlag auf das Leben von Miss Millford, den Terency und gewisse andere Personen zu verantworten haben. Übrigens nicht sein erstes Verbrechen! Die Strafverfolgung ist, so hoffe ich, bereits in die Wege geleitet worden. Aber solange Terency noch frei herumläuft, besteht weiterhin eine Gefahr. Wenn ich Jenkins informiert habe, werde ich am besten selbst hier Stellung beziehen, bis Sie zurück sind.«

Plötzlich drang von Ferne Hundegebell und das Geräusch von zahlreichen Pferdehufen herauf. Die Jagdgesellschaft kehrte zurück. John blickte alarmiert auf. Die Zeit drängte. Er ließ den sichtlich verstörten Arzt einfach stehen, rannte durch die Halle und die Treppen hinunter in den Hof, um noch vor der Ankunft der Reiter Jenkins aufzusuchen. Er nahm an, dass dieser bereits vom Coroner zurückgekehrt war. Es waren immerhin drei Stunden seit ihrer Ankunft vergangen.

Jenkins hatte wieder einmal Besonnenheit und Umsicht bewiesen und kam ihm bereits auf dem Weg zu den Stallungen vor den Hundezwingern entgegen.

»Jenkins, dem Himmel sei Dank! Hatten Sie Erfolg?«

»Ja, Mylord. Der Coroner ist mit seinen Leuten schon auf dem Weg hierher, er braucht allerdings noch einen Haftbefehl vom Richter. Es sei eine heikle Angelegenheit, gegen einen Angehörigen des Hochadels – auch wenn er keinen eigenen Titel hat – vorzugehen, sagt er, und er müsse sich absichern. Allerdings hat er Terencys Treiben ebenfalls schon länger beobachtet. Die Sache mit Miss Millford hat nun den entscheidenden Beweis geliefert.«

John reagierte mit Empörung: »Das hätte nicht passieren müssen! Terency hat viel zu lange unter dem Schutz seiner hohen Geburt gestanden. Wie viele unschuldige junge Frauen sollen ihm denn noch zum Opfer fallen, nach Ansicht des Coroners?«

»Mylord, so liegen die Dinge nun einmal, das wissen Sie so gut wie ich«, meinte Jenkins beschwichtigend. »Sie sollten dankbar sein, dass ihn jetzt seine gerechte Strafe ereilen wird.«

»Dankbar?«, rief John aufgebracht. »Wahrscheinlich wird Miss Millford diesen Tag nicht überleben. Und wenn doch, dann wird sie ihr weiteres Leben als Krüppel zubringen müssen. War es das wert?«

Jenkins sah ihn betroffen an, »Steht es so schlimm um sie?«

John nickte und konnte nicht verhindern, dass ihm erneut Tränen in die Augen traten.

Der Stallmeister legte mitfühlend die Hand auf seine Schulter: »Die Dame steht Ihnen wohl sehr nahe, Mylord. Wenn ich noch irgendetwas tun kann …?«

Der Augenblick der Schwäche ging so schnell vorüber wie er gekommen war. »Allerdings, Mann, das können Sie!« Während John seinem Gegenüber mitteilte, für welche Aufgabe er sich bereithalten sollte und ihn bat, einen vertrauenswürdigen zweiten Helfer zu besorgen, traf die Schar der Reiter zusammen mit den Hunden im großen Hof ein. Die Hunde wurden von den Jagdknechten bereits wieder in ihre Zwinger zurückgesperrt, als endlich Terency und seine Spießgesellen eintritten. Jenkins hatte sich schon an seine Arbeit gemacht und nahm die Pferde der Ankommenden mit unergründlicher

Miene in Empfang. John stand immer noch abwartend im Hof. Eigentlich hatte er vorgehabt sich zurückzuziehen, aber nun trieb ihn ein seltsames Verlangen, Terency noch einmal gegenüberzutreten.

Dieser setzte, als er Johns ansichtig wurde, ein selbstgefälliges Grinsen auf und kam auf ihn zu. »Nun, Lord Battingfield, Erfolg gehabt bei Ihrer kleinen, privaten Jagd?«

John starrte ihn zornbebend an. Es fehlten ihm die Worte, angesichts der unglaublichen Skrupellosigkeit und Arroganz, mit der Terency ihm gegenüber auftrat. Er zeigte nicht einen Hauch von Beunruhigung und schien sich völlig sicher zu fühlen.

»Nicht …?« Terency hob in gespieltem Bedauern die Augenbrauen und schüttelte bekümmert seinen Kopf. »Das tut uns aber allen sehr leid, nicht wahr, Gentlemen?« Er drehte sich zu seinen grinsenden Kumpanen um, die jetzt dazugekommen waren. Andere Jagdteilnehmer waren nun ebenfalls aufmerksam geworden und umringten die Gruppe interessiert. Terency wendete sich John wieder zu, begann aufreizend langsam seine Handschuhe abzustreifen und bemerkte betont beiläufig: »Ich habe eben übrigens Lady Millford getroffen, deshalb habe ich mich verspätet. Die Gute reiste etwas überstürzt ab. Tja, sehr bedauerlich, was unserer kleinen, so eigensinnigen Freundin da zugestoßen ist. Wirklich schade um sie! Als Krüppel wird sie ja keiner mehr haben wollen, ich jedenfalls nicht. Ekelhafte Vorstellung! Obwohl, Mylord, ich nehme an, Sie hatten ja bereits das Vergnügen …?«

Das war zu viel! Mit einem Aufschrei stürzte John sich auf Terency und hieb ihm in besinnungslosem Hass die Faust mitten ins Gesicht. Terency fiel um wie vom Blitz getroffen. Blut schoss ihm aus Mund und Nase und tropfte auf seine seidene Halsbinde. Im Nu war sein Widersacher über ihm und begann, ihn zu würgen. Terency röchelte. In seinen Augen flackerte Todesangst. John krallte seine Finger nur noch fester um dessen Kehle. Mordlust rauschte in seinen Adern.

Er wehrte sich heftig, als er zurückgerissen wurde. Mehrere der Umstehenden hatten ihn gepackt und hielten ihn davon ab, Terency den Rest zu geben. Dieser rappelte sich mühsam mit der Hilfe seiner Freunde auf und starrte, sich die geschundene Kehle reibend, ängstlich zu John hinüber, der sich seinen Bewachern zu entwinden versuchte. Terencys Selbstgefälligkeit war angesichts der zu allem entschlossenen Wut seines Feindes einer nackten und jämmerlichen Furcht gewichen. Schließlich musste John einsehen, dass er sein Werk nicht vollenden konnte und gab auf. Seine Bewacher ließen ihn los als sie merkten, dass keine unmittelbare Gefahr mehr von ihm ausging. Er strich sich das Haar, das ihm ins Gesicht gefallen war, aus der Stirn und fixierte seinen Gegner drohend: »Terency, diesmal sind Sie zu weit gegangen!«, zischte er. »Geben Sie sich keinen Hoffnungen hin. Der Galgen wartet auf Sie und auf Ihre Kumpane auch. Es gibt genug Zeugen für das, was Sie getan haben, da hilft Ihnen selbst Ihre Herkunft nicht mehr. Die Häscher sind schon unterwegs. Diesmal werden Sie hängen, das schwöre ich Ihnen bei Gott!«

Seine Worte verfehlten ihre Wirkung nicht. Aufgebrachtes und erstauntes Gemurmel erhob sich, während sich Terencys verbrecherische Freunde unsicher umsahen. Dessen Augen hatten sich jäher Panik weit geöffnet. Plötzlich sprang er auf, bahnte sich grob einen Weg durch die verdutzte Menge und versuchte, auf sein Pferd zu kommen.

»Lasst ihn nicht entkommen«, schrie John die Umstehenden an. »Er ist ein Mörder und Verbrecher.« Doch die Männer waren zu überrascht, um zu reagieren. Terency gelang es, eines der noch unversorgten Pferde im Hof zu besteigen, gab ihm die Sporen und trieb es rücksichtslos durch das dichte Gewühl. Hilflos musste John zusehen, wie der Fliehende an Boden gewann.

Es war Jenkins, der ihn schließlich zu Fall brachte.

Dieser hatte das Geschehen beobachtet und rannte nun laut schreiend und mit einer Mistgabel bewaffnet auf den Wallach zu. Terencys ohnehin schon geängstigtes Pferd stieg schrill wiehernd, strauchelte dann und stürzte zu Boden. Seinen Reiter begrub es dabei unter sich. Das brach den Bann, unter dem die Menge bis dahin gestanden hatte. Mehrere Männer rannten hinzu und zogen den jammernden *right honourable* Gaylord Terency unter dem Reittier hervor. Auch seine drei Freunde wurden festgehalten und am Fliehen gehindert. John atmete erleichtert aus. Es war vorbei. Terency würde seiner Strafe nun nicht mehr entgehen.

Er wandte sich an zwei würdig aussehende Gentlemen in seiner Nähe und bat sie, dafür zu sorgen, dass die vier bis zum baldigen Eintreffen des Coroners sicher festgesetzt würden, was diese versprachen zu übernehmen. Auf ihre erstaunte Frage, was es denn mit dem ganzen Aufruhr auf sich habe, antwortete er: »Gentlemen, ich kann Ihnen das jetzt nicht ausführlich erklären, versichere Ihnen aber, dass es berechtigte und schwerwiegende Gründe für die Festnahme gibt. Sie werden sicher durch den Coroner Näheres erfahren. Bitte entschuldigen Sie mich jetzt, ich muss mich noch sehr dringenden Aufgaben zuwenden.« Dann rannte er durch die erstaunte Menge eilends und ohne ein weiteres Wort davon.

Kapitel 36

»Danke, dass Sie sich bereit erklärt haben, bei der Operation zu helfen«, sagte Dr. Williams und sah die drei Männer, die ihn umstanden, aufmerksam an. »Außer Captain Battingfield hat, vermute ich, noch keiner von Ihnen dabei assistiert.«

Jenkins und ein weiterer Mann mittleren Alters schüttelten den Kopf. Es handelte sich um einen Gentleman, den Jenkins als Mr Howard Pescoe vorgestellt hatte und der ihm seit Jahren persönlich bekannt war. John vertraute der Wahl Jenkins' vollkommen. Er wusste sicherlich, was er tat. Die Wertschätzung, die John dem Stallmeister entgegenbrachte, stieg von Stunde zu Stunde. Manche Menschen verfügten über einen Adel der Seele, von dem so mancher Gentleman nur träumen konnte, dachte John. Er war dankbar, einen Mann wie Jenkins an seiner Seite zu wissen. Dennoch fühlte er eine starke Beklommenheit, als Dr. Williams nun das Vorgehen ausführlich erklärte.

Da das Abtrennen eines Körperteils bei vollem Bewusstsein natürlich mit unerträglichen Schmerzen und auch psychischem Schock einherging, musste gewährleistet sein, dass die zu erwartende heftige Gegenwehr des Patienten so weit als möglich eingeschränkt wurde. Für den ausführenden Operateur war es die wichtigste Aufgabe, so schnell und so präzise wie möglich zu arbeiten, um dem Patienten eine unnötige Verlängerung der entsetzlichen Qualen zu ersparen. Deshalb gab es für jede Art von Operation ausgeklügelte Fesselungstechniken, so auch für die Amputation. Trotzdem war es immer wieder vorgekommen, dass sich die Patienten in ihrem Schmerz wehrten und von den Fesseln losrissen. Deshalb war es unumgänglich, dass kräftige und nervenstarke Helfer die Patienten zusätzlich festhielten, nicht nur bei der Amputation, sondern auch bei der nachfolgenden Versorgung der Wunde, die oft schwieriger war als die Abtrennung des Gliedes selbst, da es galt, möglichst schnell den enormen Blutfluss zu stoppen.

»Gibt es nichts, was Sie ihr noch zur Schmerzlinderung geben könnten?«, fragte John den Arzt. Die Vorstellung, dass Charlotte gleich so wehgetan würde, war für ihn schwer zu akzeptieren, obwohl er wusste, dass sie sonst keine Chance hatte, zu überleben.

»Es tut mir wirklich leid, Captain! Auch mir fällt es schwer, der jungen Frau das anzutun, aber ich kann ihr nichts mehr geben. Sie hat ebenfalls eine schwere Gehirnerschütterung erlitten, deshalb muss ich mit dem Einsatz von Laudanum nun vorsichtig sein. Ich habe ihr bereits die Höchstdosis dessen, was ich nur irgendwie verantworten konnte, verabreicht.«

»Schläft sie denn noch?«

Dr. Williams nickte: »Doch sie wird aufwachen, wenn wir sie fesseln, spätestens dann, wenn ich die Abtrennung vornehme.«

John dachte einen Augenblick nach. »Dann möchte ich Sie um Folgendes bitten: Wie Sie wissen, kenne ich Miss Millford sehr gut. Sie ist eine sehr tapfere junge Frau, das kann ich Ihnen versichern, und verfügt über ungewöhnlichen Mut. Ich glaube, es ist von Nutzen, wenn ich sie kurz persönlich darauf vorbereiten kann, was sie erwartet. Es wird schwerer für sie sein – nach all dem, was sie bereits erlebt hat – wenn sie aufwacht und sich gefesselt von vier Männern umstanden sieht, die ihr in dieser Weise Gewalt antun. Denken Sie nicht auch so darüber, Dr. Williams?«

Dieser erwog den Vorschlag sorgfältig und meinte dann: »Gut, Captain! Ich glaube, Sie haben recht. Machen wir es so! Doch wir sollten es nicht mehr allzu lange hinauszögern. Sprechen Sie nur allein mit ihr. Ich denke, sie vertraut Ihnen.«

John nickte ihm dankbar zu, betrat dann das Krankenzimmer und bat die beiden Bediensteten, den Raum für einen Augenblick zu verlassen. Dann ging er zu dem großen Bett hinüber, in dem Charlotte lag. Sie war gut versorgt worden. Ein sauberer Verband war um ihren Kopf gewickelt und alle Blutspuren waren abgewaschen. Sie wirkte unnatürlich zart und bleich, wie sie dort in den Kissen lag. Ihre Brust, um die ebenfalls ein stützender Verband geschlungen war, hob und senkte sich im Schlaf regelmäßig, doch sie war unruhig wegen der Schmerzen, die sie sogar jetzt zu verspüren schien. Er trat leise hinzu und kniete sich neben ihr nieder.

»Charlotte?« Er musste sie mehrfach ansprechen und strich ihr über die Wange, bis sie aufwachte und ihn endlich wahrnahm. Unsicher versuchte sie ihn mit ihren Augen zu fixieren, wohl als Folge des Laudanums und der Kopfverletzung.

»John! Du bist da!«, sie versuchte zu lächeln und hob die Hand, die jedoch kraftlos zurücksank. Er ergriff sie und hielt sie fest.

»Liebes! Wie fühlst du dich?«

Sie gab keine Auskunft und das war ihm als Antwort schlimm genug. Er konnte es kaum ertragen. Doch er hatte eine Aufgabe zu erfüllen, auch wenn es ihm unendlich schwerfiel.

»Charlotte, weißt du, wie schwer du verletzt bist?«

Sie nickte vorsichtig. »Es tut so weh.« Sie begann, leise zu weinen.

»Ich weiß, mein Engel!«, sagte er traurig und strich ihr abermals liebevoll über die Wange. »Aber ich will, dass du lebst, hörst du mich! Du darfst nicht aufgeben, ganz gleich, was passiert. Tu es für mich. Ich bitte dich, kämpfe!«

Sie sah ihn mit ihren großen braunen Augen an. Angst und dunkle Ahnung regten sich darin.

»Was wird geschehen?«

»Charlotte, dein Bein ist nicht mehr zu retten. Dr. Williams wird es abnehmen müssen!«

Nun war es heraus. Sie sog erschrocken die Luft ein und verzog gleich darauf schmerzlich das Gesicht. Die gebrochenen Rippen machten sich zweifellos bemerkbar. Er wartete einige Zeit betroffen, bis ihre Schmerzen wieder etwas nachgelassen hatten, umfing dann ihre Hand, küsste sie zärtlich und erklärte Charlotte so sanft wie es ihm nur möglich war, was sie erwartete.

»Wirst du dabei sein?«, fragte sie schließlich mit unsicherer Stimme.

»Ich bin bei dir, Liebes!«

Sie atmete vorsichtig ein. »Gut, dann sei es so!«

»Ich wusste es. Du bist meine tapfere, kleine Kämpferin!« Er erhob sich und wandte sich zum Gehen.

»John?«

»Ja?«

»Besteht die Gefahr, dass ich nicht überlebe?«

Er lehnte sich an die Säule des Baldachins und sah sie lange an, dann nickte er stumm und zögernd.

»Dann versprich mir etwas.«

»Alles, was du willst!«

»Ich möchte als Charlotte Elisa Brandon begraben werden. Wirst du dafür sorgen?«

Er konnte nicht antworten. Seine Augen schwammen in Tränen.

»Ich liebe dich, Charlotte Elisa Brandon!«, flüsterte er und es war die reine Wahrheit.

Damit verließ er den Raum, um die anderen zu holen.

Sie ließ alles klaglos mit sich geschehen. Die Männer hoben sie auf einen bereitgestellten Tisch mit einer speziell gefertigten Holzplatte, die Dr. Williams zu diesem Zweck aus seiner Praxis mitgebracht hatte. Die Platte war mit verschiedenen Bügeln und Gurten zur Fixierung der Patientin ausgerüstet. Sorgsam zog der Arzt selbst die Gurte fest und schob dann äußerst vorsichtig einen hölzernen, perfekt geformten Keil unter den linken Oberschenkel und fixierte das Bein.

Dann wies er die Männer an, Aufstellung zu nehmen und überprüfte, ob genügend saubere Tücher, Aderklemmen, Nähzeug und heißes Wasser vorhanden und griffbereit waren. Er nickte John zu, der sich daraufhin Charlotte zuwandte und ihre Schultern zunächst vorsichtig, dann aber mit eisernem

Griff auf die Unterlage drückte. Sie sah ihm unverwandt in die Augen. Ihr Blick war voller Vertrauen und er hielt ihm stand. Dr. Williams nahm nun sein Amputationsmesser, ein äußerst scharf geschliffenes Messer mit einer circa zehn Inch[41] langen Klinge zur Hand und legte seine Knochensäge bereit. Er durfte nicht eine Sekunde unnötige Zeit bei seinem grausamen Werk vergeuden. Pescoe schluckte schwer beim Anblick der Operationsinstrumente und wurde merklich blasser.

»Ich bin bereit, Gentlemen«, sagte er. Auch Jenkins und Pescoe, der sich sichtlich zusammenriss, packten nun fest zu und Dr. Williams setzte seinen Schnitt an.

Charlottes Körper bäumte sich trotz der Fesseln unvermittelt gepeinigt auf, ihr Kopf drückte mit erstaunlicher Kraft nach hinten. Dann begann sie zu schreien, gellend, hemmungslos. Es war grauenvoll. John konnte es nicht ertragen und ließ doch nicht los. Plötzlich erschlaffte sie, riss die Augen auf und sah ihn starr an. Blankes Entsetzen spiegelte sich in ihrem Blick, bis dieser plötzlich flackerte. Ihr Kopf fiel kraftlos zur Seite. Sie war erneut ohnmächtig geworden. Ein Schluchzen entrang sich ihm, doch dann riss er sich zusammen.

»Captain, schnell, überprüfen Sie den Puls.« John tat, wie ihm geheißen worden war. Das Herz schlug noch, aber sehr schnell und unregelmäßig. Er teilte seine Beobachtung Dr. Williams mit. Dieser begann zu fluchen, »Verdammt! Hören Sie, Battingfield, lassen Sie die Hand am Puls und teilen Sie mir jede Änderung mit, haben Sie verstanden?« Selbstverständlich hatte er verstanden! Unterdessen bemühte sich Dr. Williams, die Blutung zu stoppen. John versuchte, nicht hinzusehen. Das Blut schoss in Strömen aus dem Stumpf und besudelte den Arzt über und über. Endlich gelang es ihm und der Strom schien zu versiegen.

---

41 Circa 25 cm.

»Battingfield, verdammt, was macht der Puls?«

»Unverändert, Sir.«

»Dann beten Sie jetzt. Entweder das Herz beruhigt sich wieder oder sie stirbt. Sie hat einen Schock erlitten. Sie wissen wahrscheinlich, was das heißt!«

John nickte. Es war die weitaus häufigste Todesursache bei den Operationen. Da spürte er, wie ihr Herzschlag zu stolpern begann. Entsetzen ergriff ihn, sie starb ihm unter den Händen. Er beugte sich über sie: »Charlotte, komm zurück. Du hast versprochen, zu kämpfen! Kämpfe!« Doch sie lag regungslos auf dem Tisch, selbst ihr Atem war ins Stocken geraten. Die Männer wechselten bange Blicke. War es vorbei?

»Charlotte!« Er schrie es fast. Es war ihm egal, was die anderen dachten. Dann nahm er ihr Gesicht in seine Hände und flüsterte dicht an ihrem Ohr: »Bitte, Liebes, bitte verlass mich nicht!« Er spürte, wie ihm Dr. Williams die Hand auf die Schulter legte.

Totenstille trat ein. Doch dann wurde diese Stille durch einen tiefen Atemzug Charlottes durchschnitten. Williams stieß John beiseite und griff nun selbst an die Halsschlagader. Dann wandte er sich um und nickte ihm freudig zu. Sie hatte es geschafft.

Pescoe taumelte zurück und erbrach sich in einer Ecke des Raumes. Der Arme war einer Ohnmacht nahe. Auch Jenkins war ziemlich blass geworden. Er warf John einen langen Blick zu. »Gut, dass wir den Hund haben. Für den ist der Strang noch zu schade, wenn Sie mich fragen!«

John antwortete nicht darauf. Er war mit seinen Kräften am Ende.

Dr. Williams versorgte die Wunde, legte sorgfältig einen Verband an und löste endlich die Fesselung. John half ihm dabei. Dann wurde die immer noch Ohnmächtige wieder zurück in ihr Bett gelegt.

»Ich danke Ihnen, Gentlemen!«, sagte Dr. Williams. »Ich glaube, Sie haben sich jetzt eine Stärkung verdient. Mr Pescoe, geht es Ihnen wieder besser?«

Dieser nickte mit grünlichem Gesicht. So ganz schien seine Beteuerung nicht zu stimmen. Der Arzt lächelte ihn verständnisvoll an: »Beim ersten Mal ist es immer schlimm. Ich bin damals sogar umgekippt. Sie haben sich sehr wacker gehalten, Sir! Jenkins, von Ihnen weiß ich ja, dass Sie einiges vertragen können! Auch Ihnen verdankt die junge Dame hier ihr Leben, das nun hoffentlich gerettet ist, so Gott will. Sie wird Ihnen das sicher vergelten.«

»Das ist nicht nötig. Das war doch selbstverständlich!«, sagte Jenkins bescheiden, verbeugte sich knapp und ging dann schnell hinaus. Er wollte wohl nicht zeigen, dass auch ihn das Geschehen sehr ergriffen hatte. Pescoe folgte ihm.

John war bei Charlottes Krankenlager stehen geblieben. »Ist es möglich, dass ich noch etwas bei ihr bleibe?«, fragte er den Arzt.

»Sicher!«, erwiderte dieser, während er begann, den Operationsplatz zu reinigen. »Ich werde heute Nacht auch hierbleiben und die Patientin überwachen. Falls Komplikationen auftreten, möchte ich gleich zur Stelle sein.« Die beiden Bediensteten kamen wieder herein, wuschen das Blut weg und trugen alles hinaus, einschließlich des grausigen Überrests der Operation. Williams zog sich saubere Kleidung an und ging dann auch zum Bett hinüber.

»Ich danke Ihnen«, sagte John, ohne ihn anzusehen. Seine Augen waren unverwandt auf Charlotte gerichtet, die weiterhin in einer gnädigen Ohnmacht lag. »Für alles, was Sie für sie getan haben, Doktor.«

»Captain, ich habe Ihnen zu danken. Sie waren eine echte Hilfe. Ich glaube, ohne Sie wäre mir die Patientin auf dem Tisch geblieben. Die Seele spielt eine große Rolle in der Kunst der Ärzte. Ich hatte wirklich den Eindruck, sie hat Sie gehört, als Sie nach ihr gerufen haben. Anders kann ich mir diese Wende kaum erklären. Sie scheinen der jungen Dame wirklich sehr verbunden zu sein.«

»Warum soll ich es vor Ihnen verbergen, Sir? Sie ahnen es ja ohnehin. Ja, ich liebe diese Frau mehr als ich sagen kann.« John sah den Arzt nun offen an. »Dennoch waren die Verdächtigungen Lady Millfords völlig unangemessen. Wir kennen beide unsere Pflichten und besonders Charlotte ist über jeden Zweifel erhaben. Sie hat nie ...«, er holte tief Luft. »Sie achtet die Tatsache, dass ich ein verheirateter Mann bin mit schmerzhafter Konsequenz. Ich war nur hier, um sie vor Terency und ihren *liebenden* Verwandten zu schützen, was mir nicht gelungen ist. Er hat sie trotzdem fast getötet. Wenigstens ereilt ihn jetzt seine gerechte Strafe und sie ist vor ihm in Sicherheit.«

»Das ist allerdings eine gute Nachricht. Dieser Terency war eine echte Geißel für den Landstrich, seit er hier aufgetaucht ist. Ich hatte mir auch schon Sorgen über den Verbleib von Miss Millford auf Rockbury Castle gemacht, nach dem, was ich von Ihnen gehört habe. In ihrem Zustand ist sie noch nicht transportfähig.«

»Sir, ihr Name ist Brandon, Charlotte Elisa Brandon.«

»Wie? Ich verstehe nicht ganz ...«, Dr. Williams wirkte ehrlich verwirrt.

»Das ist eine lange Geschichte.«

»Wir haben Zeit«, meinte der Arzt freundlich und ließ sich auf einem Stuhl am Bett nieder.

Und so erzählte ihm John, dem es wohl tat, endlich jemandem sein Herz ausschütten zu können, die ganze Geschichte.

Als er geendet hatte, meinte sein geduldiger Zuhörer: »Sie werden also in drei Tagen nach Portsmouth aufbrechen. Dann werde ich Miss Brandon, denn so wollen wir sie ab jetzt nennen, in meinem Haus aufnehmen. Ich habe dort zwei Krankenzimmer eingerichtet für besonders schwere Fälle, die ich unter ständiger Beobachtung haben möchte. Das ist in diesem Fall mehr als angebracht.«

»Ich werde selbstverständlich alle Kosten, die Ihnen entstehen, übernehmen. Wenden Sie sich damit nur vertrauensvoll an meinen Bruder, Mr David Battingfield. Er ist Anwalt in London und nimmt meine Interessen in meiner Abwesenheit wahr. Ich werde ihm eine entsprechende Anweisung erteilen.«

»Hören Sie, Captain, nach dem, was Sie mir gerade erzählt haben, ist es mir wirklich selbst ein Herzensanliegen, Miss Brandon so gut es nur geht zu pflegen und zu umsorgen. Seien Sie versichert, sie ist bei mir und meiner Frau in den besten Händen. Allerdings, ich weiß nicht, wie sie damit umgehen wird, wenn sie wirklich realisiert, dass sie nun verstümmelt ist. Es könnte gut sein, dass sie in eine Melancholie verfällt. Ein äußerst gefährlicher Zustand, der die Heilung durchaus verhindern kann. Hat sie denn niemand außer Ihnen, dem sie vertraut und der ihr zugetan ist?«

John dachte nach. »Doch, sie hat eine gute Freundin namens Mary Fortescue. Das scheint mir eine herzliche und sehr vernünftige junge Frau zu sein, obwohl ich sie nicht sehr gut kenne. Sie schreiben sich sehr häufig.«

»Meinen Sie, sie wäre bereit herzukommen, um sich um Miss Brandon zu kümmern?«

»Sir, ich werde mein Möglichstes tun!«

»Gut, dann kümmern Sie sich darum, aber erst morgen. Jetzt, mein verehrter lieber Captain Battingfield, sollten Sie sich selbst etwas Ruhe gönnen, das empfehle ich Ihnen als Arzt. Gehen Sie nur schlafen. Ich werde mich schon um Miss Brandon kümmern.«

John merkte erst jetzt, wie sehr ihm die Anspannung der letzten Tage und vor allem die letzten Stunden zugesetzt hatten. Er war wirklich völlig am Ende mit seiner Kraft. Er beugte sich noch einmal zu Charlotte hinunter, strich ihr zärtlich über die bleichen Wangen und wankte dann zurück in sein Zimmer.

Kapitel 37

Am nächsten Morgen wurde er durch ein lautes, ungeduldiges Klopfen an seiner Zimmertür geweckt. Benommen richtete er sich auf. Er hatte sich gestern nicht einmal mehr die Zeit genommen, sich zu entkleiden, so erschöpft war er gewesen. Da der ungeduldige Bittsteller nicht nachließ, erhob er sich endlich und öffnete die Tür. Es war Percy Wellesley.

»Meine Güte, Battingfield, ich stehe hier schon geschlagene fünf Minuten und schlage fast die Tür ein! Wie können Sie nur so fest schlafen? Das ganze Haus ist in Aufruhr, etliche der Gäste sind bereits abgereist. Der Coroner hat Terency, Porter und die beiden anderen heute in aller Frühe wegbringen lassen. Sie werden in Andover dem Haftrichter vorgeführt und dann aller Wahrscheinlichkeit nach London überführt, wo ihnen der Prozess vom Strafrichter Seiner Majestät gemacht werden soll.«

»Gut!«

John streckte sich und ging zurück ins Zimmer, wo er sich in aller Seelenruhe auszog und wusch. Percy Wellesley hüpfte in sichtlicher Erregung um ihn herum, »*Gut?!* Sind Sie wahnsinnig? Was haben Sie sich dabei gedacht? Gaylord Terency ist der Sohn des Marquis of Hastings and Chesterford und Sie lassen ihn *verhaften?!* Das wird unabsehbare Folgen haben, für Sie und für die Familie Wellesley. Schließlich habe ich Sie hierher mitgenommen.«

John maß ihn mit kaltem Blick, während er ein frisches Hemd anzog. »Und wenn schon! Er ist ein gemeingefährlicher Frauenschänder und Mörder, das wissen Sie so gut wie ich. Gestern hat er versucht, eine junge Frau umzubringen und es ist ihm beinahe gelungen. Darüber hinaus: Sie ist bei Weitem nicht die Erste, die ihm zum Opfer gefallen ist, aber hoffentlich die Letzte.«

»Sie meinen diese Miss Millford, nicht wahr? Alle reden darüber. Schlimme Sache, das gebe ich ja zu, aber deshalb so einen Skandal zu provozieren!«

Johns Stimme wurde schneidend: »Der Skandal ist, dass ein solches Schwein so lange ungehindert sein Unwesen treiben konnte unter dem Schutz seiner ›edlen Herkunft‹. Ich will gar nicht wissen, was er auf dem Kontinent getrieben hat. Da fällt mir ein: Es war Ihre Frau Mutter, Lady Wellesley, die ihn auf Millford Hall einführte.«

Wellesley wurde vorsichtiger, meinte dann aber bissig: »Und wenn es so wäre? Vermutlich hat sie der Marquis – immerhin ihr Cousin zweiten Grades – darum gebeten, sich für Terency nach einer geeigneten Partie umzuschauen.«

John merkte, wie ihm die Zornesader schwoll: »Ich glaube, Sie gehen jetzt besser, Wellesley. Ich werde diesen Punkt noch persönlich mit Lady Wellesley klären, das versichere ich Ihnen.«

»Dann reisen Sie nicht mit mir ab?«

»Nein, ich habe hier noch einiges zu tun.«

Sein Schwager wandte sich zur Tür. »Ich möchte nicht in Ihrer Haut stecken, Battingfield.«

»Danke, ich fühle mich in meiner Haut sehr wohl! Guten Tag, Wellesley!«

Als sich die Tür hinter seinem Schwager schloss, wurde John bewusst, dass er gerade eine klare Entscheidung getroffen hatte. Er hatte sich losgesagt von den Erwartungen, die seitens einer Familie Wellesley, seitens des Adels, seitens einer in Wahrheit menschenverachtenden Moral an ihn gestellt wurde. Er hatte die Bande, die ihn seit Jahren fesselten, durchtrennt und es war richtig – zumindest richtig für ihn selbst.

Nach dem, was er in den letzten Tagen erlebt hatte, nach dem, was der Frau widerfahren war, die er liebte, sah er sich außerstande, weiter die Fassade aufrechtzuerhalten. Charlotte war der doppelzüngigen und verlogenen Moral seiner eigenen Klasse zum Opfer gefallen, einer Moral, die zweierlei Maß verwendete und letztlich nur dem Zweck diente, den eigenen Herrschaftsanspruch aufrechtzuerhalten. Er ertrug es nicht länger, angesichts von Charlottes Leid umso weniger! Diejenigen, die lautstark Wohlanständigkeit und edle Herkunft für sich reklamierten, hatten in einem solchen Ausmaß das mit Füßen getreten, was für ihn Grundlage von Menschlichkeit war, dass er es nicht mehr vor sich selbst verantworten konnte, sich mit ihnen gemeinzumachen.

»Was wirst du jetzt tun, John Battingfield?«, fragte er sein Spiegelbild an der Wand über dem Waschtisch. Sollte er einfach alles in den Wind schlagen und bei Charlotte bleiben, hoffen, dass sie gesunden würde und mit ihr fortgehen? Würde sie ihm folgen?

Nein, das würde sie nicht! Denn er wäre ein ehrloser Mann, wenn er so handelte.

Da war das Kind, das genauso auch sein Kind war. Natürlich war es noch nicht einmal geboren und wer wusste, was sein würde. Schwangerschaften und Geburten waren risikoreich, sowohl für die Mutter wie für das Kind. Doch darauf zu hoffen, dass auf diese Weise eine Veränderung seiner Lage einträte, wäre zynisch und berechnend. Konnte er sich denn seiner Verantwortung für dieses ungeborene Kind entziehen und würde sich Charlotte damit einig erklären? Nie im Leben! Das wusste er ebenso sehr wie er wusste, dass er sie liebte.

Und schließlich, Edward Peary zählte auf ihn. Er hatte ihm sein Wort gegeben und konnte nicht zurück. Er senkte den Blick. Es war aussichtslos! Es war ihm nicht vergönnt, mit Charlotte Brandon sein Glück zu finden. Sie musste ihren Weg gehen und er den seinen. Einen Weg durch eisige Gefilde

– wie die Reise, die er in Kürze antreten würde. Aber er konnte ihr wenigstens den Weg in ein unabhängiges Leben ermöglichen, so wie sie es sich ersehnt hatte. Er würde für ihr Auskommen sorgen. Sie sollte sich nicht mehr abhängig machen müssen, nicht mehr gedemütigt und missbraucht werden für die Wünsche und die Gier anderer, die ihr an Charakterstärke und Ehrgefühl weit unterlegen waren – und damit meinte er nicht Terency und seine verbrecherischen Freunde. Sie sollte sich nicht mehr entschuldigen müssen für ihre angeblich skandalöse Herkunft und sollte frei entscheiden können, was sie zu tun wünschte. Das war alles, was er ihr geben durfte. Und er betete flehentlich, dass sie überleben würde, um sich daran zu erfreuen. Die Liebe, die er für sie empfand, so sehr, dass es ihn fast zerriss, würde er mit sich nehmen auf seine Reise in das unerforschte Nord-Polarmeer und wer wusste, ob diese Reise ins Ungewisse glücklich endete. Wenn nicht, dann war es eben so!

Diesen Entschluss in die Tat umzusetzen war nun die Aufgabe, die ihm zu tun blieb. Es war besser, wenn er es nicht mehr allzu lange aufschob. Je länger er den Abschied von Charlotte hinauszögerte, so schmerzlich er ihm auch schien, umso schwerer würde er ihm fallen, dessen war er sich gewiss.

Aber erst einmal musste er wissen, wie es ihr ging. Er hatte sehr lange geschlafen. Was, wenn in der Nacht die Komplikationen aufgetreten waren, von denen Dr. Williams gesprochen hatte? Plötzliche Sorge kroch in ihm hoch und er rannte fast den Weg zu ihrem Zimmer. An der Tür traf er eine der Bediensteten, die gerade mit einigen blutigen Verbänden den Raum verließ. Sie legte mit strengem Blick die Finger auf die Lippen und forderte ihn dadurch auf, sich leise und gemessen zu verhalten. Wieso blutete Charlotte immer noch? Wann hörte das denn endlich auf?

Er betrat das Zimmer. Dr. Williams, der ziemlich übernächtigt wirkte, saß an Charlottes Bett und war gerade dabei, ihren Puls zu messen. Charlotte schien immer noch ohnmächtig zu sein. Das war kein gutes Zeichen. Wieso wachte sie nicht auf?

Er trat neben den Arzt und wartete, bis dieser seine Untersuchung beendet hatte.

»Ah, Captain Battingfield«, begrüßte dieser ihn freundlich, »wenigstens Sie sehen wieder besser aus.«

»Wie geht es ihr?«

Der Arzt zog in Bedenken die Stirn kraus und schüttelte den Kopf. »Ich wünschte, ich könnte Besseres berichten, aber ich muss Ihnen leider sagen, dass der Blutverlust der Patientin insgesamt sehr erheblich war. Sie ist einfach sehr, sehr schwach. Noch ist sie nicht über den Berg. Allerdings ist sie heute Nacht zwei Mal aufgewacht, was mich sehr beruhigt hat, denn so konnte ich ihr etwas einflößen, was die Blutbildung beschleunigt und sie kräftigen wird.«

Das beruhigte ihn keineswegs. Ängstlich fragte er: »Kann ich mit ihr sprechen?«

»Nein, ich muss es Ihnen verwehren. Ich habe ihr gerade noch einmal eine große Dosis Laudanum gegeben gegen die Schmerzen. Auch diese Laudanumgaben sind ein Punkt, der mich beunruhigt. Lange kann ich das nicht mehr verantworten.«

John blickte ihn fragend an.

Der Arzt erläuterte es ihm: »Sehen Sie, Laudanum wird von vielen meiner Kollegen sehr gerne verschrieben, weil es die Patienten ruhigstellt und den Schmerz lindert, zumindest die Patienten in eine Art traumähnlichen Rausch versetzt, sodass sie den Schmerz nicht so sehr spüren. Aber Laudanum ist in seinem Hauptbestandteil letztlich nichts anderes als ein Opiat. Man kann es kurzfristig geben, aber auf längere Sicht löst es eine Sucht aus, die mindestens ebenso schlimm ist wie das ursprüngliche Leiden selbst. Ich weiß von etlichen schwerverletzten oder kranken Patienten, die durch die Gabe von

Laudanum zu Opiumsüchtigen wurden. Und das ist eine schlimme Sache, kann ich Ihnen sagen, abgesehen davon, dass es den Organismus schwer schädigt. Für eine junge Frau wie Miss Brandon undenkbar. Verstehen Sie, man treibt sozusagen den Teufel mit dem Beelzebub aus.«

»Aber was wollen Sie dann tun? Sie können sie doch in ihrem geschwächten Zustand nicht diesen Qualen aussetzen?« John war nun wirklich sehr beunruhigt.

»Ich möchte, mit Ihrer Zustimmung natürlich, sobald der Blutfluss endlich ganz aufgehört hat, Weidenrindenextrakt verwenden. Das Mittel soll laut Edward Stone, einem Geistlichen aus Oxford, tatsächlich die heilenden Kräfte besitzen, die ihm schon in der Antike zugesprochen wurden. Es soll Fieber senken, Entzündungen lindern, der Stockung des Blutes entgegentreten und vor allem effektiv Schmerzen bekämpfen. Allerdings, der Einsatz des Mittels ist noch umstritten.«

»Dr. Williams, ich vertraue Ihnen voll und ganz«, sagte John. Dann besann er sich einen Augenblick und musste lächeln bei der Erinnerung, die ihm gerade durch den Kopf gegangen war. »Außerdem würde es Charlotte sicher begrüßen, mit einem antiken Heilmittel behandelt zu werden, wenn sie sich dazu äußern könnte. Wenn Sie sie näher kennenlernen, werden Sie verstehen, was ich damit meine.«

»Gut, dann werde ich so verfahren.« Dr. Williams stand auf und führte ihn zur Seite. »Übrigens war heute Morgen schon der Coroner hier«, sagte er mit gesenkter Stimme, »und hat sich den Zustand von Miss Brandon bestätigen lassen. War ziemlich erschüttert, der Mann, als er sah, was ihr angetan wurde. Er sagt, das würde als Verabredung zum Mord gewertet werden. Sollte sie sterben, dann eben Mord in Vollendung.« Als er sah, dass sein Gegenüber ihn bei diesem letzten Satz schockiert anstarrte, sprach er schnell weiter: »Captain, ich versichere Ihnen, ich werde alles nur Mögliche tun, dass dieser Fall nicht eintreten wird, obwohl auch ich dem Täter den Strang wünsche. Ich habe dem Coroner übrigens mitgeteilt, dass Miss Brandon zu diesem Zeitpunkt natürlich noch nicht vernehmungsfähig ist, aber ihn darauf hingewiesen, dass Sie sehr viel über die Vorgänge wissen und auf eine Strafverfolgung bestehen. Gibt es noch weitere Zeugen? Der Coroner wünscht, dass alle Beteiligten eine Aussage machen.«

»Ja, es gibt sogar etliche Zeugen. Terency wird sich nicht mehr herauswinden können. Ich sollte wohl besser so schnell wie möglich meine Aussage machen. Ich wollte Ihnen ohnehin mitteilen, dass ich heute noch abreisen werde. Charlotte ist bei Ihnen gut aufgehoben, das weiß ich. Ich werde auch dafür Sorge tragen, dass Miss Fortescue sich so schnell wie möglich bei Ihnen einfindet.«

Dr. Williams sah ihn etwas erstaunt an, doch dann schien er zu verstehen. Der Schmerz in den Augen des Mannes ihm gegenüber war nicht zu übersehen. »Captain, Sie sind ein ehrenhafter Mann. Ich bin froh, Sie kennengelernt zu haben und werde auf Ihre Charlotte so gut achten wie ich nur kann. Das verspreche ich.« Er reichte ihm die Hand. John ergriff sie fest. Dann ging er hinüber zu Charlottes Krankenlager. Dr. Williams wandte sich verständnisvoll ab und sah aus dem Fenster.

John sah sie an und prägte sich ihre blassen Gesichtszüge genau ein. Wie zerbrechlich sie aussah, fast wie aus Glas. Vielleicht war dies das letzte Mal, dass er sie sah. Dennoch – was blieb ihm zu sagen? Schließlich wandte er sich ab und verließ den Raum.

Auf halbem Weg in sein Zimmer begegnete ihm Jenkins, der ihn offenbar gesucht hatte.

»Guten Morgen, Mylord!«, begrüßte ihn dieser herzlich, um dann besorgt zu fragen: »Waren Sie schon bei der jungen Patientin? Wie geht es ihr?«

»Dr. Williams ist nicht ganz zufrieden mit dem Verlauf. Er meint, sie sei sehr schwach und der Blutverlust sei sehr hoch. Er kann noch nicht sagen, ob sie es schaffen wird. Aber es besteht trotzdem auch Anlass zur Hoffnung. Eines ist allerdings sicher: bei Dr. Williams ist sie in den besten Händen. Ein hervorragender Arzt! Das haben Sie gut gemacht, Jenkins!«

»Danke, Mylord! Ja, Dr. Williams ist bekannt in der Gegend. Manche meinen zwar, seine Methoden seien recht ungewöhnlich und modern, aber ich habe schon miterlebt, wie er Leute geheilt hat, denen keiner mehr eine Chance gab.«

John brannte jedoch ein anderes Anliegen weit mehr auf der Seele. »Jenkins, was ist denn jetzt mit dem Coroner? Warum hat er Terency erst heute Morgen abgeholt?«

Der Stallmeister lachte bitter auf. »Wenigstens hat er ihn überhaupt abgeholt. Der Haftrichter muss wohl einen ziemlichen Aufstand gemacht haben und wollte den Haftbefehl erst gar nicht ausstellen.«

John wurde blass. »Denken Sie, es besteht die Gefahr, dass dieser Verbrecher wieder freigelassen wird?«

»Wer weiß? Sein Vater ist ein sehr mächtiger Mann. Allerdings denke ich, dass die Beweise jetzt sehr erdrückend sind. So etwas in der Art hat auch der Coroner geäußert. Er hat schon Mrs Dellaford und den Stallknecht vernommen, der beobachtet hat, wie Porter die weiße Stute vergiftet hat. Zwei Gentlemen, die sich von allein beim Coroner gemeldet haben, haben auch ihre Aussage gemacht. Es geht da um eine Sache aus der Vergangenheit. Hat wohl schon so ein armes Ding wegen dem Hund dran glauben müssen. Jetzt fehlt ihm eigentlich nur noch Ihre Aussage und die von der jungen Miss selbst.«

»Ich wollte mich gerade auf den Weg zu ihm machen. Was ist eigentlich aus dem schwarzen Hengst geworden? Ich denke, wenn der Coroner sieht, was für ein Pferd das ist, wird offensichtlich sein, dass dies ein Mordanschlag war.«

»Den hat Samuel gestern noch mit zwei anderen wieder eingefangen. Wenn Sie mich fragen, müsste man das Tier erschießen. Das ist fast so verrückt wie sein Herr. Wissen Sie, Mylord, ich bin mit Pferden aufgewachsen und weiß wirklich, wie man sie behandeln muss. Das sind fühlende und stolze Wesen, sage ich Ihnen. Aber so ein Teufelsbraten wie der ist mir selten untergekommen. Die junge Dame konnte jedenfalls nie und nimmer mit ihm fertig werden.«

»Ich beschwöre Sie, Jenkins, überstürzen Sie nichts. Das Tier ist, wenn sie so wollen, die Tatwaffe. Es ist wichtig, dass es am Leben bleibt, bis Terency und seine Spießgesellen verurteilt sind.«

Der Stallmeister zuckte mit den Achseln, »Da haben Sie sicher recht, Sir. Die Frage ist nur, wie lange ich das noch zu entscheiden habe. Ich vermute, dass sich der Herzog in Kürze auf den Weg hierher machen wird und dann bin ich wohl die längste Zeit Stallmeister auf Rockbury Castle gewesen.« Er schüttelte bedauernd seinen grauen Schopf, »Schade drum! Ich liebe meine Arbeit, deshalb bin ich auch hiergeblieben, trotz der Umtriebe des jungen Herrn. Aber, wie gesagt, die Sache mit der jungen Miss hat das Fass meiner Ansicht nach zum Überlaufen gebracht. Ich stehe dazu! Werde schon etwas anderes finden.«

John legte ihm die Hand auf die Schulter. »Hören Sie, Jenkins. Ich werde mich demnächst auf eine Forschungsfahrt begeben müssen und weiß nicht, wann und ob ich überhaupt zurückkommen werde. Aber ich möchte Sie bitten, dass Sie sich, wenn Sie tatsächlich entlassen werden sollten, unbedingt bei meinem Bruder in London melden. Er hat hervorragende Kontakte und wird Ihnen eine gute Stelle vermitteln können. Sie glauben ja wohl nicht wirklich, dass ich Sie nach allem, was Sie in dieser Sache auf sich genommen haben, im Stich lassen werde.«

Jenkins wirkte gerührt und blickte betreten zu Boden. »Danke, Mylord!«, murmelte er verlegen.

»Ich habe zu danken, Mann! Aber jetzt muss ich mich beeilen. Ich wünsche Ihnen alles Gute, Mr Jenkins!« John schüttelte dem puterrot gewordenen Mann die Hand. Er hätte ihn gern selbst in Dienst genommen, aber das war leider momentan nicht möglich.

Dann setzte er den Weg in sein Zimmer fort, packte seine Sachen eilig zusammen und verließ den Raum. Ein Gedanke ließ ihn innehalten: Mary Fortescue! Er wusste ja gar nicht, wo sie lebte. Charlotte konnte er nicht fragen und Lady Millford war mit Sicherheit die letzte Person, die er jetzt aufzusuchen gedachte.

Vielleicht fand er einen Hinweis über sie in Charlottes persönlichen Sachen. Schnell eilte er in den anderen Flügel des Schlosses und fragte eines der Dienstmädchen, die dort schon begonnen hatten sauber zu machen, wo ihr Zimmer zu finden sei. Man wies ihm den Weg und so betrat er den Raum und schloss die Tür hinter sich. Stille umfing ihn. Er verspürte eine gewisse Scheu, einfach ungebeten in Charlottes Privatsphäre einzudringen, aber es musste sein.

Das Zimmer wirkte recht aufgeräumt, nur wenige Dinge lagen herum. Sie hatte nicht viel mitgebracht. Das lavendelfarbene Kleid, das ihr so gut gestanden hatte beim Dinner, hing sorgfältig aufgehängt an einem Haken an der Wand. Er konnte es nicht lassen, ging hinüber und ließ den zarten Stoff durch seine Finger gleiten. Es duftete leicht nach ihr. Seine Kehle fühlte sich an wie zugeschnürt. Sie zu verlassen schien schwerer denn je. Aber er musste sich zusammennehmen.

Suchend blickte er sich um. Vielleicht fand er einen Brief an oder von Miss Fortescue.

Einen Sekretär gab es im Zimmer nicht, aber auf dem Nachttisch neben dem Bett lag ein ansehnlicher Stapel Bücher, Papier und Schreibzeug. Er musste lächeln. Es sah Charlotte nur zu ähnlich, mehr Bücher als Kleidungsstücke auf eine Reise mitzunehmen. Er ging hinüber zum Bett, setzte sich auf die Kante und begann, die Bücher durchzusehen. Es waren vorwiegend wissenschaftliche Abhandlungen zu verschiedenen Themen und ein lateinisches Werk von Seneca.[42] Eines der Bücher hatte sie wohl von Walter bekommen. *Theoria motus corporum coelestium in sectionibus conicis solem ambientium*[43] *von Carolus Fridericus Gauß* war in schwarzen Lettern auf den braunen Einband geprägt. Sie hatte sich einige Notizen darin gemacht. Offenbar war sie gerade dabei gewesen, es aufmerksam zu studieren. Wie sehr wünschte er, er hätte die Zeit zurückdrehen können. Er erinnerte sich an ihren Spaziergang zum Observatorium in Dullham Manor, an ihre Nähe und die scheue Art, in der sie es zugelassen hatte, dass er ihren Arm nahm …

John richtete sich auf und rief sich zur Ordnung. Er musste aufhören, sich selbst zu quälen, das führte zu nichts. Entschlossen blätterte er das Buch schnell durch und fand darin tatsächlich, was er suchte. Sie hatte als Lesezeichen einen Brief von Mary Fortescue verwendet. Auf der Rückseite war deren Adresse aufgeschrieben. Er kannte den Ort. Dieser lag etwa fünfundzwanzig Meilen östlich von Millford Hall, von Rockbury Castle aus sicher in einigen wenigen Stunden scharfen Ritts zu erreichen.

Er erhob sich und wollte gerade das Zimmer verlassen, als ihm etwas ins Auge fiel. Ein blausilberner Seidenschal war vom Stuhl vor dem Bett geglitten und lag nun auf dem Boden halb

---

42 Seneca der Jüngere (1 – 65 n. Chr.), römischer Philosoph, Schriftsteller, Naturforscher und Staatsmann. Als Stoiker einer der meistgelesenen Schriftsteller seiner Zeit. Vergeblich bemühte er sich um die Erziehung seines Schützlings Nero, der ihm schließlich die Selbsttötung befahl.

43 »Theorie der Bewegung von Himmelskörpern, die in Kegelschnitten die Sonne umlaufen« (erschienen 1809). Diese Arbeit machte – entgegen des trockenen Titels – Gauß mit einem Schlag berühmt. Grund dafür war die zuvor von Hegel postulierte Lehre, dass aufgrund unumstößlicher philosophischer Gesetze die Sonne nur von sieben Planeten umlaufen werden könne. Das Buch belegte das Gegenteil und wies zwei weitere Kleinplaneten überprüfbar nach. Weiteres siehe Nachwort.

unter dem Bett. Es war der Schal, den sie bei ihrem ersten Besuch auf Dullham Manor getragen hatte. Deutlich sah er sie vor sich. Wie einer Szene auf einer antiken Vase entsprungen hatte sie ausgesehen, seine kleine Athene.

Ohne weiter zu überlegen, griff er nach dem Schal und steckte ihn ein. Wenigstens ein Andenken an sie sollte ihm vergönnt sein.

Viertes Buch

Kapitel 38

Der livrierte Diener in Wellesley House am Berkeley Square öffnete in formvollendet höflicher Blasiertheit, wie es von ihm erwartet wurde. Sich seiner wichtigen Position im Empfangsbereich des erlauchten Hauses Wellesley wohl bewusst, rümpfte er zunächst etwas die Nase, als er den Gentleman erblickte, der mit abgewandtem Gesicht, schlammbespritzten Hosen und schmutzigen Stiefeln sowie einem insgesamt recht mitgenommenen Äußeren vor ihm stand, stellte dann aber zu seiner größten Betroffenheit fest, dass es sich bei dem abgekämpften Besucher um niemand anderen als Lord Battingfield persönlich handelte, der wohl die Nacht durchgeritten sein musste. Es war noch recht früh am Morgen und der überraschend aufgetauchte Gemahl von Lady Battingfield war noch nicht erwartet worden, gleichwohl mit seiner Ankunft am späteren Tage dringend und ungeduldig gerechnet wurde.

Selbst der Dienerschaft war es nicht verborgen geblieben, dass irgendetwas vorgefallen sein musste. Als der junge Herr, Percy Wellesley, am Tag davor eingetroffen war, hatte er zunächst seine Mutter aufgesucht und eine kurze, aber sehr engagiert geführte Unterredung mit ihr gehabt. Kurze Zeit später war diese aus dem Zimmer und in den Salon gestürmt, wo die junge Herrin schon seit dem Lunch auf dem Sofa ruhte. In erregtem Ton war von einem unglaublichen Skandal die Rede gewesen, wobei immer wieder die Namen des Barons und einer gewissen Miss Millford gefallen waren. Daraufhin war Lady Battingfield in ein lautstarkes, hysterisches Geschrei verfallen und hatte mehrere Vasen und wessen sie auch immer habhaft werden konnte zertrümmert, sodass man sich genötigt sah, den Arzt hinzuzuziehen, der ihr etwas zur Beruhigung gegeben hatte. Allein der Verursacher der ganzen Aufregung fehlte. Nun war er endlich angekommen und der Diener, der schon viele Jahre Erfahrung im Hause Wellesley hatte, war gespannt wie die Dinge nun verlaufen würden.

»Soll ich Sie anmelden, Mylord?«, fragte er höflich, jedoch selbst davon überzeugt, dass dieses Ansinnen verneint werden würde. So war es denn auch.

Der Baron schüttelte unwillig den Kopf und meinte dann: »Danke, Henry! Das wird nicht nötig sein. Ich muss mich erst einmal etwas frisch machen, umziehen und noch ein wenig schlafen. Allerdings … etwas zu essen wäre gut! Man soll es mir auf mein Zimmer bringen.«

Seit sie nach Wellesley House gekommen waren, hatten John und Gwendolyn streng getrennte Schlafzimmer. Seine Frau hatte mit Verweis auf ihre Schwangerschaft darauf bestanden, da sie keine ehelichen Pflichten mehr zu erfüllen gedachte, um das entstehende Leben in ihr nicht zu gefährden. Er hatte nur zu gern zugestimmt. Die Vorstellung, weiterhin mit seiner Frau verkehren zu müssen in dieser sehr privaten Weise, war ihm unmöglich geworden, ja, geradezu zuwider.

Müde ging er die Treppen hinauf in seinen großzügig geschnittenen privaten Raum, legte seine völlig verschmutzte, verschwitzte Kleidung ab und wusch sich mit dem angewärmten Wasser, das ihm zusammen mit einem Imbiss und etwas verdünntem Wein gebracht wurde. Dann legte er sich auf sein Bett und schloss die Augen. Er war sehr müde, konnte sich aber nicht allzu viel Ruhe gönnen. Schon morgen Abend wurde er in Portsmouth auf der HMS Hecla erwartet und es gab noch einiges zu besprechen. Wenigstens war es ihm gelungen, die Unterredung mit dem Coroner zu führen. Er hatte ihm alles gesagt, was er wusste, auch das, was Charlotte ihm zumindest andeutungsweise berichtet hatte. Zudem hatte er ihm auch die Adresse von Walter gegeben, der über den Fall mit der Dienstmagd Näheres wissen musste. Falls Charlotte nicht genesen sollte – der Gedanke an eine solche Möglichkeit brachte ihn nahezu um vor Kummer und er beeilte sich, ihn schnell von sich wegzuschieben –, konnten hier Auskünfte über die Vorfälle auf Millford Hall eingezogen werden. Der Coroner schien immerhin ein vernünftiger und entschlossener Mann zu sein, hatte jedoch zu bedenken gegeben, dass es wegen der herausgehobenen Stellung Terencys schwierig werden könnte, ihn ob seiner Untaten angemessen zur Rechenschaft zu ziehen. Sehr interessiert hatte er sich jedoch an dem schwarzen Hengst gezeigt, auf dem zu reiten Charlotte von Terency gezwungen worden war. Er hatte noch in Johns Beisein angeordnet, dass das Tier begutachtet und vor Zeugen geritten werden sollte, um nachweisen zu können, dass es sich wirklich um einen geplanten Mordanschlag gehandelt hatte.

Schließlich war John mit dem wenigstens einigermaßen sicheren Gefühl von ihm geschieden, in dieser Angelegenheit alles getan zu haben, was in seiner Macht stand. Seine Aussage war aufgrund der Tatsache, dass er England bald zu verlassen gedachte, eidesstattlich aufgenommen worden und so konnte er sich beruhigt den weiteren Aufgaben, die seiner harrten, zuwenden.

Der Umweg über Sherfield, dem Wohnort der Familie Fortescue, hatte ihn viel Zeit gekostet und seinem Hengst zugesetzt. Doch war er von Charlottes Freundin, Miss Mary Fortescue, sehr angenehm überrascht gewesen. Sie war eine vernünftige, nervenstarke und warmherzige junge Frau, die ohne zu zögern eingewilligt hatte, unverzüglich nach Rockbury Castle aufzubrechen, um ihrer todkranken Freundin beizustehen. Man hatte ihn zwar genötigt, die Nacht im Hause der Fortescues zu verbringen, doch er hatte abgelehnt und war unverzüglich aufgebrochen. Die Auseinandersetzung mit Gwendolyn und ihrer Mutter stand noch bevor. Außerdem musste er vor seiner Abreise noch dringend David aufsuchen, um ihm die notwendigen Anweisungen für die finanzielle Versorgung von Charlotte und auch Miss Fortescue zu geben, solange diese sie pflegte, sowie für das Honorar von Dr. Williams.

Plötzlich fiel ihm ein, dass Charlottes Schal noch in seinen abgelegten Kleidern steckte. Schnell stand er auf, zog ihn aus der Tasche seiner Weste und verbarg ihn unter seinem Hemd. Die Vorstellung, dieses zarte Stückchen Stoff zu verlieren, das wie ein Teil von Charlotte, wie die Ahnung ihrer Anwesenheit schien, war für ihn auf eine seltsame Weise unerträglich. So war sie ihm wenigstens in seiner Vorstellung nahe. Dann schlief er ein.

Kurz vor der Lunchzeit betrat John den Salon, in dem sich seine Gattin für gewöhnlich aufzuhalten pflegte. Wie ihm der Butler mitteilte, waren sowohl Gwendolyn als auch Lady Wellesley schon vor Stunden über seine Ankunft informiert worden und erwarteten ihn ungeduldig.

Wie er es vermutet hatte, fand er die beiden in erwartungsvoller Anspannung vor. Eine scharfe Auseinandersetzung stand bevor, das spürte er sofort. Percy Wellesley hatte wohl schon entsprechende Kunde von den Vorfällen auf Rockbury Castle verlauten lassen. John räusperte sich und eröffnete das Gespräch mit einem höflichen, aber distanzierten Gruß an seine Gattin und Lady Wellesley.

Gwendolyn hielt es nicht für nötig, seinen Gruß zu erwidern, sondern drehte ihr Gesicht schnippisch zur Seite. Stattdessen ergriff ihre Mutter das Wort: »Lord Battingfield, ich bin zumindest erfreut, dass Sie endlich wieder den Weg hierher gefunden haben, gleichwohl ich nicht umhin kann, meiner tiefen Beunruhigung über Ihr derzeitiges Benehmen Ausdruck zu verleihen.«

John beschloss, sich ohne weitere Umschweife in die Auseinandersetzung, die ohnehin unweigerlich erfolgen musste, zu begeben. Er hatte weder Zeit noch Lust, sich in unnötigem Geplänkel zu ergehen und erwiderte kühl: »Ich wüsste nicht, was an meinem Benehmen so beunruhigend sein sollte, Mylady.«

Wie er es erwartet hatte, führte dieser Satz zu unmittelbarer Aufregung seitens der Damen. »Wie können Sie es wagen, Mylord?«, japste Lady Wellesley empört. Ihre üppige Brust wogte. »Sie haben sich Unglaubliches geleistet! Sie haben Mr Terency verhaften lassen, den Sohn des Marquis of Hastings and Chesterford! Wie mir berichtet wurde, haben Sie ihn wohl auch vor aller Augen tätlich angegriffen. Sind Sie noch bei Sinnen? Ahnen Sie denn überhaupt, was das für einen gesellschaftlichen Skandal in London – was sage ich! – in ganz England geben wird? Allein das Gerede! Darüber hinaus haben Sie wohl sehr bewusst wieder Kontakt zu dieser, sagen wir … zweifelhaften jungen Dame gesucht, dieser Miss Millford! Mylord, ich muss Sie wohl nicht daran erinnern, dass Sie ein verheirateter Mann sind. Sie haben meine Tochter auf unverantwortliche Weise kompromittiert!« Lady Millford war ganz flammende Entrüstung.

Natürlich lief die Argumentation darauf hinaus, dessen war er sich spätestens seit seinem Gespräch mit seinem Schwager vollauf bewusst gewesen und er war sich der Konsequenzen seines Handelns ebenso bewusst. Aber er hatte seine Entscheidung getroffen und seitdem diesbezüglich eine große innere Ruhe empfunden. Es war endlich richtig.

»Wenn ich dich, Gwendolyn«, er sprach seine Ehefrau nun direkt an, »kompromittiert habe, dann tut es mir leid. Es lag nicht in meiner Absicht, aber ich versichere dir, ich hatte keine andere Wahl. Ich hoffe, du verstehst das. Wenn nicht, kann ich es nicht ändern und werde mich auch nicht dafür entschuldigen. Ich würde es jederzeit wieder tun.«

Sie schnappte nach Luft, sah kurz zu ihm hin, wendete sich dann aber schnell wieder ab.

Er registrierte mit seltsamer Distanziertheit, mit der er das Geschehen, während er sprach, auch gleichzeitig wie ein Außenstehender beobachtete, dass ihm ihre Reaktion und auch ihre Meinung völlig gleichgültig waren und fuhr an ihre Mutter gerichtet fort: »Was die von Ihnen als angeblich so skandalös empfundene Verhaftung Terencys betrifft, Lady Wellesley, so muss ich Ihnen meinerseits mitteilen, dass diese nur allzu berechtigt war. Ich hoffe und bete zu Gott, dass diesen gewissenlosen Frauenschänder und Mörder seine gerechte Strafe ereilt und er aufgeknüpft wird wie ein gemeiner Verbrecher. Hoffentlich leidet er recht lange! Er hätte es verdient!«

Lady Wellesley ließ an dieser Stelle ein empörtes »Oh!« hören und sank auf einen Sessel, augenscheinlich einem Schwächeanfall nahe, der sie aber natürlich nicht daran hinderte, loszukeifen: »Sie sind impertinent, Mylord! Mr Terency ist von äußerst hoher Geburt. Solche Verdächtigungen auch nur in den Mund zu nehmen! Sein Vater wird mich dafür verantwortlich machen. Wissen Sie eigentlich, was Sie angerichtet haben?«

Johns Stimme wurde scharf: »Nein, aber ich weiß, was *Sie* angerichtet haben, Lady Wellesley! Sie waren doch auf das Genaueste über den nur zu berechtigten Verdacht, unter dem Terency stand und über die Umstände seiner Verbannung aus England informiert. Wie konnten Sie es auch nur in Erwägung ziehen, einen solchermaßen verderbten Menschen in das Haus des ahnungslosen Sir Alistair einzuführen? Sie sollten sich darüber Gedanken machen, was für Konsequenzen das für *Sie* haben wird.«

Lady Wellesley richtete sich auf und sah ihn an, sichtlich blasser geworden. Dann ging sie zum Gegenangriff über. »Ich bin mir keiner Schuld bewusst. Der Herzog selbst hat mich in einem Brief ausdrücklich darum gebeten, mich für Mr Terency einzusetzen, vor allem im Hinblick auf eine Vermählung …«

»Und da kam Ihnen die Nichte von Lady Millford gerade recht …«, vollendete John den Satz wütend.

»In der Tat!«, gab Lady Wellesley schnippisch zurück. »Sie glauben ja wohl nicht im Ernst, dass Mr Terency mit seiner Vorgeschichte darauf hoffen konnte, einer jungen Dame von edler Abstammung und guter Erziehung vorgestellt zu werden.«

»Aber Charlotte Brandon war wohl gut genug für dieses Schwein!«, John war erregt auf sie zugegangen und fuhr sie jetzt mit zornbebender Stimme an: »Sie ist ja schließlich nicht *von hoher Geburt*. Da macht es ja nichts aus, wenn er sich an ihr vergreift oder versucht, sie umzubringen. Dann hat sie eben Pech gehabt, nicht wahr? Es hätte ja auch klappen können und wenn nicht, wäre der Schaden nicht groß gewesen und man hätte es totschweigen können, wie in den anderen Fällen vorher auch. Ist das so?!«, schrie er sie an. Sein Zorn war übermächtig.

Lady Wellesley schwieg mit zusammengekniffenem Mund und bestätigte damit, dass genau dies ihre Überlegungen gewesen waren.

Stille trat ein. John atmete tief durch, dann sagte er klar und überlegt: »Meine Damen, ich muss Ihnen sagen: Sie widern mich an!«

Da begann Gwendolyn schrill zu kreischen: »Und wenn schon! Sie hat es verdient! Diese Charlotte Millford ist nichts weiter als ein hinterhältiges, wertloses Frauenzimmer.«

»Schweig!«, donnerte er sie an. »Ich dulde nicht, dass du noch ein einziges Mal ihren Namen oder ihre Ehre beschmutzt. Sie ist die Frau, die ich liebe. So, jetzt weißt du es! Und es ist mir völlig gleichgültig, ob dir das passt oder nicht. Ihr, diese ganze verlogene Gesellschaft, seid es nicht wert, über sie zu urteilen. Ihr habt jedes Maß verloren. Ihr deckt einen Mörder und Verbrecher, macht euch mit ihm gemein und erfrecht euch, über Charlotte zu urteilen, die euch an Charakter, Verstand und Herzensgüte haushoch überlegen ist.«

Die Worte taten ihre Wirkung. Gwendolyn war endlich still.

»Gwendolyn, ich denke, du siehst ein, dass wir unsere Ehe in der bisherigen Form nicht mehr fortsetzen können«, sagte er nun sehr ruhig. »Ich teile dir hiermit mit, dass ich meine Karriere bei der Marine wieder aufzunehmen gedenke. Ein Schritt, den ich übrigens schon vor den Vorfällen in Rockbury Castle in die Wege geleitet habe und der nichts mit Miss Brandon zu tun hat, die überhaupt völlig schuldlos an der jetzigen Entwicklung ist. Ich werde mich morgen nach Portsmouth begeben, um das Kommando auf einem Forschungsschiff zu übernehmen, der HMS Hecla. So wie die Dinge liegen, besteht die Gefahr – oder besser vielleicht: die *Aussicht* –, dass ich von dieser Reise nicht mehr zurückkehren werde. Das wird dir vermutlich entgegenkommen. Ich bin mir aber der Verantwortung für das Kind, das du unter dem Herzen trägst, mehr als bewusst. Deshalb werde ich, was mich betrifft, unsere Ehe zumindest auf dem Papier fortbestehen lassen. Solltest du die Scheidung vorziehen, sei dir das unbenommen. Ich werde meinen Bruder anweisen, dann die entsprechenden Schritte einzuleiten. Du kannst dich an ihn wenden. Im Hinblick auf deine Stellung und auf die Anerkennung und Absicherung unseres gemeinsamen Kindes empfehle ich dies aber nicht. Wenn du willst, kannst du hier im Schutze deiner Familie bleiben, auch wenn ich zurückkehren sollte. Wir werden unser gemeinsames Eheleben in keinem Fall mehr fortführen. Ich denke, das ist in deinem Sinne!«

Ohne noch weitere Erwiderungen abzuwarten, wandte er sich zur Tür, dann aber drehte er sich noch einmal um: »Gwendolyn, es tut mir leid. Ich wollte, ich wäre dir ein besserer Ehemann gewesen, aber unsere Ehe war ein einziger großer Fehler. Trotzdem wünsche ich dir für die Niederkunft nur das Beste. Ich werde beten, dass dir und dem Kind nichts geschieht und ich verspreche dir, das Kind in jeder Form als das meine zu achten und zu lieben. Leb wohl!«

Damit verließ er den Raum. Es war ihm, als habe sich gerade eine Kerkertür geöffnet, die ihm den Weg in die Freiheit seit Jahren versperrt hatte.

Er kehrte zurück in sein Zimmer und begann, einige wenige Sachen zu packen. Den Rest würde er von der Dienerschaft nach Portsmouth schicken lassen. Es war besser, er verließ das Haus jetzt sofort, ohne weiteren Auseinandersetzungen Raum zu geben. Was hätte das auch für einen Sinn gehabt, sein Entschluss war unumstößlich.

Schließlich war er fertig und legte die Hand auf die Türklinke. Da fiel sein Blick auf den Rubinring, den er immer noch trug. Den hatte er anlässlich der Eheschließung mit Gwendolyn von Lord Wellesley überreicht bekommen. Für ihn immer ein Zeichen seiner Gefangenschaft, aber man hatte ausdrücklich von ihm erwartet, dass er ihn trug. Diesen Ring würde er bestimmt nicht mitnehmen. Er setzte seine Tasche ab, zog mit etwas Mühe den Ring vom Finger und legte ihn offen und gut sichtbar auf den Sekretär.

Und wenn Gwendolyn nun trotz aller rechtlichen Hemmnisse die Scheidung betrieb, so konnte er es nicht ändern. Es wäre zwar recht dumm von ihr, aber immerhin nachvollziehbar. Er hatte schließlich vor Zeugen eingestanden, eine andere Frau zu lieben. Vielleicht würde durch dieses Eingeständnis auch Charlotte Schaden entstehen, obwohl dieser kaum noch größer werden konnte, doch er glaubte, dass sie durch die finanzielle Absicherung, die er ihr zukommen lassen würde, in der Lage wäre, sich darüber hinwegzusetzen. Ohnehin schien ihr nie wirklich daran gelegen gewesen zu sein, sich den Regeln und Erwartungen der Gesellschaft zu unterwerfen. Sie hatte es eher gezwungenermaßen getan. Er hoffte, ihr nun wenigstens auf diese Weise den notwendigen Freiraum geben zu können, wenn er sie auch nicht umsorgen durfte, wie er es nur zu gerne getan hätte.

Einige Zeit später traf er in Davids Kanzlei ein. Eine bleierne Müdigkeit saß ihm in den Knochen, der er aber noch nicht nachgeben durfte. Es gab noch so vieles zu bedenken, wollte er die Dinge geordnet hinterlassen und das betrachtete er als seine letzte Aufgabe in seinem alten Leben. Er war in einer seltsamen, beängstigend schicksalsergebenen Stimmung, die auch seinem Bruder sofort auffiel.

»John, du siehst furchtbar aus, wenn ich dir das sagen darf«, wurde er von diesem begrüßt, »ist etwas geschehen, das ich wissen sollte?«

»Guten Tag, David, lass mich erst einmal Platz nehmen.« Er ließ sich schwer in den Sessel gegenüber dem großen Schreibtisch fallen, der von reger Arbeit zeugte. David reichte ihm teilnahmsvoll ein Glas mit Brandy, das er auch dankend annahm. Nachdem er einen Schluck genommen hatte, schloss er die Augen und atmete tief durch. Dann wandte er sich konzentriert seinem geduldig abwartenden Bruder zu.

»Es ist allerdings eine ganze Menge passiert. Hast du ein bis zwei Stunden Zeit für mich? Es ist wichtig!«

»Selbstverständlich, John. Ich muss nur kurz Bescheid sagen, dass ich für den Rest des Tages nicht mehr zu sprechen bin.« David erhob sich, verließ den Raum, um seinem Personal die entsprechende Anweisung zu geben und kam kurz darauf zurück. »Jetzt bin ich aber wirklich gespannt.«

John schilderte seinem Bruder die Vorgänge der letzten Tage ausführlich, aber so sachlich wie möglich, was ihm angesichts des Vorgefallenen aber nicht immer gelang. David hörte zu, unterbrach ihn kaum, zeigte sich aber sichtlich mitgenommen von dem, was er aus dem Munde seines Bruders zu hören bekam.

Schließlich beendete John seinen Bericht damit, dass er sich gerade sozusagen von seiner Frau getrennt habe, jedoch nicht beabsichtige, eine Scheidung herbeizuführen, diese allerdings akzeptieren würde, wenn sie von Lady Battingfield gewünscht werde.

»John, alter Junge, es ist ein Wunder, dass du noch aufrecht stehst. Ich wüsste nicht, ob ich dem allen standgehalten hätte.«

»Ehrlich gesagt wäre ich auch sehr dankbar, wenn ich mich bei euch noch etwas ausruhen dürfte, da ich, wie du ja weißt, morgen Abend in Portsmouth meinen Dienst antreten muss. Es ist mir nur wichtig, die notwendigen Regelungen so zu treffen, dass sie – auch im durchaus möglichen Falle meines Todes oder falls ich als verschollen gelten sollte – von keiner Seite angefochten werden können. Du verstehst, was ich meine? Ich möchte auf alle Fälle vermeiden, dass die Familie meiner Frau Miss Brandon in irgendeiner Form die Apanage, die ich ihr zukommen lassen werde, streitig machen kann.«

David sah ihn ernst an: »Sicher, Bruder, das kann ich entsprechend für dich aufsetzen, natürlich auch die Geldanweisungen für Miss Fortescue und diesen Dr. Williams. Allerdings will ich doch sehr hoffen, dass du gesund zurückkehrst, John.«

Dieser überhörte den Wunsch geflissentlich, was David mit Besorgnis registrierte. Die Stimmung seines Bruders gefiel ihm ganz und gar nicht.

»Ich danke dir aufrichtig für deine Bemühungen!« John stand auf. »Da fällt mir ein, kannst du mir erklären, was eigentlich aus Millford Hall wird, wenn Sir Alistair stirbt und Lady Millford keinen Erbberechtigten vorweisen kann?«

»Ja, sicher! In einem solchen Fall fallen Titel und Land zurück an die Krone, der Besitz auch, sofern der Betreffende keine geschäftlichen Verfügungen – zum Beispiel über einen männlichen Treuhänder zum Schutz und zur finanziellen Absicherung seiner weiblichen Angehörigen – getroffen hat, was allerdings das Übliche ist, wie du sicher weißt. Dies hat Sir Alistair aber offensichtlich versäumt, sonst hätten sich die Ereignisse wohl nicht so fatal entwickelt. Und Lady Millford war wohl völlig besessen von dem Gedanken, sich einen reichen Schwiegersohn zu angeln.«

»Der alte Narr! Ich will ihn nicht schmähen, er war immer ein gutherziger Mann. Aber in diesen Dingen hat er doch eine sehr unglückliche Hand bewiesen, obwohl ich damit das Verhalten Lady Millfords in keiner Weise rechtfertigen will, da es in seiner Kaltherzigkeit und bedenkenlosen Grausamkeit gegenüber Miss Brandon kaum mehr zu überbieten ist.«

»Immerhin wäre das Anwesen zu retten, wenn sich ein Käufer fände. Der Erlös flösse dann aber an die Krone.«

»Tatsächlich? Das ist interessant.« John setzte sich wieder und rückte seinen Stuhl interessiert näher an den Schreibtisch. »Hast du Erfahrung in diesen Dingen?«

»Ich selbst nicht, aber ein vertrauenswürdiger Kollege von mir.«

»Nun, du weißt ja sehr gut über meine finanziellen Mittel Bescheid, David. Hältst du es für sinnvoll, das Gut mit dem Herrenhaus zu erwerben?«

»Das ist eine lohnende Überlegung, zumindest dann, wenn es wieder gewinnbringend genutzt wird. Man erzählt sich ja, dass der Baronet, wie bereits sein Vater auch, mit seinen Geschäften keine gute Hand bewiesen hat. Das Land allerdings ist prachtvoll und würde sicher bald Gewinn abwerfen.«

»Zum Beispiel mit einer Pferdezucht …?«

David begann zu verstehen und lächelte seinem Bruder schelmisch zu. »Ja, zum Beispiel mit einer Pferdezucht und ich glaube, ich weiß auch schon den richtigen Mann, der diese Aufgabe übernehmen könnte.«

»Mein Bruder ist ein Mann mit einer schnellen Auffassungsgabe. Das wusste ich schon immer«, sagte John und lächelte nun ebenfalls, »in diesem Fall sollte es Miss Brandon allerdings freistehen, dort zu leben, wenn sie möchte. Kannst du ihr das mitteilen? Ich wäre dir wirklich sehr dankbar, David!«

»Wie du wünschst!« Beide erhoben sich. David ging um den Schreibtisch herum und nahm seinen älteren Bruder fest in den Arm: »Ich wünsche dir von Herzen alles Gute, John! Und komm ja wieder zurück von deiner Reise ins Unbekannte, das rate ich dir«, drohte er ihm, »ich wäre dir sonst ernsthaft böse, verstanden! Denn dann hätte ich die ganze Last mit dem Titel eines Barons von Dullham am Hals und das kannst du mir nicht antun. Dazu bin ich viel zu gerne Anwalt. Also unterstehe dich, auf See zu bleiben!«

»Ich werde mein Möglichstes tun! Aber nun brauche ich ein Bett und endlich Schlaf bis morgen früh! Die Unterschriften leiste ich morgen, bevor ich abreise, einverstanden?«

David nickte und begleitete seinen Bruder hinaus.

Als dieser die Kanzlei verlassen hatte, setzte er die gewünschten Papiere auf und schrieb dann einen Brief an diese junge Frau, die er nicht einmal kannte, aber die offenbar das Herz seines Bruders auf eine Weise eingenommen hatte, wie er es nicht für möglich gehalten hätte. Sie musste, nach allem, was er nun gehört hatte, ein außergewöhnliches Geschöpf sein. Er wünschte inständig, dass es einen guten Ausgang für diese ungewöhnliche Liebe geben mochte, denn sonst, so fürchtete er, würde sein Bruder unweigerlich zugrunde gehen.

Kapitel 39

Ein Traum – rot, quälend, dann dunkle Stille – Nacht, die ihre Brust wie mit Zentnerlast zusammenpresste und sie zu ersticken drohte – Hilfe, warum kam keiner zu Hilfe? – Johns Augen, seine Hände, die sie hielten und ihr den Weg wiesen zurück ins Licht – seine Stimme flüsterte ihren Namen: Ich liebe dich, Charlotte Elisa Brandon – Worte, die in ihr widerhallten wie eine ferne Glocke – Geh nicht fort, John! – John? – Jemand gab ihr zu trinken – Schmerz, rot glühender Schmerz, der dumpfer wurde – Hände, die sich an ihr zu schaffen machten, sie wuschen, hin und her drehten – Lasst mich! – John! Hilf mir! – Ich liebe dich, Charlotte Elisa Brandon …

»Charlotte, Liebes, wach auf! Ich bin es, Mary! Bitte, wach auf, du musst etwas trinken!«

Sie tauchte auf, wie aus einem tiefen Wasser und rang nach Luft. Alles tat ihr weh, ihre Zunge klebte an ihrem Gaumen. Sie kannte diese Stimme! Wer war die Frau? Sie versuchte verzweifelt, die verschwommenen Schemen zu erkennen. Endlich gelang es ihr. Ihr wurde schlecht und sie erbrach sich, doch es kam nur etwas Galle. Hilfreiche Hände und kühle, feuchte Tücher taten ihr wohl.

»Charlotte, meine arme Charlotte, was hat man dir nur angetan?«

Jetzt erkannte sie das Gesicht: »Mary …?«

»Mein Gott, endlich erkennst du mich! Hier, trink! Du musst unbedingt etwas trinken!«

Folgsam tat Charlotte, wie ihr geheißen wurde. Sie fühlte sich so unendlich schwach. Einige wenige Schlucke und sie war völlig erschöpft.

»Mary? Wo bin ich?«

»Ach, Charlotte, meine liebe Charlotte, du bist im Haus von Dr. Williams. Komm, hier, trink noch etwas.«

Wieder nahm sie ein paar Schlucke und merkte, wie ihr Verstand klarer wurde.

»Wieso bin ich hier? Wie kommst du hierher?«

»Ich bin hier, weil Captain Battingfield mich geholt hat. Er hat gesagt, du brauchst mich! Und weiß Gott, er hatte recht. Wir hatten solche Angst, dass du stirbst. Du warst so krank!«

»John! Ist er hier?«

Mary schüttelte den Kopf. Charlotte fühlte augenblicklich einen tiefen Schmerz. Er war nicht da! Warum nicht? Sie brauchte ihn doch! Ihre Augen füllten sich mit Tränen. Mary strich ihr über den Kopf. »Du musst noch ein wenig trinken, Liebes! Ich hole schnell Dr. Williams. Bitte, bleibe ganz ruhig. Wir werden dir beizeiten alles erklären, versprochen!«

Charlotte schluckte folgsam. Ausruhen! Dr. Williams. Wer war Dr. Williams? Was war geschehen?

Etwas fiel ihr ein: ein schwarzer Hengst. Sie hatte solche Angst. Seine Hufe trommelten auf den Boden. Ihre Hände verkrampften sich in der Bettdecke. Sie war gefallen. Sie hörte ihren eigenen Schrei.

In diesem Augenblick trat ein fremder Mann ins Zimmer. Nein, nicht fremd, sie kannte sein Gesicht. Es war ein freundliches Gesicht mit besorgt blickenden, blaugrauen Augen.

»Miss Brandon, was ist? Sie müssen sich beruhigen!«

»Der Hengst, ich will nicht auf den Hengst!« Sie begann zu zittern.

»Mein Kind, Sie sind in Sicherheit! Keiner tut Ihnen etwas! Sie sind vom Pferd gestürzt und waren sehr, sehr krank. Aber nun werden Sie wieder gesund.«

»Ich war krank? Wie lange?«

»Zehn Tage lang haben Sie uns die allergrößten Sorgen gemacht, Miss Brandon! Wie froh bin ich, dass Sie wieder unter uns weilen.«

»Kann ich noch etwas zu trinken haben?«

»Aber natürlich! Je mehr, desto besser!«

»Ich habe auch Hunger!«

»Sie hat Hunger! Das ist die beste Nachricht seit Tagen.« Dr. Williams strahlte. »Miss Fortescue, laufen Sie schnell zu meiner Frau und bitten Sie sie um etwas Haferschleim. Mehr darf ich Ihnen noch nicht geben, meine Liebe. Sie haben lange nichts zu sich genommen, etwas anderes können Sie noch nicht verkraften.«

Charlotte schloss die Augen. Sie fühlte sich benommen, merkte aber, wie sich ihre Gedanken zu ordnen begannen. Zehn Tage waren seit ihrem Sturz vergangen, sagte Dr. Williams. Die Tage dazwischen waren wirr und ohne klare Erinnerung. Aber sie erinnerte sich daran, dass sie von dem schwarzen Hengst gestürzt war. Da war ein Abgrund gewesen. Sie riss erneut in Panik die Augen auf. Dr. Williams nahm ihre Hand.

»Mein Kind, Sie haben Schlimmes erlebt und noch Schwereres durchgemacht. Es ist ein wahres Wunder, dass Sie wieder soweit hergestellt sind. Ich hatte schon fast die Hoffnung aufgegeben. Ich werde Ihnen berichten, was geschehen ist. Sie sind jetzt durcheinander, das ist nur zu verständlich. Aber nun müssen Sie erst noch ein wenig kräftiger werden. Morgen oder übermorgen werde ich Ihnen alles berichten, was ich weiß. Bis dahin versprechen Sie mir, dass Sie eine brave Patientin sind und nur essen, trinken und schlafen, nicht wahr? Haben Sie Schmerzen?«

»Ja, aber es ist nicht so schlimm. Ich denke, ich werde es ertragen können. Ich erinnere mich: da war Schmerz, schrecklicher Schmerz und irgendetwas hielt mich fest. Ich wollte weg, aber es ging nicht.«

Dr. Williams Blick verdunkelte sich und sein Gesicht wirkte traurig. Warum?

»Wo ist John? Er war doch da, er war die ganze Zeit da. Mary sagt, er sei nicht hier. Ich habe ihn doch rufen hören. Er sprach mit mir!«

Dr. Williams strich ihr tröstend über den Kopf. »Sie haben recht, er war bei Ihnen in Ihren dunkelsten Stunden. Sie haben ihm viel zu verdanken. Ohne ihn wären Sie nicht mehr hier. Aber er musste fort. Er konnte nicht bleiben. Er hat es sehr bedauert und Sie deshalb Miss Fortescue, meiner Frau und mir anbefohlen. Sicher werden Sie ihn wiedersehen. Aber nun ruhen Sie sich aus. Das ist jetzt Ihre wichtigste Aufgabe: schlafen, essen, trinken. Mehr nicht!«

Sie nickte vorsichtig und versprach, folgsam zu sein. Besser nicht so viel denken. Das Denken machte Angst, so viele Fragen!

Mary kam zurück mit dem Haferschleim. Tapfer versuchte sie, einige Löffel davon zu schlucken, musste aber bald aufgeben. Sie war noch zu schwach. Erschöpft schlief sie wieder ein.

Zwei Tage später setzte sich Dr. Williams an ihr Bett und erzählte ihr, was sich ereignet hatte. Sie hörte ihm zu, ungläubig, doch es dämmerte ihr, dass es stimmte. Obwohl sie noch sehr geschwächt war, kehrte mehr und mehr ihre Erinnerung an das Geschehen auf Rockbury Castle zurück und es gelang ihr, die Bilder zu ordnen.

»Terency …?«, fragte sie ängstlich.

Dr. Williams lächelte sie tröstend an: »Sie brauchen keine Angst mehr vor ihm zu haben. Er ist verhaftet und nach London überführt worden zusammen mit seinen drei Mittätern. Auch hier hat Captain Battingfield gute Arbeit geleistet. Es sind viele Beweise gesammelt worden, sodass wir alle aufrichtig hoffen, dass ihn seine Strafe ereilen wird.«

»Ich hätte auf John hören sollen. Er wollte mich von dort wegholen.«

»Was geschehen ist, ist geschehen, Miss Brandon. Er hat auch so für Sie getan, was in seiner Macht stand.«

»Wo ist er jetzt? Sie sagten, er musste fort.«

Dr. Williams blickte sie an: »Er hat es Ihnen wohl nicht berichten können im Strudel der Ereignisse. Captain Battingfield hat wieder ein Kommando angenommen auf einem

Forschungsschiff, der HMS Hecla. Er wird zusammen mit Admiral Peary im Auftrag der Marine eine Erkundungsreise machen.« Absichtlich drückte er sich in diesem Punkt vage aus, da er befürchtete, seine noch immer sehr schwache Patientin zu sehr zu beunruhigen, wenn er ihr über das Ziel der Reise Genaueres berichtete.

Charlotte schwieg einen Augenblick und dachte über das Gehörte nach. Es war nur zu verständlich, dass er diese Entscheidung getroffen hatte. Sie hatte ihm ja ausdrücklich gesagt, dass er sich von ihr fernhalten solle. So richtig ihr diese Entscheidung auch damals schien und so richtig sie auch heute noch war, sie bedauerte es dennoch maßlos. Doch sie musste es akzeptieren, es gab ja keinen anderen Weg, obwohl sie sich so sehr nach ihm sehnte. John war nach wie vor ein verheirateter Mann. Sie hatte keinerlei Anrecht auf ihn. Erstaunlich, dass Dr. Williams ihre Fragen nach ihm so bereitwillig beantwortete. Ob er wusste, was zwischen ihnen war? Sie schaute den Arzt unsicher an. Dieser missdeutete ihre Beunruhigung.

»Sie sollten sich nicht sorgen, Miss Brandon. Sicher, es ist eine gefährliche Unternehmung, aber er wird zurückkehren, ganz bestimmt. Er hat Sie sehr lieb.«

Charlotte zog es vor, darauf nichts zu erwidern.

»Wann kann ich aufstehen?«, fragte sie stattdessen.

Dr. Williams wirkte plötzlich sehr betroffen. »Sie erinnern sich nicht, nicht wahr?«

Charlotte bekam plötzlich starkes Herzklopfen. Doch, da war etwas, das an einem Zipfel ihrer Erinnerung zerrte. Da war John, der mit ihr sprach, dann ein Tisch mit Fesseln und Riemen. Johns Augen, die sie unverwandt ansahen und dann ein unvorstellbar grausamer Schmerz, der sie in eine finstere Enge katapultierte. Sie erinnerte sich, verzweifelt dagegen angekämpft zu haben, doch plötzlich war ihr der Wille zu leben wie das Ufer eines Flusses entglitten. Sie selbst war in Gleichgültigkeit und Vergessen abgetrieben. Ein seltsam schwereloser Zustand. Doch dann hatte sie ihn verzweifelt ihren Namen rufen hören. Sie wollte zu ihm und begann erneut, gegen das Vergessen anzukämpfen. Sie spürte seine warmen, starken Hände. Dann versank alles in rotem Dämmer.

Ihr Bein! Die Erkenntnis traf sie wie ein Schlag. Sie schlug die Decke zurück und sah den Stumpf, der knapp unterhalb des Knies endete und neben ihrem rechten, unversehrten Bein wie nicht zu ihr gehörend lag.

Ein unterdrückter Schrei des Entsetzens und der Abscheu vor sich selbst entfuhr ihr, dann wandte sie sich zur Seite und begann hemmungslos zu schluchzen.

Plötzlich war Mary da, nahm sie in den Arm und tröstete und wiegte sie wie ein kleines Kind. »Mary, ich wollte, ich wäre tot«, schluchzte Charlotte wieder und wieder. Nichts schien sie trösten zu können. Irgendwann beruhigte sie sich ein wenig aus purer Erschöpfung. Sie versuchte, die Wahrheit zu akzeptieren. Sie hatte ihr Bein verloren! Sie war für immer verkrüppelt! Es war furchtbar! Wie sollte sie nur weiterleben? Wieder brach ein Strom von Tränen aus ihren Augen.

»Aber du lebst, und wir sind Gott unendlich dankbar dafür«, sagte ihre treue Freundin wohl zum hundertsten Mal und endlich schienen ihre Worte auf fruchtbaren Boden zu fallen. »Ich weiß, es ist schrecklich, aber du hast überlebt. Du bist stark, Charlotte! Du wirst auch lernen, damit zurechtzukommen. Gib nicht auf!«

Dieser Appell erinnerte sie daran, was sie John versprochen hatte. Auch er hatte sie angefleht, nicht aufzugeben. Sie durfte ihn nicht enttäuschen. Sie würde ihn nicht enttäuschen. Sie fühlte sich müde und leer geweint und wollte nur noch schlafen.

Einige Stunden später wachte sie wieder auf. Es dämmerte bereits. Mary saß mit einer Handarbeit an ihrem Bett.

»Wie geht es dir, Liebes?«, fragte Mary teilnahmsvoll.

Sie seufzte. Nein, es war kein Traum gewesen, es war die grausame Wahrheit und sie musste sie akzeptieren. »Ich schätze, ich werde lernen müssen, wie ein alter Seemann herumzulaufen, das wird ein seltsamer Anblick werden«, versuchte sie einen Scherz zu machen, obwohl ihr nicht nach Scherzen zumute war.

»Das ist die Charlotte, die ich kenne.« Mary legte ihre Handarbeit zur Seite und setzte sich zu ihr auf das Bett. »Nun können wir beginnen, an deiner Genesung zu arbeiten. Du willst ja wohl nicht klein beigeben, oder?«

Charlotte schüttelte tapfer den Kopf. Nein, das wollte sie gewiss nicht. Terency sollte nicht gewinnen. Er hatte versucht, sie zu vernichten, aber es sollte ihm nicht gelingen.

»Kann ich dir irgendetwas Gutes tun?«, fragte Mary beflissen.

»Ja, du könntest mir berichten, was sonst noch geschehen ist. Mir fehlen zwei Wochen in meiner Erinnerung. Wenn ich mich schon aufraffen will, dann muss ich wissen, was in der Zwischenzeit geschehen ist.«

Mary zögerte. »Nun, der Coroner war hier, hat aber eingesehen, dass du nicht vernehmungsfähig warst.«

»Dann sollten wir ihm Bescheid geben, dass ich es jetzt bin.«

»Bist du dir sicher? Vielleicht belastet es dich doch zu sehr, dich wieder mit den Geschehnissen beschäftigen zu müssen.«

Charlotte schluckte schwer, meinte dann aber entschlossen: »Mag sein, dass es mich belastet, aber wenn ich dazu beitragen kann, dass Terency, dieser Verbrecher, zur Rechenschaft gezogen wird, dann werde ich alles, was in meiner Macht steht, dafür tun.«

»Warum hast du mir nicht geschrieben? Du hättest doch zu uns kommen können!«, fragte Mary mit leichtem Vorwurf in der Stimme.

»Ach, Mary, ich wünschte, ich hätte es getan. Aber wie Dr. Williams sagte, was geschehen ist, ist geschehen. Weißt du, es war nicht leicht für mich in dieser Situation. Ich hatte es erwogen, zu euch zu fliehen, aber ich hatte doch keine finanziellen Mittel und kein Auskommen, kein Ziel. Es war aussichtslos und ich wollte euch nicht zur Last fallen. Deine Familie ist nicht eben vermögend. Ich wäre nur ein unnützer Esser mehr gewesen. Außerdem hätten sie bei euch zuerst nach mir gesucht. Was hätte es für einen Sinn gehabt, mich bei euch zu verstecken?«

Mary schüttelte unwillig den Kopf, musste dann aber widerstrebend zugeben, dass Charlottes Entscheidung zumindest nachvollziehbar war.

»Außerdem«, setzte Charlotte mit Bitterkeit in der Stimme nach, »wer hätte mir geglaubt? Nicht einmal Lady Millford hat mir Glauben geschenkt als ich ihr sagte, dass sich Terency an Emmy, einem unserer Dienstmädchen, auf gewalttätigste Weise vergangen hat.«

»Er hat was?«, ihre Freundin sah sie entsetzt an. »Wann ist das gewesen?«

»Verzeih mir, Mary, ich konnte es euch nicht berichten, ich hatte mein Wort gegeben. Aber ich denke, nun ist es an der Zeit, dass dies berichtet wird. Er tat es, als ihr zu Besuch wart auf Millford Hall. Du erinnerst dich, dass Terency fortging, um seine Bilder für die Laterna magica herauszusuchen und merkwürdig lange nicht wiederkam?«

Marys Augen wurden riesengroß. »Dieser Unmensch! Und du wusstest es?«

Charlotte nickte. »Ich erfuhr es am Tag danach, als ihr gegangen wart. Ich wollte ja herausfinden, warum sich Terency so schnell davongemacht hatte.«

Mary sah sie mitfühlend an: »Du Ärmste, was musst du an Ängsten ausgestanden haben.«

Charlotte blickte zur Seite: »Sprechen wir nicht mehr davon! Übrigens ist Emmy schwanger von ihm. Aber ich konnte sie bei einer wohlmeinenden Familie unterbringen, sonst hätten wir wohl wirklich einen Todesfall zu beklagen. Es war ein wahres Glück, dass Dr. Banning Rat wusste.«

»Der Coroner sagt, er hätte auch versucht, dich ...«, Mary sprach nicht weiter.

»Ja, das ist wahr. Aber ich konnte ihm dank eines glücklichen Zufalls im letzten Augenblick entweichen, sonst hätte mich wohl das gleiche Schicksal wie Emmy ereilt.«

»Das ist ja furchtbar, Charlotte! Wie konnte Lady Millford diesen Menschen bei sich im Hause dulden?«, Mary war ehrlich empört.

»Das tat sie, weil sie verzweifelt hoffte, dass meine Verbindung mit Terency sie aus ihrer Misere retten würde, die sie nach dem Tode meines Onkels unweigerlich ereilen wird. Sicher, Lady Millford ist eine kaltherzige Frau und ich hasse sie für die Rolle, die sie in der ganzen Angelegenheit gespielt hat. Aber sie ist auch ein Opfer der Umstände.« Charlotte hatte mit einer Erregung gesprochen, die ihrer Freundin Anlass zur Besorgnis gab.

»Sollen wir besser nicht mehr davon sprechen, Liebes? Du sollst dich nicht aufregen, sagt Dr. Williams.«

»Es ist aber notwendig, sich aufzuregen!«, meinte Charlotte bissig. »Siehst du nicht, dass es auch die ungerechten Umstände sind, in denen wir Frauen leben, die zu solchen Dingen führen? Selbst wenn man Terency und seine ekelhaften Freunde verurteilt, fürchte ich, dass noch viele Frauen, seien sie aus niederem Stande oder von adeliger Herkunft, in derlei ausweglose Situationen geraten werden. Und das ist schrecklich, das versichere ich dir. Ich habe es ja am eigenen Leibe erlebt. Sieh dir an, was mir widerfahren ist und dabei habe ich noch Glück gehabt, dass ich Menschen hatte, die für mich einstanden.« Ihr Blick wurde einen Augenblick weich, als sie daran dachte, wie verzweifelt John versucht hatte, sie aus ihrer Zwangslage zu retten. »Aber die meisten haben das nicht. Und dann werden sie auch noch dafür gedemütigt. Es ist nicht zu ertragen. Das Schicksal Emmys hat mich wirklich empört.«

»Aber was willst du dagegen tun? Das ist nun mal der Lauf der Dinge«, gab ihre Freundin zu bedenken.

»Ich werde das nicht akzeptieren. Dass ich überlebt habe, soll nicht ohne Grund geschehen sein.« Charlotte merkte, wie ihr schwindlig wurde. Die Erregung, die sie ergriffen hatte, blieb nicht ohne Folgen. Ihre Freundin sah es und reagierte mit Sorge. »Du legst dich jetzt besser wieder hin, Charlotte. Wir werden ein andermal darüber sprechen. Heute wirst du die Welt nicht mehr aus den Angeln heben. Komm hier, trinke etwas und dann schlafe dich gesund. Morgen werden wir weitersehen.«

Charlotte war dankbar für die Fürsorge und tat, wie ihr geheißen wurde. Sie ergriff Marys Hand, als diese aufstehen wollte. »Ich bin froh, eine Freundin wie dich zu haben«, sagte sie müde und schloss die Augen.

»Und ich schätze mich glücklich, dich meine Freundin nennen zu dürfen.«, sagte diese, strich der Kranken über den Kopf und verließ leise das Zimmer.

Kapitel 40

Meinen Sie, wir können ihr die Briefe jetzt geben, Dr. Williams? Ich habe Sorge, dass sie einen Rückfall erleidet, immerhin ist auch ein Brief von Lady Millford dabei.« Mary blickte den erfahrenen Mediziner zweifelnd an.

»Ich denke schon«, erwiderte der Arzt und schaute aus dem Fenster nach seiner jungen Patientin, die auf einem Liegestuhl in der Sonne ruhte. »Sie hat sich in den letzten Tagen gut erholt, nachdem die Krisis überstanden war. Sie ist wirklich eine tapfere junge Frau, der Captain hat nicht übertrieben.«

»Sie hatten ihm geschrieben, dass es ihr besser geht?«

»Ja, selbstverständlich! Als ich sicher sein konnte, dass die Besserung von Dauer war. Ich denke, er hat wirklich ein Anrecht darauf zu wissen, wie es ihr geht. Nun kann ich es ihm ja nicht mehr mitteilen, sein Schiff ist vorgestern ausgelaufen. Gott sei Dank konnte ich ihm noch vor seiner Abreise Gutes berichten. Ich glaube, der Mann hätte es nicht verkraftet, wenn sie gestorben wäre. Gestern ist auch noch ein Brief per Eilboten von ihm eingetroffen. Er liegt auf meinem Schreibtisch. Ich werde ihn holen. Vielleicht geben Sie ihr diesen als Erstes zu lesen. Er wird sicher Angenehmes enthalten.«

Dr. Williams verließ das Zimmer und kehrte kurze Zeit später mit dem versiegelten Brief zurück. »Ich überlasse es Ihnen, ob Sie ihr gleich alle Briefe geben. Es ist ja nun doch ein ganzer Stapel geworden und sie wird Zeit brauchen, um die Neuigkeiten, die darin stehen, zu verkraften.«

Mary nickte zustimmend, nahm das Bündel Briefe, legte das Schreiben von Captain Battingfield obenauf und ging dann zu ihrer kranken Freundin hinaus in den herrlich erblühten Garten. Charlotte wendete ihr das Gesicht zu, als sie sie herankommen hörte. Sie sah jetzt schon wieder etwas besser aus. Obwohl noch immer recht hohlwangig und abgemagert durch die lange unfreiwillige Fastenzeit, hatte sie wenigstens einen Hauch von Farbe auf den vor Kurzem noch totenbleichen Wangen bekommen und auch die Augen wirkten wieder lebendiger. Über die rechte Schläfe lief eine rötlich verfärbte Narbe, die Mary aber geschickt mit dem langen, dunkelbraunen Haar der Freundin bedeckt hatte.

»Ist es nicht schön hier?«, fragte Charlotte. »So friedlich! Mrs Williams hat wirklich eine außerordentlich glückliche Hand mit ihrem Garten.«

»In der Tat«, sagte Mary und blickte sich ebenfalls um. Die Natur war inzwischen in voller vorsommerlicher Pracht erblüht. Bienen summten auf den prallen Blüten und die Vögel zwitscherten, als bliebe ihnen nur ein einziger Tag. Genau der richtige Ort, um gesund zu werden.

»Charlotte, ich habe hier einige Briefe für dich. Die meisten sind eingetroffen, während du im Fieber gelegen bist, aber wir haben sie dir vorenthalten, weil du einfach zu krank warst. Ich hoffe, du verstehst das. Aber nun meint Dr. Williams, du könntest dir eine Rückkehr in die Welt zumuten, wenn auch vorsichtig. Du musst es mir sagen, wenn es dich zu sehr ermüdet oder bedrückt. Versprichst du mir das?«

Statt zu antworten, reckte Charlotte neugierig den Kopf. »So viele? Wer sollte mir denn alles schreiben?«

»Nun, zum Beispiel Captain Battingfield«, meinte Mary mit einem schelmischen Lächeln und hielt ihr den Brief hin.

»Von John?«, fragte Charlotte erstaunt und brachte es fertig, trotz ihrer noch immer vorhandenen Blässe zu erröten. Zögernd ergriff sie das Schreiben, öffnete es dann aber hastig.

Portsmouth, 11. Mai 1818

Meine liebste Charlotte,

endlich erhalte ich Nachricht von Dr. Williams, dass es dir besser geht. Ich kann dir nicht sagen, wie froh mich das macht. Ich war so sehr in Sorge um dich, dass ich es kaum noch ertragen konnte. Mein armer Engel, was hast du nur durchgemacht? Ich mag gar nicht daran denken. Dennoch wagte ich es nicht, dir zu schreiben, in der Furcht, das könnte dich noch zusätzlich belasten! Du hattest ja damals im Garten von Rockbury Castle gesagt, ich solle nicht weiter in

dich dringen. Habe ich richtig gehandelt? Ich weiß es nicht!
Wie dir Dr. Williams sicher mitgeteilt hat, habe ich wieder ein Kommando übernommen. Heute in zwei Stunden werden wir auslaufen und ich weiß noch nicht, wann ich zurückkehren werde. Es ist eine Forschungsfahrt unter dem Kommando von Admiral Peary zur Erforschung der Nord-West-Passage. Ein spannendes und lohnendes Unternehmen!
Sicher wunderst du dich, dass ich wieder zur Marine zurückgekehrt bin, aber ich sah keine andere Möglichkeit. Es ist so viel geschehen. Diese Entscheidung traf ich, bevor die schlimmen Ereignisse, die dich betroffen haben und von denen ich bei Gott wünschte, ich hätte sie verhindern können, eintraten. Obwohl mich jetzt, da das Schiff bald ausläuft, Zweifel packen, ob ich mich richtig entschieden habe.
Sind wir denn wirklich so gebunden an die Pflicht? Kann man von uns fordern, dass wir so gegen das tiefste Verlangen unserer Seele handeln? Und wie dieses Verlangen bei mir aussieht, weißt du, meine Liebste. Sicher, du hast mir gesagt, dass ich dich gehen lassen muss, aber ich vermag es nicht. Jetzt, da dir dies alles widerfahren ist, umso weniger. Ich wünschte so sehr, ich hätte dich davor bewahren können.
Warum nur machen wir Menschen es uns so schwer? Warum ist es so schwierig, den richtigen Weg zu finden? Wir meinen, das Richtige zu tun und es geschieht das, was wir nicht wollen oder sogar fürchten. Jedoch, wer weiß, wofür es gut ist? Wir entscheiden uns auf dem Weg, ohne die Zukunft zu kennen. Im Rückblick erscheint manches in anderem Lichte.
Dennoch respektiere ich deinen Willen, wiewohl du mir zugestehen musst, dass ich dich anflehe, es dir

noch einmal zu überlegen. Nun tue ich es doch und dränge dich. Verzeih mir! Ich werde zurückkehren, das verspreche ich dir. Dann sollst du dich noch einmal entscheiden können und ich werde akzeptieren, was immer du tun wirst.
Unbenommen dessen habe ich für dich vorgesorgt. Du sollst dich nicht mehr abhängig machen müssen von deiner Verwandten, von der ich hoffe, dass sie für ihre Taten dereinst in der Hölle schmoren wird. Ich kann ihr nicht verzeihen! Wie konnte sie dir das antun? Ich bitte dich, wenigstens diese Gabe von mir anzunehmen. Sei versichert, dass du damit keinerlei Verpflichtungen mir gegenüber eingehst. Ich will dich nur in Sicherheit und gut versorgt wissen.
Es bleibt mir nur noch, dir mitzuteilen, dass ich meinen Bruder David Battingfield beauftragt habe, alles Notwendige in die Wege zu leiten. Gräme dich nicht, auch für alles andere habe ich Sorge getragen. Vielleicht wartet auch noch eine Überraschung auf dich, aber dazu wird dir David Näheres mitteilen. Bitte werde wieder ganz gesund und tue nun in Freiheit das, wonach es dich verlangt.
Ich küsse dich zärtlich und hoffe auf den Tag, da wir uns wiedersehen.

In Liebe,
dein John

Charlotte ließ das Schreiben sinken. »Heute ist schon der 13. Mai«, sagte sie, »dann ist er seit zwei Tagen auf See auf dem Weg in unbekannte Gegenden. Ich kann ihm nicht antworten, und wenn ich es noch so wollte.«

Tränen liefen ihr die Wangen herunter. Was war sie doch für eine Närrin gewesen! Nun hätte sie mit Freuden Ja gesagt, ungeachtet der Konsequenzen. Sie liebte ihn so sehr und sie brauchte ihn, genauso wie er sie zu brauchen schien. Er hatte ja so recht! Was hatte ihr denn ihr Pflichtbewusstsein eingebracht? Dennoch: Emmy wäre vermutlich tot, wenn sie anders gehandelt hätte. Und sie selbst wäre mit sich zutiefst im Unreinen, aber wohl noch unversehrt. Ob ihre Liebe letztlich ihrem schlechten Gewissen standgehalten hätte, wenn sie sich damals auf Dullham Manor in jenem schicksalhaften Moment im Pavillon anders entschieden hätte? Wer konnte es sagen?

Wieder kam ihr der Satz von Dr. Williams in den Sinn: Was geschehen ist, ist geschehen. So war es! Sie würde auf seine Rückkehr hoffen und dann das tun, was ihr richtig erschien und nicht das, von dem sie glaubte, dass man es von ihr erwartete.

Plötzlich wurde ihr bewusst, wohin ihn seine Reise führen würde: Die Nord-West-Passage! Seit fast dreihundert Jahren mühten sich nun verschiedene Völker darum, sie zu finden und es war bisher aussichtslos gewesen und hochgefährlich obendrein. Wie viele Schiffe waren schon vom Packeis zerstört worden? Und wenn er nun auf der Fahrt zugrunde gehen sollte? Furcht ergriff sie und sie begann zu zittern.

»Charlotte, du darfst dich nicht aufregen«, sagte Mary besorgt. »Ich hoffte, der Brief sei angenehm für dich. Enthält er schlimme Nachrichten?«

»Nein, ja! Ach, Mary, ich habe so viel falsch gemacht und wusste doch nicht, was richtig war.« Sie lehnte sich schutzsuchend an ihre Freundin, die sich neben ihr niedergelassen hatte und sie nun in den Arm nahm. Charlotte verspürte plötzlich das überwältigende Bedürfnis, über ihre Liebe zu John zu sprechen. Sie konnte es nicht länger für sich behalten und bei wem waren ihre Worte besser aufgehoben als bei ihrer treuen Freundin, der sie rückhaltlos vertraute. »Ich liebe ihn«, erklärte sie Mary etwas zusammenhanglos, so sehr gingen ihre Gedanken durcheinander, »aber seine Frau erwartet ein Kind von ihm. Ich hatte ihm gesagt, es gäbe keine Zukunft für uns und habe ihn fortgeschickt. Wie konnte ich nur? Ich wollte, er wäre hier. Nun ist er auf einer gefährlichen Forschungsfahrt und kehrt vielleicht nicht zurück. Ich glaube, das könnte ich nicht ertragen.« Sie hatte hastig gesprochen und wirkte nun völlig erschöpft.

»Charlotte, glaubst du denn, ich weiß nicht, was zwischen euch ist?«, sagte Mary schlicht und strich ihr beruhigend über das Haar. »Du hast, während du krank warst, immerzu nach ihm gerufen und im Fieber von ihm gesprochen. Und als er bei uns war und mich bat, zu dir zu kommen, war er so voller Sorge und tiefer Liebe für dich, dass es mir in der Seele wehtat. Ein Blinder kann sehen, was ihr füreinander empfindet. Charlotte, du bist ein wunderbarer Mensch, aber manchmal viel zu pflichtbewusst. Etwas mehr Eigennutz stünde dir gut zu Gesicht. Aber du solltest dich jetzt nicht grämen, es wird sicher alles gut werden. Er kommt bestimmt zurück zu dir. Du sollst dich nicht sorgen, Charlotte. Hab' Vertrauen!«

»Ich wünschte, ich hätte so eine praktische Einstellung wie du, das hätte mich vielleicht vor manchem bewahrt.« Charlotte versuchte, sich zu fassen. Wahrscheinlich hatte ihre Freundin recht.

»Hätte, würde, wäre!«, meinte Mary ungeduldig. »Es ist unsinnig, darüber nachzudenken. Die Dinge sind, wie sie sind und wir sollten das tun, was das Nächstliegende ist. Das Nächstliegende wäre, die anderen Briefe zu öffnen. Hier ist zum Beispiel einer von Dr. Banning. Ich meine mich erinnern zu können, dass dies der Pfarrer auf Dullham Manor ist, der dir beim Nachlass deines Vaters geholfen hat.«

Charlotte bejahte, bat dann aber, erst nachzusehen, ob auch ein Schreiben von Mr David Battingfield, einem Anwalt aus London, dabei sei. Tatsächlich fand sich dieses zwischen den anderen Schriftstücken. Zusammen lasen sie den Inhalt, der weitgehend das, was John angekündigt hatte, in juristischer Sprache bestätigte. John hatte ihr eine Apanage von achthundert Pfund im Jahr eingeräumt, eine für Charlotte ungeheure Summe. Als sie im ersten Moment versucht war, sie abzulehnen, handelte sie sich Marys strengen Tadel ein. Ebenso wurde ein sehr großzügiges Kostgeld für Mary und das Honorar für Dr. Williams bestätigt. Die größte Überraschung aber fand sich am Ende des Briefes, als mitgeteilt wurde, dass Millford Hall, wenn es nach dem Tode Sir Alistairs an die Krone zurückfiele, von Lord Battingfield erworben werde und ihr, Charlotte, so sie es denn wünsche, ein Wohnrecht eingeräumt werde.

»Aber das will ich nicht!«, meinte Charlotte dazu.

»Aber wieso nicht?«, Mary war erstaunt. »Wieder einmal falsche Bescheidenheit?«

»Nein, es liegt daran, dass ich auf Millford Hall so furchtbar unglücklich war. Ich könnte es nicht aushalten, dort allein zu leben und an jeder Ecke, in jedem Raum an die schlimmen Erlebnisse dort erinnert zu werden. Es ist nicht mein Zuhause. Da würde ich eher Dullham Manor vorziehen. Damit sind glücklichere Erinnerungen verbunden, obwohl auch das nicht mein Zuhause sein kann. Ich denke, ich sollte mir ein eigenes Heim schaffen, eine eigene Aufgabe. So wie John schreibt: In Freiheit das tun, wonach es mich verlangt. Nur den Flügel meiner Mutter, den würde ich vermissen.«

»Frage doch diesen Anwalt, ob du ihn mitnehmen kannst. Sicher hätte John nichts dagegen. Ich glaube, er würde dir jeden Wunsch von den Augen ablesen.«

Charlotte sagte nichts, senkte aber errötend den Kopf. Dann jedoch besann sie sich auf Marys klugen Rat und öffnete den Brief von Dr. Banning. Sie vermutete, dass dieser Nachricht darüber enthielt, was aus dem Nachlass ihres Vaters geworden war, was den Tatsachen auch zum Teil entsprach. Im weitaus größeren Teil des Briefes, verlieh ihr lieber Freund aber seinem Entsetzen darüber Ausdruck, was ihr widerfahren war. Er überschüttete sich geradezu mit Selbstvorwürfen. In Kenntnis davon war er durch einen Besuch des Coroners gelangt, der bei ihm vorgesprochen hatte, um den Vorfällen weiter nachzuspüren. Dieser habe ihm auch eindrücklich geschildert, welche wichtige Rolle der Captain darin gespielt habe und dass trotz dessen intensiven Bemühungen, die Dinge zu verhindern, Charlotte nun mit dem Tode ringend daniederliege. Dr. Banning teilte ihr auch mit, dass Emmy sich ebenfalls bereit erklärt habe, über die Vorfälle auszusagen, was die Beweislast gegen Terency weiter erhärtet habe. Der Coroner habe dem Kind ohne zu zögern geglaubt, was für die kleine Emmy ein weiterer Schritt zur Heilung ihrer Seele gewesen sei. Überhaupt ginge es dem Kinde recht gut in der Familie des alten Doyle.

Schließlich brachte er seine innigste Hoffnung zum Ausdruck, dass Charlotte wieder gesunden möge und setzte sie davon in Kenntnis, dass das British Museum die Sammlung ihres Vaters mit allergrößtem Interesse überprüft und schließlich zu einem hervorragenden Preis gekauft habe. So könne er ihr die stattliche Summe von fünfeinhalbtausend Pfund avisieren, wenn ihm eine entsprechende Adresse genannt werde. Ein Betrag, der sie zumindest ihrer finanziellen Sorgen auf lange Zeit entheben könne. Die zuständigen Herren hätten sich darüber hinaus sehr wohlwollend, ja geradezu enthusiastisch über die hervorragende Aufarbeitung der Sammlung geäußert und großes Interesse an einer weiteren Zusammenarbeit mit dem »vielversprechenden Wissenschaftler, der erstaunlicherweise dem zarten Geschlecht angehört«, wie sie sich ausgedrückt hätten, bekundet. Da ihm gerade dieser letzte Punkt um ihretwillen sehr am Herzen gelegen und er ihre starken Ambitionen in dieser Richtung den Herren vom Museum gegenüber auch deutlich erwähnt habe, habe er sich natürlich sehr gefreut und sei auch ein wenig stolz gewesen, dass seine

Bemühungen diesbezüglich die erhoffte Ernte eingebracht hätten, bis zu jenem Zeitpunkt, da er von dem schrecklichen Unglück erfahren habe. Nun sei er untröstlich und hoffe mit Bangigkeit auf baldige gute Nachrichten von ihr oder ihrem Arzt.

»Ich werde ihm schreiben, sobald ich kann«, meinte Charlotte dazu. »Der gute Dr. Banning! Er hatte angenommen, dass Lady Millford, sobald sie Kenntnis von Emmys Unglück bekommen hätte, Terency die Tür weisen würde. Er ist ein solcher Menschenfreund, dass er sich nicht vorstellen kann, dass andere anders handeln könnten als er selbst es tun würde.«

»Charlotte, weißt du, was das heißt?«, meinte Mary, den Brief ein zweites Mal ungläubig studierend. »Du bist nicht nur mit einem Schlag eine reiche Frau, sondern hast überdies Aussicht auf eine Berufstätigkeit, die deinen Neigungen entspricht. So wendet sich doch zumindest diesbezüglich vieles zum Guten, findest du nicht auch?«

»Da magst du recht haben ... ich kann es noch gar nicht fassen.« Charlotte lehnte sich zurück, schloss die Augen und ließ ihr immer noch blasses Gesicht von der wärmenden Sonne bescheinen. »Eigentlich brauche ich gar nicht so viel Geld für mich. Die Aussicht, arbeiten zu können – und dann auch noch für das British Museum –, macht mir am meisten Freude. Ich hoffe nur, die Herren trifft nicht der Schlag, wenn ich wie ein alter Pirat daherkomme mit Narbe und Hinkebein«, sagte sie und blinzelte ihre Freundin verschwörerisch an.

»Charlotte, du bist unverbesserlich«, meinte Mary tadelnd, war aber insgeheim glücklich darüber, dass ihre Freundin, um die sie so besorgt war, zumindest ihren Lebensmut und ihren Humor wiedergefunden zu haben schien. Nun konnte es nur noch aufwärtsgehen.

Ein Brief lag noch ungeöffnet auf Charlottes Schoß. Er war aus Millford Hall. Mary wollte ihn schon wegnehmen, da sie glaubte, Charlotte habe für heute genug geleistet. Diese hielt aber ihre Hand fest und nahm das Schreiben an sich.

»Lass nur, Mary! Was kann mir diese Frau noch antun? Sie hat ihre Macht über mich verloren, in dem Moment als ich mein Bein verlor. Nun kann ich ihr nicht mehr von Nutzen sein, was meine Freiheit bedeutet. Sie ist in Wahrheit die Verliererin und das weiß sie auch. Ich will nur wissen, ob Sir Alistair noch lebt. Alles Weitere vermag mich nicht mehr zu kränken.«

»Ich staune, dass du es so sehen kannst, aber vermutlich hast du recht. Soll ich dir den Brief vorlesen? So musst du dich den vielleicht enthaltenen Schmähungen wenigstens nicht allein stellen.«

»Ja, tu das!«, meinte Charlotte schlicht und schloss die Augen, geduldig darauf wartend, was Lady Millford ihr zu sagen hatte.

Mary brach das Siegel, räusperte sich und begann zu lesen:

Charlotte,

ich bedaure, dir mitteilen zu müssen, dass Sir Alistair vier Tage nach meiner Rückkehr von Rockbury Castle in den frühen Morgenstunden verschieden ist. Er wurde inzwischen in der Familiengruft beigesetzt. Du warst ja aufgrund deines Unfalls nicht in der Lage, an der Beerdigung teilzunehmen, wie es eigentlich deine Pflicht gewesen wäre.
Leider hat mich dieser Unfall, der ausschließlich durch deine eigene Schuld und dein eigenes Unvermögen herbeigeführt wurde, in eine schwierige Lage gebracht. Ich werde im Laufe von vier Wochen Millford Hall verlassen müssen, da es in Ermangelung eines Erbberechtigten an die Krone zurückfiel und

inzwischen, wie mir mitgeteilt wurde, an einen Interessenten verkauft wurde.
Da ich selbst aufgrund der prekären wirtschaftlichen Lage, in der mich der Baronet zurückließ, nur über die finanziellen Mittel verfüge, die aus meiner in die Ehe eingebrachten Mitgift und den Verkauf meines persönlichen Besitzes und Schmucks resultieren – der Käufer hat durch einen Treuhänder bereits eine Bestandsaufnahme des Interieurs veranlasst, was mich in eine weitere unangenehme Lage zwingt – sehe ich mich außerstande, dich zu unterstützen, auch wenn du dies vielleicht erwartest, da du ja jetzt verkrüppelt bist. Du wirst dir also selbst ein Auskommen schaffen müssen.
Ich habe darüber hinaus unseren Anwalt angewiesen, die Adoption wieder rückgängig zu machen, die ausschließlich von Sir Alistair gewünscht worden war und an die ich mich nicht mehr gebunden fühle. Du wirst in Kürze ein entsprechendes Schreiben erhalten. Selbstverständlich verbiete ich dir auch ausdrücklich, den Namen Millford weiterhin zu führen. Ich kann nicht umhin, auch meiner Abscheu darüber Ausdruck zu verleihen, dass du offensichtlich so schamlos warst, ein unmoralisches Verhältnis mit dem Baron of Dullham zu unterhalten. Ich hielt ihn bisher für einen Gentleman, bin aber im Zuge der Ereignisse aufs Gröbste von ihm beleidigt und sogar angegriffen worden. Ich kann nur vermuten, dass üble Nachrede deinerseits dahintersteckt, was zweifellos der Fall ist. Ich werde zu einer entfernten Verwandten ziehen und sehe keine Notwendigkeit, dass wir noch einmal in Kontakt treten. Deine Anwesenheit auf Millford Hall war ein großer Fehler, wie ich jetzt bedauernd feststellen muss. Ich werde aber mein

Los gefasst tragen, da ich es nicht verhindert habe. So verbleibe ich in der Hoffnung, nie wieder von dir hören zu müssen,

Lady Eleanor Millford

Mary war empört. »Diese Frau ist schamlos! Wie kann sie es wagen?«

Charlotte jedoch wirkte völlig gelassen. »Lass gut sein, Mary«, sagte sie, »Lady Millford hat ihr Teil bekommen. Denk doch, dass sie nach all den Jahren als Herrin auf Millford Hall nun wie eine Bettlerin dasteht. Eigentlich hat mein Onkel das letztlich zu verantworten. Er hat nicht fürsorglich an ihr gehandelt, aber vielleicht war das auch seine Art, ihr ihre Herzenskälte zu vergelten, die ihn Zeit seines Lebens gequält hat, auch wenn er es nie so offen gesagt hat. Jetzt will sie die Adoption annullieren lassen. Und wenn schon! Das ist mir mehr als willkommen. So wie sie nicht für mich verantwortlich sein will, bin ich es dann auch nicht für sie und der Name, der ihr so wertvoll erscheint, war mir mehr Last als Lust, das kann ich dir versichern. Es war tatsächlich ein großer Fehler, meine Einwilligung zu dieser Adoption wie zu der Änderung meines Namens zu geben und ich habe sehr darunter gelitten, obwohl …«, sie schwieg einen Augenblick, »wenn ich nicht nach Millford Hall gekommen wäre, wenn das alles nicht geschehen wäre, so würdest du jetzt nicht hier sitzen als meine treue Freundin, so gäbe es keinen Dr. Banning und vor allem keinen John Battingfield für mich, so könnte ich nun nicht mit diesen guten Aussichten in mein neues Leben aufbrechen. Und das würde ich wirklich zutiefst bedauern.« Sie lächelte still in sich hinein. Dann nahm sie die Hand ihrer Freundin und streichelte sie ein wenig.

»Bleibe noch ein wenig bei mir«, sagte sie und spürte nun doch, wie Erschöpfung und Müdigkeit nach ihr griffen. Kurze

Zeit später merkte Mary Fortescue an den ruhigen regelmäßigen Atemzügen ihrer Freundin, dass diese eingeschlafen war. Sie lächelte im Schlaf.

Kapitel 41

Etwa zwei Wochen später trat Dr. Williams ins Krankenzimmer mit einem absonderlichen hölzernen Gegenstand in der Hand. Charlotte erkannte erst auf den zweiten Blick, um was es sich dabei handelte. Es war eine Unterschenkelprothese von der Art, wie man sie bisweilen bei Kriegsversehrten sah. Es war eigentlich nur ein roher, hölzerner Stab mit einem scheffelförmigen Ende, an dessen Seite Lederriemen lose herabhingen. Unwillkürlich spannte sie die Kiefermuskeln an. Sie hatte gewusst, dass dieser Moment kommen würde, ihn jedoch auch zutiefst gefürchtet. Sie fühlte sich jetzt schon wie ein Monstrum. Würden auch ihr die Leute nachstarren und die Kinder Spottverse auf sie dichten? Oder, was vielleicht noch schlimmer war: würde man sie mitleidig belächeln? Davor fürchtete sie sich am allermeisten. Die hässliche Narbe auf ihrer Stirn ließe sich vielleicht mit etwas Glück verdecken, aber dieses hölzerne Ungetüm würde sie entstellen und begleiten bis an das Ende ihrer Tage. Sie biss sich auf die Lippen. Sie durfte nicht weinen und nicht verzweifeln, das hatte sie sich fest vorgenommen.

Mit einer Miene, von der sie nicht recht ablesen konnte, ob nun Aufmunterung oder aber Mitleid überwog, setzte sich Dr. Williams zu ihr aufs Bett und begann, ihr das Anlegen der Prothese zu erläutern. Er hatte sein Bestes getan, die Schale, in die sie den Reststumpf unterhalb des Knies stecken sollte, weich zu polstern, wies sie aber darauf hin, dass es viele Wochen in Anspruch nehmen würde, bis sie das hölzerne Bein ohne Schmerzen würde tragen können. Nur fleißiges Üben könne eine Verbesserung herbeiführen. Auch müsse sie wohl dennoch eine Krücke und später wahrscheinlich einen Stock benutzen, um das Gleichgewicht halten zu können.

Es fiel ihr immer noch schwer, den bloßen Stumpf, der früher mal ihr linkes Bein gewesen war, anzuschauen. Es grauste ihr fast ein wenig davor. Würde sie jemals wieder jemand hübsch nennen, würde John sie noch wollen oder gar begehren, wenn er sie so sah? Dieser Gedanke führte nun doch dazu, dass ihr Tränen in die Augen traten. Dr. Williams sah es und nickte verständnisvoll.

»Sie müssen das nicht tragen, mein Kind. Es gibt auch die Möglichkeit, einen Rollstuhl zu verwenden oder aber zwei Krücken, die bis unter die Achseln reichen. Gleichwohl, Ihnen wird dieses zugegebenermaßen hässliche Ding die meiste Bewegungsfreiheit verschaffen. Ich kann Sie aber nicht zwingen. Es ist allein Ihre Entscheidung.«

Nicht aufgeben, du darfst nicht aufgeben, sagte sich Charlotte im Stillen. Wenn dies ihr Los war, dann musste sie es eben tragen. Hatte sie nicht auch Anlass dankbar zu sein, schalt sie sich tapfer, aber leider mit wenig Wirkung.

Sie schüttelte unwillig über sich selbst den Kopf und sah dann den Arzt, der abwartend neben ihr saß, mit entschlossenem Blick an, »Ich will es versuchen, Dr. Williams. Aber vielleicht helfen Sie mir doch, dieses Ungetüm anzulegen.«

Er zeigte es ihr behutsam und geduldig, dennoch war es unangenehm und schmerzte, als die Gurte festgezurrt wurden. Dann half er ihr aufzustehen und reichte ihr seinen Arm. Trotz der weichen Polsterung war der Schmerz, der ihr das Bein hochschoss, unerwartet stark. Sie stöhnte auf und stützte sich schwer auf ihren besorgten Helfer, der sie mitfühlend ansah.

»Nur ein paar wenige Schritte«, sagte er, »dann dürfen Sie wieder ausruhen, versprochen!« Sie biss die Zähne zusammen und tat, was er von ihr verlangte. Langsam gingen sie bis zur

Zimmerwand und wieder zurück. Charlotte war schweißgebadet.

»Das haben Sie sehr gut gemacht, mein Kind. Captain Battingfield hatte recht, Sie sind eine ungewöhnlich tapfere junge Frau. Sie werden es schaffen. Ich habe gestandene Männer schreien und weinen sehen in Ihrer Lage.«

»Ehrlich gesagt ist mir auch danach«, gab Charlotte zu, »aber ich will wieder auf die Beine kommen. Ich habe noch so viel vor!«

»Tatsächlich?«, Dr. Williams schaute sie fragend an, während er ihr zurück auf das Bett half und die Prothese abnahm. »Und was haben Sie vor?«

Charlotte atmete tief ein und sagte: »Ich habe viel nachgedacht, während ich hier liegen musste. Mir ist Schlimmes widerfahren und ich bin einem wirklichen Unmenschen zum Opfer gefallen. Aber es hätte nicht so kommen müssen, wenn ich einen Ort gehabt hätte, wo ich um Hilfe hätte ersuchen können. Ich wusste einfach nicht, wohin ich mich wenden konnte. Und auch die kleine Dienstmagd, Emmy, das arme Kind, das ihm ebenfalls zum Opfer fiel, sie hätte sich beinahe das Leben genommen. Nur durch Dr. Bannings wie immer hervorragende Einfälle konnte das verhindert werden. Terency sitzt jetzt zwar im Gefängnis und ich hoffe sehr, dass er für das, was er tat, zur Rechenschaft gezogen wird, aber wie viele Frauen ereilt vielleicht ein ähnliches Schicksal durch andere Männer und sie finden keine Hilfe. Mrs Sooner, unsere Köchin auf Millford Hall, erzählte mir einst davon, wie ungerecht mit diesen bedauernswerten Opfern umgegangen wird – besonders dann, wenn sie nicht von hoher Geburt sind. Ich hatte mir nie darüber Gedanken gemacht. Nun aber weiß ich, wie es einem dabei ergeht und ich sage Ihnen, es ist furchtbar. Und dabei habe ich in allem Unglück noch Glück gehabt. Immerhin musste ich ihm nicht zu Willen sein.« Sie schüttelte sich unwillkürlich bei der Erinnerung an jenen entsetzlichen

Augenblick auf Millford Hall, als Terency beinahe sein Ziel erreicht hatte. »Die Vorstellung, dann auch noch dafür verurteilt und geächtet zu werden, ist mir einfach unerträglich.«

Dr. Williams sah sie ernst an: »Und Sie wollen etwas dagegen tun?«

»Ja! Das will ich. Vielleicht ist diese Aufgabe der Grund, warum ich überlebt habe. Durch eine glückliche Fügung bin ich nun finanziell recht gut ausgestattet. Ich habe beschlossen, eine Stiftung zu gründen, die Frauen helfen soll, die unverschuldet in solche Not geraten sind. Mary habe ich schon gefragt, sie ist begeistert von der Idee und will mir helfen!« Die letzten Worte hatte sie mit großem Eifer gesprochen.

»Dann wollen wir wirklich alle Mühe darauf verwenden, dass Sie bald den Weg gehen können, der Ihnen vorschwebt. Es ist eine sehr noble Sache, die Sie beide sich da zum Ziel gesetzt haben, allerdings wird es sinnvoll sein, mit einem Rechtsgelehrten darüber zu sprechen, zumal Sie beide Frauen sind. Möglicherweise ist es für Sie als Frau rechtlich gesehen schwieriger oder gar unmöglich, so eine ›Stiftung‹, wie Sie es nannten, zu gründen.«

»Sehen Sie, dies ist ein Teil des Problems. Wir Frauen sind viel zu sehr darauf angewiesen, dass ein männliches Wesen für uns die Dinge in die Hand nimmt. Gerade was mich betrifft, hat sich erwiesen, wie fatal das sein kann«, sagte Charlotte grimmig.

»Oh, Miss Brandon, so kämpferisch?«, Dr. Williams lachte. »Sind Sie denn nicht zufrieden mit mir, oder gar mit Captain Battingfield?«

»Doch, natürlich! Ich bin Ihnen beiden sogar dankbarer als ich es je werde sagen oder vergelten können, aber Sie machen sich über mich lustig, Sir! Es ist mir ernst damit! Sehen Sie, nur die Angst vor dem finanziellen Ruin, der dann auch tatsächlich eingetroffen ist, trieb meine Tante dazu, mich Terency in dieser Weise auszuliefern. Natürlich war es falsch von ihr und ich bedaure sehr, dass sie das auch jetzt nicht zugeben kann. Aber das ist eine Schuld, mit der sie leben muss und nicht ich. Ich selbst musste mich aber wider besseres Wissen in diese Lage begeben und den ehrgeizigen Wünschen meiner Tante zu Willen sein, da ich keine andere Möglichkeit sah – und Sie dürfen mir glauben, dass ich einen anderen Weg gewählt hätte, wäre mir einer eingefallen.«

Dr. Williams wurde wieder ernst. »Verzeihen Sie mir, Miss Brandon. Sie haben natürlich recht! Und Sie haben noch mehr recht damit, dass Sie gegen dieses Unrecht etwas unternehmen wollen. Wenn ich Ihnen irgendwie dabei helfen kann, werde ich es tun. Da ist übrigens noch etwas anderes, was ich Ihnen mitteilen muss.«

Charlotte schaute ihn fragend an.

»Der Coroner war gestern hier, während Sie schliefen, und hat verlauten lassen, dass die Verhandlung gegen Terency und seine Mittäter auf Mitte Juni in London festgesetzt wurde. Er sagte, es wäre von Vorteil, wenn Sie bis dahin soweit wieder hergestellt wären, dass Sie vor Gericht ihre Aussage machen können. Allerdings habe ich ihm zu bedenken gegeben, dass dies angesichts der Vorfälle vielleicht zu viel von Ihnen verlangt wäre. Sie sollten sich keiner Belastung aussetzen, die Sie nicht verkraften können. Ich mache mir diesbezüglich Sorgen um Sie.«

Die Worte des Arztes ließen die Patientin tatsächlich sehr erschrecken. Ängstlich starrte sie ihn an. »Werde ich Terency dann wieder gegenübertreten müssen?«

Dr. Williams nickte. »Das wird sich wohl kaum vermeiden lassen. Ich könnte aber als Ihr Arzt verhindern, dass Sie sich dem stellen müssen. Niemand kann Sie zwingen. Möglicherweise könnten sich die Täter aber doch noch aus der Verurteilung herauswinden, wenn Ihre Aussage fehlt. Ich denke, wenn der Richter Sie sieht, wird ihm die Schwere der Verbrechen umso deutlicher werden.«

Charlotte schwieg und dachte nach. Es arbeitete in ihr, das konnte der Arzt unschwer erkennen. Schließlich blickte sie ihn an und verkündete mit großem Ernst: »Ich werde mich ihm stellen. Ich werde nicht zurückweichen, er soll auch jetzt keinen Sieg über mich davontragen. Außerdem, wenn ich schon anderen Frauen in ähnlicher Lage den Weg weisen und helfen will, dann sollte ich doch mit gutem Beispiel vorangehen.« Sie konnte ein kleines Zittern in ihrer Stimme nicht unterdrücken, doch es war ihr unumstößlicher Entschluss. Sie würde ihre Angst besiegen und damit das Vergangene, wenn auch nicht vergessen, so doch überwinden können. Sich Terency zu stellen und seine Verbrechen laut und vor aller Welt beim Namen zu nennen, war ein wichtiger Schritt dazu.

Dr. Williams ergriff ihre Hand und drückte sie mit herzlicher Wärme.

»Sie sind eine beeindruckende Frau, Miss Brandon und ich habe allergrößte Hochachtung vor Ihnen. Ich bin sehr stolz, Sie zu kennen und verstehe nun umso mehr, was Captain Battingfield so für Sie empfinden lässt.«

Sein Lob und die unverblümte Erwähnung von Johns Zuneigung zu ihr ließen sie tief erröten. Dennoch tat es ihr gut, dass sie sich hier nicht verstellen musste. »Wollen wir hoffen, dass ich mich Ihrer Hochachtung als würdig erweise, Dr. Williams«, sagte Charlotte bescheiden.

Etwa zwei Wochen später, als man im Hause Williams zu Tisch saß, fiel Charlottes Blick auf die elegante Jagdwaffe des Hausherrn, die an der Wand über dem Kamin aufgehängt war. Plötzlich hielt sie inne. Der Löffel mit dem dampfenden Eintopf verharrte unentschlossen zwischen Teller und Mund, während die junge Frau offenbar intensiv mit einem gedanklichen Problem beschäftigt war.

»Charlotte, was hast du denn?«, fragte Mary verwundert.

Diese antwortete nicht. Sie war ganz eingenommen von ihren Überlegungen. Die Hausbewohner wechselten überraschte Blicke, doch da begann Charlotte zu sprechen: »Dr. Williams, könnte ich mir später Ihre Waffe einmal genauer ansehen?«

»Um Himmels willen, Miss Brandon, was haben Sie denn damit vor? Wollen Sie etwa auf die Pirsch?« Dr. Williams begann zu glucksen.

»Nein, ich möchte mir die Mechanik genauer anschauen, die Bolzen und die Verbindung mit dem Holz. Diese Waffe ist sehr elegant und schlank und sicher auch nicht so schwer, meine ich.«

»Oh, ja!«, meinte der Arzt mit Besitzerstolz, »ich habe sie mir erst letztes Jahr gekauft. Ein ganz neues Modell aus französischer Produktion. Sie ist extra leicht gebaut, um den Jäger nicht zu ermüden. Doch ich verstehe nicht …?«

»Dr. Williams«, Charlotte wandte ihm nun ihre ganze Aufmerksamkeit zu, »ich mühe mich nun seit einiger Zeit mit diesem vermaledeiten Holzbein ab und bin langsam zu der Überzeugung gekommen, dass diese Art von Prothese zwar leicht herzustellen ist, aber nicht die beste Hilfe für die Betroffenen darstellt. Man ist doch sehr unsicher damit. Ich jedenfalls kann mir nicht vorstellen, jemals ohne Krückstock herumlaufen zu können und das ist keine sehr angenehme Vorstellung, zumindest nicht für eine junge Frau. Die Frage stellt sich mir nun, ob es nicht bessere Wege gibt, um einen Ersatz für ein so wichtiges Körperteil zu fertigen.«

Ihr Gesprächspartner reagierte mit unverhohlenem Interesse. »Sprechen Sie weiter, Miss Brandon.«

»Ich fragte mich gerade angesichts Ihrer wirklich eleganten Waffe, die aus einer Verbindung von Holz und Metall besteht

– Metall, das mittels Bolzen und Federn nahtlos ineinandergreift und sich reibungslos zum Befüllen mit Munition abwinkeln lässt – ob es nicht möglich sein könnte, auf ähnliche Weise zumindest ein Fußgelenk nachzuahmen. Vielleicht nicht in der ganzen Funktion, aber doch zumindest wie ein Scharnier. Es wäre von enormem Vorteil für den Träger, wenn zumindest der Stand auf der Prothese sicherer wäre, zum Beispiel dadurch, dass eine Art Fuß angefügt werden könnte. Sollte der Fuß möglicherweise noch abrollen können, wäre fast ein annähernd normaler, wenn auch vorsichtiger Gang möglich, meinen Sie nicht auch?«

Dr. Williams antwortete nicht, sondern sprang auf, warf beinahe seinen Teller um und riss die Waffe von der Wand. Fasziniert drehte er sie in den Händen und ließ das Schloss einige Male klicken. »Ich glaube fast, Sie haben recht«, sagte er schließlich nachdenklich. Auch er war nun Feuer und Flamme für das Thema. »Da fällt mir ein … während meines Studiums habe ich einmal eine Zeichnung von einer Beinprothese gesehen, die sich vor Jahrhunderten ein Ritter fertigen ließ. Sie war gänzlich aus Metall und mit vielen Scharnieren versehen. Der Arme hatte sowohl den Unterschenkel wie auch einen Teil des Oberschenkels verloren. Ein außerordentlich komplexes Werkstück, wenn man die Zeit bedenkt – und sicherlich sehr wertvoll, zudem wohl auch sehr hilfreich für den Träger. Auch soll es in Deutschland einen Ritter gegeben haben, der eine ähnliche Eisenhand sein Eigen nannte.«

Charlotte lächelte. »Zumindest wäre es ja eine Überlegung wert. Allerdings ist zu bedenken, dass die Prothese leicht sein muss. Ich kann Ihnen sagen, dass das Ungetüm, das ich jetzt trage, mir nach einiger Zeit Beschwerden bereitet nur aufgrund seines Gewichts. Meinen Sie, Sie könnten sich etwas einfallen lassen? Wahrscheinlich müsste man noch einen guten Schmied oder Büchsenmacher und einen Drechsler hinzuziehen.«

»Oh, in Andover gibt es entsprechende Fachleute. Immerhin leben wir hier in einer Gegend, in der leidenschaftlich der Jagd gefrönt wird und auch großer Bedarf an guten Möbeln besteht«, beteuerte Williams, begeistert von der Idee. »Miss Brandon, ich werde mich gleich heute noch daranmachen und mir die Sache überlegen. Solange Sie noch bei uns sind, könnten Sie mit Ihren Erfahrungen dazu beitragen, einen funktionsfähigen neuen Typ einer Prothese herzustellen. Sie ahnen nicht, wie sehr mir dieses Problem seit Jahren selbst auf der Seele brennt. Es dauert mich sehr, wenn ich Menschen mit diesen Holzbeinen ausstatten muss, da ich weiß, welche Not sich dahinter verbirgt. Ich würde alles tun, um eine Verbesserung der Lage für die Versehrten zu erreichen und könnte mir auch gut vorstellen, dass die Marine oder das Militär an einer besseren Lösung Interesse hätte. Allerdings kann ich Ihnen keine schnelle Lösung versprechen, es wird sicher sehr viel Zeit in Anspruch nehmen, das Richtige zu finden.«

»Dr. Williams, ich wäre Ihnen außerordentlich verbunden, wenn Sie sich überhaupt der Sache annehmen würden. Und wenn es Jahre dauert, so wäre ich doch überglücklich, wenn ich dieses unförmige Ding«, sie zeigte unwillig auf das unter dem Kleid verborgene Holzbein, »irgendwann in die Ecke stellen könnte und nicht mehr anzusehen bräuchte.«

»Ich verspreche Ihnen, mich der Sache mit allem Nachdruck zu widmen. Wenn es mir gelingt, werden nicht nur Sie einen Nutzen davon haben, glaube ich.«

»Nun, das hoffe ich doch«, meinte Charlotte und lachte, »obwohl mir Mary immerzu predigt, ich solle mehr Eigennutz an den Tag legen. Nun denn – damit werde ich heute anfangen!«

Kapitel 42

»Sir, hier möchte eine junge Dame zu Ihnen, darf ich sie hereinführen?«

David Battingfield blickte verärgert von seinen Unterlagen auf. »Um wen handelt es sich denn, Otis?« Dass sein neuer Bürogehilfe immer noch nicht gelernt hatte, die Klienten gleich nach ihrem Namen zu fragen, erregte seinen Unwillen. Otis war schon seit einem Vierteljahr bei ihm. Jetzt war es Mitte Juni und dem jungen Menschen fehlte immer noch einiges an Schliff. Zum Glück war er nicht sein einziger Mitarbeiter, sondern nur ein Lehrling. Otis errötete auch sofort schuldbewusst – es bestand also Hoffnung – und beeilte sich mitzuteilen: »Es handelt sich um eine gewisse Miss Charlotte Brandon.«

David ließ überrascht die Akte fallen, die er eben noch in Hand gehalten hatte und rief: »Führen Sie sie sofort herein, Sie Unglücksmensch, Sie können die Dame doch nicht vor der Tür stehen lassen!« Damit hatte er nun wirklich nicht gerechnet. Zwar hatte sich Charlotte Brandon schriftlich an ihn gewandt und ihm mitgeteilt, dass sie sehr dankbar sei für die überaus großzügigen Geldzuwendungen Lord Battingfields und auch für die Übernahme der Kosten, die er im Zusammenhang mit ihrem Unfall auf sich genommen habe und sie gemäß seiner dringenden Bitte auch annehmen wolle, dass sie aber das Angebot eines Wohnrechts auf Millford Hall nicht in Anspruch nehmen wolle aus Gründen, die persönlicher Natur seien. Sonst hatte er allerdings nichts mehr von ihr gehört. Da aber nun in London in aller Munde war, dass der Prozess gegen the right honourable Gaylord Terency und seine Mittäter eröffnet wurde, war es allerdings auch nicht allzu verwunderlich, dass sie in der Hauptstadt weilte. Vermutlich erwartete man eine Aussage von ihr.

Er war äußerst gespannt darauf, die Frau kennenzulernen, die seinen Bruder in einem so hohen Maße betört hatte. Laut den Schilderungen von John musste es sich dabei ja um ein geradezu überirdisches Wesen handeln. Allerdings war sein Bruder ein verliebter Mann, und diese neigten naturgemäß zu größten Übertreibungen.

Otis ließ die junge Frau herein. David stand auf, um sie zu begrüßen und auch, um sie neugierig in Augenschein zu nehmen. Was er sah, gefiel ihm auf den ersten Blick außerordentlich gut, obwohl sich die Besucherin auf einen Stock stützte und augenscheinlich große Mühe beim Gehen hatte. Kein Wunder, sie hatte ja ein Bein verloren durch die schrecklichen Vorkommnisse, die nun gerichtlich verhandelt werden sollten und bei denen sein Bruder ebenfalls eine große Rolle gespielt hatte.

Charlotte Brandon lächelte ihn freundlich an, wobei David der wache Blick ihrer großen braunen Augen auffiel, der das Gegenüber sofort gefangen nahm. Man konnte nicht anders und musste sie anschauen. Erst beim zweiten Hinsehen fiel ihm die zunehmend verblassende Narbe auf, die über der rechten Schläfe verlief und durch das seidige, dunkle Haar weitgehend verdeckt wurde.

»Guten Tag, Mr Battingfield«, sagte sie, »verzeihen Sie, dass ich Sie einfach so störe. Falls es Ihnen nicht genehm ist, könnte ich auch ein andermal wiederkommen.«

»Nein, nein, Miss Brandon, Sie stören mich keineswegs. Setzen Sie sich nur«, sagte David und geleitete sie höflich zu einer Sitzgruppe in einer kleinen Fensternische seines Büros, die er für Besprechungen mit weiblichen Klienten zu nutzen pflegte, da diese nicht gerne gegenüber des Schreibtischs Platz nahmen, wie ihm Anne erklärt hatte.

Sie neigte dankend den Kopf und ließ sich schließlich auf einem der Sessel nieder. Sofort verwischte sich der Eindruck ihrer Behinderung und ihre natürliche Anmut gewann die

Oberhand. David ahnte nun, warum John dem nichts hatte entgegensetzen können.

»Sie wundern sich vielleicht, warum ich Sie aufsuche«, begann sie das Gespräch und schaute ihn offen an. »Ich habe jedoch einige Anliegen und hoffe, dass Sie mir dabei mit Ihrem Rat oder anderweitig behilflich sein könnten. Aber bevor wir uns diesen zweifellos wichtigen Dingen zuwenden, wollte ich Sie fragen, ob Sie etwas von Ihrem Bruder gehört haben. Weiß man vielleicht etwas über den Verlauf der Expedition? John«, sie räusperte sich, »ich meine, Captain Battingfield, erzählte mir vor längerer Zeit, dass Sie oft für die Admiralität arbeiten und ich hoffte, Sie hätten vielleicht Kenntnis über den Verbleib der Hecla. Ich weiß, dass es mir eigentlich nicht zusteht, um eine Auskunft diesbezüglich zu ersuchen, aber ich wäre doch sehr dankbar dafür.« Sie sah ihn bittend an. Wie konnte man einem solch reizenden Geschöpf etwas abschlagen, dachte David gerührt, schüttelte dann aber bedauernd den Kopf: »Es tut mir leid, auch mir ist nichts bekannt. Seien Sie versichert, dass ich Ihnen gerne berichten würde, aber die Expedition, an der mein Bruder teilnimmt, geht nun einmal in völlig unerforschtes Gebiet. Es ist wohl nicht möglich, eine Nachricht zu senden. Auch ich wünsche mir sehr, dass er bald gesund zurückkehrt. Man geht allerdings davon aus, dass es wenigstens noch einige Monate, wenn nicht sogar Jahre dauern wird. Sie wissen vielleicht, dass die Sache nicht ungefährlich ist, aber wir wollen das Beste hoffen.«

Sie nickte stumm und sah einen Augenblick auf ihre Hände, dann hob sie den Blick wieder, Entschlossenheit spiegelte sich nun darin. »Sir, ich weiß, dass Sie für Ihren Bruder die Verwaltung einer sogenannten Stiftung wahrnehmen. Ich trage mich mit dem Gedanken, ebenfalls eine solche ins Leben zu rufen. Durch glückliche Umstände, zu denen auch Captain Battingfield einen guten Teil beigetragen hat, bin ich in den Besitz einer größeren Summe Geldes gelangt. Es handelt sich um den Erlös aus dem Nachlass meines Vaters, den Dr. Banning, den Sie ja sicher auch gut kennen, außerordentlich gewinnbringend an das British Museum verkaufen konnte.« Sie zögerte kurz, sprach dann aber mit fester Stimme weiter: »Vielleicht wissen Sie über die näheren Umstände Bescheid, die dazu führten, dass ich … nun, sagen wir, unter gewissen Einschränkungen leide. Diese Erfahrungen haben mich dazu veranlasst, eben jene Stiftung gründen zu wollen, die sich ausschließlich unverschuldet in Not geratenen jungen Frauen, gleich welchen Standes, zuwenden soll. Ich habe allerdings keinerlei Erfahrung in diesen Dingen und hoffte, Sie könnte mir Auskunft erteilen, wie ich am besten vorzugehen habe.«

David war einigermaßen erstaunt über dieses Ansinnen. Dass eine Frau eine Stiftung gründen wollte, hatte er noch nie erlebt. Er teilte ihr seine Bedenken darüber mit, dass dies, wenn überhaupt, nur unter dem Einsatz von juristischen Kunstgriffen möglich sei. Sie gab sich mit seiner Auskunft aber nicht zufrieden.

»Sir, vielleicht ließe sich doch eine Möglichkeit finden. Es ist mir wirklich ein großes Anliegen.«

»Nun gut!« David erhob sich, »ich werde die entsprechenden Bände holen lassen. Wir können ja noch einmal nachschauen. Für gewöhnlich findet sich in der Juristerei doch immer das eine oder andere Schlupfloch. Ich bin nun selbst daran interessiert.«

Er gab die entsprechende Anweisung weiter und bald betrat Otis bepackt mit schweren Folianten das Büro und stellte seine Fracht auf einem fahrbaren Beistelltischchen ab. David bat noch um etwas Tee und begann dann, die verschiedenen Gesetzestexte an den einschlägigen Stellen aufzuschlagen. Normalerweise hätte er die Klientin vertröstet und sich selbst um die entsprechenden Nachforschungen bemüht. Aber in diesem Falle konnte er nicht widerstehen und wollte Charlotte Brandon noch etwas länger in seinem Büro halten. Er war sehr neugierig darauf herauszufinden, mit was für einem Menschen er es zu tun hatte. Was war das Besondere an dieser Frau? Was zog, außer ihrem reizvollen Äußeren, seinen Bruder so in ihren Bann, dass er dafür alles zu geben bereit war? John war alles andere als ein Narr, aber in diesem Fall schien er bereit gewesen zu sein, buchstäblich alles für diese junge Frau aufzugeben, was sein bisheriges Leben ausmachte.

Charlotte wandte sich ihm nun konzentriert zu und lauschte seinen Ausführungen. Hin und wieder bat sie ihn um die Erklärung des einen oder anderen Begriffs, schien sich aber erstaunlich schnell in der durchaus komplizierten und auch etwas ermüdenden Rechtslage zurechtzufinden.

»Miss Brandon, ich muss sagen, ich wünschte mir, meine Angestellten hätten eine derart schnelle Auffassungsgabe«, meinte David nach einer Weile erstaunt. »An Ihnen ist ein Jurist verlorengegangen. Schade, dass Frauen diesen Beruf nicht ergreifen können. Ich hätte allerdings bisher nicht geglaubt, dass Angehörige Ihres Geschlechts dafür überhaupt Interesse aufbringen könnten.«

»Mr Battingfield«, erwiderte die junge Dame mit einer leichten Schärfe in der Stimme, »leider wird viel zu oft davon ausgegangen, dass wir Frauen uns eigentlich nur für nichtige Dinge interessieren, was mitnichten der Fall ist. Kleine Mädchen sind sicher genauso wissbegierig wie kleine Jungen. Nur die Tatsache, dass ihnen jeder Zugang zu einer wirklich tief gehenden Bildung verwehrt wird – damit meine ich echte, wissenschaftliche Bildung –, führt zumindest bei einem Teil von ihnen dazu, dass sie schließlich resignieren und sich in ihr Schicksal als Ehefrau und Mutter ergeben. Andere oder vielleicht sogar viele, das mag ich zugeben, sind allerdings durchaus zufrieden, ja glücklich mit dem, was ihnen die gesellschaftliche Übereinkunft zugesteht. Aber eben nicht alle. Ist es nicht so, dass auch junge Männer über unterschiedliche Fähigkeiten und Geistesgaben verfügen? Warum sollte das bei Frauen anders sein? Einer der besonderen und von mir sehr geschätzten Wesenszüge Ihres Bruders ist es, diese vorgenannte Tatsache durchaus anzuerkennen, ja geradezu zu begrüßen.«

David schmunzelte und betrachtete sie mit Interesse. Das war es also, was John so überaus beeindruckte: ein eigenständiger, forschender Geist, der auch bereit war, lange bestehende Übereinkünfte infrage zu stellen zu Gunsten einer besseren Gesellschaftsordnung. Aufrichtigkeit gepaart mit Eloquenz und darüber hinaus weiblicher Liebreiz: So einer Frau musste sein Bruder zwangsläufig verfallen mit Leib und Leben. Dann aber und weil ihn der Schalk ritt, antwortete er ihr: »Verehrte Miss Brandon, hätten Sie *meinen* Ausführungen wirklich sorgfältig zugehört, hätten Sie bemerkt, dass ich jedenfalls einen weiblichen Juristen zu schätzen wüsste. Allein, es ist mir noch keiner begegnet zu meinem außerordentlichen Bedauern, wiewohl ich nun erkenne, dass dies keinesfalls im Verschulden der Damenwelt liegt. Auch ich schätze intelligente Frauen sehr, habe ich doch selbst das Glück, mit einer solchen verheiratet zu sein.«

Da begann sein Gegenüber ebenfalls zu lächeln und sagte kokett: »Und hätten Sie, werter Mr Battingfield, meinen Ausführungen sorgfältig zugehört, hätten Sie bemerkt, dass ich nur ganz allgemein über die Weigerung, die Bildungsfähigkeit einer Frau anzuerkennen, referierte, nicht aber über Ihre persönliche Einstellung dazu, die, wie ich nun bemerke, durchaus unvoreingenommen ist.«

David legte den Kopf zurück und lachte schallend. »Miss Brandon, Sie würden selbst einen erfahrenen Juristen das Fürchten lehren. Sie wissen, worauf es in unserer Profession ankommt, ohne es studiert zu haben.«

Schließlich fand David einen geeigneten Präzedenzfall, den man heranziehen konnte. Nach einem solchen hatte er gesucht, um der geplanten Stiftung von Miss Brandon die notwendige rechtliche Unantastbarkeit zu verschaffen. Es musste lediglich ein Mann als Stiftungsvorstand berufen werden, wie in dem betreffenden Präzedenzfall geschildert wurde. Aber dieser musste selbstredend ein außerordentlich vertrauenswürdiger Mensch sein, da die Stifterin ihm sozusagen eine freie Verfügungsgewalt in die Hand legte. Allerdings ließe sich das Risiko, das damit verbunden war, sicher durch ein Vertragswerk mit entsprechenden Auflagen verringern. Ahnend, dass Miss Brandon ihn selbst um die Wahrnehmung dieser Aufgabe bitten würde, erwähnte er, dass er einfach schon zu sehr eingebunden sei in seine bestehenden Geschäfte und die Stiftung seines Bruders, ihr jedoch einen jungen, vielversprechenden und überaus integeren Anwalt namens Mr Alexander Plummer empfehlen könne und zudem einen vertrauenswürdigen und erfahrenen Buchhalter.

Charlotte dankte ihm sehr und ließ sich die entsprechenden Adressen von ihm geben. Dann hatte sie noch etwas auf dem Herzen. »Mr Battingfield, Sie hatten mir ja im Auftrag Ihres Bruders geschrieben, dass mir das Recht gewährt würde, in Millford Hall zu leben, so ich es wünschte.«

»Das ist richtig«, sagte David. »Diese Möglichkeit besteht nach wie vor. Sollten Sie Ihre Einstellung dazu geändert haben?«

»Nein, Sir, gewiss nicht! Sehen Sie, mit Millford Hall sind bei mir eigentlich nur überaus leidvolle Erfahrungen und Erinnerungen verknüpft und ich möchte mich diesen nicht mehr aussetzen. Ich hoffe, Sie verstehen das. Es ist keinesfalls Undankbarkeit, die mich zu dieser Entscheidung veranlasste, ich bin Captain Battingfield sogar über die Maßen, mehr als ich es je werde ausdrücken können, dankbar für die Fürsorge, die er mir zukommen lässt. Er versetzt mich dadurch in die bemerkenswerte Lage, frei entscheiden zu können, was ich zu tun gedenke und das weiß ich wirklich zu schätzen. Allerdings gibt es eine Sache auf Millford Hall, an der mein Herz hängt und ich wage es nun, auch im Vertrauen darauf, dass Ihr Bruder dafür sicher Verständnis hat, danach zu fragen.«

»Um was handelt es sich denn?«, fragte David. »Sicher handele ich im Sinne meines Bruders, wenn ich Ihnen schon jetzt die Erlaubnis gebe, über diesen Gegenstand frei zu verfügen.«

»Das würde mich wirklich sehr glücklich machen, Sir! Es handelt sich um das Pianoforte meiner Mutter, das nun verwaist und ungenutzt dort steht, was wirklich ein Jammer ist, da es ein wunderbares Instrument ist. Ich gedenke, mich hier in London oder in der Nähe niederzulassen und würde mich darüber freuen, das Instrument in mein noch zu mietendes Haus holen zu dürfen.«

»Das ist keine Frage. Ich werde das veranlassen, sobald Sie mir eine entsprechende Adresse nennen. Wieso wollen Sie sich gerade hier niederlassen?«

»Nun, das bietet sich an, da ich hier am meisten für die Stiftung tun kann und auch für die Schützlinge der Stiftung am besten zu erreichen bin. Außerdem ist es mir durch die Vermittlung von Dr. Banning möglich geworden, einen Forschungsauftrag im Bereich der Altertumsforschung beim British Museum zu erhalten. Man erwartet von mir, dass ich ein System für die sorgfältige Katalogisierung von Funden erarbeite. Da ist es natürlich von Vorteil, wenn ich räumlich nicht allzu weit vom Museum entfernt lebe, da es mir durch meine …«, sie zögerte kurz, sagte dann aber entschlossen, »Behinderung eher schwerfällt, lange Reisen auf mich zu nehmen.«

»Oh«, meinte David und zog die Augenbrauen in höchstem Erstaunen nach oben, »Sie haben einen Auftrag vom British Museum erhalten? Das ist allerdings eine Aufgabe, mit der eine Frau sehr selten betraut wird. Mir ist kein solcher Fall bekannt, allerdings kenne ich mich in den Kreisen der Society[44] auch nicht so gut aus. Sie scheinen mir für Überraschungen

44 Gemeint ist die Royal Society. Zunächst als Club (1660) gegründet, wurde sie bald zur Vereinigung, in der Wissenschaftler und Forscher sich trafen und Ideen austauschten. Es gibt seltene Beispiele von Frauen, die der Society angehörten. Das British Museum wurde bei seiner Gründung im Montagu House eingerichtet, zog aber 1824 vor allem wegen des enormen Besucherandrangs in größere Räume um.

gut zu sein. Ich vermute, die Sammlung Ihres Vaters ist dort dann auch zu besichtigen?«

»Selbstverständlich, Sir!«

»Nun, dann werde ich mir dieses Vergnügen nicht entgehen lassen und die Ausstellung zusammen mit meiner Frau besuchen.«

»Ich würde mich freuen, Sir! Und noch einmal herzlichen Dank für Ihre Mühe!« Sie erhob sich und reichte David zum Abschied die Hand.

»Miss Brandon, es war mir ein Vergnügen, Sie kennenzulernen!«, sagte er und geleitete sie hinaus. »Und sollte ich etwas über Captain Battingfield in Erfahrung bringen, werde ich Ihnen natürlich sofort Bescheid geben.«

Sie wendete sich ihm zu. »Das wäre wirklich sehr freundlich von Ihnen!«, sagte sie und ihre Stimme zitterte leicht. Dann ging sie, schwer auf ihren Gehstock gestützt. David sah es und verspürte plötzlich einen Kloß in der Kehle. Er wünschte es seinem Bruder, mit dieser Frau glücklich zu werden. Es musste eine Möglichkeit für die beiden geben! Auch wenn Gwendolyn immer noch Johns Frau war, er, David, würde Himmel und Hölle für das Glück der beiden in Bewegung setzen, das schwor er sich feierlich.

Kapitel 43

Es war September geworden und im steinmauerumkränzten Gärtchen des hübschen Stadthauses in der Cavendish Street in London St. John's Wood begannen sich die Blätter zu verfärben. Klaviermusik erklang aus dem überraschend geräumigen Salon des Hauses, das seine größten Fenster zum Garten hinaus hatte, als Mary eintrat und sich mit recht geröteten Wangen ihres Hutes und ihrer Handschuhe entledigte.

»Da bist du ja endlich, Mary«, sagte Charlotte mit einem wissenden Lächeln auf den Lippen, »du kommst spät von deiner Besprechung mit Mr Plummer. Ihr scheint ja sehr viel zu besprechen zu haben in letzter Zeit, obwohl das natürlich auch zwingend notwendig ist in der Stellung als Vorstand und erster Beirat der Brandon Stiftung. Wie sieht es denn aus? Konnte Mr Plummer nun den Vertrag über den Erwerb des zweiten Wohnheims zur Zufriedenheit aller abschließen?«

»Oh, sicher«, sagte Mary eifrig, »alles hat wunderbar geklappt. Selbst die Unterrichtsräume im Nachbarhaus konnten angemietet werden.«

»Ja, er ist ein sehr fähiger Mann, unser lieber Mr Plummer«, sagte Charlotte mit einem noch breiteren Lächeln, spielte aber ohne Pause weiter. »War es draußen eigentlich schon sehr kühl?«

»Nein, eigentlich gar nicht! Mir ist sogar recht warm geworden«, meinte Mary in einem verträumten Tonfall, der ihr selbst nicht aufzufallen schien.

»Das will ich meinen«, sagte Charlotte. »Kein Wunder, wenn man bedenkt, welche Kapriolen ein verliebtes Frauenherz schlägt.«

»Du weißt es also?«, fragte Mary erschrocken.

Charlotte lachte und hörte auf zu spielen: »Mary, ich müsste blind und taub sein, wollte ich nicht bemerken, wie ihr euch anseht. Was soll die Geheimniskrämerei? Warum heiratet ihr nicht endlich? Man kann es ja schon nicht mehr aushalten. Der Mann sieht dich an wie ein waidwundes Reh! Willst du ihn nicht endlich von seinen Qualen erlösen?«

Ihre Freundin eilte zu ihr hinüber, setzte sich neben sie auf die Klavierbank und umschlang sie zärtlich. »Dann würde es dir nichts ausmachen, liebste Charlotte? Ich hatte solche Angst, es dir zu sagen!«

Charlotte löste sich aus der Umarmung und schaute sie mit leichter Verärgerung an. »Warum das denn? Glaubst du, ich neide dir dein Glück? Was hältst du von mir?«

Sie hielt kurz inne und fuhr milder fort: »Mary, du hast mir so viel Liebe und Fürsorge angedeihen lassen, das reicht für zwei Leben. Es ist an der Zeit, dass *du* ein wenig Eigennutz walten lässt, um deine Worte zu benutzen.«

»Ja, vielleicht hast du recht! Ich liebe ihn auch so sehr. Wer hätte gedacht, dass ich hier meinen Märchenprinzen finde? Obwohl er Jurist ist und noch zur Miete wohnt!«

»Märchenprinzen wachsen an den absonderlichsten Orten, das lehren uns schon die Märchen!«, neckte Charlotte.

»Die Stiftung würden wir natürlich weiterführen wie bisher«, sagte Mary nun eifrig. »Alexander meint, dass es sogar hilfreich wäre für die öffentliche Reputation der Stiftung, wenn wir Mann und Frau wären.«

»Dann wird das wohl so sein«, stimmte Charlotte mit übertriebenem Ernst zu. »Wenn Alexander das sagt, dann muss es stimmen!«

»Ach, du, necke mich nicht!«, sagte Mary und knuffte sie zärtlich.

»Warum aber hast du dann so sehr gezögert?«, fragte Charlotte und meinte es nun wirklich ernst.

»Weil ich dich nicht traurig machen wollte! Ich finde mein Glück und du weißt immer noch nichts von John. Ich kann es nicht mit ansehen wie du dich sorgst. Ich wünschte so sehr für dich, er kehrte zurück.«

»Aber das würde doch auch nichts ändern«, meinte Charlotte düster. »Sicher, wenn er heute hierher käme und mich fragte, ob ich ihm folgen wolle, ich würde bedenkenlos Ja sagen. Ich schickte ihn nicht mehr fort. Aber trotzdem weiß ich keine Lösung für unser Problem. Was soll ich nur tun? Was soll nur aus uns werden? Vielleicht kommt er nicht mehr zurück, das würde ich nicht ertragen … Ach, Mary, du hast recht, dieses hoffnungslose Warten macht mich ganz krank. Nur die Arbeit lenkt mich davon ab.«

Sie ließ den Kopf hängen, raffte sich dann aber wieder auf: »Aber das soll dich nicht davon abhalten, glücklich zu sein und zwar so sehr du nur irgend kannst. Wenn es eine Frau verdient hat, glücklich zu sein, dann du, meine liebste Mary!«

In diesem Augenblick klopfte jemand ungeduldig an die Eingangstür. Rosie, das Hausmädchen, ging um zu öffnen. Es war Alexander Plummer mit einer Zeitung in der Hand. Er war recht blass und wirkte, als hätte er eben eine schlechte Nachricht erhalten. Mary ging ihm entgegen und gab ihm zu seiner allergrößten Verwunderung vor Charlottes Augen einen Begrüßungskuss, obwohl sie sich gerade erst von ihm verabschiedet hatte. »Sie weiß es, und sie beglückwünscht uns, Alexander!«, flüsterte sie ihm zu. In den Zügen des jungen Mannes kämpfte nun eine absonderliche Mischung aus Freude und Besorgnis. »Das ist wunderbar, Mary, aber ich fürchte, ich habe schlechte Nachrichten – oder auch nicht. Ich weiß nicht, was ich dazu sagen soll! Seht selbst!«

Er schlug die Zeitung unter der Rubrik der Todesanzeigen auf. Charlotte wurde augenblicklich kalkweiß als sie es bemerkte und begann zu zittern: »John?«, fragte sie tonlos.

Der Anwalt schüttelte den Kopf: »Lady Gwendolyn Battingfield!«, sagte er, »am Kindbettfieber gestorben vor zwei Tagen. Die Beisetzung ist übermorgen in der Familiengruft auf dem Stammsitz der Familie Wellesley.«

Mary sank erschüttert auf einen Sessel. »Oh!«, sagte sie leise.

Charlotte wirkte wie zu einer marmornen Steinfigur erstarrt. Nach einer Weile tiefen Schweigens brach es aus ihr heraus: »Das wollte ich nicht! Gott steh mir bei, das wollte ich wirklich nicht!« Dann hinkte sie mühsam in ihr Zimmer und schloss sich ein.

Stunden später klopfte Mary vorsichtig an ihre Tür. Sie war nicht mehr verschlossen. Leise trat sie ein und fand ihre Freundin auf dem Bett liegend vor. Sie hatte geweint. Ihre Wangen und ihr Kissen waren nass von Tränen. »Mary, ich schäme mich so!«, flüsterte sie.

»Aber Charlotte, es ist nicht deine Schuld! Es ist der Lauf der Dinge, der unbegreifliche Ratschluss Gottes, wenn du es so nennen willst. Natürlich ist es tragisch, aber doch ein Schicksal, das Frauen leider allzu häufig erleiden.«

»Aber ich habe ihr den Mann weggenommen!«, schluchzte Charlotte und schlug die Hände vor das Gesicht.

»Nein, das hast du eben nicht!«, erwiderte Mary sehr streng und zwang ihre Freundin, sie anzusehen. »Ich will so etwas nie wieder hören. Ganz im Gegenteil! Du liegst hier mit einem Holzbein, weil du ihr den Mann eben lassen wolltest. Wenn sie ihn verloren hat, dann deshalb, weil diese Ehe von Anfang an ein Fehler war. John braucht dich und er liebt dich mit aller Zärtlichkeit, mit der ein Mann nur lieben kann. Gwendolyn Battingfield hingegen hat er nie geliebt und er hat in dieser Ehe gelitten, schon bevor er dich kannte. Also überhäufe dich nicht mit Selbstvorwürfen, sondern gönnt euch – wenn er zurückkommt und das wird er! – das Glück eurer Liebe. Der Himmel hatte ein Einsehen mit euch, ihr solltet es auch haben! Und jetzt stehst du auf und isst etwas mit uns, sonst werde ich ernsthaft böse.«

»Was würde ich nur ohne dich tun, meine liebe Mary«, sagte die so Zurechtgewiesene nach einer langen Pause, in der sie die energischen Worte Marys überdacht hatte und umschlang ihre streng dreinblickende Freundin liebevoll, während ihr weiterhin Tränen die Wangen hinunterliefen. Aber diesmal waren es nicht Tränen der Scham.

Zur Teezeit des 12. Dezember 1818 schritt ein Gentleman den Woodsford Square hinauf. Sein eiliger Gang verriet Ungeduld und Spannung. Er war ein gutaussehender, drahtiger Mann mit einigen wenigen grauen Strähnen im sonst dunklen Haar. Seine gebräunte Haut und eine gewisse Haltung im Bewegungsablauf verrieten den erfahrenen Seemann.

Er erklomm die Stufen des Stadthauses des Anwalts the right honourable David Battingfield und klopfte kräftig an die repräsentative Eichentür. Kurz darauf wurde ihm geöffnet.

»Sie wünschen?«, begann der Butler, riss dann aber die Augen auf. »Lord Battingfield, welch unerwartete Überraschung! Bitte treten Sie ein, ich werde sofort …«

Er kam nicht weiter. Die Tür zum Salon wurde aufgerissen und der Hausherr stürmte heraus, gefolgt von Frau und Kinderschar. »John, mein Gott! Welche Freude, dich zu sehen! Du bist zurück, gesund und wohlbehalten!« Es entstand ein Gerangel darum, wer das Vorrecht hätte, den Langvermissten als Erster in den Arm zu nehmen.

»Wann seid ihr angekommen?«, fragte David, als man sich etwas beruhigt hatte. »Ich hatte keinerlei Kenntnis von deiner Rückkehr.«

»Das konntest du auch nicht. Wir sind sozusagen auf den Flügeln der Windsbraut geritten und haben die Passage in weniger als drei Wochen geschafft. Wir wollten wohl alle nach Hause und hatten genug vom Eis. Unser letzter Hafen war Reykjavik und wir waren das erste und schnellste Schiff, das nach England segelte, so konnten wir keine Nachricht schicken.«

»Und? Habt ihr die legendäre Passage gefunden?«, wollte David gespannt wissen.

John schüttelte den Kopf. »Es war aussichtslos. Als das Packeis uns schon in den Klauen hatte, mussten wir schließlich aufgeben. Wir sind nur mit knapper Not dem kalten Tod entronnen. Allerdings will Peary nächstes Jahr einen erneuten Versuch starten. Der Mann ist einfach wild entschlossen! Trotzdem: einige interessante Erkenntnisse haben wir gewonnen. Es war nicht umsonst!«

»Komm doch erst einmal herein, du musst müde sein!«, meinte Anne fürsorglich.

»Nein, lass nur, ich würde eigentlich gerne unter vier Augen mit David reden. Ich habe einige Fragen. Außerdem erhielt ich in Reykjavik einen Brief von Lord Wellesley, der dort auf Anweisung der Admiralität im Hafenbüro für mich aufbewahrt worden war.«

»So weißt du es also?«, fragte David leise.

Sein Bruder nickte knapp.

»Komm mit in mein Arbeitszimmer, da können wir ungestört reden«, sagte David und legte dem Heimkehrer die Hand auf die Schulter. Als sie die Tür hinter sich geschlossen und Platz genommen hatten, sagte David: »Man wünscht in solchen Fällen wohl herzliches Beileid …«

Sein Bruder schwieg, doch dann sagte er: »Machen wir uns nichts vor. Es tut mir leid um Gwendolyn, gewiss. Ich hätte es ihr gewünscht, dass sie mit dem Kind glücklich geworden wäre. Es sollte nicht sein. Allerdings berührt ihr Tod mich seltsam wenig. Bin ich ein Unmensch? Ich habe diese Frau eigentlich kaum gekannt, wir sind uns immer fremd geblieben.«

»Was ist mit dem Kind? Lebt es?«

»Ja, es ist ein Mädchen. Man hat es auf den Namen Gwennyver taufen lassen. Ein hübscher Name! Lady Wellesley wünscht, dass ich mich um das Kind kümmere, es sei schließlich das meine. Und das werde ich auch tun! Sie soll nicht noch einmal die Gelegenheit zu einer missglückten Erziehung haben. An meine Tochter wird sie ihre Finger nicht legen. Ich werde es so schnell wie möglich zu mir nehmen, wenn ich ein paar andere Dinge geklärt habe.« Er sah seinen Bruder mit brennenden Augen an. »Bevor ich dich nach dem frage, was mir am meisten auf der Seele liegt … Was ist mit Terency?«

»Oh, er hat Hochzeit mit des Seilers Tochter gehalten, der Hund. Soll gewinselt haben wie ein Straßenköter. Ich habe es mir nicht angesehen, ich hasse so etwas, auch wenn er es noch so verdient hat. Aber halb London war auf den Beinen!«

»Und die anderen?«

»Deportiert. Die kommen nicht mehr zurück! Das war ein Prozess, sage ich dir! Die Zeitungen waren voll davon. Besonders aber hat Miss Brandon die Gemüter bewegt.«

John stöhnte auf. »Sie war dort? Musste das denn sein? Das muss furchtbar für sie gewesen sein!«

»War es wohl auch. Der Anwalt Terencys hat sie sehr heftig angegriffen, aber sie hat allem standgehalten und sich nicht beirren lassen. London war zu Tränen gerührt, kann ich dir sagen! Sie ist eine wunderbare Frau. Ich hatte Gelegenheit, sie kennenzulernen. John, ich verstehe dich sehr gut!«

Dieser wischte die letzte Bemerkung mit einer ungeduldigen Geste zur Seite. »Wo ist sie jetzt und wie geht es ihr? Weißt du etwas? Ich brenne auf Nachricht von ihr, du ahnst nicht, wie sehr! Lebt sie auf Millford Hall?«

»Nein, das hat sie abgelehnt. Sie meinte, dass das zu viele schlimme Erinnerungen in ihr hervorrufen würde. Sie hat sich hier in London niedergelassen. Sie wollte eine Stiftung gründen und arbeitet obendrein für das British Museum! Eine wirklich außergewöhnliche Person. Sie war bei mir wegen der Stiftung und bat mich, sie zu beraten. Doch sonst habe ich nichts mehr von ihr gehört, außer, dass sie die betreffende Stiftung tatsächlich vor einigen Monaten gegründet hat. Allerdings, da fällt mir ein … vor einigen Tagen kam doch eine Nachricht von ihrer Stiftung mit der Post. Ich hatte noch keine Gelegenheit, sie zu öffnen.« Er suchte ein wenig auf seinem wie üblich mit Schriftstücken übersäten Schreibtisch umher und förderte schließlich ein mit roten Lettern auf edelstes Papier gedrucktes und zweifach gefaltetes Schriftstück zutage. »Ich glaube, es ist eine Einladung oder so etwas Ähnliches.« Mit einem Lächeln überreichte er John die Einladung, denn um eine solche handelte es sich offenbar tatsächlich. Der riss ihm das Gedruckte förmlich aus der Hand und entfaltete es eilig zur Hälfte. Seine Augen überflogen bereits rasch und nach Nachricht von Charlotte gierend die Ankündigung. Doch dann erbleichte er.

»Was ist?«, fragte David besorgt. Die unerwartete Reaktion seines Bruders gefiel ihm ganz und gar nicht. Hilflos sah dieser ihn an und ließ sich schwach in einen Sessel sinken. Dann las er halblaut vor:

»Einladung zum Konzertabend mit anschließender
Unterrichtungsmöglichkeit über die Brandon-Stiftung.
Es laden ein:
Der Stiftungsvorstand: Mr und Mrs Alexander Plummer
12. Dezember im Queens Theatre, Beginn 19.00 Uhr

David, was hat das zu bedeuten?«

Auch David war nun sichtlich erschrocken. Er biss sich auf die Lippen und sagte nach einem beklemmenden Moment des Schweigens: »John, ich glaube, ich habe einen Fehler gemacht. Ich habe Miss Brandon für die Stiftungsverwaltung einen jungen Anwalt empfohlen, einen Mr Alexander Plummer. Wirklich ein famoser und recht stattlicher junger Mann, auch sehr ambitioniert. Ich denke, sie werden inzwischen geheiratet haben. Immerhin warst du lange fort und deine Rückkehr mehr als ungewiss.« Unsicher sah er seinen Bruder an. Von diesem kam kein Wort. Stille lastete zwischen ihnen. Verzweifelt flüchtete sich David in weitere Erklärungen und wusste gleichzeitig nur zu gut, dass diese Nachricht seinen

Bruder nahezu vernichtete: »Weißt du, John, sie ist trotz der Behinderung eine ungemein anziehende Frau. Ich glaube, die meisten Männer wären von ihr beeindruckt …«, die Worte versagten ihm endgültig.

Sein Bruder war noch blasser geworden und starrte ihn an. »Du meinst tatsächlich, dass sie verheiratet ist? Dass sie wirklich diesen Plummer genommen hat …?«, fragte er tonlos.

David sah seinen Bruder mitfühlend an, sagte aber nichts. Was sollte er auch sagen? Er fühlte sich geradezu schuldig.

Einen Augenblick lang glaubte er, John würde nun in hemmungsloses Schluchzen ausbrechen, aber nichts dergleichen geschah. Dieser blieb einfach weiterhin stumm und starrte vor sich hin, was viel schlimmer war. Dann sagte John leise: »Sie hat ihre Wahl getroffen, ich muss es akzeptieren.« Er rang nach Luft und senkte den Kopf, ergeben, aller Kraft beraubt. Achtlos entfaltete er die Einladung nun völlig.

»John, es tut mir so unendlich leid. Ich weiß nicht, was ich sagen soll!« David war aufgestanden und wollte zu seinem Bruder hinübergehen, da schrie dieser plötzlich auf.

Er verliert den Verstand, dachte David entsetzt, denn John war unversehens in ein heftiges Lachen ausgebrochen, sprang, die schicksalhafte Einladung in der Hand haltend, auf, packte David beim Schopf und drückte ihm einen festen Kuss auf die Stirn. Dann rannte er zur Tür hinaus. Die Einladung flatterte hinter ihm auf das dunkle Parkett des Arbeitszimmers. David hob sie auf. Da sah er, dass noch etwas auf dem unteren Teil des Blattes stand.

Es spielt
das Vauxhall Chambers Orchestra
Am Klavier
Miss Charlotte Elisa Brandon

Kapitel 44

Als John eintraf, war das Konzert schon in vollem Gange. Die Vorhalle des Queens Theatre, obwohl hell erleuchtet, war wie ausgestorben. Leise öffnete er die Tür zum Parkett und trat ein. Der Raum war nahezu überfüllt. Alle Plätze waren belegt und selbst an den Wänden und oben in den Logen standen noch Gäste und lauschten der musikalischen Darbietung. John stellte sich in den Schatten einer der Marmorsäulen des großen Saales und richtete seine Aufmerksamkeit auf die Konzertbühne. Ein makellos aufspielendes Kammerorchester mit acht Musikern saß in gefälliger halbkreisförmiger Anordnung um die Solistin des Abends herum, die mit den perlenden Läufen und berauschenden Akkordfolgen, die sie ihrem Instrument entlockte, das Publikum völlig in seinen Bann zog.

John Battingfield erging es nicht anders. Er konnte den Blick nicht von ihr abwenden. Konzentriert und mit geschlossenen Augen hatte sie das Haupt geneigt, ganz in ihre Darbietung vertieft. Ihr dunkles, im Nacken weich zusammengenommenes Haar schimmerte im Kerzenschein und hob sich wunderbar von der alabasternen Helligkeit ihrer Wangen ab. Sie war in ein schlichtes, aus fließender Seide gefertigtes weißes Gewand gekleidet und schien in ihrer Zierlichkeit und Anmut einem Feenreich entsprungen zu sein.

Eben noch war er voller Ungeduld durch die Straßen Londons gejagt, getrieben von dem sehnlichen Wunsch, die Frau, die er liebte, endlich in die Arme schließen zu können. So lange hatte er darauf gewartet und in der starrenden Kälte des erbarmungslosen Eises, in aller Plackerei und Entbehrung der letzten Monate, nur an eines gedacht: ihr nahe zu sein. Doch nun, da es soweit war, sank ihm der Mut. Würde sie ihn wieder von sich weisen? Wie sollte er ihr sagen, dass der Weg nun frei war für ihr gemeinsames Leben? Würde sie nun endlich Ja sagen? Liebte sie ihn denn überhaupt noch, da sie doch so lange ohne eine Nachricht von ihm gewesen war?

Da erhob sich donnernder Applaus. Das Konzert war beendet. Er hatte es kaum noch wahrgenommen. Wie im Traum sah er, wie sich die Musikanten und schließlich auch Charlotte, mit einer Hand auf ihr Instrument gestützt, vor dem Publikum verbeugten, wie die Musiker, als sich die Gäste längst an ihm vorbei in die Vorhalle zum zweiten Teil des Abends zurückgezogen hatten, sich einer nach dem anderen von ihr verabschiedeten.

Charlotte saß noch an ihrem Flügel und ordnete ihre Noten. Sie hatte es wohl absichtlich vermeiden wollen, ihre Behinderung vor aller Augen sichtbar werden zu lassen. Nun stand sie auf, griff nach dem Notenstapel und schickte sich an, ebenfalls den Saal zu verlassen. Sie hatte ihn nicht gesehen.

»Charlotte?«, sagte er leise.

Abrupt hielt sie inne. Die Notenblätter entglitten ihren Händen, sie wandte sich halb zu ihm um und sah ihn ungläubig staunend an. Der stützende Stock fiel mit lautem Krachen zu Boden, sie schwankte und streckte verlangend die Arme nach ihm aus. Da lief er, rannte zu ihr, schloss sie in die Arme und küsste sie, liebend, hungrig, verzehrend. Und sie gab ihm, nach was es ihn verlangte, ohne Vorbehalte, ohne Scheu. Wie hatte er je an ihrer Liebe zweifeln können?

»Wirst du nun die Meine?«, fragte er endlich und sah sie forschend an.

»Ich war es doch schon immer, John, weißt du das nicht?«, sie küsste ihn wieder zärtlich auf den Mund.

»Du schickst mich nicht mehr fort?«

»Nie mehr! Und wenn du wieder ans Ende der Welt segeln willst, dann gehe ich mit dir und nichts und niemand wird mich aufhalten, nicht einmal ein Holzbein!«

Er lächelte glücklich. »In diesem Fall, Miss Charlotte Elisa Brandon, gehe ich davon aus, dass Sie meine Frau werden wollen!«

»Das entspräche zutiefst meinem Verlangen, Captain Battingfield«, war ihre Antwort, die er so ersehnt hatte.

Voll von glücklichem Übermut hob er sie auf seine Arme und drehte sich mit ihr im Kreis. Sie war keine Last, würde es nie sein. Doch dann hielt er inne: »Und eure Gäste?«, fragte er zweifelnd.

»John, Liebster, ich glaube, wir haben beide nun so sehr unserer Pflicht Genüge getan, dass wir für dieses eine Mal unserem Verlangen nachgeben dürfen. Denkst du nicht auch?«, meinte sie lächelnd. Dann schlang sie ihre Arme um seinen Nacken und schmiegte sich zärtlich an ihn.

»Ja«, sagte er, »da magst du wirklich recht haben.«

Und obwohl sich das erlauchte Publikum an diesem Abend wunderte, dass die Stifterin sich nicht mehr zu ihnen gesellte, obwohl man aufgeregt darüber spekulierte, wer wohl der gutaussehende Gentleman gewesen sei, der die reizende Miss Charlotte Brandon auf seinen Armen aus dem Theater getragen hatte und obwohl trotz dieses ungewöhnlichen Vorfalls auch diesmal die Spenden reichlich flossen, gab es zwei pflichtvergessene, überglückliche und sehr verliebte Menschen, denen all dies für dieses eine Mal herzlich egal war.

Epilog

Dullham Manor, 20. November 1820

Lieber Dr. Williams,

nun komme ich endlich dazu, Ihnen zu schreiben. Sicher haben Sie schon sehr auf Nachricht gewartet und ich bin auch sehr beschämt darüber, dass wir in den letzten Monaten nichts von uns haben hören lassen. Aber die Zeit eilt dahin, wenn man so glücklich ist, wie wir es sind.
Charlotte lässt Ihnen ihre wärmsten Grüße zukommen und hofft inständig, Sie sehr bald bei uns begrüßen zu können. Sie machen doch nun endlich Ihr Versprechen wahr und besuchen uns hier mit Ihrer Gattin? Dann können Sie sich von Charlotte auch über die neue Prothese berichten lassen, die Sie ihr zukommen ließen. Um es vorwegzunehmen: sie ist überglücklich damit. Da ist Ihnen wirklich ein Meisterstück gelungen! Charlotte kann nun endlich auf den ihr so lästigen Stock verzichten und sogar wieder etwas spazieren gehen, was sie sehr vermisst hatte in den Jahren seit ihrem Unfall. Sie geht so gern spazieren an der frischen Luft! Unsere kleine Gwennyver ist aber dennoch bald zu schnell für sie und springt fröhlich durch unseren Park. Die Kleine hat in Charlotte eine liebevolle Mutter gefunden und zeigt großes Interesse an allem, was ihr begegnet. Sie ist unsere ganze Freude.
Vorigen Monat kehrten wir aus London zurück, wo wir uns immer wieder für einige Wochen aufhalten, damit Charlotte ihren Aufgaben beim British Mu-

seum und bei der Stiftung nachgehen kann, obwohl Mary und Alexander diese bestens führen. Diesmal werden wir aber wohl länger hier auf Dullham Manor bleiben, denn es gibt große Neuigkeiten: Charlotte ist guter Hoffnung! Das Kind soll im Sommer zur Welt kommen. Ich bete, dass alles gut geht! Die Vorstellung, sie vielleicht zu verlieren, ist schrecklich für mich. Immerhin starb meine erste Frau im Kindbett. Aber Charlotte will davon nichts hören. Sie sagt, dass es uns Menschen nicht ansteht, unser Glück zu sehr festhalten zu wollen. Sie wissen, wie unbeirrbar sie in ihren Ansichten ist. Es sei ein unverdientes Geschenk, meint sie, so wie auch das neue Leben in ihr, auf das sie sich so sehr freut, dass ihr das Glück aus den Augen strahlt. Auch ich freue mich darauf. Edward Peary übrigens ist endlich zurück von seiner zweiten Expedition. Er war nun doch zwei Jahre unterwegs. Gut, dass ich mich damals dagegen entschieden habe. Auch diesmal hat er die Passage nicht gefunden, dafür aber einige neue Inseln entdeckt. Sie werden nach ihm benannt werden. Er war zunächst enttäuscht, als ich ihm für die zweite Expedition absagte, aber ich hätte meine Charlotte um nichts in der Welt mehr verlassen wollen. Er war dann ja bei unserer Trauung kurz vor Weihnachten 1818 hier auf Dullham, wie Sie sich vielleicht erinnern. Er kommt nun übermorgen wieder zu uns nach Dullham Manor. Auch Dr. Banning wird dann regelmäßig hier sein. Würden Sie uns nicht auch die Ehre erweisen wollen? Walter würde sich auch sehr freuen. Er schätzt Sie sehr, seit er Sie bei den Hochzeitsfeierlichkeiten kennengelernt hat.
Der Grund des Treffens ist, dass ich Peary zumindest habe versprechen müssen, mit ihm zusammen sein

Buch über die nördliche nautische Astronomie zu überarbeiten. Meine eigenen Aufzeichnungen von der ersten Expedition werde ich dabei einfließen lassen. Peary schlug vor, auch Miss Herschel dazuzubitten. Sie hat eingewilligt und wird ebenfalls nächste Woche auf Dullham Manor eintreffen. Die beiden kennen sich wohl gut aus der Zeit, als Miss Herschel noch in Bath lebte. Da ich Charlottes wegen einen Kutschenweg zum Observatorium habe anlegen lassen, können wir uns sehr bequem unseren Studien widmen. Charlotte ist deshalb aufgeregt wie ein Kind an Weihnachten und will natürlich unbedingt teilnehmen. Ein Wunsch, den ich ihr nur allzu gern erfülle. Es ist eine wahre Freude für mich zu beobachten, wie sie durch das Haus eilt und alles vorbereitet. Sie hat sich schon vor Jahren sehr gewünscht, die von ihr so verehrte Dame einmal kennenzulernen. Sie können es sich sicher denken, Sie kennen meine Charlotte ja auch sehr gut.

Was gibt es noch zu berichten?

Jenkins hat sich als wahrer Glücksgriff erwiesen. Das Gestüt auf Millford Hall gedeiht unter seiner Führung prächtig und wirft einen satten Gewinn ab. Er wird übrigens heiraten. Er hat Gefallen an Charlottes treuer Mrs Sooner gefunden. Die beiden sind ein wunderbares Paar und Charlotte ist sehr glücklich über diese Entwicklung. Sie plant übrigens, Millford Hall zumindest zum Teil auch für die Stiftung zu nutzen. Ich bin gespannt, was ihr nun wieder einfällt, aber ihre Ideen sind in der Regel brillant.

Sie sehen, es ist viel geschehen und alles entwickelt sich prächtig. Da Sie, mein lieber verehrter Dr. Williams, daran einen großen – wenn nicht gar den größten! – Anteil haben, indem Sie meiner über alles geliebten Charlotte mit Ihrer ärztlichen Kunst und der hingebungsvollen Pflege das Leben retteten, können Sie meiner immerwährenden Dankbarkeit und tiefen Freundschaft versichert sein. Was wäre ohne Sie aus uns geworden? Ich mag nicht daran denken! Deshalb: Zögern Sie nicht und besuchen Sie uns bald!

In froher Erwartung
Ihr Freund
John Battingfield

Nachwort

Die Grand Dames des klassischen englischen Frauenromans, Jane Austen und die Brontë-Schwestern, begeistern bis heute die Leserschaft zu Recht. Leider haben sie, bedingt durch frühen Tod und die Schwierigkeiten, sich als schreibende Frauen in einer ausschließlich den Männern vorbehaltenen Welt überhaupt durchzusetzen, nur wenig hinterlassen. Ein Umstand, den die Nachwelt bedauern muss.

So bleibt dann den begeisterten Leserinnen und Lesern nur die Möglichkeit, selbst Romane in der Tradition der verehrten Autorinnen zu verfassen und zu hoffen, wenigstens einigermaßen den Ton und die Denkungsart der damaligen Zeit zu treffen, die uns dank der schriftlichen Zeugnisse der genannten Autorinnen immerhin authentisch erhalten sind.

Was uns aber in den Romanen einer Jane Austen auffällt, ist, dass sie gesellschaftskritische und politische Themen völlig ausklammert. Ein Thema, das zumindest bei Charlotte Brontë in ihrem großartigen Roman »Jane Eyre« schon stärker durchklingt, starken Niederschlag aber in den Werken von Elizabeth Gaskell (»North and South«) findet. Die beiden letztgenannten Autorinnen sind allerdings bereits Vertreterinnen des Viktorianischen Zeitalters ab 1837/38. Im vorliegenden Roman wurde versucht – wenigstens in Ansätzen –, das eine mit dem anderen zu verbinden. Das *Regency* war, entgegen des romantischen und von Galanterie geprägten gesellschaftlichen Bildes, das gemeinhin vermittelt wird und das natürlich auch seine Berechtigung hat, ebenfalls eine Zeit extremer Entwicklungen, gesellschaftlicher, wirtschaftlicher und wissenschaftlicher Umbrüche und Neuerungen. Historiker bezeichnen diese Phase, in die ja auch die *Industrielle Revolution* fällt, zuweilen als eine geschichtliche Umwälzung, die nur dem Neolithikum vergleichbar ist und in ihrer zeitlichen Dichte und Intensität in der Geschichte als absolut einzigartig zu betrachten ist. England war der früheste, entschiedenste und erfolgreichste Protagonist aller dieser ganz Europa betreffenden Entwicklungen. Dieser Vielfalt in einem einzigen Buch gerecht zu werden, ist natürlich ein unmögliches Vorhaben. Deshalb können nur einzelne Aspekte der Gesellschaft, soweit dies auch im Rahmen der Romanhandlung möglich ist, beleuchtet werden. Vieles muss unerwähnt blieben und somit entstehen zwangsläufig Ungenauigkeiten.

Um dem geschichtsinteressierten Leser dennoch ein angenehmes und annähernd befriedigendes Lesevergnügen zu ermöglichen, finden sich ergänzend zu den Fußnoten im Text weitere Hintergrundinformationen in den historischen Erläuterungen, die dem Verstehen der Zeit und der Romanhandlung vielleicht förderlich sein mögen. Wem diese Erläuterungen nicht genügen, dem sei noch die Literaturliste ans Herz gelegt.

Ihre
Eva-Ruth Landys
November 2011

Historische Erläuterungen

Die Zeit des späten 18. und frühen 19. Jahrhunderts vor der Thronbesteigung Königin Viktorias, das *Regency*, wie der Zeitraum zwischen 1783 und 1830 England betreffend auch genannt wird, war eine spannende Zeit, in der die Wissenschaften, die Erkundung der Welt, die Wirtschaftsentwicklung – aber auch die kritische gesellschaftliche und politische Auseinandersetzung – einen fulminanten Aufschwung nahmen. Ich will mich jedoch zunächst dem Leben in den Kreisen der High Society zuwenden.

Leben der High Society

1783 übernahm Kronprinz Georg die Regierungsgeschäfte für seinen an Porphyrie (eine schwere Stoffwechselstörung) erkrankten Vater, George III. Er wählte als Residenz Carlton-House und tat sich vor allem durch einen sehr kostspieligen und ausschweifenden Lebensstil hervor, der beileibe nicht nur Bewunderer fand. Politisch war er nur mäßig interessiert, was die Wirtschaftsentwicklung anbetraf, war sie ihm weitgehend gleichgültig. Das überließ er dem Parlament. Diese Periode der Regentschaft des Kronprinzen, die der Epoche den Namen gab, war andererseits geprägt durch ein reges gesellschaftliches Leben der Upperclass, das sich in den Romanen einer Jane Austen widerspiegelt und es gleichzeitig aus heutiger Sicht fast ausschließlich zu einer Epoche von Romantik und Galanterie verklärt, die so nicht zutreffend ist. Jane Austen sagte von sich selbst, *dass sie nur über das schreiben wolle, was sie selbst kenne*. So finden sich bei ihr eindrucksvolle Schilderungen des Landlebens der Upperclass, die einprägsame Anschauung von kleineren Festivitäten, Reisen und Besuchen von Verwandten ebenso wie die Schilderung von Aufenthalten in den damals sehr populären Badeorten wie Bath und Brighton und auch London ist im Fokus der Schriftstellerin. Jedoch bleiben die wilden, ausschweifenden Seiten der Gesellschaft weitgehend unerwähnt oder werden nur dezent angedeutet. Dessen ungeachtet war die Gesellschaft bei näherer Betrachtung eher ungalant als höflich, vor allem deren männlicher Teil gab sich zügellosem Glücksspiel und Alkohol hin – manchmal wurde sogar in den beliebten Londoner Clubs, die nur den Männern vorbehalten waren, das komplette Vermögen verspielt an einem einzigen Abend – Mätressen und Kurtisanen waren durchaus üblich sowie mancher eheliche Fehltritt. Ein Teil des Adels folgte darin dem Beispiel des Prinzregenten, der ebenfalls ganz offiziell wechselnde Mätressen (engl. »mistresses«) hatte, die auch gesellschaftlich anerkannt wurden. So wird beispielsweise von Wellington, dem gefeierten Sieger von Waterloo, berichtet, dass er lange Jahre eine Beziehung zu einer stadtbekannten Kurtisane namens Harriette Wilson unterhielt, in deren Schlafzimmer sich einfand, was Rang und Namen hatte. Er zahlte ihr sogar eine nicht unerhebliche Apanage von über 1.000 £ (von anderen Mätressen wird berichtet, dass sie bis zu 5.000 £ erhielten). Die Dame erhielt auch von anderer Seite entsprechende Bezahlung und lebte luxuriös. Später veröffentlichte sie ihre pikanten Memoiren, die schnell zum Bestseller avancierten. Dies alles war möglich, solange die Ehe der ranghohen Persönlichkeit selbst unangetastet blieb. Ehebruch, der in einer Scheidung mündete, führte jedoch regelmäßig zu enormen Skandalen. Der Prinzregent, der sich nach kurzer Zeit von seiner angetrauten Gattin, der deutschen Prinzessin Lieven, scheiden lassen wollte, musste dies schmerzlich erfahren. Sein Begehr führte zu einer ausgewachsenen Regierungskrise. Der Prinz wurde in den Straßen Londons von einem wütenden Mob attackiert, der ihn unverblümt beschimpfte und selbst die gesamte bessere Gesellschaft schlug sich auf die Seite der ebenfalls nicht unumstrittenen Prinzessin. Insgesamt ist aber die moralische Haltung der Gesellschaft als sehr schillernd, gleichsam schizophren zu bezeichnen. Sie schwankte zwischen den Extremen großer Freizügigkeit und ausgeprägter Prüderie. Als markantes Beispiel mag hier Lady Melbourne, die Mutter des späteren Whig-Premierministers, gelten. Von der intelligenten, gebildeten und weltgewandten Dame, die sich auch einen Namen als Whig-Gastgeberin machte, ist bekannt, dass nur ihr ältester Sohn, Peniston, von ihrem Gatten abstammte, zwei weitere Kinder (unter ihnen William, der spätere Premierminister) sollen von Lord Egremont gezeugt worden sein. Zu ihren weiteren bekannten Liebhabern gehörten: der Duke of Bedford, Lord Coleraine und sogar der Prinz of Wales selbst. Eben diese Lady Melbourne verurteilte allerdings ihre Schwiegertochter Caroline Lamb, die Ehefrau Williams, auf das Schärfste, als diese ihrerseits ein offenes Verhältnis einging. Eine weitere Affäre Carolines mit Lord Byron, in deren Verlauf die eifersüchtige junge Dame versuchte, sich in der Öffentlichkeit das Leben zu nehmen, führte zu einem solchen Skandal, dass sie sich jahrelang aus der Gesellschaft zurückziehen musste. Ein weiterer bekannter Fall ist der der Magravine of Anspach. Die junge irische Adelstochter, die von ihrem Vater an einen verschwenderischen Trinker regelrecht verkauft wurde, floh vor diesem und lebte mit ihrem Liebhaber zusammen, von dem sie zwei Kinder hatte. Nach dessen Tod heiratete sie den märchenhaft reichen, deutschen Markgrafen von Anspach. Doch trotz dieser eher unverschuldeten Umstände wurde die Margravine of Anspach zeit ihres Lebens von der englischen Gesellschaft empfindlich geschnitten. Nicht einmal der Reichtum ihres Mannes (man berichtet von 100.000 £ pro Jahr) konnte diese Haltung ändern und das Paar, obwohl rechtmäßig verheiratet, war gezwungen, im Ausland zu leben. Der Preußenkönig gewährte den beiden lange Zeit Asyl. Diese Schilderungen mögen die Schwierigkeiten aufzeigen, in dieser Gesellschaft unbescholten zu bleiben und sich richtig zu verhalten.

Zu den moralischen Unwägbarkeiten gesellte sich für einen Angehörigen der oberen Gesellschaftsschicht die Notwendigkeit, sich angemessen zu präsentieren. Das Leben – vor allem in London – war extrem teuer und trieb so manchen in den Ruin. Junge Männer eiferten in Scharen dem in dieser Zeit durch das Vorbild Beau Brummels geprägten Typ des Dandys nach. Der englische Dandy zeichnete sich durch exquisite Kleidung, Modebewusstsein, aber auch Witz, Bildung und Fähigkeit zu intelligenter Konversation aus. Nichts Anrüchiges oder Lächerliches haftete diesem Lebensstil an, der Prinzregent selbst mühte sich lange Zeit darum, von Brummel als Dandy anerkannt zu werden, bis dieser seine Gunst verlor und nach Frankreich ins Exil ging. Ein Schicksal, das viele seiner Zeitgenossen teilten, da sie sich aufgrund dieses Lebensstils hoffnungslos verschuldet hatten. Andere junge Männer der Gesellschaft wählten aber auch einen anderen Weg, entweder aus wirtschaftlicher Notwendigkeit oder manchmal auch aus Neigung. Als männlicher Nachgeborener eines Peers war man weder selbst adelig noch hatte man Anspruch auf Besitz und Titel, welche ausschließlich dem Erstgeborenen zufielen. Deshalb ergriffen viele den gut dotierten Beruf des Pfarrers, andere schlugen eine Richtung als Jurist, Politiker oder Diplomat ein. Von den erstgeborenen Söhnen und Titelträgern wurde hingegen in der Regel erwartet, dass sie zumindest eine Zeit lang in der Marine oder der Armee Dienst taten. Nichtsdestotrotz waren viele Angehörige der Upperclass durch Spielsucht, wirtschaftliches Pech, Unfähigkeit oder den erwähnten aufwendigen Lebensstil hochverschuldet. Selbst der Prinzregent, später George IV., hatte zum Zeitpunkt seines Todes 1.000.000 £ Schulden (ca. 50.000.000 €) angehäuft. Dies kam auch durch seine Neigung zu verschwenderischen Bauvorhaben zustande. Er baute nicht nur Carlton-House ständig um, um es dann schließlich abreißen zu lassen (die Überreste der Front in Gestalt der Säulen bilden heute den Eingangsbereich der National Gallery am Trafalgar Square), sondern steckte auch horrende Summen in seinen Palast in Brighton, seinem bevorzugten Aufenthaltsort. Diese ursprünglich einfache Villa wurde so oft um- und ausgebaut, dass schließlich ein bizarres von einer Vielzahl modischer Baustile geprägtes Etwas entstand, das mehr den Spott als die Bewunderung der Zeitgenossen hervorrief. Wenn man sich vor Augen hält, dass allein ein Kerzenleuchter für eben dieses Gebäude die Summe von 11.000 £ kostete, mag man einen Eindruck der Verschwendungssucht des Prinzregenten bekommen. Die Lebenshaltungskosten in London waren aber auch für den übrigen Adel nicht unerheblich. So konnte man mit einem Jahreseinkommen von 500 £ in London nur sparsam, aber zumindest angemessen leben, von Teilnahme an Festivitäten konnte dann nur sehr bedingt ausgegangen werden, da allein ein Theaterbesuch in Extremfällen bis zu 300 £ kosten konnte. Andererseits galt ein junger Mann, der über ein Jahreseinkommen von 5.000 £ verfügte als wohlhabend. Vor allem Kutschen, Pferde und Feste verschlangen Unsummen, im Vergleich dazu waren die Mieten der Häuser und Villen sowie die Löhne der Dienerschaft relativ moderat. Zu den Kutschen sei noch erwähnt, dass entgegen des Bildes, das man von dieser Zeit haben mag, es ein unerhörter Luxus war, eine geschlossene vierräderige Kutsche – womöglich mit mehreren vorgespannten Pferden – sein Eigen zu nennen. Ein solches Gefährt verschlang die unerhörte Summe von bis zu 600 £ jährlich (bedingt durch eine extrem hohe Besteuerung, dazu kamen noch die ebenfalls erheblichen Anschaffungskosten) und ist heute mit dem Besitz eines Ferraris vergleichbar. Deshalb zog auch die obere Gesellschaft es vor, sich entsprechende Kutschen zumindest bei Aufenthalten in der Hauptstadt oft nur zu mieten. Gentlemen reisten auch häufig zu Pferd. Eher verbreitet waren hingegen einfache zweiräderige oder vierräderige Kutschen, bei denen auf dem Kutschblock Platz genommen wurde, scherzhaft auch *bank rob carriage* genannt, da man auch hier fast eine Bank ausrauben musste, um sich ein solches Gefährt leisten zu können. Ein anderer Kostentreiber waren die notwendigen Partys und Feste der Gesellschaft. Obwohl man heute der englischen Küche wenig zutraut, war diese im 19. Jahrhundert geradezu legendär und überstrahlte selbst das französische Beispiel. Es sei jedoch angemerkt, dass die Köche, die diese Kunst nach England brachten, vorwiegend französischer Herkunft waren. Ein festliches Dinner umfasste in der Regel wenigstens 15 Gänge, oft mehr, natürlich tat man sich auch hier bei Hofe in besonderer Weise hervor. Auch das Frühstück konnte üppig sein. Gleichzeitig wurde aber auch Mäßigung propagiert und es gab eine Flut von Diätbüchern, die den heutigen Druckerzeugnissen in nichts nachstehen, außer, dass sie vielleicht weniger Beachtung fanden. Allerdings war nicht überall die Speisekarte so reichhaltig. In den Clubs wurde eigentlich nur Fleisch (Steak) mit Beilagen serviert und dazu reichlich Alkohol genossen. Bevorzugte Alkoholsorten waren Wein, auch Port und Sherry (die damals deutlich weniger hochprozentig waren als heute). Ebenso beliebt war vor allem Gin und Brandy, vorzugsweise brauner Brandy. Whisky war weitgehend unbekannt. Viel zu trinken war durchaus üblich, auch in männlichen Intellektuellenkreisen. Restaurants, in denen beide Geschlechter zusammen essen konnten, gab es in diesem Sinne noch nicht, außer Landgasthöfe und einige wenige Hotels in London. Die Dienerschaft in den Herrenhäusern wurde bei all dieser Üppigkeit in der Regel nicht knapp gehalten und erhielt ebenfalls gutes Essen mit viel Fleisch und auch eine bessere Bezahlung als ein Arbeiter. So verdiente ein angestellter Kutscher ca. 60 £ im Jahr. Ohne Zweifel waren die Stellen als Angestellte eines herrschaftlichen Haushalts heiß begehrt und man war vor allem als Frau bereit, sich einiges gefallen zu lassen. Es sind auch seltene Fälle dokumentiert, dass Dienstmädchen ihre Herren ehelichten und zur Lady avancierten.

Die Wirklichkeit sah aber speziell in diesem Zusammenhang sicher weit weniger romantisch aus. Die Situation der Dienerschaft war nicht vergleichbar mit der Situation des einfachen Volkes, das oft schwer darbte. Es kam zu mehreren blutigen Aufständen, die besonders die Kornpreise betrafen. Dennoch konnte trotz extremer gesellschaftlicher Entwicklungen und der prekären Lage eines Großteils der Bevölkerung eine Revolution vermieden werden. Dies mag unter anderem dem Umstand geschuldet sein, dass, im Gegensatz zum europäischen Festland, selbst zu absolutistischen Zeiten – eine Idee, die in England ohnehin nie in dem Maße wie im übrigen Europa Fuß fassen konnte – der Adel seinen Lebensmittelpunkt immer in den eigenen Landsitzen sah und somit die persönliche Verbindung zur eigenen Bevölkerung nie wirklich abriss. So sah der gesellschaftliche Alltag eines Angehörigen des Adels in etwa so aus, dass er sich in den Sommermonaten häufig auf seinem Landsitz aufhielt oder auch auf Reisen war. Für die Saison fand man sich gerne in Bath, Brighton oder auch in anderen mondänen Kurorten ein. Es gab eine stattliche Anzahl solcher beliebter Orte, die einen raschen Aufschwung nahmen. Auch das erwähnte Salisbury zählte dazu. Der Winter wurde vorwiegend in London verbracht. Dies war auch die Zeit, in der das Parlament tagte, im Sommer ruhten die politischen Pflichten der Abgeordneten, damit sie ihren heimatlichen Verpflichtungen Rechnung tragen konnten. Den Rest des Jahres verbrachte man mit ausgedehnten Besuchen in den Häusern von Freunden und Verwandten bei sogenannten Houseparties oder zu anderen Anlässen. Dies hatte den Vorteil, dass man nicht so viel Geld wie in London oder den Kurorten ausgeben musste. Natürlich gab es aber auch viele Angehörige der Gesellschaft, die sich an den Lustbarkeiten nicht in diesem Maße beteiligten. Die Freiheit des Einzelnen war und ist immer noch eine wesentliche Maßgabe des englischen Selbstverständnisses und es bestand eine gewisse Vorliebe für exzentrisches Verhalten, das auch geduldet wurde.

Wirtschaftsentwicklung

Die wirtschaftliche Situation des Adels im Gegensatz zur einfachen Bevölkerung verbesserte sich im Regency erheblich, wurde aber auch unsicherer. Dazu trugen mehrere Umstände bei. Zunächst ist hier der Beginn der industriellen Revolution zu nennen. Um 1770 errichtete Richard Arkwright eine Fabrik für die wasserkraftgetriebene maschinelle Fertigung von gesponnenem Garn und entfesselte damit die industrielle Revolution in England. Die Erfindung der Dampfmaschine und deren effiziente Verbesserung durch James Watt (1782) tat das Übrige. Erfinder hatten in England wahrhaft goldene Zeiten, da ihnen seitens des Staates keinerlei Beschränkungen gemacht, ja ihre Bemühungen durch Preisgelder häufig gefördert wurden. Zusätzlich hatte England den Vorteil der Insellage: Waren konnte schnell herbeigeschafft und jederzeit per Schiff befördert werden. Auch das Straßennetz war einzigartig gut ausgebaut (so war es beispielsweise möglich, von Birmingham nach London in weniger als 19 Stunden zu reisen). Dazu kam eine Besonderheit des englischen Systems: der Adel konnte sich ungehindert am Handel und an industriellen Investitionen beteiligen. Natürlich barg dies aber auch erhebliche Risiken für den Investor.

Ein weiterer zunächst bedrohlicher Faktor verwandelte sich für das Empire zu einem großen Vorteil. Europa stand im Banne Napoleons, der über die bestehende Ordnung regelrecht hinwegfegte. Auch in England hatte er viele Bewunderer, was sich in Mode und Denkungsart niederschlug (und sich auch während des Krieges fortsetzte). Dann jedoch schickte sich Napoleon an, das Empire anzugreifen. Die englische Gesellschaft stand vor der Vernichtung. Eine sehr ernste Situation, die Nelson in der denkwürdigen Schlacht von Trafalgar

1805 zugunsten des Empires entscheiden konnte. Napoleon, zutiefst erzürnt über die Niederlage, beschloss nun, die Kontinentalsperre zu errichten (diese bestand bis zur ersten völligen Niederlage Napoleons 1814). England befand sich deshalb in einem fortwährenden Krieg mit Frankreich und war gezwungen, sich andere Märkte in Übersee (Nordamerika) und Asien zu suchen, was auch hervorragend gelang. Der Handel des Empires nahm einen ungeahnten Aufschwung, geschützt von der Marine und vorangetrieben von den großen Trading-Companies, die mit weitreichenden Befugnissen ausgestattet waren. So sprach man schließlich von der *»Splendid Isolation«*. Wahrlich eine »hervorragende Isolation«, denn die von Napoleon angestrebte wirtschaftliche Isolation Englands stellte sich bei genauerer Betrachtung für das britische Empire als wahrer Glücksfall dar, während das unter der Herrschaft Napoleons zunehmend leidende Europa seinerseits wirtschaftlich gehemmt wurde. Gleichzeitig vernichtete eine dem Adel genehme Gesetzgebung in England allerdings die Lebensgrundlage der Landbevölkerung. Dem Adel wurde es sehr leicht gemacht, seinen Besitz zu vermehren, während die einfache Bevölkerung, getrieben durch Hunger, aber auch durch Überbevölkerung, gezwungen war, sich in den stark anwachsenden Industriestädten der Midlands, aber auch in anderen Städten ein kärgliches Auskommen unter menschenverachtenden Umständen zu suchen. Hier entstand echter sozialer Sprengstoff. In vielen Quellen kann aufgezeigt werden, dass sich das Einkommen der Adeligen im Zeitraum zwischen ca. 1805 – 1830 in der Regel verdoppelte, während sich das der Arbeiter im selben Maße um die Hälfte reduzierte. Dies bedeutete in der Folge ein Einkommen für einen Duke von 20.000 bis 30.000 £ im Jahr, während ein Arbeiter mit einem Wochenlohn von 15 Shilling im Jahre 1805 (etwa das Dreifache des Existenzminimums) sich schließlich nach 1830 mit der Hälfte zufrieden geben musste. Gleichzeitig stiegen die Preise für Grundnahrungsmittel erheblich. Kein Wunder, dass Diebstahl und Verbrechen sowie der Schmuggel aufblühte, an dem sich selbst der Adel ausgiebig beteiligte. Die Krone, ohne Einsicht in die eigentliche Ursache der Zustände, reagierte lediglich mit einer drakonischen Verschärfung der Strafen. Deportationen sowie Hinrichtungen nahmen überhand. Zustände, die von wacheren Zeitgenossen mit großer Sorge beobachtet und diskutiert wurden.

Rechtssystem

Das englische Rechtssystem wurde trotz seiner Strenge als eines der modernsten und gerechtesten in Europa anerkannt. Das englische Recht existiert in seinen Grundzügen bereits seit der Magna Charta (1215 n. Chr.) und legt Rechte und Pflichten des freien englischen Mannes fest. Daraus leitete sich auch das Gerichtswesen ab, das aber in späteren Jahren häufig reformiert wurde. Im Regency stellte sich die Situation in etwa folgendermaßen dar: Das Strafrecht basierte im Wesentlichen auf dem *Common Law*, dem Richterrecht und war nicht auf festgeschriebenen Rechtsnormen und Gesetzen aufgebaut, sondern auf Präzedenzfällen, was bis heute der Fall ist. Dennoch gab es Grundkategorien wie Hochverrat, Diebstahl (dem Besitz wird im englischen Recht ein weitaus höherer Stellenwert zugebilligt als bei uns), Mord, Betrug sowie die sogenannten *Battery*, unter die Sexualdelikte, Körperverletzungen etc. fielen. Es gab im eigentlichen Sinne bis 1829 noch keine Polizei. Diese wurde erst wegen der enormen Probleme mit der steigenden Kriminalität von Robert Peel (Tory-Premierminister) eingerichtet. Die englischen Polizisten tragen ihm zu Ehren immer noch den Spitznamen »Bobby«. Festnahmen wurden in der Regel durch Soldaten vorgenommen, die in quasi-polizeilicher Funktion überall stationiert waren. Bei Mord ermittelte zunächst der Coroner (evtl. gab es da auch Grenzfälle). Auch andere Einrichtungen wie zum Beispiel der

Zoll hatten polizeiähnliche Funktion, dazu andere Beamte. Die Quellenlage, die mir zur Verfügung stand, war hier ungenügend. Das Recht basierte jedenfalls wesentlich auf dem Prinzip der Abschreckung. Deshalb waren die verhängten Strafen auch für in unseren Augen verhältnismäßig geringfügige Delikte – wie der Diebstahl von Brot – drakonisch. Oft wurde deportiert, aber auch gehängt. Die Schärfe der Strafen wurde gerade durch Reden christlicher Prediger im Regency noch erheblich verstärkt. Vor Gericht gab es Verteidiger und Ankläger (nach der Reform im 18. Jahrhundert), das Schuldurteil fällten die Geschworenen, das Strafmaß setzte der zuständige Richter fest. Die Richter waren unter einem obersten Richter in London in verschiedene Strafkammern aufgeteilt, aber auch in den einzelnen Grafschaften gab es zuständige untergeordnete Richter und Gerichte. Trotz allen Regelungen ist das englische Rechtssystem jener Zeit nicht einfach zu durchschauen, da jeder Rechtsfall wieder einen neuen Präzedenzfall schaffen konnte. Außerdem gab es de facto ein Zwei-Klassen-Strafrecht: Peers – nur die Titelträger und Angehörigen des House of Lords (!) – waren im Grunde immun bis auf den Tatbestand des Hochverrats. Dies galt jedoch nicht für ihre Angehörigen. Die Gentry (der niedere Adel) unterlag ohnehin dem Strafrecht wie jeder Bürger. Dennoch wusste sich die gehobene Gesellschaft gegen Anklagen abzusichern. Inwieweit der nachgeborene Sohn eines Marquis für Straftaten zur Rechenschaft gezogen worden wäre, konnte ich deshalb nur vermuten. Dass er angesichts der im Roman geschilderten Taten aber straffrei ausgegangen wäre, ist eher unwahrscheinlich, wenn man sich vor Augen hält, dass auch gegen Adelige zum Beispiel erhebliche Strafen wegen Duellierens verhängt wurden, was auch oft vorkam. Letztlich wurde aber das Recht vor allem dazu genutzt, die Interessen und vor allem den Besitz des Adels gegenüber dem gemeinen Volk abzusichern.

Hinrichtungen erfreuten sich größter Beliebtheit in der Bevölkerung. Kurioserweise wurden gerade bei solchen Gelegenheiten häufig weitere Straftaten begangen wie Diebstähle, Schlägereien, Vergewaltigungen etc. (1868 wurde die *öffentliche* Hinrichtung deshalb endgültig nach langjährigen, zähen Diskussionen abgeschafft.) Auch der Adel fand sich gerne bei solchen Anlässen ein. Der mannhafte Tod des Delinquenten, häufig verbunden mit einer sogenannten *Dying Speech*, wurde entsprechend gewürdigt, das Gegenteil aber auch scharf verurteilt. Es kursierten Abdrucke der Dying Speeches in der Gesellschaft und auch die Gründung von Madame Tussauds (erste Ausstellungen in London ab 1802) geht letztlich auf das diesbezügliche Bedürfnis der gehobenen Gesellschaft nach angenehmem Grusel zurück.

Wissenschaft und Forschung

Die Wissenschaften nahmen ebenfalls in dieser Zeit einen enormen Aufschwung. In England herrschte durchaus ein großes Interesse an Bildung und Wissenschaften. Gerne wurden in den Adelshäusern zum Vergnügen wissenschaftliche Experimente vorgeführt. Die Royal Society, zur Zeit des Regency ein längst eingeführter erlauchter Club, der sich intensiv der Forschung widmete, war hochgeachtet, genauso wie das 1763 gegründete British Museum, das sich vor allem der Archäologie verschrieben hatte und 1825 umziehen musste, da man den Besucherströmen nicht mehr Herr wurde. Die im Buch erwähnte Abhandlung von Gauß ist exemplarisch für den Wandel im Stellenwert der Wissenschaften und hatte auch erhebliche Wirkung. Das bisher durch die Vorgaben von Religion und Philosophie dominierte Weltbild wurde abgelöst durch die empirischen Wissenschaften. Eifriger Forschungsdrang war die Folge. Man traute sich nun vieles infrage zu stellen, suchte nach Gesetzmäßigkeiten hinter den Beobachtungen sowie nach Beweisen für wissenschaftliche Hypothesen und kam dadurch den Gesetzen von Physik, Astronomie, Chemie und Biologie näher, aber auch Erkenntnissen über die Herkunft und Geschichte der Menschheit. Der im Text mehrfach erwähnte Herschel ist dafür ein gutes Beispiel. Ihm gelangen mit Einführung einer neuen Spiegeltechnik für Teleskope spektakuläre Entdeckungen. Die Herschel- oder Front-View-Teleskope zeichneten sich durch eine deutlich erhöhte Brennweite und eine veränderte Optik aus. Das Okular wanderte, entgegen der seitlichen Position bei den Newtonschen Teleskopen, nach unten an die Front. Herschels größtes, je von ihm gebautes Teleskop hatte einen Spiegeldurchmesser von 48 Zoll (122 cm) und eine Brennweite (Länge) von 40 Fuß (12 m). Den Uranus entdeckte er aber 1781 schon mittels eines Teleskops mit 15 cm Durchmesser und einer Brennweite von 2,1 m, 1797 sogar das Ringsystem des Uranus, das erst 1977 erneut nachgewiesen wurde. An diesem legendären Teleskop habe ich mich bei der Ausstattung des Battingfield'schen Observatoriums orientiert. Diese Entdeckung führte zu seiner Ernennung als Hofastronom, später wurde er zum Vorsitzenden der Astronomical Royal Society gewählt. Ein Amt, das er bis zu seinem Tode (1822) innehatte. Auch die Entdeckung mehrerer Kometen gelang ihm mit seinen bahnbrechenden Teleskopen. Diese Entdeckungen hatten auch Einfluss auf die mathematischen Abhandlungen eines Gauß, der die Existenz dieser Kleinkörper im Universum mit einer klaren Theorie zu unterfüttern suchte, was ihm nachweislich auch gelang.

Forschungsreisen wurden unternommen, die aber gerade in England häufig auch einen klaren wirtschaftlichen Aspekt hatten und nicht nur der reinen Befriedigung der Wissbegier dienten. Um diesen Aspekt zu verdeutlichen, habe ich das Motiv der Erforschung der Nord-West-Passage in den Roman aufgenommen. Da ich nur einzelne Aspekte der Reisen William Parrys verwenden konnte und teilweise die zeitlichen und geschichtlichen Details um der Romanhandlung willen deutlich abgeändert habe, habe ich mich entschlossen, einen Protagonisten – Edward Peary – zu erfinden, der deutlich Parrys Züge trägt. Eine erste Reise unter der Leitung von John Ross, einem schottischen Captain und Polarforscher, fand tatsächlich im Jahr 1817 statt und endete nach einigen Monaten, wie beschrieben, weitgehend ergebnislos. Parry startete im darauf folgenden Jahr erneut, diesmal ohne John Ross, aber mit den erwähnten Schiffen Griper und Hecla und kehrte erst 1820 zurück. Es existieren jeweils detaillierte Reiseberichte. Die von ihm entdeckten Inseln wurden nach ihm benannt und erst in den Fünfzigerjahren des 20. Jahrhunderts in Königin-Elisabeth-Inseln umbenannt. Bei einer weiteren Forschungsreise widmete er sich intensiv den Inuit. Er unternahm noch weitere Reisen und wurde für seine wichtigen Erkenntnisse über die arktische Welt 1829 zum Ritter geschlagen. Parry hatte großes Interesse an der Astronomie (wie unser Held), von ihm stammen maßgebliche Werke zur nautischen Astronomie. Da er gebürtig in Bath war, ist die Wahrscheinlichkeit, dass er Kontakt zu den Herschels hatte, sehr groß, aber nur angenommen. Man möge mir den literarischen Kunstgriff verzeihen. Bemerkenswert aber ist, wie sehr diese Forschungsreisen im Interesse des Staates lagen und von der Admiralität gefördert wurden. Eine weitere dichterische Freiheit, die ich mir erlaubt habe, betrifft die im Roman William Brandon zugeordnete delphische Forschung. Diese fand in Wirklichkeit erst etwa achtzig Jahre später durch französische Forscher statt. Da mir das Thema der weissagenden und damit politisch bedeutenden Sibylle (Priesterseherin) passend für den Roman zu sein schien, habe ich mich dafür entschieden, diese Thematik zu verwenden. Die im Buch von Charlotte dazu gegebenen Erläuterungen sind jedoch authentisch. Lediglich bei der beschriebenen Musikergruppe handelt es sich nicht direkt um ein delphisches, jedoch um ein dokumentiertes Fundstück, das auch im British Museum zu finden ist (leider zurzeit nicht in der Ausstellung). Die Zuordnung zu Apollo ist jedoch wahrscheinlich. Richtig ist, dass die Archäologie trotz allem wissenschaftlichen Aufbruch zu dieser Zeit noch in den Kinderschuhen steckte und jeder Altertumsforscher nach eigenem Gutdünken handelte, oft genug eher wie ein Grabräuber. Es gab allerdings rare Ausnahmen unter ihnen, die sorgfältiger arbeiteten.

Medizin und Gesundheit

Der Fortschritt in den Wissenschaften schlug sich ebenfalls in der Medizin nieder. Der Beruf des Arztes differenzierte sich Ende des 18., Anfang des 19. Jahrhunderts immer mehr aus. Spezialistentum entstand. Die bisher gültige Lehre von den Körpersäften wurde zugunsten anderer konkurrierender Ideen zunehmend aufgegeben. Eine populäre Lehre war die von der »Lebenskraft« (heute noch in der chinesischen Medizin vorhanden). Obwohl noch keine Erkenntnisse über Krankheitserreger und Hygiene vorhanden waren, verbesserten sich die medizinischen Heilmethoden zusehends, auch durch genaue Beobachtung. Frische Luft und gesunde Lebensweise wurden propagiert. Es gab zunehmend auch recht ausdifferenzierte medizinische Instrumente für die einzelnen Spezialisten, wie die erwähnten speziellen Amputationswerkzeuge. Auch suchte man fieberhaft nach besseren Medikamenten zur Linderung der Leiden, was natürlich auch manchen Irrweg beinhaltete (man denke hier nur an die beliebten Seewasserkuren, wobei das Salzwasser auch innerlich angewendet wurde). Das altvertraute Medikament *Laudanum* beispielsweise war zu jener Zeit durch die von Napoleon verhängte Kontinentalsperre immer schwerer zu beschaffen, auch hatte es die beschriebenen unerwünschten, ernsten Nebenwirkungen. Mediziner sahen sich deshalb gezwungen, nach anderen betäubenden oder schmerzlindernden Mitteln Ausschau zu halten. Es wurde intensiv am Weidenrindenextrakt geforscht, aus dem schließlich das Salicin (die Grundlage des heutigen Aspirins) gewonnen wurde, was aber noch einige Zeit dauern sollte. Jedoch wurde bereits Weidenrindensud oder Extrakt vereinzelt angewendet.

Die beschriebene Amputation entspricht der damaligen Vorgehensweise. Tatsächlich überlebten laut Angaben der Marine zwischen 70 und 80 Prozent der bedauernswerten Patienten diese Tortur aus den erwähnten Gründen nicht. Im Buch regt die Heldin aus dramaturgischen Gründen die Herstellung einer neuen Art von Prothese an. Holzprothesen gab es zwar in verschiedenen Typen, je nachdem wie weit die Amputation ging, aber alle derartigen Hilfen waren sehr unbefriedigend und behinderten die Versehrten stark. Laut den Quellen zu diesem Thema ist eigentlich erst ab etwa 1825, andere Quellen sprechen von 1835, eine Entwicklung der Prothesentechnik zu verzeichnen, die auf Militärärzte zurückging, da durch die vermehrten Kriegshandlungen die Versehrten zunahmen. Es ist eine Vielzahl von komplexeren, auch mit Scharnieren und Federungen versehenen Modellen dokumentiert, die das bisherige einfache Holzbein ablösten. Dass die Militärärzte aber durch die ebenfalls stark vorangetriebene Waffentechnik inspiriert wurden (in dieser Zeit wurde der Vorderlader durch die moderneren Zündgewehre abgelöst), ist allerdings schon denkbar. Die erwähnten Prothesen-Modelle aus der Ritterzeit sind authentisch und belegt.

Gleichzeitig mit den Wissenschaften wurde der Bildungshunger auch und vor allem durch die Künste befriedigt. Auch hier nahm England im Bereich bildende Künste und vor allem Literatur eine Vorrangstellung ein. Gerade in der Literatur waren die Strömungen der Romantik unverkennbar. Man denke nur an die Vielzahl der Romane, die überragende Literatur einer Jane Austen, eines Walter Scott und die herrliche Dichtung eines Keats. Erstaunlicherweise bildet hier nur die Musik eine Ausnahme. Offenbar wurde das Wirken Händels als so maßgeblich und endgültig betrachtet, dass seine Art der

Komposition das englische musikästhetische Empfinden fast zweihundert Jahre dominierte. Es ist jedenfalls auffällig, dass England trotz reger Tätigkeit auf fast allen geistigen Gebieten gerade in der Musik lange Zeit keine überragenden Komponisten hervorbrachte (selbst Händel war ja Deutscher), während auf dem Kontinent, auch in der Musik, die Romantik fulminanten Einzug hielt. Die Unbekanntheit eines Beethoven in der englischen Gesellschaft, der auch in seinem zügellosen Selbstverständnis als Künstler einigermaßen »verdächtig« gewirkt haben musste, ist also zumindest wahrscheinlich. Jedoch hatte Beethoven zu dieser Zeit selbstverständlich schon Verleger, die seine Notenwerke verbreiteten. Denkbar, dass davon auch Exemplare nach England gelangten. Jedenfalls war es üblich, ja erwartet bei gesellschaftlichen Anlässen, dass vor allem die gut erzogenen Töchter auf dem Klavier, der Harfe mit Gesang oder seltener mit der Laute vortrugen.

Bildung und Stellung der Frau

Ein sehr wichtiges Thema von *Pflicht und Verlangen* ist die Bildung von Frauen der Gesellschaft im Regency. Auch hier stellt sich die Lage recht widersprüchlich dar. Anfang des 19. Jahrhunderts wurde es auch in besseren Kreisen üblich, die heranwachsenden jungen Mädchen in sogenannte internatähnliche *Boarding Schools* zu geben. Die Bildung von englischen jungen Mädchen war in ganz Europa fast sprichwörtlich gut. Französisch war ein absolutes Muss und viele von ihnen sprachen bereits mit zehn Jahren fließend diese Sprache der besseren Klassen. Daneben wurden Grundkenntnisse in Erdkunde vermittelt, während ein Schwerpunkt in der Geschichte (besonders der englischen Geschichte) und in der Bildung in den Künsten lag. Ein Instrument zu erlernen war fast obligatorisch. Sehr schön findet sich eine entsprechende Schilderung in Jane Austens *Mansfield Park*. Etliche Damen der Londoner

Gesellschaft taten sich als Gastgeberin erlauchter (meist männlicher) Diskussionsrunden hervor. Besonders in den fortschrittlicheren Whig-Kreisen war das üblich. Es gab auch weibliche Literaturzirkel und Bildungszirkel, wie den bereits erwähnten schon 1750 gegründeten Blue-Stocking-Club, in dem auch weitere englische Autorinnen eine Heimat fanden wie Sarah Fielding und Hannah Moore.

Dennoch fand die Bildung von Frauen auch erhebliche Kritiker. Intellektuelle Frauen wurden misstrauisch beäugt. Absurde Argumente machten die Runde, wie zum Beispiel der Einwand, dass das Lesen den Teint zerstöre, andere mutmaßten gar das Verkümmern der Eierstöcke. Es wurde vehement bestritten, dass eine Frau in der Lage sei, wissenschaftlich zu denken, obwohl gerade die im Buch vielfach erwähnte Caroline Herschel Mitglied der Royal Astronomical Society und in späteren Jahren hoch geehrt war. So schreibt ein »wohlmeinender« Autor in einer zeitgenössischen Kritik:

> Es ist allgemein anerkannt, dass die intellektuellen Kräfte einer Frau von denen des Mannes so verschieden sind, wie es sich mit ihren körperlichen Fähigkeiten verhält: daraus folgt ihr Mangel zu ernsthafter Aufnahme (von Geistigem) und ihr geringes Geschick zum Studium der Wissenschaften. Sie denkt, aber sie kann nicht nachsinnen, sie kann Dinge verbessern, aber nicht erschaffen, sie fühlt tiefer als der Mann, versagt aber darin, ihr spontanes Empfinden entsprechend darzustellen.[45]

Ebenso kritisiert der Schreiber darin die zunehmend verbreiteten Boarding Schools und vermutet die Herkunft der Lehrkräfte aus Kreisen abgehalfterter Kurtisanen oder anderer gescheiterter Existenzen. Auch gibt er der (Terency in den Mund gelegten) Überzeugung Ausdruck, dass die eine (weibliche) Hälfte der Menschheit lediglich dazu geschaffen wurde, der anderen (männlichen) Hälfte das notwendige Vergnügen

45 Michael Sadleir, »Blessington D'Orsay: A Mascarade«, S.148-9 (Übersetzt aus dem Engl.)

zu bereiten. Auch wenn diese Ausführungen polemisch sein mögen, so spiegeln sie doch die Auffassungen weiter Kreise der Gesellschaft wider. Frauen mit Bildungshunger hatten es demzufolge sehr schwer, besonders dann, wenn dieser den gerade noch erlaubten Bereich von Kunst und Literatur überstieg. Verheiratete wohlhabende Frauen (viele bekamen eine erhebliche Mitgift, teilweise bis zu exorbitanten 50.000 £) konnten sich jedoch in gewissem Rahmen ihren Interessen hingeben, wie im Vorfeld aufgezeigt. Schwierig gestaltete sich die Situation jedoch, wenn die Frau unverheiratet blieb und somit niemand hatte, der sie versorgte, oder aber der Gatte die Frau unversorgt zurückließ. Eine eigene Berufstätigkeit war Frauen – bis auf den Beruf der Gouvernante und Lehrerin – untersagt und gerade Lehrerinnen wurden gesellschaftlich in gewissen Kreisen scheel angesehen, wie oben angemerkt. Andere – aber niemals Töchter aus höhergestellten Familien – fanden hohe Anerkennung als Schauspielerinnen und Sängerinnen, heirateten dann auch oft lukrativ, was ihre Karriere aber umgehend beendete. So war die Lage geradezu verzweifelt für eine unversorgte Frau aus guter Familie, wenn sich nicht ein Verwandter oder Gönner fand, der eine Apanage zur Verfügung stellte. Eine Situation, die auch Jane Austen als Angehörige der Gentry (ihr Vater war Pfarrer) schmerzlich erfuhr. Die Tatsache, dass sie dann mit ihren sehr erfolgreichen Büchern eigenes, wenn auch wenig Geld verdiente, war außerordentlich und machte sie sehr stolz.

Titel und Anredeformen

Ein abschließendes Wort noch zu den Titeln und Anredeformen. Letzteres ist einigermaßen kompliziert in der englischen Adelshierarchie. Grundsätzlich lässt sich Folgendes bemerken:

Der englische Adel ist in zwei unterschiedliche Gruppen eingeteilt, nämlich die Peers (der Hochadel) und die Gentry (der einfache oder niedere Adel). Die Peerswürde berechtigt den Träger des Titels zu etlichen Privilegien, vor allem aber zum Recht, dem englischen Oberhaus (dem House of Lords) anzugehören. Ein Recht, das der Betreffende ausüben kann, aber nicht muss. Ganz oben steht der Rang des Duke, gefolgt vom Marquis und dem Earl, dann folgen (mit weniger Privilegien versehen) der Viscount und der Baron. Der Titel wurde nur an den ältesten Sohn weitergegeben, der dadurch automatisch um einen Rang abstieg, so lange bis alle Ränge aufgebraucht waren. Beim Tod des Titelinhabers rückte der Titelerbe jedoch nach. Häufig wurden auch durch die Krone neue Titel geschaffen, auch war es möglich, bei besonderen Leistungen oder sehr hohem Ansehen den Titel im gleichen Rang zu halten oder aber im Rang aufzusteigen. An den Titel war ab 1700 kein Landbesitz mehr zwingend gebunden, so entstanden auch ab dieser Zeit eine verwirrende Vielzahl neuer Titel. Weitere Söhne wurden ausschließlich mit dem Höflichkeitstitel »Lord« bedacht und trugen als Zusatz »the right honourable« vor dem vollen Namen. Weibliche Angehörige der Peers bekamen den Namenszusatz »Lady«. Bei den Töchtern der Gentry galt ein »Miss« als ausreichend, während die älteste Tochter dann jeweils mit dem Nachnamen, die weiteren aber mit dem Vornamen angesprochen wurden (siehe: die Misses Fortescue, mit der ältesten Tochter Miss Fortescue und Miss Millicent). Der Titel des Baronets benennt einen der höchsten Ränge der Gentry und entstand (geschichtlich älter als die Peerswürde) aus einer Verschmelzung des niederen Adels mit den freien Landbesitzern. Ein Baronet wurde stets mit »Sir« angeredet, dem folgte der Vorname. Seine Frau wurde ebenfalls als »Lady« bezeichnet. Auch hier konnte der Titel nur dem Sohn oder aber einem männlichen nahen Verwandten (oder auch einem Schwiegersohn) vererbt werden.

Zu diesem komplexen System kommt noch die Rangfolge des Adelssystems hinsichtlich des Gebiets seiner Wirksamkeit.

Es gibt den englischen, den schottischen, den irischen und den britischen Adel, wobei der englische Adel der einflussreichste ist. Alle frei erfundenen Handlungsträger dieser Geschichte (lediglich der Name Wellesley ist wirklich mit dem Namen Wellington verbunden) sind Angehörige des englischen Adels.

Um diese Zeit muss ein Umbruch in der Anrede der Eheleute stattgefunden haben. Während sich in Zeiten von Jane Austen die Eheleute noch höflich mit »Sie« und ihren Titeln – oder vertrauter mit Mr und Mrs ansprachen –, bevorzugten die jüngeren damals untereinander schon die vertraulichere Anrede mit dem Vornamen. Um 1820, so vermute ich, wurde das individuell gehandhabt. Die Anrede spielt in meinem Roman auch eine größere Rolle, um das Voranschreiten der Vertraulichkeit der Helden zu verdeutlichen. Unbedingt notwendig aber war es, dass jüngere Menschen einen Älteren aus der eigenen oder einer höheren Gesellschaftsklasse »siezten«.

Alle handelnden Personen und maßgeblichen Handlungsorte sind frei erfunden. Übereinstimmungen mit tatsächlichen historischen Personen sind ungewollt und zufällig.

Danksagung

Mein Dank geht an verschiedene Museen, in deren anregenden und lehrreichen Ausstellungen ich neben dem Studium der einschlägigen Geschichtsliteratur ebenfalls wertvolle Informationen schöpfen konnte. Hier sind besonders zu nennen:

The British Museum, London
The Science Museum, London
The Royal Naval Museum, Portsmouth
Das Deutsche Museum, München
Musikmuseum, Stuttgart
Musikmuseum, Wien

Ein weiterer Dank geht an die BBC, deren hervorragende Literaturverfilmungen und jährliche Period-Dramas einen lebendigen und vor allem wissenschaftlich erstaunlich genauen Eindruck des 19. Jahrhunderts in England vermitteln.

Mein besonders herzlicher Dank richtet sich an meine Lektorin Eva Weigl, die sich nicht nur für meinen Roman begeisterte, sondern mir über einen langen Zeitraum geduldig und überaus fachkundig bei der Arbeit an *Pflicht und Verlangen* zur Seite stand.

Literaturliste

dtv-Atlas zur Weltgeschichte; Hermann Kinder, Werner Hilgemann, Manfred Hergt; 3. Aufl. 2010, dtv-Verlag, München

Chronik des 19. Jahrhunderts; Prof. Dr. Imanuel Geiss (Hrsg.); 1997, Chronik-Verlag, München

Das Britische Empire – Geschichte eines Weltreiches; Peter Wende; 2. Aufl. 2009, Verlag C. H. Beck, München

Geschichte Englands in 3 Bd.; Gottfried Niedhart; 1987, Verlag C. H. Beck, München

High Society in the Regency Period 1788 – 1830; Venetta Murray; 1998, Penguin Books, London

Jane Austen – Ein Leben; Valerie Grosvenor Myer; 1998, S. Fischer Verlag, Frankfurt am Main

Napoleon; Volker Ulrich; 2006, Rowohlt-Verlag, Hamburg

Lexikon der Antike; Johannes Irmscher (Hrsg.); 2010, Anaconda-Verlag, Köln

Planetologie – eine Einführung; Ludolf Schultz; 1993, Birkhäuser Verlag, Basel

Geo Epoche – Die Industrielle Revolution; Insa Holst, Hendrik Fischer; 2008, Gruner & Jahr AG, Hamburg

Traditionsverlust – die Krise der Todesstrafe in England 1750 – 1868; André Krischer; Quelle Internet: Juristische Fachveröffentlichung

Wikipedia

Teraza Vanek
Das Geheimnis der Jaderinge
544 Seiten
gebunden
Edition Carat
im Bookspot Verlag
ISBN 978-3-937357-53-9
16,95 €

Hamburg anno 1880: Nach dem Selbstmord ihres geliebten Vaters, eines ruinierten Hamburger Reedereibesitzers, ist die 21-jährige Viktoria Virchow plötzlich auf sich allein gestellt. Von ihrem Verlobten verlassen und von der eigenen Mutter als egoistisch zurückgewiesen, versucht sie vergeblich, in Hamburg beruflich Fuß zu fassen.

In ihrer Verzweiflung nimmt Viktoria das Angebot eines ehemaligen Geschäftspartners ihres Vaters an: Sie geht nach Shanghai und findet Arbeit als Gesellschafterin der alten Margaret Huntingdon.

Als Vertraute der britischen Lady wird die abenteuerlustige Viktoria in ein dunkles Familiengeheimnis verstrickt. Ein grüner Jadering und ein chinesisches Schriftstück aus Zeiten des Taiping-Aufstands geben ihr Rätsel auf. Margarets Sohn Robert sind Viktorias Nachforschungen ein Dorn im Auge. Bei der erstbesten Gelegenheit entlässt er sie.

Mit Margarets Hilfe findet die junge Deutsche eine Neuanstellung im Hause eines Pekinger Richters. Sie ahnt nicht, dass dort der Schlüssel zum Geheimnis der Huntingdons liegt. Auch eine neue Liebe erwartet sie in Peking: Sie lernt den eigensinnigen chinesischen Akrobaten Jinzi kennen. Gemeinsam suchen sie das Rätsel zu lösen und begeben sich dadurch in Lebensgefahr.

Silvia Stolzenburg

Das Erbe der Gräfin

464 Seiten
gebunden
Edition Aglaia
im Bookspot Verlag
ISBN 978-3-937357-45-4
16,95 €

Straßburg im April 1368: Nach einem heftigen Streit mit seinem Ziehbruder bricht der junge Steinmetz Wulf Steinhauer nach Ulm auf, um den Traum zu verwirklichen, der seinem Ziehvater Bertram versagt geblieben ist. Er will an einer der prächtigsten Kirchen des Abendlandes mitarbeiten – dem Ulmer Münster. Nachdem er erfahren hat, dass er nicht der Spross einer Handwerkerfamilie ist, treibt ihn auch die Suche nach seinen leiblichen Eltern dazu, seine Heimatstadt Straßburg zu verlassen.

Ausgestattet mit seinem Werkzeug und dem einzigen Erbstück seiner Mutter, der Gräfin von Württemberg, macht sich der Jüngling auf den Weg nach Ulm. Dort angekommen, verliebt sich Wulf in Brigitta von Ensingen, die temperamentvolle Tochter des Baumeisters. Doch ihre Liebe steht unter keinem guten Stern: Ortwin, der arrogante und grausame Gehilfe ihres Vaters, hat ein Auge auf das schöne Mädchen geworfen …

Das Erbe der Gräfin ist der zweite Teil der Trilogie über die wegen ihres Münsters weltbekannte Stadt Ulm und die – fiktiven – Schicksale der Menschen, die dort lebten, liebten und litten. Dieser Titel erschien im Mai 2011, der dritte Teil befindet sich in Vorbereitung.

Silvia Stolzenburg

Die Heilerin des Sultans

464 Seiten
gebunden
Edition Aglaia
im Bookspot Verlag
ISBN 978-3-937357-47-8
16,95 €

Ulm 1399: Nach dem überraschenden Tod seiner Eltern, die bei einem schrecklichen Brand in Straßburg ums Leben gekommen sind, kehrt der fünfzehnjährige Falk von Katzenstein nach Ulm zurück. Dort ringt er mit der Entscheidung, seine begonnene Steinmetzausbildung zu Ende zu bringen oder sich ausschließlich der umfangreichen Pferdezucht zu widmen, die er von seinem Vater geerbt hat, als unvermittelt ein unbekannter Onkel, Otto von Katzenstein, in sein Leben tritt. Ungeachtet der Warnungen seines Verwalters und väterlichen Freundes Lutz entflammt der junge Mann für den Plan des berechnenden Verwandten, eine Reise in den Orient anzutreten, um feurige Araberpferde zu erwerben, mit denen sowohl Falk als auch Otto ihre Zucht veredeln können.

Doch nach der Abreise von Venedig wird er von Piraten gefangen und als Militärsklave an den osmanische Sultan Bayezid Yilderim verkauft. In einem Übungskampf schwer verletzt, wird Falk von der aus dem kaiserlichen Harem kommenden schönen jungen Heilerin Sapphira gesund gepflegt. Die zwischen den beiden entflammende Liebe bringt sie jedoch bald in höchste Lebensgefahr …

Die Heilerin des Sultans, der dritte Band der großen historischen Romanreihe, die im Ulm des 14. Jahrhunderts ihren Ausgangspunkt hat, erscheint im Winter 2011/12.

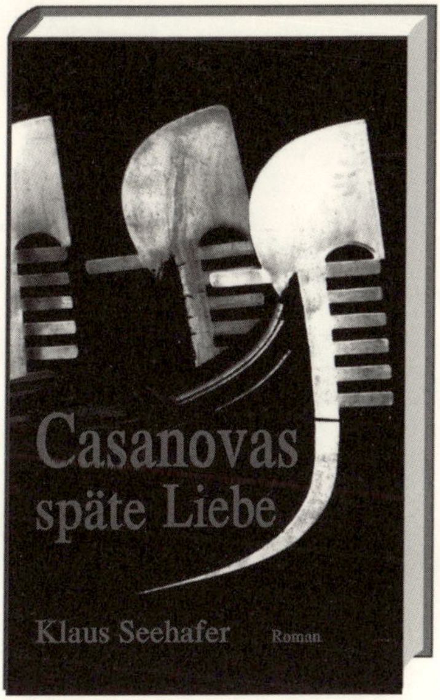

Klaus Seehafer

Casanovas späte Liebe

208 Seiten
gebunden
Edition Aglaia
im Bookspot Verlag
ISBN 978-3-937357-36-2
14,80 €

Nach seiner Flucht aus dem schrecklichsten Gefängnis des Kontinents ist Casanova jahrelang durch ganz Europa gereist, heute reich und morgen arm. Nun ist er wieder in Venedig und scheinbar ganz der Alte: nachts liebt er die junge Elvira, nachmittags ihre Schwester Mona. Die Reichen und Noblen der Stadt laden ihn ein, um von seinen Abenteuern zu hören.

Und doch ist etwas anders als früher. Casanova will nicht mehr als die schillernde Gestalt gelten, die alle Welt in ihm sieht. Er ist schließlich auch Erfinder, Entdecker und Mathematiker, Übersetzer, Dramatiker, Romanautor und Philosoph. Aber seine Ideen interessieren niemanden. Gleichzeitig lässt Casanova die ständige Frage nach seinem Verräter, dem Mann, der ihn in die furchtbaren Bleikammern der Lagunenstadt gebracht hat, nicht los. Doch dann macht er eine Entdeckung, die ihn alles in anderem Licht sehen lässt.

... ein ebenso unterhaltsamer wie intelligenter historischer Roman, der zugleich das venezianische Lokalkolorit des späten 18. Jahrhunderts recht plastisch einfängt. Breite Empfehlung. ekz-Informationsdienst